제화시의 시학

제화시의 시학

초판인쇄 2020년 12월 14일
초판발행 2020년 12월 14일

지은이 최경환
펴낸이 채종준
펴낸곳 한국학술정보(주)
주 소 경기도 파주시 회동길 230(문발동)
전 화 031-908-3181(대표)
팩 스 031-908-3189
홈페이지 http://ebook.kstudy.com
E-mail 출판사업부 publish@kstudy.com
등 록 제일산-115호(2000. 6. 19)

ISBN 979-11-6603-210-3 93810

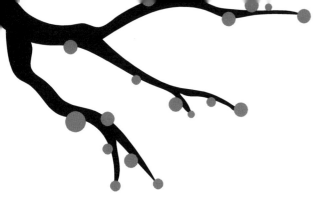

제화시의 시학

최경환 지음

한국학술정보

머리말

이 책에서는 한시의 하위 장르인 제화시의 작시 원리를 규명하고자 한다. 제화시는 화면상의 여백에 써넣어지든 아니든 그림을 감상한 시인들이 바로 그 그림을 시적 제재나 대상으로 하여 지은 시들을 말한다. 그러므로 이 책에서는 그림을 감상한 시인들이 그 그림을 시적 제재나 대상으로 하여 시를 어떻게 짓는가를 밝히고자 하는 것이다. 이는 또한 여타의 한시들과는 다른 제화시가 제화시다운 특성을 밝히는 것이기도 하다.

제화시의 작시 원리는 바로 수많은 시인들에 의해 지어진 수많은 제화시 작품들에 구현되어 있다. 그러므로 제화시의 작시 원리는 제화시 작품들을 통해 추출할 수 있다. 개개의 제화시 작품들에서 진술되는 내용들을 살펴보면, 그 내용들이 모두 그림과 관련된 것임을 알 수 있다. 이러한 점에서 제화시는 여타의 한시들과는 달리 '그림과 관련된 시적 진술'이라는 장르상의 특성을 가진다. 따라서 제화시의 작시 원리를 규명하는 문제는 바로 그림과 관련된 시적 진술의 전체적인 양상을 밝히는 문제와 직결된다.

개개의 제화시 작품들에서 그림과 관련하여 진술되는 내용들은 매우 다양하다. 그림과 관련된 시적 진술의 내용들이 매우 다양하다는 것은 곧 시적 제재나 대상이 되는 특정 그림에 대한 시인들의 시적 관심의 방향이 매우 다양함을 뜻한다. 특정 그림에 대해 시인이 어떠한 시적 관심을 가지게 되느냐에 따라 시적 진술 내용이 결정되기 때문이다. 그러므로 이미 지어진 제화시 작품들의 진술 내용을 토대로 하여 그 시를 지었던 시인이 당시 특정 그림에 대해 어떠한 시적 관심을 가지고 있었는가를 추출해볼 수 있다.

개개의 제화시 작품들의 진술 내용들을 분석해본 결과, 그림에 대한 시인의 시적 관심의 방향은 크게 다섯 가지로 추출할 수 있다. 즉 그림 그 자체, 그림의 대상, 그림을 그린 화가, 그림의 소장자, 그림의 관상자가 바로 그것이다. 그림에 대한 시인의 시적 관심의 다섯 가지 방향을 통해 거칠게나마 제화시의 작시 원리를 밝힐 수 있다. 즉 그림을 감상한 시인이 그림을 매개로 하여 그림의 대상과 관련하여 시를 짓기도 하고, 또는 그림을 매개로 하여 그림을 그린 화가와 관련하여 시를 짓기도 하며, 또는 그림을 매개로 하여 그림으로 인해 촉발된 시인 자신의 내면과 관련하여 시를 짓기도 하고, 또는 그림을 매개로 하여 그림의 소장자와 관련하여 시를 짓기도 하며, 또는 화면상에 그려져 있는 형상 그 자체에 관해 시를 짓기도 한다는 것이다.

　그러므로 그림과 관련된 시적 진술의 전체적인 양상은 다음과 같이 크게 다섯 가지로 분류할 수 있다. 즉 그림의 대상과 관련된 진술, 그림을 그린 화가와 관련된 진술, 그림을 감상하는 관상자의 내면과 관련된 진술, 그림의 소장자와 관련된 진술, 그리고 화면상의 형상에 관한 진술이 바로 그것이다. 다섯 가지의 시적 진술의 양상들은 각각 구체적인 내용이나 재산출 방향에 따라 다시 세분할 수 있다.

　이미 지어진 제화시 작품들을 통해 제화시의 작시 원리를 추출할 수 있다는 점에서, 제화시 작품들의 시적 제재나 대상이 된 그림들과의 비교 없이도 제화시의 작시 원리에 관한 논의가 가능한가라는 의문이 제기될 수 있다. 제화시의 작시 원리 가운데 일부는 시적 제재나 대상이 된 그림과의 비교 없이도 논의가 충분히 가능하다. 그러나 일부는 그림과의 비교를 통해서만 논의가 가능하다. 그림과 관련된 시적 진술의 다섯 가지 양상들 중에서, 화면상의 형상에 관한 진술을 제외한 네 가지 양상들에 대해서는 시적 제재가 된 그림들과 비교하지 않아도 논의가 가능하다. 그러나 화면상의 형상에 관한 진술은 시적 대상이 된 그림과의 비교를 통해서만 논의가 가능하다.

　시인이 화면상의 형상에 관해 진술한다는 것은 바로 선과 색으로 이루어진 화면상의 이미지를 언어로 재산출하는 것을 말한다. 화면상의 이미지가 언어로 재산출되면서 시적 변형이 발생되는데, 시적 대상이 된 그림과 비교하지 않으면 시적 변형의 구체적인 양상을 밝힐 수가 없다. 시적 변형의 다양한 양상들이 왜 그리고 어떻게 발생되는지가 제대로 밝혀져야만 시인들이 화면상의 이미지를 언어로 재산출할 때의 원리나 방법이 규명될 수 있다.

　화면상의 이미지를 언어로 재산출할 때의 원리와 방법을 규명하는 작업은 필자의 학위 논문에서 처음으로 시도되었다. 그런데 그러한 작업은 시와 시적 대상이 된 그림의 비교를 토대로 한 것이 아니다. 미학 이론을 참조함과 아울러 시적 진술의 분석을 토대로 한 것이다. 그림과의 비교를 시도하지 못한 것은 무엇보다도 그림을 연구 자료로 활용할 수 없었기 때문이다. 시의 표제만으로써는 그 시의 시적 대상이 되었던 그림이 누가 그린 것인지 알 수 없는 경우가 많거니와, 설혹 알 수 있다고 하더라도 그 그림이 전해오지 않거나 또는 그 그림의 소재 파악이 용이치 않은 경우가 허다하다. 비록 그림의 소재를 확인할 수 있더라도, 소장자나 소장 기관이 여러 가지 이유로 그 그림을 연구 자료로 제공하기를 꺼려하는 것이 사실이다.

화면상의 이미지를 언어로 재산출할 때의 원리와 방법을 처음 규명할 당시 필자는 군이 그림과 비교하지 않고 시적 진술의 분석만을 통해서도 그에 대한 규명이 가능하다고 보았다. 화면상의 이미지를 언어로 재산출한 개개의 제화시 작품들에는 이미 그러한 원리와 방법들이 구현되어 있다. 따라서 제화시 작품들에서 화면상의 이미지가 언어로 재산출할 때의 원리와 방법들을 추출하는 것은 군이 그림과의 비교 없이도 가능하다고 보았던 것이다.

그러나 그림과 비교하지 않으면, 시적 변형의 문제를 원론적이거나 추론적인 차원에서 논의할 수밖에 없다. 학위 논문에서 필자는 화면상의 이미지의 재산출 방향을 크게 두 가지로 구분하였었다. 화면상의 이미지를 재현하려는 쪽과 화면상의 이미지에 대한 시인 자신의 주관적인 인상을 표현하려는 쪽이 바로 그것이다. 필자는 11세기 北宋의 문인화가 宋迪이 그린 「瀟湘八景圖」라는 동일한 그림을 시적 대상으로 하여 화면상의 이미지를 언어로 재산출한 李仁老와 陳澕의 「宋迪八景圖」 시를 대비·분석하면서 이 가설을 적용하였다. 그리하여 상대적으로 장형의 칠언고시로 지어진 진화의 시에서는 세밀한 묘사로 인해 경물이 보이는 상태의 구체성이 부각되기 때문에 화면상의 이미지라는 대상의 객관성이 강조된다고 하였다. 이에 비해 상대적으로 단형의 칠언절구로 지어진 이인로의 시에서는 간략한 묘사로 인해 경물이 자아내는 동작의 역동감이 부각되기 때문에 화면상의 이미지에 대한 시인 자신의 주관적인 인상이 강조된다고 하였다.[1]

학위 논문을 낸 지 10여 년이 훨씬 지나서 필자는 밀양 손씨 문중에서 소장하고 있는 『七灘亭十六景畵帖』과 여주 이씨 문중에서 소장하고 있다가 밀양박물관에 기증한 「今是堂十二景圖」의 사진을 연구 자료로 사용할 수 있게끔 제공받을 수 있었다. 특히 『칠탄정십육경화첩』에는 두 종류의 「칠탄정십육경도」 그림 16점이 수록되어 있는데, 세 시인이 지은 「칠탄정십육경」 시 16수가 두 종류의 「칠탄정십육경도」 그림 16점에 나누어 적혀 있다. 그러므로 『칠탄정십육경화첩』은 화면상의 이미지를 언어로 재산출할 때의 원리와 방법을 규명하는 데 더할 나위 없이 좋은 자료라고 할 수 있다.

그림과 시를 비교해본 결과, 화면상의 이미지가 언어로 재산출되면서 시적 변형이 다양하게 발생한 것

1   최경환, 「제화시의 이미지 재산출에 있어서 시적 화자의 기능과 시의 길이」, 『연민학지』 2권, 연민학회, 1994, 175면.

을 확인할 수 있었다. 그런데 필자의 학위 논문에서 제시하였던 가설로는 「칠탄정십육경」 시와 「금시당십이경」 시에서 보이는 시적 변형의 다양한 양상들을 도저히 설명할 수 없음을 자인할 수밖에 없었다. 그 후 「칠탄정십육경도」 그림과 「칠탄정십육경」 시, 「금시당십이경도」 그림과 「금시당십이경」 시를 면밀하게 비교하는 작업을 상당 기간 동안 하였었다. 그러한 작업 끝에 화면상의 풍경과 시적 풍경을 이루는 요소들 사이의 관계 양상을 세 가지 유형으로 추출할 수 있었고, 이에 근거하여 화면상의 이미지의 재산출 방향을 부각, 보완, 대체라는 세 가지 방향으로 설정할 수 있었다.

이 가설을 근거로 할 때, 앞서 예로 제시한 이인로와 진화의 시의 비교 논의에 대한 결론은 달라질 수밖에 없다. 두 시인의 시에서 각각 부각되는 점이 현격하게 차이 나지만, 부분적으로 시적 변형이 발생하였다는 점에서 두 시인의 시 모두 화면상의 이미지를 보완하는 방향으로 재산출된 시라고 할 수 있다. 그러므로 이인로의 시가 경물이 자아내는 동작의 역동감을 부각하는 쪽으로 화면상의 이미지를 보완하였다면, 진화의 시는 경물이 보이는 상태의 구체성을 부각하는 쪽으로 화면상의 이미지를 보완하였다고 할 수 있다. 이러한 예에서 알 수 있듯이, 시와 그림을 비교하지 않은 채 원론적이거나 추론적인 차원에서 세워진 가설로는 화면상의 이미지가 언어로 재산출될 때 실제로 나타나는 다양한 현상들을 적확하게 설명할 수 없다.

다른 연구자들의 제화시 논문들에서도 필자가 범하였던 것과 비슷한 오류를 흔하게 찾아볼 수 있다. 심지어는 화면상의 이미지를 언어로 재산출한 시를 해당 시의 시적 대상이 된 그림과 비교하지 않고 시에서 제시되는 풍경과 비슷한 것으로 추정되는 다른 그림과 비교하는 경우도 있다. 물론 시적 대상이 된 그림을 확보할 수 없었기 때문에 부득이하게 그렇게 한 것으로 짐작된다. 그러나 이는 화면상의 이미지가 언어로 재산출될 때 시적 변형이 발생한다는 점을 간과한 것이다.

이 책은 1부와 2부로 편성되어 있다. 1부에서는 제화시의 작시 원리를 규명하기 위해 제화시의 유형 분류와 아울러 그림과 관련된 시적 진술의 전체적인 양상을 밝히려고 하였다. 2부에서는 여러 종류의 그림들과 그 그림들을 시적 대상으로 하여 지어진 시들을 비교하여 시인들이 화면상의 풍경을 시적 풍경으로 어떻게 재산출하는가라는 문제를 다루었다. 그리하여 제1장에서는 두 종류의 「七灘亭十六景圖」 그림 16점을 시적 대상으로 하여 세 시인이 비슷하거나 동일한 화면상의 풍경을 어떻게 서로 다른 시적 풍경으로 재산출하였는가를 살펴보았다. 제2장에서는 실경을 그린 「今是堂十二景圖」 그림 12점을 시적 대상으로 하여 실경에 대해 잘 알고 있는 시인이 화면상의 풍경을 시적 풍경으로 어떻게 재산출하였는가를 살펴보았다. 제3장에서는 「谷雲九谷圖」 그림 9점을 시적 대상으로 하여 9명의 시인이 각각의 화면상의 풍경을 시적 풍경으로 어떻게 재산출하였는가를 살펴보았다. 제4장에서는 "시 · 서 · 화의 일체를 통한 문인화 형식의 높은 경지를 지녔다"[2]라는 평을 받은 張遇聖의 그림들에서 그의 자작 제화시들이 어떠한 기능을 하는지를 살펴보았다. 이 책에서 논의된 한시는 모두 98수이고, 그림은 모두 64점이다.

이 자리를 빌려 연구 자료로 사용할 수 있게끔 허락해주시고 또 그림의 사진을 제공해주신 분들과 기관들에 감사의 뜻을 전하고자 한다. 『칠탄정십육경화첩』 사진을 제공하여 필자로 하여금 중단되었던 제화시 연구를 다시 시작하게 해주신 전 신라대학교 고 손팔주 교수님, 『칠탄정십육경화첩』 사진을 연구 자료로 활용할 수 있도록 허락해주신 밀양 손씨 문중의 종손 손상모 님, 「금시당십이경도」의 사진을 연구 자료로 활용할 수 있도록 허락해주신 여주 이씨 문중의 종손 이용정 님, 「금시당십이경도」 그림 12점에 그려진 화면상의 풍경과 실경 그리고 시적 풍경 간의 차이를 꼼꼼하게 설명해줌으로써 필자가 화면상의 이미지의 재산출과 관련된 이론을 확립하는 데 많은 도움을 주신 밀양시립박물관의 김재학 학예사님, 장우성 화백의 자작 제화시가 적혀진 모든 그림들의 디지털 이미지와 함께 많은 자료들을 제공하여 필자로 하여금 미적 기능과 정보적 기능이라는 제화시의 두 가지 기능을 확연하게 인식하게 해주신 이천시립 월전미술관의 오윤형 학예사님, 『곡운구곡도첩』 사진을 제공하여 「곡운구곡도」 그림 9점과 9명의 시인들이 지은 시들의 비교를 가능하게 해주신 국립박물관에 감사드린다. 이분들과 기관들의 도움이 없었더라면, 이 책이 나올 수 없었을 것이다.

끝으로 이 책을 출판해주신 한국학술정보의 채종준 대표이사님과 기획 편집 실무를 맡아 책을 잘 만들어주신 김채은 님을 비롯한 한국학술정보 기획편집팀 여러분께 감사드린다. 아울러 이 책의 표지 그림을 멋들어지게 그려준 딸 한솔에게도 고마움을 표한다.

이 책은 다음의 필자의 논문들을 수정 · 보완하여 엮은 것이다.

1. 「韓國 題畵詩의 陳述 樣相 硏究」, 서강대학교 박사학위 논문, 1991. 6.
2. 「多人 創作 題畵詩와 다르게 하기의 작법 - 姜世晃과 李壽煥의 〈七灘亭十六景圖詩〉를 중심으로 -」, 『동양한문학연구』 24집, 2007. 2.
3. 「실경산수도시와 화면상의 이미지의 재산출 방향 - 이용구의 〈금시당십이경〉 시를 중심으로 -」, 『한국고전연구』 18집, 한국고전연구학회, 2008. 12.

---

2 오광수, 「문인화의 격조와 현대적 변주」, 『한국근대회화선집』 한국화 11권, 금성출판사, 1990(이열모 외 공저, 『월전을 그리다』, 2012, 미술문화 재수록), 289면.

4. 「화면상의 풍경과 시적 풍경의 차이와 근거 - 〈금시당십이경도〉와 〈금시당십이경〉 시의 대비를 중심으로 -」, 『한국고전연구』 20집, 한국고전연구학회, 2009. 12.

5. 「화가의 자작 제화시와 화면상의 이미지의 재산출 방향(1) - 강세황의 〈칠탄정십육경도시〉를 대상으로 -」, 『한국고전연구』 22집, 한국고전연구학회, 2010. 12.

6. 「화가의 자작 제화시와 화면상의 이미지의 재산출 방향(2) - 강세황의 〈칠탄정십육경도시〉를 대상으로 -」, 『한국고전연구』 24집, 한국고전연구학회, 2011. 12.

7. 「월전 장우성의 그림과 제화시의 기능」, 『한국고전연구』 26집, 한국고전연구학회, 2012. 12.

8. 「월전 장우성의 그림과 동일 화제의 반복적 사용을 통한 미적 기능의 실험」, 『한국고전연구』 30집, 한국고전연구학회, 2014. 12.

9. 「월전 장우성의 그림과 자작 제화시의 비교 연구 - 화면상의 풍경과 시적 풍경의 관계 양상을 중심으로 -」, 『동양한문학연구』 43집, 동양한문학회, 2016. 2.

10. 「谷雲九谷圖」와 「谷雲九谷歌」의 비교 - 화면상의 풍경과 시적 풍경의 관계 양상을 중심으로 -」, 『동양한문학연구』 48집, 동양한문학회, 2017. 10.

11. 「「七灘亭十六景圖」와 李瀷의 「七灘亭十六景」 詩의 비교(1) - 화면상의 풍경과 시적 풍경의 관계 양상을 중심으로 -」, 『동양한문학연구』 51집, 동양한문학회, 2018. 10.

12. 「「七灘亭十六景圖」와 李瀷의 「七灘亭十六景」 詩의 비교(2) - 화면상의 풍경과 시적 풍경의 관계 양상을 중심으로 -」, 『동양한문학연구』 53집, 동양한문학회, 2019. 6.

13. 「姜世晃의 「七灘亭十六景圖」와 李玄煥의 「七灘亭十六景」 詩의 비교 - 화면상의 풍경과 시적 풍경의 관계 양상을 중심으로 -」, 『동양한문학연구』 56집, 동양한문학회, 2020. 6.

2020년 9월

제2부 그림과 제화시의 비교

제1부

제화시의 유형과 진술 양상

제1장

제화시의 장르상의 특성

여기에서는 제화시의 작시 원리를 규명하기에 앞서 어떠한 시를 제화시라고 하며, 그러한 시들의 시적 전통이 언제 어떻게 해서 생성되고 융성하게 되었는가를 살펴보기로 한다. 그런 다음 여타의 한시들과는 변별되는 제화시의 장르상의 특성을 살펴보기로 한다.

1. 제화시의 정의와 표제상의 특징

題畵文學의 하위 장르[3]의 하나이자, 한시의 하위 장르[4]의 하나인 題畵詩는 '화면상의 공간에 적혀진 시'[5]라는 사전적 의미를 지닌다. 그러나 이러한 사전적 풀이가 제화시의 명칭을 적확하게 정의한 것이라고는 보기 어렵다. 왜냐하면 '화면상의 공간에 적혀진 시'들은 그림과 시 창작의 선후 관계에 따라 두 부류로 구분될 수 있기 때문이다. 즉 그림의 창작 이전에 이미 지어진 시들과 그림의 창작 이후에 지어진 시들이 바로 그것이다. 전자의 경우엔 시가 바로 그림 창작의 계기가 되며, 후자의 경우엔 그림이 바로 시 창작의 계기가 된다. 그림의 창작 이전에 지어진 시들의 경우, 그 시들은 그림의 제재나 대상이 된다. 이때 그림에서는 언어로 형상화된 시인의 詩想이나 시적 세계가 선과 색으로 가시화된다. 그러므로 화면상의 공간에 적혀진 시들 가운데 그림의 제재나 대상이 된 시들은 엄격하게 말해서 '畵題詩(그림의 제

3　青木正兒는 『支那文學藝術考』(弘文堂, 昭和 17年, 269면)에서 畵贊, 畵詩, 畵記, 畵跋 등을 題畵文學으로 분류하고 있다. 畵贊과 畵詩는 운문에 속하며, 畵記와 畵跋은 산문에 속한다.

4　한시는 시적 제재에 따라 懷古, 邊塞, 詠物, 山水, 紀行, 宮體, 閨怨, 題畵詩 등의 여러 하위 장르로 구분된다.

5　中華學術院, 『中文大辭典』권10, 中國文化大學出版部, 民國 62年, 55면.
　　"題畵: 題詩文於山水畵面也."

목이나 제재가 되는 시)'라고 할 수 있을 것이다.[6] 이와는 반대로 그림의 창작 이후에 지어진 시들의 경우, 그림이 시의 제재나 대상이 된다. 이때 시에서는 선과 색으로 그려진 화면상의 형상이 언어로 재산출되거나, 혹은 그림이 표상하고 있는 외적 세계, 혹은 그림에 대한 비평, 혹은 그림에 대한 감상 등이 진술된다. 그러므로 화면상의 공간에 적혀진 시들 가운데 그림을 제재나 대상으로 하여 지어진 시들만이 '題畵詩'라고 할 수 있다.

제화시는 表題上으로 식별이 가능하다. 시의 표제가 화면상의 공간에는 적혀져 있지 않으나, 개인 문집에는 반드시 적혀져 있기 때문이다. 그 표제는 주로 '自題 --- 圖(畵, 畵屛)'와 '題 --- 圖(畵, 畵屛)' 등의 형태로 되어 있다. 전자는 화가가 자신의 그림을 시적 제재나 대상으로 하여 직접 지은 시의 표제 형태이며, 후자는 그림을 그린 당사자가 아닌 다른 인물이 그 그림을 시적 제재나 대상으로 하여 지은 시의 표제 형태이다.

그러나 '화면상의 공간에 적혀진 시들 가운데 그림을 시적 제재나 대상으로 하여 지어진 시'만을 제화시라 할 경우, 다음과 같은 문제점이 제기될 수 있다. 첫째, '自題 --- 圖(畵, 畵屛)'와 '題 --- 圖(畵, 畵屛)'와 같은 표제를 가진 시들 가운데는 長形의 排律詩나 古體詩가 적지 않다. 그러한 시들은 화면상의 공간에 적혀진 것으로 보기에 字數와 句數가 지나치게 많은 것이 사실이다.[7] 둘째, 그림을 시적 제재나 대상으로 하여 지어진 시들 가운데는 화면상의 공간에 적혀져 있지 않은 시들이 매우 많다. 시인들이 그림을 시적 제재나 대상으로 하여 시를 지은 다음, 그 시를 화면상의 공간에 써넣기도 하였고, 때론 그 화면의 前·後·左·右面에 종이를 덧붙여 그곳에 써넣기도 하였다. 때론 화면과는 별도로 두루마리 형태로 만든 畵卷이나 畵帖 혹은 詩卷이나 詩帖에 써넣기도 하였고, 때론 화면과는 전혀 관계없는 별도의 지면 위에 써넣기도 하였다.[8] 그림을 시적 제재나 대상으로 하여 지어진 시들 가운데 화면상의 공간에 적혀진 시들만을 제화시라 할 경우, 화면상의 공간에 적혀지지 않은 시들을 어떻게 명명할 것인가라는 문제가 제기된다.

그리하여 일부 연구자들은 화면상의 공간에 적혀졌는지의 여부에 따라 그림을 시적 제재나 대상으로 하여 지어진 시들을 다시 구분하기도 하였다. 즉 화면상의 공간에 적혀진 시와 그렇지 않은 시로 나눈 다음, 전자만을 題畵詩라 하고 후자를 詠畵詩라고 명명하였다.[9] 그러나 이러한 구분은 제화시의 시적 전통

---

6 한시에 대한 지식이 해박하지 않으면, 화면상에 적힌 시가 '제화시'인지 아니면 '화제시'인지 구별하기가 쉽지 않다.

7 包根弟, 「論元代題畵詩」, 『古典文學』 2輯, 中國古典文學硏究會主編, 臺灣學生書局, 民國 69年, 322면.

8 徐復觀은 「中國畵與詩的融合」(『中國藝術精神』, 臺灣學生書局, 民國 73年, 8版, 480면)에서 제화시들을 써넣었던 공간이 다음과 같이 시대에 따라 변천하였음을 밝히고 있다. 그림을 시적 제재나 대상으로 하여 지어진 시들이 중국 唐代(618~907)에는 화면과 관계없이 별도의 지면에 적혀졌는데, 北宋代(960~1126)에 이르러서는 畵卷의 後尾나 前面에 적혀졌다. 화면상의 여백에 시를 써넣었던 최초의 인물은 바로 북송의 徽宗(재위 1100~1125)이다. 휘종은 자신이 그린 「蠟梅山禽圖」를 시적 대상으로 하여 오언절구 한 수를 지은 다음, 그 시를 화면 왼쪽 아래 여백에 써넣었다. 이 외에도 휘종은 자신이 그린 「文會圖」를 시적 대상으로 하여 蔡景으로 하여금 시를 짓게 한 다음, 그 시를 화면의 오른쪽 여백에 써넣기도 하였다. 휘종은 화면이 구도상으로 한쪽에 치우치는 것을 방지하기 위해 그 여백에 시를 써넣었는데, 그림으로써 화면의 구도상의 균형을 유지할 수 있었던 것이다. 南宋代(1127~1279)의 그림 중에서도 화면상의 여백에 시가 적혀진 것이 간혹 보이지만, 실제로 그러한 풍조가 성행하였던 시기는 元代(1279~1368)이다. 趙孟頫(1254~1322), 黃公望(1269~1354), 吳鎭(1280~1354), 倪瓚(1301~1374), 王蒙(1308~1385) 등 元末 四大家들이 그러한 풍조를 주도하였던 대표적인 인물들인데, 그들 이후로 그러한 풍조는 통상적인 격식이 되었다.

9 包根弟의 「論元代題畵詩」(앞의 책, 民國 69年)와 孫政仁의 「李奎報 題畵詩의 考察」(『嶺南語文學』 14집, 嶺南語文學會, 1987)은 그림을 시

을 단절시킨다는 문제점을 지닌다. 일반적으로 제화시가 한시의 하위 장르로 정립되었던 시기를 蘇軾 (1036~1101)과 黃庭堅(1045~1105)이 활약한 北宋代로 간주하고 있는데,[10] 이때는 시를 畵卷의 後尾 나 前面에 적었던 것으로 보인다. 화면상의 공간에 직접 시를 써넣는 풍조가 성행하기 시작하였던 시기 는 元代이다.[11] 그리고 元代 이후에도 시를 화면상의 공간에 써넣기도 하였고, 그 이외의 공간에 써넣기 도 하였다. 뿐만 아니라 화면상의 공간에 적혀진 시가 그렇지 않은 시에 대해 전체적인 화면 형성에 기여 하는 것 이외에 다른 어떤 변별적인 특성을 지니고 있는 것은 아니다. 이러한 점에서 화면상의 공간에 적 혀졌는지의 여부에 따라 題畵詩와 詠畵詩로 구분하는 것은 별 의미가 없다고 생각된다.

그러므로 이 책에서는 화면상의 공간에 적혀졌는지의 여부와 관계없이 시인이 그림을 시적 제재나 대 상으로 하여 지은 시를 제화시라고 정의한다. 그런데 그림을 시적 제재나 대상으로 하여 지어진 시들 은, 화면상의 공간에 적혀진 것이건 그 이외의 공간에 적혀진 것이건, 모두 그 시를 지은 시인의 개인 문 집에 수록되어 있다. 이때 제화시의 확인은 시의 표제로써 가능하다. 표제가 '題 —— 圖(畵, 畵屛)', '題 —— 畵帖(卷)', '題 —— 畵帖(卷)', '題 —— 圖詩帖(卷)' 등으로 되어 있거나, 또는 '題' 자가 생략된 채 '—— 圖(畵, 畵屛)'로 되어 있거나, 아니면 그림의 표제가 생략된 채 '題畵', '詠畵', '題畵帖(卷)', '畵', '畵 梅(鶴, 竹, 蘭)' 등으로 되어 있다.[12] 이와 같은 표제로 미루어볼 때, 그 시가 적혀진 공간이 화면인지, 혹은 화첩(권)인지, 혹은 시첩(권)인지, 혹은 그림과 전혀 관계없는 별도의 지면인지를 대강 짐작해볼 수 있다. 표제로써 제화시를 확인할 수 있다는 점에서, 제화시를 지은 당대의 시인들이나 그 시인들의 개인 문집 을 간행하였던 당시의 문인들이 하나의 시적 전통으로서 제화시의 장르적 특성을 인지하고 있었음을 짐 작할 수 있다.

2. 제화시의 시적 전통의 생성과 융성

제화시라는 시적 전통이 언제부터 생성되었는지는 분명치 않다. 다만 전해오는 제화시 가운데 중국의 六朝 때 北周의 庾信(513~581)이 지은 「詠畵屛風25首」 시가 가장 이른 시기의 작품으로 간주되고 있다. 그 후 唐代에는 盧鴻(생졸년 미상)의 시 「草堂十志圖自詠」과 杜甫(712~770)의 시 「題李尊師松樹障山

적 제재나 대상으로 하여 지은 시들을 이른바 題畵詩와 詠畵詩로 구분하고 있다.

10 Ronald C. Egan, "Poems on Paintings: Su Shih and Huang T'ing-chien", Havard Journal of Asiatic Studies, vol.43; Num-ber2 December, Cambridge; Harvard - Yenching Institute, 1983, 480면.

11 徐復觀, 앞의 책, 民國 73年, 480면.

12 표제상에 '圖'나 '畵'가 명시되어 있지 않은 제화시도 더러 찾아볼 수 있다. 이 책의 제2부에서 다룰 다음과 같은 시들에서도 표제상에 '圖'나 '畵'가 명시되어 있지 않다. 李龍九의 「今是堂十二景」 시는 「今是堂十二景圖」 그림 12점을 시적 대상으로 하여 지어진 시이지만, 표제상에 '圖'가 명시되어 있지 않다. 姜世晃이 「七灘亭十六景圖」 그림 16점을 그리고 그 그림들에 자신이 지은 시를 각각 써넣었는데, 『豹菴遺稿』에서는 그 시들의 표제가 「題密陽孫鰲溪七灘亭十六景」으로 되어 있다.

歌」, 「韋諷錄事宅觀曹將軍畵馬圖歌」, 「題壁上韋偃畵馬歌」 등 18수의 시가 전해진다.[13] 그러나 두보 이후 晩唐에서부터 五代를 거쳐 宋代初에 이르기까지는 이러한 시적 전통이 지속적으로 이어가지 못하였다.[14]

제화시가 본격적으로 지어지기 시작하였던 시기는 北宋 때이다. 이 시기는 바로 蘇軾과 黃庭堅 등의 영향을 받아 문인들 사이에 詩畵一致觀이 확립되고, 또 文人畵가 대두되던 때이다. 宋代의 趙孟溁(생졸년 미상)이 「論畵品」에서 "시는 형태가 없는 그림이며, 그림은 형태가 있는 시이다(詩是無形畵, 畵是有形詩)"라고 하였듯이, 당시 문인들은 詩情과 畵意의 혼융을 귀중하게 여겼다. 그래서 蘇軾은 王維를 높이 평가하여 "마힐의 시를 음미해보면 시 가운데 그림이 있고, 마힐의 그림을 보면 그림 가운데 시가 있다(味摩詰之詩, 詩中有畵, 觀摩詰之畵, 畵中有詩)"라고 하였던 것이다. 王維(699~761)의 그림은 단순히 자연의 실제 경물을 그대로 묘사하는 것이 아니다. 왕유 자신의 개인적인 意趣가 화면상에 그려져 있는 형상 속에 내재되어 있다.[15] 즉 왕유는 경물의 形似보다는 관조를 통해 파악한 그것의 본질적 의미(氣韻)를 형상화하는 데 역점을 두었던 것이다. 이때 화면상에 그려져 있는 형상은 자연 경물이 그대로 거울에 비친 듯한 것이 아니고, 왕유라는 화가의 마음속에서 양성되어 이루어진 것이다. 회화의 본래적 성격은 경물의 상태를 구체적이고 생생하게 보여주는 데에 있다. 그러나 문인화는 오히려 경물의 상태를 간결한 묘사로 간략하게 처리함으로써 그 상태를 암시할 따름이다. 이와 같이 화가의 氣韻과 意趣를 강조하는 문인화의 성격은 본질적으로 시의 그것과 그리 다르지 않다. 시 또한 외적 경물을 그대로 模寫하는 것이 아니라, 시인의 관조에 의해 파악된 경물의 의미가 언어로 형상화되는 가운데 함축적으로 제시되기 때문이다. 시인과 화가는 다 같이 자연 경물의 본질을 파악하여 그것을 간결하고 예리한 묘사로써 형상화하려고 한다. 그러므로 형상화하는 매체만 다를 뿐이지, 자연을 읊은 시와 자연을 그린 그림 사이에 뚜렷한 구별이 있을 수가 없다.[16] 바로 이러한 인식하에서 宋代에 氣韻이 生動하는 文人畵와 시의 융합 — 詩畵를 동일한 것으로 보려는 主義가 자연스럽게 배태될 수 있었을 것이다.[17] 문인화가 번창하였던 宋代에 이르러 제화시가 한시의 하위 장르로 정립되고 또 창성하게 된 것도 바로 당시에 확립된 詩畵一致觀 때문이라고 하겠다. 시화일치관의 확립에 주도적인 역할을 하였던 소식과 황정견은 모두 200여 수의 제화시를 남겼다. 이들의 영향을 받아 송대에는 시를 지어 畵意를 드러내거나 반대로 詩意를 그림으로 그려내

---

13 包根弟, 앞의 논문, 民國 69年, 320~321면.

14 Ronald C. Egan, 앞의 논문, 1983, 420면.

15 包根弟, 앞의 논문, 民國 69年, 321면.

16 Chiang Yee, The Chinese Eye, Bloomington & London; Indiana University Press, 1964, 99면.

17 徐復觀은 앞의 책(民國 73年, 481~483면)에서 魏晉時代의 玄學에 의해 확립된 自然觀이 바로 중국의 시와 그림의 융합 근거가 되었다고 하였다. 자연이 바로 인간의 정신을 해방시키며 또한 인간의 영원한 안식처가 된다는 관점은 당대인들로 하여금 인생의 가치를 자연에 두게 하였을 뿐 아니라 예술활동상에서도 적극적으로 자연을 추구하게 되었다는 것이다. 그리하여 謝靈運이나 陶淵明의 문학과 같이 山水나 田園을 다룬 문학에서는 人間 感情의 對象化 또는 自然化 현상이 나타나게 되었으며, 宗炳이나 王微의 山水畵와 같이 山水를 위주로 하는 自然畵에서는 自然의 感情化 현상이 나타나게 되었다. 人間 感情의 對象化는 곧 '느끼는(感)' 예술인 시로 하여금 동시에 '보는(見)' 예술이 되게 하였으며, 自然의 感情化는 곧 '보는(見)' 예술인 그림으로 하여금 동시에 '느끼는(感)' 예술이 되게 하였다. 그리하여 시란 '느낌으로 말미암아 보는(由感而見)' 것이기에 시 가운데에 그림이 있게 되며(詩中有畵), 그림이란 '봄으로 말미암아 느끼는(由見而感)' 것이기에 그림 가운데에 시가 있게 되어(畵中有詩), 시와 그림이 자연스럽게 융합하게 되었다는 것이다.

는 경우가 빈번하였다. 특히 宋代의 徽宗(1082~1135)은 시험을 통해 畵員을 선발하였는데, 이때 詩句를 畵題로 출제하여 화가로 하여금 詩語로 환기되는 세계를 그림으로 그리게 하였다. 즉 휘종은 화가에게 그림을 잘 그리는 솜씨뿐만 아니라 시인에 못지않은 문학적인 소양까지 요구하였던 것이다.[18]

宋代에 이르러 한시의 하위 장르로 정립되었던 제화시는 元代에 이르러 극도로 번성하였다. 包根弟는 元代에 제화시가 번성하게 된 주요 요인이 원대의 정치적, 문화적 상황에 있다고 보았다. 당시 몽고족의 지배하에서 불평등한 대우와 박해를 받았던 漢族은 울분과 비애를 느낄 수밖에 없었다. 그리하여 文人들은 내면에 쌓인 울분과 비애를 山水, 墨竹, 墨蘭 등의 그림을 빌려 종종 토로하곤 하였는데, 이러한 시대 분위기가 바로 제화시의 융성을 조장하게 되었다는 것이다. 또한 元代는 문인화가 극도로 발전하였던 시대다. 당시 畵院이 철폐됨에 따라 화가들은 신분의 보장을 받지 못한 대신에 왕의 뜻에 맞추어 그림을 그려야만 한다는 속박에서 벗어나 그림을 자유롭게 그릴 수 있었다. 그리고 이민족의 지배라는 정치적 상황까지 가미되어 화가들은 자주 筆墨을 빌려 내면의 뜻을 화면에 담곤 하였다. 이로 말미암아 원대의 화풍은 화가의 주관적인 감정을 표출하는 경향을 강하게 띠게 되었다. 게다가 宋代에 과도한 발전을 보였던 화려하고 공교한 '院派'의 화풍에 대한 반발로 일찍이 왕유가 주창하였던, 神韻과 意象을 중시하는 '文人畵派'가 다시 흥기하여 급속도로 발전하였다. 문인화의 융성이라는 문화적 여건 속에서 제화시 창작이 활발하게 이루어지게 되었다. 그리하여 원대에는 懷古詩, 征行詩, 詠物詩, 山水詩, 紀行詩 등 다른 여러 詩體들보다도 제화시가 더욱 성행하게 되었다는 것이다. 예컨대 虞集(1272~1348)의 『道園學古錄』에 수록된 총 397수의 시 가운데 170여 수가 제화시이며, 楊載(1271~1323)의 『楊仲弘詩集』에 수록된 총 397수의 시 가운데 64수가 제화시이다.[19]

이와 같이 제화시는 宋代에 이르러 詩畵一致觀의 확립으로 말미암아 한시의 하위 장르로 정립되었으며, 다시 元代에 이르러서는 이민족의 지배라는 정치적 배경과 문인화의 융성이라는 문화적 여건 속에서 극도로 번성하게 되었다. 그 이후 그러한 시적 전통은 明代를 거쳐 淸代에 이르기까지 면면히 이어졌다.

우리나라의 경우에도 제화시가 언제부터 지어졌는지는 분명치 않다. 李慧淳은 『東文選』에 수록된, 高麗 仁宗年間(1123~1146)에 鄭與齡이 지은 「李相國家藏晉州山水圖」 시를 현전하는 제화시 가운데 가장 이른 시기의 작품으로 보았다.[20] 그런데 生沒年代와 창작 시기가 알려지지 않아 분명치는 않지만, 仁宗 때 관직이 正5品 內侍郎中에 이르렀던 鄭叙의 「題墨竹後」 시도 정여령의 시와 비슷한 시기에 지어진 것으로 보인다. 그러나 제화시가 본격적으로 지어지기 시작하였던 시기는 李仁老(1152~1220), 林椿(생졸년 미상), 李奎報(1168~1241), 陳澕(1200 문과 급제) 등이 활동하였던 고려 무인정권기, 그중에서도 특히 明宗(1171~1197)·神宗(1198~1203) 年間으로 보인다. 이 시기에는 중국 북송의 소식과 황정견의

---

18 Chiang Yee, 앞의 책, 1964, 89~91면 참조.

19 包根弟, 앞의 논문, 民國 69年, 318~319면.

20 李慧淳, 「牧隱 李穡의 題畵詩 試考」, 『論叢』 25집, 이화여자대학교 한국문화연구원, 1987, 55면.

영향을 받아 詩畵一致觀이 이미 문인들 사이에 널리 퍼졌을 뿐 아니라, 전해지는 자료가 드문 가운데에도 비교적 여러 시인들이 지은 적지 않은 수의 제화시를 확인할 수 있기 때문이다.[21] 明宗이 文臣들에게 瀟湘八景詩를 짓게 하고 화가인 李光弼에게 그 시들을 근거로 하여 그림을 그리게 하였다는 기록[22]만으로도 당시 文壇과 畵壇에 이미 시화일치관이 널리 퍼졌음을 손쉽게 추정해볼 수 있다. 게다가 李仁老는 「題李佺海東耆老圖後」에서 다음과 같이 시화일치관을 직접적으로 언급하고 있다.

> "시와 그림이 묘한 곳에서 서로 의뢰하는 것이 똑같다 하여, 옛사람들은 그림을 소리 없는 시라 하고 시를 운이 있는 그림이라고 하였다. 대개 사물의 형상을 묘사하여 하늘이 아끼는 바를 파헤치고자 하므로, 그 방법은 굳이 기약하지 않더라도 서로 같게 된다."[23]

이인로는 시와 그림이 동일한 목표를 지니며 따라서 그 목표를 이루기 위한 방법도 동일할 수밖에 없다고 말한다. 즉 시와 그림은 다 같이 경물의 내적 본질을 파악하여 그것을 형상화하고자 하므로, 형상화하는 방법이 동일할 수밖에 없다는 것이다. 실제로 이인로는 직접 墨竹을 그리고 또 그것을 시적 대상으로 하여 시를 짓기도 하였다.[24]

특히 명종·신종 연간은, "과거 급제자들의 이름을 적은 榜이 나붙게 되면 사람들이 30명의 蘇東坡가 나왔다"[25]라고 말할 정도로, 소식과 황정견의 영향을 지대하게 받았던 시대이다. 제화시가 소식과 황정견에 의해 한시의 하위 장르로 정립되고 또 활발하게 지어졌다는 점에서, 우리나라의 제화시가 본격적으로 지어지기 시작한 시기는 이들의 영향을 지대하게 받았던 명종·신종 무렵으로 보인다. 실제로 이 무렵에 활동하였던 시인의 작품으로 현재까지 전해오는 제화시들을 들면 다음과 같다. 이인로의 작품으로 『東文選』에 「宋迪八景圖」 8수와 「題東皐子眞」, 「杏花鸚鵡圖」 등 10수가 수록되어 전하고 있으며, 임춘의 작품으로 『西河集』에 「題鳴江圖」, 「題滉之家王可訓家春景山水圖」 등 2수가 수록되어 전하고 있다. 이규보의 작품으로 『東國李相國集』에 「畵鯉魚行」, 「題畵虎」, 「書文長老月傾扇」, 「題任君景謙寢屛六詠」 등 21수가 수록되어 있으며, 진화의 작품으로 『梅湖遺稿』에 「和李諭諸公題任副樞景謙寢屛四詠」, 「宋迪八景圖」 8수 등 13수의 제화시가 수록되어 있다. 특히 이인로의 「宋迪八景圖」 시는 중국 元代의 시인인 趙孟頫 (1254~1322)의 사랑을 받았으며, 또 진화의 「宋迪八景圖」 시와 함께 조선 전기의 시인이자 시평가인 徐

---

21 李慧淳은 위의 논문(1987, 59면)에서 우리나라의 경우 본격적으로 제화시가 지어진 시기를 元代文學과 밀접한 관계를 가졌던 고려 말로 보고 있다.

22 『高麗史』 권 122, 「列傳」 권35, 李寧條.
"子光弼, 亦以畵見寵於明宗. 王命文臣賦瀟湘八景, 仍寫爲圖."

23 『東文選』, 권 102.
"詩與畵妙處相資, 號爲一律, 古之人以畵爲無聲詩, 以詩爲有韻畵. 蓋模寫物象, 披割天慳, 其術固不期而相同也."

24 李仁老, 『破閑集』, 卷上.
"僕嘗(以睡居士墨竹)學之, 遇紙素屛帳, 無不揮麗. 自以爲得其髣髴. 故作詩云, 餘波猶及碧琅玕. 自恐前身文笑笑."

25 李奎報, 「答全履之論文書」, 『東國李相國集』, 권 26.
"世之學者, 初習場屋科擧之文, 不暇事風月. 及得科第然後, 方學爲詩, 則尤嗜讀東坡詩. 故每歲榜出之後, 人人以爲今年又三十東坡出矣."

居正(1420~1488)의 격찬을 받았다.[26] 뿐만 아니라 소상팔경도 시의 전형으로 간주되어 조선 世宗 때 安平大君 李瑢(1418~1453)이 제작한『匪懈堂瀟湘八景詩卷』에 수록되기도 하였다.[27] 이러한 사실과 아울러 이규보의 제화시가 21수나 된다는 사실로 미루어볼 때, 비록 전해오지는 않지만 이인로의 詩文集『銀臺集』에는『동문선』에 수록된 10수보다 더 많은 수의 제화시가 수록되었을 것으로 짐작된다.

이와 같은 여러 사항으로 미루어볼 때, 우리나라에서 제화시가 본격적으로 지어지기 시작하였던 시기는 바로 고려 중기의 명종·신종 무렵으로 보아야 할 것이다. 元代 문학의 영향을 직접 받았던 고려 후기에 이르러서는 李齊賢(1287~1367), 安軸(1287~1348), 李穀(1298~1351), 李穡(1328~1396) 등이 그러한 시적 전통을 계승해나갔다. 특히 이색은『牧隱集』에 40여 수의 제화시를 남기고 있다.

우리나라에서 제화시 창작이 대단히 활발하게 이루어졌던 시기는 조선 전기 世宗~成宗(在位 1418~1494) 年間, 그 가운데서도 특히 世宗朝(在位 1418~1450)로 보인다. 당시는 세종의 儒敎的 文治主義로 말미암아 뛰어난 문인과 화가가 이전 시대보다 월등하게 많이 배출됨으로써 조선 왕조시대의 예술과 문화가 처음으로 활짝 피어났던 시기이다. 세종은 集賢殿을 설립하여 朴彭年(1417~1456), 成三問(1418~1456), 申叔舟(1417~1475), 李塏(1417~1456), 崔恒(1409~1474), 徐居正(1420~1488) 등과 같은 뛰어난 인재들을 양성하였을 뿐 아니라, 士大夫 화가인 鄭穰(1423년 文科 급제), 姜希顏(1417~1464), 姜希孟(1424~1483), 金紐(1420~?) 등과 畵員인 安堅(생졸년 미상), 崔涇(생졸년 미상)과 같은 걸출한 화가들을 배출하였다. 특히 세종조는 畵壇과 詩壇의 후원자로서 安平大君 李瑢(1418~1453)의 활약이 두드러졌던 시대이다. 안평대군은 예술과 문화에 대한 뛰어난 식견을 가졌을 뿐 아니라, 그 자신이 詩·書·畵·樂에 정통한 대가였다. 申叔舟의「畵記」에 따르면, 안평대군은 만 17세 경인 1435년부터 만 27세 때인 1445년까지 10여 년간에 걸쳐 東晉의 顧愷之(약 348~405)의 작품을 위시하여 222軸의 중국 역대의 名品 書畵를 수집하여 소장하였다. 그는 당시 중국 회화의 최다 소장자였는데, 그의 소장품이 당시 畵壇의 발전에 지대한 기여를 한 것으로 보인다.[28] 뿐만 아니라 그는 세종 24년(1442)에 화가로 하여금「소상팔경도」를 그리게 하고 河演(1376~1453), 金宗瑞(1383~1453), 鄭麟趾(1396~1478), 趙瑞康(?~1444), 姜碩德(1395~1459), 安止(1377~1464) 등 당대의 문인 19명으로 하여금 그 그림을 시적 제재나 대상으로 하여 시를 짓게 하였다. 그런 다음 당대의 문인들이 지은 시 54수와 서문 및 고려의 이인로와 진화의「宋迪八景圖」시 16수를 함께 묶어『匪懈堂瀟湘八景詩卷』을 제작하였다.[29] 또 세종 29년(1447)에는 자신이 꿈속에서 방문하여 보았던 桃源의 풍경을 안견으로 하여금 그리게

---

26 徐居正,『東人詩話』, 卷上.
　　"李大諫仁老瀟湘八景詩 … (中略) … 元學士趙孟頫愛此詩."
　　"李大諫仁老瀟湘八景絶句, 淸新富麗, 工於摸寫. 陳右諫澕七言長句, 豪健峭壯得之詭奇. 皆古人絶唱, 後之作者, 未易伯仲."

27 任昌淳,「匪懈堂瀟湘八景詩帖 解說」,『태동고전연구』5집, 태동고전연구소, 1989, 260~261면 참조.

28 安輝濬·李炳漢,『안견과 夢遊桃源圖』, 예경산업사, 1991, 41~47면 참조.

29 任昌淳, 앞의 논문, 1989, 260~261면 참조.

하고 申叔舟, 李愷, 河演, 宋處寬(1410~1477), 金淡(1416~1464), 高得宗(1427년 謁聖文科 급제) 등 당대의 문인 21명으로 하여금 그 그림을 시적 제재나 대상으로 하여 시를 짓게 하였다. 그런 다음 문인들이 지은 시 67수와 서문 및 그 자신이 지은 序詩와 跋文을 묶어 『夢遊桃源圖詩卷』을 제작하였다.[30] 많은 문인들과 화가들이 양성될 수 있었던 시대적 여건과 아울러 안평대군과 같은 후원자의 적극적인 후원하에 세종조엔 제화시 창작 활동이 빈번하게 이루어졌다. 그러므로 이 시기에는 창작된 제화시의 수뿐만 아니라 그러한 시를 지었던 시인들의 수도 이전 시대와 견줄 수 없을 만큼 급격하게 늘어났다. 그리하여 河演, 姜碩德, 成三問, 申叔舟, 李塏, 金淡, 崔恒, 崔脩, 姜希顔, 徐居正 등은 모두 적게는 20여 수에서 많게는 200여 수의 제화시를 남기고 있다. 특히 서거정의 『徐四佳全集』에는 무려 200여 수의 제화시가 수록되어 있다.

이처럼 조선 세종조에 왕성하게 이루어진 제화시 창작은 이후 조선 중기를 거쳐 후기에 이르기까지 지속되었다. 특히 조선 후기의 申緯(1769~1845)는 『申緯全集』에 200수가 넘는 제화시를 남기고 있다.

3. 제화시의 장르상의 특성과 두 가지 기능

개개의 제화시 작품들에서 진술되는 내용들을 살펴보면, 그 내용들이 매우 다양함을 알 수 있다. 시작품에 따라서는 화면상에 그려진 특정한 인물의 행적이나 행사 또는 풍경에 관해 진술하기도 하고, 화면상에 반영되어 있는 화가의 품격이나 화풍, 창작 태도, 기법 등에 관해 진술하기도 하며, 그림으로 인해 촉발된 시인의 감흥에 관해 진술하기도 하고, 그림을 소장하고 있는 사람에 관해 진술하기도 하며, 선과 색으로 형상화된 畵意를 언어를 통해 재형상화하기도 한다. 이처럼 개개의 제화시 작품들에서 진술되는 내용들이 매우 다양하지만, 그 내용들은 모두 그림과 관련된다. 이러한 점에서 제화시는 여타의 한시들과는 달리 '그림과 관련된 시적 진술'이라는 장르상의 특성을 가진다고 할 수 있다.

'그림과 관련된 시적 진술'이라는 장르상의 특성을 가지기 때문에, 제화시는 당연히 시적 제재나 대상이 된 특정 그림과 관련된 정보를 제공한다. 제화시를 읽은 독자들은 그러한 정보들을 통해 제화시의 시적 제재나 대상이 된 특정 그림을 더욱 잘 이해할 수 있게 된다. 그러므로 제화시는 시를 읽는 독자들에게 그림 감상의 길잡이 역할을 한다. 이와 같이 일종의 문자 메시지로서 그림과 관련된 각종 정보를 제시한다는 점에서, 제화시는 그림에 대해 정보적 기능을 한다고 할 수 있다.

제화시가 그림에 대해 정보적 기능만을 하는 것은 아니다. 화면상의 공간에 적혀진 제화시는 화면상에 그려진 경물들의 형상과 함께 그림의 일부가 된다. 제화시가 화면상에서 일군의 문자 형상으로 모습을 드러나기 때문이다. 일군의 문자 형상과 경물들의 형상은 모두 선의 형태로 이루어져 있다. 그림의 일부로서 일군의 문자 형상은 화면상에서 여러 가지 기능을 하는데, 특히 화가가 자신의 그림 속에 시를 써

---

30 安輝濬 · 李炳漢, 앞의 책, 1991, 107~115면 참조.

넣었을 경우에 그러한 현상이 두드러진다. 화가는 일군의 문자 형상을 화면상에 적절히 잘 배치함으로써 구도상의 조화를 꾀하기도 하고, 또 그림의 지배적인 요소를 부각시키기도 한다. 뿐만 아니라 화가는 경물의 형상과 더불어 일군의 문자 형상을 이루는 선의 모양이나 크기, 즉 강건하거나 곱거나 또는 우아하거나 거칠거나 또는 크고 굵거나 작고 가는 여러 서체 등을 활용하여 그림의 전체적인 분위기를 조성하기도 한다.[31] 때로는 문자 형상을 이루는 선의 모양이나 크기 등을 통해 경물의 형상만으로 드러내기 어려운 어떤 분위기를 환기하기도 한다. 이와 같이 일군의 문자 형상으로서 전체적인 화면 형성에 기여를 한다는 점에서, 화면상에 적혀진 제화시는 그림에 대해 미적 기능을 한다고 할 수 있다.

다음의 〈그림 1〉과 〈그림 2〉를 통해 제화시의 미적 기능과 정보적 기능을 구체적으로 살펴보기로 한다. 다음의 〈그림 1〉은 張遇聖(1912~2005)의 「낚시를 문 물고기(1997)」이다. 시 (1)과 글 (가)는 각각 〈그림 1〉에 적혀진 장우성의 자작시와 그림을 그린 시기와 호를 적은 글이다.

〈그림 1〉「낚시를 문 물고기」

(1)

錯認香餌吞利鉤　　맛있는 먹이인 줄 알고 날카로운 바늘 삼켰다가
可惜龍種誤身命　　애석하게도 용종이 목숨을 잃었다네
生物本性迷貪慾　　생물의 본성이 탐욕에 빠져들기 마련이지만
知機安分得全生　　기미를 알고 분수를 지키면 생명을 보존할 수 있으리

31　Chiang Yee, 앞의 책, 1964, 109~110면 참조.

(가)

| 丁丑夏寒碧園長 | 정축년 여름 한벽원장 |
| 月田寫幷題 | 월전이 그리고 아울러 적는다 |

〈그림 1〉에서는 낚싯줄을 문 채 꼬리지느러미를 퍼드덕거리고 있는 물고기 한 마리가 큼직하게 그려져 있다. 꼬리지느러미가 위쪽으로 솟구친 모양에서 낚싯줄에서 벗어나기 위해 발버둥치는 물고기의 모습을 생동감 있게 느낄 수 있다. 시와 글이 물고기의 오른쪽과 아래쪽에 4줄로 적혀져 있다. 물고기의 옆쪽, 즉 화면 오른쪽 상단에서부터 하단에 이르기까지 2줄로 길게 적혀진 것이 시 (1)이다. 물고기의 아래쪽에 짤막하게 적혀진 2줄의 글은 글 (가)를 적은 것이다. 글의 마지막 줄 뒤에 작은 도장 2개가 찍혀져 있고, 화면 왼쪽 하단에 큰 도장이 1개 찍혀져 있다.

화면상의 형상은 물고기의 모습과 일군의 문자 형상, 그리고 도장 등으로 이루어졌다. 물고기의 모습이 화면상의 형상의 지배적인 요소라면, 일군의 문자 형상과 도장은 종속적인 요소이다. 일군의 문자 형상은 물고기의 오른쪽과 아래쪽을 마치 병풍처럼 둘러싸고 있다. 그럼으로써 낚싯줄을 문 채 꼬리지느러미를 퍼드덕거리고 있는 물고기의 모습이 두드러져 보인다. 이러한 점에서 일군의 문자 형상으로서 시 (1)과 글 (가)는 화면의 주요 형상인 물고기의 모습을 부각하는 역할을 한다고 할 수 있다.

장우성의 자작시인 시 (1)에서는 낚시에 걸린 물고기의 사례를 통해 세상사에 대한 시인 자신의 견해를 표명하고 있다. 전 1, 2구에서는 낚시에 걸린 물고기의 처지가 언급된다. 맛있는 먹이인 줄 알고 날카로운 바늘을 삼켰다가 물고기가 목숨을 잃게 되었다는 것이다. 후 3, 4구에서는 세상사에 대한 시인 자신의 견해가 표명된다. 비록 모든 생명체의 본성 자체가 탐욕에 미혹될 수밖에 없지만, 그럼에도 불구하고 기미를 알아차리고 분수를 지키면 생명은 보존할 수 있는데, 낚시에 걸린 물고기는 그렇지 못하여 목숨을 잃게 되었다는 것이다. 그림 감상자는 시 (1)을 통해 〈그림 1〉이 단순히 낚시에 걸린 물고기의 모습을 그린 것이 아니라, 기미를 알아차리지 못하고 분수를 지키지 못하는 바람에 목숨을 보존할 수 없었던 생명체의 한 사례를 보여주는 것임을 알 수 있다. 이러한 점에서 시 (1)은 일종의 문자 메시지로서 그림 감상자에게 그림에 대한 정보를 제시함으로써 그림 감상의 길잡이 역할을 한다. 이와 같이 문자 메시지로서 〈그림 1〉에 대한 정보를 제시할 뿐만 아니라 일군의 문자 형상으로서 전체적인 화면 형성에 기여한다는 점에서, 시 (1)은 〈그림 1〉에 대해 정보적 기능과 함께 미적 기능을 한다.

다음의 〈그림 2〉는 姜世晃(1713~1791)이 그린 「頫檻觀魚圖」이다. 시 (2)와 (3)은 각각 〈그림 2〉에 적혀진 강세황과 李玄煥(1713~1772)의 시 「부함관어」이다. 「부함관어도」는 칠탄정에 있는 사람들이 난간 아래로 몸을 숙여 연못 안의 물고기를 보고 있는 풍경을 그린 그림이다.

〈그림 2〉「부함관어도」

(2)

欄檻淸幽極	난간 주변이 지극히 시원한 데다 조용하여
小塘仍俯臨	몸을 기대어 작은 연못을 굽어본다
觀魚有奇趣	물고기 보는 데 기이한 흥취 있으니
惠子是知心	혜자는 이 마음을 아는가

(3)

淥猗繁藻好藏身	맑은 물속의 무성한 수초 몸 숨기기 좋아
潑潑方塘幾簡鱗	네모난 연못에서 물고기 몇 마리 활기차게 노네
早晩風雲潛會合	조만간 풍운이 감돌면
定看騰躍上龍津	솟구쳐 용진으로 올라감을 꼭 보게 되리

　　〈그림 2〉「부함관어도」 화면은 크게 두 부분으로 나뉘어 있다. 화면의 위쪽 부분에는 그림의 표제와 함께 시 두 수가 적혀져 있다. 그림의 표제 다음에 크고 굵은 글씨체로 세 줄로 짧게 적혀진 것이 강세황의 시 (2)이다. 강세황의 시를 적은 글씨체보다 작고 가는 글씨체로 세 줄로 길게 적혀진 것이 이현환의 시 (3)이다.

화면의 아래쪽 부분에는 화면 왼쪽에서부터 화면 오른쪽에 이르기까지 절벽과 연못 그리고 정자가 일직선상으로 가지런하게 펼쳐져 있다. 연못과 정자 앞쪽으로는 나지막한 언덕이 비스듬하게 그려져 있다. 칠탄정과 연못의 상태는 상대적으로 세밀하게 그려져 있는 반면, 언덕과 절벽의 상태는 간략하게 그려져 있다. 칠탄정 안에는 두 사람이 난간에 기댄 채 고개를 숙여 연못 쪽을 내려다보고 있고, 연못 안에는 여러 마리의 물고기와 함께 자그마한 바위와 연잎이 보인다. 물고기들은 제각기 다른 방향을 향해 헤엄치고 있고, 또 형태도 조금씩 차이 나게 그려져 있다. 이에 비해 언덕과 절벽은 형체만 덩그렇게 그려져 있고 군데군데에 먹을 짙게 칠해 풀이 나 있음을 드러내고 있을 뿐이다. 이는 강세황이 선택과 집중의 원리에 따라 그림의 표제에 걸맞은 풍경을 그리는 데 필요한 요소들을 선택하고 또 그 요소들의 상태를 중요성의 정도에 따라 세밀하게 그리거나 소략하게 그렸음을 보여준다. 물고기가 있는 연못과 물고기를 구경하는 사람들이 있는 칠탄정이 화면상의 풍경의 지배적인 요소이고, 절벽과 언덕은 종속적인 요소이다. 칠탄정에 있는 두 사람이 난간에 기댄 채 고개를 숙여 연못 안에서 노니는 물고기들을 구경하는 모습이 부각되어 있다는 점에서, 화면은 '부함관어'라는 그림의 표제를 잘 반영하고 있다고 할 수 있다.

표제를 포함해서 모두 일곱 줄로 된 일군의 문자 형상이 화면 위쪽에 위치함으로써 화면이 아래쪽으로 치우치는 것을 방지하고 있다. 뿐만 아니라 화면 아래쪽에 일직선상으로 가지런하게 배열된 절벽과 연못 그리고 정자의 형상과는 대조적으로, 일군의 문자 형상은 길이와 굵기가 다른 두 개의 사각형이 들쑥날쑥한 형태로 배열되어 있다. 그럼으로써 일군의 문자 형상이 없었더라면 단조로웠을 화면에 변화를 주고 있다. 이러한 점에서 일군의 문자 형상으로서 시 두 수는 전체적인 화면 형성에 기여한다고 할 수 있다.

칠탄정에 있는 두 사람이 난간에 기댄 채 고개를 숙여 연못 안에서 노니는 물고기들을 구경하는 모습이 부각되어 있는 〈그림 2〉에서처럼, 강세황의 시 (2)에서도 시적 화자가 난간에 몸을 기대어 연못 속의 물고기를 굽어보는 풍경이 제시된다. 전 1, 2구에서는 시적 화자가 난간에 몸을 기대어 연못을 굽어보는 모습이 언급된다. 난간 주변이 지극히 시원한 데다 조용하여 시적 화자가 난간에 기대어 작은 연못을 굽어보고 있다는 것이다. 시적 화자가 난간에 기대어 연못을 굽어보고 있다는 점에서, 강세황이 화면상에 그려진 정자 안의 두 인물 중의 한 명을 시적 화자로 설정하였다고 할 수 있다.

후 3, 4구에서는 『莊子』「秋水」편에 나오는 '知魚之樂'이라는 고사를 통해 물고기가 한가롭게 노는 모습을 보는 데 묘한 흥취를 느끼는 시적 화자의 내면 상태가 간접적으로 언급된다. 넷째 구의 "혜자는 이 마음을 아는가(惠子是知心)"는 장자가 물속에서 한가롭게 놀고 있는 물고기를 보고 이것이 바로 물고기의 즐거움이라고 말하자, 혜자가 장자에게 "자네가 물고기가 아닌데 어떻게 물고기의 즐거움을 아는가?"라고 반문하였던 고사를 원용한 것이다. 이를 통해 시적 화자가 난간에 기대어 연못을 굽어보는 이유가 바로 연못 속에서 한가롭게 노니는 물고기의 모습을 보는 데에 있음을 간접적으로 언급한 것이다.

이에 비해 이현환의 시 (3)에서는 연못에서 활기차게 노는 물고기의 모습이 부각된다. 전 1, 2구에서는 연못의 상태와 그 연못에서 활기차게 노는 물고기의 모습이 언급된다. 네모난 연못의 맑은 물속에는 수

초가 무성하여 몸을 숨기기 좋아 물고기 몇 마리들이 연못에서 활기차게 헤엄치면서 놀고 있다는 것이다. 후 3, 4구에서는 물고기들의 활기찬 모습에 대한 화자의 내적 반응이 언급된다. 시적 화자는 물고기들이 매우 활기차게 움직이는 모습이 마치 때를 만나 몸을 솟구쳐서 험한 물살을 거슬러 올라가 용이 된 잉어의 기세를 느끼게끔 해준다는 것이다. 시적 화자가 연못 속의 물고기들을 보고 있다는 점에서 이현환도 화면상에 그려진, 난간에 기댄 채 연못 쪽을 바라보고 있는 칠탄정 안의 두 사람 중의 한 사람을 시적 화자로 설정하였다고 할 수 있다.

강세황의 시 (2)에서와는 달리, 이현환의 시 (3)에서는 화면상에 그려진, 정자 속의 인물들이 난간에 몸을 기댄 채 연못을 굽어보고 있는 이유가 연못 속에 활기차게 놀고 있는 물고기의 모습을 보는 데 있다고 보았다. 동일한 화면상의 풍경을 시적 대상으로 하였지만, 화면상의 풍경에 대한 해석은 시인에 따라 다르다. 그림을 감상하는 사람들은 강세황의 시 (2)와 이현환의 시 (3)을 통해 화면상에 그려진, 정자 속의 인물들이 난간에 몸을 기댄 채 연못을 굽어보고 있는 이유를 알 수 있다. 그림을 감상하는 사람에 따라 두 시인의 해석 가운데 어느 한 시인의 해석에 동감할 수도 있고 또 두 시인의 해석 모두에 동감할 수도 있다. 두 시 모두 그림을 감상하는 사람들에게 그림 감상의 길잡이 역할을 한다. 이와 같이 문자 메시지로서 〈그림 2〉에 대한 정보를 제시할 뿐만 아니라 일군의 문자 형상으로서 전체적인 화면 형성에 기여한다는 점에서, 시 (2)와 시 (3)은 〈그림 2〉에 대해 정보적 기능과 함께 미적 기능을 하고 있다.

그림 속의 공간에 적혀진 제화시이건 그렇지 않은 제화시이건 모든 제화시들은 시적 제재나 대상이 된 특정 그림에 대해 정보적 기능을 한다. 그러나 미적 기능은 그림 속의 공간에 적혀진 제화시만이 한다. 다만 그림 속의 공간에 적혀져 있더라도 경우에 따라서는 미적 기능을 제대로 하지 못하는 제화시도 있을 수 있다.

제2장

제화시 작시 과정의 주요 요소와 제화시의 유형 분류

제화시 창작은 항상 그림에 대한 시인의 감상을 전제로 한다. 그림은 자연, 사회, 사물 등과 더불어 시인의 시적 체험의 주요 원천 중의 하나이다. 그러므로 그림을 감상한 시인들이 그 그림을 시적 제재나 대상으로 하여 시를 어떻게 짓는가라는 물음이 제기될 수 있다. 이러한 물음은 제화시의 작시 원리를 규명하는 데 있어서 가장 기본적이면서도 가장 핵심적인 것이다. 이 물음에 대한 답은 지금까지 수많은 시인들에 의해 이미 지어진 수많은 제화시 작품들에서 도출해낼 수 있다. 제화시의 작시 원리는 바로 수많은 시인들에 의해 지어진 수많은 제화시 작품들에 구현되어 있기 때문이다.

개개의 제화시 작품들에서 진술되는 내용들은 모두 그림과 관련된다. 이러한 점에서 제화시는 여타의 한시들과는 달리 '그림과 관련된 시적 진술'이라는 장르상의 특성을 가진다. 따라서 제화시의 작시 원리를 규명하는 문제는 바로 그림과 관련된 시적 진술의 전체적인 양상을 밝히는 문제와 직결된다.

개개의 제화시 작품들에서 그림과 관련하여 진술되는 내용들은 매우 다양하다. 그러므로 그림과 관련된 시적 진술의 전체적인 양상을 밝히기 위해서는 먼저 그림과 관련된 매우 다양한 진술들을 체계적으로 분류할 수 있는 기준이 설정되어야 된다.

그림과 관련된 시적 진술의 내용들이 매우 다양하다는 것은 곧 시적 제재나 대상이 되는 특정 그림에 대한 시인들의 시적 관심의 방향이 매우 다양함을 뜻한다. 동일한 그림에 대해서도 여러 시인들이 가지는 시적 관심의 방향이 제각기 다를 수 있을 뿐 아니라 한 시인에게 있어서도 경우에 따라 다를 수 있다. 특정 그림을 감상한 후 그 그림에 대해 시인이 어떠한 시적 관심을 가지게 되느냐에 따라 그 그림에 대한 시적 진술 내용이 결정된다. 그러므로 여기에서는 그림에 대한 시인의 시적 관심의 방향을 그림과 관련된 매우 다양한 진술들을 체계적으로 분류할 수 있는 기준으로 설정하여 제화시의 유형을 분류하고자 한다.

1. 제화시의 작시 과정과 주요 요소

개개의 제화시 작품들의 진술 내용들을 분석해본 결과 그림에 대한 시인의 시적 관심의 방향은 크게 다섯 가지로 추출할 수 있다. 즉 그림 그 자체, 그림의 대상, 그림을 그린 화가, 그림의 소장자, 그림의 관상자가 바로 그것이다. 그림의 대상, 화가, 그림, 소장자, 관상자 등은 제화시 작시과정 --- 대상을 관조함으로써 그것의 내적 의미를 파악한 화가에 의해 그림이 그려지고 또 그 그림을 감상하게 된 시인에 의해 제화시가 지어지는 일련의 과정 --- 속에 내포된 주요 요소들이다. 이 다섯 가지 주요 요소들은 그림을 감상하면서 시인이 가지게 되는 시적 관심의 방향이기도 하면서 동시에 그림과 관련된 시적 진술들을 분류할 수 있는 기준이 될 수 있다.

제화시가 지어지기까지의 일련의 과정 속에 내포된 요소들은 그림의 대상, 화가, 그림, 소장자, 관상자, 시인, 시 등 일곱 가지로 추출할 수 있다. 그 요소들 간의 계기적인 관계를 도식화하면 다음의 〈도식 1〉과 같다. 〈도식 1〉을 이용해서 제화시가 지어지기까지의 일련의 과정을 살펴보기로 한다.

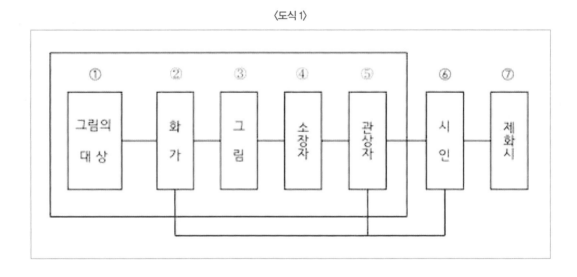

〈도식 1〉

① '그림의 대상'은 바로 화가의 미적 체험을 유발함으로써 그에 의해 선과 색으로 묘사되는 대상을 말한다. 문인화가들이 경물의 形似보다는 氣韻이나 意趣를 강조한다 하더라도 그림의 대상은 실재이건 관념상이건 간에 반드시 존재하기 마련이다. 인물화나 실경산수화는 실제로 존재하는 인물이나 경물을 그림의 대상으로 한 반면, 관념산수화는 관념상으로 존재하는 경물을 대상으로 한다. 개와 말과 같이 실제로 존재하는 사물이건 용이나 도깨비와 같이 상상 속에 존재하는 사물이건 간에 모두 그림의 대상이 될 수 있다. 또한 실재하는 경물의 형상뿐만 아니라 인물의 행적도 그림의 대상이 될 수 있다. 인물화 중에서도 특히 초상화의 경우에는 인물의 형상이 그림의 대상이 되지만, 故事人物畵의 경우에는 인물의 행적이 그림의 대상이 된다. 안견의 「몽유도원도」의 경우에는 안평대군이 꿈속에서 본 도원의 풍경뿐만 아니

라 그 풍경을 포함한 꿈속에서의 그의 행적 모두가 그림의 대상이 된다.

② '화가'는 대상의 외형과 의미를 선과 색으로써 그리거나 형상화하는 인물이다. 물론 대상의 의미는 그것의 외형 속에 내재되어 있으며, 따라서 좋은 그림이 되기 위해서는 외형과 의미가 조화를 이루어야만 한다. 그러나 예술의 심미적 평가라는 측면에서 볼 때, 외형의 재현(미술사가에 따라서는 '形似', '寫實' 등의 용어를 쓰기도 함)과 의미의 표현(미술사가에 따라서는 '神似', '寫意' 등의 용어를 쓰기도 함) 가운데 어느 것을 더 중시할 것인가라는 문제에 대해서는 시대마다 그 입장이 달랐다. 외형의 재현 쪽을 더 강조하는 화가들은 경물의 외형을 정교하고 세밀하게 묘사하려 한다. 이에 비해 의미의 표현 쪽을 더 강조하는 화가들은 경물의 외형 묘사보다는 화가 자신이 파악한 경물의 내적 의미를 간소한 선의 형체로써 형상화하고자 한다. 그에게 있어 형체는 단지 자신의 心意를 표현하는 매개일 뿐이다. 그러므로 외형의 재현 쪽을 강조하는 화가들이 寫實性을 추구한다면, 의미 표현 쪽을 강조하는 화가들은 내면의 정신세계의 표출을 추구한다고 할 수 있다. 전자의 그림이 寫實的인 工筆畵라면, 후자의 그림은 寫意畵이다.[32] 사실을 중시하는 쪽에서는 화가의 솜씨를 평가하는 기준을, 화면상에 그려져 있는 경물의 형상과 대상의 실형 간의 일치에 둔다. 이에 비해 사의를 중시하는 쪽에서는 그 기준을, 화면상에 그려져 있는 경물의 형상과 대상의 실형 간의 외형적인 닮음에 두지 않고, 화가 자신의 심의와 화면상에 그려져 있는 경물의 형상 간의 일치에 둔다. 이 때문에 사의를 지향하는 화가들은 자신들의 심의를 효과적으로 표현하기 위해 그것의 표현 매체인 경물의 외형을 변형하기도 한다.[33] 그러므로 화면상에 그려져 있는 경물의 형체는 사실상 화가의 마음속에서 양성되어 이루어진 형체라고 할 수 있다.[34] 사실 지향이 직업적인 화가인 화원이나 실경산수화 또는 풍속화를 그리는 화가의 창작 태도와 관련된다면, 사의 지향은 비직업적인 문인화가의 창작 태도와 관련된다. 특히 중국 宋代의 문인화가들은 대상의 외형을 사실적으로 그려내는 기교의 숙련보다는 대상의 본질을 꿰뚫어볼 수 있는 정신의 함양을 중시하였다. 그리하여 화가의 내면적인 수양을 회화 비평 또는 창작에 있어서 하나의 주요한 기준으로 삼았다.[35]

③ '그림'은 화가의 창작물이자 관상자의 감상의 대상이다. 화면은 바로 화가와 관상자의 상상력이 만나는 공간이다. 그런데 화면은 화가의 창작 태도와 관련하여 크게 두 가지 성격의 것으로 구분할 수 있다. 그 하나는 화가가 경물의 실형을 사실적으로 세밀하게 묘사할 경우인데, 이때 화면은 실물의 재현이라고 할 수 있다. 다른 하나는 화가가 자신의 심의를 간소한 선의 형체를 통해 표현하는 경우인데, 이때 화면상에 그려져 있는 경물의 형체는 사실상 화가의 마음속에서 양성된 것이다. 그러므로 이 경우에 화면은 화가의 마음속에서 양성된 형체의 상징이라고 할 수 있다.[36] 특히 문인화의 화면에는 경물의 형체가

---

32 葛路 저, 강관식 역, 『中國繪畵理論史』, 미진사, 1989, 196~204면과 安輝濬, 『韓國繪畵의 傳統』, 문예출판사, 1988, 250~258면 참조.

33 傅抱石 저, 이형숙 역, 『中國의 人物畵와 山水畵』, 대원사, 1988, 143면 참조.

34 킴바라세이고 저, 민병산 역, 『東洋의 마음과 그림』, 새문사, 1978, 133면.

35 徐復觀, 앞의 책, 民國 73年, 159면.

36 킴바라세이고 저, 앞의 책, 1978, 159면.

간소한 선의 형태로써 그려져 있기 때문에, 그것은 설명적 형체가 될 수 없다. 그러므로 간소한 선의 형태로 그려진 경물의 형체는 화면에서 완성되는 형체가 아니라, 관상자의 관조 속에서 완성되는 형체이다.[37] 즉 경물의 의미가 화면상에서 설명되지 않고, 간소한 선의 형태 속에 함축되어 관상자의 관조 속에서 드러나게 된다.

④ '소장자'는 그림을 소장하고 있는 사람을 말한다. 그런데 소장자는 제화시가 지어지기까지의 일련의 과정 속에서 화가로 하여금 그림을 그리게 하거나 또는 자기가 소장한 그림을 다른 사람들에게 보여주어 그들로 하여금 그 그림을 감상하고 시를 짓게 하는 후원자(patron)의 역할을 한다. 이러한 점에서 소장자가 후원하는 예술 창작 분야는 그림과 제화시 두 분야로 구분해볼 수 있다. 두 분야에 대한 후원자의 역할을 동시에 수행하였던 대표적인 인물로 안평대군 이용을 들 수 있다.[38] 안평대군은 화가로 하여금 「소상팔경도」와 「몽유도원도」를 그리게 한 후, 당대의 여러 文士들로 하여금 그 그림들을 감상하고 시를 짓게 하여 『瀟湘八景圖詩卷』과 『夢遊桃源圖詩卷』을 제작하였다. 그런데 실제로는 소장자가 개인적인 친분 관계를 통해 자기가 소장한 그림을 문사에게 보여주어 그로 하여금 그 그림을 감상하고 시를 지어달라고 청탁하는 경우가 많았다. 이 경우는 비록 시인이 소장자의 청탁을 받아들여 시를 지어주는 형식이긴 하지만, 그럼에도 불구하고 소장자가 제화시 창작의 계기를 직접적으로 제공하고 있다는 점을 부인할 수 없다. 그러므로 이 경우에서도 소장자는 제화시 창작 활동에 있어서 사실상의 후원자의 역할을 수행한다고 볼 수 있다. 소장자의 청탁을 받아들여 지은 시들은 대부분 표제가 '題雲山君所藏春山圖'와 같이 '(題) --- 所藏 --- 圖'식으로 되어 있어, 표제상으로 식별이 가능하다.

⑤ '관상자'는 그림을 보고 감상하는 인물을 말한다. 그림에 대한 관상자의 반응은 다양한 양상을 보인다. 관상자는 그림을 관조함으로써 그 그림의 의미를 파악하기도 하고, 화면상에 반영되어 있는 화가의 氣韻, 意趣, 내면세계, 솜씨, 기법 등을 파악하기도 한다. 이와는 달리 관상자는 그림에 대해 사적이고 개인적인 반응을 보이기도 한다. 그러한 사적이고 개인적인 반응은 정감적인 것과 지적인 것으로 구분해볼 수 있다.

그림은 그것의 형상으로써 관상자의 정감적 반응을 유발한다. 뿐만 아니라 그림은 그것이 그려진 당대의 도덕적, 사회적, 정치적, 경제적 상황이나 시대정신 등을 반영하고 있기 때문에 그러한 것들에 대한 관상자의 지적 반응을 유발하기도 한다. 그리하여 화면에 대한 정감적 반응으로 관상자는 화면상에 그려진 세계를 감각적으로 지각되는 아름다운 미적 대상으로 간주하고, 그것에 대한 감동으로 말미암아 흥치가 고조되거나 그 세계에 몰입되는 상태를 보인다. 또는 그 세계를 도가 구현된 조화로운 세계로 간주하여 그 세계를 영원한 귀의처로 동경하거나, 또는 상상 속에서 그 세계로 들어가 소요하기도 한다.[39] 또한 화

---

37 킴바라세이고 저, 위의 책, 133면.

38 安輝濬·李炳漢의 앞의 책(1991, 34~51면)에서는 당시 안평대군이 후원자로서 하였던 역할에 관해 자세히 언급하고 있다.

39 중국 宋代의 화가 郭熙는 「林泉高致」(『中國畵論類編』上, 兪崑 編, 華正書局, 民國 73年, 632면)에서 山水自然에 대한 네 가지 반응 태도와 그러한 반응들을 유발할 수 있는 그림의 경지에 대해 다음과 같이 진술하고 있다.

면에 대한 지적 반응으로 관상자는 화면이 반영하고 있는 도덕적, 사회적, 정치적, 경제적 상황이나 시대정신 등에 관한 자신의 주관적인 견해를 표명하기도 한다.

⑥ '시인'은 그림을 시적 소재나 대상으로 하여 시를 쓰는 인물이다. 이때 시인은 그가 시적 소재나 대상으로 삼은 그림을 직접 그린 인물이냐 아니냐에 따라 크게 두 가지 부류의 성격으로 구분할 수 있다. 즉 그 그림을 직접 그린 화가와 그 그림을 감상하는 관상자(이때 그림의 소장자는 관상자에 포함시킬 수 있다)가 바로 그것이다. 화가가 자신이 그린 그림을 대상으로 하여 시를 지을 경우, 그 시의 표제상에 반드시 '自題'라는 글자를 적고 있다(개인 문집에 수록된 시의 경우 반드시 그러하고, 화면상에 직접 쓸 경우 시의 표제를 달지 않는다). 전자의 경우 그림을 그린 화가가 시인이 되는 데 비해, 후자의 경우 그림의 관상자가 시인이 된다. 즉 제화시가 지어지기까지의 일련의 과정 속에서 시인의 역할을 수행하는 인물은 이전에 이미 다른 또 하나의 역할, 즉 화가나 혹은 관상자의 역할을 수행하고 있는 셈이다.

그런데 시인이 화가이냐 아니면 관상자이냐에 따라, 그림에 대한 시적 진술 양상이 달라지는 것은 아니다. 예컨대 그림을 그린 화가가 그 그림을 시적 제재나 대상으로 하여 직접 시를 지을 때, 그는 화가이면서 동시에 시인이기도 하다. 그렇다고 해서 그는 완성된 그림을 자신의 창작물로서만 보지 않는다. 달리 말하면 그는 화가의 입장에서 그림을 그릴 당시에 취했던 창작태도나 그림의 기법 등에 관해 진술하기도 하지만, 그 역시 화면상에 그려져 있는 형상을 언어로써 묘사하기도 하고, 또는 화면에 의해 촉발된 자신의 내적 감흥에 관해 진술하기도 한다. 그림을 감상하게 된 관상자가 그 그림을 시적 제재나 대상으로 하여 시를 지을 때, 그는 관상자이면서 동시에 시인이기도 하다. 그렇다고 해서 그는 관상자의 입장에서 화면에 의해 촉발된 자신의 내적 감흥만을 진술하지 않는다. 화면상에 그려져 있는 형상을 언어로써 묘사하기도 하며, 또는 그 그림을 그린 화가의 창작태도나 기법 등에 관해 진술하기도 한다.

⑦ '제화시'는 그림을 시적 제재나 대상으로 하여 지어진 것이다. 개개의 제화시 작품들에서 보이는 그림과 관련된 시적 진술 양상은 매우 다양하다. 그림과 관련하여 있을 수 있는 다양한 시적 진술 양상들 가운데 시에서 어떤 양상이 진술되는가라는 문제는 바로 시적 제재나 대상이 된 그림에 대해 시인(그 이전에 화가의 역할을 수행하였건 관상자의 역할을 수행하였건 간에)이 어떠한 시적 관심을 가지는가에 달려 있다. 그림을 감상한 시인이 그림에 대해 어떠한 시적 관심을 가지느냐에 따라 그 그림과 관련된 시적 진술 양상이 결정되기 때문이다. 그림에 대한 시인의 시적 관심이 개인에 따라 또는 한 개인에게 있어서 경우에 따라 다양하기 때문에, 그림과 관련된 시적 진술 양상도 다양함을 보일 수밖에 없다.

"世之篤論, 謂山水有可行者, 有可望者, 有可游者, 有可居者. 畵凡至此, 皆入妙品."

2. 그림에 대한 시적 관심의 방향과 제화시의 유형 분류

그림을 감상한 시인이 그 그림에 대해 가지는 시적 관심은 다음과 같이, 크게 다섯 가지 경우로 추출할 수 있다. 즉 화면상에 그려져 있는 형상 그 자체에 관해 관심을 기울이는 경우, 그 형상의 실제 대상에 관해 관심을 기울이는 경우, 그 형상을 그린 화가에 관해 관심을 기울이는 경우, 그 그림을 소장한 인물에 관해 관심을 기울이는 경우, 그리고 그 그림에 대해 개인적이고 사적인 반응을 보이는 관상자로서의 시인 자신의 내면에 관심을 기울이는 경우가 바로 그것이다. 화면상에 그려진 형상, 그 형상의 실제 대상, 화가, 소장자, 관상자로서의 시인 등은 바로 제화시가 지어지기까지의 일련의 과정 속에 내포된 다섯 가지 주요 요소들이다. 앞의 도식에서 '대상-화가-그림-소장자-관상자' 부분에 □를 친 것은 바로 이 때문이다. 바로 이 다섯 가지 요소들이 그림에 대해 시인이 가지게 되는 시적 관심의 방향이 되며, 그 방향에 따라 그림과 관련된 시적 진술의 양상이 결정된다. □를 친 부분을 변형하여, 그림에 대한 시인의 시적 관심의 다섯 가지 방향 간의 관계를 도식화하면 다음의 〈도식 2〉와 같다.

시인이 시적 관심을 가지게 된 계기는 바로 그림에 있으며, 또 시적 관심의 방향은 그림 그 자체이거나 또는 그림을 매개로 한다. 그러므로 시인의 시적 관심의 방향이 되는 다섯 가지 요소들 간의 관계는 위의 도식처럼 그림을 중앙에 두고 나머지 네 요소들을 그 그림의 주변에 설정하는 식으로 도식화할 수 있다.

이러한 점에서 그림과 관련된 시적 진술의 제 양상들을 분류할 수 있는 범주들은 그림과 그 밖의 네 가지 요소들의 관계 국면으로써 설정할 수 있다. 즉 그림과 대상 간의 관계 국면, 그림과 화가 간의 관계 국면, 그림과 소장자 간의 관계 국면, 그림과 관상자 간의 관계 국면, 그림 그 자체의 국면이 바로 그것이다. 이를 도식화하면 다음의 〈도식 3〉과 같다.

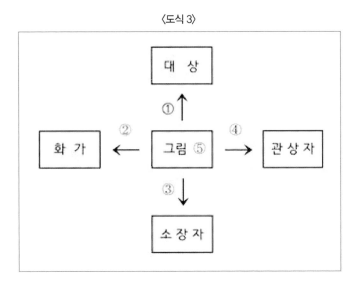

〈도식 3〉

〈도식 3〉으로 나타낸 5가지의 범주를 활용하여 제화시의 유형을 분류하면 다음과 같다. 시인의 시적 관심의 방향이 그림의 대상일 경우, 시에서는 범주 ① '그림과 대상 간의 관계 국면'을 다룬다. 그러한 시들은 그림을 매개로 하여 그림의 실제 대상에 관해 진술하는 시라고 할 수 있다. 시인의 시적 관심의 방향이 그림을 그린 화가일 경우, 시에서는 범주 ② '그림과 화가 간의 관계 국면'을 다룬다. 그러한 시들은 그림을 매개로 하여 그림을 그린 화가에 관해 진술하는 시라고 할 수 있다. 시인의 시적 관심의 방향이 소장자일 경우, 시에서는 범주 ③ '그림과 소장자 간의 관계 국면'을 다룬다. 그러한 시들은 그림을 매개로 하여 그림의 소장자에 관해 진술하는 시라고 할 수 있다. 시인의 시적 관심의 방향이 그림 감상으로 말미암아 촉발된 관상자로서의 시인 자신의 내면일 경우, 시에서는 범주 ④ '그림과 관상자 간의 관계 국면'을 다룬다. 그러한 시들은 그림을 매개로 하여 관상자에 관해 진술하는 시라고 할 수 있다. 시인의 시적 관심의 방향이 화면상에 그려져 있는 형상 그 자체일 경우, 시에서는 범주 ⑤ '그림 그 자체의 국면'을 다룬다. 그러한 시들은 화면상의 형상에 관해 진술하는 시라고 할 수 있다. 이러한 점에서 범주 ①~④를 다루는 시들은 그림을 감상하게 된 시인이 그림을 시적 제재로 하여 지은 것이라고 한다면, 범주 ⑤를 다루는 시들은 그림을 감상하게 된 시인이 그림을 시적 대상으로 하여 지은 것이라고 할 수 있다.[40]

지금까지의 논의를 토대로 하여, 거칠게나마 제화시의 작시 원리를 밝힐 수 있다. 즉 그림을 감상한 시

---

40 그림에 대한 시인의 시적 관심의 방향에 따른 제화시의 유형 분류는 제화시의 전체적인 진술 양상들을 체계적으로 분류할 수 있을 뿐 아니라, 선행 연구자가 시도한 기존의 유형 분류를 모두 포괄할 수 있는 장점을 지닌다. 중국 학자 包根弟는 「論元代題畵詩」에서 元代의 제화시를 시인 자신의 주관적인 감정의 개입 여부에 따라 크게 두 부류로 구분하였다. 즉 '寄託하는 제화시'와 '寄託하지 않는 제화시'가 바로 그것이다. 그는 진술 내용에 따라 '기탁하는 제화시'를 다시 ① 그림을 보고 시인이 感慨하여 議論하는(見畵而感慨議論) 시, ② 사물에 빗대어 인간의 일을 비유하는(藉物喩人) 시, ③ 그림으로 말미암아 偶頌을 읊는(因畵而說偶) 시로 구분하고, '기탁하지 않는 제화시'를 다시 ④ 그림 속의 景色이나 事物을 직접 묘사하는(直寫畵中景色或事物) 시, ⑤ 전적으로 회화의 기교를 논하는(專論繪畵技巧) 시, ⑥ 그림과 무관하게 그림을 증정하는 뜻을 서술하는(與畵無關, 僅敍相贈之意) 시로 구분하였다. 이와 같이 包根弟가 내용상으로 분류한 6가지 부류의 시들은 모두 그림에 대한 시인의 시적 관심의 방향에 따른 제화시의 유형 분류 속에 포함시킬 수 있다. 즉 '기탁하는 제화시' ①, ②, ③은 모두 관상자에 관해 진술하는 시에 속한다. '기탁하지 않는 제화시' ④는 화면상의 형상에 관해 진술하는 시에 속하고, '기탁하지 않는 제화시' ⑤는 화가에 관해 진술하는 시에 속하며, '기탁하지 않는 제화시' ⑥은 소장자에 관해 진술하는 시에 속한다.

인들이 그 그림에 대해 어떠한 시적 관심을 가지느냐에 따라, 그림을 매개로 하여 그림의 대상에 관해 진술하는 시를 짓기도 하고, 또는 그림을 매개로 하여 그림을 그린 화가에 관해 진술하는 시를 짓기도 하며, 또는 그림을 매개로 하여 그림으로 인해 촉발된 관상자로서 시인 자신의 내면에 관해 시를 짓기도 하고, 또는 그림을 매개로 하여 그림의 소장자에 관해 시를 짓기도 하며, 또는 화면상에 그려져 있는 형상 그 자체에 관해 시를 짓기도 한다는 것이다.

제3장

제화시의 유형과 진술 양상

앞서 그림에 대한 시인의 시적 관심의 방향에 따라 제화시를 크게 다섯 가지 유형으로 구분하였다. 즉 그림의 대상에 관해 진술하는 시, 화가에 관해 진술하는 시, 소장자에 관해 진술하는 시, 관상자에 관해 진술하는 시, 화면상의 형상에 관해 진술하는 시가 바로 그것이다. 앞의 네 가지 유형의 제화시들은 각각 '진술 내용'에 따라 다시 여러 갈래로 세분할 수 있다. 이에 비해 화면상의 형상에 관해 진술하는 제화시들은 '화면상의 형상의 재산출 방향'에 따라 다시 여러 갈래로 세분할 수 있다. 그런데 앞의 네 가지 유형의 제화시들과는 달리 화면상의 형상에 관해 진술하는 제화시들을 '화면상의 형상의 재산출 방향'에 따라 세분하는 것은 다음의 두 가지 이유 때문이다. 첫 번째는 화면상에 그려져 있는 형상들이 개별 그림마다 제각기 다르기 때문에 진술 내용에 따른 분류가 사실상 무의미하다는 점이다. 두 번째는 '화면상의 형상의 재산출 방향'에 따른 분류를 토대로 하여 화면상의 형상이 언어로 재산출되는 원리와 방법들을 보다 더 분명하고 명확하게 밝힐 수 있다는 점이다. 또한 앞의 네 가지 유형의 제화시들은 그 시들의 시적 제재가 된 그림과 비교하지 않아도 논의가 가능하다. 그러나 화면상의 형상에 관해 진술하는 제화시들은 그 시들의 시적 대상이 된 그림과 비교해야만 구체적이면서 심도 있는 논의가 가능하다. 시적 대상이 된 화면상의 형상이 언어로 재산출될 때 시적 변형이 다양하게 발생하는데, 그림과의 비교가 병행되지 못하면 시적 변형에 대한 논의가 구체적이지 못하고 원론적이거나 추론적인 데에 그칠 수밖에 없다. 시적 변형의 다양한 양상들이 왜 그리고 어떻게 발생되는지가 제대로 밝혀져야만 시인들이 화면상의 형상이 언어로 재산출될 때의 원리나 방법이 규명될 수 있다.

1. 그림의 대상에 관해 진술하는 시와 진술 내용

화면상에 그려져 있는 형상의 실제 대상에 관해 시적 관심을 기울일 경우, 시인은 시에서 그림을 매개로 하여 그 그림의 대상에 관해 진술하게 된다. 그림의 대상에 관해 진술하는 시들에서 구체적으로 언급되는 내용들은 다음과 같이 크게 세 부류로 추출할 수 있다. 즉 화면상에 그려져 있는 인물의 행적, 화면상의 형상이 자아내는 逼眞感, 그리고 화면상에 그려져 있는 특정한 모임이나 행사 장면의 기념 등이 바로 그것이다.

(1) 인물의 행적

그림을 매개로 하여 화면상의 형상의 실제 대상인 인물의 행적에 관해 진술하는 시들은 대부분 역사적 또는 신화적 인물을 그린 故事人物畵를 시적 제재로 한다. 역사적 또는 신화적 인물의 행적은 그림의 주제이면서 동시에 시의 주제이다. 그러므로 시인은 시에서 화면상에 그려진 인물의 주요 행적이나 그 인물과 관련된 역사적 사건 등에 관해 진술하게 된다.

다음의 시 (4)는 姜希孟(1424~1483)의 시 「題任侯士洪屛風伍首」 5수 가운데 제5수인 「蘇武牧羊」이며, 시 (5)는 李達(약 1539~약 1612)의 시 「畵」이다. 시 (4)에서는 그림을 매개로 하여 그림의 대상인 蘇武(기원전 140~60)의 행적과 그의 충성심에 관해 진술하고 있다. 시 (5)에서는 그림을 매개로 하여 그림의 대상인 賀知章(약 659~약 744년)의 귀향과 관련된 일화에 관해 진술하고 있다.

(4)

武皇雄略拓邊疆	무황제가 웅대한 계략으로 변경을 넓히려고 한 후
胡漢相侵多蒼黃	오랑캐와 한나라가 서로 침범하여 황급한 경우가 많았었네
子卿啣命到虜庭	자경이 명령을 받들고 오랑캐 조정에 이르렀는데
一朝奇釁緣虞常	하루아침에 우상의 일에 연루되어 뜻밖의 죄를 덮어썼다네
單于兇詐固欲降	선우가 흉악한 꾀로 억지로 굴복시키고자
擧劍欲擬飛電光	칼을 빼들고 나는 번개처럼 휘둘렀지만
寸心寧負大漢恩	촌심인들 어찌 대한의 은혜를 저버리겠는가
慢罵衛律如犬羊	위율을 개나 양과 같은 놈이라 꾸짖고 업신여겼다네
大窖茫茫不見日	깊고 깊은 크나큰 움 속에선 해를 볼 수 없었고
飢餐雪旃聊克腸	배가 고파 눈과 깃털로 겨우 창자의 주림을 잊었으며
海上無人羝不乳	아무도 없는 바닷가에서 숫양이 새끼를 낳지 못하였으니
李陵況復言如簧	이릉인들 하물며 다시 말을 번지르르하게 할 수 있겠는가
降當富貴否當死	항복하면 부귀하게 되고 그렇지 않으면 죽게 되지만
殺身取義其敢忘	목숨을 버림으로써 의를 취하는 걸 어찌 감히 잊을 수 있겠는가
十九年來存漢節	19년 동안 한나라 깃발을 보존하여
麒麟圖畵兩鬢霜[41]	기린각의 그림에 서리처럼 센 두 살쩍이 그려져 있다네

---

41 姜希孟, 『私淑齋集』, 권 1.

(5)

何處鳴榔客　　어디로 배 널 두드리며 가는 나그네인가
山陰載酒船　　산음으로 술 싣고 가는 배라네
無人識賀老　　아무도 하지장 영감을 알아보지 못하나 봐
家在鏡湖邊[42]　집이 경호가에 있는데도

　강희맹의 시 (4)는 모두 16개 구로 구성되어 있는데, 의미상으로 분절할 경우 크게 4개의 단락으로 나눌 수 있다. 즉 제1구~4구, 제5구~8구, 제9구~12구, 제13구~16구가 바로 그것이다.

　제1구~4구에서는 漢武帝 때 소무가 한나라 사신으로 흉노에 갔다가 억류된 배경이 언급된다. 무제가 영토를 확장하기 위해 흉노를 정벌하려고 한 후, 한과 흉노 사이에는 끊임없이 국경 분쟁이 일어났다. 그때 소무는 무제의 명령을 받들어 강화 사절의 일원으로 흉노 땅에 가게 되었다. 그런데 소무는 한나라 사람으로 흉노에 귀화한 후 흉노 선우의 모친을 겁박하여 한나라에 귀화시키려고 하였다가 탄로가 나 참수당한 우상의 사건에 연루되어 억류되었다는 것이다.

　제5구~8구에서는 흉노의 선우가 소무를 변절시키기 위해 시도하였던 협박과 회유가 언급된다. 선우는 소무로 하여금 마음을 바꿔 자신에게 충성을 바치도록 하기 위해 서슬이 시퍼렇게 협박하였을 뿐만 아니라 한나라 사신으로 흉노에 왔다가 귀화한 衛律을 시켜 한나라를 배반하고 흉노에 귀화하면 온갖 부귀를 누릴 수 있다는 말로 소무를 회유하도록 하였다. 그러나 소무는 굴복하지 않고 오히려 위율을 개나 양과 같은 놈이라고 멸시하고 꾸짖었다는 것이다.

　제9구~12구에서는 선우의 협박과 회유를 뿌리친 소무가 그로 말미암아 오지에 유배당해 고통을 받았던 상황이 언급된다. 선우는 소무를 하늘이 보이지 않을 정도로 깊은 움 속에 가두고 음식을 주지 않았다. 그런데 소무는 때마침 하늘에서 내린 눈을 삼키고 또 항상 가지고 다니던 한나라 깃발의 터럭을 뜯어 씹어 먹음으로써 허기를 면할 수 있게 되었다. 그러자 선우는 다시 소무를 사람이 살지 않는 북해 주변으로 유배하여 숫양을 키우게 하였는데, 숫양이 새끼를 낳아서 젖을 줄 수 있게 되면 한나라로 돌려보내 주겠다고 약속하였다. 제12구의 '李陵'은 소무와 동시대인으로 적은 군사로써 흉노를 쳐서 여러 번 승리하였지만, 끝내는 형세가 불리하여 어쩔 수 없이 흉노에 항복하였던 한나라 장군이다. 제11구~12구에서는 소무가 절망적인 상황 속에서도 한나라에 대한 충절을 굽히지 않았기 때문에, 이릉은 비록 부득이한 상황으로 말미암아 항복하였더라도 더 이상 자신을 변호할 수 없음을 말하고 있다.

　제13구~16구에서는 굽힘 없는 충절로 말미암아 소무의 행적이 후세에 기리 표창되었던 사실이 언급된다. 제16구의 '麒麟圖畵'는 宣帝 때 한나라의 충신 12명의 공덕을 길이 표창하기 위해 그들의 초상을 그림으로 그려 麒麟閣에 걸어놓았던 것을 말한다. 소무는 흉노의 선우에게 복종하면 부귀를 누릴 수 있음에도 불구하고, 절망적인 상황 속에서 19년 동안을 변함없이 충절을 지켰으며, 그동안의 고초로 말미

42　李達,『蓀谷詩集』, 권 5.

암아 귀국할 때는 머리가 모두 하얗게 세었다. 그리하여 선제는 소무의 충절을 길이 표창하기 위해 백발이 된 소무의 초상화를 그려 기린각에 걸어놓게 하였다는 것이다.[43]

이와 같이 시 (4)에서는 「소무목양도」 그림의 대상인 소무의 충성스러운 행적에 관해 진술하고 있다. 이러한 점에서 강희맹의 「蘇武牧羊」 시는 그림을 매개로 하여 그림의 대상인 인물의 행적에 관해 진술하는 시라고 할 수 있다.

이달의 시 (5)의 전 1, 2구는 시인의 自問自答에 의한 문답식 구성으로 되어 있는데, 하지장의 삶과 관련된 2개의 일화가 언급된다. 하지장은 字가 季眞이며, 越州 山陰 출신이다. 만년에는 스스로 '四明狂客'이라 불렀는데, 술을 매우 좋아하여 당시 李白, 汝陽王 李璡, 焦遂, 張旭, 崔宗之, 裵周南, 蘇晉 등과 함께 '飮中八仙'으로 일컬어졌다. 하지장은 86세에 太常博士職을 마지막으로 관계에서 은퇴하여 고향인 산음으로 돌아가게 되었다. 당시 唐 玄宗은 그를 위해 산음에 있는 그의 집을 道院으로 만들어 그로 하여금 長生不老術을 편히 익힐 수 있도록 배려하고, 아울러 직접 '千秋觀'이라는 편액을 써서 하사하였다. 또 아들 賀曾子를 회계군 司馬로 임명하여 가까이에서 그를 봉양하도록 하였으며, 鑑湖 剡川의 일부를 鏡湖라는 이름으로 고쳐서 그에게 하사하였다.[44] 그러므로 전 1, 2구에서는 하지장이 술을 매우 좋아한다는 사실과 관직에서 물러나 고향인 산음으로 돌아가게 된 일화를 언급한 것이라고 할 수 있다.

후 3, 4구에서는 고향에 돌아온 하지장을 동네 사람들이 아무도 알아보지 못하였다는 일화에 대해 언급하고 있다. 하지장의 유명한 시 「回鄕偶書」에 그와 같은 일화가 소개되고 있다. 다음의 시 (6)은 하지장의 「回鄕偶書」 시이다.

(6)
少小離家老大回　　어려서 집을 떠나 늙어서 돌아오니
鄕音無改鬢毛衰　　고향 사투리는 여전한데 귀밑털만 쇠어졌다
兒童相見不常識　　아이들은 나를 알아보지 못하고
笑問客從何處來[45]　　웃으면서 손님은 어디에서 왔는가라고 묻는다

전 1, 2구에서는 오랫동안 고향을 떠나 있으면서도 한시도 고향을 잊지 않고 그리워하였던 시인의 마음이 간접적으로 표현된다. 시인은 어려서 집을 떠나 늙어서 고향으로 돌아왔는데 귀밑털만 쇠어졌을 뿐 여전히 고향 사투리를 쓴다는 것이다. 후 3, 4구에서는 시인을 알아보지 못하고 손님은 어디에서 왔느냐고 물어보는 마을 아이들의 말을 통해 고향에 대한 시인의 마음과는 다른, 시인에 대한 고향 사람들의 인식이 간접적으로 언급된다. 시인은 못내 그리워하던 고향으로 돌아왔지만, 오랫동안 고향을 떠나 있었기

43　江贄 編,『通鑑節要』, 권 11.

44　陸家驥,『唐詩故事』, 正中書局, 民國 69年, 5~6면.

45　기세춘·신영복 편역,『中國歷代詩歌選集』권 2, 돌베개, 1994, 88면.

때문에 시인은 고향 사람들에게 있어서 잊힌 존재가 된 지 이미 오래되었다는 것이다.

이와 같이 시 (5)에서는 술을 좋아하는 하지장이 관직에서 물러나 고향인 산음에서 유유자적한 생활을 하려고 귀향하였는데, 고향에선 아무도 그를 알아보지 못하였다는 그의 일화를 진술하고 있다. 이러한 점에서 이달의 「畵」 시는 그림을 매개로 하여 그림의 대상인 인물의 행적에 관해 진술하는 시라고 할 수 있다.

(2) 화면상의 형상의 핍진감

그림을 매개로 하여 화면상의 형상이 자아내는 핍진감에 관해 진술하는 시들은 주로 실경산수화를 제재로 한다. 때로는 관념산수화를 제재로 하는 시에서도 그러한 진술을 찾아볼 수도 있다. 실경산수화를 제재로 하는 시에서는 화면상의 형상과 그것의 대상인 실제 풍경 간의 관계가 진술된다. 이에 비해 관념산수화를 제재로 하는 시에서는 화면상의 형상과, 비록 그 형상의 실제 대상은 아니지만, 화면 바깥의 세계에서 볼 수 있는 풍경 간의 관계가 진술된다. 이때 시인은 시에서 화면상의 형상이 자아내는 핍진감에 관해 직접적으로 진술하기도 하지만, 때로는 화면상의 형상을 보고 일찍이 그것과 비슷한 풍경을 보았던 기억을 상기함으로써 그 형상이 자아내는 핍진감을 간접적으로 진술하기도 한다.

다음의 시 (7)은 姜希孟의 시 「題楮子島圖」이며, 시 (8)은 徐居正의 시 「題雙林心上人所藏十畵」 10수 중 제10수인 「靑山白雲」이다. 강희맹의 시는 「楮子島圖」 그림에 그려져 있는 형상과 시인이 일찍이 본 적이 있었던 저자도 주변 실경 간의 관계에 관해 진술하고 있다. 서거정의 시는 승려 雙林心이 소장한 「靑山白雲圖」 그림에 그려져 있는 형상과 시인이 소년 시절 절에서 보았던 산중 풍경 간의 관계에 관해 진술하고 있다.

<blockquote>
(7)

王孫泉石入膏肓	왕손께서 산수를 사랑함이 지극하여
料理平湖十里莊	평호 십리에 별장을 만드셨네
玉鏡光分天上下	옥경과 같은 수면이 하늘을 상하로 나누고
靑螺影倒水中央	푸른 산은 물 가운데에 거꾸로 서 있네
輕舟短棹通麻浦	날랜 배 짧은 노로 마포를 지나니
豊草長郊接華陽	무성한 풀과 긴 들이 화양까지 이어지네
少小昔年曾歷此	옛날 어렸을 때 이곳을 지나간 적이 있었는데
畵中疑有舊滄浪[46]	그림 속에 아마도 그때의 푸른 물결 있으려나
</blockquote>

---

46 姜希孟, 『私淑齋集』, 권 1.

(8)

靑靑白白白還靑	푸르고 푸르며 희고 희며 흰가 하였더니 금방 푸르네
山自萬層雲萬層	산 절로 첩첩 구름도 첩첩
却憶少年讀書寺	도리어 소년 시절에 책 읽던 절이 생각나니
此時此景閑共僧[47]	그때 이 풍경 속에 한가로이 스님과 함께 있었지

　강희맹의 문집인 『私淑齋集』에는 위의 시 (7)과 함께 시를 짓게 된 동기를 밝힌 서문이 수록되어 있다. 그 서문을 통해 강희맹이 「저자도도」 그림을 보고 어떠한 시적 감흥을 받았으며 또 그로 인해 어떠한 시적 태도를 가지고 시를 지었는가를 살펴볼 수 있다.

　　"저자도는 부마인 安延昌의 별장이다. 癸丑年에 世宗께서 溫陽에 행차하실 때 나는 10살의 나이로 외조모인 三韓國大夫人 安氏를 따라가 활짝 핀 봄꽃으로 가득 덮인 언덕과 산, 온 곳에 끝없이 가득 피어오르는 안개를 보았다. 머리가 반백이 된 지금에 이르기까지도 그때의 감회를 잊은 적이 없었다. 부마의 막내아들인 漢城左尹 安公 樂道는 마음이 욕심 없고 깨끗하여 남과 다투는 것을 좋아하지 않는다. 이 섬을 얻어서는 매우 사랑하여 화가로 하여금 그 형상을 그리게 하고 또 나에게서는 졸렬한 시를 구하였다. 섬은 서울 남쪽에 있어 아침저녁이면 갈 수 있는데, 어렸을 때부터 늙을 때까지 한 번도 갈 수 없었던 것은 어찌 벼슬살이에 얽매였기 때문이라고 아니할 수 있겠는가. 지금 이 그림을 보니 어렸을 때 올라갔던 곳이 어렴풋이나마 생각난다. 그러므로 감흥을 느끼지 않을 수 없어 마침내 아래와 같이 쓴다."[48]

　강희맹은 10살 때 보았던 봄날 저자도 주변의 아름다운 풍경에 매혹되어 그때 당시의 느낌을 늙을 때까지 간직하였는데, 저자도를 그린 그림을 보고서 그때 당시의 느낌을 다시 상기할 수 있었다고 말한다. 그러므로 그림으로부터 촉발된 강희맹의 시적 감흥은 기억 속의 저자도 주변의 아름다운 풍경과 그림 속의 경물이 흡사하다는 사실로 말미암아 흥기되었으며, 그것이 바로 시를 짓게 된 직접적인 동기가 되었던 것이다. 이러한 동기로 말미암아 시인은 그림을 매개로 하여 그림의 실제 대상에 관해 진술하게 된다. 그러므로 이 시는 화면상에 그려져 있는 형상만을 묘사하지 않고, 그 형상과 그것의 대상인 실제 풍경 간의 관계까지 언급하고 있다.

　강희맹의 시 (7)은 저자도 주변의 풍경을 그린 실경산수화를 시적 제재로 한 것이다. 그런데 제1연에서는 그림의 대상인 저자도가 왕손의 별장임을 진술하고 있다. 제1연에서부터 시인은 화면상에 그려져 있는 형상 그 자체에 관해 진술하지 않고, 그것의 대상인 실제 풍경과 관련된 사실을 언급하고 있다. 제

47　徐居正, 『徐四佳全集』, 권 45.

48　姜希孟, 앞의 책, 권 1.
　　"楮子島, 安駙馬延昌之別墅也. 歲癸丑, 世宗幸溫陽時, 余年十歲, 隨外祖母三韓國大夫人安氏, 往觀春花爛熳被覆岡巒, 長烟一境浩無際涯. 至今頂有斑毛, 未嘗忘懷駙馬季子, 漢城左尹安公樂道氏, 捿心淡泊, 不喜紛拏. 得此島, 酷愛之. 令畫史寫其形, 且徵余惡詩. 島在都南, 朝夕可至, 而自幼及老, 未能一往者. 豈非名韁簪組所拘歟. 今觀是圖, 彷彿想像其幼時登陟之處. 意不能無惑. 遂題于左云."

2연~3연에서는 화면상에 그려져 있는 형상에 관해 진술하고 있다. 제2연에서는 강 위의 하늘과 강가의 푸른 산의 모습이 비쳐져 있을 정도로 거울처럼 맑은 수면의 상태에 관해 묘사하고 있고, 제3연에서는 강가에 널리 펼쳐진 초원의 모습에 관해 묘사하고 있다. 그런데 마포와 화양이라는 지명이 언급되고 있다는 점에서, 제2연~3연에서도 화면상에 그려져 있는 형상 그 자체를 묘사할 뿐만 아니라 그 형상과 대상인 실제 풍경 간의 관계까지 진술한다고 할 수 있다. 시인은 화면상에 그려져 있는 형상이 실물과 비슷한 까닭에 그곳이 바로 마포나 화양임을 짐작하게 되었던 것이다. 제4연에서는 화면상에 그려져 있는 형상과 시인이 어렸을 때 본 저자도 주변의 실경 간의 관계에 관해 진술하고 있다. 제4연 후구의 "그림 속에 아마도 그때의 푸른 물결 있으려나(畫中疑有舊滄浪)"는 곧 어렸을 때 본 푸른 물결이 화면상에 그대로 그려져 있는 듯한 느낌이 들 정도로, 화면이 어렸을 때 본 실경과 너무나도 닮았음을 간접적으로 말하는 것이다.

이와 같이 시 (7)에서는 「저자도도」 그림에 그려져 있는 형상과 저자도 주변 실경 간의 관계에 관해 진술하고 있다. 이러한 점에서 강희맹의 「題楮子島圖」 시는 그림을 매개로 하여 화면상의 형상이 자아내는 핍진감에 관해 진술하는 시라고 할 수 있다.

서거정의 시 (8)은 「青山白雲圖」라는 관념산수화 그림을 시적 제재로 하여 지어진 것이다. 전 1, 2구에서는 시인의 눈에 비친 화면상의 형상이 언급된다. 첩첩이 펼쳐진 푸른 산과 그 주위에 첩첩이 쌓인 하얀 구름의 모습이 간략하게 묘사되고 있다. 그러한 가운데 '青', '白', '萬層'과 같은 시어가 반복적으로 사용됨으로써 시의 리듬감이 강화됨과 동시에 산과 구름의 색채와 형체가 부각되고 있다. 그런데 첫째 구의 '흰가 하였더니 금방 푸르네(白還青)'라는 표현으로 말미암아 독자는 화면상에 그려진, 구름 낀 산의 모습이 시간의 경과에 따라 상태의 변화를 겪고 있는 것으로 지각하게 된다. 화면상에 그려져 있는, 구름 낀 산의 모습은 사실상 찰나적인 순간에 움직임이 정지된 것이므로 정태적인 것으로 지각될 수밖에 없다. 이에 비해 시에서는 푸른 산의 모습이 시간의 경과에 따라 구름에 가리어 보이지 않다가 다시 보이는 것으로 진술되고 있다. 그러므로 구름 낀 산의 모습은 화면상에서와는 달리 동태적인 것으로 지각된다.

후 3, 4구에서는 화면상의 형상에 대한 시인의 내적 반응이 언급된다. 셋째 구에서 화자는 화면상에 그려져 있는, 첩첩이 펼쳐진 푸른 산과 그 주위에 첩첩이 쌓인 구름의 모습이 그 옛날 소년 시절에 책을 읽었던 산사의 생활을 상기시켜 준다고 말하고 있다. 넷째 구의 "그 때 이 풍경 속에 한가로이 스님과 함께 있었지(此時此景閑共僧)"는 시인이 옛날 소년시절 화면상에 그려져 있는 풍경과 똑같은 모습을 보이는 산중에서 스님과 함께 생활하였음을 말하고 있다. 즉 시인은 화면상의 형상을 보고 그것과 똑같은 산중 풍경을 볼 수 있었던 소년 시절의 절간 생활을 상기하게 되었던 것이다.

이와 같이 시 (8)은 「청산백운도」에 그려져 있는 형상과 시인이 소년 시절 절에서 본 산중 풍경 간의 유사함에 관해 진술하고 있다. 이러한 점에서 서거정의 「青山白雲」 시는 그림을 매개로 하여 화면상의 형상이 자아내는 핍진감에 관해 진술하는 시라고 할 수 있다.

(3) 모임이나 행사의 기념

그림을 매개로 하여 화면상의 형상의 실제 대상인 특정한 모임이나 행사를 기념하는 시들은 주로 契會圖를 시적 제재로 한다. 고려시대와 조선시대에는 관아의 동료들이나 과거의 同年 또는 同甲들끼리 친목을 도모하는 모임을 가지거나 행사를 할 때, 그러한 모임이나 행사를 일종의 기념물로 전승하기 위해 화공으로 하여금 그림으로 그리게 하였다.[49] 계회도 자체가 특정한 모임과 행사를 기념하거나 또는 기록하는 성격을 지니고 있듯이, 그 그림을 시적 제재로 하여 지은 시들도 그것과 똑같은 성격을 지닌다.

다음의 시 (9)는 李穡(1328~1396)의 시 「門生掌試圖歌」이며, 시 (10)은 李荇(1478~1534)의 시 「國葬都監契會圖」이다. 이색의 시는 「門生掌試圖」 그림을 시적 제재로 하여, 그 그림의 실제 대상인 과거의 試官이 門生을 거느리고 자신의 座主(고려 때 과거에 급제한 사람이 그 과거의 시관을 이르는 말)에게 찾아가 알현하는 행사를 기념하는 내용에 관해 진술하고 있다. 이행의 시는 「國葬都監契會圖」 그림을 시적 제재로 하여, 그 그림의 실제 대상인 국장도감 소속 관원들의 모임을 기념하는 내용에 관해 진술하고 있다.

(9)

國家配元氣	국가가 천지의 기운과 짝한 이후로
斯文傳正脈	유가의 학문이 올바른 맥을 전하여 왔는데
穆穆我光廟	훌륭하고 훌륭하시도다 우리 광종이시여
肇派詩書澤	이로부터 퍼져나간 시서의 혜택이
浸漬丹桂林	단계림을 푹 적셔서
香浮風露深	바람과 이슬 깊은 가운데 향기가 넘쳐나고
群材作棟樑	여러 재목들은 마룻대와 대들보가 되었으니
赫赫光古今	환한 빛이 고금에 빛나도다
座主幸無恙	좌주가 다행히 병이 없고
門生風彩暢	문생이 풍채를 드날리게 되면
庭謁領門生	문생을 거느리고 정원에서 알현하니
座主方喜賞	좌주는 바야흐로 기뻐하여 상을 준다네
何以表眞情	무엇으로써 참된 마음을 표시하리오
犀銙映紅鞓	물쇠로 만든 띠쇠에 비친 붉은 가죽띠라네
再拜荷珍錫	재배하며 진기한 물건을 받으니
人曰稀世榮	사람들은 세상에 드문 영예라고 말한다네
何異老父母	무엇이 다르리오? 늙은 부모가
驚喜子遭遇	자식과의 만남을 몹시 기뻐하는 것과

---

49 安輝濬, 앞의 책, 1999, 369면.

一旦領門生	하루아침에 문생을 거느리고
張樂斟壽酒	음악이 연주되는 가운데 장수하길 기원하며 술을 따라 올린다네
伊我亦幸哉	아 나 또한 행복하노니
三見文闈開	세 번이나 과장이 열리는 걸 보았다네
何期最少者	언제쯤 가장 연소한 이가
乃率門生來	문생을 거느리고 찾아올까나
所以動我筆	이로 말미암아 붓을 들고
題詩風雨疾	잽싼 비바람처럼 시를 지어
相傳庶無墜	서로 전하여 상실됨이 없이
當與天地畢[50]	마땅히 천지와 더불어 마치길 바란다네

(10)

同僚情自別	동료들 간의 정은 특별한 것이지만
況此共艱難	하물며 이처럼 고생을 함께 나누는 데 있어서야
朝夕相奔走	아침부터 저녁까지 서로 분주한 중에서도
哀傷一肺肝	돌아가신 이를 애도하는 데 마음을 오로지 하였네
交親應有分	친분을 나누는 데 응당 도리가 있겠지만
離合亦多端	헤어지고 모이는 일도 또한 많아
小幅題名記	작은 그림에 이름을 써넣어
他時仔細看[51]	훗날에 자세히 보리라

이색의 문집인 『牧隱詩藁』에는 시 (10)과 함께 그 시를 짓게 된 배경을 밝히는 서문이 수록되어 있다. 다음은 그 서문의 전문이다.

"국재 권정승은 광종이 과거를 실시한 이래로 좌주와 장원의 성명을 모아 한 권으로 만들었다. 또 아버지와 아들, 손자가 서로 대를 이어 시관이 된 자들과 좌주가 병이 없고 그의 문생으로서 시관이 된 자들을 모아 그림으로 그려 그 책의 뒤에 붙이고, 그것의 표제를 계원록이라고 하였다. 사백여 년의 문회의 성대함이 찬란하게 눈앞에 펼쳐져 있다. 문생과 좌주 사이의 은혜와 의리의 온전함은 국가의 원기를 배양하는 데 충분하고, 시서의 혜택과 문장의 아름다움은 비록 오랜 세월이 지나더라도 바뀌지 않으리라. 중찬 유경이 시관이 되었을 때, 그 좌주인 평장 임경숙은 자신이 차고 있던 검은 물소 가죽으로 만든 붉은 가죽띠를 풀어 그에게 매어주면서, "경의 문하에서 경과 같은 자가 나오게 되면, 곧 나의 오늘 이 마음을 알게 될 것이다. 이 때문에 이 띠를 경에게 준다"라고 말하였다. 이로부터 붉은 가죽띠를 주고받는 것이 시작되었는데, 지금으로부터 120여 년 전의 일이다. 나의 문생인 염정수가 성균시를 주관하였

50 李穡, 『牧隱詩藁』, 권 26.

51 李荇, 『容齋集』, 권 3.

는데, 그는 예천 권정승의 외손이다. 내가 성균 좌주였던 송정 김 선생이 물려준 물소 띠를 그에게 주었는데, 그 띠는 송정이 예천에게서 직접 받은 것이었다. 읊조리다 보니 짧은 노래를 완성하게 되었는데, 이는 늙은이의 지극한 영예요, 또한 선배들이 남긴 공덕이다."[52]

이 서문의 내용으로 미루어볼 때, 이색의 시의 시적 제재가 된「문생장시도」는 國齋 權溥(1262~1346)가 편찬한『桂苑錄』의 부록으로 수록된 그림임을 알 수 있다. 서문에 나오는, 좌주는 과거를 관장하는 고시관을 뜻하며, 문생은 그 고시관이 관장하였던 과거에 급제한 사람을 뜻한다. 그러므로「문생장시도」는 과거의 시관이 된 인물이 자신이 관장하던 과거에 급제한 사람들을 거느리고 자신의 좌주였던 사람에게 알현하는 모습을 그린 그림이라고 할 수 있다. 그런데 당시 시관으로서 문생을 거느리고 인사하러 온 柳璥(1211~1289)에게 그의 좌주였던 任景肅(생몰년 미상)이 붉은 가죽띠를 준 것이 전례가 되어, 그러한 행사와 전례는 120여 년이 지난 이색 당대에 이르기까지 지속적으로 이어져 왔다. 이색은 자신의 좌주였던 松亭 金光載(1294~1363)로부터 붉은 가죽띠를 물려받아, 다시 자신의 문생인 廉廷秀(?~1388)에게 물려주었다. 그리하여 이색은 그러한 행사를 기념하기 위해「門生掌試圖歌」를 짓게 되었던 것이다.

시 (9)는 모두 28개 구로 구성되어 있는데, 의미상으로 분절할 경우 크게 세 개 부분으로 나눌 수 있다. 즉 제1구~8구, 제9구~20구, 그리고 제21구~28구가 바로 그것이다.

제1구~8구에서는 좌주와 문생의 관계가 형성될 수 있었던 원인으로 고려 광종 때의 과거제도 실시와 그것의 성과가 언급된다. 즉 고려 건국 이래로 유가의 맥이 면면히 이어져 내려왔는데, 특히 광종 때 과거제도가 실시됨으로써 유가의 많은 인재들이 시서를 익혀 국가의 동량으로 발탁되어 왔다는 것이다.

제9구~20구에서는「문생장시도」그림의 실제 대상인, 시관이 문생들을 거느리고 자신의 좌주였던 인물에게 알현하는 행사가 언급된다. 자신이 좌주였던 인물이 병 없이 생존해 있을 경우 시관은 문생들을 거느리고 집으로 찾아가 알현하는데, 그때 좌주는 기쁨의 표시로 물소 가죽으로 만든 붉은 가죽띠를 하사하고, 시관은 좌주에게 장수를 기원하는 술을 따라 올릴 정도로 둘 사이는 부자지간처럼 돈독한 관계를 보인다는 것이다.

제21구~28구에서는 그러한 행사에 대한 시인 자신의 기대감과 그 행사의 지속적인 전승에 대한 기원이 언급된다. 시인은 세 번이나 고시관을 지냈기 때문에 그러한 행사를 세 번이나 하게 된 것에 대해 행복감을 느끼고, 또 자신이 세 번 고시관을 하면서 과거에 급제시켰던 문생이 시관이 되어 그의 문생들을 거느리고 찾아올 때를 고대하고 있으며, 그리고 그러한 기대감으로 인해 시를 지어 그 행사가 영원히 전

52 李穡, 앞의 책, 권 26.
　　"菊齋權政丞, 集光廟設科以來座主壯元姓名爲一卷. 又集父子孫相繼掌試者, 及座主無恙門生掌試者, 爲圖於後. 題其目曰桂苑錄. 四百餘年文會之盛, 粲然在目. 門生座主思義之全, 足以培養國家之元氣, 而詩書之澤, 詞翰之華, 雖百世可無替也. 柳中贊璥之掌試也, 其座主任平章景肅. 解所帶烏犀紅鞓以帶之, 曰, 卿門下有如卿者出, 方知吾今日之心矣. 其以此帶與之. 此又紅鞓授受之所起也, 距今癸亥一百二十餘年, 而吾門生廉廷秀掌試成均, 醴泉政丞權公之外孫也. 予以成均座主松亭金先生所留犀帶與之, 松亭所親受於醴泉者也. 吟成短歌, 老夫之至幸也, 先進之餘烈也."

승되기를 바라는 뜻을 밝히고자 한다는 것이다.

이와 같이 시 (9)는 「문생장시도」 그림을 시적 제재로 하여, 그 그림의 실제 대상인 시관이 문생들을 거느리고 자신의 좌주에게 알현하는 행사의 구체적인 내용과 그 행사가 길이 전승되길 바라는 시인 자신의 기원을 진술하고 있다. 이러한 점에서 이색의 「門生掌試圖歌」 시는 그림을 매개로 하여, 그 그림의 실제 대상인 특정한 행사를 기념하는 시라고 할 수 있다.

이행의 시 (10)의 제1연~2연에서는 국장도감에 소속된 관원들 간의 두터운 동료애가 언급된다. 국장도감에 소속된 관원들은 왕이나 왕비, 또는 국가의 공훈 대신들의 장례를 치르는 막중한 임무를 수행해야 하는데, 그 임무를 완수하기 위해서는 온갖 어려움이 뒤따르게 된다. 따라서 어려움을 함께하는 가운데 맺어진 친분은 다른 관아의 관원들 간의 것보다도 더 두터울 수밖에 없다는 것이다.

제3연~4연에서는 국장도감에 소속된 관원들끼리 모인 모임의 의의가 언급된다. 국장도감은 국장을 치르기 위해 임시로 설치된 관청이기 때문에, 그 관원들은 국장을 치른 후 원 소속 관아로 복귀하게 된다. 그래서 헤어지기 전에 동료들끼리 친목 모임을 가져 그간의 회포를 풀 뿐 아니라 그 모임을 그림으로 그리고, 또 그린 그림 속에 참석자 이름을 적어 넣어 그때의 두터운 정분을 훗날까지 길이 기억하자는 것이다.

이와 같이 시 (10)은 「국장도감계회도」를 시적 제재로 하여, 그 그림의 대상인 두터운 동료애로 맺은 국장도감 소속 관원들의 친목 모임을 기념물로 길이 보전하고자 하는 시인 자신의 뜻을 진술하고 있다. 이러한 점에서 이행의 「國葬都監契會圖」 시는 「국장도감계회도」 그림을 매개로 하여, 그 그림의 실제 대상인 특정한 모임을 기념하는 시라고 할 수 있다.

2. 화가에 관해 진술하는 시와 진술 내용

그림을 그린 화가에 관해 시적 관심을 기울일 경우, 시인은 시에서 그림을 매개로 하여 그 그림을 그린 화가에 관해 진술하게 된다. 화가에 관해 진술하는 시들에서 구체적으로 언급되는 내용들은 다음과 같이 크게 네 부류로 추출할 수 있다. 즉 화면에 투영된 화가의 품격, 화면상에 반영된 화가의 意趣, 화면을 통해 분별할 수 있는 화가의 뛰어난 그림 솜씨와 창작 태도, 그리고 화가의 기법 등이 바로 그것이다. 이러한 진술 내용들은 모두 畵評과 관련된다.

(1) 화가의 품격

그림과 그 그림을 그린 화가를 동일시하는 것은 일찍이 宋代의 蘇軾과 黃庭堅의 제화시들에서 빈번하게 다루었던 주제들 중의 하나이다. 화면이 화가의 인품을 반영한다는 견해는 소식과 그의 계승자들이 발전시킨 문인화의 기본 교리와도 같은 것이다.[53] 특히 중국 송대의 문인화가들은 대상의 외형적인 형체를 사실적으로 그려낼 수 있는 기교의 숙련보다 대상의 본질을 꿰뚫어볼 수 있는 정신의 함양을 중시하였다. 이러한 경향은 그림에서 중요한 것이 그림의 형식적 특징이나 대상과의 形似가 아니라 바로 작품의 氣韻이라고 한 소식의 주장과 직결된다.[54] 작품의 기운이라는 것은 바로 화가 자신의 氣韻에서 비롯되기 때문이다. 이러한 점 때문에 화가의 품격은 송대 당시 회화 비평이나 창작에 있어서 주요 기준 가운데 하나가 되었다.

그림을 매개로 하여 그 그림을 그린 화가의 품격에 관해 진술하는 시들은 주로 화가의 寫意를 중시하는 문인화, 그중에서도 특히 梅·蘭·菊·竹을 그린 그림을 제재로 한다. 매·란·국·죽은 중국과 우리나라에서 四君子로 일컬어졌듯이, 지조와 절개와 같은 유가적 덕목을 표상하는 식물이다. 사군자 그림은 직업적인 화가인 畵工보다는 정신을 수양하는 선비들이 즐겨 그렸는데, 화면상에는 그것을 그린 선비의 높은 품격이 투영되어 있다고 한다.[55] 이 때문에 그림을 매개로 하여 그 그림을 그린 화가의 품격에 관해 진술하는 경우를 매·란·국·죽 그림을 시적 제재로 하는 시들에서 흔히 찾아볼 수 있다.

다음의 시 (11)은 李穡의 시 「題東亭所藏杏村墨竹」 2수 중의 제1수인 「露竹」이며, 시 (12)는 申緯(1769~1845)의 시 「題李寅文畵」 2수 중의 제1수이다. 이색의 시는 東亭 廉興邦(?~1388)이 소장한 杏村李嵒(1297~1364)의 대나무 그림을 시적 제재로 한 것인데, 화면상에 그려진 대나무와 그것을 그린 이암의 품격을 동일시하고 있다. 이암은 고려 忠肅王~恭愍王 때 활약한 文臣이자 당대의 유명한 書畵家이다. 신위의 시는 李寅文(1745~1821)의 그림을 시적 제재로 한 것인데, 화면상에 그려진 신선과 그것을 그린 화가 이인문을 동일시하고 있다. 이인문은 조선 후기 英祖~純祖 때 활약한 화가로서 古松流水館道人이라는 自號를 가졌다.

(11)
霧露朝朝送薄寒　　아침마다 옅은 추위와 함께 안개와 이슬을 보내어
天敎淨洗碧琅玕　　하늘이 씻은 듯 푸르른 대나무로 만들었네
分明與杏村相似　　분명히 행촌과 닮았으니
直節寧容俗眼看[56]　곧은 절개와 편안한 모습 속인의 눈으로 볼 수 있으랴

(12)
道人八十住紅塵　　도인이 팔십 년 동안 속세에 머물면서도
養得古松流水身　　늙은 소나무와 흐르는 물 같은 몸을 길렀네

53　葛路 저, 앞의 책, 1989, 219~227면 참조.

54　Ronald C. Egan, 앞의 논문, 1983, 421면.

55　金鐘太 편저, 『東洋畵論』, 일지사, 1978, 291~292면.

56　李穡, 앞의 책, 권 32.

畫裏癯容應自寫　　그림 속의 야윈 얼굴 자신을 그린 게 틀림없을 거야

彼相對者又何人[57]　저 이와 맞설 자 또 누가 있겠는가

　이색의 시 (11)은 「露竹圖」 그림을 시적 제재로 하여 지어진 것이다. 표제가 말해주듯이, 「노죽도」는 이슬에 젖은 대나무를 그린 그림이다. 전 1, 2구에서는 대나무의 외적인 상태가 언급된다. 그런데 시인은 그 대나무를 화면상에 그려진 것으로 인식하지 않고, 자신의 눈앞에 실재하면서 상태의 변화를 겪는 것으로 인식한다. 즉 푸른 대나무는 아침마다 옅은 추위 속에서 시들지 않고 오히려 안개와 이슬을 머금어 항상 씻은 듯 맑고 푸른빛을 띠고 있다는 것이다.

　후 3, 4구에서 시인은 푸른빛을 띤 대나무를 군자로 의인화할 뿐 아니라, 군자로 의인화된 대나무와 그것을 그린 화가 이암의 품격을 동일시한다. 아침의 '옅은 추위(薄寒)'가 대나무의 생존을 위태롭게 만드는 열악한 생활환경이라면, 안개와 이슬을 머금어 '씻은 듯 맑고 푸른(淨洗碧)'빛을 띤 대나무는 열악한 생활환경 속에서도 자신의 절개를 굽히지 않을 뿐 아니라 그러한 환경에 대해 전혀 동요하지 않고 오히려 편안해하는 모습을 보이는 군자로 의인화된다. 시인은 군자로 의인화된 대나무와 그것을 그린 화가 杏村의 품격을 동일시한다. 행촌 자신이 곧은 절개와 不動心을 지닌 군자이기에, 그의 품격이 투영된 대나무 그림에서도 그와 똑같은 모습을 볼 수 있다는 것이다. 그렇기 때문에 제4구에서 시인은 화자는 군자의 고매한 품격이 투영된 대나무 그림을 속인들이 감히 쳐다보지 못한다고 말한다.

　이와 같이 시 (11)에서는 화면상에 그려진, 안개와 이슬을 머금어 맑고 푸른빛을 띤 대나무와 그것을 그린 화가의 고매한 품격을 동일시하고 있다. 이러한 점에서 이색의 「露竹」 시는 그림을 매개로 하여 그 그림을 그린 화가의 품격에 관해 진술하는 시라고 할 수 있다.

　'題李寅文畫'라는 표제만으로써는 신위의 시 (12)가 어떤 그림을 시적 제재로 한 것인지 알 수 없다. 다만 시적 진술 내용으로 미루어보건대, 이 시의 제재가 된 그림은 神仙圖로 보인다. 전 1, 2구에서 시인은 화가 이인문의 自號인 '古松流水館道人'의 글자 풀이와 역설적인 표현을 사용하여 그의 품격에 관해 언급하고 있다. 소나무는 겨울에도 시들지 않고 푸른 잎을 지니고 있기 때문에 예로부터 곧은 마음과 굳은 절개를 가진 군자의 인격, 또는 속세를 떠나 숨어 사는 隱者의 淸高한 마음, 또는 長壽 등을 표상한다.[58] 그런데 시의 전체적인 의미와 소나무를 수식하는 '古' 자와 관련지어 볼 때, 이 시에서 언급된 '늙은 소나무(古松)'는 脫俗한 늙은 은자의 청고한 마음을 표상하는 것으로 보인다. 그리고 '흐르는 물(流水)'은 老子에 의해 '上善'에 비유됨으로써 자연의 도를 따르는 존재로 간주된다.[59] 그러므로 시인은 화가 이인문을 80년 동안 속세에 머물면서도 속인이 되지 않고, 도리어 탈속하여 청고한 마음을 가진 채 흐르는 물과 같이 無爲自然의 道를 실천하는 은자로 간주하였다고 할 수 있다.

57　申緯, 『申緯全集』, 167면.

58　Wolfram Eberhard, A Dictionary of Chinese Symbols, London and New York; Routledge & Kegan Paul, 1986, 237~238면.

59　Wolfram Eberhard, 위의 책, 1986, 309면.

후 3, 4구에서 시인은 신선도에 그려진 인물과 그것을 그린 화가 이인문을 동일시하고 있다. 셋째 구의 '그림 속의 야윈 용모(畵裏癯容)'는 바로 俗氣 없는 신선의 모습을 지칭하는 것으로 보인다. 그런데 셋째 구에서 시인은 화면상에 그려진 신선의 모델이 화가 자신일 것이라고 말한다. 화가 자신이 신선처럼 속기가 없이 청고한 마음을 지닌 채 무위자연의 도를 실천하는 인물이기에, 시인은 화가가 스스로를 모델로 하여 그림 속의 신선의 용모를 그렸다고 보는 것이다. 그리하여 넷째 구에서 시인은 화가 자신이 아니면 그림 속의 신선의 모델이 될 만한 인물이 이 세상에 어디 있겠느냐고 반문한다. 그만큼 시인은 화면상에 그려진 신선과 화가가 동일한 인물임을 확신하고 있는 것이다.

이와 같이 시 (12)에서는 화면상에 그려진 신선과 그것을 그린 화가의 품격을 동일시하고 있다. 이러한 점에서 신위의「題李寅文畵」시는 그림을 매개로 하여 그 그림을 그린 화가의 품격에 관해 진술하는 시라고 할 수 있다.

(2) 화가의 意趣

그림을 매개로 하여 화면상에 반영된 화가의 意趣에 관해 진술하는 시들은 주로 寫意를 중시하는 문인화를 시적 제재로 한다. 이때 意趣는 바로 화가가 대상을 관조함으로써 파악한 그것의 내면적인 본질이며, 선과 색을 통해 형상화하고자 하는 화가의 心意이다. 이것은 또한 화면상에 그려진 경물의 형상 속에 반영되어 있는 것이라고 할 수 있다.

다음의 시 (13)은 李奎報의 시「溫上人所蓄獨畵鷺鷥圖」이며, 시 (14)는 姜希顔(1417~1464)의 시「美人春睡圖」이다. 이 시들은 모두 그림을 매개로 하여 화면상의 형상에 반영되어 있는 화가의 의취에 관해 진술하고 있다.

(13)

君不見翰林筆下曾解道心閑	그대는 보지 못하였는가 한림이 지은 글에서 마음의 한가로움 말한 걸
來去獨立沙洲傍	오거나 가거나 항상 모래톱가에 홀로 서 있네
何人畵手得神授	누구의 그림 솜씨가 이토록 신통한가
丹靑妙意髣髴謫仙腸	그림의 묘한 뜻이 이백의 마음과 비슷하네
我初未識畵工趣	나도 처음엔 화공의 의취를 깨닫지 못해
支頤倚壁私商量	턱을 괴고 벽에 기댄 채 홀로 생각해보았지
既寫江湖奇絶致	이미 강호의 기이하고 절묘한 경치를 그렸으면
何不畵漁人舟子來往遊倘佯	어찌하여 어부와 사공이 왕래하며 유유히 노니는 것을 그리지 않았으며
既寫鷺鷥得意態	이미 백로의 자유로운 모습을 그렸으면
何不畵游漁走蟹出沒行洋洋	어찌하여 노니는 고기와 기어가는 게가 보일 듯 말 듯 돌아다니는 것을 그리지 않았는가
潛思黙課始自知	곰곰이 생각하고 묵묵히 살펴보고서 비로소 알았으니

意所未到於焉藏　미처 생각하지 못한 바가 여기에 숨겨진 줄을
白鷺見人處　백로가 사람을 보았다면
拂翼沙頭決爾一起驚飛翔　모래톱 끝에서 날개 치며 화닥닥 일어나 놀라 날아갈 것이며
白鷺窺魚時　백로가 고기를 엿본다면
植足葦間聳然不動難低仰　갈대밭 사이에 다리를 꽂고 우뚝 서서 움직이지 않은 채 한가로워하기
　　　　　　　　　는 어려우리
那教雪客閑放態　어찌 백로로 하여금 한가한 모습 취하게 하고선
遣作黃雀多驚忙　참새처럼 놀라게 하고 애타게 만들겠는가
此意識者小　이러한 뜻 아는 이가 적기에
吾作歌詩始翼揚[60]　내가 시를 지어 비로소 들춰내네

(14)

緗簾垂地樓千尺　천 자나 되는 누대엔 담황색 발이 땅에 드리워져 있는데
牢掩輕寒夜無睡　굳게 닫힌 문밖엔 날씨가 써늘하여 밤새 잠을 못 이룬 데다
多情太早曉粧成　애틋한 정으로 너무 이른 새벽녘에 화장을 하여
日午閑愁濃似醉　한가한 대낮엔 짙은 근심에 취한 듯하네
床頭未完石竹繡　상 머리맡엔 수놓은 석죽이 완성되지 못한 채 놓여 있고
綠線銀針枕邊棄　푸른 실과 은빛 바늘은 베개 주변에 놓여 있는데
闌干十二倚欲遍　몸이 열두 난간을 두루 돌아가며 기대기나 할 듯 졸면서
稍稍雙眉低八字　양 눈썹이 차츰차츰 팔자 모양으로 찡그려지네
紅慵粉惰不自持　붉은 분 일그러지고 흰 분 지워져 곱게 화장한 모습 보존치 못한 게
香露新霑海棠穩　향기로운 이슬에 막 젖은 해당화 송이 같다네
鴨爐殘篆未全消　오리 모양 향로엔 연기가 완전히 꺼지지 않아 간간이 피어오르는데
但見落花紅滿地　다만 보이는 건 땅에 가득 떨어진 붉은 꽃뿐이네
莫遣流鸎輕喚醒　꾀꼬리가 경솔하게 울어 잠을 깨우지 않게 해야 하는데
明日容華頓憔悴　다음 날 예쁜 얼굴이 갑작스레 해쓱해질 터이니
畫工偸寫無窮態　화가가 몰래 무궁한 자태를 묘사하였지만
豈識佳人夢中意[61]　미인이 꿈속에서 생각하는 것만은 어찌 알리오

　이규보의 시 (13)은 「獨畫鷺鷺圖」 그림을 시적 제재로 한 것이다. 표제로 미루어볼 때, 「독화로자도」는 모래톱에 홀로 서 있는 백로를 그린 그림으로 보인다. 시 (13)은 모두 20개 구로 되어 있는데, 의미상으로 분절할 경우 크게 세 개 부분으로 나눌 수 있다. 즉 제1구~4구, 제5구~18구, 그리고 제19구~20구가 바로 그것이다.

60　李奎報, 『李相國集』, 권 10.

61　姜淮伯·姜碩德·姜希顔, 『晉山世稿』 續集, 권1.

제1구~4구에서 시인은 화면상의 형상이 함축하는 의미, 즉 그림의 의미에 관해 언급하고 있다. 시인은 그 그림이 백로의 마음의 한가로움을 읊은 李白의 시 「白鷺鷥」[62] 와 흡사한 경지를 보여준다고 생각한다. 그리하여 시인은 시에서나 볼 수 있는 심오한 경지를 그림으로 그려낼 수 있었던 화가의 솜씨를 높이 평가한다.

제5구~18구에서는 시인이 그림을 그린 화가의 의취를 깨달은 후에야 비로소 그 그림의 의미를 파악할 수 있게 되었음을 말하고 있다. 시인 역시 처음에는 화가의 의취를 깨닫지 못하였다. 배를 타고 왕래하는 어부와 뱃사공, 물속에서 노니는 고기와 개펄에서 기어 다니는 게 등은 모두 모래톱과 백로와 함께 강가의 경관을 이루는 요소들이다. 그런데 화가가 왜 그러한 경물들을 생략한 채 오직 모래톱과 그곳에 서 있는 백로만을 화폭에 담았는지, 그 의도를 시인은 이해할 수 없었다는 것이다. 그리하여 시인은 화가가 왜 그러한 경물들을 생략하였는가에 관해 의문을 제기한다. 그런데 바로 이러한 의문점이 바로 시인으로 하여금 그림에 반영된 화가의 의취를 파악하게 할 수 있는 실마리가 된다. 사람이나 물고기 등이 있을 경우 이들을 경계하거나 탐하는 마음이 생기기 때문에, 백로는 마음의 평정 상태를 유지할 수 없다. 그렇게 되면 백로는 한가로움을 보이는 게 아니라 오히려 놀라 달아나거나 먹이를 잡기 위해 애쓰는 모습을 보이게 된다. 그러므로 화면상에 그것들을 함께 그려놓으면 백로의 모습에서 환기되는 것은 마음의 한가로움이 아니라 오히려 놀람이나 탐함이다. 즉 화가는 화면상에 사람과 물고기의 모습을 그리지 않고 오직 백로만을 그림으로써 백로의 한가로움이라는 의미를 더욱 부각할 수 있었다. 그리하여 시인은 화가의 의취가 백로의 한가로움을 표현하는 데 있으며, 이를 위해 화가가 의도적으로 사람과 물고기를 그리지 않고 백로만을 그렸다고 생각한다.

제19구~20구에서는 시인이 시를 짓게 된 의도에 관해 언급하고 있다. 시인은 그림에 반영된 화가의 의취를 아는 사람이 적기 때문에 시를 지어 그 의취를 널리 알리고자 한다는 것이다.

이와 같이 시 (13)에서는 「독화노자도」 그림을 시적 제재로 하여, 모래톱에 홀로 서 있는 백로의 형상에 반영된 화가의 의취에 관해 진술하고 있다. 이러한 점에서 이규보의 시 「溫上人所蓄獨畵鷺鷥圖」 시는 그림을 매개로 하여 화가의 의취에 관해 진술하는 시라고 할 수 있다.

강희안의 시 (14)는 모두 16개 구로 되어 있는데, 의미상으로 분절할 경우 크게 두 부분으로 나눌 수 있다. 즉 제1구~14구와 제15구~16구가 바로 그것이다.

제1구~14구에서는 화면상의 형상에 관해 언급하고 있다. 표제가 말해주듯이, 시 (14)의 시적 제재가 된 「미인춘수도」는 봄날 낮잠을 자는 미인의 모습을 그린 그림이다. 화면은 그 속성상 시간적으로 찰나적인 순간에 동작이 정지된 경물의 상태만을 담을 수밖에 없다. 그런데 제1구~14구에서 진술되는 시간은 '간밤 → 이른 새벽 → 한낮 → 저녁 무렵' 순으로 바뀐다. 이러한 점에서 제1구~14구에서는 화면상에

62 金達鎭 譯解, 『唐詩全書』, 민음사, 1987, 211면.
    "白鷺下秋水, 孤飛如墜霜, 心閑且未去, 獨立沙洲傍."

그려진, 낮잠 자는 미인의 모습의 의미(畫意)를 시간의 경과에 따라 변모되거나 또는 지속되는 그녀의 모습으로 형상화하였다고 할 수 있다.

제1구~14구는 진술되는 시간과 미인이 취하는 모습에 따라 다시 크게 세 부분으로 나눌 수 있다. 즉 제1구~4구, 제5구~10구, 그리고 제11구~14구가 바로 그것이다.

제1구~4구에서는 미인이 낮잠을 자게 된 이유가 언급된다. 돌아오지 않는 낭군을 걱정하며 밤새 기다린 데다 또 혹시 낭군이 돌아올까 봐 이른 새벽부터 공들여 화장을 하느라 미인은 간밤에 잠을 전혀 자지 못하였다. 그리하여 돌아오지 않는 낭군 때문에 미인은 대낮에 발이 쳐진 누각 안에서 짙은 근심을 띠고 있다는 것이다.

제5구~10구에서는 방 안의 상태와 낮잠 자는 미인의 모습이 묘사된다. 제5구~6구에서는 미처 완성되지 못한 채 상 머리맡에 놓인 수와 베개 주변에 팽개쳐진 실과 바늘의 상태를 묘사함으로써 미인이 수를 놓다가 졸음을 못 이겨 베개를 베고 누워 버렸음을 암시하고 있다. 제7구~9구에서는 잠을 자는 미인의 모습이 묘사된다. 제7구의 "몸이 열두 난간을 두루 돌아가며 기대기나 할 듯 잠잔다(干十二倚欲遍)"라는 말은 미인이 이리저리 몸을 뒤치락거리면서 잠자는 모습을 묘사한 것이다. 제8구의 "양 눈썹이 차츰 차츰 팔자 모양으로 찡그려진다(稍稍雙眉低八字)"라는 말은 미인이 잠을 자면서 꿈을 꾸고 있음을 암시하는 것이다. 제9구에서는 뒤치락거리면서 잠자느라 화장이 지워진 미인의 얼굴 상태가 언급된다. 제10구의 "향기로운 이슬에 막 젖은 해당화 송이 같다(香露新霑海棠)"라는 말은 중국 唐代의 미인인 楊貴妃의 故事 '海棠睡未足'[63]을 원용한 것으로 보인다. 본디 해당화는 맵시가 아리따워 미인에 비유되는데, 여기에서는 이슬에 젖어 처진 해당화 송이의 모습으로써 잠이 들어 축 처진 미인의 자태를 비유한 것으로 보인다.

제11구~14구에서는 시간의 경과에 따라 달라진 저녁 무렵의 방 안과 바깥의 풍경이 묘사된다. 제11구의 "오리 모양 향로엔 연기가 완전히 꺼지지 않아 간간이 피어오른다(鴨爐殘篆未全消)"라는 말은 시간의 경과에 따라 달라진 방 안의 풍경을 묘사한 것이다. 그런데 이러한 방 안의 풍경 묘사는 미인이 대낮부터 저녁 무렵까지 계속 잠을 자고 있으며 또한 방 안에는 잠자고 있는 미인만이 있고 그 밖에 향로불을 건사할 수 있는 사람이 없음을 암시한다. 제12구의 "다만 보이는 건 땅에 가득 떨어진 붉은 꽃뿐이다(但見落花紅滿地)"라는 말은 뜰 안의 풍경을 묘사한 것인데, 이로써 그 집을 방문하는 사람(아마도 미인이 기다리는 낭군)이 없는 적적한 집 안의 풍경을 환기한다. 제13구~14구에서 시인은 꾀꼬리의 울음소리가 미인의 잠을 깰까 봐 조바심치고 있다. 혹시 미인이 꿈속에서 낭군과 함께 있을지도 모르는데 꾀꼬리 울음소리로 말미암아 잠을 깨게 되면, 그게 꿈인 줄 알고 미인이 실망할 뿐만 아니라 그때까지 돌아오지 않는 낭군 생각에 또 밤새 잠을 이루지 못할까 못내 걱정이 된다는 것이다.

---

63 학원사 편, 『故事成語辭典』, 학원사, 1982, 1157면.
    "[唐書,楊貴妃傳]明皇登沈香亭, 召楊妃. 妃被酒新起, 命力士從侍兒, 扶腋而至, 明皇笑曰, 此眞海棠睡未足邪."

제1구~14구의 진술 내용으로 미루어볼 때, 시인은 낭군을 기다리는 미인의 애틋한 마음을 「미인춘수도」의 畫意로 간주하고 있음을 알 수 있다. 화면상에 그려진 모습으로 미인이 낮잠을 자게 된 까닭은 봄날 낮에 느끼는 노곤함 때문이 아니라 바로 간밤에 그녀가 돌아오지 않는 낭군을 기다리다 밤새 잠을 못 이루었기 때문이라는 것이다. 그런데 제15구~16구에서 시인은 "화가가 몰래 무궁한 자태를 묘사하였지만/미인이 꿈속에서 생각하는 것만은 어찌 알리오(畫工偸寫無窮態/豈識佳人夢中意)"라고 말한다. 이러한 말은 곧 미인이 꿈속에서 생각하는 것을 화가는 모르지만 시인 자신은 알고 있음을 뜻한다. 화가가 비록 낮잠을 자는 미인의 모습을 그렸지만, 낭군을 기다리는 애타는 마음으로 인해 미인이 꿈속에서 낭군과 함께 있는 줄 모른다는 것이다. 그러나 이러한 말은 「미인춘수도」를 그린 화가의 의취가 낭군을 기다리는 미인의 애틋한 마음에 있음을 강조하는 표현으로 보인다. 즉 시인은 그러한 말로써 자신이 파악한 畫意(낭군을 기다리는 미인의 애틋한 마음)가 바로 화가가 그리고자 한 의취임을 간접적으로 표현하고 있는 것이다.

이와 같이 시 (14)에서는 「미인춘수도」 그림을 시적 제재로 하여 봄날 낮잠을 자는 미인의 모습에 반영된 화가의 의취에 관해 진술하고 있다. 이러한 점에서 강희안의 「美人春睡圖」 시는 그림을 매개로 하여 화가의 의취에 관해 진술하는 시라고 할 수 있다.

(3) 화가의 솜씨와 창작 태도

그림을 매개로 하여 그 그림을 그린 화가의 뛰어난 솜씨에 관해 격찬하거나 또는 그 솜씨를 평가하는 근거로서 화가의 창작 태도에 관해 진술하는 시들은 모든 종류의 그림을 시적 제재로 할 수 있다. 이러한 시적 진술 내용은 산수화, 인물화, 화조화, 사군자화 등 모든 종류의 그림을 제재로 하고 있는 시들에서 공통적으로 찾아볼 수 있다.

앞에서 언급하였듯이, 화가의 창작 태도는 그가 지향하는 바에 따라 크게 두 부류로 구분할 수 있다. 즉 寫實 지향과 寫意 지향이 바로 그것이다. 사의를 지향하는 경우 화가는 대상의 내적 본질이나 자신의 내면세계를 간결한 묘사로써 표현하고자 한다. 이에 비해 사실을 지향하는 경우 화가는 대상의 실형을 세밀한 묘사로써 재현하려 한다. 전자의 경우에는 대상을 관조하는 화가 자신의 주관성이 강조된다면, 후자의 경우에는 대상의 실형이라는 객관성이 강조된다. 그런데 사의와 사실 지향이라는 서로 다른 두 가지 창작 태도는 바로 화가의 솜씨를 평가하는 기준과 밀접한 관련이 있다. 사의를 중시하는 쪽에서는 화가의 솜씨에 대한 평가 기준을 화면상에 그려진 경물의 형상과 실제 대상의 형체 간의 외형적인 닮음에서 찾지 않는다. 화가 자신이 포착한 대상의 내적 본질과 화면상에 그려진 경물의 형상 간의 일치에서 그 기준을 찾으려 한다. 이에 비해 사실을 중시하는 쪽에서는 평가 기준을 화면상에 그려진 경물의 형상과 실제 대상의 형체 간의 일치에서 찾으려 한다.[64] 사의와 사실이라는 두 지향점 가운데 화가가 어느 쪽을 더 중시하여 그림을 그리느냐, 또는 그림을 평가하는 인물이 어느 쪽을 더 중요한 평가 기준으로 삼는가 하는 것은 시대에 따라 달라질 수 있다. 당대의 지배적인 화풍이나 시대정신에 따라 중시하는 것이 달라질 수밖에 없기 때문이다. 문인화, 특히 관념산수화가 번창하였던 조선 전기의 화단이 사의 쪽을 더 중시하였다면, 실경산수화가 번창하였던 조선 후기의 화단은 사실 쪽을 더 중시하였다.[65] 그러므로 시인이 그림을 제재로 하여 그 그림을 그린 화가의 솜씨를 평가할 때의 기준도 시대에 따라 상치되는 경향을 보일 수밖에 없다.

　다음의 시 (15)는 李奎報의 시「瓚首座方丈所蓄老松屛風使予賦之」이며, 시 (16)은 丁若鏞 (1762~1836)의 시「題鄭石癡畫龍小障子」이다. 이규보의 시는 소나무 그림을 시적 제재로 한 것이며, 정약용의 시는 용 그림을 시적 제재로 한 것이다. 두 시는 모두 화면상에 그려진 형상의 氣韻生動한 모습과 그러한 형상을 그려낸 화가의 뛰어난 솜씨에 관해 진술하고 있다. 그런데 이 시들이 그러한 솜씨를 평가하는 기준으로서 언급하는 화가의 창작 태도는 현저하게 다르다.

(15)

何人結宇靑山傍	어떤 이가 청산 곁에 집을 짓고서
坐對高松萬丈長	만 길이나 되는 높은 솔을 마주 보고 앉아
日看月賞眼力盡	날마다 보고 달마다 감상하여 눈으로 볼 것은 다 본 다음
驅入麤狂一斗觴	술 한 말 들이마시고 그만 미쳐서
千蟠百蟄急欲吐	엎치락뒤치락하다가 토하려 할 때
吐向鮫人六幅素	교인의 육폭 비단에 토한 것일까
不然安向寸毫端	그렇지 않으면 어떻게 조그만 붓 끝으로
寫此磊魂千年不死之老樹	이토록 천년 동안 죽지 않을 울퉁불퉁한 늙은 나무를 그릴 수 있을까
我恐山盲谷暗烟霧裏	아마도 안개 자욱한 어두운 골짜기에
鐵色黑蛇欲走未走低復起	무쇠 빛 검은 뱀이 달리려다 그치고 머리 숙였다 다시 쳐드는 것일까
又恐波乾浪涸海變田	아니면 바닷물이 말라붙어 밭이 되어
鯨鯢瘦骨塡坑跨塹枕相峙	고래의 앙상한 뼈가 온 골짜기를 메우고 있는데
楞然罅縫呀口鼻	텅 빈 틈마다 입과 코를 딱 벌리고
雲陰之日疑有風雷作龍吼	구름이 침침한 날 바람과 우뢰가 일어 용 울음 짓는 것일까
竟日支頤未信水墨摹	온 종일 턱 받치고 보아도 수묵으로 그린 것 아니니
世間那得有此手[66]	세상에 어이하여 이런 솜씨 있단 말인가

64　葛路 저, 앞의 책, 1989, 196~204면 참조.

65　崔完秀,「謙齋眞景山水畫考」,『澗松文華』21호, 한국민족미술연구소, 1981, 39~42면 참조.

66　李奎報, 앞의 책, 권 26.

(16)

時師畫龍如畫鬼	요즘 화가들은 용 그리기를 귀신 그리듯 해서
任作魁豆與蛇尾	제 멋대로 방상시 머리에다 뱀 꼬리 붙여놔도
人稀見龍信其然	용 본 사람 드문지라 그럴듯하다고 믿으니
茫洋眩惑雲氣靉	그지없이 현혹됨이 구름 자욱이 낀 것 같네
鄭公發憤思逼眞	정공이 분발하여 실물처럼 그리려고
一鱗一睛皆傳神	비늘 하나 눈동자 하나에 모두 용의 정신을 드러내니
夭蟜直愁仰衝屋	용이 솟구치다 위로 지붕을 뚫을까 걱정되고
奮發常疑橫觸人	세차게 비틀다가 자칫 잘못하여 사람 칠까 두렵네
此畫難得如珠玉	이 그림 얻기 어려움이 주옥 얻는 것과도 같아
密室潛描避人目	사람들 눈을 피해 밀실에서 몰래 그렸다네
戒我勿洩我發之	누설하지 말라 당부하였는데도 내가 드러내는 것은
丹靑小數要矯俗[67]	작은 그림으로 그릇된 풍습을 바로잡기 위해서라네

이규보의 시 (15)는 모두 16개 구로 구성되어 있는데, 의미상으로 분절할 경우 크게 세 개 부분으로 나눌 수 있다. 즉 제1구~8구, 제9구~14구, 그리고 제15구~16구가 바로 그것이다.

제1구~8구에서는 기운생동하게 그려진 노송 그림과 그것을 그린 화가의 창작 태도에 관해 언급되고 있다. 그런데 제8구의 "천년 동안 죽지 않을, 늙은 나무(千年不死之老樹)"라는 말은 역설적이다. '천년 동안 죽지 않음'과 '늙음이 지속됨'은 모순되기 때문이다. 이러한 역설적 표현을 통해 시인은 늙은 소나무의 그림이 기운생동함을 간접적으로 말하고 있다. 제1구~6구에서는 늙은 소나무의 형상이 기운생동하게 그려진 이유로서 화가의 창작 태도가 언급된다. 제1구~3구에서 시인은 화가가 그림의 대상에 대해 면밀하게 관찰하였을 것이라고 말하고 있다. 화가가 청산 곁에 집을 지어 거주하면서 그림의 실제 대상인 길이가 만 길이나 되는 노송을 관찰하면서 눈으로 볼 것은 다 보았다는 것이다. 이때 화가가 노송을 면밀하게 관찰한 것은 단순히 실물의 외형을 있는 그대로 模寫하기 위해서가 아니다. 노송을 그리기 전에 먼저 노송을 관조함으로써 노송의 노송다움(내면적 본질)을 간파하려는 것이며, 用筆 이전에 立意를 하려는 것이다. 특히 제3구의 "눈으로 볼 것은 다 보았다(眼力盡)"라는 말에서 대상의 본질을 철저하게 간파하려는 화가의 태도가 잘 드러나고 있다. 노송의 본질을 철저하게 간파한 다음, 화가는 그 본질에 따라 자신의 내면에서 노송의 기운생동한 형상을 釀成하려고 한다. 제4구~5구에서는 바로 비유를 통해 화가가 자신의 내면에서 노송의 기운생동한 형상을 양성하였음을 간접적으로 언급하고 있다. 제4구에서 언급되는 술은 화가의 창조적 에너지의 자극제이다. 바로 술의 자극으로 인해 화가는 마침내 자신의 내면에서 노송의 기운생동한 형상을 완전히 양성하게 된다. 제5구의 "엎치락뒤치락하는(千蟠百蟄)" 모습은 술을 지나치게 마셔 고통스러워하는 화가의 모습을 지칭하는 것이 아니다. 술로 인한 자극으로 말미암

---

67 丁若鏞, 『與猶堂全書』, 권 1.

아 화가의 내면에서 노송의 기운생동한 형상이 활발하게 양성되고 있음을 비유적으로 표현한 것이다. 이 때 화가의 내면에서 양성된 노송의 형상은 그가 관찰하였던 실제 노송의 것과 일치하는 것은 아니다. 화가는 자신이 파악한 노송의 본질을 형상화함에 있어서 그 본질을 더욱 부각하기 위해 원래의 노송의 형상을 변형하기 때문이다. 이는 제6구의 "교인의 육폭 비단에 토해버린 것일까(吐向鮫人六幅素)"라는 말에서 더욱 분명해진다. 화가의 위 속에 있는 것이 모두 화폭에 토해졌다는 것은 곧 用筆의 자발성을 뜻한다. 달리 말하면 화가의 내면에서 양성된 노송의 기운생동한 모습이 붓에 의해 그대로 화폭에 옮겨졌음을 뜻한다. 이때 화면은 화가의 내면에서 양성된 형상의 상징이지, 그림의 실제 대상의 재현이 아니다. 그러므로 시인은 바로 화가의 기운이나 내면에 있는 모든 것이 화폭에 쏟아졌기 때문에 천년 동안 죽지 않을 정도로 기운생동한 노송 그림이 그려질 수 있었음을 말하고 있는 것이다.

제9구~14구에서는 뱀과 용의 비유를 통해 화면상에 그려져 있는, 기운생동한 노송의 모습이 언급되고 있다. 제10구에서 묘사된, "달리려다 그치고 머리 숙였다 다시 쳐드는(欲走未走低復起)" 무쇠 빛 검은 뱀의 모습은 水墨으로 뱀같이 꾸불꾸불하게 그려진 노송의 형상을 비유한 것이다. 즉 그림 속의 노송이 마치 살아 있는 뱀처럼 생동감 있게 그려져 있음을 시각적인 이미지를 통해 간접적으로 표현한 것이다. 제11구~14구에서는 그림 속의 노송이 지닌 기개와 초월적인 모습이 바람 불고 천둥 치는 가운데 포효하면서 승천하고 있는 潛龍에 비유되고 있다. 노송의 생동적인 기운이 승천하는 잠룡과도 같이 기회가 생기면 화폭을 벗어나 구름 위로 날아가 버릴 것 같은 느낌을 준다는 것이다.[68]

제15구~16구에서 시인은 화가의 뛰어난 솜씨에 관해 칭찬하고 있다. 시인이 온종일 턱을 괴고 보아도 수묵으로 그려진 그림으로 인식되지 않을 만큼 화가의 솜씨가 뛰어나다는 것이다.

시 (15)에서 이규보는 화가가 기운생동한 노송의 그림을 그릴 수 있었던 것이 그림의 실제 대상인 노송의 형태를 있는 그대로 묘사(寫實)하지 않고, 화가 자신의 내면에서 그것의 기운생동한 모습을 양성하여 표출하였기(寫意) 때문이라고 말하고 있다. 이러한 점에서 이규보는 사의 지향의 창작 태도를 화가의 솜씨를 평가하는 기준으로 삼고 있다고 할 수 있다.

이와 대조적으로 정약용의 시 (16)에서는 사의보다는 사실을 지향하는 화가의 창작 태도를 높이 평가하고 있다. 시 (16)은 모두 13개 구로 구성되어 있는데, 의미상으로 분절할 경우 크게 세 개 부분으로 나눌 수 있다. 즉 제1구~4구, 제5구~8구, 그리고 제9구~12구가 바로 그것이다.

제1구~4구에서는 당대의 화가들이 용 그림을 그릴 때 취하는 태도에 관해 언급하고 있다. 제1구의 "요즘 화가들은 용 그리기를 귀신 그리듯 한다(時師畵龍如畵鬼)"라는 말은 곧 화가들이 용의 실형을 묘사하기(寫實)보다는 그들이 파악하고 있는 용의 내적 본질을 형상화하는(寫意) 데에 치중하고 있음을 지적하는 것이다. 화가들이 자신이 파악한 용의 내적 본질을 부각하기 위해 원래의 용의 형상을 변형하게 되는데, 그러다 보니 용의 형상이 심지어 방상시라는 귀신의 머리에다 뱀 꼬리를 붙인 꼴이 되어 버린 경

---

68 술이나 잠룡의 이미지는 화가에 관해 진술하는 蘇軾과 黃庭堅의 제화시에서 빈번하게 사용된다. 바로 이러한 점에서 이규보의 시에 대한 소식과 황정견의 영향을 지적할 수도 있을 것이다. Ronald C. Egan은 앞의 논문(1983)에서 소식과 황정견의 제화시를 심도 있게 다루고 있다.

우도 발생한다. 그리하여 전혀 용답지 않은 형상을 그렸음에도 불구하고, 당시 사람들은 용을 보지 못했기 때문에 그럴듯하다고 믿어버린다는 것이다.

제5구~8구에서는 화가 石癡 鄭喆祚(1730~1781)의 용 그림 그리는 태도와 그로 인한 그림의 기운생동함에 대해 언급하고 있다. 제5구에서 시인은 정석치가 용을 실물처럼 그리려 한다고 말하고 있는데, 이는 곧 정석치의 창작 태도가 당대의 다른 화가와는 달리 사의보다 사실을 더 중시하고 있음을 지적하는 것이다. 대상의 본질은 화가의 관조를 통해 포착되는 것이긴 하지만, 그렇다고 해서 화가의 주관성에 기인하는 것은 아니다. 바로 대상의 형체에 내재되어 있다. 그러므로 대상의 본질은 그 대상이 가지고 있는 구체적인 형체에 대한 면밀한 관찰을 통해서 파악되며, 따라서 바로 대상이 본래 지닌 형상을 통해서 구체화될 수 있다.[69] 달리 말하면 본질의 형상화는 바로 대상의 세부를 세밀하게 묘사함으로써 실재하는 대상이 지닌 형체를 재현할(寫實) 때 가능하다. 그렇기 때문에 제6구에서 시인은 정석치가 "비늘 하나 눈동자 하나에 모두 용의 정신을 드러내니(一鱗一睛皆傳神)"라고 말하였던 것이다. 용의 형체를 이루고 있는 세부에 대한 세밀한 묘사를 통해서만 화면상의 용이 실재의 용답게 그려질 수 있으며, 그래야만 화면이 기운생동할 수 있다. 제7구~8구에서는 비유를 통해 화면상에 그려져 있는 용의 기운생동한 모습이 언급된다. 용이 마치 화면을 벗어나 지붕을 뚫고 하늘로 올라가거나 또는 꼬리로 사람을 칠 것만 같은 느낌을 줄 정도로 그 그림이 생동감 있게 그려져 있다는 것이다.

제9구~12구에서는 정약용이 시를 짓게 된 의도가 언급된다. 사의를 강조하는 화가들은 실물의 형체 그 자체보다는 그것에 대한 화가 자신의 주관적인 인상을 중시한다. 그 인상을 표현하기 위해 화가는 실물의 세부를 세밀하게 묘사하기보다는, 전체적인 윤곽을 간략하게 묘사하거나 심지어는 원래의 형체를 변형하기도 한다. 즉 실물의 형체라는 객관성보다는 실물의 의미를 포착하는 화가의 주관성이 더욱 강조된다. 그러나 정약용은 화가가 자신의 주관에 따라 실물의 형체를 변형하는 것을 비판하고, 화가가 세밀한 묘사로써 실물의 형체를 재현할 때만이 화면이 기운생동할 수 있다고 본다. 그리하여 사의만을 강조하는 당대 화단의 폐습을 바로잡기 위해 정약용이 이 시를 짓게 되었다는 것이다.

앞에서 살펴보았듯이, 이규보와 정약용은 모두 화면의 기운생동함을 화가가 그림을 그릴 때의 궁극적인 목표로 제시하고 있다. 그러나 그 목표를 달성할 수 있는 방편, 즉 화가의 창작 태도에 관해서는 서로 다른 견해를 보이고 있다. 이규보가 사의 지향을 중시하는 데 비해, 정약용은 사실 지향을 중시한다. 이와 같이 화가의 창작 태도에 관해 상이한 견해 표명은 두 시인의 畫觀의 차이뿐 아니라 나아가 두 시인이 각기 속한 서로 다른 시대의 화풍과 화관의 차이까지 보여주는 것이라고 할 수 있다.[70]

이규보의 시 「瓚首座方丈所蓄老松屛風使予賦之」와 정약용의 시 「題鄭石癡畵龍小障子」에서는 각각 그림을 시적 제재로 하여, 그 그림을 기운생동하게 그린 화가의 솜씨와 그 솜씨를 평가하는 근거로서 그들

---

69 徐復觀, 앞의 책, 民國 73年, 160~161면 참조.

70 崔完秀는 앞의 논문(1981)에서 고려 중·후기는 진경산수화의 화풍을 보이는 조선 후기와는 달리 이념산수화의 화풍을 보인다고 하였다.

의 창작 태도에 관해 진술하고 있다. 이러한 점에서 두 시는 그림을 매개로 하여 그 그림에서 분별되는 화가의 솜씨와 창작 태도에 관해 진술하는 시라고 할 수 있다.

(4) 화가의 기법

그림을 매개로 하여 그 그림에서 분별되는 화가의 기법에 관해 진술하는 시들은 그 수가 매우 적은 편이다. 앞에서 다룬 여러 경우와는 달리, 화가의 기법에 관해 진술하기 위해서는 무엇보다도 시인이 그 분야에 관해 화가에 못지않은 전문적인 소양과 식견을 가지고 있어야만 한다. 그림의 기법 문제는 전문적인 분야에 속하기 때문에, 그것에 능통하지 못한 시인으로서는 언급하기 어려운 것이 사실이다. 시인이면서 동시에 전문 화가이거나 또는 적어도 그림에 조예가 깊은 자라야만 화가의 기법 문제를 다룰 수 있다. 그러므로 그림을 매개로 하여 그 그림에서 분별되는 화가의 기법에 관해 진술하는 시들은 자연히 드물 수밖에 없다.

그림을 매개로 하여 그 그림에서 분별되는 화가의 기법에 관해 진술하는 시들은 申緯(1769~1845)의 제화시에서 많이 찾아볼 수 있다. 신위는 당대에 시·서·화 三絶이라는 평을 받았을 정도로 뛰어난 시인이자 書畵家였다. 신위는 黃公望(1269~1354), 吳鎭(1280~1354), 沈周(1427~1509), 董其昌(1555~1636), 王時敏(1592~1680) 등 중국 화가들이 그린 산수화를 모사한 뒤, 모사한 화면에 그들 화가의 기법에 관해 진술하는 시「倣寫諸家山水自題絕句」8수를 직접 지어 써넣기도 하였다.

다음의 시 (17), (18)은 각각 신위의 시「倣寫諸家山水自題絕句」8수 중의 제1수인「黃子久法」과「題王鑑雪景」2수 중 제1수이다. 시 (17), (18)에서는 각각 황공망과 王鑑(1598~1677)의 그림을 매개로 하여 그 그림에서 분별되는 화가의 기법에 관해 진술하고 있다.

(17)

大癡元季四家首　　대치는 원 말 사대가의 우두머리라
靑綠何如淺絳難　　청록산수가 어찌 천강산수의 어려운 것만 하랴
畵理須從眞境入　　그림 그리는 이치는 모름지기 진경으로부터 들어가는 것이라
一生强半住嚴灘[71]　일생 동안 반 이상을 엄탄에 머물렀다네

(18)

水墨溪山著色林　　수묵으론 시내와 산을 그리고 채색으론 숲을 그리니
天然雪景自高深　　자연 그대로의 설경이 저절로 높고 깊다네
都無習氣留心腕　　도대체 습기가 마음과 팔뚝에 남아 있지 않으니
南北宗餘別徑尋[72]　남종화와 북종화의 끝에서 다른 길을 찾아낸 것일세

71　申緯, 앞의 책, 65면.

72　申緯, 위의 책, 166면.

신위의 시 (17)의 전 1, 2구에서는 화가 황공망이 당대 화단에서 차지하는 위치와 그의 화법이 언급된다. 황공망은 字가 子久이며, 호가 大癡道人, 常熟人이다. 그는 王蒙(1308~1385), 倪瓚(1301~1374), 吳鎭 등과 함께 元末 四大家 중의 한 사람이자, 사대가의 首長이라는 평가를 받았을 정도로 후대의 산수화에 영향을 지대하게 끼쳤던 화가이다. 그는 五代南唐의 화가 董源(934~약 962)으로부터 비롯되는 淺絳山水 기법을 변화시켜 破墨法에 의한 천강산수를 완성시킴으로써 중국 산수화의 대종사로 일컬어진다.[73] 제2구에서 언급된 靑綠山水와 淺絳山水는 화법, 즉 設色의 방법에 따라 구분되는데, 이는 또 明代에 이르러 북종산수와 남종산수를 구분하는 근거가 되기도 한다. 청록산수는 唐代 이전의 산수화의 주류적인 채색 방법인데, 청록의 색채로써 산수화를 그리는 것을 말한다. 이에 비해 천강산수는 동원으로부터 비롯되었는데, 얕은 색채를 수묵과 혼용하여 산수화를 그리는 것을 말한다.[74] 즉 전 1, 2구에서 시인은 황공망이 원 말 사대가의 수장이자 천강산수 기법의 완성자임을 말하고 있다.

후 3, 4구에서는 황공망의 그림 그리는 태도가 언급된다. 그는 「富春山居圖卷」, 「江山勝覽圖」, 「天地石壁圖」 등을 그렸는데, 이 그림들은 모두 실경으로부터 나온 걸작들이다. 특히 「부춘산거도권」은 많은 화가들이 모사를 거듭했을 정도로 후대에 지대한 영향을 끼쳤던 그림이다. 아마 신위도 이 그림을 모사하였을 것으로 짐작된다. 마지막 구에 언급된 "嚴灘"은 嚴陵灘을 줄인 말로 보인다. 漢代에 嚴光(생몰년대 미상)이 부춘산에서 농사를 지었다 하여 후대 사람들이 부춘산을 일명 엄릉산이라고 하였으며, 그가 낚시하던 곳을 엄릉탄이라고 불렀다.[75] 셋째 구의 "그림 그리는 이치는 모름지기 진경으로부터 들어가는 것이라(畵理須從眞境入)"라는 말은 황공망의 창작 태도에 관해 언급한 것이다. 황공망은 이미 있어 온 기법으로 실경을 그린 것이 아니라, 그가 그리고자 한 실경의 형상에 따라 그것을 적절하게 묘사해낼 수 있는 화법(파묵법에 의한 천강산수)을 창안하였음을 말한다. 그리하여 넷째 구에서 시인은 그가 일생의 반 이상을 부춘산에 머물면서 그 산의 형상을 적절한 화법으로 그려냄으로써 「부춘산거도권」과 같은 걸작을 남길 수 있었음을 말하고 있다.

이와 같이 시 (17)에서는 황공망이 실경을 바탕으로 하여 그 실경을 그려낼 수 있도록 창안한 화법에 관해 진술하고 있다. 이러한 점에서 신위의 「黃子久法」 시는 그림을 매개로 하여 그 그림을 그린 화가의 기법에 관해 진술하는 시라고 할 수 있다.

신위의 시 (18)의 전 1, 2구에서는 왕감의 「雪景圖」 그림에서 분별되는 화법과 그 화법으로 말미암아 화면상의 설경이 자아내는 박진감이 언급된다. 화면상에 시내와 산이 수묵으로 간략하게 그려져 있는 반면, 눈 덮인 숲의 모습은 채색으로 세밀하게 그려져 있다. 그리하여 수묵과 채색, 시내와 산의 간략한 형체와 눈 덮인 숲의 세밀한 모습의 대비로 인해 화면상의 설경이 실경처럼 느껴질 정도로 박진감을 자아

73 葛路, 앞의 책, 1989, 298면.

74 金鍾太 편저, 앞의 책, 1978, 171~172면 참조.

75 中華學術院, 앞의 책 권2, 民國 62年, 968면.
     [後漢書, 逸民, 嚴光傳] 除爲諫議大夫, 不屈, 乃耕於富春山, 後人名其釣處, 爲嚴陵灘焉.

내고 있다는 것이다.

후 3, 4구에서는 그러한 화면을 창출한 화가 왕감의 화법의 내력이 언급된다. 왕감은 王時敏, 王翬(1632~1717), 王原祁(1642~1715) 등과 더불어 淸初 四王으로 불리었다. 이들 사왕은 明末의 擬古主義를 그대로 견지하여, 산수화의 전통을 계승하는 데 있어서 남북종을 모두 흡수하려 하였거나 또는 남종의 董源과 巨然學派를 추종하려 하였던 擬古派 산수화가들이다.[76] 그런데 후 3, 4구에서 시인은 바로 왕감의 화법의 근원이 남북종화법의 통합에 있음을 지적하고 있다. 셋째 구의 "도대체 습기가 마음과 팔뚝에 남아 있지 않으니(都無習氣留心腕)"는 화면상에서 분별되는 화법이 다른 화가의 화법을 모방한 것이 아니라 왕감 자신의 개성적인 것임을 지적하는 말이다. 넷째 구에서 시인은 그 화법의 연원이 남북종화파에 있음을 말하고 있다. 시내와 산의 모습을 그린 수묵의 기법은 남종화파의 기법을 이어받은 것이고, 눈 덮인 숲의 모습을 그린 채색의 기법은 북종화파의 기법을 이어받은 것이다. 즉 왕감은 남북종화파의 서로 다른 기법을 통합하여 하나의 독창적인 화법을 창출하였다는 것이다.

이와 같이 시 (18)에서는 「설경도」 그림에서 분별되는 화가 왕감의 화법, 즉 왕감이 수묵과 채색이라는 남북종화파의 서로 다른 화법을 통합함으로써 창출한 독창적인 화법에 관해 진술하고 있다. 이러한 점에서 신위의 「題王鑑雪景」 시는 그림을 매개로 하여 그 그림을 그린 화가의 기법에 관해 진술하는 시라고 할 수 있다.

3. 소장자에 관해 진술하는 시와 진술 내용

그림을 현재 소장하거나 앞으로 소장하게 될 인물에 관해 시적 관심을 기울일 경우, 시인은 시에서 그림을 매개로 하여 그 그림의 소장자에 관해 진술하게 된다. 앞에서 살펴보았듯이, 소장자는 그림을 소장한 인물이기도 하지만, 때로는 그 그림을 화가로 하여금 그리게 하거나 혹은 그 그림을 시인들로 하여금 감상하고 시를 짓도록 하는 후원자의 역할을 하기도 한다. 그러므로 그림을 매개로 하여 그 그림을 소장한 인물에 관해 진술하는 시들은 진술 내용과 관련하여 크게 두 부류로 추출할 수 있다. 한 부류는 그림을 소장할 만한 자격으로서 소장자의 품격에 관해 진술하는 시들이다. 다른 또 하나의 부류는 화가로 하여금 그림을 그리게 하거나 또는 그 그림을 시인들로 하여금 감상하고 시를 짓게 할 만한 역량을 가진 후원자로서 소장자의 품격에 관해 진술하는 시들이다.

전자의 경우에 해당하는 시이건 혹은 후자의 경우에 해당하는 시이건 모두 소장자의 품격에 관해 진술한다는 점에서는 동일하다. 그러나 두 경우에 있어서 소장자의 품격은 각각 서로 다른 자질로 간주된다. 전자의 경우에는 소장자의 품격이 그림을 소장할 만한 자격 조건으로 간주된다. 이에 비해 후자의 경

---

76 葛路 저, 앞의 책, 1989, 406면.

우에는 소장자의 품격이 화가로 하여금 그림을 그리게 하거나 또는 그 그림을 시인들로 하여금 감상하고 시를 짓게 할 만한 후원자의 역량으로 간주된다.

(1) 그림의 소장 자격으로서 소장자의 품격

그림을 매개로 하여 그 그림을 소장할 만한 자격 조건으로서 소장자의 품격에 관해 진술하는 시들은 모든 그림을 시적 대상으로 할 수 있다. 그러나 실제로는 이러한 내용을 진술하는 시들은 그 수가 다른 경우에 비해 매우 적은 편이다. 그런데 이러한 시들에서 언급되는 소장자의 품격은 그림을 제대로 감상할 수 있거나 소장할 수 있는 자격 조건으로 간주된다.

다음의 시 (19)는 이규보의 시 「次韻金承制仁鏡謝規禪師贈歸一上人所畵老檜屛風」 2수 가운데 제1수이며, 시 (20)은 신위의 시 「以舊藏松鶴圖贈鶴亭」이다. 이규보의 시에서는 승려 歸一이 그린 늙은 소나무 그림 병풍을 規禪師가 소장하고 있다가 承制 金仁鏡에게 기증하게 된 연유로서 김인경의 인품에 관해 진술하고 있다. 신위의 시에서는 시인 자신이 松鶴圖를 중국에서 구입하여 소장하고 있다가 鶴亭이라는 호를 가진 이에게 기증하게 된 연유로서 학정의 인품에 관해 진술하고 있다.

(19)

吳師寫檜眞寫生	오사가 그린 전나무 참으로 생동감 있게 그려져
颼颯似欲生淸風	솔솔 맑은 바람이 일어날 듯하네
自言人欲狀海藻	스스로 말하길 사람들이 해산물을 그리고자 한다면
十年先作釣魚翁	십 년 동안 먼저 고기 잡는 어부가 되어야 하지만
吾於畵檜非苟學	나는 전나무 그리는 데 구차하게 배우지 않아도
白首栖山所以工	늙도록 산에 살면서 솜씨를 익혀
松身栢葉深得妙	소나무 몸통과 잣나무 잎을 그리는 데 묘함을 깊이 터득하였다고 하였으니
始知吳老言之公	비로소 오사의 말이 정당함을 알겠네
我亦飽看吳老筆	나 또한 오사의 그림을 보고 또 보았으니
望如老賈知西東	노련한 장사치가 물건을 알아보는 것 같았다네
禪師所蓄尤奇絶	선사는 간직한 그림을 매우 기이하고 절묘하게 여겨
紛紛俗畵渾掃空	여러 속된 그림을 모두 없애 버렸고
侯門子弟費金帛	존귀한 집안의 자제들이 금과 비단을 들여
求之不得計已窮	구하려 해도 끝내 얻지 못하였다네
緣公獨是蕭洒人	공만이 맑고 깨끗한 사람이라
一朝輟送書軒中	하루아침에 서재로 보내 왔네
不然世俗安得藏	그렇지 않으면 세속에서 어찌 간직할 수 있겠는가
如以韶濩奏於聾	소호를 귀머거리에게 연주하는 것과 같은데
願公享壽如此樹	바라건대 공께서는 이 나무처럼 장수하시어

不待鍊藥顏還童[77]　　선약을 먹지 않고서도 동안이 되소서

(20)

胎禽本仙骨　　학이 본디 신선의 골격을 가져
畫壽亦難計　　그림의 수명도 역시 헤아리기 어렵고
殘縑映斷墨　　낡은 비단에 끊어진 묵 자국 남아 있지만
不知誰所製　　누가 그렸는지 알 수 없네
長身閣瘦軀　　긴 몸통이 야윈 몸을 떠받든 채
寂寞松根憩　　적적하게 소나무 뿌리 곁에서 쉬고 있는데
高堂風日美　　이 고당엔 날씨까지 좋아
素壁滄洲勢　　하얀 벽이 신선 사는 분위기를 띠고 있네
傳是明季迹　　그림 속에 전하는 것은 명나라 말기의 자취이지만
年代杳迢遞　　제작 연대는 그보다 훨씬 오래전으로 보이네
昔我遼陽道　　지난번 내가 요양 땅으로 가는 길에서
凭軾弔興替　　수레에 기대어 국가의 흥망성쇠를 안타까워했는데
歸來對圖畫　　돌아오는 길에 이 그림을 보고
長鳴俛而涕　　소리 내어 울고 머리 숙여 눈물 흘렸었지
李君瀟洒姿　　이군은 맑고 깨끗한 자태를 지녀
與鶴有冥契　　학과 서로 은연중에 합치되는 점이 있으니
放作鶴亭鶴　　그대에게 주어 학정의 학이 되게 한다면
勝在敝篋敝　　낡은 상자에 있는 것보다 훨씬 나을 것일세
爲君題詩贈　　그대를 위해 시를 써서 증정하지만
何似刻銘瘞　　어찌 예학명의 글만 하겠는가
君看入神手　　그대여 신의 경지에 들어간 솜씨 좀 보게나
風毛遺一毦[78]　　바람에 나부끼는 터럭 가운데 솜털 하나도 빠뜨리지 않았다네

　이규보의 시 (19)는 모두 20개 구로 되어 있는데, 의미상으로 분절할 경우 크게 네 개 부분으로 구분할 수 있다. 제1구~10구, 제11구~14구, 제15구~18구, 그리고 제19구~20구가 바로 그것이다.

　제1구~10구에서는 생동감 있게 그려진 전나무 그림과 그것을 그린 화가의 오랜 산중 생활 사이의 관련성이 언급된다. 제1구~2구에서 시인은 吳師(이때 吳師는 중국 唐나라때 승려 출신의 유명한 화가인 吳道子를 지칭하는 말이 아니다. 전나무 그림을 그린 歸一이 오도자와 같은 승려이기 때문에 그를 오사로 칭한 것으로 보인다)가 마치 맑은 바람이 솔솔 일어날 듯한 느낌을 줄 정도로 전나무 그림을 생동감 있게 그렸다고 말한다. 제3구~8구에서 시인은 화가의 말을 빌려 그가 배우지도 않고 전나무 그림을 그

77　李奎報, 앞의 책, 권 16.

78　申緯, 앞의 책, 182면.

와 같이 생동감 있게 그릴 수 있었던 연유에 관해 설명한다. 전나무 그림을 그린 화가인 귀일 승려는 그림을 그릴 때 직접적인 체험을 중시하기 때문에, 화가가 바다의 해산물을 생동감 있게 그리기 위해서는 사전에 적어도 10년 동안 고기 잡는 어부 생활을 해야만 한다고 주장하였다는 것이다. 오랜 기간 동안 직접 체험함으로써 그림의 대상인 해산물의 습성이나 생김새의 묘한 특징을 파악할 수 있고, 또 그로 인해 그것의 형상을 화면상에서 생동감 있게 재현할 수 있다고 보기 때문이다. 그런데 귀일은 승려로서 늙도록 산중에서 생활을 하였기 때문에 소나무, 잣나무, 전나무 같은 산중 식물의 습성이나 생김새의 묘한 특징을 파악할 수 있었다. 그렇기 때문에 그는 일부러 배우지 않고서도 전나무 그림을 매우 생동감 있게 그려낼 수 있었다는 것이다. 시인은 그와 같은 귀일 승려의 주장의 타당성을 바로 그의 전나무 그림에서 확인한다. 제9구~10구에서 시인은 전나무 그림의 뛰어난 가치에 관해 언급하고 있는데, 마치 노련한 장사치가 물건의 가치를 알아보듯이 시인 역시 그림의 가치를 알아보기 때문에 그 그림을 보고 또 보았다는 것이다.

제11구~14구에서는 전나무 그림을 소장한 規禪師가 그 그림을 소중하게 여기는 태도가 언급된다. 규선사는 그 그림을 귀중하게 여겨 그 이전에 소장하였던 여러 그림들을 속되다고 하여 버렸을 뿐만 아니라, 존귀한 집안의 자제들이 금과 비단을 주고 사고자 하였는데도 끝내 그들의 요구를 들어주지 않았다는 것이다.

제15구~18구에서는 규선사가 전나무 그림을 김인경에게 기증하게 된 연유를 언급하고 있다. 그토록 소중하게 간직하여 왔던 전나무 그림을 규선사가 하루아침에 태도를 바꾸어 김인경에게 기증한 것은 다름 아니라 그가 맑고 깨끗한 인품을 지녔기 때문이다. 즉 규선사는 김인경이 전나무 그림을 제대로 감상하고 또 소장할 만한 내적 자질을 갖춘 인물로 보았다는 것이다. 이러한 점에서 인품과 같은 내적 자질이 그림을 제대로 감상할 수 있고 또 소장할 수 있는 자격 조건이 된다고 할 수 있다. 반면에 비록 존귀하고 부유할지라도 인품과 같은 내적 자질을 갖추지 못한 사람들은 모두 속물이라서 그림을 제대로 감상할 수도 없고 따라서 소장할 수 없다. 그리하여 제17구~18구에서 시인은 마치 순임금과 탕임금과 같은 성인의 음악을 귀머거리들이 알아들을 수 없는 것과 마찬가지로, 전나무 그림의 가치나 의미를 속된 인물들이 제대로 알아볼 수 없을 것이라고 말한다.

제19구~20구에서는 그림의 소장자인 김인경에 대한 시인의 축수가 언급된다. 시인은 김인경이 전나무 그림을 소장할 만한 내적 자질을 갖추었다는 사실을 지적함과 함께 불로장생약을 먹지 않고서도 화면상에 그려진 전나무처럼 오래도록 젊음을 유지할 것을 기원한다.

이와 같이 시 (19)에서는 귀일 승려가 그린 전나무 그림의 기운생동함과 그 그림을 소중하게 여기는 규선사의 태도에 관해 언급한 다음, 규선사가 그 그림을 김인경에게 기증하게 된 연유로서 그의 인품에 관해 진술하고 있다. 이러한 점에서 이규보의 「次韻金承制仁鏡謝規禪師贈歸一上人所畵老檜屛風」 시는 그림을 소장할 만한 자격 조건으로서 소장자의 품격에 관해 진술하는 시라고 할 수 있다.

신위의 시 (20)은 모두 22개 구로 되어 있는데, 의미상으로 분절할 경우 크게 네 개 부분으로 구분할 수 있다. 제1구~10구, 제11구~14구, 제15구~18구, 그리고 제19구~22구가 바로 그것이다.

제1구~10구에서는 「松鶴圖」 그림에 그려진 형상과 그 그림을 그린 화가 그리고 그림의 제작 연대 등이 언급된다. 제1구~4구에서 시인은 낡은 비단 위에 학의 형상이 묵으로 그려져 있는 그림이 오래된 것은 분명하지만, 그것의 제작 연대가 언제인지 또 그것을 그린 화가가 누구인지에 관해서는 알 수 없다고 말한다. 제5구~8구에서는 화면상에 그려진 형상이 언급된다. 화면상에 근경으로 소나무 곁에 서 있는 길고 바싹 마른 몸을 가진 학의 모습이 그려져 있고 학의 배경으로 신선이 거처할 듯한 분위기를 띤 高堂과 하얀 담장이 그려져 있다는 것이다. 제5연에서는 화면상에 적혀진 畵題가 언급된다. 화면상에 적혀진 화제가 명나라 말기의 것으로 보이지만, 그 그림의 제작 연대는 그보다 훨씬 오래전으로 보인다는 것이다.

제11구~14구에서는 시인이 「송학도」를 소장하게 된 내력이 언급된다. 시인은 중국 요양 땅으로 가는 길에서 明나라의 멸망에 대해 안타까워했는데, 돌아오는 길에 明末에 쓰인 것으로 보이는 그림 속의 화제를 보고 눈물까지 흘렸다는 것이다. 그러한 말을 미루어볼 때, 시인이 그 그림을 중국에 갔을 때 구입하여 시 (19)를 지을 당시까지 소장해왔음을 알 수 있다.

제15구~22구에서는 시인이 李鶴亭에게 「송학도」를 기증하는 연유가 언급된다. 제15구~20구에서 시인은 이학정이 학처럼 맑고 깨끗한 인품을 가졌기 때문에, 송학도를 자신의 낡은 상자 속에 두는 것보다 그에게 주는 것이 훨씬 낫다고 생각하여 시를 지어 함께 증정한다고 말한다. 제20구의 "瘞鶴銘의 글(刻銘瘞)"은 華陽眞逸이 찬한, 학의 碑銘이다.[79] 시인은 자신이 지은 시가 비록 화양진일이 찬한 글보다는 뛰어나지 않지만, 「송학도」의 증정을 기념하는 뜻에서 지은 것이기 때문에 기꺼이 받아달라고 말한다. 제21구~22구에서는 화면상에서 분별되는 화가의 뛰어난 솜씨가 언급된다. 시인은 바람에 따라 나부끼는 학의 터럭 가운데 솜털 하나도 빠뜨리지 않고 그릴 만큼 화가의 솜씨가 매우 정교하여 마치 入神의 경지에 들어선 것처럼 보인다고 말한다. 즉 시인은 학과 같이 맑고 깨끗한 인품을 지닌 이군이 입신의 경지에 들어선 것과 같은 뛰어난 솜씨로 그려진 「송학도」를 제대로 감상할 수 있고 또 소장할 수 있는 자격을 갖춘 인물로 간주하기 때문에 그에게 그 그림을 증정한다는 것이다.

이와 같이 시 (20)에서는 「송학도」 그림에 그려진 형상과 구입하게 된 내력에 관해 언급한 다음, 그 그림을 이학정에게 기증하게 된 연유로서 학과 같이 맑고 깨끗한 그의 성품과 생활 태도에 관해 진술하고 있다. 이러한 점에서 신위의 시 「以舊藏松鶴圖贈鶴亭」 시는 그림을 소장할 만한 자격 조건으로서 소장자의 품격에 관해 진술하는 시라고 할 수 있다.

(2) 후원자의 역량으로서 소장자의 품격

화가로 하여금 그림을 그리게 한 다음 시인들로 하여금 그 그림을 감상하고 시를 짓게 하는 후원자로

---

79 中華學術院, 앞의 책 권 4, 民國 62年.

서 소장자의 역량에 관해 진술하는 시들은 사실상 그 수가 한정되어 있다. 우리나라의 경우 그러한 후원자의 대표적인 인물로 조선 세종 때의 안평대군 이용을 들 수 있다. 앞서 언급하였듯이, 이용은 화가로 하여금 「瀟湘八景圖(이 그림을 그린 화가의 이름은 전해지지 않음)」와 「夢遊桃源圖」를 그리게 한 다음, 그 그림들을 대상으로 하여 당대의 여러 문인들(소상팔경도의 경우 18명, 몽유도원도의 경우 이용 자신을 제외하면 20명)로 하여금 시를 짓게 하였다.

후원자로서의 소장자의 역량에 관해 진술하는 시들에서 시인들은 소장자의 재력이나 사회적 지위보다는 그의 내면적인 품격을 가장 중요한 역량으로 간주한다. 당대의 문인들은 화가로 하여금 그림을 그리게 하거나 또는 시인들로 하여금 그 그림을 감상하고 시를 짓게 한 원동력이 바로 후원자로서 소장자가 지닌 고매한 품격이라고 생각하였다. 개인의 인격 도야를 최고의 가치로 간주하였던 유교사회의 통념에 비추어볼 때, 개인의 내면적인 품격이 후원자의 가장 중요한 역량으로 간주되는 것은 오히려 지극히 당연한 현상으로 보인다.

다음의 시 (21), (22)는 안평대군 이용이 제작한 『匪懈堂瀟湘八景詩卷』과 『夢遊桃源圖詩卷』에 각각 수록된 金宗瑞(1383~1453)와 李迹(1401 增廣詩 급제)의 시이다. 김종서의 시는 「瀟湘八景圖」 그림을 시적 제재로 하여 지어진 것으로서, 화가로 하여금 그와 같은 그림을 그리게 할 수 있었던 안평대군의 고매한 품격에 관해 진술하고 있다. 이적의 시는 「夢遊桃源圖」를 시적 제재로 한 것으로서, 화가로 하여금 그와 같은 그림을 그리게 하고 또 문인들로 하여금 그 그림을 감상하고 詩文을 짓게 할 수 있었던 안평대군의 비범한 기상과 꿈속의 행적에 관해 진술하고 있다.

(21)

二樂吾所尙	물과 산은 내가 숭상하는 것이라
夙昔恣遊賞	옛날부터 마음껏 노닐며 감상하여 왔는데
中爲圭組累	도중에 벼슬살이에 얽매여
役役走塵坱	수고로이 먼지 속으로만 바삐 다녔다네
誰作八景圖	누가 팔경도를 그려
令我動遐想	나로 하여금 원대한 생각을 일으키게 하였나
只尺雪素間	단지 한 자 정도의 비단 사이에
一毫驅萬像	붓 한 자루로 온갖 형상을 드러내었네
縮地術何用	축지술을 무엇 때문에 쓰겠는가
六合如在掌	천하가 손바닥 안에 있는 듯한데
山聳若生物	우뚝 솟은 산의 모습은 만물을 살려내는 듯
川流智思長	흐르는 내의 모습은 지혜로운 생각이 나아가는 듯하네
所樂方在玆	좋아하는 것이 지금 여기에 있으니
舍此將焉倣	이것을 버리고 무엇을 본받겠는가
我愛貴公子	내가 사모하는 귀공자께선

超然志高爽　　초연히 높고 맑은 데에 뜻을 두어
出玆物外念　　이와 같은 세상 밖의 생각을 드러냈으니
諒哉乃吾黨[80]　우리 무리들이 믿고 따를 만하도다

(22)
赤松旣已往　　적송자는 벌써 떠나버렸고
蕭史亦云徂　　소사 또한 가버려
候氏山唯在　　후씨의 산만이 남아
桃源路轉蕪　　도원으로 가는 구불구불한 길 풀만 무성하네
苟非脫凡骨　　만약 비범한 기골이 아니면
安得遊仙區　　어찌 선경에 노닐 수 있으리오
夜夜魂交事　　밤마다 혼이 오락가락한 일이고
朝朝心所謀　　아침마다 마음이 꾀한 바라
仲尼夢姬聖　　중니는 주나라 성현을 꿈꾸었고
胡蝶化莊周　　장주는 호랑나비가 되었도다
始信王孫貴　　비로소 믿을 만하도다 귀한 왕손께서
眞爲大丈夫　　진실로 대장부임을
身雖屬禁掖　　몸은 비록 궁궐 안에 있지만
志乃在方壺　　뜻은 신선 세계에 두셨다네
怳若迷魂夢　　아련히 정신이 꿈속에 빠져들면서
悠然値野叟　　한가하게 들판의 늙은이를 만나
相看問花徑　　서로 인사하고 꽃길을 물어보니
笑答是桃都　　바로 도원이라고 웃으면서 대답하여
杖屨尋遺躅　　짚신 신고 지팡이 짚어 남은 자취를 찾아가 보니
冠童作勝遊　　어른과 아이들이 멋들어지게 놀고 있다네
覺來庭月白　　깨어나 보니 뜰 안에 비치는 달빛 밝아
坐久星河流　　흐르는 은하수 아래에서 오래도록 앉아 계시었다네
模寫最神妙　　그림으로 묘사해 놓으니 몹시도 신기하고 기묘해
奇觀難比侔　　기이한 경치가 견주기 어려운 데다
文章開錦繡　　문장은 수놓은 비단을 펼쳐 놓은 듯
翰墨動銀鉤　　필체는 은빛 갈고리를 움직여 놓은 듯하다네
從此餐霞液　　이제부터 이슬방울 잡수셔서
歷年下十籌[81]　살아왔던 햇수보다 열 곱을 더 사시옵소서

80　임창순 소장,『匪懈堂瀟湘八景詩卷』影印本,『태동고전연구』 5집, 1989, 292~293면.
81　『夢遊桃源圖詩卷』影印本, 安輝濬·李炳漢, 앞의 책, 1991, 151~152면.

김종서의 시 (21)은 모두 18개 구로 되어 있는데, 의미상으로 분절할 경우 크게 세 개 부분으로 나눌 수 있다. 제1구~4구, 제5구~14구, 그리고 제15구~18구가 바로 그것이다.

제1구~4구에서는 시인 자신의 취향과 그간에 분주했던 시인의 벼슬살이가 언급된다. 제1구의 '二樂'은 『論語』「雍也」篇의 "지혜로운 사람은 물을 좋아하고, 어진 사람은 산을 좋아한다(知者樂水, 仁者樂山)"에서의 '물'과 '산'을 지칭하는 것으로 보인다. 이때 물과 산은 단순히 아름다운 자연경관만으로서의 것이 아니라, 각기 '智'와 '仁'이라는 유가의 덕목을 표상하는 것이기도 하다. 朱子의 註釋에 따르면, 지혜로운 사람은 사물의 이치에 달통하여 두루 흘러 막힘이 없는 게 물의 흘러가는 모습과 비슷하며, 어진 사람은 義理에 안주하고 성품이 온후하고 진중하여 다른 데로 옮기지 않는 게 산의 움직이지 않는 모습과 비슷하다. 그리하여 지혜로운 사람은 막히지 않고 거침없이 흘러가는 물의 모습을 좋아하고, 어진 사람은 조용하고 항상함이 있는 산의 모습을 좋아한다는 것이다.[82] 바로 이러한 점에서 인격을 수량하고자 하는 선비들은 그러한 유가의 덕목을 표상하는 물과 산을 본받아야 할 대상으로 간주하였다. 산과 물에 대한 유가의 이러한 태도는 김종서의 시에서도 그대로 드러난다. 제1구~2구의 "물과 산은 내가 숭상하는 것이라/옛날부터 마음껏 노닐며 감상하여 왔는데(二樂吾所尙/夙昔恣遊賞)"가 바로 그것이다. 그렇지만 제3구~4구에서 시인은 그동안 속세의 벼슬살이에 얽매여 물과 산을 가까이하지 못하였음을 토로한다.

제5구~14구에서는 「소상팔경도」를 감상하면서 느낀 시인 자신의 감흥이 언급된다. 제5구~10구에서 시인은 화면상에 그려진 형상을 보고 벼슬살이에 얽매여 그동안 잊어버리고 있었던 원대한 생각을 상기하게 되었다고 말한다. 화가가 붓 한 자루로 온갖 형상을 한 자 정도 되는 비단 화면 위에 펼쳐 놓았기 때문에 구태여 축지술을 써서 중국의 瀟江과 湘江가에 직접 가보지 않더라도 그곳의 강과 산의 경관을 모두 볼 수 있으며, 그로 인해 분주한 벼슬살이로 말미암아 잊어버리고 있었던 시인 자신의 인격 수양을 일깨우게 되었다는 것이다. 그리하여 시인은 제11구~14구에서 화면상의 형상으로 말미암아 자신의 인격 수양의 지표를 다시 확인할 수 있었다고 말한다. 제11구~12구의 "우뚝 솟은 산의 모습은 만물을 살려내는 듯/흐르는 내의 모습은 지혜로운 생각이 나아가는 듯하네(山聳若生物/川流智思長)"는 바로 산과 물이 각각 '인'과 '지'라는 유가의 덕목을 표상함을 말하는 말이다. 그러므로 산과 물은 곧 시인 자신의 인격 수양의 지표가 된다. 그리하여 시인은 제13구~14구에서 산과 물을 버리고 무엇을 본받겠느냐고 반문하고 있는 것이다.

제15구~18구에서는 화가로 하여금 「소상팔경도」 그림을 그리게 한 후원자로서 안평대군이 품은 높고 맑은 뜻이 언급된다. 시인이 사모하는 안평대군은 다른 범속한 사람들과는 달리 평소 높고 맑은 데에 뜻을 두어 왔기 때문에, 화가로 하여금 '인'과 '지'라는 유가의 덕목을 표상하는 산과 강을 그리게 하여 인격 수양의 지표를 제시하였다는 것이다. 그리하여 시인은 제18구에서 인격을 수양하는 선비들이 모두

---

82 朱熹, 『論語集註』, 『經書』, 成大 大東文化硏究院刊, 1965, 173면.
　　"知者達於事理而周流無滯, 有似於水, 故樂水. 仁者安於義理而厚重不遷, 有似於山, 故樂山."

높고 맑은 뜻을 지닌 안평대군을 믿고 따를 만하다고 말한다.

이와 같이 시 (21)에서는 분주한 벼슬살이에 얽매이다가 「소상팔경도」 그림의 감상으로 인해 산과 물을 자신의 인격 수양의 지표로서 새삼 확인하게 된 시인이 그와 같은 그림을 화가로 하여금 그리게 할 수 있었던 안평대군의 고상한 뜻에 관해 진술하고 있다. 이러한 점에서 『匪懈堂瀟湘八景詩卷』에 수록된 김종서의 시는 「소상팔경도」를 매개로 하여 그 그림을 화가로 하여금 그리게 할 수 있었던 후원자로서의 역량, 즉 안평대군의 고매한 품격에 관해 진술하는 시라고 할 수 있다.

이적의 시 (22)는 모두 28개 구로 되어 있는데, 의미상으로 분절할 경우 크게 네 개 부분으로 나눌 수 있다. 제1구~14구, 제15구~20구, 제21구~26구, 그리고 제27구~28구가 바로 그것이다.

제1구~14구에서 시인은 안평대군이 비범한 기상과 신선 세계에 대한 간절한 뜻을 품었기 때문에 꿈속에서 도원을 방문할 수 있었음을 말하고 있다. 제1구~6구에서는 옛 신선이 떠나버려 자취만 남은 선경을 안평대군이 꿈속에서 방문하였던 일이 언급된다. 제1구의 '赤松子'와 제2구의 '蕭史'는 각각 중국의 전설상의 황제인 神農氏와 秦穆公 때의 신선이다. 제3구의 '候氏山'은 신선인 王子喬가 학을 타고 내려왔던 산이다. 시인은 적송자와 소사와 같은 옛 신선이 떠나간 이후로 지금까지 후씨산이나 무릉도원을 찾아가 노닌 사람이 없었는데, 꿈속에서 도원을 방문하여 노닐 수 있었던 것은 안평대군이 본디 범인과는 달리 비범한 기상을 지녔기 때문이라고 말한다. 제7구~14구에서는 안평대군이 꿈속에서 도원을 방문하게 된 직접적인 이유가 언급된다. 시인은 공자와 장자의 예를 들어 평소에 간절하게 생각하던 것이 꿈속에 나타난다고 말한다. 공자는 周公의 도를 실행하는 데 뜻을 두어 밤낮으로 그 일만 생각하느라 꿈속에서 주공을 보았고,[83] 장자는 정신의 자유로운 해방에 뜻을 두어 밤낮으로 그 일만 생각하느라 꿈속에서 몸이 나비로 변하였다.[84] 그와 마찬가지로 안평대군도 평소 선경에서 노닐고자 하는 뜻을 간절하게 품었기 때문에 꿈속에서 도원을 방문할 수 있었다는 것이다. 더구나 왕자의 신분임에도 불구하고 세속의 부귀영화에 대해 전혀 애착을 느끼지 않고 세속을 떠나 선경에서 노니는 것만을 간절히 원한다는 점에서, 시인은 안평대군을 참된 대장부라고 칭송한다.

제15구~22구에서는 안평대군이 꿈속에서 도원을 방문하는 가운데 보았던 것과 꿈을 깬 후 그가 느꼈던 황홀감이 언급된다. 제15구~20구는 안평대군이 꾸었던 꿈의 내용에 관해 언급하는 부분이다. 꿈속에서 안평대군은 늙은이를 만나 그로부터 길을 안내 받아 도원으로 들어가게 되었는데, 거기에는 어른과 아이들이 신선처럼 멋들어지게 노닐고 있었다는 것이다. 제21구~22구는 안평대군이 꿈을 깬 후 느낀 황홀감에 관해 언급하는 부분이다. 꿈을 깨고 난 뒤 밖으로 나가 달빛과 은하수 빛이 환히 비치는 뜰에서 오래도록 앉아 있을 정도로 안평대군이 황홀감에 젖어 있었다는 것이다.

제23구~26구에서는 안평대군이 제작한 『夢遊桃源圖詩卷』이 언급된다. 안평대군은 꿈속에서 도원을

---

83 朱熹, 위의 책, 1965, 165면.
　　"孔子盛時, 志欲行周公之道, 故夢寐之間如或見之."

84 徐復觀, 앞의 책, 民國73年, 88면.

방문하는 가운데 보았던 것을 안견으로 하여금 그림으로 그리게 하고 또 그 그림을 시적 제재나 대상으로 하여 여러 문인들로 하여금 시문을 지어 직접 자필로 쓰게 하여『몽유도원도시권』을 제작하였다. 그런데 시인은 그림과 시 창작 활동의 후원자로서 안평대군이 제작한『몽유도원도시권』이 시·서·화 세 영역에서 모두 탁월한 경지를 보여주는 것이라고 평가한다. 다른 여느 그림과 견주기 어려울 정도로 화면상에 그려진 형상이 신기하고 기묘할 뿐만 아니라, 그 그림을 시적 제재나 대상으로 하여 지은 시문들은 수놓은 비단처럼 아름답고, 게다가 그 글씨는 은빛 갈고리를 움직여 놓은 듯 생동감 있게 쓰였다는 것이다.

제27구~28구에서 시인은 안평대군이 오래 살기를 축수하고 있다. 안평대군이 꿈속에서만 도원을 방문하여 노닐 게 아니라, 이제부터는 이슬방울을 먹고 신선이 되어 오래도록 살기를 염원한다는 것이다.

이와 같이 시 (22)에서는 안평대군이 비범한 기상과 신선 세계에 대한 간절한 뜻을 지녔기 때문에 꿈속에서 도원을 방문하게 되었으며, 또 꿈속에서 보았던 것을 화가로 하여금 그림으로 그리게 하였을 뿐 아니라 그 그림을 시적 제재나 대상으로 하여 여러 문인들로 하여금 시문을 짓게 할 수 있었다고 진술하고 있다. 이러한 점에서『夢遊桃源圖詩卷』에 수록된 이적의 시는「몽유도원도」그림을 매개로 하여 그 그림을 화가로 하여금 그리게 하고 또 그 그림을 시적 제재나 대상으로 하여 여러 문인들로 하여금 시문을 짓게 할 수 있었던 후원자로서의 역량, 즉 안평대군의 비범한 기상과 뜻에 관해 진술하는 시라고 할 수 있다.

4. 관상자에 관해 진술하는 시와 진술 내용

그림 감상으로 인해 촉발된 관상자로서의 시인 자신의 내면 상태에 시적 관심을 기울일 경우, 시인은 시에서 그림을 매개로 하여 그림으로 인해 촉발된 자신의 내면 상태에 관해 진술하게 된다. 그런데 화면에 대한 관상자로서 시인의 반응이 정감적인 것이냐 아니면 지적인 것이냐에 따라, 시적 진술 내용은 크게 두 부류로 구분할 수 있다. 하나는 화면에 대한 정감적인 반응으로서 시인의 내면에 촉발된 감흥이고, 다른 하나는 화면에 대한 지적인 반응으로서 그림과 관련된 세상사에 대한 시인 자신의 견해이다. 그러므로 관상자에 관해 진술하는 시는 시적 진술 내용에 따라 크게 그림 감상으로 촉발된 시인 자신의 감흥에 관해 진술하는 시와 그림과 관련된 세상사에 대한 시인의 견해에 관해 진술하는 시로 세분할 수 있다.

(1) 관상자로서 시인의 감흥

그림 감상으로 인해 촉발된 시인의 감흥은 개인에 따라 혹은 한 개인에게 있어서도 경우에 따라 다양한 양상들을 보인다. 그러므로 시에서 진술되는 관상자로서 시인의 감흥도 자연히 다양한 양상들을 보일 수밖에 없다. 그런데 시에서 진술되는 감흥의 다양한 양상들은 그림에 대한 관상자의 반응 태도와 관련하여 크게 세 부류로 추출해볼 수 있다. 첫 번째는 그림 속의 세계를 감상함으로 인해 관상자로서 시인의 내면에 흥취가 촉발되는 경우이다. 이때 시인은 그림 속의 세계를 감각적으로 지각되는 아름다운 미적 대상으로 인식하며, 그것에 대한 감동으로 말미암아 감흥이 고조되는 상태를 보인다. 그리하여 그림의 관상자로서 시인은 그림 감상으로 인해 촉발된 자신의 흥취를 시에서 진술하게 된다. 두 번째는 그림 속의 세계를 감상함으로 인해 관상자로서 시인이 그 세계를 동경하는 경우이다. 이때 시인은 그림 속의 세계를 단순히 아름다운 미적 대상으로서만 인식하는 것이 아니라 관념적으로 인지되는 도의 구현체로 생각하고, 그 세계와의 만남을 자아 성찰의 계기로 삼는다.[85] 그림 속의 세계가 도가 내재된 조화로운 세계라면, 그 세계를 완상하는 관상자로서 시인은 속세의 어지러운 인간사에 얽매인 존재이다. 그리하여 그림의 관상자로서의 시인은 화면상에 그려진 세계를 동경하고 그 세계에 동참하지 못하는 자신의 안타까운 처지를 시에서 진술하게 된다. 세 번째는 그림 속의 세계를 감상함으로 인해 관상자로서 시인은 상상을 통해 그 세계 속에 들어가 소요하는 경우이다. 이때 시인은 그림 속의 세계를 더 이상 그려진 것으로 인식하지 않고 자신 앞에 실재하는 것으로 상상한다. 그리고 시인 자신은 그림 속의 세계 내에 존재하는 인물로서 그 세계 속을 소요한다. 두 번째의 경우에는 그림 속의 세계와 그 세계를 동경하는 시인 사이에 현저한 심리적 거리감이 있는 데 비해, 세 번째의 경우에는 심리적 거리감이 전혀 없다. 관상자로서 시인이 그림 속의 세계에 들어가기 때문이다. 그리하여 관상자로서 시인은 그림 속의 세계에 들어가 소요하는 자신의 모습을 시에서 보여주게 된다. 그러므로 그림 감상으로 촉발된 관상자로서 시인 자신의 감흥에 관해 진술하는 시는 다시 시인 자신의 흥취에 관해 진술하는 시, 그림 속의 세계를 동경하는 시인 자신의 내면 상태에 관해 진술하는 시, 그림 속의 세계에 들어가 소요하는 시인 자신의 모습에 관해 진술하는 시로 세분할 수 있다.

1) 시인의 흥취

그림 속의 세계를 감상함으로 인해 촉발된 관상자로서 시인 자신의 흥취를 진술하는 시들은 인물화를 제외한 모든 종류의 그림, 즉 山水畫, 花鳥畫, 四君子畫 등을 시적 제재로 한다. 이때 관상자로서의 시인은 시에서 화면상에 그려진 형상에 관해서는 직접 언급하지 않은 채 그 형상의 완상으로 인해 촉발된 자신의 흥취에 관해 진술하기도 하지만, 화면상에 그려진 형상을 묘사한 다음에 자신의 흥취에 관해 진술하기도 한다.

다음의 시 (23)은 李書九(1754~1825)의 시 「觀董玄宰畫」이며, 시 (24)는 안평대군 이용이 제작한 『匪懈堂瀟湘八景詩卷』에 수록된 趙瑞康(?~1444)의 시이다. 이 시들에서는 모두 그림 감상으로 말미암아 촉발된 시인 자신의 흥취에 관해 진술하고 있다.

---

85   徐復觀, 위의 책, 民國 73年, 327~332면 참조.

(23)

畵裏秋山照玉堂　　그림 속의 가을 산 옥당과 잘 어울리는데
鵝溪三尺倣倪黃　　석 자 되는 비단 화폭 예찬과 황공망의 솜씨를 본받았네
解衣盤礴非吾事　　옷 벗고 다리 뻗은 채 그림 그리는 것은 내 일이 아니지만
如此林泉興亦長[86]　　이 같은 산수풍경으로 흥 또한 길어진다네

(24)

數幅生綃上　　여러 폭의 비단 위에
森羅八景移　　온갖 풍경이 팔경으로 옮겨 와 있네
鍾聲烟外落　　종소리는 안개 밖으로 떨어지고
帆影浦頭遲　　돛의 모습은 포구 머리로 서서히 보이며
夕照明漁店　　저녁 햇살은 어촌을 밝히고
輕嵐帶酒旗　　가벼운 아지랑이는 주막의 깃대에 끼여 있는데
雁飛依曲渚　　기러기는 굽이굽이 물가를 따라 날아가고
雪灑滿寒湄　　눈은 차가운 물가에 가득 뿌리며
水濶蟾光泠　　넓은 수면 위에 비친 달빛은 차갑고
江昏雨脚垂　　어두운 강엔 빗발이 드리우네
披圖淸燕右　　좋은 잔치 자리에 그림 펼쳐 놓고 보니
逸興浩無涯[87]　　뛰어난 흥취가 끝없이 일어난다네

　　이서구의 시 (23)은 玉堂에 걸려 있는 중국 明代의 화가 玄宰 董其昌(1555~1636)의 그림을 시적 제재로 하여 지어진 것인데, 그 그림은 가을 산의 풍경을 그린 것으로 보인다. 전 1, 2구에서는 화가인 동기창의 뛰어난 솜씨가 언급된다. 시인은 가을 산 그림에서 분별되는 동기창의 솜씨가 元末 四大家의 일원으로서 산수화의 대가라고 칭해지는 倪瓚과 黃公望의 솜씨와 방불할 정도로 뛰어나다고 말한다.

　　후 3, 4구에서는 그림 감상으로 인해 촉발된 시인 자신의 흥취가 언급된다. 셋째 구의 "옷 벗고 다리 뻗는다(解衣盤礴)"라는 말은 원래 『莊子』「田子方」篇에 나오는 故事인데, 후대의 畵論家들이 그림을 그릴 때 위대한 화가가 가지는 정신의 탁월한 경지를 표상하는 데 흔히 사용하였다. 이때 정신의 탁월한 경지란 화가가 그림을 그리기 전에 자신의 마음을 虛靜하게 함으로써 그리려고 하는 대상과 합일되는 상태에 이르는 것을 말한다.[88] 시 (23)에서 시인은 그 고사를 원용하여 자신이 가을 산 그림을 그린 화가처럼 뛰어난 그림 솜씨는 없지만, 그림을 볼 수 있는 안목을 갖추고 있어 뛰어난 솜씨로 그려진 그 그림을 보고 그윽한 흥취를 느낄 수 있음을 말하고 있다.

86　李書九, 『惕齋集』, 권 1.

87　『匪懈堂瀟湘八景詩卷』 影印本, 앞의 책, 1989, 295면.

88　徐復觀, 앞의 책, 民國 73年, 330~332면 참조.

이와 같이 시 (23)에서는 가을 산 풍경을 그린 동기창의 그림을 감상함으로 말미암아 촉발된 시인 자신의 흥취에 관해 진술하고 있다. 이러한 점에서 이서구의 「觀董玄宰畫」 시는 동기창의 그림을 매개로 하여 그 그림을 감상함으로 인해 촉발된 시인 자신의 흥취에 관해 진술하는 시라고 할 수 있다.

조서강의 시 (24)는 「瀟湘八景圖」 그림 8폭을 시적 제재로 하여 지어진 것이다. 「소상팔경도」는 중국 湖南省 洞庭湖의 남쪽 零陵 부근, 즉 瀟江과 湘江이 합쳐지는 곳의 아름다운 경치를 소재로 하여 八景으로 그린 것을 말한다. 팔경은 간혹 그 순서가 바뀌기도 하는데, 平沙落鴈, 遠浦歸帆, 山市晴嵐, 江天暮雪, 洞庭秋月, 瀟湘夜雨, 烟寺晚鍾, 漁村夕照 등으로 이루어졌다.[89] 시 (24)는 모두 12개 구로 구성되어 있는데, 의미상으로 분절할 경우 크게 세 개 부분으로 구분할 수 있다. 즉 제1구~2구, 제3구~10구, 그리고 제11구~12구가 바로 그것이다.

제1구~2구에서는 시적 제재가 된 그림의 성격이 언급된다. 모두 8폭의 비단 화폭으로 된 화면들이 소상강가의 온갖 풍경을 8개 장면으로 구분하여 담고 있다는 것이다.

제3구~10구에서는 「소상팔경도」 그림 8폭의 화면에 그려진 형상들을 각각 간략하게 묘사하고 있다. 제3구에서는 「烟寺晚鍾圖」에 그려진 형상이 간략하게 묘사된다. 「연사만종도」는 멀리 구름에 싸인 산속의 절로부터 저녁 종소리가 들려오는 풍경을 그린 그림인데, 제3구에서는 "종소리가 안개 밖으로 떨어진다(鍾聲烟外落)"로 묘사하였다. 제4구에서는 「遠浦歸帆圖」에 그려진 형상이 간략하게 묘사된다. 「원포귀범도」는 돛단배가 멀리 떨어진 수면 쪽에서 포구로 돌아오고 있는 풍경을 그린 그림인데, 제4구에서는 "돛의 모습이 포구 머리로 서서히 보인다(帆影浦頭遲)"로 묘사하였다. 제5구에서는 「漁村夕照圖」에 그려진 형상이 간략하게 묘사된다. 「어촌석조도」는 저녁노을이 깃든 어촌의 풍경을 그린 그림인데, 제5구에서는 "저녁 햇살이 어촌을 밝힌다(夕照明漁店)"로 묘사하였다. 제6구에서는 「山市晴嵐圖」에 그려진 형상이 간략하게 묘사된다. 「산시청람도」는 맑은 아지랑이에 싸여 있는 山市의 풍경을 그린 그림인데, 제6구에서는 "가벼운 아지랑이가 주막의 깃대에 끼여 있다(輕嵐帶酒旗)"로 묘사되었다. 제7구에서는 「平沙落鴈圖」에 그려진 형상이 간략하게 묘사된다. 「평사낙안도」는 기러기 떼들이 평평한 모래톱에 내려오는 풍경을 그린 그림인데, 제7구에서는 "기러기가 굽이굽이 물가를 따라 날아간다(雁飛依曲渚)"로 묘사되었다. 제8구에서는 「江天暮雪圖」에 그려진 형상이 간략하게 묘사된다. 「강천모설도」는 저녁 무렵 눈 내리는 강과 하늘의 풍경을 그린 그림인데, 제8구에서는 "눈이 차가운 물가에 가득 뿌린다(雪灑滿寒湄)"로 묘사되었다. 제9구에서는 「洞庭秋月圖」에 그려진 형상이 간략하게 묘사된다. 「동정추월도」는 가을 달빛 비치는 동정호의 풍경을 그린 그림인데, 제9구에서는 "넓은 수면 위에 비친 달빛이 차갑다(水濶蟾光冷)"로 묘사되었다. 제10구에서는 「瀟湘夜雨圖」에 그려진 형상이 간략하게 묘사된다. 「소상야우도」는 밤비 내리는 소상강가의 풍경을 그린 그림인데, 제10구에서는 "어두운 강에 빗발이 드리운다(江昏雨脚垂)"로 묘사되었다.

---

89 安輝濬, 앞의 책, 1988, 165면.

제11구~12구에서는「소상팔경도」그림을 감상함으로써 끊임없이 촉발되는 시인 자신의 흥취가 언급되고 있다. 제11구의 "좋은 잔치 자리에(淸燕右)"는 아마도 안평대군이 화가로 하여금「소상팔경도」그림을 그리게 한 다음 그 그림을 시적 제재나 대상으로 하여 당대의 문사들로 하여금 시를 짓게 하기 위해 마련한 詩會의 자리로 보인다. 시인은 바로 그 시회의 자리에서 그림을 감상하고 그로 말미암아 뛰어난 흥취가 끝없이 촉발되고 있음을 말하고 있다.

이와 같이 시 (24)에서는「소상팔경도」그림 8폭에 그려진 형상들을 간략하게 묘사한 다음, 그 형상들을 감상함으로 인해 촉발된 시인 자신의 흥취에 관해 진술하고 있다. 이러한 점에서『匪懈堂瀟湘八景詩卷』에 수록된 조서강의 시는「소상팔경도」그림을 매개로 하여 그 그림의 감상으로 인해 촉발된 시인 자신의 흥취에 관해 진술하는 시라고 할 수 있다.

2) 그림 속의 세계에 대한 동경

그림 속의 세계를 감상함으로 말미암아 그 세계를 동경하게 된 관상자로서 시인의 내면 상태에 관해 진술하는 시들은 주로 산수화를 시적 제재로 한다. 玄學의 절대적인 영향권 속에 있었던 중국 魏晉時代 이후로 사람들은 山水自然을 바로 도의 구현체이며, 인간 생활의 영원한 귀의처로 인식해왔다. 그리하여 사람들은 혼탁한 세속에서의 생활을 벗어나 산수자연에서 은둔 생활하기를 동경하고, 또 그러한 생활의 근거지로서 산수자연을 찬미하게 되었다. 이러한 풍조 속에서 화가는 산수자연의 형상을 그림으로써 도를 형상화하려고 하였으며, 또 관상자는 그러한 산수화를 완상함으로써 도를 인식하고 또 안식처로서의 산수자연을 동경해왔다.[90] 그럼으로써 산수화는 관상자에게 있어서 단순히 아름다운 미적 대상으로 인식되는 데 그치는 것이 아니라, 도의 구현체로서 인식된다. 산수화를 도의 구현체로 인식할 때, 관상자는 그림과의 만남을 자기 성찰의 계기로 삼아 자신의 처지를 돌이켜보게 된다. 그리하여 그림의 관상자로서 시인은 화면상에 그려진 것과 같은 산수자연의 세계를 동경하거나 또는 그러한 세계 속에 동참하지 못하는 자신의 안타까운 처지를 한탄하곤 한다.

다음의 시 (25)는 李穀(1298~1351)의 시「題江天暮雪圖」이며, 시 (26)은 姜碩德(1395~1459)의 시「題畵扇」이다. 이 시들은 모두 그림 속의 세계를 감상함으로 말미암아 그 세계를 동경하게 된 시인 자신의 내면 상태에 관해 진술하고 있다.

(25)
九陌紅塵午日烘 넓은 거리엔 붉은 먼지가 일고 한낮의 햇볕 뜨겁게 쬐여
閉門看畵意無窮 문 닫고 그림을 보니 생각이 끊임없이 일어나네
何時着我孤舟去 언제쯤이면 나도 외딴 배를 몰고 가

---

90 徐復觀, 앞의 책, 民國 73年, 225~228면 참조.

獨釣江天暮雪中[91]　강가에서 저녁 눈 맞으며 홀로 낚시질해 볼까

(26)
鸂鶒寒蘆共一洲　자원앙과 찬 갈대는 함께 한 모래톱에 있고
青楓江上暮雲愁　강가 푸른 단풍나무 위의 저녁 구름은 시름겹네
十年奔走紅塵客　십 년 동안 분주하게 살았던 속세의 나그네
對此空嗟鬢欲秋[92]　이를 보고 부질없이 살짝 희어짐을 한탄한다네

　이곡의 시 (25)는 「소상팔경도」 8폭 가운데 하나인 「江天暮雪圖」 그림을 시적 제재로 하여 지어진 것이다. 「강천모설도」는 저녁 무렵 눈 내리는 강과 하늘의 풍경을 그린 그림이다.

　전 1, 2구에서는 집 바깥과 안의 대비되는 상태를 통해 시인이 지향하고자 하는 삶의 공간을 간접적으로 표현하고 있다. 첫째 구에서는 밝은 대낮의 집 바깥 거리의 상태를 묘사함으로써 속세라는 번잡하고 시끄러운 공간을 환기한다. 그런데 둘째 구의 "문을 닫고(閉門)"라는 표현에는 바로 그러한 번잡한 속세의 거리와 절연하고자 하는 시인의 태도가 함축되어 있다. 활동해야 할 대낮임에도 불구하고 시인은 속세와 절연한 채 집 안이라는 공간 속에 머물러 있으면서 그림만을 감상하고 있다. 그러므로 시인이 지향하고자 하는 삶의 공간은 속세와는 다른 것임을 알 수 있다. 둘째 구의 "그림을 보니 생각이 끊임없이 일어난다(看畵意無窮)"는 바로 그림 감상으로 말미암아 시인의 내면이 끝없이 촉발되고 있음을 말한다.

　후 3, 4구에서는 그림 감상으로 말미암아 촉발된 시인 자신의 내면 상태가 언급된다. 셋째 구의 "외딴 배(孤舟)"와 넷째 구의 "홀로 낚시질함(孤釣)"이라는 말로 미루어볼 때, 번잡하고 시끄러운 속세와는 달리 화면상에 그려진 저녁 무렵 눈 내리는 강가는 인적이 드문 조용하고 또 한가로운 곳임을 알 수 있다. 셋째 구의 "언제쯤이면(何時)"이라는 시간 부사어는 그러한 조용하고도 또 한가로운 공간을 부러워하고 동경하는 시인의 태도를 내포하고 있다. 즉 시인이 지향하고자 하는 삶의 공간이 바로 화면상에 그려진 것과 같이 조용하고 한가로운 곳이라는 것이다.

　이와 같이 시 (25)에서는 강천모설도 그림의 감상으로 인해 번잡하고 시끄러운 속세를 벗어나 화면상에 그려진 것과 같이 조용하고 한가로운 세계로 가고 싶어 하는 시인 자신의 내면 상태를 진술하고 있다. 이러한 점에서 이곡의 「江天暮雪圖」 시는 그림을 매개로 하여 그 그림의 감상으로 말미암아 그림 속의 세계를 동경하게 된 시인의 내면 상태를 진술하는 시라고 할 수 있다.

　강석덕의 시 (26)은 부채에 그려진 그림을 시적 제재로 하여 지어진 것이다. 전 1, 2구에서 부채에 그려진 세계가 언급된다면, 후 3, 4구에서는 그 그림 속의 세계를 감상함으로 인해 촉발된 시인 자신의 내면 상태가 언급된다. 그림 속의 세계에 대한 시인의 정감적인 태도는 둘째 구의 "저녁 구름이 시름겹네

91　李穀, 『稼亭集』, 권 19.

92　姜碩德 외, 앞의 책, 권 2.

(暮雲愁)"라는 말에서 암시된다. 저녁 구름 자체가 시름겨운 것이 아니라 그것을 바라보는 시인 자신이 시름겹기 때문이다. 그러므로 둘째 구의 마지막 단어인 "시름겹다(愁)"에서부터 시적 진술의 방향이 화면상에 그려진 형상으로부터 시인 자신의 내면 상태로 전환된다고 할 수 있다.

그림 속의 세계를 이루는 요소인 자원앙, 갈대, 단풍나무, 강, 구름 등은 모두 각각 있어야 할 곳에 있다. 물가에 사는 물새인 자원앙과 물가에 자라는 갈대는 함께 모래톱에 있으며, 단풍나무는 강가에 있고, 그 단풍나무 위에는 구름이 떠 있다. 모두 각각의 본성을 보존한 채 제가 있어야 할 곳에 존재하고 있으면서 조화로운 세계를 형성한다. 그런데 시인은 자신의 본성을 보존하면서 제가 있어야 할 곳에 있지 못하고 십 년 동안을 시끄러운 속세의 일에 얽매여 분주하게 살아왔다. 그렇기 때문에 그림 속에 그려진 자연물을 시름겹게 쳐다보고, 또 부질없이 나이만 먹어가는 것을 한탄한다. 이때 그림 속의 세계는 시인의 감각에 지각됨으로써 그의 감흥을 촉발하는 아름다운 미적 대상에 그치는 것이 아니라, 시인에게 있어서 도의 구현체로서 인식된다. 그리하여 시인은 그림과의 만남을 자기 성찰의 계기로 삼아 자신의 삶을 돌이켜보고, 세상사에 얽매여 화면상에 그려진 것과 같은 조화로운 자연 세계에 동참하지 못하는 자신의 처지를 안타까워한다.

이와 같이 시 (26)에서는 부채 위에 그려진 그림을 감상함으로 인해 그림 속의 세계와 같은 조화로운 세계에 동참하지 못하고 속세의 일에 얽매여 부질없이 늙어가기만 하는 데에 대해 안타까워하는 시인 자신의 내면 상태에 관해 진술하고 있다. 이러한 점에서 강석덕의 「題畵扇」 시는 그림을 매개로 하여 그 그림의 감상으로 말미암아 그림 속의 세계를 동경하게 된 시인 자신의 내면 상태를 진술하는 시라고 할 수 있다.

3) 그림 속의 세계에서의 소요

그림 감상으로 말미암아 감흥이 고조된 관상자로서 시인이 상상을 통해 그림 속의 세계에 들어가 소요하게 됨에 관해 진술하는 시들은 주로 산수화를 시적 제재로 한다. 앞에서 다룬 그림 속의 세계를 동경하는 시에서 시인은 혼탁한 속세의 일에 얽매여 있는 자신의 처지를 자각하고 속세를 벗어나 화면상에 그려진 것과 같은 산수자연의 세계 속에서의 은거를 동경한다. 이때 시인은 동경의 대상인 그림 속의 세계에 대해 상당한 심리적 거리감을 느끼며, 따라서 자신을 구속하는 현실에 대해 더욱더 압박감을 느낀다. 이에 비해 그림 속의 세계에 들어가 소요함을 보여주는 시에서 시인은 그 세계를 더 이상 화면상에 그려진 것으로 인식하지 않고, 그의 눈앞에 실재하는 것으로 상상한다. 그리하여 시인은 그 세계 내에 존재하는 인물로서 그 세계 속을 두루 소요함으로써 세계와 자신 간의 일체감을 맛보게 된다. 즉 시인은 자신을 구속하는 현실을 망각하고 그림 속의 세계와 하나가 되며, 그로 인해 경이감과 아울러 정신의 자유로운 해방감을 맛보게 된다.[93] 이때 그림의 관상자로서 시인은 시에서 화면상에 그려진 세계의 형상을 먼

---

93 徐復觀, 앞의 책, 民國 73年, 60~64면 참조.

저 묘사한 다음, 감흥이 고조됨으로 말미암아 자신이 마치 그 세계 속에 들어가 있는 듯한 경이감을 느낀 것에 관해 진술하기도 하지만, 때로는 그 세계 속에서 소요하고 있는 자신의 모습을 구체적으로 보여주기도 한다.

다음의 시 (27)과 (28)은 각각 徐居正의 시 「題瀑布圖」와 「題靑山白雲圖」이다. 시 (27)에서는 「瀑布圖」 그림을 감상함으로 말미암아 감흥이 고조된 시인이 마치 화면상에 그려진 세계 속에 들어가 있는 듯한 경이감을 느낀 것에 관해 진술하고 있다. 시 (28)에서는 「靑山白雲圖」 그림을 감상함으로 말미암아 감흥이 고조된 시인이 상상을 통해 화면상에 그려진 세계 속으로 들어가 소요하고 있는 모습을 보여주고 있다.

(27)

數峰擎出玉芙蓉　　서너 봉우리 높이 솟아 있는 게 옥빛 연잎 같은데
一道淸泉瀉玉虹　　한 줄기 맑은 샘이 옥빛 무지개를 쏟아내네
指點看看吟不盡　　손으로 가리키며 그냥 읊기만 하는데
不知身在畵圖中[94]　　나도 몰래 몸이 그림 속에 들어가 있다네

(28)

摩詰已死郭熙無　　마힐은 이미 죽었고 곽희도 없는데
何人畵此雲山圖　　누가 이 같은 운산도를 그렸는가
山自靑靑雲白白　　산은 절로 푸르고 구름은 절로 희어서
靑靑白白相模糊　　푸르고 흰 것이 서로 뒤섞여 흐릿하구나
峰巒遠近碧芙蕖　　멀고 가까운 산봉우리 푸른 연잎 같고
老樹暗淡長林疎　　짙고 옅은 고목 긴 숲에 드문드문 있네
此間山水美無度　　이 사이의 산수가 한없이 아름다우니
豈無遁世淸隱居　　어찌 세상을 피해 은거하는 이 없으리오
我欲掉頭去攀躋　　나는 머리를 흔들며 산을 오르려는데
湍藏霧斂歸路迷　　여울이 감추고 안개가 거두어 갈 길이 헷갈리네
歸路迷可奈何　　갈 길이 헷갈리니 어찌하랴
耳邊髣髴聞鵑啼[95]　　귓가엔 두견새 울음소리만 들리는 듯하네

서거정의 시 (27)의 전 1, 2구에서는 「瀑布圖」 그림에 그려진 형상이 묘사된다. 화면상에 그려진 경물을 취하는 시인의 시선이 '상 → 하'로 이동됨에 따라, 묘사되는 경물이 '산봉우리 → 산 중턱의 폭포' 순으로 제시된다. 뾰족 솟아 있는 서너 개의 산봉우리는 마치 옥빛 연잎처럼 생겼고, 산 중턱에서 쏟아지는

94　徐居正, 앞의 책, 권 30.

95　徐居正, 위의 책, 권 30.

한 줄기 폭포는 햇빛을 받아 옥빛 무지개처럼 보인다는 것이다.

후 3, 4구에서는 그림을 감상하는 시인의 태도와 감흥이 언급된다. 시인은 화면상에 그려진 경물을 일일이 손으로 가리키며 감상하는 가운데 자신도 모르게 몸이 그림 속에 들어가 있는 것 같은 느낌을 받았다고 말한다. 그림 바깥의 현실 세계에 있으면서 그림 속의 세계를 감상하던 시인이 감흥이 고조됨으로 말미암아 마치 자신이 그림 속에 들어가 있는 듯한 경이감을 느꼈다는 것이다. 그림 속의 세계는 감흥이 고조된 시인에게 있어서 더 이상 그려져 있는 것으로 인식되지 않고, 그의 눈앞에 실재하는 것으로 인식된다. 눈앞에 실재하는 세계 속에 내재하면서 그 세계 속을 소요하고 또 그 세계를 완상하듯이, 시인은 화면상에 그려진 세계 속에 내재하는 인물이 되어 그 세계 속을 소요하면서 그 세계를 감상하고 있다는 것이다.

이와 같이 시 (27)은 「폭포도」 그림을 감상함으로 인해 감흥이 고조된 시인이 마치 화면상에 그려진 세계 속에 내재하고 있는 듯한 경이감을 느낀 것에 관해 진술하고 있다. 이러한 점에서 서거정의 「題瀑布圖」는 그림을 매개로 하여 그 그림의 감상으로 말미암아 감흥이 고조된 시인이 상상을 통해 그림 속의 세계에 들어가 소요함을 보여주는 시라고 할 수 있다.

서거정의 시 (28)은 모두 12개 구로 구성되어 있는데, 의미상으로 분절할 경우 크게 3개 부분으로 나눌 수 있다. 즉 제1구~2구, 제3구~6구, 그리고 제7구~12구가 바로 그것이다.

제1구~2구에서는 「청산백운도」를 그린 화가의 뛰어난 솜씨가 언급된다. 제1구의 "摩詰"은 중국 唐代의 시인이자 南宗畵의 시조로 불리는 王維의 字이다. "郭熙"는 宋代의 뛰어난 山水畵家이다. 제1구~2구에서 시인은 왕유나 곽희와 같은 뛰어난 화가가 이 세상에 살아 있지도 않는데 누가 이 같은 청산백운도를 그릴 수 있느냐고 반문함으로써 그 그림을 그린 화가의 솜씨가 그들과 견줄 수 있을 만큼 매우 뛰어남을 간접적으로 말하고 있다.

제3구~6구에서는 화면상에 그려진 산의 풍경이 묘사된다. 화면상에 그려진 경물을 취하는 시인의 시선이 '중 → 상 → 하'로 이동됨에 따라 풍경이 '구름 낀 산 중턱 → 산봉우리 → 산 밑의 숲' 순으로 제시된다. 제3구~4구에서는 구름 낀 산 중턱의 상태가 묘사된다. 산의 색은 원래 푸르고 구름의 색은 희지만, 그 색을 구별하기 어려울 정도로 산과 구름이 한데 어우러져 있다는 것이다. 제5구에서는 산봉우리의 상태가 묘사된다. 멀고 가까운 산봉우리들이 푸른 연잎 모양으로 솟아 있다는 것이다. 제6구에서는 산 밑의 숲의 상태가 묘사된다. 짙고 옅은 빛을 띤 고목들이 산 밑의 긴 숲속에 듬성듬성 서 있다는 것이다.

제7구~12구에서는 「청산백운도」 그림을 감상함으로 인해 감흥이 고조된 시인이 상상을 통해 그림 속의 세계로 들어가 소요하고 있는 모습을 보여주고 있다. 제7구~8구에서는 그림의 감상으로 인해 촉발된 화자의 내면 상태가 언급된다. 시인은 화면상에 그려진 산수의 아름다운 모습을 보고 혼탁한 속세를 벗어나 화면상에 그려진 것과 같은 아름다운 산수자연 속에 은거하고 싶은 충동을 느끼게 되었음을 말하고 있다. 제9구~12구에서는 상상을 통해 화면상에 그려진 구름 낀 산중에서 소요하는 시인의 모습을 보여준다. 제9구의 "머리 흔들다(掉頭)"는 속세에 대한 시인의 부정적인 태도를 함축하고 있다. 시인은 자신을 얽매이게 하는 속세에 넌더리를 치며 산으로 올라가고자 한다. 그런데 산속으로 들어간 시인은 산길을 가다가 여울이 앞을 막고 안개가 시야를 가려 헷갈리는 바람에 갈 길을 찾지 못해 어찌할 바를 모른다. 길을 물어보려고 혹시 사람이 있는가 불러보아도, 귓가에 들리는 건 두견새 울음소리뿐이라는 것이다.

이와 같이 시 (28)에서는 「청산백운도」 그림을 감상함으로 인해 감흥이 고조된 시인이 상상을 통해 그림 속의 세계에 들어가 소요하는 모습을 보여주고 있다. 이러한 점에서 서거정의 「靑山白雲圖」 시는 그림을 매개로 하여 그 그림의 감상으로 말미암아 감흥이 고조된 시인이 상상을 통해 그림 속의 세계에 들어가 소요함을 보여주는 시라고 할 수 있다.

(2) 세상사에 관한 시인의 견해

그림은 그것이 그려진 당대의 도덕적, 사회적, 정치적, 경제적 상황이나 시대정신을 반영한다. 그러므로 그림은 관상자로서 시인의 정감적인 반응만이 아니라 지적인 반응도 유발한다. 그리하여 관상자로서 시인은 그림에 대한 지적 반응으로서 화면에 반영된 당대의 도덕적, 사회적, 정치적, 경제적 상황이나 시대정신 등과 같이 그림과 관련된 세상사에 대한 자신의 주관적인 견해를 표명하기도 한다.

이러한 내용을 진술하는 시들은 모든 종류의 그림을 시적 제재로 할 수 있다. 그러나 실제에 있어서 그러한 시들은 바로 앞에서 다룬, 관상자로서 시인의 감흥에 관해 진술하는 시들에 비해 그 수가 많지 않다. 그림의 관상자로서 시인의 감흥에 관해 진술하는 시들과 그림과 관련된 세상사에 대한 시인 자신의 견해를 표명하는 시들은 모두 그림을 매개로 하여 그 그림의 관상자로서 시인의 내면 상태에 관해 진술한다는 점에서 동일하다. 그러나 전자가 그림에 대한 관상자의 미적 반응과 관련된 것이라면, 후자는 그림에 대한 관상자의 지적 반응과 관련된 것이라는 점에서 상이하다고 할 수 있다.

다음의 시 (29)는 李穡의 시 「題煙蘿子圖」이며, 시 (30)은 丁若鏞(1762~1836)의 시 「題西湖浮田圖」이다. 이색의 「제연나자도」 시에서는 연라자의 수도하는 모습을 그린 그림을 매개로 하여 그 그림에 반영된 道家의 불로장생관에 대해 비판적인 시인 자신의 견해를 진술하고 있다. 정약용의 「제서호부전도」 시에서는 西湖에 떠 있는 논을 그린 그림을 매개로 하여 그와 같은 새로운 경작술로 인해 여러 가지 실익을 얻을 수 있음에도 불구하고 그러한 새로운 경작술을 시행하지 않고 단지 하늘의 도움만을 바라는 농부들의 폐습에 대해 비판적인 시인 자신의 견해를 진술하고 있다.

(29)

屈伸俯仰如機關	기계처럼 구부렸다 폈다 숙였다 쳐들었다 하고
支體汗流搖肺肝	팔다리와 몸에 땀 흘려가며 폐와 간을 흔드네
我輩養身非甚艱	우리 무리들이 몸 기르는 건 그리 어려운 것이 아니니
食無求飽居無安	먹을 땐 배부름 구하지 않고 거처할 땐 편안함 구하지 않는다네
似是之非辨豈難	옳은 듯하면서도 그른 것 구별함이 어찌 어렵겠는가

義理血氣初兩端　의리와 혈기는 애초부터 양극단인데
誰敎我骨多辛酸　그 누가 우리 육체를 매우 고달프게 하면서
最喜日月雙跳丸　해와 달처럼 장생불사하는 걸 가장 좋아하게 만들었는가
雙跳丸迭往還　해와 달도 번갈아가며 왔다 갔다 하는데
何人長存天地間[96]　그 누군들 천지 사이에 오랫동안 머물 수 있겠는가

(30)
下田多水常苦雨　낮은 지대의 논은 물이 많아 비 오는 게 항상 괴롭고
高田高燥旱更苦　높은 지대의 논은 메말라 가뭄이 들면 괴로운데
西湖孚田兩無憂　서호에 떠 있는 논은 그러한 근심 없으니
歲歲金穰積高庾　해마다 풍년 들어 창고에 곡식이 가득 쌓이네
縛木爲筏竹爲艙　나무를 묶어서 뗏목을 만들어 대나무로 노를 삼고
上載叟叟尺許土　그 위에 우수수 흙을 한 자 정도 쌓으면
不用犁耙撥春泥　보습과 쟁기를 사용하여 봄 진흙을 일구지 않고도
但將樓斗播早穧　누두만으로 이른 찰 볍씨를 뿌릴 수 있고
水高則昂低則低　수면이 높아지면 떠오르고 낮아지면 가라앉아
苗根常與水面齊　모 뿌리는 항상 수면과 가지런해
暴旺無聞桔槹響　가뭄에도 두레박 소리 들리지 않고
祭祭不煩黿鼉隄　영제사 지내느라 둑에서 자라와 악어를 번거롭게 할 필요도 없다네
芙蕖菱芡錯雜起　연꽃과 마름이 뒤섞여서 자라나고
朱華綠穗行相迷　붉은 꽃과 푸른 이삭이 서로 얽히게 되면
耘婦朝乘畫船入　김매는 아낙네 아침에 배를 타고 들어와
秧歌晚蹋紅橋躋　모내기 노래 부르며 저녁엔 붉은 다리 밟고 올라간다네
豈唯民殷嫌地窄　어찌 유독 사람 많아 땅 좁은 것만 걱정하여
遂將人智違天厄　끝내는 사람의 지혜로 하늘을 어기는 액을 이루니
龍尾玉衡總多事　용미나 옥형으로 물 대는 것은 모두 부질없는 짓이고
鉗盧白渠皆陳跡　감로나 백거는 이제 쓸데없는 자취라네
殘氓寸土如黃金　가난한 백성들에겐 한 치의 땅도 황금 같은데
況乃膏腴異鹹斥　하물며 개펄 아닌 기름진 땅임에야
銍艾未許輸豪門　벼 베어 지주에게 바치지도 않고
租稅仍當漏王籍　조세도 응당 왕적에서 빠지리
我向野農披丹靑　내가 농부에게 이 그림을 펼쳐 보았더니
冷齒不肯虛心聽　쓴웃음만 지으면서 곧이듣지 않고는
赭山何處著斤斧　민둥산 어디에다 도끼를 댈 것이며
白澱無地覓泓渟　수렁일 뿐 깊고 맑게 고인 물도 없다 하네

96　李穡, 앞의 책, 권 20.

有田則耕無則已　　논 있으면 경작하고 없으면 그만이지
智力由來安繫瓶　　예로부터 만사가 지력으로 다 됐던가
萬人束手仰冥佑　　모든 이가 노력도 하지 않고 하늘의 도움만 바라곤
鞭龍驅牲祈山靈[97]　용을 몰고 짐승을 잡아 산신령께 빌기만 한다네

　이색의 시 (29)는 10개 구로 구성되어 있는데, 의미상으로 분절할 경우 크게 3개 부분으로 나눌 수 있다. 즉 제1구~2구, 제3구~6구, 그리고 제7구~10구가 바로 그것이다.

　제1구~2구에서는 화면상에 그려진 煙蘿子의 수도하는 모습이 언급된다. 道家들은 불로장생하는 신선이 되기 위해 呼吸法, 日光浴療法, 導引法, 房中術, 食餌法, 煉丹術 및 藥劑術 등 여러 가지 수련법을 행하였다.[98] 이 중 도인법은 호흡을 하는 가운데 고개를 아래로 숙였다가 위로 쳐들거나, 팔과 다리를 굽혔다가 펴거나, 또는 근육과 뼈와 관절을 흔들어 몸에 氣血을 충족시킴으로써 신체를 단련시키는 방법이다.[99] 제1구~2구에서는 바로 導引法을 실습하면서 煙蘿子가 취하는 동작이 언급된다. 아마도 화면상에는 도인법과 관련된 일련의 동작 가운데 어느 한 동작의 자세를 취하고 있는 연라자의 모습이 그려졌을 것이다. 그런데 시에서는 도인법과 관련된 일련의 동작들이 총괄적으로 언급된다.

　제3구~6구에서는 도가의 것과는 다른 儒家의 養身法이 언급된다. 제4구의 "먹을 땐 배부름 구하지 않고 거처할 땐 편안함 구하지 않는다(食無求飽居無安)"는 바로 유가들의 養身法을 가리킨다. 즉 외적 사물이나 환경에 동요되지 않는 마음, 이른바 不動心의 경지에 이르는 방법을 말하는 것이다. 도가가 육체의 단련을 통해 불로장생을 추구하는 데 비해, 유가는 義理를 마음속에 보존함으로써 외물에 동요됨이 없이 이치에 맞게 살아가기를 추구한다. 그리하여 시인은 제6구에서 "의리와 혈기는 애초부터 양극단(義理血氣初兩端)"이라 하였던 것이다. 도인법과 같은 도가의 양신법이 육체 속에 血氣를 양성한다면, 유가의 양신법은 마음속에 의리라는 덕성을 양성한다. 혈기는 나이를 먹을수록 쇠퇴하지만, 의리라는 덕성은 나이를 먹을수록 더욱 길러진다. 그렇기 때문에 시인은 육체를 단련하는 도가의 도인법이 그럴듯하게 보이지만, 근원적으로 잘못된 양신법이라고 주장한다.

　제7구~10구에서 시인은 해와 달을 비유로 들어 그림에 반영된 도가의 불로장생관이 근원적으로 허황된 것임을 말하고 있다. 도가들은 육체를 단련함으로써 해와 달처럼 죽지 않고 영원히 살려고 한다. 그러나 해와 달도 사실상 이 세상에 오랫동안 머물지 못하고 서로 번갈아가며 잠시 머물러 있을 뿐이다. 그리하여 제9구~10구에서 시인은 영원한 것처럼 보이는 해와 달도 그러한데 인간이 어찌 이 세상에 오래도록 머물 수 있겠느냐고 반문한다. 그럼으로써 시인은 도가들이 양신의 목표로 삼는 불로장생 그 자체가 근원적으로 허황된 것일 수밖에 없음을 말하고 있다.

97　丁若鏞, 앞의 책, 권 5.

98　조셉 니담 저, 이석호 외 공역, 『中國의 科學과 文明』 권 2, 을유문화사, 1986, 205면.

99　李叔還 編纂, 『道敎大辭典』, 巨流圖書公司, 民國 68年, 259면.

이와 같이 시 (29)에서는 연라자의 수도하는 모습을 그린 그림을 매개로 하여 그 그림에 반영된 도가의 불로장생관을 비판하고 있다. 이러한 점에서 이색의 「題煙蘿圖」 시는 그림을 매개로 하여 그 그림과 관련된 세상사에 대한 시인 자신의 견해를 표명하는 시라고 할 수 있다.

정약용의 시 (30)은 모두 32개 구로 구성되어 있는데, 의미상으로 분절할 경우 크게 2개 부분으로 나눌 수 있다. 즉 제1구~24구와 제25구~32구가 바로 그것이다.

제1구~24구에서 시인은 화면상에 그려진 西湖에 떠 있는 논과 같이 새로운 경작술을 이용하여 농사를 지을 경우 다방면에 걸쳐 예상되는 실익에 관해 언급하고 있다. 이 부분은 실익을 얻을 수 있는 분야에 따라 다시 3개 부분으로 나눌 수 있다. 즉 제1구~4구, 제5구~16구, 그리고 제17구~24구가 바로 그것이다.

제1구~4구에서 시인은 물 위에 떠 있는 논에서 농사를 지으면 기상 조건에 관계없이 풍부한 수확량을 얻을 수 있을 것임을 주장한다. 낮은 지대에 있는 논을 경작하는 농부들은 그곳에 물이 많기 때문에 비가 많이 와 논이 범람할까 봐 근심한다. 이와 대조적으로 높은 지대에 있는 논을 경작하는 농부들은 물이 적기 때문에 비가 오지 않아 벼가 말라서 타 죽을까 봐 근심한다. 그러나 화면상에 그려진 것과 같이 물 위에 떠 있는 논에서 농사를 지을 경우 기상 조건에 관계없이 매년 많은 수확량을 얻을 수 있다는 것이다.

제5구~16구에서 시인은 물 위에 떠 있는 논에서 농사를 지으면 경작이 매우 편리할 것이라고 주장한다. 나무를 묶어서 뗏목을 만들고 대나무로 노를 저어 물 위에 띄운 다음, 그 뗏목 위에 흙을 한 자 정도 쌓으면 바로 물 위에 떠 있는 논이 된다. 그러면 보통 농가에서 하듯이 봄에 보습과 쟁기를 사용하여 진흙을 일굴 필요도 없고, 단지 씨 뿌리는 기구인 누두만을 사용하여 이른 찰 볍씨를 뿌릴 수 있다. 또 물 위에 뜨는 뗏목의 속성으로 인해 그 논은 수면의 높이에 따라 자동적으로 높낮이를 조정할 수도 있다. 그 때문에 홍수가 들어 수면의 높이가 높아지거나 또는 가뭄이 들어 그 높이가 낮아지던 간에 관계없이, 그 논에 자라는 모의 뿌리는 항상 수면과 가지런하게 있어 수분을 충분히 취할 수 있게 된다. 그러므로 가뭄이 들어도 두레박으로 물을 퍼서 나를 필요도 없고, 水災나 旱災를 물리치기 위해 자라나 악어를 희생물로 삼아 山川의 신에게 제사를 지내는 번거로움도 없게 된다. 다만 수면 위에 논이 떠 있기 때문에 연꽃이나 마름 또는 잡초가 자라게 될 터인데, 그때는 아낙네를 동원하여 김매면 다른 어려움 없이 손쉽게 농사를 지을 수 있다는 것이다.

제17구~20구에서 시인은 물 위에 떠 있는 논에 농사를 지을 경우 예상되는 그 밖의 실익에 관해 언급하고 있다. 경작할 수 있는 토지가 적은 데 비해 그 토지를 소유하려는 자가 많은 현실에 대해 사람들은 불평하고, 끝내는 인간의 지혜로써 하늘을 어기는 액을 범하게 되었다. 화면상에 그려진 것처럼 물 위에 떠 있는 논을 만들어 농사를 지을 경우, 중국 漢代에 만들어진 저수지인 鉗盧와 灌漑路인 白渠와 같은 수리시설을 만들기 위해 별도의 노력을 들일 필요도 없다. 또한 자작농을 할 수 있기 때문에 지주에게 소작료를 지불할 필요도 없을 뿐 아니라 국가에 조세를 바치지 않아도 된다는 것이다.

제25구~32구에서 시인은 주어진 여건의 한계를 지혜롭게 극복하기 위해 노력하지 않고 오직 하늘의 도움만 바라는 농부들의 폐습에 관해 비판하고 있다. 시인이 그 그림을 농부에게 보여주면서 그것의 효용성에 대해 말하였지만, 농부는 그 말을 전혀 믿지 않고 오직 체념하는 태도만 보인다. 농부는 물 위에 떠 있는 논을 만들기 위해선 적지 않은 나무가 필요한데 그 나무를 확보할 수 없으며, 게다가 인간의 지혜란 한계가 있기 때문에 그러한 경작을 감히 시도할 수 없다고 말한다. 단지 그는 논이 있으면 농사를 짓고 없으면 그만이라고 체념할 뿐이다. 그리하여 제31구~32구에서 시인은 인간의 힘으로 열악한 기상 조건을 극복하려는 노력을 전혀 하지 않고 오직 하늘의 도움만을 바라고 짐승으로 제물을 삼아 산신령에게 빌기만 하는 농부들의 폐습을 비판하고 있다.

이와 같이 시 (30)에서는 「서호부전도」를 매개로 하여 화면상에 그려진 것과 같은 새로운 경작법을 이용하면 많은 실익을 얻을 수 있는데도 그와 같은 노력을 기울이지 않고 오직 하늘의 도움만을 바라는 농부들의 폐습을 비판하고 있다. 이러한 점에서 정약용의 「題西湖浮田圖」 시는 그림을 매개로 하여 그 그림과 관련된 세상사에 대한 시인 자신의 견해를 표명하는 시라고 할 수 있다.

5. 화면상의 형상에 관해 진술하는 시와 재산출 방향

그림 그 자체에 관해 시적 관심을 기울일 경우, 시인은 화면상의 형상에 관해 진술하게 된다. 이러한 시를 쓰기에 앞서 시인들은 화면상에 그려져 있는 형상, 즉 그림 속의 세계를 관조함으로써 그것의 내적 의미를 파악한다. 관조는 바로 대상의 의미를 탐구하고 해석하는 행위 그 자체이다. 시인에 의해 파악된 그림 속의 세계의 의미는 바로 그림의 의미(畫意)라고 할 수 있다. 이때 동일한 그림을 시적 대상으로 하였을지라도, 화의는 시인에 따라 달리 파악될 수 있다. 뿐만 아니라 시인이 파악한 화의와 화가가 선과 색을 통해 형상화하고자 하였던 화가 자신의 意趣는 서로 다를 수도 있다.

시인이 관조를 통해 파악한 그림의 의미는 언어를 통해 형상화된다. 화의가 언어로써 형상화된다는 것은 곧 화면상의 형상이 언어로 재산출되는 것을 뜻한다. 이를 달리 말하면 화면상의 이미지(visual image)가 언어로 재산출되는 것이라고도 할 수 있고, 또 화면상의 풍경이 언어를 통해 시적 풍경으로 재산출되는 것이라고도 할 수 있다. 그림과 시의 비교에 관한 논의를 원활하게 하기 위해, 이 책에서는 이미지의 측면에서 논의할 때에는 화면상의 형상이라는 용어 대신에 시적 이미지와 호응되는 화면상의 이미지라는 용어를 사용하고, 풍경의 측면에서 논의할 때에는 시적 풍경과 호응되는 화면상의 풍경이라는 용어를 사용하기로 한다.

화면상의 형상이 언어로 재산출될 때, 시인은 시에서 실재의 경물을 묘사하듯 그림 속에 그려져 있는 경물을 묘사한다. 이는 그림 속의 경물과 실재의 경물에 대한 시인의 시적 태도가 서로 다르지 않음을 말해준다. 즉 시인은 그림 속의 경물을 그려진 것으로 인식하지 않고 자신의 눈앞에 실재하는 것으로 인식한다.[100] 그러므로 그림 속의 경물의 상태를 묘사하는 시와 실재 경물의 상태를 묘사하는 시 사이에서 어

---

100   Ronald C. Egan, 앞의 논문, 1983, 43면.

떤 변별적인 차이를 발견하는 것은 거의 불가능하다. 예컨대 그림 속의 산수의 형상을 묘사하는 제화시와 실재의 산수의 형상을 묘사하는 산수시는 형상화의 방법이나 그 양상 등에서 매우 흡사하다. 다만 시의 표제로써만 두 종류의 시를 구분할 수 있을 뿐이다.

화면상의 형상을 언어로써 재산출하는 시들은 모든 종류의 그림을 시적 대상으로 한다. 실제로 이러한 시들의 수가 가장 많은 것이 사실이다. 이러한 점에서 우리나라 제화시들 가운데 화면상의 형상을 언어로 재산출하는 시들의 비중이 제일 크다고 할 수 있다.

화면상의 형상이 언어로써 재산출될 때, 화면상의 이미지의 시적 변형이 발생한다. 시적 변형은 두 가지 요인 때문에 발생한다. 화면상의 풍경과 시적 풍경이 현격하거나 부분적인 차이를 보이는 것은 바로 두 가지 요인의 복합적인 작용에 의한 것일 수도 있고 또 한 요인의 개별적인 작용에 의한 것일 수도 있다.

첫 번째 요인으로 화가가 선과 색을 통해 형상화하고자 하였던 그림의 의미와 시인이 화면상에 그려져 있는 형상을 관조함으로써 파악한 그림의 의미가 상이한 점을 들 수 있다. 화가가 의도하거나 시인이 파악한 그림의 의미가 차이를 보인다면, 화가가 의도하거나 시인이 파악한 그림의 의미가 각각 형상화된 화면상의 풍경과 시적 풍경도 차이를 보일 수밖에 없다. 화가와 시인 모두 자신이 의도하거나 파악한 화의를 형상화하기 위해 의도적으로 풍경의 요소들을 선택하고 조직하기 때문이다.

두 번째 요인으로는 표현 매체로서 그림과 시의 속성이 다른 점을 들 수 있다. 그림의 표제에 대한 화가와 시인의 관점이 비슷하더라도 매체의 속성이 다름에 따라 풍경의 제시 방식이 달라질 수 있다. 회화는 조형예술이자 공간예술이기 때문에, 화가는 자신이 그리고자 하는 풍경을 형상을 통해 보여준다. 그런데 그 형상은 사실상 찰나적인 순간에 움직임이 정지된 상태의 것이며, 형상을 이루는 요소들은 평면 공간상에서 동시적으로 제시된다. 이에 비해 시는 표음예술이자 시간예술이기 때문에, 시인은 시적 화자의 목소리를 빌려 자신이 읊고자 하는 풍경에 대해 언급한다. 풍경을 이루는 요소들은 시인이 정한 시간상의 순서에 따라 계기적으로 제시된다. 또한 시는 화면과 달리 공간이나 시간의 제약을 받지 않는다. 화면상의 풍경을 이루는 요소들과는 달리 시적 풍경을 이루는 요소들은 시간의 경과에 따라 상태가 변화되기도 하고, 또 요소들 중에는 서로 다른 시간대에 발생한 것도 있다.

여기에서는 동양화 이론을 원용함과 아울러 시와 그림의 비교를 통해 시인이 화면상의 형상을 언어로써 재산출할 때의 원리와 재산출 방향에 관해 고찰하기로 한다. 그런 다음 화면상의 형상에 관해 진술하는 시들을 화면상의 형상의 재산출 방향에 따라 다시 세분하기로 한다.

(1) 화면상의 형상의 재산출과 시적 변형

회화는 조형예술이자 공간예술인 데 비해, 시는 표음예술이자 시간예술이다. 따라서 선과 색으로 이루어진 화면상의 이미지가 언어로써 재산출될 때, 형상화하는 매체가 다름에 따라 이미지가 변형될 수밖에 없다. 화면상에 그려져 있는 형상은 어떤 특정한 순간에 포착된 경물의 모습이 선과 색에 의해 이차원적인 평면 공간에 묘사된 것이다. 그 형상은 사실상 찰나적인 순간에 움직임이 정지된 상태의 것으로서, 그 형상을 이루는 요소들은 평면 공간상에서 동시적으로 제시된다. 그러므로 화면상의 이미지는 정태적인 것으로 지각된다. 이에 비해 특정한 순간에 포착된 경물의 모습일지라도 그것이 언어로써 묘사될 때, 그 경물의 이미지는 시인이 정한 시간상의 순서에 따라 연속적으로 전개된다. 이미지가 시간의 진행에 따라 전개되므로, 그 경물은 상태의 변화를 겪거나 또는 지속적인 동작을 하는 것으로 지각된다. 이 때문에 시적 이미지는 화면상의 이미지와는 달리 동태적인 것으로 지각된다.[101]

그런데 동양의 회화 전통은 화면상의 이미지가 정태적인 것이라는 점, 즉 화면상의 이미지가 시간상으로 전개되지 않는다는 점에 동의하지 않는다. 동양화의 화면은 순차적으로 전개해 나가도록 구성되기 때문이다. 예를 들면 두루마리에 그려진 화면은 시를 읽는 것과 유사한 방법으로 관상자의 눈앞에서 순차적으로 전개된다. 화면상의 이미지는 마치 관상자의 눈앞에서 움직이는 것과 같이 '좌↔우'로 점차적으로 펼쳐진다. 그러므로 어떤 주어진 순간에 관상자는 단지 두루마리 화면의 단편만을 보게 된다. 즉 두루마리 형태의 화면에서는 이미지가 시에서와 마찬가지로 시간상으로 전개된다. 또한 서양화의 화면은 보통 正方形에 가까운 형태를 취하는 데 비해, 동양화의 화면은 대개 상하로 길거나 혹은 좌우로 긴 형태를 취한다. 그리하여 화면이 '左上↔右下' 혹은 '左下↔右上'과 같이 점차적으로 전개된다.[102]

뿐만 아니라 동양의 회화 전통에서 화가는 경물의 형체를 찰나적인 순간에 동작이 정지된 형태로 그리려 하지 않고, 지속적으로 운동하는 형태로 그리려고 한다. 킴바라세이고의 다음과 같은 진술은 동적인 묘사를 중시하는 동양화의 특성을 단적으로 지적하고 있다.

> "화면에 그려진 形을 조심해서 살펴보면, 그것이 실제로 지금 존재하고 있는 상태보다도, 이미 존재하고 있던 상태에서 지금 존재하고 있는 상태를 거쳐서 장차 존재하려는 상태에 다다르려고 하는 傾向에 그 形의 眞實이 있다. 따라서 형을 그리는 데 있어서는, 실제로 지금 존재하고 있는 상태를 그리는 存在形과 존재로 향하는 경향을 그리는 傾向形이 있다. 傾向形은 이미 존재한 형에서부터 장차 존재를 실현하려 하는 형을 그린다. 동양에서 骨法 形體라는 것은 이러한 경향을 지닌 형체를 말한다."[103]

킴바라세이고에 의하면, 서양화는 경물의 存在形을 그리기 때문에 面을 강조한다. 이에 비해 동양화는 경물의 傾向形, 즉 그 경물이 형성되어 가는 형체를 그리기 때문에 線을 강조한다. 그로 인해 서양 예술은 무엇을 표시하려고 하는 데 비해, 동양의 예술은 무엇을 함축하려고 한다[104]는 것이다.

그런데 킴바라세이고의 이른바 경물의 경향형, 즉 경물이 형성되어 가는 형체를 그린다는 것은 구체

---

101 Stanislaw Ossowski, The Foundations of Aesthetics, Dordrecht: Reidel Publishing Company, 1978, 98면 참조.

102 킴바라세이고 저, 앞의 책, 1978, 162~165면 참조.

103 킴바라세이고 저, 위의 책, 1978, 175면.

104 킴바라세이고 저, 위의 책, 1978, 275면.

적으로 무엇을 뜻하는가? 킴바라세이고는 이를 두 가지 차원으로 나누어서 설명하고 있다. 첫째는 화가가 그림의 대상인 경물을 現在形에서가 아니라 關係連續의 形에서 보는 것을 의미한다. 경물을 공간적으로는 좌우로, 시간적으로는 전후로 연속하는 形으로 본다[105]는 것이다. 달리 말하면 화가가 '상/하' 또는 '좌/우'의 공간적 관계 속에서 그리고 과거 · 현재 · 미래라는 시간의 흐름 속에서 형성되는 그 경물의 내면적인 의미를 파악한다는 것이다. 이때의 시간과 공간은 물리적인 양적 시간과 공간의 개념이 아니고, 관조적인 시간과 공간의 개념이다. 왜냐하면 경물의 내면적인 의미가 화가의 관조적 享受體驗을 통해 파악되기 때문이다.[106] 둘째는 그러한 경물의 형체를 간소한 線의 형태로 그린다는 것을 의미한다. 이때 선의 형태는 화면에서 완성되는 형체가 아니라, 관조 속에서 완성되는 형체이며 의미로서 완성되는 형체이다.[107] 즉 關係連續의 形에서 본 경물의 의미가 화면상에서 설명되지 않고 간소한 선의 형태 속에 함축되어 관상자의 관조를 통해 드러난다는 것이다.

동양화의 특성에 관한 킴바라세이고의 진술은 화가에 의해 간소한 선의 형태로 그려진 화면상의 이미지가 시인에 의해 언어로써 재산출되기까지의 과정과 관련하여 두 가지 중요한 문제를 시사하고 있다. 첫째는 화면상의 이미지를 매개로 한 화가의 상상력과 관상자로서의 시인의 상상력의 만남, 즉 美的 交感의 문제이다. 둘째는 화가의 상상력의 산물인 화면상의 이미지가 비록 처음에는 화가의 그것에 의해 비롯되긴 하지만, 마지막에는 시인의 상상력의 산물이게 마련인 시적 이미지로 어떻게 변형되는가 하는 문제이다.

경물의 형체가 간소한 선의 형태로 그려져 있는 화면은 바로 화가의 상상력과 시인의 상상력이 만나는 공간이다. 화가는 상상력을 통해 그림의 대상인 경물의 형체를 그것의 현재형에서가 아니라 관계연속의 형에서 상상한다. 그런데 화면은 일정한 크기의 이차원적 평면 공간으로 되어 있다. 이러한 화면의 제약 때문에 화가는 자신의 상상력을 통해 상상한 경물의 관계연속의 형을 간소한 선의 형태로 담을 수밖에 없다. 즉 간소한 선의 형태로 된 화면상의 이미지는 그 경물의 관계연속의 형을 겉으로 드러내기보다는 오히려 함축하고 있을 뿐이다. 관상자로서의 시인의 상상력은 화면상의 이미지를 통해 미적인 체험을 하며, 그로 인해 화가의 상상력과 만나게 된다. 즉 미적 교감이 이루어진다. 그리하여 시인의 역동적인 상상력은 간소한 선의 형태로 된 화면상의 이미지로부터 그 경물의 관계연속의 형을 상상하게 된다.

그런데 화가의 상상력은 시인의 상상력을 제한하지 못한다. 시인의 상상력이 화가의 상상력에 의존하여 비로소 활동하게 되었을지라도, 화면상의 이미지가 화가와 시인의 상상력에 대해 가지는 관계는 서로 다르기 때문이다.[108] 화면상의 이미지를 이루는 선의 형태는 缺落이 많기 때문에 설명적 형체가 될 수 없

105 킴바라세이고 저, 위의 책, 1978, 177면.

106 白琪洙, 『예술의 산책』, 1985, 서울대학교 출판부, 86~97면 참조.

107 킴바라세이고 저, 앞의 책, 1978, 133면.

108 郭光秀, 「바슐라르와 想像力의 美學」, 곽광수 · 김현 공저, 『바슐라르 研究』, 민음사, 1976, 45~48면 참조.

다.[109] 그것은 화면에서 완성되는 형체가 아니라, 관조 속에서 완성되는 형체이며 의미로서 완성되는 형체이다. 즉 상상력과 화면상의 이미지를 이루는 線의 관계에서 선이 함축하는 풍부한 의미 가운데 관상자들은 제각기 다른 것을 선택하며, 동일한 관상자의 경우에 있어서도 이 선택은 순간에 따라 다양할 수 있다. 이로 인해 화면상의 이미지는 관상자의 상상 속에서 변형된다. 시에서 묘사된 개별적인 경물의 형상이 화면과 다르거나 또는 화면상에 그려져 있지 않은 것이 시에서는 언급된다든지, 때로는 동일한 그림을 대상으로 한 시들에서 화의 파악이나 그것의 형상화의 양상이 상이하게 나타나는 경우[110]도 바로 이 때문이다.

다음의 시 (31)은 白光勳(1537~1582)의 시「題金季綏畵八幅」8수 중 제8수이며, 시 (32)는 李達의 시「題金醉眠山水障子面」4수 중 제4수이다. 이 시들은 金禔(1524~1593)의 동일한 그림을 시적 대상으로 하여 지어진 것이다. 김제는 백광훈과 이달의 동시대인으로, 조선조 明宗과 宣祖 무렵에 활약하였던 화가이다. 字는 季綏이며, 號로는 醉眠, 養松軒, 養松堂 등을 사용하였다.

(31)
晚愛溪上晴　　늦게까지 냇가의 맑음을 좋아하여
橫琴坐古石　　거문고 비껴 잡고 이끼 낀 돌 위에 앉아 있는데
宿鳥入疎林　　잘 새는 성긴 숲에 날아들고
雲烟相冪歷[111]　구름과 안개는 자욱이 피어오르네

(32)
古澗水泠泠　　이끼 낀 개울엔 물이 졸졸 흐르고
山風松子落　　산바람 불어 솔방울 떨어지네
中有隱世人　　그 가운데 은둔하는 사람 있어
援琴坐苔石[112]　거문고 끌어안고 이끼 낀 돌 위에 앉아 있네

백광훈의 시 (31)과 이달의 시 (32)는 동일한 화면상의 풍경을 시적 대상으로 하였지만, 시에서 각각 제시되는 시적 풍경은 현저하게 다르다. 시적 풍경을 이루는 요소들을 시 (31)에서는 시간의 흐름 속과 '상/중/하'의 공간 관계 속에서 배열하고 질서화하는 데 비해, 시 (32)에서는 '상/중/하'의 공간 관계 속에서 배열하고 질서화한다.

우선 두 시에서 언급된 개별적인 경물들을 비교해보기로 한다. 시 (31)에서 언급된 경물들은 개울, 거

109　킴바라세이고 저, 앞의 책, 1978, 131면.

110　Ronald C. Egan, 앞의 논문, 1983, 435~437면 참조.

111　白光勳,『玉峰詩集』, 卷上.

112　李達, 앞의 책, 권 5.

문고, 사람, 이끼 긴 돌, 새, 숲, 구름과 안개 등이다. 이에 비해 시 (32)에서는 개울, 바람, 솔방울, 사람, 거문고, 이끼 긴 돌 등이다. 개울, 거문고, 사람, 이끼 긴 돌은 두 시에서 공통적으로 언급된다. 그러나 새, 숲, 구름과 안개는 시 (31)에서만 언급되는 데 비해, 바람과 솔방울은 시 (32)에서만 언급된다.

시 (31)과 (32)에서 언급된 경물들을 근거로 하여 화면상에 그려진 형상을 대략적으로나마 추정해볼 수 있다. 그 형상은 아마도 개울이 흐르는 소나무 숲속에서 한 인물이 거문고를 무릎 위에 올려놓은 채 이끼 긴 돌 위에 앉아 개울가의 정경을 바라보고 있는 모습을 취하고 있는 것으로 보인다. 백광훈이나 이달은 모두 화의를 파악하는 과정에서 그림의 눈이라 할 수 있는 主點[113]을 똑같이 인물에 두고 있다. 그러나 그림의 의미, 즉 그림 속의 인물이 거문고를 켜지 않고 개울가의 정경만을 바라보고 있는 것에 관해서는 해석을 달리한다.

백광훈은 그림 속의 인물이 취하고 있는 태도를 '냇가의 맑게 갠 풍경에 심취된 상태'로 파악하였다. 그리하여 파악된 의미를 다시 '낮 → 저녁'이라는 시간의 흐름과 '상/중/하'의 공간 관계를 통해 구체화하고 있다.

시 (31)의 전 1, 2구에서는 거문고를 비껴 잡은 채 이끼 긴 돌 위에 앉아 있는 인물의 모습이 제시된다. 그런데 첫째 구의 "늦게까지(晩)"라는 시간 부사어는 거문고를 비껴 잡고 이끼 긴 돌 위에 앉아 있는 인물의 자세가 시간적으로 저녁 무렵에 비로소 취해진 것이 아니라, 그 이전부터 시작하여 저녁 무렵에까지 지속되고 있음을 암시한다. 즉 그림 속의 인물이 냇가의 맑게 갠 풍경에 심취하여 그 풍경을 즐기느라 거문고도 켜지 않은 채 저녁 무렵까지 오랫동안 이끼 긴 돌 위에 앉아 있다는 것이다. 이때 "거문고 비껴 잡고(橫琴)"라는 말은 단순히 거문고가 놓여 있는 상태만을 나타내는 게 아니라, 그림 속의 인물이 거문고 켤 의사를 전혀 가지고 있지 않다는 의미까지 함축하고 있다.

후 3, 4구에서는 이끼 긴 돌 위에 앉아 있는 인물의 위쪽과 아래쪽 풍경이 제시된다. 셋째 구에서는 잠을 자러 숲속으로 날아드는 새의 모습이 제시되고, 넷째 구에서는 수면 위에서 구름과 안개가 피어오르는 모습이 제시되고 있다. 그럼으로써 돌 위에 앉아 있는 인물이 시간 가는 걸 모를 정도로 냇가의 맑게 갠 풍경에 매우 심취되어 있음을 간접적으로 표현하고 있다. 인물이 거문고를 끌어안고 앉아 있는 돌 주변이 저녁 무렵 숲속 풍경의 중방 공간에 해당된다면, 새가 날아드는 숲속의 공중은 그 풍경의 상방 공간에 해당되며, 구름과 안개가 피어오르는 수면은 그 풍경의 하방 공간에 해당된다고 할 수 있다. 즉 시 (31)에서는 '낮 → 저녁'이라는 시간의 흐름과 '상/중/하'의 공간 관계로써 냇가의 맑게 갠 풍경에 심취된 인물의 상태를 표현하고 있다.

시적 대상이 된 김제의 그림은 맑게 갠 냇가의 대낮 숲속 풍경이나 아니면 구름과 안개가 피어오르는 저녁 무렵의 숲속 풍경이 그려진 하나의 화면으로 되어 있을 것이다. 그런데 시 (31)에서는 시간의 경과에 따라 서로 다른 두 개의 풍경(대낮과 저녁 무렵의 풍경)이 제시된다. 그러므로 시 (31)에서는 대낮 풍

113 傅抱石 저, 앞의 책, 1988, 168면 참조.

경이건 또는 저녁 풍경이건 간에 화면상에 그려져 있지 않은 풍경까지 제시하고 있다고 말할 수 있다. 그러나 그 풍경은 화면상에 그려진 형상과 전혀 별개의 것이라고는 할 수 없다. 화면상에 그려져 있는 경물을 근거로 하여 백광훈이 상상한 것이며, 그의 상상 속에서 화면상의 풍경이 변형된 것이다.

이달은 백광훈과는 달리 그림 속의 인물이 취하고 있는 태도의 의미를 시의 문면상에서 직접적으로 언급하고 있지는 않다. 그 의미를 동적인 자연과 정적인 인간의 공간적 관계를 통해 형상화하고 있다. 즉 이달은 그림 속의 인물이 취하고 있는 태도를 '자연의 흡에 심취된 상태'로 해석하고, 파악된 의미를 다시 '상/중/하'의 공간 관계를 통해 구체화하고 있는 것이다.

시 (32)의 전 1, 2구에서는 개울에 물이 흐르는 소리와 바람에 의해 솔방울이 떨어지는 소리, 즉 동적인 움직임으로 말미암아 자연물이 자아내는 소리가 언급된다. 원래 화면상에서는 물의 흐르는 모양이 그려져 있을 터이지만, 시에서는 "졸졸(泠泠)"이라는 의성어를 사용하여 시각적인 것을 청각화하고 있다. 또 바람에 의해 솔방울이 떨어지는 모습이 화면상에 그려진 것이라고는 보기 어렵다. 다만 화면상에 그려져 있는 소나무 숲을 근거로 하여 이달이 상상한 것으로 보인다. 첫째 구가 공간상으로 아래쪽에서 나는 자연 음을 환기하고 있다면, 둘째 구는 공간상으로 위쪽에서 나는 자연 음을 환기하고 있다.

전 1, 2구에서는 동적인 움직임으로 말미암아 자연물이 자아내는 소리가 언급된다면, 후 3, 4구에서는 인간의 정적인 모습이 언급된다. 인간은 아무런 동작이나 소리를 냄이 없이 단지 거문고를 무릎 위에 올려놓은 채 이끼 긴 돌 위에 앉아 있을 뿐이다. 그런데 동적인 자연과 정적인 인간의 관계는 셋째 구의 "가운데에 있다(中有)"라는 말 속에 함축되어 있다. 즉 그 관계는 '하(자연 음: 개울물 흐르는 소리)/중(거문고를 켜지 않는 인간)/상(자연 음: 솔방울 떨어지는 소리)'으로 나타낼 수 있다. 속세의 시끄러움을 피해 은둔한 인간이 아래쪽과 위쪽의 자연물이 자아내는 소리 가운데 가만히 앉아 있다는 것은 곧 그 인간이 자연의 음에 귀를 기울이고 있음을 뜻한다. 바로 물 흐르는 소리와 솔방울 떨어지는 소리와 같이 숲속의 경물이 내는 자연의 음에 심취되어, 그 인물이 거문고를 켜지 않은 채 돌 위에 앉아 있다는 것이다. 그러므로 시 (32)에서는 바로 '상/중/하' 또는 '動中靜'의 공간 관계로써 자연의 음에 심취된 인물의 상태를 표현하고 있다고 할 수 있다.

김제의 그림을 동일한 시적 대상으로 하고 있지만, 백광훈과 이달 두 시인이 파악한 화의와 시적 형상화의 양상은 현저하게 다르다. 백광훈은 화의를 '냇가의 맑게 갠 풍경에 심취한 인물의 상태'로 파악하고, 그 의미를 '낮 → 밤'이라는 시간의 흐름과 '상/중/하'라는 공간 관계 속에서 구체화하고 질서화하고 있다. 이에 비해 이달은 화의를 '자연의 음에 심취된 인물의 상태'로 파악하고, 그 의미를 '상/중/하'라는 공간 관계 속에서 구체화하고 질서화하고 있다.

이와 같이 동일한 그림을 시적 대상으로 하여 지어진 두 시를 비교하여 시인에 따라 달리 파악된 화의가 언어를 통해 어떻게 형상화되었는지를 살펴보았다. 그렇지만 그림과의 비교가 병행되지 않았기 때문에 시적 변형에 관한 논의가 부분적으로 추정에 의존할 수밖에 없었고, 따라서 시적 변형의 양상들을 구체적으로 논의할 수 없었다.

다음에서는 동일한 그림을 시적 대상으로 하여 지어진 두 시를 비교하되 그림과의 비교를 병행함으로써 시적 변형이 왜 그리고 어떻게 발생되는지를 구체적으로 논의해보기로 한다. 다음의 〈그림 3〉은 姜世晃이 그린 「七灘亭十六景圖」 16점의 그림 중의 하나인 「一帶靑林圖」이다. 시 (33)과 (34)는 각각 〈그림 3〉의 화면에 적혀진 강세황과 李玄煥의 「일대청림」 시이다. 「일대청림도」는 시냇가 일대에 펼쳐진 푸른 숲의 풍경을 그린 그림이다.

〈그림 3〉 「일대청림도」

(33)

長林橫一帶　긴 숲이 일대에 뻗어 있고

野水連平郊　물은 들판에 닿아 있네

幽興携筇立　그윽한 흥취에 지팡이 짚고 서서

閑看鸛鶴巢　황새와 학의 둥지를 한가하게 바라본다네

(34)

脩林葱鬱隔淸灣 맑은 물굽이 너머 울창한 숲 길게 뻗어 있고

蒼翠重重靄沓間 푸른 산은 자욱한 구름 사이로 겹겹이 펼쳐져 있네

更送秋風霜葉脫 다시 불어온 가을바람에 서리 맞은 잎 떨어지는데

曲欄深處看靑山 굽은 난간 깊숙한 곳에서 푸른 산을 바라본다네

〈그림 3〉의 화면은 칠탄정이라는 정자 쪽에서 바라본 강 건너편의 풍경이 제시된다. 강 건너편의 풍경은 크게 세 개의 공간으로 구성되어 있다. 세 개의 공간이란 바로 강, 강가의 숲, 그리고 숲 뒤편의 산기슭이 바로 그것이다. 강과 산기슭은 간략한 선의 형태로 제시되어 있는 반면, 숲은 잎이 우거진 나무들이 빽빽하게 밀집된 형태로 제시되어 있다. 다른 공간에 비해 숲의 상태가 세밀하게 묘사되어 있기 때문에, 숲이 화면상에서 가장 두드러져 보인다. 숲이 바로 화면상의 풍경의 지배적인 요소이고, 강과 산기슭은 종속적인 요소이다. 강가 일대에 펼쳐진 푸른 숲의 모습이 잘 부각되어 있다는 점에서 '일대청림'이라는 그림의 표제가 화면상에 잘 반영되어 있다고 할 수 있다.

강가 일대에 펼쳐진 푸른 숲의 모습을 부각시킨 화면과는 달리, 강세황의 시 (33)에서는 시간적으로 상이한 두 개의 숲의 풍경이 제시된다. 하나는 시적 화자가 멀리서 바라본 시냇가 숲의 풍경이고, 다른 하나는 시적 화자가 지팡이를 짚고 산책을 하고 있는 숲속 풍경이다.

전 1, 2구에서는 '긴(長)'과 '일대에 뻗어 있다(橫一帶)' 그리고 '들판에 닿아 있다(連平郊)'와 같은 수식어와 술어를 통해 숲과 시내의 전체적인 윤곽을 개략적인 상태로 제시하고 있다. 그러한 상태에는 숲과 시내와 그것을 바라보고 있는 시적 화자 사이의 거리감이 반영되어 있다. 시 문면상에서는 시적 화자가 숲과 시내를 어디에서 바라보고 있는지가 명시되어 있지 않다. 다만 '일대청림'이라는 풍경이 칠탄정 주변의 16개 풍경들 중의 하나라는 점에서, 칠탄정으로 짐작해볼 수 있다. 첫째 구와 둘째 구에 제시된 풍경은 화면상의 것과 같다.

셋째 구의 "그윽한 흥취에 지팡이 짚고 서서(幽興携筇立)"라는 말을 통해, 시적 화자가 멀리서 숲을 바라보다가 흥취가 일어나 지팡이를 짚고 직접 숲속에 들어왔음을 알 수 있다. 그러므로 전 1, 2구에 제시된 숲과 시내의 상태는 시간적으로 시적 화자가 멀리서 바라볼 때 발생한 것이고, 후 3, 4구에 제시된 숲속의 상태는 시적 화자가 직접 숲속에 들어왔을 때 발생한 것이라고 할 수 있다. 후 3, 4구에 제시된, 시적 화자가 지팡이를 짚고 숲속을 산책하면서 한가하게 황새와 학의 둥지를 바라보는 모습은 화면상에서 찾아볼 수 없다. 강세황이 상상한 것이다.

시적 풍경을 이루는 요소들은 일대에 뻗어 있는 긴 숲, 들판에 닿아 있는 시냇물, 그윽한 흥취로 말미암아 숲속에서 지팡이 짚고 서서 황새와 학의 둥지를 바라보는 시적 화자의 모습 등이다. 이 중에서 일대에 뻗어 있는 긴 숲과 들판에 닿아 있는 시냇물만이 화면에서 찾아볼 수 있다. 나머지는 모두 그림을 그리고 시를 지은 강세황이 상상한 것이다. 이러한 점에서 화면과 함께 시인의 상상이 시적 풍경의 산출 근

거라고 할 수 있다.

앞에서 지적하였듯이, 그림의 표제는 화면상에 잘 반영되어 있다. 그러므로 화면상의 풍경을 그대로 시적 풍경으로 제시해도 무방하다. 그럼에도 불구하고 강세황은 왜 자신이 상상한 것을 시적 풍경의 요소로 선택하였을까? 후 3, 4구의 시적 진술을 통해 부각되는 것은 사람으로 하여금 바라보는 데에 그치지 않고 그 속을 산책하고 싶은 마음이 생겨나고 또 황새와 학이 둥지를 틀 정도로 숲이 우거지고 운치 있다는 것이다. 물론 화면상에서도 잎이 우거진 나무들이 빽빽하게 밀집되어 있는 형상을 통해 숲이 우거진 상태를 표현하고 있다. 그러나 화가이자 시인인 강세황은 그러한 형상만으로는 산책할 마음이 생길 정도로 운치 있는 숲을 표현하기에는 부족하다고 보고 시적 진술을 통해 화면을 보완하려고 한 것으로 보인다.

칠탄정 쪽에서 바라본 강 건너편의 풍경이 제시된 화면과는 달리, 이현환의 시 (34)에서는 강 건너편의 풍경과 함께 칠탄정 쪽의 풍경도 제시된다. 전 1, 2구에서는 강 건너편의 풍경이 제시된다. 맑은 물굽이 너머로 울창한 숲이 길게 뻗어 있고, 푸른 산은 자욱한 구름 사이로 겹겹이 펼쳐져 있다는 것이다. 후 3, 4구에서는 칠탄정 쪽의 풍경이 제시된다. 가을바람에 서리 맞은 잎이 떨어지는데, 시적 화자가 굽은 난간 깊숙한 곳에서 푸른 산을 바라보고 있다는 것이다. 시적 화자가 있는 굽은 난간 깊숙한 곳은 바로 정자 안이다. '일대청림'이라는 풍경이 칠탄정 주변의 16개 풍경들 중의 하나라는 점에서, 시적 화자가 있는 정자는 칠탄정이라고 할 수 있다. 서리 맞은 잎이 나무에서 떨어지는 모습이 시적 화자의 눈에 지각된다는 점에서, 그 나무는 시적 화자가 있는 정자 가까이에 있음을 짐작할 수 있다. 시적 풍경의 한 요소로 제시된, 바람에 떨어지는 서리 맞은 잎은 풍경의 계절적인 배경이 늦가을임을 말해준다.

시적 풍경을 이루는 요소들은 맑은 물굽이 너머로 길게 뻗어 있는 울창한 숲, 자욱한 구름 사이로 겹겹이 펼쳐져 있는 푸른 산, 가을바람에 떨어지는 서리 맞은 나뭇잎, 그리고 굽은 난간 깊숙한 곳에서 푸른 산을 바라보고 있는 시적 화자의 모습 등이다. 이 중에서 맑은 물굽이 너머로 길게 뻗어 있는 울창한 숲만이 화면에서 찾아볼 수 있다. 나머지는 모두 그림을 보고 시를 지은 이현환이 상상한 것이다. 이러한 점에서 화면과 함께 시인의 상상이 시적 풍경의 산출 근거라고 할 수 있다.

이현환이 화면상에 보이지 않는 것들을 상상을 통해 시적 풍경의 요소들로 제시한 까닭은 무엇일까? 아마도 이현환은 화면상에 그려진 '일대청림'의 풍경이 계절적으로 서리 맞은 나뭇잎이 떨어지는 늦가을의 풍경임을 말하려고 하였던 것으로 보인다. 화면상에 그려진 풍경의 상태만으로는 그 풍경이 어느 계절의 것인지 식별하기가 쉽지 않다. 그래서 이현환은 시적 진술을 통해 칠탄정에서 바라보이는, 강가 일대의 숲이 서리 맞은 나뭇잎이 떨어지는 늦가을에도 여전히 울창한 모습을 보이고 있음을 말하려고 하였던 것이다.

동일한 그림을 시적 대상으로 하였지만, 강세황과 이현환이 파악한 그림의 의미는 상이하다. 그림의 의미를 강세황이 '산책할 마음이 들 정도로 운치 있는 숲'이라고 보았다면, 이현환은 '서리 맞은 나뭇잎이 떨어지는 늦가을에도 울창한 모습을 보이는 숲'이라고 보았다. 강세황과 이현환은 자신들이 생각하는 그림의 의미를 형상화하기 위해 그에 부합되는 시적 풍경의 요소들을 화면상의 풍경의 요소들에서뿐 아니라 상상을 통해서도 선택하였다. 시인의 상상을 통해서 선택된 시적 풍경의 요소들은 당연히 화면상에서는 찾아볼 수 없다. 시적 풍경의 요소들 중에서 화면상에서 찾아볼 수 없는 것들은 바로 시인의 상상의 산물이자 시적 변형의 산물이라고 할 수 있다.

(2) 화면상의 형상의 재산출 방향: 부각, 보완, 대체

그림을 시적 대상으로 하여 화면상의 형상을 언어로써 재산출한 시들과 그림들을 실제로 비교해본 결과, 시적 풍경과 화면상의 풍경을 이루는 요소들 사이의 관계가 어떤 유의미한 양상들을 보임을 확인할 수 있었다. 그런데 시적 풍경과 화면상의 풍경이 완전히 일치되는 경우는 없다. 그럴 수밖에 없는 것이 오언절 구나 칠언절구 같은 짧은 시형의 시에서 사용되는 글자 수가 20자 또는 28자밖에 되지 않기 때문에, 그러한 짧은 시형의 시들에서 제시되는 시적 풍경의 요소들은 당연히 화면상의 풍경의 요소들보다 적을 수밖에 없다. 그러므로 그림과 시를 비교할 때, 화면상의 풍경을 이루는 요소들이 시적 풍경에서 확인할 수 있는지 없는지를 살펴보는 것이 아니라 시적 풍경을 이루는 요소들이 화면상의 풍경에서 확인할 수 있는지 없는지 그리고 확인할 수 있다면 그 요소들이 어느 정도 되는가를 살펴보아야 한다. 그렇게 해야만 시적 풍경과 화면상의 풍경을 이루는 요소들 사이의 관계에서 어떤 유의미한 양상들을 추출할 수 있다.

시적 풍경을 이루는 요소들이 화면상의 풍경에서 확인될 수 있는지 그리고 확인될 수 있다면 그 요소들이 어느 정도 되는지에 따라, 화면상의 풍경과 시적 풍경을 이루는 요소들 사이의 관계 양상은 다음과 같은 세 가지 유형으로 추출할 수 있다. 첫 번째 유형은 시적 풍경의 요소들이 거의 대부분 화면상의 풍경에서 확인되는 경우이다. 두 번째 유형은 시적 풍경의 요소들 가운데 일부만이 화면상의 풍경에서 확인되고 일부는 확인되지 않는 경우이다. 세 번째 유형은 시적 풍경의 요소들이 거의 대부분 화면상의 풍경에서 확인되지 않는 경우이다.

화면상의 풍경과 시적 풍경을 이루는 요소들 사이의 관계 양상이 다름에 따라 시적 풍경의 산출 근거도 달라질 뿐 아니라 화면상의 형상을 재산출하는 방향도 달라진다. 시적 풍경의 요소들이 거의 대부분 화면상의 풍경에서 확인되는 경우에는 화면이 시적 풍경의 산출 근거가 된다. 이 경우에는 시인이 화면상의 풍경을 부각하기 위해 화면상의 풍경의 요소들을 그대로 활용하여 시적 풍경을 산출한 것으로 보인다. 이러한 점에서 시적 풍경은 화면상의 풍경에 대해 부각 관계를 이룬다. 이와 같이 시적 풍경이 화면상의 풍경에 대해 부각 관계를 이루고 있는 시들은 화면상의 풍경(화면상의 형상 또는 화면상의 이미지)을 부각하는 방향으로 재산출한 시라고 할 수 있다.

시적 풍경의 요소들 가운데 일부만이 화면상의 풍경에서 확인되고 일부는 확인되지 않는 경우에는 화면뿐만 아니라 시인 자신의 상상 또는 직·간접적인 체험도 시적 풍경의 산출 근거가 된다. 이 경우에는 시인이 화면상의 풍경을 보완하기 위해 화면상의 풍경의 요소들 가운데 일부 요소를 활용함과 아울러 부분적으로 자신의 상상 또는 직·간접적인 체험을 활용하여 시적 풍경을 산출한 것으로 보인다. 이러한 점에서 시적 풍경은 화면상의 풍경에 대해 보완 관계를 이룬다. 이와 같이 시적 풍경이 화면상의 풍경에 대해 보완 관계를 이루고 있는 시들은 화면상의 풍경(화면상의 형상 또는 화면상의 이미지)을 보완하는 방향으로 재산출한 시라고 할 수 있다.

시적 풍경의 요소들이 거의 대부분 화면상의 풍경에서 확인되지 않는 경우에는 화면이 비록 시적 대상이긴 하지만, 시적 풍경의 산출 근거가 되지 못한다. 시인 자신의 상상 또는 직·간접적인 체험이 시적 풍경의 산출 근거가 된다. 이 경우에는 시인이 화면상의 풍경을 대체하기 위해 화면상의 풍경의 요소들을 전부 배제하고 전적으로 자신의 상상 또는 직·간접적인 체험을 활용하여 시적 풍경을 산출한 것으로 보인다. 이러한 점에서 시적 풍경은 화면상의 풍경에 대해 대체 관계를 이룬다. 이와 같이 시적 풍경이 화면상의 풍경에 대해 대체 관계를 이루고 있는 시들은 화면상의 풍경(화면상의 형상 또는 화면상의 이미지)을 대체하는 방향으로 재산출한 시라고 할 수 있다.

다음의 시 (35), (36), (37)은 세 시인들이 비슷하거나 동일한 그림을 시적 대상으로 하여 화면상의 형상을 재산출한 시들인데, 재산출 방향이 각기 다르다. 3수의 시들을 시적 대상이 된 그림과 비교하여 화면상의 형상이 각각 어떻게 재산출되었는지를 살펴보기로 한다.

다음의 〈그림 4〉는 무명 화가가 그린 「七灘亭十六景圖」 16점의 그림 중의 하나인 「石壁危松圖」이고, 〈그림 5〉는 강세황이 그린 「칠탄정십육경도」 16점의 그림 중의 하나인 「석벽위송도」이다. 무명 화가의 「칠탄정십육경도」 그림은 실경을 보고 그린 것인 데 비해, 강세황의 「칠탄정십육경도」 그림은 무명 화가의 그림과

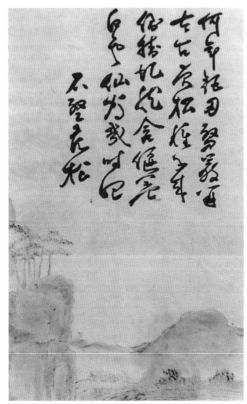 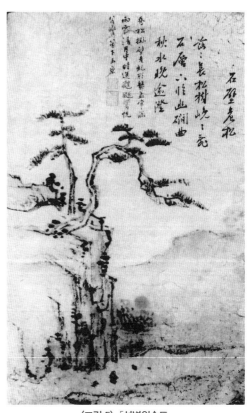

〈그림 4〉 「석벽위송도」　　　　　　　　〈그림 5〉 「석벽위송도」

무명 화가의 그림에 적혀진 이익의 시를 참조하여 그린 것으로 보인다. 시 (35)는 〈그림 4〉의 화면에 적혀진 이익의 「석벽위송」 시이고, 시 (36)과 (37)은 각각 〈그림 5〉의 화면에 적혀진 강세황과 이현환의 「석벽위송」 시이다. 「석벽위송도」는 바위 절벽 위에 자리 잡고 있는 소나무의 위태로운 모습을 그린 그림이다.

(35)

何年鉅刀劈巖開	어느 해 큰 칼로 바위를 갈라 벌려놓은 곳에
太古貞松種子來	태곳적 곧은 소나무 종자가 왔던고
倒挂虬龍含偃蓋	거꾸로 매달린 규룡 일산을 머금어
白雲仙駕幾時回	신선의 수레인 흰 구름이 몇 번이나 맴돌았는가

(36)

落落長松樹	가지가 길게 늘어진 큰 소나무
巉巉亂石層	울뚝불뚝 높고 험한 돌무더기
下臨幽磵曲	아래로 꼬불꼬불한 깊은 골짜기
秋水晚逾澄	가을이 깊을수록 물은 더욱 맑다

(37)

喬松掛壁老虬形	절벽에 걸린 큰 소나무 늙은 규룡 모양을 하고 있고
盤蓋常涵雨露淸	둥근 쟁반 같은 솔잎 항상 비와 이슬에 젖어 맑다네
月中時送颼颼響	달이 중천에 떠 있을 때 솔바람 소리 들려오면
怳若鸞笙下玉京	아스라이 난새 타고 생황 불면서 옥경에서 내려오는 듯하네

전체 구도상으로 볼 때, 〈그림 4〉와 〈그림 5〉는 비슷하다. 두 그림 모두 화면 왼쪽에 소나무가 있는 바위 절벽이 있고, 절벽 아래에는 시내가 흐르며, 배경으로 먼 산이 펼쳐져 있다. 그러나 그림의 표제인, 바위 절벽 위에 자리 잡고 있는 소나무의 위태로운 모습은 〈그림 4〉에서보다 〈그림 5〉에서 더 실감나게 느껴진다.

〈그림 5〉에서는 울퉁불퉁한 돌무더기로 된 절벽이 큼지막하고 질감 있게 그려져 있어 매우 험하게 보인다. 절벽 위에는 두 그루의 소나무가 있는데, 뒤쪽에 있는 소나무는 줄기가 비교적 수직으로 곧게 뻗어 있다. 앞쪽에 있는 소나무는 줄기가 이리저리 굽어진 데다가 절벽 앞 허공 쪽으로 길게 뻗어 있어 그 모습이 매우 위태롭게 보인다.

이에 비해 〈그림 4〉에서는 비록 깎아지른 듯한 바위 절벽이 그려져 있지만, 바위 절벽이 화면 왼쪽 구석에 치우쳐져 있는 데다 자그맣게 그려져 있어 〈그림 5〉에서처럼 그렇게 험하게 보이지 않는다. 게다가 절벽 위에 있는 여러 그루의 소나무의 모습도 줄기가 수직으로 곧게 뻗어 있는 데다 자그맣게 그려져 있기 때문에 위태롭게 보이지 않는다.

〈그림 5〉에서 바위 절벽 위에 자리 잡고 있는 소나무의 위태로운 모습이 더욱 실감나게 느껴지는 것은 아마도 강세황이 〈그림 4〉를 참조하되, 표제에 걸맞은 풍경을 산출하기 위해 절벽과 소나무의 모습을 과장되게 그렸기 때문으로 보인다. 즉 강세황은 〈그림 4〉의 화면이 그림의 표제로 제시된 바위 절벽 위에 자리 잡고 있는 소나무의 위태로운 모습을 환기하는 데 충분하지 못하다고 판단하여 표제에 걸맞도록 〈그림 4〉의 화면을 변형시켰던 것이다.

이익의 시 (35)의 전 1, 2구에서는 소나무가 바위 절벽 위에서 자라게 된 내력에 관해 언급하고 있다. 아주 먼 옛날 큰 칼로 바위를 갈라 벌려놓은 곳에 곧은 소나무 씨가 떨어져 뿌리를 내렸다는 것이다. 그럼으로써 바위 절벽 위에 서 있는 소나무의 신비적인 이미지가 환기된다.

후 3, 4구에서는 높은 절벽 위에 자리 잡고 있는 소나무의 위태로운 모습이 비유적인 표현을 통해 환기되고 있다. 셋째 구에서는 소나무의 위태로운 모습을 절벽 위에 거꾸로 매달린 규룡의 모습으로 비유하였다. 꾸불꾸불한 소나무 줄기가 절벽 앞 허공에서 위쪽으로 뻗어나갔다가 다시 아래쪽으로 뻗어나간 모습이 마치 거꾸로 매달린 규룡과 비슷하다는 것이다. "일산을 머금었다(含偃蓋)"라는 말은 소나무 가지에 수북하게 매달린 바늘잎을 햇빛 가리는 일산으로 비유한 것이다. 그리하여 넷째 구에서는 바늘잎이 수북하게 매달린 소나무 가지가 흰 구름 위쪽 공중으로 높이 뻗어 있는 것을 신선의 수레인 흰 구름이 햇빛을 피하기 위해 일산 아래에 때때로 머무는 것으로 비유하였다. 그럼으로써 바위 절벽 위에 위태로운 모습으로 서 있는 소나무의 신비적인 이미지가 더욱 환기된다.

시적 풍경을 이루는 요소들은 먼 옛날 큰 칼로 바위를 갈라 벌려놓은 곳, 그곳에 뿌리를 내린 태곳적 곧은 소나무 씨, 일산을 머금은 거꾸로 매달린 규룡, 일산 아래에 때때로 머무는 흰 구름 등이다. 이와 같은 시적 풍경의 요소들은 모두 〈그림 4〉의 화면에서 찾아볼 수 없다. 그러한 것들은 그림을 보고 시를 지은 이익이 바위 절벽 위에 자리 잡은 소나무의 위태로운 모습을 부각하기 위해 상상을 통해 설정한 것이다. 이러한 점에서 시적 풍경의 산출 근거는 화면이 아니라 시인의 상상이라고 할 수 있다.

이익이 왜 화면상의 풍경의 요소들은 전혀 배제하고 자신이 상상한 것들로만 시적 풍경의 요소로 선택하였을까? 아마도 이익은 소나무의 줄기가 수직으로 곧게 뻗어 있는 데다 자그맣게 그려져 있는 〈그림 4〉의 화면이 그림의 표제와 부합되지 않는다고 생각한 것 같다. 그리하여 그림의 표제와 부합되는 풍경으로 화면상의 풍경 대신에 절벽 위에 거꾸로 매달린 규룡과 같은 신비스러운 소나무의 모습을 설정하고, 상상을 통해 그러한 모습이 부각되는 시적 풍경을 산출하였던 것이다. 이러한 점에서 이익의 「석벽위송」 시는 화면상의 형상을 대체하는 방향으로 재산출한 시라고 할 수 있다.

강세황의 시 (36)에 제시된 시적 풍경은 공간적으로 분할해보면 크게 3개의 공간, 즉 상방, 중방, 하방 공간으로 나눌 수 있다. 소나무가 있는 절벽 위가 상방 공간에 해당된다면, 바위 절벽과 골짜기는 각각 중방 공간과 하방 공간에 해당된다. 첫째 구에서는 상방 공간의 상태가 제시된다. 절벽 위에 자리 잡고 있는 큰 소나무가 가지를 길게 늘어뜨리고 있다는 것이다. 둘째 구에서는 중방 공간의 상태가 제시된다. 절벽이 울뚝불뚝 높고 험한 돌무더기로 되어 있다는 것이다. 셋째 구와 넷째 구에서는 하방 공간의 상태가 제시된다. 절벽 아래의 꼬불꼬불한 깊은 골짜기에 흐르는 물이 가을이 깊을수록 더욱 맑다는 것이다.

시적 풍경을 이루는 요소들은 울뚝불뚝 높고 험한 돌무더기로 되어 있는 절벽, 절벽 위에 가지를 길게 늘어뜨린 소나무, 그리고 가을이 깊을수록 더욱 맑은 물이 흐르는 절벽 아래의 꼬불꼬불한 깊은 골짜기 등이다. 시적 풍경을 이루고 있는 요소들은 모두 화면상에서 찾아볼 수 있다. 시적 풍경의 요소들이 모두 화면상의 풍경에서 확인되기 때문에, 화면이 바로 시적 풍경의 산출 근거가 된다. 즉 강세황이 화면상의 풍경을 부각하기 위해 화면상의 풍경의 요소들을 그대로 활용하여 시적 풍경을 산출하였던 것이다. 이러한 점에서 강세황의 「석벽위송」 시는 화면상의 형상을 부각하는 방향으로 재산출한 시라고 할 수 있다.

이현환의 시 (37)에서는 시간상으로 상이한 두 개의 풍경이 제시된다. 하나는 낮에 보이는 절벽에 걸린 소나무의 풍경이고, 다른 하나는 달이 중천에 뜬 밤에 바람이 소나무에 불어올 때의 풍경이다. 전 1, 2구에서는 낮에 보이는 절벽에 걸린 소나무의 위태로운 모습이 비유적인 표현을 통해 제시된다. 절벽에 걸려 있는 큰 소나무의 줄기가 절벽 앞 허공에서 위쪽으로 뻗어나갔다가 다시 아래쪽으로 꾸불꾸불하게 뻗어나간 모습이 늙은 규룡 모습과 비슷하고, 무성해서 둥근 쟁반 모양을 하고 있는 솔잎들이 항상 비와 이슬에 젖어 있어 소나무가 맑게 보인다는 것이다. 소나무가 늙은 규룡 모습을 하고 있다는 표현에는 소나무의 위태로운 모습을 신비스럽게 느끼는 시적 화자의 감정이 투영되어 있다. 후 3, 4구에서는 달이 중천에 뜬 밤에 바람이 소나무에 불어올 때의 풍경이 제시된다. 달이 중천에 떠 있을 때 소나무에 불어오는 바람 소리가 마치 신선이 난새를 타고 옥경에서 내려오면서 부는 생황 소리처럼 들린다는 것이다. 그럼으로써 신비적인 분기기가 환기된다.

시적 풍경을 이루는 요소들은 늙은 규룡 모양을 하고 있는 절벽에 걸린 큰 소나무, 항상 비와 이슬에 젖어 있어 맑게 보이는 둥근 쟁반 모양을 한 솔잎들, 중천에 떠 있는 달, 신선이 난새를 타고 옥경에서 내려오면서 부는 생황 소리처럼 들리는 솔바람 소리 등이다. 이 중에서 늙은 규룡 모양을 한 큰 소나무와 쟁반 모양을 한 솔잎들은 화면에서 찾아볼 수 있다. 중천에 떠 있는 달과 신선이 난새를 타고 옥경에서 내려오면서 부는 생황 소리처럼 들리는 솔바람 소리는 그림을 보고 시를 지은 이현환이 상상한 것이다. 이러한 점에서 화면과 함께 시인의 상상이 시적 풍경의 산출 근거라고 할 수 있다.

이현환이 화면에서 볼 수 없는, 신비적인 분위기가 환기되는 밤 풍경을 시적 풍경의 한 요소로 제시한 까닭은 무엇일까? 이는 절벽에 걸린 소나무의 위태로운 모습에 대해 시적 화자가 느끼는 신비감을 더욱 강화하기 위한 것으로 보인다. 신비적인 이미지가 더욱 강화됨으로써 소나무의 위태로운 모습이 더욱 부각될 수 있기 때문이다. 이러한 점에서 이현환의 「석벽위송」 시는 화면상의 형상을 보완하는 방향으로 재산출한 시라고 할 수 있다.

이상에서 살펴보았듯이, 「석벽위송도」라는 비슷하거나 동일한 화면상의 풍경을 시적 대상으로 하여 세 시인은 각기 서로 다른 시적 풍경을 산출하였다. 이익은 화면상의 풍경의 요소들을 모두 배제하고 전적으로 자신이 상상한 것들을 시적 풍경의 요소들로 선택하였다. 이에 비해 강세황은 화면상의 풍경의 요소들 중에서 시적 풍경의 요소들을 선택하였고, 이현환은 화면상의 풍경의 요소들 중에서 일부와 자신이 상상한 것들을 시적 풍경의 요소들로 선택하였다. 이러한 점에서 이익의 「석벽위송」 시는 화면상의 형상을 대체하는 방향으로 재산출한 시라고 할 수 있고, 강세황의 「석벽위송」 시는 화면상의 형상을 부각하는 방향으로 재산출한 시라고 할 수 있으며, 이현환의 「석벽위송」 시는 화면상의 형상을 보완하는 방향으로 재산출한 시라고 할 수 있다.

다음의 〈그림 6〉은 무명 화가가 그린 「臨崖賞花圖」이고, 〈그림 7〉은 강세황이 그린 「임애상화도」이다. 시 (38)은 〈그림 6〉에 적혀진 이익의 「임애상화」 시이고, 시 (39)와 (40)은 각각 〈그림 7〉에 적혀진 강세황과 이현환의 「임애상화」 시이다. 「임애상화도」는 사람들이 칠탄정에서 맞은편 절벽에 핀 꽃들을 감상하는 풍경을 그린 그림이다.

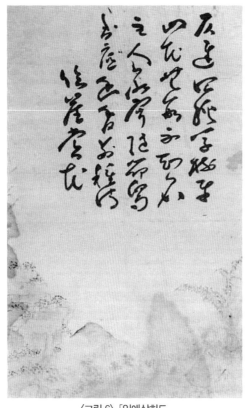 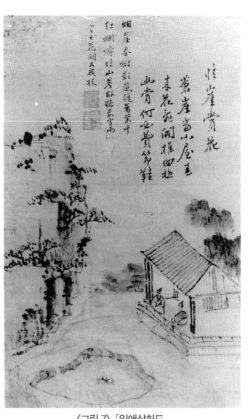

〈그림 6〉 「임애상화도」   〈그림 7〉 「임애상화도」

(38)

仄逕回蹊草樹平　비탈길, 굽어진 오솔길, 평평한 길의 풀과 나무에
山花無數不知名　이름 모를 산꽃 헤아릴 수 없네
主人厭寂隨筇屐　주인이 적적함에 지쳐 지팡이 짚고 발 가는 대로 가다 보니
到底幽香別種淸　마침내 다른 종류의 맑고 그윽한 향기 맡게 되었네

(39)

蒼崖當小屋　　작은 집과 마주 보고 있는 푸른 절벽
春來花亂開　　봄이 와 꽃들이 어지러이 피어 있네
推窓極幽賞　　창만 열면 한껏 감상할 수 있는데
何必費筇鞋　　하필 지팡이와 신발을 허비하리오

(40)

烟崖春樹影藏葳　　안개 낀 낭떠러지에 봄 나무 그림자 무성하면
萬紫千紅爛熳時　　울긋불긋 꽃들이 활짝 필 때라
山簷臥聽前宵雨　　어젯밤 처마 밑에 누워 빗소리 들었는데
今日花開又幾枝　　오늘 꽃이 핀 게 또 몇 가지나 될까

〈그림 6〉의 보존 상태가 좋지 않아, 화면상의 풍경을 이루는 요소들을 분명하게 식별하기는 어렵다. 그러나 〈그림 6〉의 화면상에서 식별되는 요소들과 〈그림 7〉의 화면과 대조해보면, 〈그림 6〉에 그려진 화면상의 풍경의 모습을 어느 정도 추정해볼 수 있다. 〈그림 7〉에는 화면 왼쪽에 꽃들이 곳곳에 빨갛게 피어 있는 바위 절벽이 그려져 있고, 오른쪽에는 두 사람이 마루에 편안히 앉아서 절벽 쪽을 바라보고 있는 정자가 그려져 있다. '임애상화'라는 풍경이 칠탄정 주변의 16개 풍경들 중의 하나이므로, 화면상에 그려진 정자는 칠탄정으로 간주된다. 칠탄정과 절벽 사이에는 연못이 그려져 있다. 〈그림 6〉의 화면도 〈그림 7〉의 화면과 비슷하게 화면 왼쪽에는 꽃들이 핀 바위 절벽이, 오른쪽에는 정자가 있다. 절벽과 정자 사이에는 연못이 있다. 그림의 보존 상태가 좋지 않아 정자 안에 사람이 있는지는 확인하기 어렵지만, 〈그림 7〉에서처럼 〈그림 6〉에서도 정자 안에 사람이 있는 것으로 짐작된다.

두 그림 또한 화면상의 풍경을 이루는 요소상에서 차이를 보인다. 〈그림 6〉에서는 절벽 아래에 숲이 길게 뻗어져 있고 숲 뒤로 먼 산이 보이며 또 정자 뒤쪽으로 큰 나무가 그려져 있다. 〈그림 7〉에서는 그러한 것들이 보이지 않는다. 〈그림 6〉을 그린 무명 화가는 자신이 본 실경을 화면에 그대로 담으려고 한 반면, 〈그림 7〉을 그린 강세황은 풍경의 지배적인 요소를 부각하는 데 필요하지 않은 요소는 간략하게 처리하거나 생략해버렸던 것이다. 두 그림에서 두드러진 차이를 보이는 것은 연못의 형태와 위치이다. 연못의 형태와 위치가 달라짐으로써 절벽과 칠탄정 사이의 거리가 현저하게 차이 난다. 〈그림 6〉에서는 연못이 절벽과 칠탄정 중간에 있는 반면, 〈그림 7〉에서는 연못이 절벽과 칠탄정의 중간에 있지 않고 앞쪽으로 비껴 나와 있다. 그래서 절벽과 칠탄정 사이의 거리가 훨씬 짧게 보인다. 제1장 제3절 〈제화시의 장르적 특성과 두 가지 기능〉에 제시되었던 강세황의 〈그림 2〉「부함관어도」 그림에는 사각형 형태의 연못이 칠탄정과 절벽 중간에 그려져 있다. 그런데 〈그림 7〉에서는 찌그러진 원형의 형태로 된 연못이 절벽과 칠탄정의 중간에 있지 않고 앞쪽으로 밀려나와 있다. 강세황이 칠탄정과 절벽이 맞닿아 있는 것처럼 가깝게 보이게 하려고 의도적으로 연못의 형태와 위치를 변형시켰던 것이다. 그럼으로써 칠탄정 건물 안에서도 꽃

이 만발한 절벽의 풍경을 아주 손쉽게 감상할 수 있음을 보여주려고 하였던 것으로 보인다.

〈그림 7〉에서는 바위 절벽 곳곳에 빨갛게 피어 있는 꽃과 칠탄정 마루에 편안히 앉아서 절벽 쪽을 바라보고 있는 두 사람의 모습이 두드러져 보인다. 나뭇가지 위에 빨간 점이 찍혀 있는데, 이는 활짝 핀 꽃의 모습을 그린 것이다. 강세황의 「칠탄정십육경도」16폭의 그림 중에서 먹 이외의 채색을 사용한 것은 「임애상화도」한 점밖에 없다. 그만큼 강세황이 꽃이 핀 모습을 부각하려고 하였던 것으로 볼 수 있다. 이러한 점에서 화면은 '임애상화'라는 그림의 표제를 잘 반영하고 있다고 할 수 있다.

사람들이 칠탄정 마루에 앉아서 맞은편 절벽에 핀 꽃들을 감상하는 풍경이 그려진 화면과는 달리, 이익의 시 (38)에서는 칠탄정 주인이 산속을 거닐다가 후각을 통해 절벽 위에 꽃들이 피어 있음을 지각하는 모습이 제시된다. 시 (38)의 전 1, 2구에서는 산길 주변의 풀과 나무에 핀 꽃들이 언급된다. 첫째 구의 "비탈길, 굽어진 오솔길, 평평한 길(仄迤, 回蹊, 平)"은 시적 인물이 산속을 거닐었던 여러 유형의 산길이다. 시적 인물은 그러한 길들을 걸어가면서 길 주변의 풀과 나무에 수없이 피어 있는 이름 모를 꽃들을 구경하였다는 것이다.

셋째 구에서는 시적 인물이 산속을 거닐게 된 연유가 언급된다. 정자의 주인이 정자에서 홀로 쓸쓸히 있는 게 싫증이 나서 정자를 나와 지팡이를 짚고 발 가는 대로 산속을 걸어 다니게 되었다는 것이다. 그러므로 이익이 칠탄정 정자의 주인을 시적 인물로 설정하였다고 할 수 있다.

넷째 구에서는 시적 인물에게 후각적으로 지각된 절벽의 꽃의 상태가 언급된다. 시적 인물이 지팡이를 짚고 발 가는 대로 산속을 거닐다가 절벽 근처까지 오게 되어 절벽에 핀 꽃의 향기를 맡게 되었는데, 맑고 그윽한 향기가 시적 인물이 산속을 거닐면서 맡았던 산길 주변의 꽃들의 것과는 종류가 다르다는 것이다. 산길 주변에 핀 꽃들은 시적 인물이 길을 가면서 시각적으로 지각할 수 있지만, 시적 인물이 절벽 아래에 있기 때문에 절벽 위에 핀 꽃들은 후각적으로만 지각할 수밖에 있다. 절벽이 접근하기 어려운 산속 깊숙한 곳에 있기 때문에, 그곳에 핀 꽃들은 산길 주변에 핀 꽃들에서 맡을 수 있는 것과는 다른 종류의 향기가 난다는 것이다.

시적 풍경을 이루는 요소들은 산속의 비탈길과 굽어진 오솔길 그리고 평평한 길 주변의 풀과 나무에 핀 꽃들, 시적 인물이 적적한 정자가 싫증이 나서 지팡이를 짚고 발 가는 대로 산속을 거니는 모습, 시적 인물이 절벽 근처에서 산길 주변에 핀 꽃들의 향기와는 다른 종류의 맑고 그윽한 꽃향기를 맡게 되는 모습 등이다. 이와 같은 요소들은 모두 화면에서 찾아볼 수 없다. 그것들은 모두 그림을 보고 시를 지은 이익이 상상한 것이다. 이러한 점에서 시적 풍경의 산출 근거는 화면이 아니라 시인의 상상이라고 할 수 있다.

이익이 왜 화면상의 풍경의 요소들을 전혀 배제하고 자신이 상상한 것들로만 시적 풍경의 요소로 선택하였을까? 아마도 이익은 사람들이 칠탄정 정자에 앉아서 맞은편 절벽에 핀 꽃들을 감상하고 있는 풍경이 그려진 〈그림 6〉의 화면이 그림의 표제와 부합되지 않는다고 본 것 같다. 절벽이 접근하기 어려운 깊은 산속에 있어야, 그곳에 피는 꽃들이 흔히 접할 수 있는 꽃들과 다를 것이라고 생각하였던 것이다.

그리하여 화면상의 풍경 대신에 그림의 표제와 부합되는 풍경으로 정자의 주인이 깊은 산속의 절벽 근처에서 절벽에 핀 꽃들을 후각적으로 지각하는 모습을 설정하고, 상상을 통해 그러한 모습이 부각되는 시적 풍경을 산출하였다. 이러한 점에서 이익의 「임애상화」 시는 화면상의 형상을 대체하는 방향으로 재산출한 시라고 할 수 있다.

〈그림 7〉의 화면에서처럼, 강세황의 시 (39)에서도 칠탄정에서 편안하게 맞은편의 절벽 위에 핀 꽃들을 감상하는 시적 인물의 모습이 제시된다. 시 (39)의 전 1, 2구에서는 푸른 절벽의 상태가 제시된다. 첫째 구에서는 밖에 나가지 않고서도 절벽에 핀 꽃들을 편안하게 볼 수 있는 칠탄정 정자의 특별한 장소성이 부각된다. 푸른 절벽이 작은 집과 마주 보고 있다는 것이다. 작은 집은 바로 칠탄정을 지칭한다. 둘째 구에서는 푸른 절벽 위의 상태가 제시된다. 봄이 와 절벽 위에 꽃들이 어지러이 피어 있다는 것이다. 후 3, 4구에서는 절벽 위에 핀 꽃들을 감상하는 인물의 모습과 그의 내면 상태가 제시된다. 창을 열고 절벽 위에 핀 꽃들을 한껏 감상하고 있는 시적 인물이 절벽 위에 핀 꽃을 감상하러 굳이 지팡이와 신발을 허비하면서 밖으로 나갈 필요가 없다고 생각한다는 것이다. 시적 인물의 내면 상태가 그 자신에 의해 토로된다는 점에서, 시적 인물이 바로 시에서 풍경의 요소들을 제시하는 화자가 된다.

시적 풍경을 이루는 요소들은 절벽 맞은편의 작은 집, 봄이 와 꽃들이 어지럽게 피어 있는 푸른 절벽 위, 창을 열고 절벽 위에 핀 꽃들을 한껏 감상하는 시적 화자의 모습, 절벽 위에 핀 꽃을 감상하러 굳이 지팡이와 신발을 허비하면서 밖으로 나갈 필요가 없다고 생각하는 시적 화자의 내면 상태 등이다. 시적 화자의 내면 상태를 제외한 그 밖의 시적 풍경의 요소들은 모두 화면상에서 확인된다. 시적 화자의 내면 상태는 그것의 성격상 화면상에서는 확인될 수 없다. 절벽의 상태를 감상하러 굳이 밖으로 나갈 필요가 없다고 생각하는 시적 화자의 내면 상태는 화면상에 그려진, 칠탄정의 마루에 편안히 앉아서 절벽 쪽을 바라보고 있는 인물의 외적 상태와 다르지 않다. '칠탄정 안에서 편안하게 감상할 수 있음'을 그림에서는 인물의 상태로써 직접적으로 보여주었다면, 시에서는 화자의 말로써 직접적으로 토로하였다고 할 수 있다. 즉 강세황이 화면상에 보이는, 칠탄정의 마루에 편안히 앉아서 절벽 쪽을 바라보고 있는 두 사람 가운데 한 명을 시 (39)의 시적 화자로 설정하였던 것이다. 시적 풍경의 요소들이 모두 화면상의 풍경에서 직·간접적으로 확인되기 때문에, 화면이 바로 시적 풍경의 산출 근거가 된다. 즉 강세황이 화면상의 풍경을 부각하기 위해 화면상의 풍경의 요소들을 그대로 활용하여 시적 풍경을 산출하였던 것이다. 이러한 점에서 강세황의 「임애상화」 시는 화면상의 형상을 부각하는 방향으로 재산출한 시라고 할 수 있다.

두 사람이 칠탄정 마루에 앉아 맞은편 절벽에 핀 꽃들을 바라보는 모습이 그려진 화면과는 달리, 이현환의 시 (40)에서는 화면상에 그려진 풍경의 상태보다 시간적으로 앞서 발생한 것들이 시적 풍경으로 제시된다. 첫째 구와 둘째 구에서는 봄이 되면 꽃들이 활짝 피곤 하던 예년의 낭떠러지의 상태가 제시된다. 안개가 끼고 봄 나무 그림자가 무성하면 낭떠러지에 울긋불긋 꽃들이 활짝 피곤 한다는 것이다. 셋째 구에서는 시간적으로 어젯밤의 칠탄정 정자 안의 상태가 제시된다. 어젯밤에 시적 화자가 처마 밑에 누워서 빗소리를 듣고 있었다는 것이다. 넷째 구에서는 시간적으로 오늘 아침의 시적 화자의 내면 상태가 제시된다. 아침에 잠에서 깨어난 시적 화자가 간밤에 내린 비로 말미암아 낭떠러지에 꽃들이 얼마나 새로 피었을까라고 생각하고 있다는 것이다. 시적 화자의 그러한 내면 상태에는 시적 화자가 간밤에 내린 비로 예년처럼 낭떠러지에 많은 꽃들이 활짝 피어 있기를 바라는 마음이 담겨 있다. 시적 화자가 밤에 칠탄정 처마 밑에 누워서 빗소리를 듣고 또 아침에 잠에서 깨어나 간밤에 내린 비로 말미암아 낭떠러지에 꽃들이 얼마나 새로 피었을까라고 생각한다는 점에서, 이현환이 칠탄정 주인을 시 (40)의 화자로 설정하였다고 할 수 있다.

시적 풍경을 이루는 요소들은 안개가 끼고 봄 나무 그림자가 무성하면 울긋불긋 꽃들이 활짝 피곤 하는 예년의 낭떠러지의 상태, 밤에 칠탄정 처마 밑에 누워서 빗소리를 듣고 있는 칠탄정 주인의 모습, 그리고 아침에 잠에서 깨어나 간밤에 내린 비로 말미암아 낭떠러지에 얼마나 많은 꽃들이 피었을까라고 생각하는 칠탄정 주인의 내면 상태이다. 이 중에서 꽃들이 활짝 핀 낭떠러지의 상태는 화면에서 찾아볼 수 있다. 밤에 칠탄정 처마 밑에 누워서 빗소리를 듣는 칠탄정 주인의 모습과 아침에 잠에서 깨어나 간밤에 내린 비로 말미암아 낭떠러지에 얼마나 많은 꽃들이 피었을까라고 생각하는 칠탄정 주인의 내면 상태는 그림을 보고 시를 지은 이현환이 상상한 것이다. 이러한 점에서 화면과 함께 시인의 상상이 시적 풍경의 산출 근거라고 할 수 있다.

이현환이 상상을 통해 화면상에 그려진 풍경의 상태보다 시간적으로 앞서 발생한 것들을 시적 풍경으로 제시한 까닭은 무엇일까? 두 사람이 칠탄정 마루에 앉아 맞은편 절벽에 핀 꽃들을 바라보고 있는 풍경은 화면의 속성상 시간적으로 어떤 찰나적인 순간의 상태일 수밖에 없다. 또한 화면은 그러한 상태를 보여줄 뿐이지 설명하지 않는다. 그러나 그림을 보고 시를 지은 이현환은 그 풍경을 화면상에 그려져 있는 풍경의 현 상태로만 보지 않고 시간적으로 연관되는 상태, 즉 간밤에 내린 비로 예년처럼 낭떠러지에 많은 꽃들이 활짝 피어 있기를 바라는 칠탄정 주인의 마음과 연관되는 상태로 상상하였다. 칠탄정 마루에 앉아 낭떠러지에 핀 꽃들을 감상하고 있는 칠탄정 주인이 아침에 잠에서 깨어나자마자 간밤의 비로 낭떠러지에 많은 꽃들이 활짝 피어 있기를 바랐다는 것이다. 시는 화면과 달리 공간이나 시간의 제약을 받지 않기 때문에 이현환이 상상하였던 것을 모두 담을 수 있다. 이현환은 바로 상상을 통해 화면상에 그려진 풍경의 상태보다 시간적으로 앞서 발생한 것을 시적 풍경으로 제시함으로써 화면상의 풍경의 상태를 간접적으로 설명하였던 것이다. 이러한 점에서 이현환의 「임애상화」 시는 화면상의 형상을 보완하는 방향으로 재산출한 시라고 할 수 있다.

이상에서 살펴보았듯이, 「임애상화도」라는 비슷하거나 동일한 화면상의 풍경을 시적 대상으로 하여 세 시인은 각기 서로 다른 시적 풍경을 산출하였다. 이익은 화면상의 풍경의 요소들을 모두 배제하고 전적으로 자신이 상상한 것들을 시적 풍경의 요소들로 선택하였다. 이에 비해 강세황은 화면상의 풍경의 요소들 중에서 시적 풍경의 요소들을 선택하였고, 이현환은 화면상의 풍경의 요소들 중에서 일부와 자신이 상상한 것들을 시적 풍경의 요소들로 선택하였다. 이러한 점에서 이익의 「석벽위송」 시는 화면상의 형상을 대체하는 방향으로 재산출한 시라고 할 수 있고, 강세황의 「석벽위송」 시는 화면상의 형상을 부각하는 방향으로 재산출한 시라고 할 수 있으며, 이현환의 「석벽위송」 시는 화면상의 형상을 보완하는 방향으로 재산출한 시라고 할 수 있다.

이와 같이 그림을 시적 대상으로 하여 화면상의 형상을 언어로써 재산출한 시들과 그림들을 실제로 비교해본 결과, 화면상의 형상이 다음과 같은 세 가지 방향으로 재산출됨을 확인할 수 있었다. 즉 화면상의 형상을 부각하는 방향, 화면상의 형상을 보완하는 방향, 화면상의 형상을 대체하는 방향이 바로 그것이다. 그러므로 화면상의 형상에 관해 진술하는 시는 재산출 방향에 따라 다시 화면상의 형상을 부각하는 방향으로 재산출한 시, 화면상의 형상을 보완하는 방향으로 재산출한 시, 화면상의 형상을 대체하는 방향으로 재산출한 시로 세분할 수 있다.

그림과 제화시의 비교

제1장

두 종류의 「七灘亭十六景圖」그림과
세 시인의 「七灘亭十六景」시

1. 들어가기

　「七灘亭十六景圖」는 경남 밀양에 있는 칠탄정이라는 정자 주변의 풍광이 뛰어난 16개 지역의 풍경을 그린 그림이다. 「칠탄정십육경도」는 「七里明沙圖」, 「一帶青林圖」, 「釣磯垂竿圖」, 「臨崖賞花圖」, 「仙巖睹碁圖」, 「頹檻觀魚圖」, 「石壁危松圖」, 「小塘孤荷圖」, 「洗瀑淸溜圖」, 「燈淵漁火圖」, 「禪龕曉鍾圖」, 「鶯峀暮鴉圖」, 「月橋歸僧圖」, 「煙郊牧牛圖」, 「竹村炊煙圖」, 「琴野農歌圖」 등 16점의 그림으로 되어 있다. 「칠탄정십육경도」 그림은 두 종류가 있다. 하나는 무명 화가가 그린 그림이고, 다른 하나는 姜世晃(1713~1791)이 그린 그림이다. 무명 화가의 「칠탄정십육경도」 그림 16점에는 李瀷(1681~1763)의 칠언절구가 1수씩 적혀져 있다. 강세황의 「칠탄정십육경도」 그림 16점에는 강세황의 오언절구와 李玄煥(1713~1772)[114]의 칠언절구가 각각 1수씩 적혀져 있다. 두 종류의 「칠탄정십육경도」 그림 32점은 이익의 서문과 함께 『七灘亭十六景畫帖』[115]에 수록되어 있다. 다음은 『칠탄정십육경화첩』의 표지이다.

　두 종류의 「칠탄정십육경도」 그림 16점과 그 그림들에 각각 적혀진 세 시인의 「칠탄정십육경」 시 48수는 제화시를 연구하는 데 매우 귀중한 자료로서의 가치를 지닌다. 제화시가 창작되기 시작한 고려 중기에서부터 조선 후기에 이르기까지 옛 시인들의 문집에 수많은 제화시들이 수록되어 있다. 그러나 그 시들의 시적 대상이나 제재가 되었던 옛 그림들의 소재를 확인할 수 없기 때문에 그림과의 비교를 통해 제화시를 논의하는 것은 불가능하다. 시적 대상이 된 화면상의 이미지가 시인에 의해 시적 이미지로 재산출될 때 시적 변형이 다양하게 발생하는데, 이에 관한 논의는 그림과의 비교를 통해서만이 가능하다. 그

114　『七灘誌』(孫寧秀 編, 제일문화사, 1989, 156면)에는 「七灘亭十六景」 시를 지은 이의 이름이 李壽煥으로 되어 있는데, 수환은 『蟾窩雜著』를 지은 이현환의 초명이다(정은진, 「蟾窩雜著 해제」, 『近畿實學淵源諸賢集』 6책, 대동문화연구원, 2002, 21면).

115　『칠탄정십육경도화첩』은 손기양의 종손 손상모 씨가 소장하고 있다.

림과 시의 비교를 통해 시적 변형의 다양한 양상들에 관해 보다 구체적이고 보다 심도 있는 논의를 가능하게 해주기 때문에, 두 종류의 「칠탄정십육경도」 그림 16점과 그 그림들에 각각 적혀진 세 시인의 「칠탄정십육경」 시 48수는 화면상의 이미지를 언어로 재산출할 때의 원리와 방법을 규명하는 데 더할 나위 없이 좋은 자료이다.

칠탄정은 밀양 손씨 문중에서 선조인 孫起陽 (1559~1617)의 자취를 보존하고 그를 기리기 위해 세운 정자이다. 손기양은 1559년에 밀양에서 출생하여 1588년 3월에 式年 文科에 丙科로 급제한 이후 여러 곳에서 관직 생활을 하다가 1610년 11월에 昌原 都護府 府使로 임명되었는데, 광해군 등극 이후 조정의 정치가 날로 문란해지자 1612년 2월에 부사직을

「칠탄정십육경화첩」 표지

버리고 귀향하였다. 그 후로 손기양은 관직에 오르지 않고 七里灘 근처에 虛亭을 짓고 낚시로 소일하다가 1617년 정월에 타계하였다. 그 후로 허정이 퇴락하였는데, 1725년에 증손 되는 孫碩寬(1670~1743)이 허정이 있던 자리에 眞岩書堂을 지었고, 1748년에는 孫思翼(1711~1794) 등이 터를 넓혀 五架僧寮를 엮고 다섯 칸의 새집을 사서 좌우 회랑과 난간을 붙여 眞岩溪亭이라 하였다. 그 뒤 1784년에 손사익 등이 다시 四架의 정자를 세워 七灘亭이라 편액하고 동서에 방을 넣어 老少의 거처로 하였다.[116]

손사익은 손기양의 자취를 보존하고 기리기 위해 칠탄정을 세웠을 뿐 아니라 그의 자취를 세상에 널리 알리기 위해 그의 行狀을 이익에게 지어주도록 청하거나 그의 유고를 정리하여 蔡濟恭(1720~1799)에게 서문을 지어주도록 청하는 등 문집 간행을 준비하였다.[117] 손사익이 『칠탄정십육경화첩』을 제작한 것도 손기양의 문집 간행의 목적과 마찬가지로 그의 행적을 세상에 널리 알리기 위해서였다. 중앙의 유명 문인에게 칠탄정 주변의 풍광이 뛰어난 16개 지역의 풍경을 그린 그림을 보여주고 「칠탄정십육경」 시를 짓게 함으로써 칠탄정의 존재를 세상에 널리 알리게 되고 또 칠탄정의 존재를 널리 알리게 됨으로써 손기양의 행적도 세상에 널리 알리게 된다. 게다가 그 시를 짓는 인물이 당대에 이름이 자자한 문인일 경

---

116 孫八洲, 「≪七灘誌≫ 所載 漢詩 硏究」, 『釜山漢文學硏究』 6집, 1991, 108~114면 참조.
　　본문에 요약된 칠탄정의 연혁 가운데 1748년에 손사익이 眞岩溪亭이라고 이름을 붙였고, 1784년에 다시 七灘亭이라 편액 하였다는 부분이 석연치 않다. 왜냐하면 『칠탄지』에 실린 이익의 「七灘亭十六景幷序」 말미에, 이익이 그 글을 지은 시기를 '歲甲戌仲夏下澣(1754년 음력 5월 하순)'이라고 명기하였기 때문이다. 1754년에 이익이 쓴 글의 제목상에 칠탄정이라는 정자의 이름이 사용되었을 뿐 아니라 글에서도 '七灘亭十六景'이라는 말이 사용되었다. 그러므로 1784년에 정자의 이름을 칠탄정이라고 명명하였다는 것은 이치에 맞지 않다. 칠탄정이라는 정자의 명칭은 1754년 여름 이익이 「七灘亭十六景幷序」를 짓기 이전에 이미 명명되었다고 봐야 할 것이다.

117 孫八洲, 「≪竹圃集≫ 解題 및 後記」, 孫八洲ㆍ鄭景柱 譯註, 『國譯ㆍ原文 竹圃集』, 빛남사, 1997, 263면.

우, 손기양의 행적을 선양하는 일이 더욱 힘을 얻게 될 것이다. 이익은 실학의 선구자로서 당대에 광범위한 영향을 끼친 인물이었다.[118] 그러한 이익으로 하여금 「칠탄정십육경」 시를 짓게 하여 칠탄정의 지명도를 높임으로써 손기양이 공간적으로 밀양이나 그 주변 지역의 士林들로부터 숭앙을 받는 선비로 그치는 것이 아니라 전국의 사림들로부터 숭앙을 받는 선비가 될 수 있기 때문이다.[119]

뿐만 아니라 두 번째 종류의 「칠탄정십육경도」를 그린 강세황은 조선 英 · 正祖 때 詩 · 書 · 畵 三絶로서 특히 書와 畵에서는 시대를 앞질러 이끌 만한 지도 역량을 발휘한 인물이었다. 게다가 강세황의 서화 평론은 당대의 화가들이나 그림의 소장자들이 그들의 화폭에 畵讚을 얻거나 논평의 대상이 되는 것을 보람으로 여길 정도로 당대에 지대한 영향력을 발휘하였다.[120] 그러한 강세황이 칠탄정십육경 그림을 그리고 또시를 짓게 된다면, 손기양의 행적을 기리기 위해 건립한 칠탄정의 지명도는 더욱 높아질 수밖에 없다.

『칠탄정십육경화첩』은 손사익이 선조의 행적을 널리 알리기 위해 제작을 기획하고 두 명의 화가와 세명의 시인(강세황은 그림을 그린 화가이자 시인이기도 함)이 제작에 함께 참여한, 이른바 다인 창작 활동의 결과물이라고 할 수 있다. 그런데 『칠탄정십육경화첩』과 관련하여 특이한 점은 16점이나 되는 「칠탄정십육경도」 그림이 두 종류나 되며, 3명의 시인들이 지은 제화시가 두 종류의 그림에 분산되어 적혀져 있다는 것이다. 일반적으로는 3명의 시인들이 지은 제화시를 한 종류의 그림 16점에 각각 써넣은 다음 그 그림들로 화첩을 만들거나 또는 한 종류의 그림 16점에다 3명의 시인이 지은 제화시를 적은 별도의 종이들을 덧붙여 화첩을 만들기 때문이다. 강세황이 그린 그림에 이익, 강세황, 이현환 세 시인들의 시를 적어서 화첩을 만들어도 될 터인데, 굳이 두 종류의 그림에 세 시인들의 시를 분산하여 적은 이유는 무엇일까?

다음의 두 가지 사항으로 미루어볼 때, 강세황의 「칠탄정십육경도」 그림은 강세황이 무명 화가의 그림과 이익의 시를 참조하여 그린 것으로 보인다. 첫 번째는 두 종류의 「칠탄정십육경도」 16점의 그림들 중에서 전체적인 구도가 비슷한 그림이 많다는 점이다. 두 번째는 이익의 「칠탄정십육경」 시 16수에서 제시된 시적 풍경의 요소들 가운데 일부가 시적 대상이 된 무명 화가의 그림에서는 찾아볼 수 없는데 강세황의 그림에서는 찾아볼 수 있다는 점이다. 그러므로 그림을 그리고 시를 지은 순서는 ① 무명 화가의 「칠탄정십육경도」 그림 → ② 이익의 「칠탄정십육경」 시 → ③ 강세황의 「칠탄정십육경도」 그림 → ④ 강세황의 「칠탄정십육경」 시 → ⑤ 이현환의 「칠탄정십육경」 시 순이라고 할 수 있다. 이러한 순서로 미루어볼 때 『칠탄정십육경화첩』 제작을 기획하였던 손사익의 처음 계획이 도중에 바뀐 것으로 짐작된다. 손사익이 처음에는 ①과 ②로써 화첩을 만들려고 하였다가, 도중에 어떤 이유로 말미암아 ③, ④, ⑤를 덧붙여 화첩을 만들었다는 것이다.

---

118 조동일, 『한국문학통사』 3권, 지식산업사, 1989, 188면.

119 최경환, 「누정집경시의 창작 동기와 누정의 공간적 특성 – 죽서루, 식영정, 칠탄정을 중심으로 –」, 『동양한문학연구』 22집, 2006.2., 32~33면.

120 崔淳雨, 「豹菴稿의 繪畫史的 意義」, 『豹菴遺稿』, 한국정신문화연구원, 1995, 19~20면 참조.

위와 같은 순서로 진행된 다인 창작 활동의 전모를 파악하기 위해서는 다음과 같은 몇 가지 의문점들이 밝혀져야만 한다. 손사익이 처음 세웠던 계획이 바뀌게 된 이유가 무엇인가? 이익의 시는 1754년 여름에 지어진 것으로 확인되지만, 강세황의 그림과 시 그리고 이현환의 시가 언제 그려지고 지어졌는지는 알려지지 않았다. 강세황의 그림과 시 그리고 이현환의 시가 그려지고 지어진 시기는 언제인가? 그리고 이익, 강세황, 이현환 세 시인들이 비슷하거나 동일한 화면상의 풍경들을 대상으로 하여 어떻게 서로 다른 시적 풍경들로 재산출하였는가?

이 글에서는 먼저 『칠탄정십육경화첩』 제작과 관련하여 손사익이 처음 세웠던 계획이 바뀌게 된 이유를 두 종류의 「칠탄정십육경도」 그림의 비교를 통해 추정해보기로 한다. 그러한 후에 손사익이 이익, 이현환과 서로 주고받은 편지를 통해 강세황의 그림과 시 그리고 이현환의 시가 언제쯤 그려지고 지어졌는지를 추정해볼 것이다. 마지막으로 두 종류의 그림과 세 시인들의 시를 비교·분석하여 세 시인들이 비슷하거나 동일한 화면상의 풍경들을 대상으로 하여 어떻게 서로 다른 시적 풍경들로 재산출하였는가를 살펴볼 것이다.

2. 『칠탄정십육경화첩』 제작과 다인 창작 활동

1754년 여름에 손사익은 밀양에서 경기도 안산에 올라가 이익을 방문하였다. 이익에게 선조 손기양의 行狀과 함께 「칠탄정십육경」 시를 청탁하기 위해서이다. 그때 손사익은 무명 화가가 그린 「칠탄정십육경도」 그림 16점을 가지고 가서 이익에게 보여주었다. 다음의 이익의 「七灘亭十六景並序」의 글에는 당시의 상황이 기록되어 있다.

> 지금 진사 孫伯敬이 밀양에서 와서 七灘亭十六景 그림이라는 것을 보여주었다. 바로 그의 5대조인 오한 선생이 자취를 남긴 곳인데, 자손들이 보존하여 허물어지지 않았다. 갖가지 기이한 풍경이 마음을 상쾌하게 해주고 또 감동을 주었다. 내가 이미 너무 늙어 그곳에 가서 세속의 먼지를 씻고 고상한 품격을 우러러볼 수 없을 것이라 생각하여, 나도 모르게 선생의 절구 시 한 편을 엄숙하게 읊게 되었다…(중략)… 갑술(1754)년 중하(5월) 하순에 성호 이익 씀.[121]

백경은 손사익의 字이다. 손사익이 밀양에서 올라와서 그의 5대조인 손기양의 유적지인 칠탄정 주변의 16곳의 풍경들을 그린 그림을 이익에게 보여주고 「칠탄정십육경」 시를 지어주도록 청하여, 이익이 시

---

121 孫寧秀 編, 앞의 책, 1989, 16면.
   "今係上舍伯敬自密陽來示七灘亭十六景畵者. 卽其五世祖鰲漢先生遺基, 而子孫藏修不廢也. 種種奇觀, 魂爽魄動. 瀷旣老篤, 計不可往蹠淸
   塵, 俛仰高風, 則自不覺莊誦先生詩一絶…(중략)…歲甲戌仲夏下澣, 星湖李瀷書."(이익의 『星湖全集』에는 서문을 지은 연월이 생략되어
   있음)

（그림 8） 「앵수모아도」

를 짓게 되었다는 것이다. 위의 글로 미루어볼 때, 당시 74세
이던 이익이 연로하여 칠탄정이 있는 밀양에 내려가서 칠탄
정 주변 풍경들을 직접 보기 어렵기 때문에 실경을 보지 못한
이익에게 보여주기 위해 손사익이 무명 화가에게 「칠탄정십
육경도」 그림을 그리게 하였음을 알 수 있다.

그런데 무명 화가가 그린 「칠탄정십육경도」 그림 16점의
화면들을 살펴보면, 손사익이 무명 화가로 하여금 칠탄정십
육경도 그림을 그리게 한 또 다른 목적이 있음을 알 수 있다.
옆의 〈그림 8〉은 무명 화가의 「칠탄정십육경도」 그림 16점 중
의 하나인 「앵수모아도」이다. 「앵수모아도」를 포함한 무명 화
가의 「칠탄정십육경도」 그림 16점은 모두 화면이 크게 두 부
분으로 나뉘어 있다. 화면의 위쪽 부분에는 이익의 시가 적혀
져 있고, 아래쪽 부분에는 풍경이 그려져 있다. 이는 시가 적
혀질 공간을 염두에 두고 무명 화가가 그림을 그렸음을 보여

주는 것이다. 달리 말하면 손사익이 『칠탄정십육경화첩』 제작을 기획할 때부터 이익으로 하여금 그림을
보고 시를 지은 다음 그 시를 자필로 그림에 써넣게 하도록 계획을 세웠다는 것이다. 손사익은 그렇게 해
서 이익의 시가 각각 적혀진 16점의 그림에다 이익의 서문을 붙여 『칠탄정십육경화첩』을 제작하려고 하
였다.

그런데 처음 세웠던 계획과는 다르게 두 종류의 「칠탄정십육경도」 그림이 그려진 것은 무엇 때문일
까? 무명 화가와 강세황의 「칠탄정십육경도」 그림을 비교하면, 그 이유를 대략 추정해볼 수 있다. 다음의
〈그림 9〉는 무명 화가가 그린 「七里明沙圖」이고, 〈그림 10〉은 강세황이 그린 「칠리명사도」이다. 「칠리명
사도」는 七里灘 강가에 펼쳐진 밝은 모래사장을 그린 그림이다.

두 종류의 「칠탄정십육경도」 16점의 그림에는 각각 四字句로 된 표제가 제시되어 있다. 16점의 그림
의 표제는 앞에서 언급하였듯이, 『칠탄정십육경화첩』 제작을 기획한 손사익이 정하였다. 화가가 실경을
보고 그림을 그리기 전에 그림의 표제가 정해져 있다는 점에서, 그림의 표제는 실경과 함께 화가가 그림
을 그리기 전에 전제되는 창작 조건이 된다. 화가는 그림의 표제로 제시된 풍경의 실경을 그리되 그 풍경
이 부각되도록 그려야 하기 때문이다.

화면상의 풍경을 이루는 요소들은 그 요소가 풍경의 핵심적인 것인지 아닌지의 여부에 따라 지배적인
요소와 종속적인 요소로 구분할 수 있다. 시각적으로 지각되지 않는 소리나 인간의 내면 상태와 같은 특
수한 경우를 제외하고는 그림의 표제상에 제시된 것이 대부분 화면상의 풍경의 지배적인 요소가 된다.
그러나 지배적인 요소가 비록 풍경의 핵심이긴 하지만, 종속적인 요소가 가미되어야만 화면상의 풍경이
완성된다. 종속적인 요소는 화면상에 있으나 마나 한 것이 아니다. 그것 역시 지배적인 요소와 관련하여

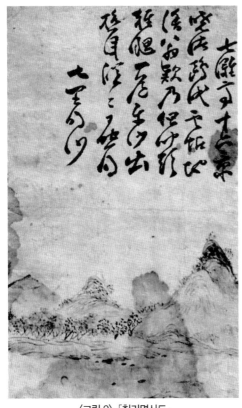

<그림 9> 「칠리명사도」   <그림 10> 「칠리명사도」

중요한 기능을 한다. 첫 번째는 지배적인 요소를 부각하는 기능이다. 화가는 지배적인 요소의 형상을 두드러져 보이게 하기 위해 종속적인 요소들을 지배적인 요소보다 훨씬 작게 또는 간략하게 또는 희미하게 그리기도 한다. 또 구도상에서 지배적인 요소를 두드러져 보이게 하기 위해 화가는 지배적인 요소와 아울러 종속적인 요소들의 위치를 의도적으로 안배하기도 한다. 그리고 지배적인 요소만 있으면 단조롭게 보였을 터인데, 화가가 종속적인 요소를 가미함으로써 지배적인 요소를 생동감 있게 보이도록 하기도 한다. 두 번째는 지배적인 요소에 대한 배경적인 기능이다. 종속적인 요소는 지배적인 요소의 시간적 또는 공간적 배경이 되기도 한다. 화가는 종속적인 요소들을 통해 지배적인 요소가 발생한 계절적 또는 시간적 배경을 제시하거나 공간적 위치를 드러낸다. 물론 그림에 따라서는 종속적인 요소들이 이와 같은 기능들을 효과적으로 하지 못하는 경우도 있다.

〈그림 9〉의 화면은 크게 세 부분으로 나누어서 살펴볼 수 있다. 즉 전경, 중경, 원경이 바로 그것이다. 강 아래쪽 언덕과 강이 전경에 해당된다면, 강 위쪽의 언덕과 숲, 모래사장은 중경에 해당된다. 화면상에서 뚜렷하게 드러나지는 않지만, 양 언덕 사이에 평평하게 보이는 곳이 바로 모래사장이다. 모래사장 앞쪽 물가에는 자그마한 바위들이 듬성듬성 놓여 있다. 왼쪽 언덕 위에는 숲이 길게 펼쳐져 있는데, 숲의 오른쪽 끝부분은 화면 오른쪽에 위치한, 우뚝 솟은 산의 밑부분과 연결된다. 숲 뒤쪽으로 나란히 늘어서 있는 3개의 산봉우리는 원경에 해당된다. 화면상에 보이는 강이 바로 칠리탄이다.

그림의 표제가 '七里明沙(칠리탄의 밝은 모래사장)'이기 때문에, 모래사장이 화면상의 풍경의 지배적인 요소가 된다. 그럼에도 불구하고 모래사장의 모습은 화면상에서 부각되지 않을 뿐 아니라 뚜렷하게 드러나지도 않는다. 종속적인 요소인 숲과 산이 각각 옆으로 길게 펼쳐져 있고 위로 우뚝 솟아 있기 때문에, 그 모습들이 오히려 모래사장보다 더 두드러져 보인다. 이와 같이 화면상에서 지배적인 요소가 두드러져 보이지 않고 종속적인 요소가 두드러져 보이는 것은 화가가 칠리탄 주변의 경물들을 자신의 눈에 비쳤던 모습 그대로 그렸기 때문으로 보인다. 즉 화가가 표제상에 제시된 칠리탄의 밝은 모래사장의 실경을 그리되 그 모습이 화면상에서 부각되도록 화면상의 풍경의 요소들을 선택하고 조직해야 하는데, 그러하지 못했다는 것이다.

〈그림 9〉와는 달리 〈그림 10〉에서는 넓게 펼쳐진 모래사장의 모습이 두드러져 보인다. 또 모래사장 왼쪽에 숲의 일부분만 그려져 있고, 모래사장 오른쪽에 나지막한 야산이 그려져 있다. 이와 같은 점들로 미루어볼 때, 〈그림 10〉의 화면은 〈그림 9〉의 화면에 그려진 모래사장 주변 부분을 확대 · 변형시킨 것임을 알 수 있다. 강세황이 그림의 표제로 제시된 칠리탄 강가의 밝은 모래사장의 모습을 화면상에 두드러지게 보이게 하려고 모래사장의 모습을 넓게 그린 대신에 숲의 면적은 적게 하고 산의 높이는 낮게 하였던 것이다. 말하자면 〈그림 9〉를 그린 무명 화가가 화면상의 경물의 크기를 실물의 크기에 비례하여 그렸다고 한다면, 강세황은 화면상의 경물의 크기를 중요성의 정도에 비례하여 그렸다고 할 수 있다. 또한 강세황은 숲과 산 위의 나무에 짙고 옅은 먹칠을 가하여 모래사장의 하얀 모습이 두드러져 보이게 하기도 하였다. 즉 강세황은 그림의 표제로 제시된 '칠리탄의 밝은 모래사장'의 모습을 부각하기 위해 실제의 풍경의 모습을 변형시켰던 것이다.

무명 화가가 칠탄정 주변 경물들의 실경을 자신의 눈에 비쳤던 모습 그대로 그리느라 풍경의 지배적인 요소가 화면상에서 부각되어 있지 않다는 지적이 〈그림 9〉에만 해당되는 것은 아니다. 무명 화가의 「칠탄정십육경도」 그림 16점 대부분에 해당된다. 이익에게 「칠탄정십육경」 시를 청탁하기 위한 그림이기 때문에, 손사익이 당연히 솜씨 있는 화가를 물색하였을 것이고 또 그림을 그리게 된 화가도 심혈을 기울였을 것이다. 이러한 점에서 화가의 역량이 미흡해서 그렇게 그린 것이 아니라 손사익이 화가에게 그렇게 그리도록 주문한 것이 아닐까라는 생각이 든다. 실경을 실제로 보지 못한 이익으로 하여금 그림을 통해 실경을 직접 본 것처럼 느끼도록 해주기 위해 화가에게 실경의 상태를 하나도 빠뜨림 없이 세세하게 그려달라고 주문하였을지도 모른다는 것이다. 그림의 정보성에 치중하다 보니 그림의 작품성이 간과되었던 것으로 보인다.

강세황이 두 번째 종류의 「칠탄정십육경도」 그림을 그린 것에 대해 언급한 문헌은 아직까지 찾아볼 수 없다. 이 때문에 강세황이 어떻게 해서 그 그림을 그리게 되었는지는 알 수 없다. 그러나 그 정황을 추정해볼 수는 있다. 무명 화가가 그린 「칠탄정십육경도」 그림의 문제점을 지적하고 강세황으로 하여금 무명 화가의 「칠탄정십육경도」 그림을 수정 · 보완하여 두 번째 종류의 「칠탄정십육경도」 그림을 그리도록 주선한 사람은 이익으로 보인다. 당시 강세황은 이익과 함께 안산에 거주하고 있었으며, 이익은 강세황에게 「陶山圖」와 「武夷圖」와 같은 그림 제작을 부탁할 정도로 긴밀한 관계를 유지하고 있었기 때문이다.[122] 뿐만 아니라 이익은 손사익에게 강세황의 「칠탄정십육경도」 그림을 보고 「칠탄정십육경」 시를 지은 이 현환까지도 소개해준 것으로 보인다. 당시 이현환도 안산에 거주하고 있었는데, 이익은 자신의 문하에서 수학한 이현환을 아들처럼 돌보아 줄 정도로 아꼈었다.[123] 그러므로 『칠탄정십육경화첩』 제작과 관련된 다인 창작 활동 중에서 ③ 강세황의 「칠탄정십육경도」 그림, ④ 강세황의 「칠탄정십육경」 시, ⑤ 이현환 의 「칠탄정십육경」 시 창작은 손사익이 처음부터 계획하였던 것이 아니고, 이익이 주선하여 이루어진 활 동이라고 할 수 있다.

그러한 활동들이 이루어진 시기는 언제일까? 이현환의 글 「贈孫進士思翼序」에는 이현환이 「칠탄정십 육경」 시를 지은 시기를 짐작할 수 있는 글귀가 나온다.

> 접때 백경이 일이 있어 나를 방문하였다. 송호의 정자에서 칠탄정십육경 그림이라는 것을 꺼내 보여 주었다…(중략)… 보내는 날에 마침내 십육경화첩에 시를 적었다.[124]

손사익이 일이 있어 이현환을 방문하였다는 것은 바로 손사익이 이현환에게 강세황의 「칠탄정십육경 도」 그림을 보고 「칠탄정십육경」 시를 지어달라고 청탁하기 위해 방문한 것을 말한다. 이현환이 손사익 의 청탁을 받아들였는데, 손사익이 밀양으로 떠나는 날에야 비로소 「칠탄정십육경」 시를 완성하여 그림 에 시를 적었다는 것이다.

이익이 손사익에게 답장으로 보낸 다음의 글을 보면, 손사익은 이익을 방문하여 5대조 손기양의 행장과 「칠탄정십육경」 시를 청탁한 후 계속 안산에 머물면서 행장과 시가 완성되기를 기다렸음을 알 수 있다.

> 장마 더위가 사람을 피곤하게 하는데, 여행길의 기거가 어떠하신지? 돌아갈 일정 또한 정해 놓으셨는 가요? …(중략)… 저번에 보내주신 행장의 초고는 병으로 혼미한 여가에 대충 지었으나, 존명을 거듭 어 길 수 없고 영남으로 돌아가실 시기에 맞추려고 한 것입니다. …(중략)… 칠탄정 16영 또한 입에서 나오 는 대로 망령되이 지은 것이라…(후략).[125]

그러므로 손사익이 이현환을 찾아가 강세황의 그림을 보여주면서 「칠탄정십육경」 시를 지어달라고 청 탁하였던 시기도 바로 손사익이 이익을 방문한 해인 1754년 여름임을 알 수 있다. 손사익이 이현환에게

122　정은진, 「『豹菴酬唱錄』을 통해 본 豹菴 姜世晃과 星湖家의 교유 양상」, 『동양한문학연구』 22집, 2006.2, 352면.

123　정은진, 앞의 논문, 2002, 22면 참조.

124　이현환, 『蟾窩雜著』, 『근기실학연원제현집』 6책, 대동문화연구원, 2002, 264~265면.
　　　"向者, 伯敬有事訪余. 于松湖之榭, 出示七灘亭十六景畵者…(중략)…遂行之日遂題詩于十六景畵帖云爾."

125　孫八洲 · 鄭景柱 譯註, 앞의 책, 1997, 100면.
　　　"霖暑困人, 客座起居何如. 歸程亦有定箕耶…(중략)… 向奇狀草, 昏疾之餘, 率爾撰定, 莫非重違尊命, 冀及南轅也…(중략)… 七灘亭十六詠, 亦 信口妄著…(후략)."

보낸 「答李星叟壽煥」에 적혀진 다음의 글을 보면 더욱 분명해진다.

> 더운 계절 찌는 듯한데, 경건히 족하의 기거를 묻습니다. 못난 저는 영남 시골의 차가운 행색으로 그
> 궁색함이 심합니다. 그러나 단지 스스로 평생 동안 한 가지 일은 있었다고 흠뻑 기뻐하는 게 있습니다.
> 대개 족하를 만나 지금 세상의 기운과 같은 벗이 되고, 성호 선생을 찾아뵙고 태산북두처럼 우러러보고
> 내처 집안의 선대 가장 글을 청하여, 신령스러운 거북이나 아름드리 옥과 같은 가장 글을 하사받았습니
> 다. 그리고 나서 또 족하의 거처를 방문하여 당에 올라 춘부장 집사를 뵈옵고, 사흘 동안 지내며 술에 취
> 하고 덕에 배불렀으며, 드디어 마음대로 호해의 좋은 경치를 관람하였고, 전후로 또 족하의 세 번 서찰
> 및 시와 문을 얻어 찬란한 구슬이 손에서 넘쳐났으니, 실로 평생의 단 한 번 있을 일이었습니다. 종적을
> 돌이켜보면 심히 궁색하지마는 또한 무엇을 한탄하겠습니까?[126]

손사익은 이현환에게 보낸 편지에서 객지 생활이 비록 궁색함이 심하였지만 안산에서 평생 동안 단
한 번 있을 만한 의미 있는 일이 있었다고 토로한다. 그것은 바로 성호선생에게 선조의 행장을 청탁하여
글을 하사받은 것과 이현환을 만나 벗이 되어 그의 서찰과 시문을 얻게 된 것을 말한다. 이와 같은 손사
익의 편지글에서 분명하게 드러나듯이, 손사익은 안산에서 이익에게 5대조 손기양의 행장과 「칠탄정십
육경」 시를 청탁하여 행장과 시를 받은 그해 여름에 또 이현환을 만나 「칠탄정십육경」 시를 청탁하여 그
의 시를 받았다. 그러므로 『칠탄정십육경화첩』 제작과 관련된 다인 창작 활동 중에서 첫 번째 활동인 무
명 화가의 「칠탄정십육경도」 그림 창작을 제외한 나머지 활동들은 모두 1754년 여름에 안산에서 이루어
진 것이라고 할 수 있다.

3. 세 시인의 「칠탄정십육경」 시와 다르게 하기의 작법

비록 무명 화가와 강세황의 「칠탄정십육경도」 그림 16점에 각각 분산되어 적혀져 있지만, 다음과 같은
두 가지 이유 때문에 이익, 강세황, 이현환 세 시인들의 「칠탄정십육경」 시 16수는 다인 창작 제화시라고
할 수 있다. 첫 번째는 세 시인들의 시가 『칠탄정십육경화첩』이라는 동일한 이름의 화첩에 함께 수록되
어 있다는 점이다. 두 번째는 세 시인들의 시가 다인 창작시와 관련된 작시 조건으로서 작시상의 관습을
따르고 있다는 점이다. 다인 창작시와 관련된 작시 조건으로서 작시상의 관습은 동일한 韻, 동일한 연작
시의 형태, 한 편의 연작시를 이루고 있는 개별 작품들의 동일한 표제, 개별 작품들의 동일한 배열 순서

---

126 孫八洲 · 鄭景柱 譯註, 위의 책, 1997, 108면.
 "暑月蒸潦, 敬問足下起居. 不佞自以嶺阪冷跡, 其窮甚矣. 然獨有所沾沾喜, 自謂平生有一事. 蓋邂逅足下, 友今代機雲, 謁星湖先生, 望泰山北
 斗, 仍乞家先狀文, 已拜賜得靈龜拱璧. 旣又訪足下居, 升堂, 拜春府執事, 歷三日, 醉酒飽德, 遂縱觀湖海佳勝, 前後又得足下三書曁詩, 若文
 燦然, 珠璣溢握, 總之, 實平生一事. 顧縱跡, 雖窮甚, 亦復何恨."

등 네 가지이다. 이 중 동일한 운과 개별 작품들의 동일한 배열 순서는 일탈이 허용되지만, 동일한 연작시의 형태와 한 편의 연작시를 이루고 있는 개별 작품들의 동일한 표제는 일탈이 허용되지 않는다.[127] 세 시인들의 시는 모두 16수 연작시라는 동일한 형태로 되어 있고, 16수의 작품들의 표제도 동일하다.

여러 시인들이 다인 창작에 참여하여 시를 지을 때, 두 번째 이후로 짓는 시인들은 시를 짓기에 앞서 반드시 첫 번째로 지어진 작품이나 앞서 지어진 작품을 접해야만 한다. 왜냐하면 두 번째 이후로 짓는 시인들은 첫 번째로 지어진 작품과 동일한 韻, 동일한 연작시의 형태, 한 편의 연작시를 이루고 있는 개별 작품들의 동일한 표제, 개별 작품(풍경)들의 동일한 배열 순서와 같은 다인 창작과 관련된 작시상의 관습들을 지켜야만 하기 때문이다. 물론 그중에는 일탈이 허용되는 관습도 있고 허용되지 않는 관습도 있다.

뒤에 짓는 시인들이 첫 번째로 지어진 작품이나 앞서 지어진 작품으로부터 작시상의 관습에 관한 정보만을 제공받는 것은 아니다. 뒤에 짓는 시인들은 첫 번째로 지어지거나 앞서 지어진 작품에서 보이는 풍경에 대한 인식이나 이미지의 창출 방법을 참조하기도 한다.

그러나 다인 창작의 궁극적인 목적은 여러 시인들이 동일한 풍경을 시적 대상으로 하여 시를 짓되 앞서 지어진 작품과는 다르게 짓는 데에 있다. 그래야만 다인 창작에 참여한 시인들의 시적 재능이 발휘되고 과시될 수 있다.[128] 이 글에서는 비슷하거나 동일한 화면상의 풍경을 시적 대상으로 하여 세 시인이 제각기 어떻게 서로 다른 시적 풍경으로 재산출하였는지를 살펴보기로 한다.

두 종류의 「칠탄정십육경도」 그림 16점과 세 시인의 「칠탄정십육경」 시 16수를 비교해본 결과, 시적 풍경과 화면상의 풍경의 관계 양상은 아래의 표로 정리할 수 있다.

시		시적 풍경과 화면상의 풍경의 관계			시		시적 풍경과 화면상의 풍경의 관계		
		부각	보완	대체			부각	보완	대체
칠리명사	이익			O	세폭청류	이익			
	강세황					강세황		O	
	이현환		O			이현환		O	
일대청림	이익			O	등연어화	이익		O	
	강세황		O			강세황		O	
	이현환		O			이현환			O
조기수간	이익		O		선감효종	이익			O
	강세황		O			강세황			O
	이현환			O		이현환		O	

127 최경환, 「多人創作 樓亭集景詩와 시적 이미지의 창출(1) – 竹西樓팔영시를 중심으로 –」, 『동양한문학연구』 18집, 동양한문학회, 2003.10., 242면.

128 최경환, 위의 논문, 2003.10., 245~246면 참조.

시		시적 풍경과 화면상의 풍경의 관계			시		시적 풍경과 화면상의 풍경의 관계		
		부각	보완	대체			부각	보완	대체
임애상화	이익			O	앵수모아	이익			
	강세황	O				강세황		O	
	이현환		O			이현환		O	
선암도기	이익		O		월교귀승	이익		O	
	강세황	O				강세황		O	
	이현환		O			이현환			O
부함관어	이익				연교목우	이익		O	
	강세황	O				강세황		O	
	이현환		O			이현환		O	
석벽위송	이익			O	죽촌취연	이익		O	
	강세황	O				강세황	O		
	이현환		O			이현환		O	
소당고하	이익		O		금야농가	이익			
	강세황			O		강세황		O	
	이현환		O			이현환			O

　무명 화가의 「칠탄정십육경도」 그림 16점 가운데 「금야농가도」 그림은 보존 상태가 좋지 않아 화면상의 풍경의 요소들이 전혀 식별되지 않는다. 이 때문에 이익의 「금야농가」 시와의 비교가 불가능하다. 「금야농가」 시를 제외한 이익의 「칠탄정십육경」 시 15수 중에서 화면상의 풍경을 언어를 통해 시적 풍경으로 재산출한 시는 모두 12수이다. 「부함관어」, 「세폭청류」, 「앵수모아」 시 등 3수는 모두 그림 감상으로 인해 촉발된 관상자로서의 시인 자신의 내면을 읊은 시이다. 화면상의 풍경을 언어를 통해 시적 풍경으로 재산출한 시 12수 중에서 시적 풍경이 화면상의 풍경과 보완 관계를 보이는 시는 「조기수간」, 「선암도기」, 「소당고하」, 「등연어화」, 「월교귀승」, 「연교목우」, 「죽촌취연」 시 등으로 모두 7수이다. 시적 풍경이 화면상의 풍경과 대체 관계를 보이는 시는 「칠리명사」, 「일대청림」, 「임애상화」, 「석벽위송」, 「선감효종」 시 등으로 모두 5수이다. 시적 풍경이 화면상의 풍경과 부각 관계를 보이는 시는 한 수도 없다.

　강세황의 「칠탄정십육경」 시 16수 중에서 「칠리명사」 시 1수를 제외한 15수는 모두 화면상의 풍경을 언어를 통해 시적 풍경으로 재산출한 시들이다. 이에 비해 「칠리명사」 시는 그림을 매개로 하여 그림의 대상에 관해 진술하는 시이다. 화면상의 풍경을 언어를 통해 시적 풍경으로 재산출한 시 15수 중에서 시적 풍경이 화면상의 풍경과 부각 관계를 보이는 시는 「임애상화」, 「선암도기」, 「부함관어」, 「석벽위송」, 「죽촌취연」 시 등 모두 5수이다. 시적 풍경이 화면상의 풍경과 보완 관계를 보이는 시는 「일대청림」, 「조기수간」, 「세폭청류」, 「등연어화」, 「앵수모아」, 「월교귀승」, 「연교목우」, 「금야농가」 시 등 모두 8수이다. 시적 풍경이 화면상의 풍경과 대체 관계를 보이는 시는 「소당고하」, 「선감효종」 시 2수이다.

이현환의 「칠탄정십육경」 시 16수는 모두 화면상의 풍경을 언어를 통해 시적 풍경으로 재산출한 시들이다. 이 중에서 시적 풍경이 화면상의 풍경과 보완 관계를 보이는 시는 「칠리명사」, 「일대청림」, 「임애상화」, 「선암도기」, 「부함관어」, 「석벽위송」, 「소당고하」, 「세폭청류」, 「선감효종」, 「앵수모아」, 「연교목우」, 「죽촌취연」 시 등 모두 12수이다. 시적 풍경이 화면상의 풍경과 대체 관계를 보이는 시는 「조기수간」, 「등연어화」, 「월교귀승」, 「금야농가」 시 등 4수이다. 시적 풍경이 화면상의 풍경과 부각 관계를 보이는 시는 한 수도 없다.

세 시인의 「칠탄정십육경」 시들에서 각각 제시되는 시적 풍경과 화면상의 풍경 간의 관계 양상을 시인별로 비교하면 다음의 표와 같다.

		이익의 시	강세황의 시	이현환의 시
시적 풍경과 화면상의 풍경의 관계	부각	0	5/15	0
	보완	7/12	8/15	12/16
	대체	5/12	2/15	4/16

위의 표에서 드러나듯이, 특이한 점은 시적 풍경이 화면상의 풍경과 부각 관계를 보이는 시가 이익과 이현환의 「칠탄정십육경」 시에서는 한 수도 없는 데 비해, 강세황의 「칠탄정십육경」 시에서는 전체 15수 중에서 5수나 된다는 것이다. 유독 강세황의 「칠탄정십육경」 시에서만 시적 풍경이 화면상의 풍경과 부각 관계를 보이는 시가 많은 것은 강세황이 자신의 그림을 시적 대상으로 하여 자작 제화시를 지었기 때문으로 보인다. 강세황은 그림을 그린 화가이자 그 그림을 대상으로 시를 지은 시인이다. 그래서 풍경이 구체적으로 어떠해야 하는가에 대한 인식이 그림을 그릴 때나 그 그림을 대상으로 시를 지을 때에 차이가 거의 없는 경우가 많았던 것으로 보인다.

이 글에서는 비슷하거나 동일한 화면상의 풍경을 시적 대상으로 하여 세 시인이 제각기 어떻게 서로 다른 시적 풍경으로 재산출하였는지를 살펴보기로 한다. 세 시인의 「칠탄정십육경」 16수 중에서 똑같이 화면상의 풍경을 언어를 통해 시적 풍경으로 재산출한 시들은 「일대청림」, 「조기수간」, 「임애상화」, 「선암도기」, 「석벽위송」, 「소당고하」, 「등연어화」, 「선감효종」, 「월교귀승」, 「연교목우」, 「죽촌취연」 시 등으로 모두 11수이다. 이 중에서 「일대청림」, 「임애상화」, 「석벽위송」 시 3수는 제1부에서 다루었다. 그러므로 여기에서는 「조기수간」, 「선암도기」, 「소당고하」, 「등연어화」, 「선감효종」, 「월교귀승」, 「연교목우」, 「죽촌취연」 시 등 8수를 다루기로 한다.

비슷하거나 동일한 화면상의 풍경을 시적 대상으로 하여 세 시인들이 제각기 어떻게 서로 다른 시적 풍경으로 재산출하였는지를 살펴보기 위해, 이 글에서는 세 시인들의 시에서 각각 제시된 시적 풍경의 산출 근거를 추출하여 비교하고자 한다. 시적 풍경의 산출 근거를 통해 시인이 시적 풍경의 요소를 화면상의 풍경에서 선정하였는지 아니면 시인 자신의 상상을 통해 선정하였는지를 알 수 있기 때문이다. 그리하여 시적 풍경의 산출 근거를 비교해봄으로써 세 시인들이 각각 산출한 시적 풍경이 상이한지의 여부는 물론이거니와 시적 풍경이 부분적으로 차이 나는지 아니면 현격하게 차이 나는지의 여부까지도 확인할 수 있다. 예컨대 시적 풍경의 산출 근거가 각각 '화면', '화면+시인의 상상', '시인의 상상'과 같이 제각기 다르면, 세 시인들의 시들에서 각각 제시된 시적 풍경은 당연히 상이할 수밖에 없다. 시적 풍경의 산출 근거가 동일할지라도, 산출 근거가 구체적으로 무엇이냐에 따라 세 시인들이 각각 산출한 시적 풍경이 비슷할 수도 있고 다를 수도 있다. 만약 시적 풍경의 산출 근거가 똑같이 '화면'일 경우, 세 시인들이 모두 화면상의 풍경의 요소들을 시적 풍경의 요소로 선택하였기 때문에 시적 풍경도 똑같거나 비슷하다. 그러나 시적 풍경의 산출 근거가 똑같이 '화면+시인의 상상'일 경우, 세 시인들이 화면상의 풍경의 요소들 중에서 일부와 시인 자신들이 제각기 상상한 것들에서 시적 풍경의 요소들을 선택하였기 때문에 시적 풍경이 부분적으로 차이 난다. 시적 풍경의 산출 근거가 똑같이 '시인의 상상'일 경우, 세 시인들이 화면상의 풍경의 요소들을 모두 배제하고 시인 자신들이 제각기 상상한 것들에서 시적 풍경을 선택하였기 때문에, 시적 풍경은 현격하게 다르다.

이 글에서는 먼저 무명 화가와 강세황이 각각 그린 두 종류의 「칠탄정칠육경도」 그림을 비교하기로 한다. 두 종류의 그림의 비교를 통해 그림의 표제가 화면에 어떤 식으로 구체화되었는지를 더욱 명확하게 확인할 수 있을 뿐 아니라 누구의 그림이 그림의 표제를 잘 반영하고 있는지 또 화면이 어떻게 변형되었는지도 확인할 수 있다. 그런 다음 세 시인의 시를 각각 분석한 후 시적 대상이 된 그림과 비교하여, 세 시인이 각각 산출한 시적 풍경의 산출 근거를 추출하기로 한다. 그리하여 각각의 시적 풍경의 산출 근거를 대비함과 함께 세 시인이 각각 산출한 시적 풍경이 어떻게 상이한지를 살펴보기로 한다.

다음의 〈그림 11〉은 무명 화가가 그린 「釣磯垂竿圖」이고, 〈그림 12〉는 강세황이 그린 「조기수간도」이다. 시 (41)은 〈그림 11〉에 적혀진 이익의 「조기수간」 시이고, 시 (42)와 (43)은 각각 〈그림 12〉에 적혀진 강세황과 이현환의 「조기수간」 시이다. 「조기수간도」는 낚시터에서 낚싯대를 드리우고 낚시하는 풍경을 그린 그림이다.

(41)
水邊楊柳綠依依　　물가의 푸른 버들 푸르고 무성하여
藏護臨流石一磯　　물가에 바위 낚시터 하나 감추어 주고 지켜 주었네
揀竹得竿靑裊裊　　하느작거리는 푸른 대나무 낚싯대
一肩高荷去忘歸　　한쪽 어깨에 높이 메고 가서는 돌아오는 걸 잊어버렸네

(42)
磻石淸溪上　　맑은 시냇가 낚시터에
漁翁垂釣竿　　어옹이 낚싯대 드리웠네

日斜魚不食　　해는 기울고 고기는 물지 않아

欲去更盤桓　　돌아가려다 다시 머뭇거린다네

(43)

灘上秋山碧四圍　　칠리탄가의 가을 산 푸른빛으로 사방을 에워싸고

荷竿漁子入烟霏　　낚싯대 멘 고기 잡는 사내 안개 속으로 들어가네

觀魚不覺蘆花雨　　고기 보느라 갈대꽃 떨어지는 줄 모르는데

一半斜陽在釣磯　　반쯤 기운 해 낚시터를 비추고 있네

　　전체 구도상으로 볼 때, 〈그림 11〉과 〈그림 12〉는 비슷하다. 두 그림 모두 시내를 가운데에 두고 양쪽으로 각각 들판과 나지막한 언덕이 펼쳐져 있다. 물가 언덕 쪽에는 가지를 아래로 축 늘어뜨린 버드나무가 있고, 버드나무 옆에는 삿갓을 쓴 사람이 낚싯대를 물속에 드리운 채 앉아 있다. 그러나 화면상의 풍경의 지배적인 요소인, 삿갓을 쓰고 낚싯대를 드리운 채 앉아 있는 사람의 모습이 〈그림 11〉에서는 조그맣게 그려져 있는 반면, 〈그림 12〉에서는 크게 그려져 있다. 〈그림 11〉에서는 들판 너머로 산 능선이 길게 펼쳐져 있는 모습이 그려져 있다. 이에 비해 〈그림 12〉에서는 산 능선이 그려져 있지 않고 시내 주변의 들판의 모습만 희미하게 그려져 있다. 이와 같은 점들로 미루어볼 때, 〈그림 12〉의 화면은 〈그림 11〉의 화면에 그려진 시냇가 낚시터 주변 부분을 확대·변형시킨 것임을 알 수 있다. 무명 화가의 다른 그림

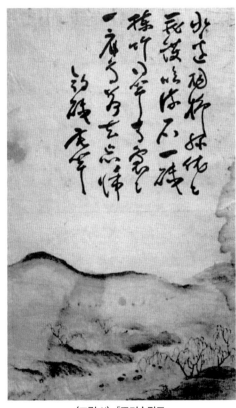

〈그림 11〉「조기수간도」

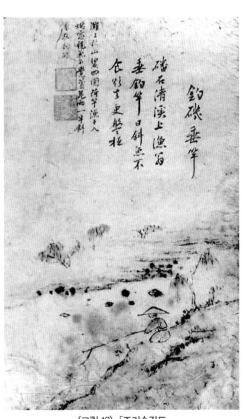

〈그림 12〉「조기수간도」

들과 마찬가지로, 〈그림 11〉에서는 경물들의 모습이 화가의 눈에 비친 대로 그려진 반면, 강세황의 〈그림 12〉에서는 그림의 표제와 직접적으로 관련 있는 요소들이 두드러져 보이게 그려져 있다. 그러나 두 그림 모두 낚시터에서 낚싯대를 드리우고 낚시하는 풍경을 담았다는 점에서 '조기수간'이라는 그림의 표제가 화면에 잘 반영되어 있다고 할 수 있다.

시냇가 낚시터에서 낚싯대를 드리우고 낚시를 하고 있는 인물의 모습이 그려져 있는 〈그림 11〉과는 달리, 이익의 시 (41)에서는 낚시하고 있는 인물의 모습이 언급되지 않는다. 전 1, 2구에서는 시냇가 바위 낚시터의 주변 상태가 제시된다. 물가의 버드나무 잎들이 푸르고 무성하여 옆에 있는 바위 낚시터를 가리고 있는데, 그러한 모습이 마치 화면 속의 인물만이 그곳에서 낚시할 수 있도록 다른 사람들 눈에 띄지 않게 바위 낚시터를 감추어주고 지켜주는 것처럼 보인다는 것이다. 후 3, 4구에서는 낚시꾼이 낚시하러 가서는 돌아오지 않는 상황이 언급된다. 하느작거리는 푸른 대나무 낚싯대를 한쪽 어깨에 높이 메고 낚시하러 갔는데 한 번 가서는 돌아오지 않는다는 것이다. 즉 시 (41)에서는 푸르고 무성한 버드나무 잎들이 가려주는 바람에 남의 눈에 띄지 않은 채 바위 낚시터에서 낚시꾼이 하루 종일 낚시하고 있음을 말하고 있다.

시적 풍경을 이루는 요소는 물가 주변의 푸른 잎이 무성한 버드나무, 버드나무 옆의 바위 낚시터, 하느작거리는 푸른 대나무 낚싯대를 한쪽 어깨에 높이 메고 낚시하러 갔다가 돌아오지 않는 낚시꾼의 모습이다. 물가 주변의 푸른 잎이 무성한 버드나무와 버드나무 옆의 바위 낚시터는 화면상에서 찾아볼 수 있다. 그러나 하느작거리는 푸른 대나무 낚싯대를 한쪽 어깨에 높이 메고 낚시하러 가는 낚시꾼의 모습은 화면상에서 찾아볼 수 없다. 그것은 시를 지은 이익이 상상한 것이다. 이러한 점에서 화면과 함께 시인의 상상이 시적 풍경의 산출 근거라고 할 수 있다.

그림의 표제가 화면상에 잘 반영되어 있다. 그러므로 화면상에 그려진, 낚싯대를 드리우고 낚시하고 있는 인물의 모습을 시적 풍경으로 제시해도 무방하다. 그럼에도 불구하고 이익은 그렇게 하지 않고 자신이 상상한 것을 시적 풍경의 요소로 제시하였다. 그 이유가 무엇일까? 그림을 보고 시를 지은 이익이 시적 대상이 되는 풍경을 화면상에 현재 그려져 있는 상태로만 보지 않고, 관조를 통해 시간적으로 연속되는 상태로 상상하였다는 점을 그 이유로 들 수 있다. 후 3, 4구의 진술을 통해 시간 가는 줄 모르고 낚시 삼매경에 빠져 있는 낚시꾼의 모습이 부각된다. 화면은 사실상 찰나적인 순간의 상태를 보여줄 뿐이지 그 상태에 대해 설명하지 않는다. 그렇기 때문에 화면상의 모습만으로는 그 모습이 낚시 삼매경에 푹 빠져 시간 가는 줄 모르고 있는 낚시꾼의 모습인지 아니면 낚시한 지 얼마 되지 않은 시간대의 낚시꾼의 모습인지 분별하기 어렵다. 이익은 바로 상상을 통해 시간적으로 화면상에 그려진 풍경보다 먼저 발생한 것들을 시적 풍경으로 제시함으로써 낚시꾼의 상태를 간접적으로 설명하였던 것이다. 이러한 점에서 시 (41)의 시적 풍경은 화면상의 풍경과 보완 관계를 이룬다고 할 수 있다.

낚시터에서 낚싯대를 드리우고 낚시하는 인물의 모습이 부각되어 있는 〈그림 12〉와는 달리, 강세황의 시 (42)에서는 시간적으로 상이한 두 개의 낚시터 풍경이 제시된다. 하나는 해가 저물기 이전의 낚시터 풍경이고, 다른 하나는 해가 저물 무렵의 낚시터 풍경이다. 전 1, 2구에서는 해가 저물기 이전의 낚시터 풍경이 제시된다. 어옹이 맑은 시냇가 낚시터에서 낚싯대를 드리우고 있다는 것이다. 후 3, 4구에서는 해가 저물 무렵의 낚시터 풍경이 제시된다. 해가 기울어 어옹이 집으로 돌아가려고 하다가 고기를 낚지 못한 아쉬움으로 다시 머뭇거리고 있다는 것이다.

시적 풍경을 이루는 요소는 맑은 시냇가 낚시터에서 낚싯대를 드리우고 있는 어옹의 모습과 해가 기울어 집으로 돌아가려고 하다가 고기를 낚지 못한 아쉬움으로 다시 머뭇거리고 있는 어옹의 모습이다. 맑은 시냇가 낚시터에서 낚싯대를 드리우고 있는 어옹의 모습은 화면상에서 찾아볼 수 있다. 해가 기울어 집으로 돌아가려고 하다가 고기를 낚지 못한 아쉬움으로 다시 머뭇거리고 있는 어옹의 모습은 그림을 그리고 시를 지은 강세황이 상상한 것이다. 이러한 점에서 화면과 함께 시인의 상상이 시적 풍경의 산출 근거라고 할 수 있다

그림을 직접 그린 강세황이 왜 화면상에 보이지 않는 것들을 상상을 통해 시적 풍경의 요소로 선택하였을까? 후 3, 4구의 시적 진술을 통해 부각되는 것은 고기를 낚고 싶어 하는 어옹의 마음이다. 물론 낚싯대를 드리우고 낚시하는 모습이 그려진 화면상에서도 어옹의 그러한 마음이 반영되어 있긴 하지만, 그 마음이 충분히 드러나지 않는다. 어옹의 마음은 시각적으로 지각되지 않기 때문에, 마음을 형상으로 직접 보여주기 어렵다. 부득이 그러한 마음을 가졌을 때의 모습, 즉 낚시하는 모습으로 보여줄 수밖에 없다. 화가이자 시인인 강세황은 낚시하는 모습만으로는 어옹의 마음을 드러내기에 충분하지 못하다고 보고 시적 진술을 통해 화면을 보완하려고 한 것으로 보인다. 이러한 점에서 시 (42)의 시적 풍경은 화면상의 풍경과 보완 관계를 이룬다고 할 수 있다.

이현환의 시 (43)에서도 시간적으로 상이한 두 개의 풍경이 제시된다. 하나는 늦가을 아침에 낚시꾼이 낚시하러 가는 칠리탄 주변의 풍경이고, 다른 하나는 해 질 무렵의 낚시터 풍경이다. 전 1, 2구에서는 늦가을 아침에 낚시꾼이 낚시하러 가는 칠리탄 주변의 풍경이 제시된다. 늦가을 아침에 칠리탄 주변에는 물안개가 자욱이 끼어 있어 사방을 에워싸고 있는 가을 산의 푸른 모습만이 드러나는데, 낚시꾼이 낚싯대를 메고 자욱한 물안개 속으로 들어가고 있다는 것이다. 후 3, 4구에서는 해가 저물 무렵의 낚시터 풍경이 제시된다. 해가 반쯤 기운 시각인데도 낚시꾼은 고기 낚는 데만 열중하여 낚시터 주변에 비가 내리듯 갈대꽃이 떨어지고 있는 줄도 모르고 있다는 것이다.

시적 풍경을 이루는 요소는 칠리탄 주변에 자욱이 긴 물안개, 물안개 때문에 푸른빛이 사방을 둘러싸고 있는 것처럼 보이는 가을 산의 모습, 낚싯대를 메고 물안개 속으로 들어가는 낚시꾼의 모습, 석양빛이 비추고 있는 낚시터, 비가 내리듯 갈대꽃이 떨어지고 있는 줄도 모르고 고기 낚는 데만 열중하고 있는 낚시꾼의 모습 등이다. 이러한 시적 풍경의 요소들은 모두 화면상에서 찾아볼 수 없다. 그림을 보고 시를 지은 이현환이 상상한 것들이다. 이러한 점에서 시인의 상상이 시적 풍경의 산출 근거라고 할 수 있다.

화면상에서 시적 풍경의 요소들을 전혀 찾아볼 수 없는 주된 이유는 시적 풍경의 계절적인 배경이 늦가을이라는 점에 있다. 화면상에 그려진 풍경이 어느 계절의 것인지는 분명하지 않다. 다만 낚시터의 공

간적인 특성을 드러내는 버드나무의 모습에서 계절적인 배경을 봄이나 여름으로 추정해볼 수 있다. 그러나 시에서는 낚시터의 공간적인 특성을 드러내는 경물로서 버드나무가 언급되지 않고 가을철 물색을 드러내는 갈대꽃이 언급된다. 칠리탄 주변에 피어오르는 물안개도 기운이 낮은 늦가을 아침의 물색이다.

이현환이 늦가을의 칠리탄 낚시터 풍경을 시적 풍경으로 제시한 이유는 무엇일까? '조기수간'이라는 그림의 표제에 대한 관점이 화가와 시인에 따라 다르다는 점을 그 이유로 들 수 있다. 즉 칠리탄 낚시터에서 낚시하는 풍경의 계절적 배경을 화가와 시인이 서로 다르게 설정하였다는 것이다. 그림을 그린 강세황은 봄 또는 여름으로 설정하였는 데 비해, 그림을 보고 시를 지은 이현환은 늦가을로 설정하였다. 그리하여 이현환은 화면상에 그려진, 봄 또는 여름의 칠리탄 낚시터 풍경을 이루는 요소들을 전부 배제하고 그 대신 상상을 통해 늦가을 칠리탄 낚시터 풍경을 시적 풍경으로 제시하였던 것이다. 이러한 점에서 시 (43)의 시적 풍경은 화면상의 풍경과 대체 관계를 이룬다고 할 수 있다.

이상에서 살펴보았듯이, 「조기수간도」라는 비슷하거나 동일한 그림을 시적 대상으로 하여 세 시인은 각기 서로 다른 시적 풍경을 산출하였다. 이익과 강세황의 시에서 각각 제시된 시적 풍경의 산출 근거는 '화면+시인의 상상'이다. 이에 반해 이현환의 시에서 제시된 시적 풍경의 산출 근거는 '시인의 상상'이다. 이익과 강세황은 화면상의 풍경의 요소들 중에서 일부와 자신들이 제각기 상상한 것들을 시적 풍경의 요소들로 선택하였고, 이현환은 전적으로 자신이 상상한 것들을 시적 풍경의 요소들로 선택하였다. 그리하여 이익의 시에서는 푸르고 무성한 버드나무 잎들이 가려주는 바람에 남의 눈에 띄지 않은 채 바위 낚시터에서 하루 종일 낚시하는 낚시꾼의 모습이 제시된다. 이에 비해 강세황의 시에서는 낚시터에서 하루 종일 낚싯대를 드리웠지만 고기를 낚지 못해 해가 기울어 집으로 돌아가려고 하다가 아쉬움으로 인해 다시 머뭇거리고 있는 어옹의 모습이 제시된다. 그리고 이현환의 시에서는 늦가을 아침에 낚싯대를 메고 자욱한 물안개 속으로 들어갔다가 해가 반쯤 기운 시각인데도 고기 낚는 데만 열중하여 낚시터 주변에 비가 내리듯 갈대꽃이 떨어지고 있는 줄도 모르고 있는 낚시꾼의 모습이 제시된다.

다음의 〈그림 13〉은 무명 화가가 그린 「仙巖睹碁圖」이고, 〈그림 14〉는 강세황이 그린 「선암도기도」이다. 시 (44)는 〈그림 13〉의 화면에 적혀진 이익의 「선암도기」 시이고, 시 (45)와 (46)은 각각 〈그림 14〉의 화면에 적혀진 강세황과 이현환의 「선암도기」 시이다. 「선암도기도」는 신선바위 위에서 사람들이 내기 바둑을 두고 있는 풍경을 그린 그림이다.

(44)

商顏爭似橘中歡	상안산이 귤 속의 즐거움과 비슷한데
落子聲遲決勝難	돌 떨어지는 소리 더디니 승부 내기 어려워라
余睹余閑君亦共	내가 내기 걸고서도 한가한데 그대도 마찬가지라
任教樵客拄柯觀	나무꾼이 도끼 자루 괴고 구경하도록 내버려 둔다네

(45)

層巖如積鐵　　쇠를 쌓아 놓은 듯한 층진 바위
其上有長松　　그 위에는 큰 소나무
磐石仍成局　　너럭바위가 그대로 바둑판 되어
圍棋數子同　　여럿이 함께 바둑을 두고 있네

(46)

石壁松陰盡日淸　　석벽의 소나무 그늘 종일 시원한데
一坪何處快輸嬴　　한 평 남짓 어느 곳에서 승부를 거는가
隔溪時有山僧過　　시내 건너편에서 이따금 산승이 지나가다가
挂杖惟聞落子聲　　지팡이 걸어 놓고 오로지 돌 떨어지는 소리만 듣는다네

　　화면의 전체 구도상으로 볼 때, 〈그림 13〉과 〈그림 14〉는 비슷하다. 그러나 풍경의 주된 요소인, 너럭바위 위에서 세 명의 남자가 바둑판을 사이에 두고 앉아 있는 모습이 〈그림 14〉에서는 두드러져 보이는 데 비해, 〈그림 13〉에서는 두드러져 보이지 않는다. 〈그림 14〉에서 풍경의 주된 요소가 두드러져 보이는 것은 지면 위로 불쑥 튀어나온 데다 넓고 평평하여 마치 무대와 같은 느낌을 주는 너럭바위 때문만이 아니다. 세 사람이 앉아 있는 곳 바로 위 허공 쪽으로 뻗어 있는 소나무 가지의 모습은 마치 그 세 사람을

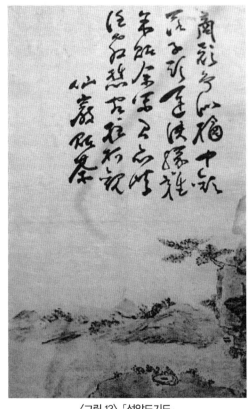
〈그림 13〉「선암도기도」

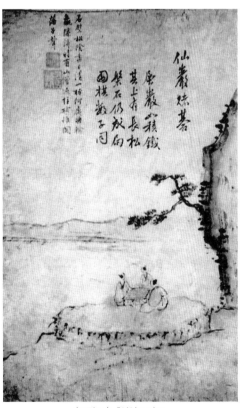
〈그림 14〉「선암도기도」

가리키고 있는 것처럼 보인다. 게다가 먼 산의 능선이 희미하게 배경 처리됨으로써 그와 대조적으로 선명하고 뚜렷하게 보이는 너럭바위와 사람 그리고 소나무의 모습은 더욱 부각된다. 세 명의 남자가 앉아 있는 너럭바위가 바로 신선바위(선암)이다. 소나무 가지 아래 신선바위 위에서 세 명의 남자가 바둑을 두고 있는 모습이 화면상의 풍경의 지배적인 요소들이라고 한다면, 지면과 소나무가 있는 절벽 그리고 산 능선은 종속적인 요소들이라고 할 수 있다.

이에 비해 〈그림 13〉에서는 신선바위 위에서 바둑판을 사이에 두고 앉아 있는 세 사람의 모습이 아주 작게 그려져 있을 뿐 아니라 배경으로 제시된 산 능선이 오히려 더 크게 그려져 있다. 게다가 절벽 위의 소나무가 공중을 향해 높이 뻗어가는 것처럼 그려져 있기 때문에, 소나무가 신선바위의 바로 위쪽에 있는 것으로 보이지 않는다. 이는 무명 화가가 그림의 표제로 제시된 풍경의 실경을 그리되 그 풍경이 부각되도록 그리지 않고, 자신의 눈에 비친 모습 그대로 그렸기 때문으로 보인다.

〈그림 14〉는 강세황이 실제 풍경을 보고 그린 것이 아니라 〈그림 13〉을 참조하여 그린 것이다. 이는 달리 말하면 강세황이 나름대로의 선택과 집중의 원리에 따라 〈그림 13〉에 제시된 풍경의 요소들을 재구성하였다고 할 수 있다. 즉 강세황은 소나무 가지 아래 신선바위 위에서 바둑판을 사이에 두고 앉아 있는 세 사람의 모습을 부각하기 위해 필요하지 않다고 생각되는 요소(〈그림 13〉에서 배경으로 제시된 능선, 절벽)들을 과감히 생략하거나 소략하게 제시하고, 주요하다고 생각되는 요소들(신선바위, 바둑 두는 사람, 소나무 가지)만 선택하여 그 상태를 세밀하게 제시하였던 것이다. 이러한 점에서 강세황은 〈그림 13〉의 화면을 변형하여 풍경의 지배적인 요소를 부각하였다고 할 수 있다.

〈그림 13〉의 화면에서처럼 이익의 시 (44)에서도 세 사람이 언급된다. 두 사람은 바둑을 두는 사람이고 나머지 한 사람은 구경꾼이다. 전 1, 2구에서는 신선바위 위에서 바둑판을 사이에 두고 앉아 있으면서 좀처럼 바둑알을 놓지 않는 두 사람의 모습이 언급된다. 첫째 구의 "商顏"은 商山四皓가 진나라의 학정을 피해 은둔하면서 바둑을 두었던 상안산(일명 상산)을 말한다. "귤 속의 즐거움(橘中歡)"은 巴邛 땅 사람의 귤 밭에서 큰 귤이 열려 그 귤을 쪼개 보니 그 속에서 백발의 두 노인이 서로 마주 앉아 바둑을 두면서 즐겁게 담소를 나누고 있었다는 고사와 관련된다.[129] 첫째 구의 "상안산이 귤 속의 즐거움과 비슷하다(商顏爭似橘中歡)"는 어느 공간에서 바둑을 두든 간에 바둑을 두는 즐거움은 다 같음을 뜻하는 말이다. 즉 신선바위 위에서 바둑을 둘 때도 당연히 즐거울 터인데, 두 사람이 좀처럼 바둑알을 놓지 않아 승부를 내기 어렵다는 것이다.

셋째 구에서는 바둑이 한없이 지체되는 이유가 제시된다. 셋째 구의 "나(余)"는 바둑을 두는 사람이면서 동시에 시 (44)의 화자이다. 그러므로 시를 지은 이익이 화면상에 그려진, 바둑을 두는 두 사람 중의 한 명을 시적 화자로 설정하였다고 할 수 있다. 비록 내기 바둑을 두고 있지만, 시적 화자뿐만 아니라 함께 바둑을 두는 상대방도 모두 승부에 개의치 않고 한가하게 한 수 한 수를 생각하느라 바둑알을 좀처럼

---

129 이익 저, 양기정 역, 『성호전집』 3, 한국고전번역원, 2016, 268면 주 75번 참조.

놓지 않는다는 것이다.

넷째 구에서는 晉나라 王質이 나무를 하러 갔다가 바둑 두는 것을 구경하느라고 도끼 자루가 썩은 줄도 모르고 있었다는 고사를 통해 구경꾼의 상태가 간접적으로 언급된다.[130] 즉 바둑 두는 사람들이 좀처럼 돌을 놓지 않아 바둑 두는 시간이 오래 걸리는데도 불구하고 옆에 앉은 나무꾼은 그것에 개의치 않고 오랜 시간을 바둑 구경하고 있다는 것이다.

시적 풍경을 이루는 요소들은 바둑판을 사이에 두고 앉아 있는 세 사람의 모습, 즉 내기 바둑을 두면서 승부에 개의치 않고 한가하게 한 수 한 수를 생각하느라 바둑알을 좀처럼 놓지 않는 두 사람의 모습과 오래도록 바둑을 구경하고 있는 나무꾼의 모습이다. 화면상에서도 바둑판을 사이에 두고 세 사람이 앉아 있다. 두 사람은 바둑을 두는 사람이고 나머지 한 사람은 바둑을 구경하는 사람이다. 그러나 내기 바둑을 두는 두 사람이 승부에 개의치 않고 한가하게 한 수 한 수를 생각하느라 바둑알을 좀처럼 놓지 않는 모습은 화면상에서 확인할 수 없다. 그것은 그림을 보고 시를 지은 이익이 상상한 것이다. 이러한 점에서 화면과 함께 시인의 상상이 시적 풍경의 산출 근거라고 할 수 있다.

그런데 이익이 화면상으로는 확인할 수 없는, 내기 바둑을 두면서 승부에 개의치 않고 한가하게 한 수 한 수를 생각하느라 바둑알을 좀처럼 놓지 않는 두 사람의 모습을 시적 풍경의 요소로 설정한 것은 무엇 때문일까? 이는 그림의 표제인 '仙巖賭碁'와 밀접한 관련이 있는 것으로 보인다. 그림의 표제상에 내기 바둑이 명시되어 있지만, 내기 바둑의 특징적인 모습은 화면에 담기 어렵다. 또한 '선암도기'라는 그림의 표제는 명칭 자체가 적절하지 못한 점이 있다. 탈속적인 느낌을 주는 신선바위와 세속적인 느낌을 주는 내기 바둑이 어울리지 않기 때문이다. 그래서 이익은 화면상으로 드러나지 않는 내기 바둑을 시적 진술에 반영하되, 표제의 명칭상의 적절하지 못한 점을 완화하기 위해 바둑 두는 두 사람이 내기 바둑을 두면서도 승부에 개의치 않고 한가하게 한 수 한 수를 생각하느라 바둑알을 좀처럼 놓지 않는다고 하였던 것으로 보인다. 즉 이익은 그러한 두 사람의 모습을 시적 풍경의 요소로 선택하여 화면을 보완하였던 것이다. 이러한 점에서 시 (44)의 시적 풍경은 화면상의 풍경과 보완 관계를 이룬다고 할 수 있다.

강세황의 시 (45)에 제시된 시적 풍경의 요소들의 상태는 〈그림 14〉에 그려진 화면상의 풍경의 요소들의 것과 똑같다. 뿐만 아니라 화면상에서 부각되는 세 명의 남자가 바둑을 두고 있는 곳의 장소적 특성이 시 (45)에서도 똑같이 부각된다. 시적 풍경을 공간적으로 분할해보면 크게 3개의 공간, 즉 하방, 중방, 상방 공간으로 나눌 수 있다. 신선바위가 하방 공간에 해당된다면, 여러 사람들이 바둑을 두고 있는 신선바위 위는 중방 공간에 해당되고, 신선바위 위쪽에 소나무가 있는 절벽은 상방 공간에 해당된다. 첫째 구에서는 하방 공간인 신선바위의 상태가 제시된다. 쇠를 쌓아놓은 듯한 층진 바위의 모습을 하고 있다는 것이다. 둘째 구에서는 신선바위 위쪽으로 큰 소나무가 있는 상방 공간의 상태가 제시된다. 셋째 구와 넷째 구에서는 중방 공간의 상태가 제시되는데, 신선바위가 그대로 바둑판 되어 여러 명이 그 위에서 함께 바

---

130 이익 저, 양기정 역, 위의 책, 2016, 269면 주 76번 참조.

둑을 두고 있다는 것이다.

　시적 풍경을 이루는 요소들은 쇠를 쌓아놓은 듯한 층진 신선바위, 큰 소나무, 신선바위 위에서 바둑을 두고 있는 사람들 등이 바로 그것이다. 시적 풍경을 이루고 있는 요소들은 모두 화면상에서 찾아볼 수 있다. 시적 풍경의 요소들이 모두 화면상의 풍경에서 확인되기 때문에, 화면이 바로 시적 풍경의 산출 근거가 된다. 즉 강세황이 화면상의 풍경을 부각하기 위해 화면상의 풍경의 요소들을 그대로 활용하여 시적 풍경을 산출하였던 것이다. 이러한 점에서 시 (45)의 시적 풍경은 화면상의 풍경과 부각 관계를 이룬다고 할 수 있다.

　〈그림 14〉의 화면에서처럼, 이현환의 시 (46)에서도 신선바위 위에서 바둑판을 사이에 둔 세 사람의 모습이 언급된다. 두 사람은 바둑을 두는 사람이고 나머지 한 사람은 구경꾼이다. 전 1, 2구에서는 신선바위 위에서 바둑을 두고 있는 두 사람의 모습이 언급된다. 바위 절벽에 뿌리를 박고 있는 소나무가 신선바위 위쪽으로 가지를 뻗고 있기 때문에, 그늘이 져서 하루 종일 시원한 신선바위 위에서 두 사람이 바둑을 두면서 승부를 겨루고 있다는 것이다. 후 3, 4구에서는 바둑을 구경하는 사람에 관해 언급된다. 시내 건너편에 있는 산사의 승려가 이따금 신선바위 옆을 지나가다가 바위 위에서 바둑 두는 걸 보고 걸음을 멈추고 바둑 구경에 빠져들곤 한다는 것이다.

　시적 풍경을 이루는 요소들은 소나무가 있는 바위 절벽, 소나무 가지로 인해 그늘이 져서 시원한 신선바위, 신선바위 위에서 바둑을 두는 두 사람, 그리고 신선바위 옆을 지나다가 바둑 두는 걸 보고 걸음을 멈추고 바둑 구경에 빠져든 시내 건너편 산사의 승려 등이다. 이 중에서 소나무가 있는 바위 절벽과 신선바위 위에서 바둑을 두는 두 사람의 모습은 화면상에서 확인할 수 있다. 소나무 가지로 인해 그늘이 져서 시원한 신선바위와 신선바위 옆을 지나다가 바둑 두는 걸 보고 걸음을 멈추고 바둑 구경에 빠진 시내 건너편 산사의 승려는 화면상에서 확인할 수 없다. 모두 그림을 보고 시를 지은 이현환이 상상한 것이다. 이러한 점에서 화면과 함께 시인의 상상이 시적 풍경의 산출 근거라고 할 수 있다.

　이현환이 소나무 가지로 인해 그늘이 져서 시원한 신선바위와 신선바위 옆을 지나다가 바둑 두는 걸 보고 걸음을 멈추고 바둑 구경에 빠진 시내 건너편 산사의 승려를 시적 풍경의 요소로 제시한 까닭은 무엇일까? 소나무 가지로 인해 그늘이 져서 하루 종일 시원한 신선바위의 상태는 화면상으로 드러나지 않는다. 신선바위 위쪽에 소나무 가지가 그려져 있는 화면을 보고 이현환이 상상한 것이다. 신선바위의 그러한 상태는 사람들이 신선바위 위에서 바둑을 두는 이유가 되기도 한다. 이러한 점에서 이현환이 화면상에서 직접적으로 드러나지는 않지만 화면을 근거로 상상하였던 신선바위의 상태를 시적 풍경의 요소로 제시함으로써 사람들이 신선바위 위에서 바둑을 두는 이유를 간접적으로 설명하였다고 할 수 있다.

　화면상에 그려진 구경꾼은 상투머리를 하고 있다. 그러므로 구경꾼이 구체적으로 어떠한 사람인지 화면상으로 알 수는 없지만 적어도 승려는 아니라고 할 수 있다. 그럼에도 불구하고 이현환이 산사의 승려를 구경꾼으로 설정한 것은 무엇 때문일까? 그 이유를 두 가지로 추정해볼 수 있다. 첫 번째는 이익이 이미 시 (44)에서 구경꾼을 나무꾼으로 설정하였기 때문에 이현환이 그와는 다른 부류의 사람을 구경꾼으로 설정하려고 했다는 것이다. 두 번째는 이현환이 신선바위 위에서 사람들이 바둑을 두고 있는 풍경을 화면상에 그려져 있는 상태 그대로만 보지 않고 관조를 통해 시간적으로 연속되는 상태로 상상하였다는 것이다. 신선바위 위에서 바둑 두는 걸 항상 나무꾼이 구경하는 것은 아니다. 다른 날에는 나무꾼과는 다른 부류의 사람이 구경할 수 있다. 나무꾼과 더불어 산사의 승려도 산길을 오고 가면서 선암바위에서 바둑 두는 걸 구경할 수 있는 사람들의 부류에 속한다. 게다가 화면상에는 강 건너편에 먼 산의 능선이 그려져 있다. 화면상에는 보이지 않지만 먼 산 어딘가에는 절이 있기 마련이다. 그러므로 화면상에 보이는 강 건너 먼 산의 능선을 근거로 하여 이현환이 구경꾼으로 시내 건너편에 있는 산사의 승려를 설정하였다고 할 수 있다.

소나무 가지로 인해 그늘이 져서 시원한 신선바위와 신선바위 옆을 지나다가 바둑 두는 걸 보고 걸음을 멈추고 바둑 구경에 빠진 시내 건너편에 있는 산사의 승려는 화면상에서는 보이지 않지만 오히려 화면을 더욱 잘 이해할 수 있게끔 해준다. 즉 이현환이 그것들을 시적 풍경의 요소로 선택하여 화면을 보완하였던 것이다. 이러한 점에서 시 (46)의 시적 풍경은 화면상의 풍경과 보완 관계를 이룬다고 할 수 있다.

이상에서 살펴보았듯이, 「선암도기도」라는 비슷하거나 동일한 그림을 시적 대상으로 하여 세 시인은 각기 서로 다른 시적 풍경을 산출하였다. 이익과 이현환의 시에서 각각 제시된 시적 풍경의 산출 근거는 '화면+시인의 상상'이다, 이에 반해 강세황의 시에서 제시된 시적 풍경의 산출 근거는 '화면'이다. 이익과 이현환은 화면상의 풍경의 요소들 중에서 일부와 자신들이 제각기 상상한 것들을 시적 풍경의 요소들로 선택하였고, 강세황은 화면상의 풍경의 요소들을 시적 풍경의 요소들로 선택하였다. 그리하여 이익의 시에서는 내기 바둑을 두면서 승부에 개의치 않고 한가하게 한 수 한 수를 생각하느라 바둑알을 좀처럼 놓지 않는 두 사람의 모습과 오래도록 바둑을 구경하고 있는 나무꾼의 모습이 제시된다. 이에 비해 강세황의 시에서는 큰 소나무 아래에 쇠를 쌓아놓은 듯한 층진 신선바위 위에서 바둑을 두고 있는 사람들의 모습이 제시된다. 그리고 이현환의 시에서는 소나무 가지로 인해 그늘이 져서 시원한 신선바위 위에서 바둑을 두는 두 사람의 모습과 신선바위 옆을 지나다가 걸음을 멈추고 바둑 구경에 빠져든 시내 건너편 산사의 승려의 모습이 제시된다.

다음의 〈그림 15〉는 무명 화가가 그린 「小塘孤荷圖」이고, 〈그림 16〉은 강세황이 그린 「소당고하도」이다. 시 (47)은 〈그림 15〉에 적혀진 이익의 「소당고하」 시이고, 시 (48)과 (49)는 각각 〈그림 16〉에 적혀진 강세황과 이현환의 「소당고하」 시이다. 「소당고하도」는 연꽃이 피어 있는 작은 연못의 풍경을 그린 그림이다.

(47)

半畝池成養活泉	반 묘 크기의 연못 만들어 샘을 파고
根移太華幾多年	태화산 연을 뿌리째 옮긴 지 몇 해던가
亭亭出水香尤遠	우뚝 물 위로 솟아 향기 더욱 멀리 퍼지니
始信濂溪獨愛蓮	비로소 믿겠도다 염계가 유독 연꽃 사랑하였다는 말을

(48)

小堂臨碧沼	작은 집 맞은편의 푸른 연못
靑水澹無派	푸른 물이 고요해서 물결도 없는데
最愛淸和節	가장 좋아하는 청화절에
新浮數點荷	새 연잎 몇 점이 떠 있다네

(49)

新荷數朶漾漣漪	새 연꽃 몇 송이 잔물결 위에 떠 있는데
風外微香掩苒時	바람에 은은한 향내 풍겨오곤 한다네
最是淸宵人不寐	이렇게도 맑은 밤에 잠을 이루지 못하니
雨聲强半在華池	빗소리가 반 이상 연못에서 나기 때문일세

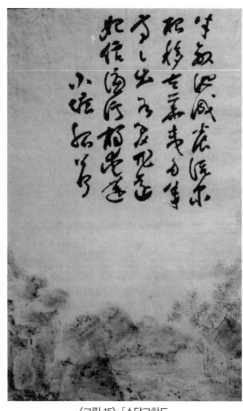

<그림 15〉「소당고하도」

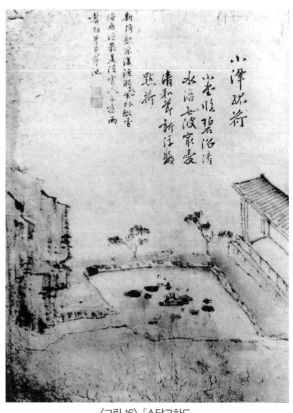

〈그림 16〉「소당고하도」

　　전체 구도상으로 볼 때, 〈그림 15〉와 〈그림 16〉은 비슷하다. 두 그림 모두 화면의 원편에는 절벽이, 오른편에는 칠탄정이, 그리고 가운데에는 연못이 그려져 있다. 그러나 절벽을 비롯하여 칠탄정 안팎과 연못 주변의 상태는 상당한 차이를 보인다.

　　〈그림 15〉의 화면에는 절벽과 칠탄정 주변 그리고 연못가의 둔치에 많은 나무들이 보이는데 모두 꽃이 만발한 상태이다. 칠탄정 안에는 두 사람이 난간 아래로 연못을 내려다보고 있다. 그림의 보존 상태가

좋지 않아 연못의 상태는 분명하게 식별되지 않지만, 〈그림 16〉의 연못의 상태와 비슷할 것으로 짐작된다. 〈그림 16〉의 화면에는 절벽과 칠탄정의 형체만 덩그렇게 그려져 있을 뿐 꽃나무나 사람은 보이지 않는다. 다만 절벽의 군데군데에 먹이 엷게 칠해져 있는데, 이는 풀이 나 있음을 나타낸 것으로 보인다. 연못의 수면 위로 작은 바위와 여러 점의 연잎 그리고 연잎 위로 솟아오른 꽃대에 핀 연꽃이 보인다. 연못 위의 둔치에는 잎이 앙상하게 달린 나무 두 그루가 그려져 있다.

그림의 표제가 '소당고하'임에도 불구하고, 두 그림 모두 화면상에 연꽃이 피어 있는 연못뿐만 아니라 절벽과 칠탄정까지 그려져 있다. 연꽃이 핀 연못이 화면상의 풍경의 지배적인 요소라고 한다면, 절벽과 칠탄정은 종속적인 요소라고 할 수 있다. 화가가 종속적인 요소를 통해 연못의 위치를 드러내고자 한 것으로 볼 수 있다. 지금은 없어졌지만, 그림이 그려질 당시에는 칠탄정 안마당에 연못이 있었다고 한다. 그러나 화가가 절벽과 칠탄정을 통해 단순히 연못의 위치만을 드러내려고 한 것은 아니다. 절벽과 칠탄정은 두 그림에서 각기 상이한 기능을 하고 있다. 〈그림 15〉의 경우, 절벽과 칠탄정 주변에 많은 나무들이 있는데 모두 꽃이 만발한 상태이다. 이러한 점에서 절벽과 칠탄정 주변의 상태는 연못에 연꽃이 피어 있는 풍경의 계절적 배경을 드러내는 기능을 한다고 할 수 있다. 이에 비해 〈그림 16〉의 경우, 절벽과 칠탄정 주변에는 그것 자체의 형체 이외에는 아무것도 보이지 않는다. 보이는 것은 오직 연못의 수면 위에 떠 있는 여러 점의 연잎과 연잎 위로 솟아오른 꽃대에 핀 연꽃뿐이다. 즉 연못 좌우에 있는 절벽과 칠탄정 주변에 아무것도 보이지 않음으로써 연못의 수면 위의 상태가 부각되고 있는 것이다. 이러한 점에서 텅 빈 절벽과 칠탄정 주변의 상태는 연꽃이 피어 있는 연못의 상태를 부각하는 기능을 한다고 할 수 있다. 이러한 점에서 화면은 '소당고하'라는 그림의 표제를 잘 반영하고 있다.

연꽃이 피는 시기는 7월과 8월 사이이다. 연못 주변의 풍경은 〈그림 15〉의 화면과 비슷하다. 그러므로 〈그림 16〉을 그린 강세황이 연꽃이 피어 있는 연못의 상태를 부각하기 위해 절벽과 칠탄정 주변의 상태를 의도적으로 변형시켰다고 할 수 있다.

칠탄정에서 두 사람이 연못에 핀 연꽃을 감상하고 있는 풍경이 그려진 〈그림 15〉와는 달리, 이익의 시 (47)에서는 시적 화자가 작은 연못에 연을 키우게 된 유래와 꽃이 핀 연의 상태 그리고 시적 화자의 내면 상태가 언급된다. 시 (47)의 전 1, 2구에서는 시적 화자가 작은 연못에 연을 키우게 된 유래가 언급된다. 시적 화자가 칠탄정 안마당에 반묘 크기의 연못을 만들어 샘을 파서 물을 채운 다음 좋은 품종의 연을 뿌리째 옮겨온 지 몇 년이 되었다는 것이다. 둘째 구의 '태화산 연'은 중국 태화산 정상에 있는 玉井이라는 연못에 피는 연꽃을 말하는데,[131] 여기에서는 좋은 품종의 연을 지칭하는 것으로 보인다. 후 3, 4구에서는 꽃이 핀 연의 상태와 처음으로 맡은 연꽃 향내에 대한 시적 화자의 내적 반응이 언급된다. 연못의 수면 위로 우뚝 솟은 꽃대에 연꽃이 피어 있기 때문에 바람을 타고 향기가 멀리까지 퍼져나가는데, 멀리서도 맡아지는 꽃향기에 반해 시적 화자가 연꽃을 사랑하게 되었다는 것이다. 넷째 구의 "비로소 믿겠도다

---

131 이익 저, 양기정 역, 위의 책, 2016, 269면 주 77번 참조.

염계가 유독 연꽃 사랑하였다는 말을(始信濂溪獨愛蓮)"에서 '비로소(始)'는 향기를 맡기 전에는 몰랐는데 향기를 처음 맡고 나서야 그 말을 믿게 되었다는 의미를 내포한다. 그러므로 넷째 구의 진술은 몇 년 동안 연을 키웠던 화자가 꽃이 피어 멀리까지 퍼지는 향기를 처음 맡고 나서 그 향기에 반해 중국 송나라 때 사람인 濂溪 周敦頤처럼 연꽃을 사랑하게 되었음을 간접적으로 표현하는 말이라고 할 수 있다.

멀리서도 맡아지는 향기에 반해 연꽃을 사랑하게 된 시적 화자는 칠탄정 안마당에 연못을 만들어 샘을 파서 물을 채운 다음 좋은 품종의 연을 뿌리째 연못에 옮겨와서 키운 인물이다. 이러한 점에서 이익은 칠탄정 주인을 시 (47)의 화자로 설정하였다고 할 수 있다. 이익이 화면상에 그려진, 칠탄정 난간 아래로 연못을 내려다보고 있는 두 사람 중의 어느 한 사람을 칠탄정 주인으로 보고 그를 시적 화자로 설정하였던 것이다.

시적 풍경을 이루는 요소들은 반묘 크기의 연못을 만들고 샘을 파서 물을 채운 뒤 좋은 품종의 연을 뿌리째 옮겨와 몇 년 동안 키웠던 칠탄정 주인의 일련의 행위, 수면 위로 우뚝 솟은 꽃대에 핀 연꽃, 멀리까지 퍼지는 연꽃 향기, 그 향기에 반해 연꽃을 사랑하게 된 칠탄정 주인의 내면 등이다. 이 중에서 수면 위로 우뚝 솟은 꽃대에 핀 연꽃만이 화면상에서 확인할 수 있다. 반묘 크기의 연못을 만들고 샘을 파서 물을 채운 뒤 좋은 품종의 연을 뿌리째 옮겨와 몇 년 동안 키웠던 칠탄정 주인의 일련의 행위, 멀리까지 퍼지는 연꽃 향기, 그리고 그 향기에 반해 연꽃을 사랑하게 된 칠탄정 주인의 내면은 모두 그림을 보고 시를 지은 이익이 상상한 것들이다. 이러한 점에서 화면과 함께 시인의 상상이 시적 풍경의 산출 근거라고 할 수 있다.

이익이 화면상의 풍경과는 다르게 자신이 상상한 것들을 시적 풍경의 요소로 선택한 이유는 무엇일까? 칠탄정에서 두 사람이 연못에 핀 연꽃을 감상하고 있는 풍경은 화면의 속성상 시간적으로 어떤 찰나적인 순간의 상태일 수밖에 없다. 그러나 그림을 보고 시를 짓는 이익은 그 풍경을 화면상에 그려져 있는 상태 그대로만 보지 않고 관조를 통해 관계 연속의 상태로 상상하였다. 화면상에 그려져 있는 풍경의 현 상태만을 보지 않고 시간적으로 연속되는 상태, 즉 연못을 만들고 연을 뿌리째 옮겨와 키웠던 칠탄정 주인의 일련의 행위와 연꽃 향기에 대한 그의 정감적인 반응 등과 연관되는 상태로 상상하였던 것이다. 또한 시는 화면과 달리 공간이나 시간의 제약을 받지 않기 때문에 이익이 상상하였던 것을 모두 담을 수 있다. 이익은 바로 상상을 통해 화면상에 그려진 풍경의 상태보다 시간적으로 앞서 발생한 것과 뒤에 발생한 것을 시적 풍경으로 제시함으로써 화면상의 풍경의 상태를 간접적으로 설명하였던 것이다. 이러한 점에서 시 (47)의 시적 풍경은 화면상의 풍경과 보완 관계를 이룬다고 할 수 있다.

연못의 수면 위에 떠 있는 여러 점의 연잎과 연잎 위로 솟아오른 꽃대에 핀 연꽃의 모습이 부각된 〈그림 16〉과는 달리, 강세황의 시 (48)에서는 연못의 수면 위로 새 연잎들이 떠 있는 풍경이 제시된다. 화면상의 풍경을 이루는 요소들이 동시적으로 제시되는 화면에서와는 달리, 시 (48)에서는 시적 풍경의 요소들이 '주변 → 중심'으로 수렴되는 시적 구조를 통해 점차적으로 제시된다. 시구의 전개에 따라 시적 공간이 '푸른 연못 → 연못 위의 수면 → 수면 위의 몇 점의 연잎'으로 바뀌는데, 이는 마치 카메라의 위치를 고정시킨 채 렌즈의 초점 거리를 변화시켜 점차적으로 촬영물에 접근하는 '줌 인' 기법과도 비슷하다.

첫째 구에서는 연못의 장소성이 부각된다. 푸른 연못이 작은 집 맞은편에 위치하고 있다는 것이다. '작은 집'은 바로 칠탄정을 지칭한다. 시에서 언급된 '작은 집'이나 화면상에 그려진 절벽과 칠탄정은 모두 연못의 장소성을 부각한다는 점에서 동일한 기능을 한다고 할 수 있다. 둘째 구에서는 연못의 수면이 언급된다. 연못의 수면이 물결도 없이 고요하다는 것이다. 셋째 구와 넷째 구에서는 수면 위에 떠 있는 몇 점의 연잎이 언급된다. 청화절에 새로 난 몇 점의 연잎이 수면 위에 떠 있다는 것이다. 셋째 구에서 음력 4월을 뜻하는 "청화절"이라는 시간어가 사용되었는데, 이는 연잎이 새로 나오는 시기를 가리킨다. 연꽃이 피는 시기는 양력 7월과 8월 사이이다. 그러므로 시적 풍경의 계절적 배경과 연잎 위로 솟아오른 꽃대에 연꽃이 핀 모습이 그려진 화면상의 풍경의 계절적 배경은 다르다고 할 수 있다.

시적 풍경을 이루고 있는 요소들은 작은 집 맞은편의 푸른 연못, 물결도 없는 고요한 연못의 수면, 청화절에 수면 위에 떠 있는 몇 점의 연잎 등이다. 시적 풍경과 화면상의 풍경의 계절적 배경은 서로 다르다. 이 때문에 청화절에 물결도 없는 고요한 연못의 수면 위에 떠있는 몇 점의 연잎과 화면상에 보이는 수면 위에 떠 있는 연잎은 일치하지 않는다. 청화절에 수면 위에 떠 있는 몇 점의 연잎은 강세황이 화면상에 그렸던 것이 아니라 상상한 것이다. 이러한 점에서 시인의 상상이 시적 풍경의 산출 근거라고 할 수 있다.

시적 대상이 된 그림을 직접 그린 강세황이 왜 화면상에 그려진 연꽃을 시적 풍경의 요소로 선택하지 않고 자신이 상상한 음력 4월에 새로 나온 몇 점의 연잎을 시적 풍경의 요소로 선택하였을까? 그림을 그린 화가이자 그 그림을 시적 대상으로 시를 지은 시인이기도 한 강세황이 화면상의 풍경을 화면상에 그려져 있는 상태 그대로만 보지 않고 관조를 통해 시간적으로 연속되는 상태로 상상하였다는 점을 그 이유로 들 수 있다. 강세황은 꽃대에 꽃이 피어 있는 연의 상태를 시간적으로 연속되는 상태, 즉 청화절에 새로 나온 몇 점의 연잎과 연관되는 상태로 상상하였던 것이다. 그리하여 시에서 그 몇 점의 연잎을 제시함으로써 지금은 연잎 위로 솟아 오른 꽃대에 꽃이 핀 상태이지만, 청화절 무렵에는 새로 나온 몇 점의 연잎이 수면 위에 떠 있는 상태였음을 말하고 있는 것이다. 이러한 점에서 시 (48)의 시적 풍경은 화면상의 풍경과 대체 관계를 이룬다고 할 수 있다.

연못의 수면 위에 떠 있는 여러 점의 연잎과 연잎 위로 솟아오른 꽃대에 핀 연꽃의 모습이 그려진 〈그림 16〉과는 달리, 이현환의 시 (49)에서는 시간적으로 상이한 2개의 풍경이 제시된다. 하나는 낮에 연꽃이 피어 있는 연못의 풍경이고, 다른 하나는 밤에 시적 화자가 잠을 못 이루고 있는 방 안의 풍경이다. 전 1, 2구에서는 연못에 피어 있는 연꽃의 상태가 언급된다. 새로 꽃이 피어난 몇 송이의 연이 잔물결 위에 떠 있는데, 바람이 불 때마다 연꽃의 은은한 향내가 풍겨오곤 한다는 것이다.

후 3, 4구에서는 밤에 잠을 못 이루고 있는 시적 화자의 상태를 통해 은은한 향내를 내는 연꽃의 사랑스러운 모습에 깊이 빠진 그의 마음이 간접적으로 표현된다. 시적 화자가 밤에 잠을 못 이루고 있는 방은 바로 칠탄정 정자에 딸려 있는 방이다. 그러므로 이현환이 칠탄정 주인을 시 (49)의 시적 화자로 설정하였다고 할 수 있다. 후 3, 4구에서 시적 화자는 맑은 밤에 연못에서 빗소리가 나기 때문에 잠을 이루지 못한다고 하였는데, 빗소리는 실제로 들리는 소리가 아니라 환청이다. 낮에 정자에서 새로 핀 연꽃의 모습을 보고 바람결에 풍겨오는 은은한 향내를 맡으면서 연꽃을 사랑하게 된 시적 화자가 혹시라도 밤새 비가 오면 연꽃이 떨어져 다음 날 은은한 향내를 내는 연꽃의 사랑스러운 모습을 다시는 보지 못할지도 모른다고 조바심을 느끼는 바람에 생겨난 환청이다. 조바심으로 인해 생긴 환청은 바로 시적 화자가 은은한 향내를 내는 연꽃의 사랑스러운 모습에 깊이 빠져 있음을 단적으로 말해주는 것이다.

시적 풍경을 이루는 요소들은 연못의 잔물결 위에 떠 있는 몇 송이의 새 연꽃, 바람 따라 풍겨오는 연꽃의 은은한 향내, 맑은 날 밤에 연못에서 빗소리가 들려오는 듯한 환청 현상 때문에 잠을 이루지 못하는 시적 화자 모습 등이다. 이 중에서 연못의 잔물결 위에 떠 있는 몇 송이의 새 연꽃은 화면에서 찾아볼 수 있다. 바람 따라 풍겨오는 연꽃의 은은한 향내와 맑은 날 밤에 연못에서 빗소리가 들려오는 듯한 환청 현상 때문에 잠을 이루지 못하는 시적 화자 모습은 그림을 보고 시를 지은 이현환이 상상한 것이다. 이러한 점에서 화면과 함께 시인의 상상이 시적 풍경의 산출 근거라고 할 수 있다.

화면상에는 정자에서 연꽃을 바라보는 사람의 모습이 그려져 있지 않다. 그럼에도 불구하고 이현환이 맑은 날 밤에 연못에서 빗소리가 들려오는 듯한 환청 현상 때문에 잠을 이루지 못하는 시적 화자의 모습을 시적 풍경의 한 요소로 제시한 까닭은 무엇일까? 후 3, 4구의 진술을 통해 시적 화자의 마음을 사로잡은, 은은한 향내를 풍기는 연꽃의 사랑스러운 모습이 부각된다. 화면은 사실상 찰나적인 순간의 상태를 보여줄 뿐이지 그 상태에 대해 설명하지 않는다. 그렇기 때문에 화면상에 보이는 연꽃이 감상자의 마음을 사로잡을 만큼 사랑스러운 모습인지는 분별하기 어렵다. 이현환은 바로 상상을 통해 시간적으로 화면상에 그려진 풍경보다 나중에 발생한 것을 시적 풍경의 요소로 제시함으로써 연꽃의 사랑스러운 모습을 간접적으로 설명하였던 것이다. 이러한 점에서 시 (49)의 시적 풍경은 화면상의 풍경과 보완 관계를 이룬다고 할 수 있다.

이상에서 살펴보았듯이, 「소당고하도」라는 비슷하거나 동일한 그림을 시적 대상으로 하여 세 시인은 각기 서로 다른 시적 풍경을 산출하였다. 이익과 이현환의 시에서 각각 제시된 시적 풍경의 산출 근거는 모두 '화면+시인의 상상'이다. 이에 비해 강세황의 시에서 제시된 시적 풍경의 산출 근거는 '시인의 상상'이다. 이익과 이현환은 화면상의 풍경의 요소들 중에서 일부와 시인 자신들이 제각기 상상한 것들을 시적 풍경의 요소들로 선택하였고, 강세황은 전적으로 자신이 상상한 것들을 시적 풍경의 요소들로 선택하였다. 그리하여 이익의 시에서는 반묘 크기의 연못을 만들고 샘을 파서 물을 채운 뒤 좋은 품종의 연을 뿌리째 옮겨와 몇 년 동안 키웠던 칠탄정 주인의 일련의 행위와 멀리까지 퍼지는 연꽃 향기 그리고 그 향기에 반해 연꽃을 사랑하게 된 칠탄정 주인의 내면이 제시된다. 이에 비해 강세황의 시에서는 청화절에 물결도 없는 고요한 푸른 연못의 수면 위에 떠 있는 몇 점의 연잎의 모습이 제시된다. 그리고 이현환의 시에서는 연못의 잔물결 위에 떠 있는 몇 송이의 새 연꽃과 바람 따라 풍겨오는 연꽃의 은은한 향내 그리고 맑은 날 밤에 연못에서 빗소리가 들려오는 듯한 환청 현상 때문에 잠을 이루지 못하는 시적 화자 모습이 제시된다.

다음의 〈그림 17〉은 무명 화가가 그린 「燈淵漁火圖」이고, 〈그림 18〉은 강세황이 그린 「등연어화도」이다. 시 (50)은 〈그림 17〉에 적혀진 이익의 「등연어화」 시이고, 시 (51)과 (52)는 각각 〈그림 18〉에 적혀진 강세황과 이현환의 「등연어화」 시이다. 「등연어화도」는 밤에 등연에서 불을 켜고 고기를 잡는 풍경을 그린 그림이다.

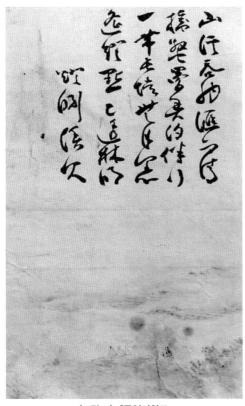

〈그림 17〉「등연어화도」

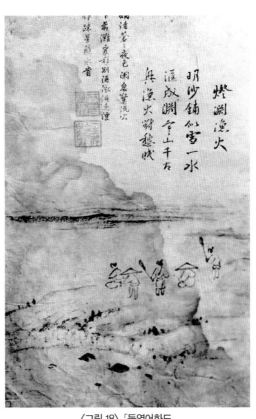

〈그림 18〉「등연어화도」

(50)

山溪呑納滙而淸　　산골짜기 들이 삼킨 물이 굽이쳐 맑게 흐르는 곳에
擒蟹罟魚約伴行　　게 잡고 물고기 그물 치러 함께 가자 약속했다네
一帶長堤無月黑　　한 줄기 긴 방죽엔 달이 없어 칠흑 같은데
遙燈點點透林明　　먼 곳의 등불 점점이 숲을 뚫고 밝게 빛나네

(51)

明沙鋪如雪　　맑은 모래 눈처럼 깔려 있고
一水滙成淵　　한 줄기 물이 모여 못을 이루었네
寒山千古興　　한산의 옛 흥취 있어
漁火對愁眠　　고기잡이 불빛 시름겨워 바라보다가 잠드네

(52)

烟渚蒼蒼夜色闌　안개 낀 물가 밤빛이 다하여 어둑어둑한데
忽驚漁火下前灘　갑작스레 고기잡이 불 앞 여울로 내려가네
更移別浦依俙遠　다시 다른 개펄로 이동하느라 희미해지면서 멀어지는데
便作疏星煎水看　문득 먼 별이 물에 잠기는 게 보이네

〈그림 17〉의 화면에는 폭이 좁다가 갑자기 넓어지는 시내의 모습이 그려져 있는데, 수면이 넓게 펼쳐진 곳이 바로 등연이다. 등연 오른쪽 모래톱에 두 사람이 앉아 있다. 그림의 보존 상태가 좋지 않아 분명하게 식별되지는 않지만, 두 사람이 앉아 있는 곳 위쪽 물가 쪽에 사람이 한 명 서 있는데, 아마도 등불을 들고 있는 것으로 짐작된다. 그 사람이 있는 곳 위쪽 물가 쪽에는 숲이 그려져 있다. 화면 전체가 희미하게 보이는 것은 그림의 보존 상태가 좋지 않은 탓도 있지만 칠흑같이 어두운 그믐날 밤의 상태를 반영하기 위한 것으로 보인다. 그때라야만 물고기들이 잠을 자다가 수면에 비친 불빛을 보고 몰려들기 때문이다.

〈그림 18〉의 화면에서는 시내 모양이 상류 쪽으로 갈수록 가늘고 좁게 그려져 있고 하류 쪽으로 갈수록 크고 넓게 그려져 있다. 또 시내 오른편에 있는 물체들은 가세하고 뚜렷하게 그려져 있는 반면, 시내 왼편에 있는 물체들은 흐릿하게 그려져 있다. 그럼으로써 시내 하류 쪽 오른편에 있는 물체들이 부각된다.

시내 하류 쪽에 수면이 넓게 펼쳐진 곳이 바로 등연이다. 등연 오른편의 모래톱에는 사람들이 5명 있다. 〈그림 17〉의 화면에서와는 달리, 〈그림 18〉의 화면에서는 물가에 있는 사람들의 모습이 뚜렷하게 그려져 있다. 상투머리를 하고 횃불로 수면을 비추고 있는 사람, 삿갓을 쓰고 모래톱에 앉아 있는 사람, 댕기머리를 하고 횃불을 든 사람, 삿갓을 쓰고 물고기를 움켜잡고 있는 사람, 상투머리를 하고 물가에 앉아 있는 사람 등 그들의 형체가 조금씩 차이 나게 그려져 있다. 그럼으로써 한밤중에 횃불을 밝히고 고기를 잡는 사람들의 모습들이 생동감 있게 느껴진다.

그런데 등연에서 사람들이 횃불을 밝히고 고기를 잡는 시기는 사물의 형체를 구별할 수 없을 정도로 칠흑같이 어두운 그믐날 밤이다. 그때라야만 물고기들이 잠을 자다가 수면에 비친 불빛을 보고 몰려들기 때문이다. 그런데 화면상의 풍경의 요소들은 마치 밝은 대낮에 보는 것처럼 선명하게 그려져 있다. 그믐날 밤에는 수면을 비추기 위해 밝힌 횃불밖에 보이지 않는다. 그럼에도 불구하고 강세황이 그렇게 그렸던 것은 한밤중에 물고기 잡는 사람들의 모습을 부각하기 위한 것으로 보인다.

밤에 사람들이 물가에 앉아 고기를 잡는 풍경이 그려진 〈그림 17〉과는 달리, 이익의 시 (50)에서는 시간적으로 상이한 2개의 풍경이 제시된다. 하나는 낮에 사람들이 등연으로 고기 잡으러 가자고 약속하는 풍경이고, 다른 하나는 밤에 사람들이 등불을 밝히고 고기 잡으러 등연으로 오고 있는 풍경이다. 전 1, 2구에서는 사람들이 등연으로 고기를 잡으러 함께 가기로 한 약속이 언급된다. 첫째 구에 언급된, 산골짜기에서 내려오는 물이 굽이쳐서 맑게 흐르는 곳이 바로 등연이다. 사람들이 그곳에서 밤에 함께 게를 잡고 그물을 쳐서 물고기를 잡자고 약속하였다는 것이다. 후 3, 4구에서는 그믐날 밤에 고기 잡으러 사람

들이 등불을 밝히고 등연으로 오고 있는 풍경이 제시된다. 그믐날 밤이라 달이 보이지 않아 긴 방죽 쪽은 칠흑같이 어두운데, 고기를 잡으러 숲 너머에서 방죽 쪽으로 오고 있는 사람들이 밝힌 등불 불빛이 숲 사이로 점점이 밝게 빛난다는 것이다.

시적 풍경을 이루는 요소들은 계곡물이 굽이쳐서 맑게 흐르는 곳, 낮에 그곳에서 게를 잡고 물고기 그물을 치러 함께 가자고 약속하는 사람들, 칠흑같이 어두운 방죽에서 멀리 떨어진 숲 사이로 점점이 밝게 빛나는 등불의 불빛 등이다. 이 중에서 계곡물이 굽이쳐서 맑게 흐르는 곳과 숲은 화면에서 찾아볼 수 있다. 낮에 게를 잡고 물고기 그물을 치러 함께 가자고 약속하는 사람들과 방죽에서 멀리 떨어진 숲 사이로 등불의 불빛이 점점이 밝게 빛나는 모습은 그림을 보고 시를 지은 이익이 상상한 것이다. 이러한 점에서 화면과 함께 시인의 상상이 시적 풍경의 산출 근거라고 할 수 있다.

〈그림 17〉과는 달리, 이익이 시 (50)에서 사람들이 낮에 등연에서 고기를 잡으러 가자고 약속하고 또 칠흑같이 어두운 밤에 등불을 밝히고 등연으로 가고 있는 풍경을 제시한 까닭은 무엇일까? 사람들이 등연에서 밤에 고기를 잡고 있는 풍경은 화면의 속성상 사실상 어떤 찰나적인 순간의 상태일 수밖에 없다. 또한 화면은 칠흑같이 어두운 밤에 두 사람이 시냇가 모래톱에 앉아 있는 모습을 보여줄 뿐이지 설명하지 않는다. 그러나 그림을 보고 시를 짓는 이익은 그 풍경을 화면상에 현재 그려져 있는 상태로만 보지 않고, 관조를 통해 시간적으로 연속되는 상태로 상상하였다. 이익은 바로 상상을 통해 시간적으로 화면상에 그려진 풍경보다 먼저 발생한 것들을 시적 풍경으로 제시함으로써 화면상의 풍경의 상태를 간접적으로 설명하였던 것이다. 이러한 점에서 시 (50)의 시적 풍경은 화면상의 풍경과 보완 관계를 이룬다고 할 수 있다.

등연에서 사람들이 횃불을 밝히고 고기를 잡는 모습이 그려진 〈그림 18〉과는 달리, 강세황의 시 (51)에서는 낮과 밤이라는 서로 다른 시간대에 시적 화자의 시각에 지각된 등연 주변의 풍경이 제시된다. 전 1, 2구에서는 등연과 등연 주변의 모래톱의 상태가 제시된다. 그 상태에는 등연과 등연 주변의 모래톱과 그것들을 바라보는 시적 화자 사이의 거리감이 반영되어 있다. 첫째 구의 "맑은 모래가 눈처럼 깔려 있다(明沙鋪如雪)"는 햇빛을 받아 하얗게 빛나는 모래톱을 멀리서 바라볼 때의 시각적인 인상을 표현한 것이다. 둘째 구의 "한 줄기 물이 모여 못을 이루었다(一水滙成淵)"는 멀리서 바라보았을 때의 등연의 전체적인 윤곽을 개략적으로 표현한 것이다. 시적 화자가 어디에서 등연과 모래톱을 바라보는지는 시 문면상으로 알 수 없다. 다만 '등연어화'라는 풍경이 칠탄정 주변의 16개 풍경들 중의 하나라는 점에서, 칠탄정으로 짐작해볼 수 있다. 그럴 경우, 강세황이 칠탄정 정자의 주인을 시적 화자로 설정하였다고 할 수 있다. 그런데 전 1, 2구에 제시된 등연과 등연 주변의 모래톱의 상태에는 고기를 잡는 사람들의 모습이 포함되어 있지 않다. 첫째 구에 제시된 모래톱에 대한 화자의 시각적인 인상이 햇빛으로 말미암은 것이기 때문에, 그러한 상태는 시간적으로 낮에 발생한 것이다. 그러므로 밤에 고기를 잡는 사람들의 모습은 당연히 그 상태에 포함될 리가 없다.

후 3, 4구에서는 밤의 풍경이 제시된다. 그러나 그 풍경은 화면상에서처럼 사람들이 등연에서 횃불을 밝히고 고기를 잡고 있는 모습이 아니다. 어두운 밤인 데다 멀리서 바라보기 때문에 등연에서 보이는 것은 불빛밖에 없다. 그래서 후 3, 4구에서는 그 불빛을 시름겹게 바라보다가 잠이 드는 시적 화자의 모습을 제시하고 있다. 셋째 구의 "한산의 옛 흥취가 있어(寒山千古興)"라는 말에서 '한산'은 중국의 전설적인 은둔 시인인 寒山子를 가리키는 것으로 보인다. '한산의 옛 흥취'는 다음의 한산자의 시구 (53)과 관련된 것으로 보인다.

(53)
此處聞漁父　이곳에서 들리네
時時鼓棹歌　이따금씩 노 두들기면서 부르는 노래
聲聲不可聽　그 소리 차마 들을 수 없으니
令我秋思多[132]　나로 하여금 시름겹게 하기 때문일세

한산자의 시구 (53)에서는 시적 화자가 어부들의 노래 소리로 인해 시적 화자의 시름이 촉발된다고 하였다. 이에 비해 강세황의 시 (51)에서는 고기잡이 불로 인해 시적 화자의 시름이 촉발된 것으로 되어 있다. 그리하여 넷째 구에서는 시적 화자가 고기를 잡으려고 밝힌 불빛을 시름에 겨운 채 바라보다가 잠이 든다고 하였는데, 이는 고기잡이가 밤늦게까지 계속되었음을 간접적으로 말하는 것이다.

시적 풍경을 이루는 요소들은 눈처럼 깔려 있는 모래톱, 한 줄기 물이 모여 이루어진 못, 고기를 잡으려고 밝힌 불빛, 낮에는 멀리 등연과 모래톱을 바라보고 밤에는 시름에 겨운 채 불빛을 바라보다가 잠이 드는 인물의 모습 등이다. 이 중에서 고기를 잡으려고 밝힌 불빛은 화면상에서 확인할 수 있다. 그러나 낮에 시적 화자의 시각에 지각된 눈처럼 깔려 있는 모래톱과 한 줄기 물이 모여 이루어진 못, 낮에는 멀리 등연과 등연 주변의 모래톱을 바라보고 밤에는 시름에 겨운 채 불빛을 바라보다가 잠이 드는 인물의 모습은 화면상에는 찾아볼 수 없다. 그림을 그린 화가이자 시를 지은 시인인 강세황이 상상한 것이다. 이러한 점에서 화면과 함께 시인의 상상이 시적 풍경의 산출 근거라고 할 수 있다.

시적 대상이 된 그림을 직접 그린 강세황이 왜 화면상에 보이지 않는 것들을 상상을 통해 시적 풍경의 요소로 선택하였을까? 강세황의 시 (51)에서는 낮에는 멀리서 보아도 전체적인 윤곽이 식별되지만 밤에는 단지 고기를 잡기 위해 밝힌 불빛만 보이는 등연의 상태가 제시된다. 반면 화면에는 그믐날 밤에 수면을 비추기 위해 밝힌 횃불밖에 보이지 않음에도 불구하고 밝은 대낮에나 볼 수 있는 형상이 그려져 있다. 즉 화가이자 시인인 강세황은 매체의 속성 때문에 등연의 밤 풍경을 그대로 담지 못한 화면을 시적 진술을 통해 보완하려고 하였던 것이다. 이러한 점에서 시 (51)의 시적 풍경은 화면상의 풍경과 보완 관계를 이룬다고 할 수 있다.

등연에서 사람들이 횃불을 밝히고 고기를 잡는 모습이 그려진 〈그림 18〉과는 달리, 이현환의 시 (52)

132　김달진 역주, 『한산시』, 세계사, 1989, 51면.

에서는 시간의 경과에 따라 달라지는 등연 주변의 밤 모습이 풍경으로 제시된다. 첫째 구에서는 사람들이 고기를 잡으러 오기 직전의 등연 주변의 모습이 제시된다. 안개가 자욱이 끼어 밤빛을 차단하는 바람에 등연 주변이 어두컴컴하다는 것이다. 둘째 구에서는 사람들이 고기를 잡으러 올 때의 등연 주변의 모습이 제시된다. 고기를 잡기 위해 밝힌 횃불이 갑자기 앞 여울로 내려가고 있다는 것이다. 셋째 구에서는 사람들이 다른 개펄로 이동할 때의 등연 주변의 모습이 제시된다. 횃불의 불빛이 점점 희미해지면서 멀어진다는 것이다. 넷째 구에서는 안개가 걷힌 후의 등연의 모습이 제시된다. 먼 하늘의 별빛이 수면 위에 비치고 있다는 것이다.

시적 풍경을 이루는 요소들은 안개가 자욱이 끼어 어두컴컴한 등연 주변의 모습, 등연 쪽으로 다가오는 불빛의 모습, 점점 희미해지면서 등연에서 멀어져가는 불빛의 모습, 등연의 수면 위에 비친 별빛의 모습 등이다. 이러한 시적 풍경의 요소들은 모두 화면에서 찾아볼 수 없다. 그림을 보고 시를 지은 이현환이 상상한 것들이다. 이러한 점에서 시인의 상상이 시적 풍경의 산출 근거라고 할 수 있다.

이현환이 화면상의 풍경의 요소들은 배제하고 자신이 상상한 것들을 시적 풍경의 요소들로 선택한 이유는 무엇일까? 두 가지 이유를 추정해볼 수 있다. 하나는 마치 밝은 대낮에 보는 것처럼 선명하게 그려진 화면상의 풍경과는 달리 이현환이 그림의 표제인 '등연어화'에 걸맞게 밤에 보이는 풍경을 산출하려고 하였다는 것이다. 등연을 지칭하는 둘째 구의 "앞 여울(前灘)"이라는 시어로 미루어볼 때, 시적 화자는 칠탄정에서 등연 쪽을 바라보고 있는 것으로 짐작된다. 등연이 칠탄정의 아래쪽 200m쯤 떨어진 곳에 있기 때문이다.[133] 그러므로 이현환은 칠탄정 주인을 시적 화자로 설정하여 그의 시각에 지각된, 밤에 사람들이 불을 밝히고 고기를 잡기 위해 등연 주변을 오가는 모습을 풍경으로 제시하려고 하였던 것이다.

다른 하나는 그림을 보고 시를 짓는 이현환이 시적 대상이 되는 풍경을 화면상에 현재 그려져 있는 상태로만 보지 않고, 관조를 통해 시간적으로 연속되는 상태로 상상하였다는 것이다. 그리하여 이현환은 화면상에는 그려져 있지 않지만 상상을 통해 사람들이 고기 잡으러 횃불을 밝히고 등연에 올 때뿐 아니라 등연에 오기 직전과 등연에서 떠난 직후의 달라지는 등연 주변의 모습을 풍경의 요소로 제시하였다. 그럼으로써 이현환은 화면상에 그려진 등연에서 사람들이 횃불을 밝히고 고기를 잡는 풍경을 찰나적인 순간에 포착된 형태가 아니라 시간적으로 연속되는 형태로 제시하게 된다. 화면상의 풍경들의 요소가 전부 배제되고 오직 시인 자신이 상상한 것들만으로 시적 풍경이 이루어져 있다는 점에서, 시 (52)의 시적 풍경은 화면상의 풍경과 대체 관계를 이룬다고 할 수 있다.

이상에서 살펴보았듯이, 「등연어화도」라는 비슷하거나 동일한 그림을 시적 대상으로 하여 세 시인은 각기 서로 다른 시적 풍경을 산출하였다. 이익과 강세황의 시에서 각각 제시된 시적 풍경의 산출 근거는 '화면+시인의 상상'이다. 이에 비해 이현환의 시에서 제시된 시적 풍경의 산출 근거는 '시인의 상상'이다. 이익과 강세황은 화면상의 풍경의 요소들 중에서 일부와 시인 자신들이 제각기 상상한 것들을 시적 풍

---

133 손팔주, 앞의 논문, 1991, 137면.

경의 요소들로 선택하였고, 이현환은 전적으로 시인 자신이 상상한 것들을 시적 풍경의 요소들로 선택하였다. 그리하여 이익의 시에서는 낮에 등연에서 고기를 잡으러 가자고 약속한 사람들이 칠흑같이 어두운 밤에 등불을 밝히고 등연으로 가고 있는 모습이 제시된다. 이에 비해 강세황의 시에서는 눈처럼 깔려 있는 모래톱과 한 줄기 물이 모여 이루어진 못, 고기를 잡으려고 밝힌 불빛, 그리고 낮에는 멀리 등연과 모래톱을 바라보고 밤에는 시름에 겨운 채 불빛을 바라보다가 잠이 드는 인물의 모습이 제시된다. 그리고 이현환의 시에서는 안개가 자욱이 끼어 어두컴컴한 등연 주변의 모습, 등연 쪽으로 다가오는 불빛의 모습, 점점 희미해지면서 등연에서 멀어져가는 불빛의 모습, 그리고 등연의 수면 위에 비친 별빛의 모습이 제시된다.

다음의 〈그림 19〉는 무명 화가가 그린 「禪龍曉鍾圖」이고, 〈그림 20〉은 강세황이 그린 「선감효종도」이다. 시 (54)는 〈그림 19〉에 적혀진 이익의 「선감효종」 시이고, 시 (55)와 (56)은 각각 〈그림 20〉에 적혀진 강세황과 이현환의 「선감효종」 시이다. 「선감효종도」는 절에서 새벽 종소리가 들려올 때의 칠탄정과 그 주변의 풍경을 그린 그림이다.

(54)

蒼茫林岫鳥知歸 　아득한 숲과 산봉우리로 새들이 돌아갈 줄 알듯이
定有琳宮隔翠微 　필시 산 너머에 절이 있을 걸세
淸曉鍾聲來世界 　맑은 새벽 종소리 세상으로 들려와
解敎人識起穿衣 　사람들이 일어나 옷 입을 때를 알게 하네

(55)

禪室深山裏 　깊은 산속의 선실에서
冷冷磬響傳 　차가운 경쇠 소리 전해오네
令人發深省 　깊이 성찰하게 하려고
淸韻警晨眠 　맑게 울리는 소리 새벽잠을 깨운다네

(56)

涵虛松陰影參差 　허공에 뻗은 솔 그림자 올망졸망
山寺鍾鳴禮佛時 　산사의 종소리 예불 올릴 때를 알리네
白雲深處聲聲動 　흰 구름 깊은 곳까지 소리가 울려 퍼지는데
月在西峰也獨知 　서쪽 봉우리에 있는 달만이 안다네

그림의 표제로 제시된 것은 절에서 들려오는 새벽 종소리이다. 그러나 그 소리는 청각적으로만 지각되기 때문에 화면에 담을 수 없다. 그래서 〈그림 19〉와 〈그림 20〉을 그린 화가들은 모두 절에서 새벽 종소리가 들려올 때의 칠탄정과 그 주변의 풍경을 화면에 담았다. 그림을 감상하는 사람은 '선감효종'이라는

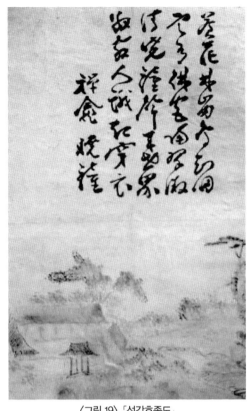

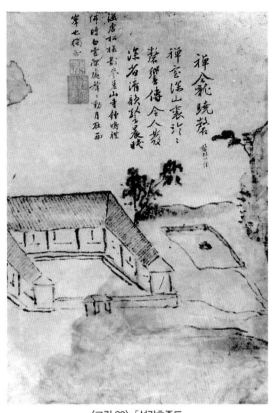

〈그림 19〉「선감효종도」　　　　　　　　　　〈그림 20〉「선감효종도」

표제를 통해서만 비로소 화면이 절에서 새벽 종소리가 들려올 때의 칠탄정과 그 주변의 풍경을 그린 것임을 알 수 있다.

〈그림 19〉와 〈그림 20〉의 화면은 전체적으로 볼 때 비슷하다. 두 그림 모두 화면이 좌방, 중방, 우방 공간과 같이 3개의 공간으로 구성되어 있다. 칠탄정이 좌방 공간에 해당된다면, 연못은 중방 공간에 해당되고, 소나무가 있는 절벽은 우방 공간에 해당된다.

다른 그림들에 비해 「선감효종도」에서는 칠탄정 건물이 매우 크고 상세하게 그려져 있다. 「소당고하도」, 「부함관어도」, 「임애상화도」에서는 연못이나 절벽 쪽에서 보이는 칠탄정 건물의 일면만이 그려져 있다. 이에 비해 「선감효종도」에서는 'ㄇ' 형태의 칠탄정 전체 건물뿐만 아니라 안마당과 대문까지 그려져 있다. 또 다른 그림들에서는 사람이 있든 없든 칠탄정 내부가 드러나도록 그려져 있는 데 비해, 「선감효종도」에서는 칠탄정 내부가 드러나지 않고 단지 여러 칸으로 된 칠탄정 전체 건물의 외부 형태만 그려져 있다. 칠탄정 건물 오른편으로 연못과 소나무가 있는 절벽이 보인다. 그런데 칠탄정 건물과 그 주변 어디에서도 사람의 모습은 보이지 않는다. 화가가 다른 그림들에서와는 달리 「선감효종도」에서 안마당을 포함하여 칠탄정 건물의 전체적인 모습까지 그려놓으면서도 사람의 모습이 보이지 않게 한 것은 종소리가 들려오는 때가 바로 사람들이 잠든 새벽녘임을 드러내기 위한 것으로 보인다.

〈그림 19〉에서는 칠탄정 건물 주변과 칠탄정과 절벽 사이의 공간에 우거진 나무 덤불이 그려져 있다. 이에 비해 〈그림 20〉에서는 칠탄정 건물 옆에 큰 나무 한 그루만 그려놓았다. 그림으로써 칠탄정과 연못,

그리고 절벽의 모습이 〈그림 19〉에서보다 더욱 확연하게 드러난다. 또 〈그림 19〉에서는 칠탄정 건물로 들어가는 대문과 대문 옆의 담장이 크고 높게 그려져 있는 데 비해, 〈그림 20〉에서는 조그맣고 나지막하게 그려져 있다. 그럼으로써 텅 빈 마당이 훤하게 보이게 하였다. 이러한 점에서 강세황은 사람들이 모두 잠들어 사람의 모습을 전혀 찾아볼 수 없는 칠탄정 방 바깥의 상태를 두드러져 보이게 하기 위해 〈그림 19〉의 화면을 변형시켰다고 할 수 있다.

절에서 새벽 종소리가 들려올 때의 칠탄정과 그 주변의 풍경이 그려진 〈그림 19〉와는 달리, 이익의 시 (54)에서는 산속 어딘가에 있음 직한 절의 존재와 새벽에 그 절에서 울려오는 종소리에 대해 언급하고 있다. 전 1, 2구에서는 눈에 보이지는 않지만 산속 어딘가에 있을 절의 존재에 대해 언급하고 있다. 숲과 봉우리가 아무리 멀리 떨어져 있더라도 새들이 그곳으로 돌아갈 줄 아는 것과 마찬가지로, 비록 눈에 보이지는 않지만 산속에는 절이 필시 있을 거라는 것이다. 후 3, 4구에서는 새벽에 절에서 울려 퍼지는 종소리에 대해 언급하고 있다. 산속 어딘가에 있을 절에서부터 사람들이 살고 있는 세상으로 울려 퍼지는 새벽 종소리가 사람들이 잠자리에서 일어나 옷을 입을 때를 알려준다는 것이다.

시적 풍경을 이루는 요소들은 아득한 숲과 봉우리로 돌아가는 새, 산 너머에 있는 절, 세상으로 들려오는 새벽 종소리, 사람들이 일어나서 옷을 입고 있는 방 안 등이다. 이와 같은 요소들은 모두 화면에서 찾아볼 수 없다. 그것들은 모두 그림을 보고 시를 지은 이익이 상상한 것이다. 이러한 점에서 시적 풍경의 산출 근거는 화면이 아니라 시인의 상상이라고 할 수 있다.

이익이 화면상의 풍경의 요소들은 전부 배제하고 자신이 상상한 것들을 시적 풍경의 요소들로 선택한 이유는 무엇일까? 이익은 새벽녘의 칠탄정과 그 주변 풍경이 그려진 〈그림 19〉의 화면이 그림의 표제와 직접적으로 관련되지 않는 것으로 본 것 같다. 그리하여 화면상의 풍경 대신에 그림의 표제와 부합되는 풍경으로 산속의 절에서 울리는 새벽 종소리를 듣고 사람들이 일어나는 모습을 설정하여, 상상을 통해 그러한 모습이 부각되는 시적 풍경을 산출하였다. 이러한 점에서 시 (54)의 시적 풍경은 화면상의 풍경과 대체 관계를 이룬다고 할 수 있다.

절에서 종소리가 들려오는 새벽녘의 칠탄정과 그 주변 풍경이 그려진 〈그림 20〉과는 달리, 강세황의 시 (55)에서는 경쇠 소리가 들려오는 칠탄정 방 안의 풍경이 제시된다. 전 1, 2구에서는 경쇠 소리에 대한 시적 화자의 지각 행위가 언급된다. 깊은 산속의 선실에서 차가운 경쇠 소리가 들려온다는 것이다. 후 3, 4구에서는 경쇠 소리에 대한 시적 화자의 반응이 언급되는데, 그러한 언급 속에서 시적 화자가 있는 곳이 드러난다. 시적 화자는 칠탄정 방 안에서 잠을 자다가 선실에서 들려오는 맑은 경쇠 소리로 인해 새벽잠이 깨어 자신을 깊이 성찰해보게 되었다는 것이다. 시적 화자가 칠탄정 방 안에서 잠을 자다가 경쇠 소리로 인해 새벽잠을 깬 인물이라는 점에서, 강세황이 칠탄정 주인을 시 (55)의 시적 화자로 설정하였다고 할 수 있다. 경쇠 소리를 듣고 새벽잠에서 깨어나 자신을 깊이 성찰해보려는 시적 화자의 모습을 통해 절에서 들려오는 새벽 경쇠 소리의 맑고 깨끗한 이미지가 부각된다.

시적 풍경을 이루는 요소는 깊은 산속의 선실에서 들려오는 맑은 경쇠 소리, 방에서 잠을 자다가 그 소리를 듣고 일어나 자신을 깊이 성찰하는 인물의 모습이다. 그것들은 모두 화면상에서 전혀 찾아볼 수 없다. 그림을 그린 화가이자 시를 지은 강세황이 상상한 것이다. 이러한 점에서 시적 풍경의 산출 근거는 화면이 아니라 시인의 상상이라고 할 수 있다.

시적 대상인 〈그림 20〉을 직접 그렸음에도 불구하고 강세황이 화면상의 풍경의 요소들은 전부 배제하고 자신이 상상한 것들을 시적 풍경의 요소들로 선택한 이유는 무엇일까? 강세황이 시 (54)에서 부각하려고 하였던 것은 선실에서 들려오는 새벽 경쇠 소리의 맑고 깨끗한 이미지이다. 그런데 경쇠 소리의 그러한 이미지는 매체의 속성 때문에 화면에 담을 수가 없다. 그렇기 때문에 부득이하게 경쇠 소리가 들려오는 새벽녘의 칠탄정과 그 주변 풍경을 화면에 그렸다. 그래서 강세황은 시 (55)에서 경쇠 소리의 그러한 이미지를 부각하기 위해 상상을 통해 경쇠 소리를 듣고 새벽잠에서 깨어나 자신을 깊이 성찰해보려는 칠탄정 주인의 모습을 설정하였던 것이다. 이러한 점에서 시 (55)의 시적 풍경은 화면상의 풍경과 대체 관계를 이룬다고 할 수 있다.

절에서 종소리가 들려오는 새벽녘의 칠탄정과 그 주변 풍경이 그려진 〈그림 20〉과 같이, 이현환의 시 (56)에서도 사람들이 잠든 새벽에 종소리가 들려올 때의 칠탄정과 칠탄정 주변 풍경이 제시된다. 전 1, 2구에서는 절에서 새벽 종소리가 들려올 때의 칠탄정 주변의 상태가 제시된다. 허공으로 뻗어 있는, 길고 짧은 소나무 가지들이 달빛을 받아 땅 위로 그림자를 드리우고 있을 때 새벽 예불을 알리는 종소리가 들려온다는 것이다. 시 (56)에서 언급된 소나무는 바로 화면에 그려져 있는, 칠탄정 맞은편 절벽 중턱에 뿌리를 박고 허공 쪽으로 가지들이 뻗어 있는 소나무이다. 후 3, 4구에서는 종소리가 칠탄정 주변을 지나 흰 구름이 떠 있는 하늘까지 울려 퍼져나가는데도 그 사실을 서쪽 봉우리로 기우는 달만이 알고 있음이 언급된다. 서쪽 봉우리로 기우는 달은 한편으로 시적 풍경의 시간적 배경이 새벽임을 말해준다. 서쪽 봉우리로 기우는 달만이 알고 있다는 것은 새벽에 종소리가 들려오는 게 한참 되었는데도 칠탄정 주인이 깊이 잠들어 지각하지 못하였음을 간접적으로 말하는 것이다.

시적 풍경을 이루는 요소들은 허공으로 뻗어 있는 길고 짧은 소나무 가지들의 그림자, 칠탄정 주변으로 들려오는 산사의 종소리, 하늘까지 퍼져나가는 종소리, 서쪽 봉우리 위에 떠 있는 달 등이다. 허공으로 뻗어 있는 길고 짧은 소나무 가지들은 화면에서 찾아볼 수 있지만, 그 외의 요소들은 화면에서 찾아볼 수 없다. 화면에서 찾아볼 수 없는 것들은 모두 시를 지은 이현환이 상상한 것이다. 이러한 점에서 화면과 함께 시인의 상상이 시적 풍경의 산출 근거라고 할 수 있다.

이현환이 화면상의 풍경과는 다르게 자신이 상상한 것들을 시적 풍경의 요소로 선택한 이유는 무엇일까? 앞에서 언급하였듯이, 그림의 표제상에 제시된 절에서 들려오는 새벽 종소리는 청각적으로만 지각되기 때문에 화면에 담을 수 없다. 이현환은 그림의 표제에 걸맞은 시적 풍경을 창출하기 위해 그러한 것들을 풍경의 요소로 제시하였다. 즉 이현환은 매체의 속성 때문에 그림의 표제가 충분히 반영되어 있지 못한 화면을 시적 진술을 통해 보완하려고 하였던 것이다. 이러한 점에서 시 (56)의 시적 풍경은 화면상의 풍경과 보완 관계를 이룬다고 할 수 있다.

이상에서 살펴보았듯이, 「선감효종도」라는 비슷하거나 동일한 그림을 시적 대상으로 하여 세 시인은 각기 서로 다른 시적 풍경을 산출하였다. 이익과 강세황의 시에서 각각 제시된 시적 풍경의 산출 근거는 '시인의 상상'이다. 이에 비해 이현환의 시에서 제시된 시적 풍경의 산출 근거는 '화면+시인의 상상'이다. 이익과 강세황은 화면상의 풍경의 요소들을 모두 배제하고 전적으로 시인 자신들의 상상을 통해 시적 풍경의 요소들을 선택하였다. 반면 이현환은 화면상의 풍경의 요소들 중에서 일부와 시인 자신의 상상한 것들을 시적 풍경의 요소들로 선택하였다. 그리하여 이익의 시에서는 아득한 숲과 봉우리로 돌아가는 새, 산 너머에 있는 절에서 들려오는 새벽 종소리, 그리고 사람들이 일어나서 옷을 입고 있는 방 안의 모습이 제시된다. 이에 비해 강세황의 시에서는 산속의 선실에서 들려오는 맑은 경쇠 소리와 방에서 잠을 자다가 그 소리를 듣고 일어나 자신을 깊이 성찰하는 인물의 모습이 제시된다. 그리고 이현환의 시에서는 허공으로 뻗어 있는 길고 짧은 소나무 가지들의 그림자와 칠탄정 주변으로 들려왔다가 하늘까지 퍼져나가는 산사의 종소리 그리고 서쪽 봉우리 위에 떠 있는 달의 모습이 제시된다.

다음의 〈그림 21〉은 무명 화가가 그린 「月橋歸僧圖」이고, 〈그림 22〉는 강세황이 그린 「월교귀승도」이다. 시 (57)은 〈그림 21〉에 적혀진 이익의 「월교귀승」 시이고, 시 (58)과 (59)는 각각 〈그림 22〉에 적혀진 강세황과 이현환의 「월교귀승」 시이다. 「월교귀승도」는 절로 돌아가기 위해 승려가 월교 다리를 건너가고 있는 풍경을 그린 그림이다.

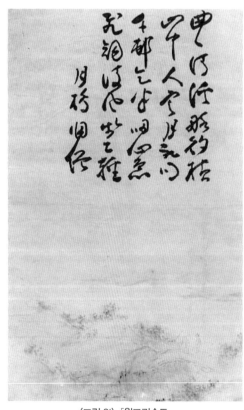

〈그림 21〉 「월교귀승도」

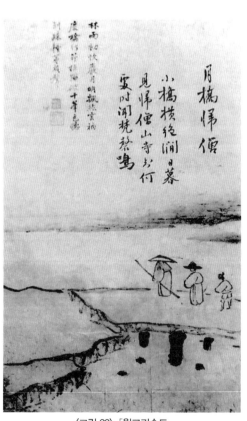

〈그림 22〉 「월교귀승도」

(57)

曲曲淸溪畧彴橫　　굽이굽이 맑은 시내에 외나무다리 걸려 있고
山中人定月初明　　산속은 밤중이라 달이 환해지기 시작하네
千村乞米歸心急　　마을마다 탁발하느라 돌아가는 마음이 급해
飛錫凌風步步輕　　석장 날려 바람 타고 가는 듯 걸음걸음 가볍네

(58)

小橋橫絶澗　　시내에 걸린 작은 다리에
日暮見歸僧　　날 저물어 돌아가는 스님 보이네
山寺知何處　　산사가 어디 있는지 알겠다
時聞梵磬鳴　　이따금 들리는 범경 소리로

(59)

林雨初收巖月明　　숲에 비 그치자 바위 비추는 달빛 밝아지고
飄然雲衲度橋行　　스님은 훌쩍 다리를 건너
笻枝踏破千峯色　　나뭇가지 지팡이 짚고 여러 개의 봉우리 그림자 밟으면서 가는데
聽度疏鍾第幾聲　　띄엄띄엄 들리는 종소리 몇 번째던가

〈그림 21〉의 화면은 크게 근경과 원경 두 부분으로 구분할 수 있다. 두 사람이 걸어가고 있는 다리와 다리 밑의 수면, 그리고 다리와 연결된 양쪽 언덕이 근경에 해당된다면, 아득히 펼쳐진 수면과 그 수면 너머의 뭍은 원경에 해당된다. 원경이 희미하게 배경 처리됨으로써 근경이 부각된다. 다리 위에는 두 사람의 모습이 보인다. 앞에 가는 사람은 지팡이를 짚고 삿갓을 쓴 승려이다. 뒤에 가는 사람은 그림의 보존 상태가 좋지 않아 식별하기 어렵다. 다리 왼편에는 넓은 언덕이 그려져 있는데, 곳곳에 나무 덤불이 있다. 다리 오른쪽에도 조그만 언덕이 그려져 있는데, 그곳에도 나무 덤불이 있다. 두 사람이 걸어가고 있는 다리가 바로 월교이다.

전체 구도상으로 볼 때, 〈그림 21〉과 〈그림 22〉는 비슷하다. 그러나 〈그림 22〉에서는 〈그림 21〉과는 달리 근경의 언덕의 상태가 간략하게 처리됨으로써 다리 위의 상태가 두드러져 보인다. 다리 위에는 세 사람이 걸어가고 있다. 제일 앞에 삿갓을 쓰고 지팡이를 짚고 가는 사람이 승려이다. 그 다음에는 갓을 쓴 남자가 가고 있고, 제일 뒤에는 갓을 쓴 남자의 하인으로 보이는 맨상투머리의 남자가 가고 있다.

〈그림 21〉의 화면과는 달리, 이익의 시 (57)에서는 달이 환해지기 시작할 무렵의 월교의 풍경이 언급된다. 전 1, 2구에서는 승려가 걸어가고 있는 곳의 공간적 배경과 시간적 배경이 언급된다. 산속에 어둠에 짙게 깔려 달이 환해지기 시작하는 무렵에 승려가 굽이굽이 맑은 시내에 걸려 있는 외나무다리 위를 걸어가고 있다는 것이다. 후 3, 4구에서는 다리 위를 걸어가는 승려의 발걸음의 상태가 언급된다. 마을마다 돌아다니면서 탁발하느라고 절로 돌아가는 시간이 너무 늦어졌기 때문에 마음이 급해진 승려가 석장

을 날려 공중을 날아가는 것처럼 걸음을 빨리하여 걷고 있다는 것이다.

시적 풍경을 이루는 요소들은 굽이굽이 맑은 시내에 걸려 있는 외나무다리, 어둠이 짙게 깔려 달이 환해지기 시작한 산속, 마을마다 돌아다니면서 탁발하는 승려의 모습, 절로 돌아가는 시간이 늦어지는 바람에 마음이 급하여 날아가는 듯 다리 위를 빨리 걸어가고 있는 승려의 모습 등이다. 이 중에서 시내에 걸려 있는 외나무다리와 다리 위를 걷고 있는 승려의 모습은 화면에서 찾아볼 수 있다. 어둠이 짙게 깔려 달이 환해지기 시작한 산속, 마을마다 돌아다니면서 탁발하는 승려의 모습, 절로 돌아가는 시간이 늦어져서 마음이 급하여 날아가는 듯 다리 위를 빨리 걸어가고 있는 승려의 모습은 그림을 보고 시를 지은 이익이 상상한 것이다. 이러한 점에서 화면과 함께 시인의 상상이 시적 풍경의 산출 근거라고 할 수 있다.

이익이 화면상의 풍경과는 다르게 어둠이 짙게 깔려 달이 환해지기 시작한 산속, 마을마다 돌아다니면서 탁발하는 승려의 모습, 그리고 절로 돌아가는 시간이 늦어져서 마음이 급하여 나는 듯 다리 위를 빨리 걸어가고 있는 승려의 모습을 시적 풍경의 요소로 선택한 이유는 무엇일까? 두 가지로 생각해볼 수 있다. 첫 번째로는 이익이 그림의 표제인 '월교귀승'의 시간적 배경을 그림을 그린 화가와 다르게 생각하였던 점을 들 수 있다. 화면상으로는 시간적 배경이 언제인지 분명하게 드러나지 않는다. 그러나 이익은 시간적 배경을 산속에 어둠이 짙게 깔려 달이 환해지기 시작할 무렵으로 설정하는 것이 '月橋'라는 다리의 명칭과 부합된다고 생각한 것 같다. 두 번째로는 그림을 보고 시를 짓는 이익이 시적 대상이 되는 풍경을 화면상에 현재 그려져 있는 상태로만 보지 않고, 관조를 통해 시간적으로 연속되는 상태로 상상하였다는 점을 들 수 있다. 그리하여 이익은 승려가 마을마다 돌아다니면서 탁발하느라 시간이 지체되어 달이 환해질 무렵이 되어서야 빠른 걸음으로 월교 다리를 건너가고 있는 모습을 그림의 표제인 '월교귀승'에 걸맞은 풍경으로 생각하고 그러한 것들을 시적 풍경의 요소로 선택하여 화면을 보완하였던 것이다. 이러한 점에서 시 (57)의 시적 풍경은 화면상의 풍경과 보완 관계를 이룬다고 할 수 있다.

절로 돌아가기 위해 승려가 월교 다리를 건너가고 있는 풍경이 그려진 〈그림 22〉와는 달리, 강세황의 시 (58)에서는 시적 화자의 시각적, 청각적 지각 행위를 통해 승려가 절로 돌아가기 위해 월교 다리를 건너가고 있는 풍경이 제시된다. 전 1, 2구에서는 날이 저물 무렵 시내에 걸린 작은 다리 위를 걸어가고 있는 승려의 모습이 제시된다. 둘째 구의 "보이다(見)"라는 지각 동사를 통해 다리 위의 상태는 시적 화자에게 시각적으로 지각된 것임을 알 수 있다. 후 3, 4구에서는 이따금씩 들리는 범경 소리를 통해 시적 화자가 절의 존재를 지각하는 행위가 언급된다. 셋째 구의 "알다(知)"라는 지각 동사는 시적 화자가 그전에는 절의 존재를 모르고 있었는데 범경 소리를 듣고 비로소 절의 존재를 알게 되었음을 내포한다. 절이 시야가 미치는 범위 밖에 있기 때문에 시적 화자는 절의 존재를 지각하지 못하였는데, 이따금씩 들려오는 범경 소리로 인해 절이 그리 멀리 떨어지지 않은 곳에 있음을 알게 되었다는 것이다. 즉 시인은 절의 존재를 청각적으로 지각하는 시적 화자의 행위를 통해 승려가 절을 향해 가고 있음을 간접적으로 표현하였던 것이다. 시적 화자가 구체적으로 어떤 인물이며 또 어디에 있는지는 시 문면상에 드러나지 않는다. 그런데 '월교귀승'이라는 풍경이 칠탄정 주변의 16개 풍경들 중의 하나라는 점에서, 시적 화자가 칠탄정에서 다리를 건너는 승려를 바라보고 또 범경 소리도 듣는 것으로 볼 수 있다.

시적 풍경을 이루는 요소들은 해 질 무렵 시내에 걸린 작은 다리를 건너가고 있는 승려의 모습, 이따금씩 들리는 범경 소리, 승려의 모습을 보고 또 범경 소리를 듣는 시적 화자의 지각 행위 등이다. 다리를 건너고 있는 승려는 화면상에서 찾아볼 수 있다. 그러나 범경 소리와 시적 화자의 시각적 및 청각적인 지각 행위는 화면상에서는 찾아볼 수 없다. 그림을 그리고 시를 지은 강세황이 상상한 것이다. 이러한 점에서 화면과 함께 시인의 상상이 시적 풍경의 산출 근거라고 할 수 있다.

그림을 그린 강세황이 왜 상상을 통해 범경 소리와 시적 화자의 시각적 및 청각적인 지각 행위를 시적 풍경의 요소로 선택하였을까? '月橋歸僧'이라는 그림의 표제상에는 제시되어 있지만 화면상에서는 드러나지 않는, 승려가 걸어가는 방향을 드러내기 위한 것으로 보인다. 즉 화가이자 시인이기도 한 강세황은 매체의 속성 때문에 그림의 표제가 충분히 반영되어 있지 못한 화면을 시적 진술을 통해 보완하려고 하였던 것이다. 이러한 점에서 시 (58)의 시적 풍경은 화면상의 풍경과 보완 관계를 이룬다고 할 수 있다.

절로 돌아가기 위해 승려가 월교 다리를 건너가고 있는 풍경이 그려진 〈그림 22〉와는 달리, 이현환의 시 (59)에서는 승려가 다리를 건너간 이후의 풍경이 제시된다. 첫째 구에서는 시적 풍경의 시간적 배경이 언급된다. 숲에 비가 그치자 숲속의 바위를 비추는 달빛이 밝아졌다는 것이다. 화면상으로는 시간적 배경이 언제인지 분명하게 드러나지 않는다. 다리를 건너가고 있는 인물들의 모습이 확연하게 보인다는 점에서 해가 지기 전으로 볼 수 있다. 그러나 이현환은 시적 풍경의 시간적 배경을 달빛이 밝게 빛나기 시작하는 밤으로 설정하였는데, 첫째 구의 진술로 미루어볼 때 그 이유는 비 때문으로 보인다. 승려가 비 때문에 길 가는 것을 멈추었다가 비가 그친 밤에 비로소 길을 가게 되었다는 것이다. 이와 같은 시간적 배경의 설정은 또한 '月橋'라는 다리의 명칭과도 관련되는 것으로 보인다. 둘째 구에서부터 넷째 구까지는 승려가 산길을 걸어가는 모습이 언급된다. 다리를 훌쩍 건넌 승려가 나뭇가지 지팡이를 짚고 여러 개의 산봉우리의 그림자를 밟고 가고 있는데, 마치 승려의 발걸음을 재촉하는 듯 벌써 여러 번째 종소리가 절에서 띄엄띄엄 들려온다는 것이다.

시적 풍경을 이루는 요소들은 비가 그친 숲속의 바위를 밝게 비추는 달빛, 다리를 훌쩍 건넌 승려가 나뭇가지 지팡이를 짚고 여러 개의 산봉우리의 그림자를 밟고 가는 모습, 여러 번째 띄엄띄엄 들려오는 종소리 등이다. 이러한 시적 풍경의 요소들은 모두 화면에서 찾아볼 수 없다. 그림을 보고 시를 지은 이현환이 상상한 것들이다. 이러한 점에서 시인의 상상이 시적 풍경의 산출 근거라고 할 수 있다.

이현환이 화면상의 풍경의 요소들을 모두 배제하고 상상을 통해 시적 풍경의 요소들을 선택한 이유는 무엇일까? 승려가 다리 위를 건너가고 있는 풍경은 화면의 속성상 어떤 찰나적인 순간의 상태일 수밖에 없다. 그러나 그림을 보고 시를 짓는 이현환은 그 풍경을 화면상에 그려져 있는 상태 그대로만 보지 않고 관조를 통해 시간적으로 연속되는 상태로 상상하였다. 그리하여 이현환은 바로 상상을 통해 시간적으로 화면상의 풍경에 뒤이어 발생하는 것을 시적 풍경으로 제시하였던 것이다. 달빛 아래 승려가 산길을 걸어가는 풍경은 시간적으로 화면상의 풍경 직후에 발생하는 것이다. 그림으로써 이현환은 화면상에 그려진 절로 돌아가기 위해 승려가 월교 다리를 건너가고 있는 풍경을 찰나적인 순간에 포착된 형태가 아니라 시간적으로 연속되는 형태로 제시하게 된다. 화면상의 풍경들의 요소가 전부 배제되고 오직 시인 자신이 상상하였던 것들만으로 시적 풍경이 이루어져 있다는 점에서, 시 (59)의 시적 풍경은 화면상의 풍경과 대체 관계를 이룬다고 할 수 있다.

이상에서 살펴보았듯이, 「월교귀승도」라는 비슷하거나 동일한 그림을 시적 대상으로 하여 세 시인은 각기 서로 다른 시적 풍경을 산출하였다. 이익과 강세황의 시에서 각각 제시된 시적 풍경의 산출 근거는 '화면+시인의 상상'이다. 이에 반해 이현환의 시에서 제시된 시적 풍경의 산출 근거는 '시인의 상상'이다. 이익과 강세황은 화면상의 풍경의 요소들 중에서 일부와 자신들이 제각기 상상한 것들을 시적 풍경의 요소들로 선택하였고, 이현환은 전적으로 자신이 상상한 것들을 시적 풍경의 요소들로 선택하였다. 그리하여 이익의 시에서는 굽이굽이 맑은 시내에 걸려 있는 외나무다리와 어둠이 짙게 깔려 달이 환해지기 시작한 산속 그리고 마을마다 돌아다니면서 탁발하느라 절로 돌아가는 시간이 늦어지는 바람에 마음이 급하여 날아가는 듯 다리 위를 빨리 걸어가고 있는 승려의 모습이 제시된다. 이에 비해 강세황의 시에서는 해 질 무렵 시내에 걸린 작은 다리를 건너가고 있는 승려의 모습과 이따금씩 들리는 범경 소리 그리고 승려의 모습을 보고 범경 소리를 듣는 시적 화자의 지각 행위가 제시된다. 그리고 이현환의 시에서는 비가 그친 숲속의 바위를 밝게 비추는 달빛과 다리를 훌쩍 건넌 승려가 나뭇가지 지팡이를 짚고 여러 개의 산봉우리의 그림자를 밟고 가는 모습 그리고 여러 번째 띄엄띄엄 들려오는 종소리가 제시된다.

다음의 〈그림 23〉은 무명 화가가 그린 「煙郊牧牛圖」이고, 〈그림 24〉는 강세황이 그린 「연교목우도」이다. 시 (60)은 〈그림 23〉에 적혀진 이익의 「연교목우」 시이고, 시 (61)과 (62)는 각각 〈그림 24〉에 적혀진 강세황과 이현환의 「연교목우」 시이다. 「연교목우도」는 안개 낀 들판에서 아이들이 소를 모는 풍경을 그린 그림이다.

(60)

鳴牛浮鼻度前坪　　코를 들고 우는 소 앞 들을 지나가고
牧竪相隨笛一聲　　목동은 서로 따라 피리를 부네
豊草芊綿時出沒　　풀이 무성하여 이따금씩 보였다 안 보였다 하는데
歸鞭直待日西傾　　돌아가는 채찍은 해 기울기만 기다리네

(61)

長郊草如織　　베를 짜 놓은 듯 풀이 촘촘하게 늘어선 긴 들에
牧竪驅牛歸　　목동은 소를 몰고 돌아가네
相伴吹蘆管　　서로 어울려 갈피리 부는데
前村已夕暉　　앞마을엔 이미 저녁 햇빛 비치네

(62)

烟郊芳草綠芊綿	안개 낀 들판에 푸른 풀 무성하고
緩步烏犍彈柳鞭	버들 채찍 늘어져 황소 걸음이 느리네
山日欲斜春睡覺	봄잠을 깨고 보니 산속의 해 기울기 시작하는데
數聲蘆管過江天	갈피리 서너 소리 강 하늘 스쳐가네

전체 구도상으로 볼 때, 〈그림 23〉과 〈그림 24〉는 비슷하다. 두 그림 모두 화면을 크게 근경, 중경, 원경 세 부분으로 구분할 수 있다. 아이 세 명이 소 두 마리를 몰고 가고 있는 들판이 근경에 해당된다면, 강은 중경에 해당된다. 안개가 자욱이 낀 강 건너편은 원경에 해당된다.

〈그림 23〉에서는 물가와 맞닿은 들판의 양쪽 끝에 각각 나무 덤불이 그려져 있고, 양쪽 나무 덤불 사이의 들판에서 아이들이 소를 몰고 가는 모습이 자그맣게 그려져 있다. 물가 반대쪽 들판에는 나무 덤불이 길게 이어져 있다.

이에 비해 〈그림 24〉에서는 물가와 맞닿은 들판의 양쪽 끝에 각각 큰 나무가 한 그루씩 그려져 있고, 양쪽 나무 사이의 들판에서 아이들이 소를 몰고 가는 모습이 크게 그려져 있다. 또 〈그림 23〉과는 달리 물가 반대쪽 들판에는 아무것도 그려져 있지 않다. 그럼으로써 아이들이 소를 몰고 가는 모습이 〈그림 23〉에서보다 더 두드러져 보인다. 즉 강세황은 〈그림 23〉의 화면을 변형시켜 그림의 주요 요소인 아이들이 소를 몰고 가는 모습을 두드러져 보이게 하였던 것이다. 또한 아이들이 소 두 마리를 몰고 가는 모습

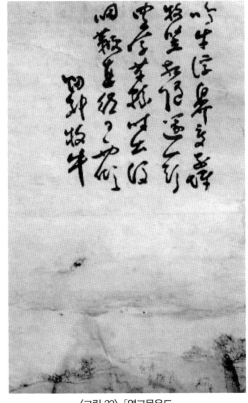

〈그림 23〉「연교목우도」

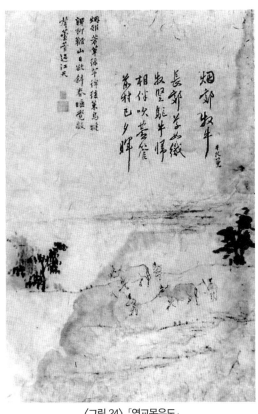

〈그림 24〉「연교목우도」

이 차이 나게 그려져 있어 화면이 덜 단조롭게 보인다. 물가 쪽으로 붙어서 가는 소는 한 아이가 뒤에서 몰고 있고, 나머지 소 한 마리는 한 아이가 앞에서 고삐를 끌고 회초리를 든 아이가 뒤에서 몰고 있다.

〈그림 23〉의 화면처럼, 이익의 시 (60)에서도 아이들이 소를 몰고 가는 풍경이 제시된다. 전 1, 2구에서는 시적 화자에게 청각적으로 지각된, 들판을 지나가고 있는 소와 아이들의 모습이 제시된다. 소는 코를 들고 울면서 들판을 지나가고 있고, 아이들은 풀피리를 따라 불면서 지나가고 있다는 것이다. 후 3, 4구에서는 시적 화자에게 시각적으로 지각된, 들판을 지나가고 있는 소와 아이들의 모습이 제시된다. 들판에 풀이 무성하기 때문에 들판을 가는 아이들과 소의 모습이 때로는 보였다가 때로는 보이지 않았다 하는데, 그러한 모습이 매우 한가롭게 보인다는 것이다. 넷째 구의 "돌아가는 채찍은 해 기울기만 기다린다(歸鞭直待日西傾)"라는 말은 아직 해가 기울기 전이라 소와 아이들이 한가하게 천천히 걸어가는 모습을 간접적으로 언급한 것이다.

시적 풍경을 이루는 요소들은 들판을 가면서 우는 소의 울음소리, 아이들이 서로 따라 부는 풀피리 소리, 한가하게 걸어가면서 무성한 풀에 가려 때로는 보였다가 때로는 보이지 않는 소와 아이들의 모습 등이다. 이 중에서 화면에서 찾아볼 수 있는 것은 들판을 걸어가는 소와 아이들의 모습밖에 없다. 소의 울음소리나 아이들의 풀피리 소리는 청각적으로 지각되는 것이기 때문에 화면에 담을 수가 없다. 그리고 화면에 그려진 형상은 사실상 찰나적인 순간에 움직임이 정지된 상태의 것이기 때문에, 풀에 가려 모습이 보였다가 보이지 않았다 하는 것도 화면에 담을 수 없다. 그러한 것들은 모두 그림을 보고 시를 지은 이익이 상상한 것이다. 이러한 점에서 화면과 함께 시인의 상상이 시적 풍경의 산출 근거라고 할 수 있다.

이익이 소와 아이들의 모습을 청각적으로 지각되는 상태로 제시한 것은 그림의 표제인 '연교목우'와 관련되는 것으로 보인다. 안개로 인해 소와 아이들의 모습은 흐릿하여 시각적으로 분명하게 지각되지 못한다. 그러나 소의 울음소리와 아이들의 풀피리 소리는 청각적으로 지각될 수 있다. 이러한 점에서 이익이 안개 긴 들판의 상태를 드러내기 위해 상상을 통해 화면으로는 담을 수 없는 소의 울음소리와 아이들의 풀피리 소리를 시적 풍경의 요소로 선택하였다고 할 수 있다. 또 무성한 풀로 인해 때로는 보였다가 때로는 보이지 않는 소와 아이들의 모습을 풍경의 요소로 설정한 것은 풀이 무성하여 소를 치는 데 적당한 장소로서 들판을 부각시키기 위한 것으로 보인다. 즉 이익은 그러한 것들이 비록 화면에 그려져 있지는 않지만 그림의 표제인 '연교목우'에 걸맞은 풍경의 요소라고 판단하고 그러한 것들을 시적 풍경의 요소로 선택하여 화면을 보완하였던 것이다. 이러한 점에서 시 (60)의 시적 풍경은 화면상의 풍경과 보완 관계를 이룬다고 할 수 있다.

〈그림 24〉의 화면처럼, 강세황의 시 (61)에서도 아이들이 소를 몰고 가는 풍경이 제시된다. 전 1, 2구에서는 들판에서 아이들이 소를 몰고 돌아가는 모습이 제시된다. 베를 짜놓은 듯 풀이 촘촘하게 늘어선 긴 들판에 목동들이 소를 몰고 돌아간다는 것이다.

후 3, 4구에서는 목동들이 갈피리를 부는 모습과 저녁 햇빛이 비치는 앞마을의 모습이 언급된다. 후 3, 4구에 제시된 풍경은 전 1, 2구에 제시된 것보다 시간적으로 더 늦게 발생한 것이다. 강세황이 시간의 경과를 활용하여 목동들이 소를 몰고 가는 시각과 방향을 드러낸 것으로 보인다. 들판에서 소에게 한껏 풀을 먹인 목동들이 해가 질 무렵에 소를 끌고 마을로 돌아가는 도중에 무료해서 함께 어울려 갈피리를 불면서 간다는 것이다.

시적 풍경을 이루는 요소들은 풀이 촘촘하게 늘어선 긴 들판, 소를 몰고 돌아가는 목동들, 목동들이 부는 갈피리 소리, 저녁 햇빛이 비치는 앞마을의 모습 등이다. 이 중에 들판에서 목동들이 소를 몰고 가는 모습은 화면상에서 확인할 수 있다. 풀이 촘촘하게 늘어선 긴 들판의 모습과 목동들이 불고 있는 갈피리 소리 그리고 저녁 햇빛이 비치는 앞마을의 모습은 그림을 그리고 시를 지은 강세황이 상상한 것이다. 이러한 점에서 화면과 함께 시인의 상상이 시적 풍경의 산출 근거라고 할 수 있다.

그림을 그린 화가이자 시인이기도 한 강세황이 화면상에 그려져 있지 않은, 풀이 촘촘하게 늘어선 긴 들판의 모습과 목동들이 불고 있는 갈피리 소리 그리고 저녁 햇빛이 비치는 앞마을의 모습을 시적 풍경의 요소로 선택한 것은 무엇 때문일까? 그림의 표제인 '연교목우'는 원래 아이들이 안개 낀 들판에서 소를 치고 있는 풍경을 지칭한다. 풀이 촘촘하게 늘어선 긴 들판의 모습은 바로 그 들판이 소를 치기에 적합한 장소이고 그래서 목동들이 소를 몰고 들판에 왔음을 간접적으로 말하는 것이다. 그런데 화면에는 들판에서 아이들이 소를 몰고 가는 풍경이 그려져 있기 때문에, 다음과 같은 두 가지 해석이 모두 가능하다. 즉 아이들이 풀을 먹이기 위해 아침에 들판 쪽으로 소를 몰고 가는 모습을 그린 것으로 볼 수도 있고, 또 아이들이 들판에서 풀을 먹인 소를 저녁 무렵에 마을 쪽으로 몰고 돌아가는 모습을 그린 것으로 볼 수도 있다. 두 가지 해석이 모두 가능하다는 것은 곧 화면상에 그려진 풍경이 화가의 의도와는 달리 불명료하다는 점을 말하는 것이기도 하다. 아이들이 소를 몰고 가는 방향과 관련하여 화면상에서 제기되는 불명료함의 문제는 화가이자 시인인 강세황도 분명하게 인식하고 있었던 것으로 보인다. 강세황은 시에서 목동들이 부는 갈피리 소리와 저녁 햇빛이 비치는 앞마을의 모습을 통해 목동들이 소를 몰고 가는 시각과 방향을 드러내었는데, 이는 바로 매체의 속성 때문에 자신의 의도가 충분히 반영되어 있지 못한 화면을 보완하려고 하였던 것이다. 이러한 점에서 시 (61)의 시적 풍경은 화면상의 풍경과 보완 관계를 이룬다고 할 수 있다.

〈그림 24〉의 화면처럼, 이현환의 시 (62)에서도 아이들이 안개 낀 들판에서 소를 몰고 가는 풍경이 제시된다. 전 1, 2구에서는 시적 화자에게 시각적으로 지각된, 안개 낀 들판에서 아이들이 한가하게 소를 몰고 가는 모습이 제시된다. 안개 낀 들판에는 푸른 풀이 무성하고, 소 모는 아이들이 버들 채찍으로 소를 치면서 빨리 가기를 재촉하지 않아 소가 느릿느릿 걸어가고 있다는 것이다. 셋째 구에서는 시적 풍경의 시간적 배경이 제시된다. 봄날 오후 시적 화자가 나른해서 낮잠을 잤는데, 깨고 보니 해가 산 너머로 기울어가기 시작하였다는 것이다. 그러므로 전 1, 2구에 제시된 들판의 풍경은 시간상으로 해가 기울 무렵 낮잠에서 깨어난 시적 화자의 시각에 지각된 것임을 알 수 있다. 시적 화자가 어느 곳에 위치하고 있는지는 시 문면상에 언급되지 않는다. 그러나 그림의 표제로 제시된 '연교목우'가 칠탄정 정자 주변의 풍경이라는 점에서 바로 칠탄정에서 낮잠을 자다가 깨어난 시적 화자가 칠탄정 맞은편에 펼쳐진 들판의 풍

경을 바라본 것이라고 할 수 있다.[134] 즉 이현환은 칠탄정 주인을 시 (61)의 화자로 설정하였던 것이다. 넷째 구에서는 시적 화자의 청각에 지각된, 들판에서 들려오는 갈피리 소리가 제시된다. 들판에서 소를 몰고 가는 아이들이 무료한 김에 갈대로 만든 피리를 부는데, 피리 소리가 강을 건너 화자가 있는 칠탄정 까지 들려온다는 것이다.

　시적 풍경을 이루는 요소들은 푸른 풀이 무성한 안개 낀 들판, 버들 채찍을 늘어뜨린 채 느릿느릿 걸어 가는 아이들과 황소, 낮잠에서 깨어난 시적 화자, 시적 화자가 보고 들은 산 너머로 기울기 시작하는 해 의 모습과 강 건너 들판 쪽에서 들려오는 갈피리 소리 등이다. 이 중에서 화면에서 찾아볼 수 있는 것은 푸른 풀이 무성한 안개 낀 들판과 버들 채찍을 늘어뜨린 채 느릿느릿 걸어가는 아이들과 황소의 모습이 다. 강 건너 들판 쪽에서 들려오는 갈피리 소리는 청각적으로 지각되는 것이기 때문에 화면에 담을 수가 없다. 낮잠에서 깨어난 시적 화자와 그가 보고 들은 산 너머로 기울기 시작하는 해의 모습과 강 건너 들 판 쪽에서 들려오는 갈피리 소리는 모두 그림을 보고 시를 지은 이현환이 상상한 것이다. 이러한 점에서 화면과 함께 시인의 상상이 시적 풍경의 산출 근거라고 할 수 있다.

　이현환이 칠탄정에서 낮잠을 자다가 해가 산 너머로 기울기 시작할 무렵에 깨어나 안개 낀 들판을 바 라보는 칠탄정 주인을 시적 화자로 설정하여 그의 모습을 시적 풍경의 요소로 제시한 것은 무엇 때문일 까? 아마도 이를 통해 아이들이 소를 몰고 가는 시각과 방향을 드러내기 위한 것으로 보인다. 화면상으 로는 아이들이 해 질 무렵에 소를 몰고 들판에서 마을로 돌아가는 중인지 아니면 오전에 마을에서 소를 몰고 들판으로 나오는 중인지 분명하지 않다. '연교목우'라는 그림의 표제상에서도 소를 몰고 가는 시각 과 방향이 드러나지 않는다. 이현환은 상상을 통해 시적 화자의 그러한 모습을 시적 풍경의 한 요소로 제 시함으로써 아이들이 소를 몰고 가는 시각과 방향을 간접적으로 설명하였던 것이다. 이러한 점에서 시 (62)의 시적 풍경은 화면상의 풍경과 보완 관계를 이룬다고 할 수 있다.

　이상에서 살펴보았듯이, 「연교목우도」라는 비슷하거나 동일한 그림을 시적 대상으로 하여 세 시인은 각기 서로 다른 시적 풍경을 산출하였다. 세 시인의 시에서 각각 제시된 시적 풍경의 산출 근거는 모두 '화면+시인의 상상'이다. 세 시인이 화면상의 풍경의 요소들 중에서 일부와 자신들이 제각기 상상한 것 들을 시적 풍경의 요소들로 선택하였다. 그리하여 이익의 시에서는 들판을 가면서 우는 소의 울음소리와 아이들이 서로 따라 부는 풀피리 소리 그리고 한가하게 걸어가면서 무성한 풀에 가려 때로는 보였다가 때로는 보이지 않는 소와 아이들의 모습이 제시된다. 이에 비해 강세황의 시에서는 풀이 촘촘하게 늘어 선 긴 들판에서 목동들이 소를 몰고 가면서 갈피리를 부는 모습과 저녁 햇빛이 비치는 앞마을의 모습이 제시된다. 그리고 이현환의 시에서는 푸른 풀이 무성한 안개 낀 들판을 버들 채찍을 늘어뜨린 채 느릿느 릿 걸어가는 아이들과 황소의 모습 그리고 낮잠에서 깨어난 시적 화자가 보고 들은 산 너머로 기울기 시

134　화면상에 그려진, 안개가 자욱이 낀 강 건너편 언덕에 칠탄정이 위치한다. 이러한 점에서 풍경을 바라보는 화가와 시적 화자의 위치가 　　정반대라고 할 수 있다. 화가는 칠탄정 맞은편, 즉 강 건너 들판 쪽에서 풍경을 보고 그림을 그렸다면, 시적 화자는 칠탄정 쪽에서 강 건 　　너 들판의 풍경을 바라보고 있다.

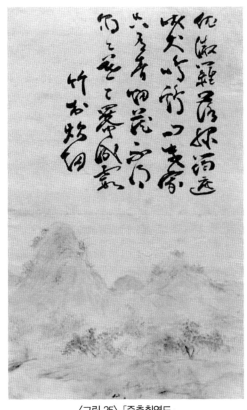

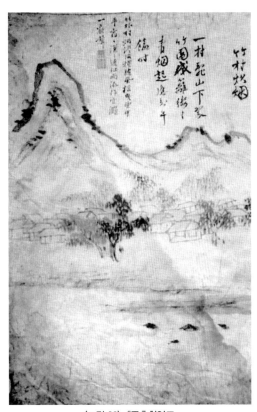

〈그림 25〉「죽촌취연도」 　　　　　　　　〈그림 26〉「죽촌취연도」

작하는 해의 모습과 강 건너 들판 쪽에서 들려오는 갈피리 소리가 제시된다.

　위의 〈그림 25〉는 무명 화가가 그린 「竹村炊烟圖」이고, 〈그림 26〉은 강세황이 그린 「죽촌취연도」이다. 시 (63)은 〈그림 25〉에 적혀진 이익의 「죽촌취연」 시이고, 시 (64)와 (65)는 각각 〈그림 26〉에 적혀진 강세황과 이현환의 「죽촌취연」 시이다. 「죽촌취연도」는 밥을 짓느라 굴뚝에서 연기가 피어오르는 죽촌 마을의 풍경을 그린 그림이다.

(63)
依微籬落綠筠遮　　희미하게 보이는 울타리 푸른 대나무 숲에 가렸는데
吠犬鳴鷄問幾家　　개 짖고 닭 우는 걸로 봐서 몇 집이나 될까
只有靑煙藏不得　　푸른 연기만은 감출 수 없어
朝朝暮暮冪成霞　　아침저녁으로 하늘을 덮어 이내를 이루네

(64)
一村亂山下　　울퉁불퉁 솟은 산 아래에 마을 하나
翠竹圍成籬　　푸른 대나무 에둘러 울타리 되었네
縷縷靑烟起　　모락모락 푸른 연기 피어올라
應知午饁時　　점심 먹을 땐 줄 알겠네

(65)

竹外村烟澹復橫　대숲 밖 마을 연기 옅어졌다 다시 엉켜
隨風搖曳望中平　바람 따라 흔들리다가 평평하게 보이네
霏霏漠漠連江雨　부슬부슬 강물 위로 내리는 비
添作空灘一夜聲　텅 빈 여울에 한밤중의 소리 보태네

　　전체 구도상으로 볼 때, 〈그림 25〉와 〈그림 26〉은 비슷하다. 두 그림 모두 화면의 왼쪽 상단에 주봉이 그려져 있고 주봉과 이어지는 작은 봉우리들이 화면 오른편으로 펼쳐져 있다. 산 아래에 마을이 있는데, 대나무 숲이 마을을 에워싸고 있다. 이 마을이 바로 죽촌 마을이다. 마을 앞쪽으로는 강이 흐른다.

　　두 그림에서 현격하게 차이 나는 것은 죽촌 마을의 모습이다. 〈그림 26〉에서는 죽촌 마을의 모습이 흐릿하지만 비교적 자세하게 그려져 있다. 이에 비해 〈그림 25〉에서는 죽촌 마을의 모습이 드러나지 않는다. 화면의 보존 상태가 좋지 않은 탓으로 볼 수도 있지만, 집의 형체가 희미하게 보인다는 점에서 연기가 마을을 온통 덮고 있는 형태로 볼 수 있다.

　　〈그림 26〉에서는 마을과 마을을 에워싸고 있는 대나무 숲의 상태를 통해 연기를 간접적으로 드러내고 있다. 마을 앞쪽에 있는 대나무 숲은 짙게 그려져 있어 분명하게 보이는 데 비해, 마을 뒤 산자락 쪽에 있는 대나무 숲은 옅게 그려져 있어 희미하게 보인다. 마을의 모습은 마을 앞쪽에 있는 대나무 숲보다는 희미하게 보이고 산자락 쪽에 있는 대나무 숲보다는 뚜렷하게 보인다. 이는 마을의 집집마다 굴뚝에서 나오는 연기가 바람을 타고 산 쪽으로 올라가는 상태를 보여주는 것으로 보인다.

　　〈그림 25〉와는 달리, 강세황이 〈그림 26〉에서 죽촌 마을의 모습을 흐릿하지만 비교적 자세하게 그려놓고 또 굴뚝에서 나오는 연기가 바람을 타고 산 쪽으로 올라가는 상태를 그린 것은 무엇 때문일까? 아마도 강세황은 〈그림 25〉의 화면이 지나치게 과장된 것으로 판단한 것 같다. 밥을 짓느라 굴뚝에서 피어오르는 연기가 마을의 모습이 보이지 않을 정도로 마을을 온통 덮고 있다는 것이 사실적이지 않기 때문이다. 그러므로 강세황은 사실적인 모습을 담기 위해 〈그림 25〉에 그려진 풍경을 변형시켰다고 할 수 있다.

　　연기가 죽촌 마을을 온통 덮고 있는 모습이 그려진 〈그림 25〉의 화면과는 달리, 이익의 시 (63)에서는 시간적으로 상이한 두 개의 죽촌 마을의 풍경이 제시된다. 전 1, 2구에서는 밥을 짓지 않을 때의 죽촌 마을의 풍경이 제시된다. 푸른 대나무 숲에 가려져 울타리만 희미하게 보이기 때문에 단지 개 짖는 소리와 닭 우는 소리를 통해 마을의 집 수를 대충 짐작해볼 수 있다는 것이다. 후 3, 4구에서는 아침저녁으로 집집마다 밥을 지을 때의 죽촌 마을의 풍경이 제시된다. 푸른 대나무 숲 너머로 집집마다 굴뚝에서 피어오르는 푸른 연기들이 하늘로 올라가 푸르스름하고 뿌연 기운을 띠고 있다는 것이다.

　　시적 풍경을 이루는 요소들은 푸른 대나무 숲 사이로 희미하게 보이는 울타리, 개 짖는 소리와 닭 우는 소리, 푸른 대나무 숲 너머로 피어오르는 푸른 연기, 하늘에 낀 푸르스름한 이내 등이다. 이 중에서 푸른 대나무 숲, 울타리, 푸른 연기는 화면에서 찾아볼 수 있다. 개 짖는 소리와 닭 우는 소리 그리고 하늘에 낀 푸르스름하고 뿌연 이내는 그림을 보고 시를 지은 이익이 상상한 것이다. 이러한 점에서 화면과 함께 시인의 상상이 시적 풍경의 산출 근거라고 할 수 있다.

이익이 화면과는 다르게 시간적으로 상이한 두 개의 죽촌 마을의 풍경을 시적 풍경으로 제시한 까닭은 무엇일까? 그 이유를 두 가지로 추정해볼 수 있다. 첫 번째로는 이익이 밥을 짓지 않을 때의 죽촌 마을의 풍경을 제시함으로써 밥을 지을 때에 완연히 달라지는 죽촌 마을의 풍경을 부각하려고 하였던 것으로 볼 수 있다. 그림과 달리 시는 풍경의 상태를 제시하는 데에 있어서 시간과 공간의 제약을 받지 않기 때문에, 그러한 방법이 가능하다. 두 번째로는 이익이 앞서 지적하였던, 〈그림 25〉 화면의 비사실적인 면을 보완하고자 하였던 것으로 볼 수 있다. 이익은 밥을 짓지 않을 때의 죽촌 마을의 풍경을 이루는 요소로서 푸른 대나무 숲 사이로 희미하게 보이는 울타리를 선택하였다. 마을의 모습이 드러나지 않는 이유가 굴뚝에서 나오는 밥 짓는 연기 때문이 아니라 대나무 숲 때문임을 말하려고 한 것이다. 이는 셋째 구의 "푸른 연기만은 감출 수 없어(只有靑煙藏不得)"라는 말에서도 드러난다. 마을의 모습은 울타리에 가려서 드러나지 않지만, 하늘로 올라가는 푸른 연기는 가릴 수가 없다는 것이다. 이러한 점에서 시 (63)의 시적 풍경은 화면상의 풍경과 보완 관계를 이룬다고 할 수 있다.

마을의 집집마다 굴뚝에서 나오는 연기들이 바람을 타고 산 쪽으로 올라가는 모습이 그려진 〈그림 26〉과 비슷하게, 강세황의 시 (64)에서는 푸른 대나무로 둘러싸인 산 아래 마을에 연기가 피어오르는 풍경이 제시된다. 시적 풍경을 공간적으로 분할해보면 크게 3개의 공간, 즉 상방, 중방, 하방 공간으로 나눌 수 있다. 울퉁불퉁하게 솟아 있는 산봉우리들이 상방 공간에 해당된다면, 대나무가 둘러싼 마을과 푸른 연기가 피어오르는 마을 위의 공중이 각각 하방 공간과 중방 공간에 해당된다. 전 1, 2구에서는 상방 공간과 하방 공간의 상태가 제시된다. 울퉁불퉁하게 솟아 있는 산봉우리들 아래에 마을이 있는데, 푸른 대나무가 마을을 둘러싸고 있다는 것이다. 후 3, 4구에서는 중방 공간의 상태가 제시된다. 점심밥을 짓느라 마을 위의 공중으로 푸른 연기가 피어오른다는 것이다.

시적 풍경을 이루고 있는 요소들은 울퉁불퉁하게 솟아 있는 산봉우리들, 푸른 대나무로 둘러싼 마을, 공중으로 푸른 연기가 피어오르는 모습 등이다. 시적 풍경을 이루는 요소들은 모두 화면상에서 찾아볼 수 있다. 시적 풍경의 요소들이 모두 화면상의 풍경에서 확인되기 때문에, 화면이 바로 시적 풍경의 산출 근거가 된다. 즉 시인은 화면상의 풍경을 부각하기 위해 화면상의 풍경의 지배적인 요소들을 그대로 활용하여 시적 풍경을 산출하였던 것이다. 이러한 점에서 시 (64)의 시적 풍경은 화면상의 풍경과 부각 관계를 이룬다고 할 수 있다.

마을의 집집마다 굴뚝에서 나오는 연기들이 바람을 타고 산 쪽으로 올라가는 모습이 그려진 〈그림 26〉과는 달리, 이현환의 시 (65)에서는 시간상으로 상이한 두 개의 풍경이 제시된다. 하나는 저녁밥을 지을 때의 마을 주변 풍경이고, 다른 하나는 한밤중의 강의 풍경이다. 전 1, 2구에서는 저녁밥을 짓느라 마을의 집집마다 굴뚝에서 나오는 연기들이 바람을 타고 공중으로 올라가면서 보이는 일련의 모습들이 제시된다. 굴뚝에서 나오는 뿌연 연기들이 마을을 둘러싸고 있는 대나무 숲 부근을 지나가면서 옅어졌다가 다시 연기들이 서로 엉켜 공중으로 올라가는데 바람에 이리저리 흔들리면서 평평하게 보인다는 것이다. 후 3, 4구에서는 한밤중에 비가 내리는 강의 상태가 제시된다. 한밤중이라 아무것도 없는 텅 빈 강에 비가 부슬부슬 내리면서 오직 수면 위로 빗방울이 떨어지는 소리만 난다는 것이다.

시적 풍경을 이루는 요소들은 대나무 숲 밖에서 옅어졌다가 다시 엉켜 공중으로 올라가면서 바람에 흔들려 평평하게 보이는 연기의 일련의 모습, 한밤중에 강물 위로 비가 떨어지는 소리 등이다. 이 중에서 대나무 숲, 공중으로 올라가는 연기의 모습, 강은 화면에서 찾아볼 수 있다. 옅어졌다가 다시 엉겨 공중으로 올라가면서 바람에 흔들려 평평하게 보이는 연기의 일련의 모습과 한밤중에 강물 위로 비가 떨어지는 소리는 모두 그림을 보고 시를 지은 이현환이 상상한 것이다. 이러한 점에서 화면과 함께 시인의 상상이 시적 풍경의 산출 근거라고 할 수 있다.

이현환이 화면과는 달리 시간적으로 상이한 두 개의 풍경, 즉 저녁밥을 지을 때의 마을 주변 풍경과 한밤중의 강의 풍경을 시적 풍경으로 제시한 까닭은 무엇일까? 그림을 보고 시를 지은 이현환이 시적 대상이 되는 풍경을 화면상에 현재 그려져 있는 상태로만 보지 않고, 관조를 통해 시간적으로 연속되는 상태로 상상하였다는 점을 그 이유로 들 수 있다. 마을의 집집마다 굴뚝에서 나오는 연기가 바람을 타고 산쪽으로 올라가는 모습이 그려진 화면을 보고, 이현환은 그 연기들이 바람을 타고 공중으로 올라가면서 보이는 일련의 모습들뿐 아니라 그 연기들이 밤에는 비가 되어 마을 앞을 흐르는 강물 위로 떨어지는 것으로 상상하였던 것이다. 그럼으로써 이현환은 화면상에 그려진, 밥을 짓느라 굴뚝에서 연기가 피어오르는 죽촌 마을의 풍경을 찰나적인 순간에 포착된 형태가 아니라 시간적으로 연속되는 형태로 제시하게 된다. 시적 풍경으로 제시된, 시간적으로 연속되는 연기의 일련의 모습이 바로 화면상의 풍경의 상태를 간접적으로 설명한다는 점에서 시 (65)의 시적 풍경은 화면상의 풍경과 보완 관계를 이룬다고 할 수 있다.

이상에서 살펴보았듯이, 「죽촌취연도」라는 비슷하거나 동일한 그림을 시적 대상으로 하여 세 시인은 각기 서로 다른 시적 풍경을 산출하였다. 이익과 이현환의 시에서 각각 제시된 시적 풍경의 산출 근거는 '화면+시인의 상상'이다. 이에 비해 강세황의 시에서 제시된 시적 풍경의 산출 근거는 '화면'이다. 이익과 이현환은 화면상의 풍경의 요소들 중에서 일부와 시인 자신들이 제각기 상상한 것들을 시적 풍경의 요소들로 선택하였다. 반면 강세황은 화면상의 풍경의 요소들 중에서 시적 풍경의 요소들을 선택하였다. 그리하여 이익의 시에서는 푸른 대나무 숲 사이로 희미하게 보이는 울타리 너머로 들리는 개 짖는 소리와 닭 우는 소리, 푸른 대나무 숲 너머로 피어오르는 푸른 연기, 그리고 하늘에 낀 푸르스름한 이내의 모습이 제시된다. 이에 비해 강세황의 시에서는 울퉁불퉁하게 솟아 있는 산봉우리들과 푸른 대나무로 둘러싼 마을 그리고 공중으로 푸른 연기가 피어오르는 모습이 제시된다. 그리고 이현환의 시에서는 대나무 숲 밖에서 옅어졌다가 다시 엉켜 공중으로 올라가면서 바람에 흔들려 평평하게 보이는 연기의 일련의 모습과 한밤중에 강물 위로 비가 떨어지는 소리가 제시된다.

4. 마무리

이 글에서는 먼저 『칠탄정십육경화첩』이 언제 어떻게 제작되었는가에 대해 살펴보았다. 『칠탄정십육경화첩』은 손사익이 선조의 행적을 널리 알리기 위해 제작을 기획하고 두 명의 화가와 세 명의 시인(강세황은 그림을 그린 화가이자 시인이기도 함)이 제작에 함께 참여한, 이른바 다인 창작 활동의 결과물이다. 그림을 그리고 시를 지은 순서는 ① 무명 화가의 「칠탄정십육경도」 그림 → ② 이익의 「칠탄정십육경」 시 → ③ 강세황의 「칠탄정십육경도」 그림 → ④ 강세황의 「칠탄정십육경」 시 → ⑤ 이현환의 「칠탄정십육경」 시 순이다. 손사익이 처음에는 ①과 ②로써 화첩을 만들려는 계획을 세웠다가, 계획을 변경하여 ③, ④, ⑤를 덧붙여 화첩을 만들게 되었던 것으로 추정된다. 무명 화가와 강세황의 「칠탄정십육경도」 그림을 비교해본 결과, 손사익의 처음 계획이 변경된 이유가 무명 화가의 「칠탄정십육경도」 그림 16점 대부분에서 그림의 표제로 제시된 풍경들의 지배적인 요소가 부각되어 있지 않다는 점에 있음을 추정할 수 있었다.

무명 화가가 그린 「칠탄정십육경도」 그림의 문제점을 지적하고 강세황으로 하여금 무명 화가의 「칠탄정십육경도」 그림을 수정·보완하여 두 번째 종류의 「칠탄정십육경도」 그림을 그리도록 주선한 사람은 이익으로 보인다. 당시 강세황은 이익과 함께 안산에 거주하고 있었으며, 이익은 강세황에게 「陶山圖」와 「武夷圖」와 같은 그림 제작을 부탁할 정도로 긴밀한 관계를 유지하고 있었기 때문이다. 뿐만 아니라 이익은 손사익에게 제화시를 지어 강세황의 그림에 써넣은 이현환까지도 소개해준 것으로 보인다. 당시 이현환도 안산에 거주하고 있었는데, 이익은 자신의 문하에서 수학한 이현환을 아들처럼 돌보아 줄 정도로 아꼈었다. 그러므로 『칠탄정십육경화첩』 제작과 관련된 다인 창작 활동 중에서 ③ 강세황의 「칠탄정십육경도」 그림, ④ 강세황의 「칠탄정십육경」 시, ⑤ 이현환의 「칠탄정십육경」 시 창작은 손사익이 처음부터 계획하였던 것이 아니고, 이익이 주선하여 이루어진 활동이라고 할 수 있다.

이익이 「七灘亭十六景並序」에 그 글을 지은 시기를 명기하였기 때문에, 이익의 「칠탄정십육경」 시가 1754년 여름에 지어진 것임을 알 수 있다. 손사익이 이익, 이현환과 서로 주고받은 편지를 통해 강세황의 「칠탄정십육경도」 그림과 시 그리고 이현환의 「칠탄정십육경」 시가 그려지고 지어진 시기도 또한 1754년 여름으로 추정할 수 있다. 그러므로 『칠탄정십육경화첩』 제작과 관련된 다인 창작 활동 중에서 첫 번째 활동인 무명 화가의 「칠탄정십육경도」 그림 창작을 제외한 나머지 활동들은 모두 1754년 여름에 안산에서 이루어졌다.

이 글에서는 또한 비슷하거나 동일한 두 종류의 「칠탄정십육경도」 그림 8점을 시적 대상으로 하여 이익, 강세황, 이현환 세 시인이 제각기 어떻게 서로 다른 시적 풍경으로 재산출하였는가를 살펴보았다. 이를 위해 세 시인의 시에서 각각 제시된 시적 풍경을 시적 대상인 화면상의 풍경과 비교하여 시적 풍경의 산출 근거를 추출하였다. 시적 풍경의 산출 근거를 통해 시인이 시적 풍경의 요소를 화면상의 풍경에서 선정하였는지 아니면 시인 자신의 상상을 통해 선정하였는지를 알 수 있기 때문이다.

시적 풍경의 산출 근거가 세 시인 모두 동일한 경우는 「연교목우」 시에서이다. 이 시에서 제시되는 시적 풍경의 산출 근거는 모두 '화면+시인의 상상'이다. 이 시의 경우, 세 시인이 모두 화면상의 풍경의 요소들 중에서 일부와 시인 자신들이 제각기 상상한 것들을 시적 풍경의 요소들로 선택하였다. 이 때문에 세 시인들의 시에서 각각 제시되는 시적 풍경은 부분적으로 차이를 보인다.

시적 풍경의 산출 근거가 두 시인만 동일하고 한 시인이 상이한 경우는 「조기수간」, 「선암도기도」, 「소당고하」, 「등연어화」, 「선감효종」, 「월교귀승」, 「죽촌취연」 시에서이다. 두 시인의 시들에서 제시되는 시적 풍경의 산출 근거가 '화면+시인의 상상'인 데 비해, 다른 한 시인의 시에서 제시되는 시적 풍경의 산출 근거는 '화면' 또는 '시인의 상상'이다. 이 시들의 경우, 두 시인들은 화면상의 풍경의 요소들 중에서 일부와 시인 자신들이 제각기 상상한 것들을 시적 풍경의 요소들로 선택한 반면, 다른 한 시인은 화면상의 풍경의 요소들 중에서 시적 풍경을 선택하거나 전적으로 시인 자신이 상상한 것을 시적 풍경의 요소로 선택하였다. 이 때문에 세 시인의 시에서 각각 제시되는 시적 풍경은 부분적으로 차이를 보이거나 현격한 차이를 보인다.

제2장

「今是堂十二景圖」와 李龍九의 「今是堂十二景」시

1. 들어가기

「今是堂十二景圖」[135]는 경상남도 밀양에 있는 금시당이라는 정자 주변의 풍광이 뛰어난 12개 지역의 풍경을 그린 그림이다. 「금시당십이경도」는 「鶯峰春花圖」, 「龍壁冬篁圖」, 「鳳菴孤鍾圖」, 「馬巖暮雨圖」, 「淵臺霽月圖」, 「舍堂炊烟圖」, 「南樓畫棟圖」, 「西城曉角圖」, 「梨淵漁火圖」, 「栗林落葉圖」, 「白石看羊圖」, 「靑郊牧牛圖」 등 12점의 그림으로 되어 있다. 그림의 표제는 모두 '지명으로 제시된 특정 지역(앞의 두 자)+그 지역의 대표적인 풍경으로 제시된 경물의 상태(뒤의 두 자)'의 형태로 되어 있다. 예컨대 '앵봉춘화(꾀꼬리봉의 봄꽃 또는 봄꽃이 핀 꾀꼬리봉)'에서, '앵봉(꾀꼬리봉)'은 금시당 주변의 풍광이 뛰어난 여러 지역 중의 하나이고, '춘화(봄꽃이 핀 상태)'는 꾀꼬리봉의 대표적인 풍경으로 제시된 것이다.

금시당은 李光軫(1513~1566)이 1565년에 潭陽都護府 府使를 끝으로 관직을 그만두고 밀양에 낙향한 후 만년을 보내기 위해 세운 정자인데, 1566년 정월에 준공되었다. 그러나 그 해 여름에 이광진이 병이 들어 더 이상 금시당에 나가 주변의 아름다운 풍경을 볼 수 없게 되었다. 그래서 아들인 謹齋 李慶弘(1540~1595?)이 금시당 주변의 풍광이 아름다운 12개 지역의 풍경을 그림으로 그려 와병 중인 아버지가 병상에서도 볼 수 있도록 하였다는 말이 전해져 온다. 이러한 전언에서도 알 수 있듯이, 「금시당십이경도」는 금시당 주변 12개 지역의 풍경들을 사실적으로 그린 실경산수화이다.

「금시당십이경」시[136]를 지은 李龍九(1812~1867)는 이광진의 11대 손이다. 그는 밀양에서 태어나 세

---

135 「금시당십이경도」는 금시당 이광진의 종손들이 소장해오다가, 15대 종손 이중기 씨가 1997년에 밀양시립박물관에 기증하여 현재는 밀양시립박물관에서 '밀양십이경도'라는 이름으로 소장하고 있다.

136 「금시당십이경」시는 원래 이용구의 『晩悔文集』에 수록되었는데, 국역판 『금시당선생문집』 부록에도 수록되어 있다. 표제상으로 보면 제화시로 보기 어렵다. 제화시가 되기 위해서는 '今是堂十二景圖詩'처럼 표제상에 '圖'나 '畫' 자가 들어가야 된다. 표제상으로만 본다면, 「금시당십이경」시는 「금시당십이경도」와 관계없이 시인이 금시당이라는 정자에서 금시당 주변 12곳의 풍경을 직접 보고 지은 樓亭集景詩라고 할 수 있다. 그러나 그림과 시를 비교해보니, 화면상의 풍경과 시적 풍경 간에 차이가 많이 나는 경우도 있지만, 화면상에서 화

상을 떠나기까지 줄곧 밀양에 거주하면서 글공부를 하고 또 제자를 길렀다. 뿐만 아니라 그는 1860년에 있었던 금시당의 보수공사를 주관하였다.[137] 이러한 점에서 이용구는 금시당에서 「금시당십이경도」 그림의 대상인 12개 지역의 풍경을 직접 보았을 뿐만 아니라 그 풍경에 대해서 익히 알고 있음을 짐작할 수 있다. 시인이 시적 대상인 그림의 실경을 직접 보았는가의 여부는 시적 풍경의 근거를 따질 때 중요한 변수가 된다.

이익, 강세황 그리고 이현환의 「七灘亭十六景」 시와 이용구의 「금시당십이경」 시는 모두 정자 주변의 풍광이 아름다운 여러 지역의 풍경을 그린 그림을 시적 대상으로 하여 지어진 시이다. 그러나 이익, 강세황, 이현환은 모두 그림의 대상이 된 실경을 직접 본 적이 없다. 비록 강세황이 「칠탄정십육경도」를 그렸지만, 그 그림을 강세황이 밀양에 있는 칠탄정에 가서 주변 풍경들을 직접 보고 그린 것이 아니다. 경기도 안산에서 무명 화가의 그림과 이익의 시를 참조하여 그렸다. 즉 이익, 강세황, 이현환은 모두 화면상의 풍경만을 보고 그 풍경을 시적 대상으로 하여 시를 지었던 것이다. 이에 비해 밀양에 거주하였던 이용구는 그림의 대상인 실경을 직접 보았다. 그러므로 이익, 강세황 그리고 이현환의 시에서 각각 제시되는 시적 풍경의 근거와 이용구의 시에서 제시되는 시적 풍경의 근거는 같지 않을 수가 있다. 이익, 강세황, 이수환은 모두 실경을 보지 못했다. 그렇기 때문에 그들의 시에서 제시되는, 화면상의 풍경과 다른 시적 풍경의 요소들은 전적으로 시인이 상상한 것이다. 그러나 이용구는 실경을 직접 보았다. 이 때문에 그의 시에서 제시되는, 화면상의 풍경과 다른 시적 풍경의 요소들은 시인이 상상한 것일 수도 있겠지만, 실제로 체험한 것일 수도 있다.

이용구의 「금시당십이경」 시 12수는 모두 실경을 실제로 보았던 시인이 그 실경을 그린 그림을 시적 대상으로 하여 화면상의 이미지를 언어로 재산출한 시라는 성격을 지닌다. 달리 말하면 이용구의 「금시당십이경」 시 12수는 모두 화면상의 풍경을 언어를 통해 시적 풍경으로 재산출한 시들이다. 이 글에서는 이용구의 「금시당십이경」 시 12수와 「금시당십이경도」 그림 12점을 비교하여 시적 풍경과 화면상의 풍경이 어떠한 관계 양상들을 보이고 또 그러한 양상을 보이게 된 이유를 살펴보기로 한다. 그럼으로써 화면상의 풍경과 시적 풍경이 어떤 차이를 보이며 또 그러한 차이가 발생하게 된 근거가 무엇인가가 밝혀질 수 있을 것이다.

가가 의도적으로 부각하려고 하였던 것이 시적 진술상에 그대로 반영된 경우도 있다. 이러한 점에서 「금시당십이경」 시는 금시당 주변 12곳의 풍경을 실제로 보았던 시인이 그 풍경을 그린 「금시당십이경도」를 감상한 뒤 그 그림을 시적 대상으로 하여 지은 제화시라고 할 수 있다. 다만 「금시당십이경」 시를 지은 이용구 또는 『만성문집』 편찬자가 제화시의 표제상의 특징을 간과하고 '금시당십이경'이라는 표제를 붙인 것으로 보인다.

137   이운성, 「밀양 입향 이후 오백년의 선적(9)」, 『務本』 17호, 驪州李氏 舍人堂里務本會, 2005.8. 17, 21면 참조.

2. 화면상의 풍경과 시적 풍경의 관계 양상

「금시당십이경도」 그림 12점과 이용구의 「금시당십이경」 시 12수를 비교해본 결과, 시적 풍경과 화면상의 풍경의 관계 양상은 아래의 표로 정리할 수 있다. 이용구의 「금시당십이경」 시 12수 중에서 시적 풍경이 화면상의 풍경과 보완 관계를 보이는 시는 「앵봉춘화」, 「용벽동황」, 「마암모우」, 「사당취연」, 「이연어화」 시 등 모두 5수이다. 시적 풍경이 화면상의 풍경과 대체 관계를 보이는 시는 「봉암고종」, 「연대제월」, 「남루화동」, 「서성효각」, 「율림낙엽」, 「백석간양」, 「청교목우」 시 등 7수이다. 시적 풍경이 화면상의 풍경과 부각 관계를 보이는 시는 한 수도 없다.

시 제목	시적 풍경과 화면상의 풍경의 관계	시 제목	시적 풍경과 화면상의 풍경의 관계
앵봉춘화	보완 관계	남루화동	대체 관계
용벽동황	보완 관계	서성효각	대체 관계
봉암고종	대체 관계	이연어화	보완 관계
마암모우	보완 관계	율림낙엽	대체 관계
연대제월	대체 관계	백석간양	대체 관계
사당취연	보완 관계	청교목우	대체 관계

(1) 보완 관계

이용구의 「금시당십이경」 시 12수 중에서 시적 풍경이 화면상의 풍경과 보완 관계를 보이는 시는 「앵봉춘화」, 「용벽동황」, 「마암모우」, 「사당취연」, 「이연어화」 시 등 모두 5수이다. 이 시들에서는 시적 풍경의 요소들 가운데 일부만이 화면상의 풍경에서 확인되고 일부는 확인되지 않는다. 시적 풍경의 요소들 가운데 일부만이 화면상의 풍경에서 확인되고 일부는 확인되지 않을 경우, 화면과 함께 시인 자신의 상상 또는 직·간접적인 체험이 시적 풍경의 산출 근거가 된다. 시인이 화면상의 풍경을 보완하기 위해 화면상의 풍경의 요소들 가운데 일부 요소를 활용함과 아울러 부분적으로 자신의 상상 또는 직·간접적인 체험을 활용하여 시적 풍경을 산출하였다는 점에서, 시적 풍경은 화면상의 풍경에 대해 보완 관계를 이룬다. 5수의 시들에서 각각 제시되는 시적 풍경과 시적 대상이 된 화면상의 풍경을 비교해보기로 한다.

다음의 〈그림 27〉은 「舍堂炊烟圖」이고, 시 (66)은 이용구의 「사당취연」 시이다. 「사당취연도」는 밥 짓는 연기가 나는 舍人堂 마을의 풍경을 그린 그림인데, 사인당 마을은 驪州 李氏의 入鄕 始居地이자 世居

地이다.

(66)

江村西望隔澄沙　　서쪽으로 바라보니 맑은 모래밭 맞은편 강가 마을에
桑柘千年釀物華　　뽕나무들이 오랫동안 좋은 경치 빚어왔었네
況是南鄉生理好　　더욱이 남쪽 마을은 살기도 좋아
雨中煙樹碧家家[138]　비가 올 때에는 집집마다 푸른 나무 위로 연기 자욱하다네

〈그림 27〉「사당취연도」

어떤 풍경을 대상으로 하여 화가가 그림을 그리고 시인이 시로 읊을 때, 그림과 시의 속성이 다름에 따라 화가나 시인이 풍경을 제시하는 방식도 자연히 다를 수밖에 없다. 회화는 조형예술이기 때문에, 화가는 자신이 그리고자 하는 풍경을 형상을 통해 보여준다. 이에 비해 시는 표음예술이기 때문에, 시인은 시적 화자의 목소리를 빌려 자신이 읊고자 하는 풍경에 대해 언급한다.

화가가 자신이 그리고자 하는 풍경을 형상을 통해 보여준다고 할 때, 그 형상은 화가의 눈에 비친 풍경의 실제 모습 그대로일 수도 있지만, 화가의 의도에 따라 변형된 모습일 수도 있다. 화가가 자신이 그리고자 하는 의도에 따라 실제 풍경의 모습을 변형시킬 수 있기 때문이다.

〈그림 27〉의 화면을 살펴보면, 화면상에 제시된 형상에서 화가의 의도를 짐작해볼 수 있다. 강을 경계로 하여 강의 오른쪽 지역에서는 산의 형상이 매우 소략한 상태로 제시되어 있는 데 비해, 왼쪽 지역에서는 모래밭과 마을 그리고 산의 형상이 세밀한 상태로 제시되어 있기 때문이다. 원근법을 따른다면, 어떤 사물의 형상이 화면상에 소략한 상태나 또는 세밀한 상태로 제시되어 있다는 것은 바로 그 상태에 사물과 그 사물을 바라보는 화가 사이의 거리감이 반영되어 있음을 뜻한다. 그러나 이 그림에서는 상태 묘사를 통해 사물과 화가 사이의 거리감을 반영하려고 한 것이라기보다는 그리고자 하는 대상을 부각하려고 하였던 것으로 보인다. 강을 경계로 하여 사물의 형상을 한쪽에는 소략한 상태로 다른 한쪽에는 세밀한

138　이운성 편역, 『금시당선생문집』, 금시당집국역본간행위원회, 2000, 297~298면.
　　여기에 제시된 시 번역은 국역본을 부분적으로 수정한 것이다.

상태로 제시되어 있기 때문에, 그림 감상자의 눈길은 자연히 세밀한 상태 쪽으로 쏠릴 수밖에 없다. 그림 감상자의 눈길을 끌게 하는 것도 대상을 부각시키는 한 방법이다. 사물의 형상이 세밀한 상태로 제시된 강 왼쪽 지역은 바로 화가가 그리고자 하는 사인당 마을이다. 그런데 사인당 마을을 부각하려고 한다면, 화가가 사인당 마을이 있는 강 왼쪽 지역만을 화면상에 담아도 된다. 그럼에도 불구하고 화가가 강 오른 쪽 지역에 있는 산의 형상을 소략한 상태로 화면상에 담은 것은 무엇 때문일까? 아마도 화가는 사인당 마을 쪽을 부각하려고 하였을 뿐 아니라 사인당 마을의 지형적 위치, 즉 강 왼쪽에 위치하고 있다는 점도 부각하려고 하였던 것으로 보인다.

강 왼쪽 지역은 다시 크게 세 공간으로 구분되는데, 백사장과 마을 그리고 산이 바로 그것이다. 화면상 에서는 마을뿐만 아니라 백사장과 산의 상태까지 세밀하게 제시되어 있다. 그림의 표제가 되는, 밥 짓는 연기 자욱한 마을의 모습만을 세밀하게 제시해도 될 터인데, 군이 마을의 전경과 후경에 해당되는 백사 장과 산의 모습까지 세밀하게 제시한 것은 한국의 전통 촌락의 이상적인 입지 조건인 '背山臨水'를 부각 하기 위한 것으로 보인다. 즉 화가는 강 왼편 지역에 있는 백사장과 마을 그리고 산의 형상을 세밀한 상 태로 제시함으로써 여주 이씨의 입향지이자 세거지인 사인당 마을이 최적의 입지 장소에 자리 잡고 있음 을 보여주려고 하였던 것이다.

화면상에 제시된 마을의 모습에서 눈에 띄는 것은 집집마다 커다랗게 자란 뽕나무들로 둘러싸여 있고, 연기가 마을을 자욱하게 덮고 있다는 점이다. 전통 촌락에서는 잠업을 통해 농가 수익을 올리기 위해 들 판뿐만 아니라 집 담 밑에도 뽕나무를 심곤 하였는데, 지붕보다 훨씬 위쪽으로 뽕나무의 무성한 가지와 잎들이 보인다는 점에서 뽕나무들의 수령이 한참 되었음을 알 수 있고, 또 그로 인해 마을 사람들이 잠업 을 한 지 꽤 오래되었음을 짐작할 수 있다. 마을을 덮고 있는 연기는 바로 집에서 밥을 지을 때 굴뚝에서 나오는 연기이다. 그 연기가 지붕과 뽕나무 위뿐만 아니라 산 밑에까지 자욱하게 끼어 있다는 점에서 마 을의 모든 집들이 한꺼번에 밥을 짓고 있으며, 그렇기 때문에 끼니를 걱정할 필요가 없을 정도로 그 마을 사람들의 살림살이가 넉넉하다는 것을 알 수 있다. 즉 화가는 화면을 통해 입지 조건이 뛰어날 뿐 아니라 살기에도 좋은 사인당 마을의 모습을 보여주고 있다.

날이 맑을 때에 밥 짓는 연기가 나는 사인당 마을의 풍경을 그린 화면과는 달리, 이용구의 시 (66)에서 는 사인당 마을의, 시간적으로 상이한 두 개의 풍경이 제시된다. 전 1, 2구에 제시된 마을의 풍경은 맑을 때의 것인 데 비해, 후 3, 4구에 제시된 마을의 풍경은 비가 올 때의 것이다.

첫째 구에서 '서쪽으로 바라보다(西望)'라는 방향 지시어와 지각 동사를 통해 시적 화자의 지각 행위 가 제시되는데, '서쪽으로 바라보다'의 주체가 바로 시적 화자이기 때문이다. 이때 서쪽이 구체적으로 어디를 가리키는가가 문제 된다. 첫째 구의 "江村西望隔澄沙"를 축자적인 통사 구조에 따라 "강가 마 을에서 서쪽으로 건너편 맑은 모래밭을 바라보니"라고 번역할 수도 있다. 그렇게 보았을 경우, 시적 화자에게 지각되는 대상은 맑은 모래밭이고, 시적 화자는 강가 마을에 위치해 있다. 그러나 그렇게 보 았을 경우에는 시적 화자에게 지각되는 대상이 강가 마을이 아니라 맑은 모래밭이 된다는 점과 아울러 둘째 구에 언급되는 뽕나무의 소재가 문제 된다. 뽕나무가 강가 마을에 있는 것이 아니라 맑은 모래밭에 있게 되기 때문이다. 그러므로 시적 화자에게 지각되는 주된 대상은 맑은 모래밭이 아니라 강가 마을로 보아야 한다. 그럴 경우 "江村西望隔澄沙"를 통사 구조가 일탈된 것으로 보고, "서쪽으로 바라보니 맑은 모래밭 맞은편 강가 마을에"라고 번역할 수 있다. 이때 서쪽은 시적 화자가 있는 장소와 관련된다. 즉 시적 화자가 어떤 장소에서 서쪽 방향으로 바라본다는 것이다. 시 문면상으로는 시적 화자가 어디에 위치하고 있는지 분명하게 드러나지 않는다. 그러나 시적 화자가 있는 곳이 바로 금시당이라는 것을 짐작할 수 있다. 시적 대상인, 밥 짓는 연기가 나는 사인당 마을의 풍경이 금시당에서 보이는 12개 지역의 풍경 가운데 하나인 데다가, 또 금시당에서 보면 사인당 마을이 강 건너 서쪽에 있기 때문이다. 그러므로 첫째 구는 시적 화자의 눈에 지각된 마을의 지형적 위치가 언급된 것이라고 할 수 있다. 그런데 시적 화자의 눈에 지각된 마을의 지형적 위치는 화면상의 것과 거의 일치한다. 시에서든 화면에서든 사인당 마을은 강 왼쪽 그리고 모래밭을 마주 보고 있는 곳에 자리 잡고 있는 것으로 되어 있기 때문이다. 화가는 화면상에서 강을 경계로 하여 강 양쪽 지역에 있는 사물들의 형상을 한쪽은 세밀하게 다른 한쪽은 소략하게 제시함으로써 마을이 강 왼쪽 지역에 있음을 부각시켰다. 시인도 이를 반영하기 위해 마을을 지각하는 시적 화자의 행위를 "서쪽으로 바라보다(西望)"로 표현하였던 것으로 보인다.

둘째 구에서는 시적 화자의 눈에 지각된 뽕나무의 상태와 아울러 마을의 아름다운 풍광이 언급된다. 시적 화자가 "뽕나무들이 오랫동안 좋은 경치를 빚어 왔다(桑柘千年釀物華)"고 하였는데, 이는 마을의 집 옆에 심긴 뽕나무의 수령이 오래되었음과 무성하게 자란 뽕나무와 어울려 마을의 풍광이 아름다움을 언급한 것이다. 둘째 구에 언급된 뽕나무의 상태 또한 화면상의 것과 일치한다. 뽕나무의 수령이 오래되었음을 시에서는 시적 화자의 목소리를 통해 언급하고 있다면, 화면에서는 지붕보다 훨씬 더 높게 자란 뽕나무의 모습을 통해 보여주고 있다. 뿐만 아니라 화면에서는 최적의 입지 장소에 자리 잡고 있는 사인당 마을의 아름다운 풍광을 형상으로 보여주고 있다면, 시에서는 사인당 마을의 풍광이 매우 아름다움을 시적 화자의 목소리를 통해 직접적으로 언급하고 있다.

셋째 구에서 시적 화자는 '더욱이(況)'라는 부사어를 통해 사인당 마을의 좋은 점이 거듭됨을 강조한다. 사인당 마을은 풍광이 아름다울 뿐 아니라 살기에도 좋은 곳이라는 것이다. 시적 화자가 아름답다고 생각한 마을의 모습이 전 1, 2구에 언급되었다면, 시적 화자가 살기에도 좋은 곳이라고 판단한 마을의 상태는 넷째 구에 언급된다.

넷째 구에 언급된, 집집마다 푸른 나무 위로 연기가 자욱한 마을의 상태는 비가 내리는 가운데 마을 사람들이 식사 준비를 할 때에 발생한 것이다. 푸른 나무 위에 자욱이 낀 연기는 바로 밥 짓는 연기이다. 마을 사람들이 밥을 짓기 위해 집집마다 아궁이에 불을 땔 때는 바람에 굴뚝에서 나온 연기가 푸른 잎이 무성한 뽕나무 위로 자욱하게 끼어 있다는 것이다. 앞서 그림을 분석할 때에 지적하였듯이, 마을의 모든 집들이 한꺼번에 밥을 짓고 있으며, 그렇기 때문에 끼니를 걱정할 필요가 없을 정도로 마을 사람들의 살림살이가 넉넉하다는 점을 시에서도 언급하고 있다. 시에서는 비가 오는 것으로 언급되어 있지만, 화면상의 풍경은 비가 내리고 있을 때의 것으로 보기 어렵다. 게다가 시의 전 1, 2구에서 언급된 마을의 상태는 맑을 때의 것이다. 그러므로 제4구에 언급된 비가 올 때의 마을의 상태는 전 1, 2구에 언급된 마을의 상태와 같은 시간대에 발생한 것으로 볼 수 없다. 시적 화자가 그 이전에 보았던 것으로서, 살기 좋은 마을의 모습의 예로 제시한 것이다.

시적 풍경을 이루는 요소들은 맑은 모래밭, 모래밭 맞은편 강가 마을, 오랫동안 마을과 함께 좋은 경치를 빚어왔었던 뽕나무들, 비가 올 때에는 밥을 짓느라 집집마다 푸른 나무 위로 연기가 자욱하게 피어나는 살기 좋은 남쪽 마을 등이다. 이 중에서 맑은 모래밭, 모래밭 맞은편 강가 마을, 오랫동안 마을과 함께 좋은 경치를 빚어왔었던 뽕나무들은 화면상에서 확인할 수 있다. 비가 올 때에는 밥을 짓느라 집집마다 푸른 나무 위로 연기가 자욱하게 피어나는 살기 좋은 남쪽 마을은 화면상에서 확인할 수 없다. 화면상에서 확인되는 것은 비가 올 때의 풍경이 아니라 맑을 때의 풍경이다. 그림을 보고 시를 지은 이용구가 사인당 마을에서 직접 보았던 것이다. 이러한 점에서 화면과 함께 시인의 체험이 시적 풍경의 산출 근거가 된다고 할 수 있다.

화면상에서와는 달리 시인이 비가 올 때의 마을의 상태를 시적 풍경의 요소로 선택한 까닭은 무엇일까? 시인이 화면상에서처럼 밥 짓는 연기가 온통 마을을 뒤덮고 있는 상태는 비가 올 때나 가능하다고 보았기 때문이다. 비가 오는 날에는 기압이 낮아 연기가 잘 빠져나가지 못하기 때문에, 맑은 날에 비해 밥 짓는 연기가 훨씬 더 자욱하게 끼기 마련이다. 시인은 그림의 대상인 '밥 짓는 연기가 자욱하게 긴 사인당 마을'의 풍경을 화면상으로뿐 아니라 실제로 보았다. 그렇기 때문에 그 풍경을 더욱 현장감 있게 제시하기 위해 자신의 실제 경험을 근거로 화면상에서와는 달리 비가 내리는 상황을 설정하였던 것으로 보인다. 즉 시인이 비 올 때의 풍경을 시적 풍경의 요소로 선택하여 화면을 보완하였던 것이다. 그러므로 시 (66)의 시적 풍경은 화면상의 풍경과 보완 관계를 이룬다고 할 수 있다.

다음의 〈그림 28〉은 「鶯峰春花圖」이고, 시 (67)은 이용구의 「앵봉춘화」 시이다. 「앵봉춘화도」는 봄꽃이 핀 꾀꼬리봉의 풍경을 그린 그림인데, 꾀꼬리봉 아래에 금시당이 있다.

(67)

春風一夜足生涯　하룻밤 봄바람에도 생애가 넉넉하여
雨洗山顔碧破霞　비에 씻긴 산의 모습 푸른빛에 놀빛을 터뜨렸네
金馬歸來曾幾日　벼슬길에서 돌아온 지 얼마나 되었나
年年留發杜鵑花[139]　해마다 진달래꽃 피어난다네

139　이운성 편역, 위의 책, 2000, 296면.

〈그림 28〉「앵봉춘화도」

〈그림 28〉의 화면은 구도상으로 크게 세 개의 공간으로 분할할 수 있다. 즉 상방 공간, 중방 공간, 그리고 하방 공간이 바로 그것이다. 울퉁불퉁한 바위산의 형태로 된 꾀꼬리봉이 바로 상방 공간에 해당된다. 꾀꼬리봉 곳곳에 관목들이 굵고 짧은 선의 형태로 그려져 있다. 꾀꼬리봉 아래쪽과 강가 바위 위쪽으로 소나무와 상수리나무로 둘러싸인 금시당 정당과 초옥이 있고 또 강가 바위 왼쪽 백사장 쪽에 여러 그루의 버드나무가 있는데, 그곳이 바로 중방 공간에 해당된다. 강과 백사장은 하방 공간에 해당된다.

화면상에는 울퉁불퉁한 바위산의 형태로 된 꾀꼬리봉이 홀로 우뚝 솟아나 있는 것으로 그려져 있지만, 실제상으로는 그렇지 않다. 꾀꼬리봉 옆으로 일자 형태로 된 일자봉이 이어져 있는데, 화면상에서는 꾀꼬리봉을 부각하기 위해 일자봉을 생략해버렸다. 뿐만 아니라 울퉁불퉁한 바위산의 형태로 된 꾀꼬리봉의 모습도 과장된 것이다.

화가가 꾀꼬리봉을 부각하기 위해 실제와는 다르게 그렸지만, 화면상에서 가장 두드러지게 부각되는 곳은 바로 금시당이 있는 중방 공간이다. 상방 공간에 해당되는 꾀꼬리봉의 상태와 하방 공간에 해당되는 강과 백사장의 상태는 간략하게 제시되어 있는 데 비해, 중방 공간에 해당되는 금시당과 소나무, 상수리나무와 바위, 그리고 버드나무 등의 상태는 매우 세밀하게 제시되어 있기 때문이다. 앞서 「사당취연도」의 화면에서도 확인하였듯이, 「금시당십이경도」 그림 12점을 그린 화가는 화면상에서 어떤 경물을 부각하기 위해 그 경물의 상태를 다른 경물들의 것에 비해 더욱 세밀하게 제시하는 방법을 빈번하게 사용하고 있다. 화자의 목소리를 빌려 경물의 의미에 대해 직접적으로 언급할 수 있는 시인과는 달리, 화가는 경물의 의미를 그것의 형상을 통해 보여주어야만 한다. 그래서 「금시당십이경도」 그림 12점을 그린 화가는 경물들의 상태의 정도를 달리하는 방법을 통해 자신의 의도를 화면상에 반영한 것으로 보인다.

그런데 '앵봉춘화'라는 그림의 표제와 관련해본다면, 화면상에서 부각되어야 할 대상은 금시당이 아니라 봄꽃이 활짝 핀 꾀꼬리봉이어야만 한다. 화면상으로만 볼 때 꾀꼬리봉의 모습은 봄꽃이 활짝 피어 있는 상태를 그린 것으로 보기 어렵다. 꾀꼬리봉의 여기저기에 굵고 짧은 선의 형태로 크기가 작은 나무들이 그려져 있지만, 그러한 나무들의 모습에서 꽃이 활짝 핀 상태를 연상하기 어렵다. 중방 공간에 있는 소나무, 상수리나무, 버드나무의 경우 그것들의 상태가 세밀하게 그려져 있어 화면상에서 그 존재를 쉽게 지각할 수 있는 데 비해, 꾀꼬리봉의 봄꽃들의 모습은 화면상에서 드러나지 않는다.

화가가 표제와는 달리 화면상에서 활짝 핀 봄꽃의 모습을 드러내지 않고 오히려 금시당과 주변의 나무들을 부각시킨 이유는 무엇일까? 아마도 화가는 봄꽃이 활짝 핀 꾀꼬리봉의 상태 그 자체를 화면에 담으려고 하였다기보다는 그러한 꾀꼬리봉의 상태를 금시당에서 한눈에 바라보면서 감상할 수 있음을 화면에 담으려고 하였던 것으로 보인다. 그리하여 그러한 자신의 의도를 드러내기 위해 화가는 꾀꼬리봉의 상태를 소략하게 그린 반면 금시당과 그 주변의 상태를 세밀하게 그려 금시당의 존재를 부각하였던 것이다. 그러다 보니 그림의 눈이라고 할 수 있는 주점(主點)이 꾀꼬리봉에 있지 않고 금시당에 있게 되었으며, 꾀꼬리봉은 오히려 금시당의 배경이 되어 버렸다. 이러한 점에서 그림의 표제가 화면상에 충분히 반영되지 못하였다고 할 수 있다.

「앵봉춘화도」를 시적 대상으로 하여 화면상의 풍경을 시적 풍경으로 재산출하면서, 시인은 화면상에 반영된 화가의 의도도 간과하지 않았을 뿐 아니라 화가가 화면상에 충분히 반영시키지 못하였던 그림의 표제까지도 고려한 것으로 보인다. 이용구의 시 (67)에서 봄꽃이 활짝 핀 꾀꼬리봉의 상태가 언급될 뿐 아니라 그러한 꾀꼬리봉의 상태를 감상하는 곳으로서 금시당의 존재까지 언급되기 때문이다.

전 1, 2구에서는 시적 화자에게 지각된, 하룻밤 사이에 달라진 꾀꼬리봉의 모습이 언급된다. 간밤에 내린 비로 인해 먼지가 씻겨나간 산에 진달래꽃들이 활짝 핀 모습이 시적 화자의 눈에 마치 푸른빛 바탕 위에 놀빛이 터뜨려진 것처럼 보인다는 것이다. 그런데 시적 화자가 받았던 그러한 시각적 인상에는 시적 화자와 꾀꼬리봉 사이의 거리감이 반영되어 있다. 즉 시적 화자가 꾀꼬리봉에 올라가서 진달래꽃들이 활짝 핀 모습을 보았던 것이 아니라 어느 정도 떨어진 곳에서 진달래꽃들이 활짝 핀 꾀꼬리봉의 모습을 보았다는 것이다.

후 3, 4구에서 진달래꽃들이 활짝 핀 꾀꼬리봉의 모습을 감상하는 장소로서 금시당의 존재가 언급되는데, 이를 통해 시적 화자가 있는 곳이 바로 금시당이라는 것이 간접적으로 드러난다. 셋째 구의 "벼슬길에서 돌아온 지 얼마나 되었나(金馬歸來曾幾日)"라는 말은 이광진이 53세 되던 1565년에 벼슬을 그만두고 고향인 밀양으로 돌아와서 이듬해인 1566년에 龍胡의 위쪽 栢谷에 금시당을 지었던 사실과 관련된다. 넷째 구의 "해마다 진달래꽃 피어난다네(年年留發杜鵑花)"라는 말은 단순히 해마다 꾀꼬리봉에 진달래꽃이 피어난다는 사실을 언급한 것이 아니다. 그 말 속에는 금시당이 지어진 이후로 해마다 꾀꼬리봉에 진달래꽃이 필 때면 사람들이 그곳에서 진달래꽃이 핀 꾀꼬리봉의 모습을 감상한다는 것이 내포되어 있다. 그러므로 시적 화자가 진달래꽃이 핀 꾀꼬리봉의 모습을 감상하는 곳도 바로 금시당임을 짐작할 수 있다.

시적 풍경을 이루는 요소들은 시적 화자의 눈에 마치 푸른빛 바탕 위에 놀빛이 터뜨려진 것처럼 보이는 진달래꽃들이 활짝 핀 꾀꼬리봉의 모습과 해마다 진달래꽃이 핀 꾀꼬리봉을 감상하는 장소로서의 금시당이다. 이 중에서 꾀꼬리봉을 감상하는 장소로서의 금시당은 화면상에서 확인할 수 있다. 시적 화자의 눈에 마치 푸른빛 바탕 위에 놀빛이 터뜨려진 것처럼 보이는 진달래꽃들이 활짝 핀 꾀꼬리봉의 모습은 화면상에서 찾을 수 없다. 그러한 시각적인 인상은 시를 지은 이용구 자신의 실제 체험에 근거한 것으로 보인다. 이러한 점에서 화면과 함께 시인의 체험이 시적 풍경의 산출 근거가 된다고 할 수 있다.

화면상에서 보이지 않는, 푸른빛 바탕 위에 놀빛이 터뜨려진 것처럼 보이는 진달래꽃들이 활짝 핀 꾀꼬리봉의 모습을 시인이 시적 풍경의 요소로 선택한 까닭은 무엇인가? 그림의 표제가 '앵봉춘화'임에도, 화면상에는 봄꽃의 모습이 보이지 않는다. 즉 시인이 진달래꽃들이 활짝 핀 꾀꼬리봉에 대한 시각적인 인상을 시적 풍경의 요소로 선택하여 그림의 표제가 반영되어 있지 않은 화면을 보완하려고 하였던 것이다. 그러므로 시 (67)의 시적 풍경은 화면상의 풍경과 보완 관계를 이룬다고 할 수 있다.

다음의 〈그림 29〉는 「馬巖暮雨圖」이고, 시 (68)은 이용구의 「마암모우」 시이다. 「마암모우도」는 저녁에 비 내리는 마암산의 풍경을 그린 그림이다.

(68)

浦樹依微一夢中	갯가의 나무 어렴풋한 게 꿈속인가
仰看雲氣濕蒼穹	구름을 올려다보니 하늘이 젖어 있네
躑躅半壁騎驢客	중턱에서 머뭇거리는 노새 탄 나그네
恰似當年陸放翁[140]	그 옛날 육방옹과 흡사하다네

〈그림 29〉 「마암모우도」

〈그림 29〉의 화면은 구도상으로 크게 세 개의 공간으로 분할할 수 있다. 즉 좌방 공간, 중방 공간, 그리고 우방 공간이 바로 그것이다. 화면의 중앙에 보이는 강과 삼각지 형태의 모래섬 그리고 공중의 짙은 구름이 바로 중방 공간에 해당된다. 강 왼쪽으로는 구름이 덮인 숲과 공중에 우뚝 솟은 용두산이 보이는데, 그곳이 바로 좌방 공간에 해당된다. 용두산은 뾰족한 몇 개의 바위 봉우리가 겹쳐진 형태로 되어 있는데, 강 쪽으로 깎은 듯한 절벽이 보인다. 강 오른쪽으로는 강가의 바위들과 산길 그리고 산비탈이 보이는데, 그곳이 바로 우방 공간에 해당된다. 강가의 바위 위에는 삿갓을 쓰고 도롱이를 입은 사람이 앉아서 낚시를 하고 있는데, 옷차림을 통해 비가 내리고 있음을 알 수 있다. 화면 오른쪽 귀퉁이에 자그맣게 그려진 산길과 산비탈이 바로 표제상에 제시된 마암산이다. 마암산에 난 산길은 옛날 영남대로의 갓길로서 그 길을 통행하는 사람들이 많았다고 한다.

140　이운성 편역, 위의 책, 2000, 297면.

화면상에서 두드러져 보이는 부분은 공중에 우뚝 솟아 있는 용두산과 그 아래의 숲 그리고 건너편 강가 바위에서 낚시하는 사람의 모습이다. 용두산과 숲의 모습은 크게 그려져 있고, 낚시하는 사람의 모습은 세밀하게 그려져 있기 때문이다. 그런데 구도상으로 볼 때, 용두산과 그 아래의 숲은 강물을 사이에 두고 강가의 바위에 앉아 낚시하는 사람과 마주 보고 있다. 아마도 화가는 강 양쪽의 산과 숲 그리고 인물을 두드러지게 함으로써 그 사이에 있는 강의 지형적 위치, 즉 낚시하는 곳의 위치를 부각하려고 하였던 모양이다. 강가의 바위에 앉은 인물이 낚싯대를 드리운 곳에는 깊은 소가 있는데, 그곳에서 고기가 많이 잡힌다고 하여 많은 사람들이 낚시를 하였다고 한다. 화가는 저녁에 비를 맞으면서 그곳에서 낚시하는 풍경이 바로 저녁에 비 내리는 마암산의 대표적인 풍경으로 간주하였던 것으로 보인다.

그런데 저녁에 비가 오는데도 불구하고 비옷 차림을 하고 낚시하는 인물의 모습이 과연 '저녁에 비 내리는 마암산' 풍경의 주된 요소로서 적절한가라는 의문을 제기해볼 수 있다. 화면상에서는 표제와 달리 저녁에 비 내리고 있는 마암산이 부각되기보다는 저녁에 비를 맞으며 용두산 맞은편 강가에서 낚시하는 인물의 모습이 부각되기 때문이다. 게다가 화면상에서 용두산은 그것의 특징적인 형체가 두드러지게 보이도록 그려져 있는 데 비해, 마암산은 그것을 알아볼 수 있도록 특징적인 형체가 그려져 있는 것이 아니라 화면의 귀퉁이에 일부만이 제시되어 있을 뿐이다. 그래서 실경을 보지 못하고 그림만을 보는 사람들은 대부분 용두산을 마암산으로 착각하기 십상이다.

그림을 보고 시를 지은 이용구 역시 저녁에 비를 맞으며 강가에서 낚시하는 인물의 모습이 풍경의 주요 요소로서 적절하지 못하다고 판단한 모양이다. 이용구의 시 (68)에서는 낚시하는 사람의 모습이 언급되지 않고 그 대신 노새를 타고 산길을 가는 나그네가 언급되기 때문이다.

화면상의 풍경은 좌방, 중방, 우방 세 개의 공간으로 분할되는 데 비해, 시적 풍경은 상방, 중방, 하방 세 개의 공간으로 분할된다. 첫째 구에서는 저녁에 비가 내리고 있는 마암산 풍경의 하방 공간의 상태가 제시된다. 강가의 나무들이 비구름에 가려 시적 화자의 눈에 그것들의 윤곽만 어렴풋하게 보이는데, 그렇게 어렴풋하게 보이는 모습이 마치 꿈속인 듯 환상적으로 보인다는 것이다. 둘째 구에서는 상방 공간의 상태가 제시된다. 시적 화자가 강가의 나무들을 가리고 있는 비구름을 올려다보니 하늘은 내리는 비로 인해 온통 젖어 있다는 것이다. 셋째 구와 넷째 구에서는 중방 공간의 상태가 제시된다. 산 중턱에 노새를 탄 나그네가 보이는데, 내리는 비 때문에 험한 산길을 계속해서 가야 할지 아니면 돌아가야 할지 주저하고 있는 모습이 옛날 노새를 타고 산세가 험악한 劍門關을 지나가던 중국 남송의 시인 陸遊와도 비슷하다는 것이다.[141] 셋째 구의 진술로 미루어보건대, 비가 하루 종일 내린 것이 아니라 저녁이 되어서 갑작스레 내리기 시작한 것임을 알 수 있다. 즉 노새를 탄 나그네는 비가 오지 않았을 때 길을 떠났는데, 산 중턱에 이른 저녁 무렵에 갑작스레 비를 만나 길을 계속 가야 할지 돌아가야 할지 주저하고 있다는 것이다. 따라서 첫째 구와 둘째 구에서는 비가 막 내리기 시작함으로써 비가 내리기 전의 상태와 갑자기 달라

---

141 육유, 류종묵 옮김, 『육유시선』, 민음사, 2007, 53면 참조.

진, 강가 숲과 하늘의 상태가 각각 제시된 것이라고 할 수 있다.

　시적 풍경을 이루는 요소들은 비구름에 가려 어렴풋하게 보이는 강가의 나무, 비구름이 덮여 있는 하늘, 산 중턱에서 머뭇거리는 노새 탄 나그네 등이다. 이 중에서 비구름에 가려 어렴풋하게 보이는 강가의 나무와 비구름이 덮여 있는 하늘의 모습은 화면상에서 찾아볼 수 있다. 그러나 산 중턱에서 머뭇거리는 노새 탄 나그네의 모습은 화면상에서 찾아볼 수 없다. 이는 그림을 보고 시를 지은 이용구가 상상한 것으로 보인다. 이러한 점에서 화면과 함께 시인의 상상이 시적 풍경의 산출 근거가 된다고 할 수 있다.

　화면상에서와는 달리 시인이 상상을 통해 산 중턱에서 머뭇거리는 노새 탄 나그네의 모습을 시적 풍경의 요소로 선택한 까닭은 무엇일까? 시인은 비옷 차림을 하고 강가에서 낚시를 하는 사람의 모습보다는 노새를 타고 산길을 가다가 중턱에서 갑작스레 내린 비로 길을 계속 가야 할지 말아야 할지 주저하는 나그네의 모습이 저녁에 비가 내리고 있는 마암산의 풍경에 더 걸맞은 것으로 판단하였기 때문이다. 즉 시인이 산 중턱에서 머뭇거리는 노새 탄 나그네의 모습을 시적 풍경의 요소로 선택하여 화면을 보완하였던 것이다. 그러므로 시 (68)의 시적 풍경은 화면상의 풍경과 보완 관계를 이룬다고 할 수 있다.

　다음의 〈그림 30〉은 「梨淵漁火圖」이고, 시 (69)는 이용구의 「이연어화」 시이다. 「이연어화도」는 이연 마을 앞의 소에서 사람들이 등불을 밝히고 고기를 잡는 풍경을 그린 그림이다.

(69)
漁子連燈徹夜明　　고기 잡는 사내들이 늘어서서 밝힌 등불 밤새도록 비쳐
波宮應有老龍驚　　수궁에 응당 있을 늙은 용도 놀랐으리
問渠知得江山趣　　그들에게 강산의 운치 아는가 물어볼까나
夢裡惟聞欸乃聲[142]　꿈결에 노 젓는 소리 들려오네

　〈그림 30〉의 화면은 여타의 「금시당십이경도」 화면들과는 다른 몇 가지 특이한 점을 가지고 있다. 첫 번째는 구도상의 특징이다. 화면 하단에 보이는 '소나무가 있는 바위 언덕 ↔ 그 아래 버드나무가 있는 모래밭 ↔ 상투를 튼 장정 3명이 등불을 들고 있는 강물 속 ↔ 물가에 임한 자그마한 봉우리 ↔ 산 아래 마을 ↔ 소나무가 있는 바위 언덕'과 같이 차례로 연결하면 환상형의 형태를 띤다. 이러한 점에서 화면은 환상형 구도를 보인다고 할 수 있다. 화가가 이와 같은 환상형 구도를 택한 것은 아마도 사람들이 물고기를 잡고 있는 소의 위치를 화면상에서 정확하게 드러내기 위해서인 것으로 보인다. 장정 3명이 있는 곳은 버드나무가 있는 모래밭과 강 건너편 물가 언덕 사이의 물속인데, 바로 그 지점이 고기가 많이 잡히는 소가 있는 곳이라는 것이다.

　두 번째는 화면상의 풍경을 이루는 요소들 중에서 다른 요소들보다 훨씬 크게 그려지거나 세밀하게 그려짐으로써 특별히 두드러지게 보이는 것이 없다는 점이다. 그럼에도 불구하고 환상형 구도를 통해 풍

142　이운성 편역, 앞의 책, 2000, 298~299면.

경의 지배적인 요소를 드러나게 하고 있다. 산 아래 마을이 바로 이연 마을인데, 장정 3명이 등불을 들고 고기를 잡고 있는 소와 대각선 방향으로 서로 마주 보도록 배치되어 있다. 그럼으로써 그림의 표제인 '이연 마을의 앞 소에서 사람들이 등불을 밝히고 고기를 잡는 풍경'의 지배적인 요소가 화면상에서 쉽게 확인된다.

세 번째는 시간적 배경이 사물의 형체를 구별할 수 없을 정도로 칠흑같이 어두운 그믐날 새벽녘인데도 불구하고 풍경을 이루는 요소들의 상태가 마치 밝은 대낮에 보는 것처럼 선명하게 그려져 있다는 점이다. 시간적 배경이 그믐날 새벽이라는 것은 물가에 임한 자그마한 봉우리 위에 먹으로 까맣게 칠해진 달의 모습을 통해 추정할 수 있다. 그믐달을 그린 것은 사람들

〈그림 30〉 「이연어화도」

이 고기를 잡고 있는 시기가 그믐임을 나타내기 위한 것으로 보인다. 보통 달도 보이지 않는 그믐날 밤에 사람들이 물속에 들어가서 등불로 수면을 비추면 물고기들이 불빛을 보고 몰려오는데, 그때 뜰채로 물고기를 떠올리거나 몽둥이로 때려잡곤 한다. 또 그믐달이 자그마한 봉우리 위에 떠 있는 것은 그로써 새벽녘이라는 시간을 드러내기 위한 것으로 보인다. 즉 화가는 달이 떠 있는 위치를 통해 사람들이 고기 잡는 재미에 푹 빠져 새벽녘까지 등불을 켜고 고기 잡고 있음을 보여주려고 했던 것이다. 그믐날 새벽녘이라 화면상의 풍경의 요소들 중에서 실제로는 사람들이 늘어서서 등불로 수면을 밝히는 모습밖에 보이지 않는다. 그러나 시각적으로 지각되는 형상만을 풍경의 요소로 제시할 수밖에 없는 그림의 속성 때문에 화가가 실제로는 시각적으로 지각되지 않는 사물들을 먹으로 까맣게 칠한 형태나 밝은 대낮에 보이는 형태로 제시하였던 것이다.

〈그림 30〉과는 달리, 이용구의 시 (69)에서는 새벽녘까지 이어지는 고기 잡는 모습과 그것을 못마땅하게 여기는 시적 화자의 내면 상태가 풍경의 요소로 제시된다. 전 1, 2구에서는 고기 잡느라 새벽녘까지 밝힌 불빛의 폐해가 언급된다. 고기를 잡으려고 사람들이 늘어서서 등불로 수면을 비추고 있는데, 불빛이 밤새도록 수면을 비추는 바람에 수궁에 있는 용이 놀라서 잠을 이룰 수 없을 정도라는 것이다. 용이 놀랄 정도라는 말에서 밤새도록 계속되는 고기잡이를 곱지 않게 보는 화자의 시각을 엿볼 수 있다.

후 3, 4구에서는 새벽녘까지 들리는 고기 잡는 소리의 폐해가 언급된다. 조용한 새벽녘에 잠결에 들려오는 고기 잡는 소리로 인해 잠이 깬 시적 화자가 고기 잡는 사람들에게 강산의 운치를 아는 사람인지 따지고 싶은 생각이 들 정도라는 것이다. 셋째 구의 "그들에게 강산의 운치 아는가 물어볼까나(問渠知得江

山趣)"라는 말에는 재미삼아 한때 고기를 잡는 것이 아니라 고기 잡는 재미에 푹 빠져 밤새도록 고기를 잡는 것은 산수를 제대로 즐길 줄 모르는 사람들의 행태에 불과하다는 시적 화자의 비판적인 시각이 반영되어 있다. 넷째 구의 "노 젓는 소리(欸乃聲)"는 실제로 노를 젓는 소리를 지칭하는 것이 아니다. 사람들이 물속에서 가만히 있다가 고기가 불빛을 보고 가까이 오면 뜰채로 물고기를 떠올리거나 몽둥이로 때려잡으려고 몸을 움직이는 소리가 마치 끊어졌다가 이어졌다가 하는 노 젓는 소리처럼 들리기 때문에 그렇게 표현한 것으로 보인다.

시적 풍경을 이루는 요소들은 수궁에 있을 늙은 용도 놀랄 만큼 고기 잡는 사내들이 늘어서서 수면을 비추기 위해 밤새도록 밝힌 등불, 꿈결에 고기 잡는 소리를 듣고 잠이 깬 시적 화자, 고기 잡는 사내들에게 강산의 운치 아는 사람인가 따지고 싶어 하는 시적 화자의 내면 등이다. 이 중에서 고기 잡는 사내들이 늘어서서 수면을 비추기 위해 밤새도록 밝힌 등불은 화면에서 찾아볼 수 있다. 꿈결에 고기 잡는 소리를 듣고 잠이 깬 시적 화자와 고기 잡는 사내들에게 강산의 운치 아는 사람인가 따지고 싶어 하는 시적 화자의 내면은 화면에서 찾아볼 수 없다. 그림을 보고 시를 지은 이용구가 실제로 체험한 것으로 보인다. 이러한 점에서 화면과 함께 시인의 체험이 시적 풍경의 산출 근거가 된다고 할 수 있다.

시인이 밤새도록 고기 잡느라 밝힌 불과 고기 잡는 소리의 폐해를 시적 풍경의 요소로 선택한 까닭은 무엇일까? 시인은 평생을 밀양에서 거주하였으며, 「금시당십이경도」의 대상인 12개 지역의 풍경을 직접 보았을 뿐만 아니라 그 풍경에 대해서 익히 알고 있다. 시인은 밤새도록 이어지는 고기잡이의 폐해를 직접 체험하였을 것으로 짐작된다. 즉 시인은 화면상으로는 드러나지 않은 고기잡이의 폐해를 시적 풍경의 요소로 선택함으로써 화면을 보완하려고 하였던 것이다. 그러므로 시 (69)의 시적 풍경은 화면상의 풍경과 보완 관계를 이룬다고 할 수 있다.

다음의 〈그림 31〉은 「龍壁冬篁圖」이고, 시 (70)은 이용구의 「용벽동황」 시이다. 「용벽동황도」는 대나무가 무성한 겨울철 용두 언덕의 풍경을 그린 그림이다.

(70)
龍岡歲暮綠猗猗　　용강은 세밑에도 푸른빛이 무성하여
活意欣看几案移　　내키는 대로 안석을 옮겨가며 흔흔히 바라본다네
鳳去千年山獨立　　봉황새 날아가 버린 천년 동안 산만 홀로 서 있는데
琅玕不見雪封枝[143]　대나무가 보이지 않으니 눈이 가지를 덮었나 봐

〈그림 31〉의 화면에서 가장 두드러져 보이는 부분은 대나무 숲이 우거진 용두 언덕이다. 그곳이 마치 산에서 수면 쪽으로 불쑥 튀어나온 듯 길게 뻗어져 있어 화면을 보는 사람의 눈길을 끌게 할 뿐 아니라 수면 위로 드러나는 크고 작은 바위들의 형태가 질감 있게 묘사되어 입체감을 느끼게 한다. 게다가 작은

143　이운성 편역, 위의 책, 2000, 296면.

관목만이 듬성듬성 있어 황량하게 보이는 꾀꼬리봉 일대에 비해, 용두 언덕 위에는 대나무들이 빽빽하게 들어서 있다. 이러한 점에서 화면은 대나무가 무성한 용두 언덕을 잘 부각하고 있다고 할 수 있다.

그럼에도 불구하고 겨울철의 계절감이 화면상의 풍경에서 그렇게 잘 느껴지지는 않는다. 대나무는 사시사철 푸르기 때문에, 화면상에 보이는 용두 언덕의 대나무 숲만으로 그것이 겨울철 풍경임을 분명하게 드러내지는 못한다. 비록 용두 언덕 옆에 있는 꾀꼬리봉 일대가 황량하게 보이도록 그려져 있지만, 화면 하단에 보이는 언덕의 우거진 나무숲 때문에 겨울철로 보기 어렵다. 언덕의 나무들이 가지만 앙상하게 남아 황량하게 보이는 가운데 오직 대나무 숲만이 푸

〈그림 31〉「용벽동황도」

른빛을 띠고 있어야 푸른 대나무 숲이 부각되고 또 겨울철의 계절감도 확연히 드러날 수 있을 것이다.

시인도 이와 같은 화면상의 문제점을 인식하였던 것처럼 보인다. 그래서 시간의 경과에 따른 상태 변화를 활용하여 겨울철의 계절감이 확연히 드러나도록 시적 풍경을 산출하였다.

이용구의 시 (70)의 전 1, 2구에서는 한겨울에도 푸른빛이 무성한 용두 언덕의 대나무 숲을 감상하는 시적 화자의 모습이 제시된다. 모든 나무들이 앙상한 가지만 남아 황량하게 보이는 세밑에도 여전히 푸른빛이 무성한 용두 언덕의 대나무 숲이 보기가 좋아 시적 화자는 안석을 옮겨가며 여러 곳에서 각도를 달리하여 보고 있다는 것이다. 시적 화자가 안석을 옮겨가며 용두 언덕의 대나무 숲을 보고 있는 장소는 금시당으로 보인다.

후 3, 4구에서는 시간의 경과에 따라 달라진 대나무 숲의 상태, 즉 눈에 덮인 대나무 숲이 언급된다. 셋째 구의 "봉황새 날아가 버린 천년 동안 산만 홀로 서 있는데(鳳去千年山獨立)"라는 말은 넷째 구의 "대나무가 보이지 않으니 눈이 가지를 덮었나 봐(琅玕不見雪封枝)"라는 말과 관련해볼 때, 시적 화자가 대나무 숲을 바라보다가 한동안 상념에 빠져들었음을 간접적으로 표현한 것으로 보인다. 봉황새는 대나무 숲에 깃들어 사는 전설상의 새로 알려져 있다. 시적 화자는 대나무 숲을 여러 가지 각도에서 바라보다가 한때는 저 숲속에 봉황새가 깃들어 살았을 터인데 봉황새가 떠난 이후로 그 어떤 새들도 저 숲속에 살지 않고 오직 용두 언덕만이 오랫동안 홀로 서 있었구나라는 식으로 상념에 빠져들어 눈이 내리는 줄도 몰랐는데, 상념에서 빠져나와 다시 용두 언덕 쪽을 바라보니 대나무 가지 위로 눈이 쌓여 푸른빛이 보이지 않더라는 것이다.

시적 풍경을 이루는 요소들은 빽빽하게 들어선 대나무로 인해 세밑에도 푸른빛이 무성한 용두 언덕, 내키는 대로 안석을 옮겨가며 용두 언덕을 바라보는 시적 화자, 용두 언덕과 관련하여 한동안 상념에 빠져든 시적 화자, 상념에서 빠져나온 시적 화자가 비로소 지각한 대나무 가지 위로 눈이 쌓여 푸른빛이 보이지 않는 용두 언덕 등이다. 이 중에서 빽빽하게 들어선 대나무로 인해 푸른빛이 무성한 용두 언덕은 화면상에서 찾아볼 수 있다. 그 밖의 요소들은 그림을 보고 시를 지은 이용구가 직접 체험한 것이거나 또는 상상한 것이다. 이러한 점에서 화면과 함께 시인의 체험이나 상상이 시적 풍경의 산출 근거가 된다고 할 수 있다.

시인이 화면상에 보이지 않는 것들을 시적 풍경의 요소들로 선택한 까닭은 무엇 때문일까? 그림의 표제가 '龍壁冬篁'임에도 불구하고, 화면상에는 겨울철의 계절감이 잘 드러나지 않는다. 그래서 시인은 겨울철 용두 언덕 풍경과 관련하여 자신이 경험하였거나 또는 상상한 것을 시적 풍경의 요소로 선택함으로써 화면상의 풍경을 보완하려고 하였던 것이다. 그러므로 시 (70)의 시적 풍경은 화면상의 풍경과 보완 관계를 이룬다고 할 수 있다.

(2) 대체 관계

이용구의 「금시당십이경」 시 12수 중에서 시적 풍경이 화면상의 풍경과 대체 관계를 보이는 시는 「봉암고종」, 「연대제월」, 「남루화동」, 「서성효각」, 「율림낙엽」, 「백석간양」, 「청교목우」 시 등 7수이다. 이 시들에서는 시적 풍경의 요소들이 거의 대부분 화면상의 풍경에서 확인되지 않는다. 시적 풍경의 요소들이 거의 대부분 화면상의 풍경에서 확인되지 않는 경우에는 화면이 비록 시적 대상이긴 하지만, 시적 풍경의 산출 근거가 되지 못한다. 시인 자신의 상상 또는 직·간접적인 체험이 시적 풍경의 산출 근거가 된다. 이 경우에는 시인이 화면상의 풍경을 대체하기 위해 화면상의 풍경의 요소들을 배제하고 전적으로 자신의 상상 또는 직·간접적인 체험을 활용하여 시적 풍경을 산출한 것으로 보인다. 이러한 점에서 시적 풍경은 화면상의 풍경에 대해 대체 관계를 이룬다고 할 수 있다. 7수의 시들에서 각각 제시되는 시적 풍경과 시적 대상이 된 화면상의 풍경을 비교해보기로 한다.

다음의 〈그림 32〉는 「西城曉角圖」이고, 시 (71)은 이용구의 「서성효각」 시이다. 「서성효각도」는 새벽에 성의 서쪽에 있는 진영에서 화각 소리가 들려오는 풍경을 그린 그림이다.

(71)
舞鳳山西月欲沈　무봉산 서쪽으로 달이 기울어갈 제
松陰眠鶴忽驚吟　소나무 그늘에서 잠든 학 갑자기 놀라 울어대더니
依依畵角江城出　화각 소리 은은하게 강성 밖으로 퍼져나가서는
警起幽人五夜心[144]　은둔하여 사는 사람 새벽잠을 깨운다네

144　이운성 편역, 위의 책, 2000, 298면.

그림의 주된 대상은 진영에서 들려오는 새벽 화각 소리이다. 그러나 그 소리는 청각적으로만 지각되기 때문에 화면에 담을 수 없다. 그래서 화가는 새벽 화각 소리가 들려올 때의 밀양 읍성 풍경을 화면에 담았다. 그림을 감상하는 사람은 '서성효각'이라는 표제를 통해서만 비로소 화면이 새벽 화각 소리가 들려올 때의 읍성 풍경을 그린 것임을 알 수 있다.

<그림 32>의 화면은 구도상으로 크게 세 개의 공간, 즉 근방 공간, 중방 공간, 그리고 원방 공간으로 분할할 수 있다. 화면 하단에 보이는 밀양강과 나무들이 있는 강 언덕은 근방 공간에 해당된다. 강 건너편 언덕 위로 우뚝 솟은 영남루가 보이고, 영남루 오른쪽으로 소나무 숲이 우거진 무봉산이 보이는데, 영남루가 있는 언덕과 무봉산

〈그림 32〉「서성효각도」

은 바로 중방 공간에 해당된다. 화면 상단에 보이는 산봉우리는 아북산이고, 아북산 아래로 보이는 마을이 바로 성내(城內)이다. 아북산 서쪽 하늘에 달이 떠 있는데, 그로써 시간적 배경이 새벽 무렵임을 알 수 있다. 아북산과 그 아래의 성내 마을 그리고 달이 떠 있는 아북산 서쪽 하늘은 원방 공간에 해당된다.

중방 공간인 영남루가 있는 언덕에서부터 원방 공간인 아북산 아래 성내 마을까지 안개가 자욱하게 깔려 있는데, 이 안개가 화면상에서 주요한 기능을 하고 있다. 안개로 말미암아 만물이 모두 잠들어 고즈넉한 새벽 분위기가 환기된다. 뿐만 아니라 안개가 사물의 형체를 가리고 있기 때문에, 안개 위로 모습을 드러내고 있는 영남루 누각, 소나무 숲이 우거진 무봉산, 아득히 보이는 아북산과 아북산 아래의 성내 마을, 그리고 아북산 서쪽 하늘의 달 등은 마치 공중에 우뚝 솟아 있는 것처럼 보인다. 그런데 영남루와 무봉산 그리고 성내 마을은 각각 읍성의 남쪽, 동쪽 그리고 북쪽 지역에 해당된다. 읍성의 남쪽, 동쪽 그리고 북쪽 지역에 있는 건물이나 산 등은 안개 위로 모습이 드러나 있는 데 비해, 읍성의 서쪽 지역은 안개가 자욱하게 끼어 아무것도 보이지 않는다. 그래서 안개가 읍성의 서쪽에서부터 몰려와서 읍성 안쪽으로 퍼져가는 듯한 느낌을 준다. 읍성의 서쪽 지역에는 진영이 있고, 그 진영에서 새벽 화각 소리가 들려온다. 이러한 점에서 화가가 진영에서부터 성안으로 들려오는 화각 소리를 그림으로 그릴 수 없기 때문에 그러한 사실을 성의 서쪽에서부터 성안으로 퍼져가는 안개를 통해 간접적으로 표현한 것으로 보인다.

화면상에서는 안개가 주요한 기능을 하고 있는 데 비해, 이용구의 시 (71)에서는 안개가 전혀 언급되고 있지 않다. 대신에 시에서는 화각 소리에 대한 반응을 통해 새벽에 아주 크게 들리는 화각 소리를 부각하고 있다. 화면상에서는 새벽 화각 소리가 들려올 때라는 특정한 시간대의 성읍 안의 풍경이 제시되어 있다. 이에 비해 시에서는 시간의 경과에 따라 언급되는 대상이 성읍 안의 풍경에서 성 바깥의 풍경으로 달라진다. 이는 시간이 경과됨에 따라 화각 소리가 성읍 안으로 들려왔다가 다시 성 바깥으로 퍼져나가는데, 그에 따라 그 소리를 지각하고 그 소리에 대해 반응을 보이는 존재가 각각 있는 곳이 성읍 안과 성 바깥으로 달라지기 때문이다.

전 1, 2구에서는 진영에서 분 화각 소리가 성읍 안으로 들려왔을 때의 풍경이 언급된다. 첫째 구의 "무봉산 서쪽으로 달이 기울어갈 제(舞鳳山西月欲沈)"라는 말은 화각 소리가 성읍 안으로 들려올 때의 시각을 공간적으로 표현한 것이다. 그리고 둘째 구의 "소나무 그늘에서 잠든 학 갑자기 놀라 울어댄다(松陰眠鶴忽驚吟)"라는 말은 화각 소리에 대한 반응을 언급한 것인데, 새벽에 잠든 학이 놀라 울어댈 정도로 화각 소리가 갑작스레 아주 크게 들려옴을 말한 것이다. 그런데 학은 화면상에서는 보이지 않는다. 화면상에서는 다만 무봉산에 우거진 소나무 숲만이 보일 뿐이다.

뿐만 아니라 첫째 구에 언급된 달의 위치도 화면상에 그려진 것과 차이가 있다. 화면상에는 달이 아북산 서쪽 하늘에 떠 있는 것으로 되어 있는 데 비해, 시에서는 달이 무봉산 서쪽으로 기울어간다고 하였다. 화면상에서와는 달리 시에서 달이 무봉산 서쪽으로 기울어간다고 한 것은 시인이 화면상의 풍경의 요소들 중에서 일부 요소만을 선택하여 그 요소들의 상태를 집중적으로 제시할 수밖에 없었기 때문으로 보인다. 시인이 선택한 시형은 가용할 수 있는 글자 수가 28자밖에 되지 않는 칠언절구이기 때문에, 시적 풍경의 요소로 선택될 수 있는 화면상의 풍경의 요소들은 제한될 수밖에 없다. 게다가 화면상에서는 화각 소리가 들려올 때의 성읍 안의 풍경이 그려져 있는 데 비해, 시에서는 단지 2개 구에서만 성읍 안의 풍경이 언급된다. 그러므로 성읍 안의 풍경의 요소로 선택될 수 있는 화면상의 풍경의 요소들은 더욱 제한된다. 시인은 새벽에 크게 들려오는 화각 소리를 부각하기 위해 무봉산 소나무 숲에서 잠자다가 놀라 울어대는 학을 성읍 안의 풍경의 요소로 선택하였다. 그래서 시인은 성읍 안 지역을 무봉산으로 한정하고, 화면상에서와는 달리 달이 무봉산 서쪽으로 기울어간다고 하였던 것으로 보인다.

후 3, 4구에서는 성읍 안으로 들려왔던 화각 소리가 다시 성 바깥으로 퍼져나갔을 때의 풍경이 언급된다. 성 바깥으로 퍼져나간 화각 소리가 여전히 크게 들리기 때문에, 그 소리로 인해 성 밖에서 은둔하여 사는 사람이 새벽잠을 깬다는 것이다. 화면은 화각 소리가 들려올 때의 성읍 안의 풍경을 그린 것이기 때문에, 성 바깥에서 은둔하여 사는 사람의 존재는 당연히 화면상에서 찾아볼 수 없다.

성 바깥으로 퍼져나간 화각 소리가 성 밖에 사는 사람의 잠을 깨웠다는 것은 그 소리가 이미 성읍 안에 사는 사람들의 잠도 깨웠다는 사실을 함축한다. 화면상에는 성읍 안의 풍경을 이루는 요소들 중의 하나로 성내 마을의 모습이 그려져 있다. 그럼에도 불구하고 시에서는 화면상에서 찾아볼 수 없는, 잠자다가 화각 소리에 놀라 울어대는 학의 모습을 제시하였을까? 이는 화면상에서는 보이지 않는 학과 은둔하여 사는 사람의 존재를 시인이 왜 시적 풍경의 요소로 선택하였느냐는 것과 관련되는 문제이기도 하다. 이에 대해서는 두 가지 정도로 생각해볼 수 있다. 첫 번째는 시인이 화각 소리에 반응하는 대상을 상호 간에 대응될 수 있는 것으로 선정하려고 하였다는 점이다. 학은 깨끗하고 기품 있는 선비의 기상을 표상하는데,[145] 은둔하여 사는 사람은 바로 깨끗하고 기품 있는 선비의 기상을 가진 인물로 볼 수 있다. 시인은 깨끗하고 기품 있는 선비의 기상을 가진 인물이 성 바깥에 은둔하면서 살고 있다고 보았고, 그에 따라 성읍 안에 거주하면서 그 인물에 대응할 만한 존재로 무봉산 소나무 숲에 사는 학을 선정하였던 것으로 보인다. 두 번째는 학과 은둔하며 사는 사람이 서로 대응되는 존재이기도 하지만, 다른 한편으로 그들이 각각 동물과 인간을 대표하고 있다는 것이다. 즉 시인은 학과 은둔하며 사는 사람을 언급함으로써 모든 생명체들의 새벽잠을 깨게 할 정도로 화각 소리가 매우 크게 들림을 강조하였던 것이다.

시적 풍경을 이루는 요소들은 무봉산 서쪽으로 기운 달, 소나무 그늘에서 잠들었다가 갑자기 들려오는 화각 소리로 인해 놀라 울어대는 학, 성 바깥으로 은은하게 퍼져나간 화각 소리, 그로 인해 새벽잠이 깬 은둔하여 사는 사람 등이다. 시적 풍경을 이루는 요소들은 모두 화면상에서 확인할 수 없다. 시적 풍경의 요소들은 모두 그림을 보고 시를 지은 이용구가 상상한 것이다. 이러한 점에서 시인의 상상이 시적 풍경의 산출 근거가 된다고 할 수 있다.

시인이 화면상의 풍경과는 다르게 자신이 상상한 것들을 시적 풍경의 요소로 선택한 이유는 무엇일까? 앞에서 언급하였듯이, 그림의 표제상에 제시된, 진영에서 들려오는 새벽 화각 소리는 청각적으로만 지각되기 때문에 화면에 담을 수 없다. 즉 시인은 매체의 속성 때문에 그림의 표제가 충분히 반영되어 있지 못한 화면 대신에 자신이 상상한 것들을 시적 풍경의 요소로 선택하여 그림의 표제에 걸맞은 풍경을 산출하였던 것이다. 그러므로 시 (71)의 시적 풍경은 화면상의 풍경과 대체 관계를 이룬다고 할 수 있다.

다음의 〈그림 33〉은 「靑郊牧牛圖」이고, 시 (72)는 이용구의 「청교목우」 시이다. 「청교목우도」는 푸른 들판에서 소를 치는 풍경을 그린 그림이다.

(72)

小兒安得識陶唐　　아이들이 어찌 도당을 알랴마는
兩兩驅牛飮水傍　　둘씩 소를 몰아 냇가에서 물을 마시게 한다
一色靑烟芳草岸　　방초 우거진 언덕엔 온통 푸른 안개라
夕陽無限笛聲長[146]　끝없는 저녁 햇살 속에 피리 소리만 길게 이어진다

〈그림 33〉의 화면에서 가장 두드러져 보이는 부분은 소를 치는 아이들과 소들이 있는 들판이다. 아이들과 소들의 제각기 다른 모습들이 정교하게 그려져 있다. 물가 근처에는 삿갓 쓴 아이가 앉아서 풀피리를 불고 있는데, 그 아이의 뒤쪽에는 나뭇짐을 올려놓은 지게가 세워져 있다. 아이의 옆 물가 쪽에는 소 한 마리가 한가롭게 앉아 있고, 그 소 앞쪽으로 소 세 마리가 풀을 뜯어 먹고 있으며, 그 옆에는 송아지 한 마리가 뛰놀고 있다. 풀을 뜯어 먹고 있는 소 앞쪽에는 삿갓을 쓰고 나뭇짐 지게를 짊어진 아이가 뒤

145　한국문화상징사전편찬위원회, 『한국문화상징사전』, 동아출판사, 1992, 241면.

146　이운성 편역, 앞의 책, 2000, 299~300면.

<그림 33> 「청교목우도」

에서 소를 몰고 있고, 맨머리의 아이는 앞에서 소를 끌고 가고 있다.

화면은 특정한 시간대의 소를 치는 아이들과 소들의 모습을 그린 것이지만, 화면을 통해 그들의 하루를 짐작해볼 수 있다. 아이들이 함께 소들을 끌고 산에 가서 나무를 한 다음 강가 들판으로 소들을 몰고 와서 물을 먹이거나 풀을 뜯어 먹게 하고, 소들이 풀을 뜯어 먹는 동안에 아이들은 나뭇짐을 올려놓은 지게를 풀어놓고 풀피리를 불다가, 저녁 무렵이 되면 다시 나뭇짐 지게를 짊어지고 소들을 끌고 집으로 돌아간다는 것이다. 즉 소를 치는 아이들과 소들의 제각기 다른 모습을 담음으로써 화면은 소를 치는 아이들의 하루를 함축적으로 제시하고 있다고 할 수 있다.

시인도 화면을 보고 소를 치는 아이들의 하루를 함축적으로 제시한 화가의 의도를 간파한 듯싶다. 그래서 시인은 시간적으로 어떤 찰나적인 순간의 상태를 담을 수밖에 없는 화면의 속성과는 달리 시간과 공간의 제약을 받지 않는 시의 속성을 활용하여 소를 치는 아이들의 하루를 제시하려고 하였던 것 같다. 이용구의 시 (72)에서는 시간적으로 각각 화면상의 풍경의 앞과 뒤에 발생하는 2개의 풍경이 제시된다. 전 1, 2구에서는 낮에 아이들이 둘씩 소를 냇가로 몰고 가서 물을 먹이는 풍경이 제시된다. 첫째 구의 "아이들이 어찌 도당을 알랴마는(小兒安得識陶唐)"은 『列子』 「楊朱」篇에서 양주가 양왕에게 요임금과 순임금이 양 한 마리를 앞뒤에서 끌고 가게 한다고 가정해서 한 말[147]을 원용하여 한 아이는 앞에서 소를 끌고 한 아이는 뒤에서 소를 몰고 가는 모습을 간접적으로 언급한 것이다. 이는 시간적으로 화면상의 풍경 전에 발생하는 풍경이다. 후 3, 4구에서는 저녁 무렵 아이들이 소를 몰고 돌아가는 풍경이 제시된다. 방초 우거진 언덕에 자욱이 낀 푸른 안개 때문에 소를 몰고 돌아가는 아이들의 모습은 보이지 않고 끝없는 저녁 햇살 속에 피리 소리만 길게 이어진다는 것이다. 이는 시간적으로 화면상의 풍경 뒤에 발생하는 풍경이다.

시적 풍경을 이루는 요소들은 낮에 아이들이 둘씩 소를 냇가로 몰고 가서 물을 먹이는 모습과 저녁 무렵 푸른 안개가 자욱이 낀 방초 우거진 언덕, 끝없는 저녁 햇살 속에 길게 이어지는 피리 소리 등이다. 이 같은 요소들은 모두 화면상에서 찾아볼 수 없다. 그림을 보고 시를 지은 이용구가 직접 본 것이거나 또는 상상한 것이다. 이러한 점에서 시인의 체험 또는 상상이 시적 풍경의 산출 근거가 된다고 할 수 있다.

---

147 조관희 역해, 『列子』, 청아출판사, 1988, 165면.

시인이 화면상의 풍경의 요소들을 배제하고 자신이 체험하거나 또는 상상한 것들을 시적 풍경의 요소들로 선택한 이유는 무엇일까? 시인은 소를 치는 아이들의 하루를 찰나적인 순간에 포착된 형태 속에서 함축적으로 제시한 화면과는 다르게 시에서 시간적으로 연속되는 형태로 제시하려고 했던 것으로 보인다. 그리하여 시인은 자신의 체험이나 상상을 통해 시간적으로 각각 화면상의 풍경 앞과 뒤에 발생하는 것을 시적 풍경으로 제시하였던 것이다. 그러므로 시 (72)의 시적 풍경은 화면상의 풍경과 대체 관계를 이룬다고 할 수 있다.

다음의 〈그림 34〉는 「栗林落葉圖」이고, 시 (73)은 이용구의 「율림낙엽」 시이다. 「율림낙엽도」는 잎이 다 떨어진 밤 숲의 풍경을 그린 그림이다.

(73)

暮天搖落薄雲陰　　엷은 구름 낀 저녁 하늘 나뭇잎 떨어지니
極目秋容冷不堪　　눈에 가득 가을 모습 쓸쓸해서 견디기 어렵네
薊北丹楓何處是　　계북의 단풍은 어쩌할까
風吹一夜滿江南[148]　　하룻밤 부는 바람에 강남에 가득하리

〈그림 34〉의 화면에서 가장 두드러져 보이는 부분은 강으로 둘러싸인 모래밭의 밤나무 숲이다. 밤나무 숲이 화면 중앙에 가득 차지하고 있을 뿐 아니라 밤나무들이 화면상에 그려진 다른 물상들보다 비교적 크고 자세하게 그려져 있기 때문이다. 밤나무 아래에는 나뭇잎이 떨어져 수북하게 쌓여 있는 모습도 보인다. 앞서 「용벽동황도」 화면에 대해 언급하면서 화면이 전체적으로 겨울철의 계절감을 드러내지 못한다고 하였는데, 「율림낙엽도」 화면은 전체적으로 가을철의 계절감을 잘 드러내고 있다. 사철 푸른 소나무를 제외하고는 화면상에 보이는 나무들은 모두 잎이 떨어져 앙상한 가지만 남아 있다. 뿐만 아니라 가을의 청명한 날씨도 화면상에 담고 있다. 화면 상단에 보이는 산은 추화산이다. 표제

〈그림 34〉 「율림낙엽도」

가 '율림낙엽'임에도 불구하고, 화면상에 추화산과 추화산의 8부 능선 부근에 있는 추화산성 그리고 정

148　이운성 편역, 앞의 책, 2000, 299면.

상에 있는 성황사 심지어 성황사 부근의 나무들과 추화산 뒤편의 소나무 숲이 울창한 산봉우리까지 그려 놓은 것은 무엇 때문일까? 가을엔 날이 청명하기 때문에 시야가 탁 트여 아주 먼 곳에 있는 것까지 다 보인다. 그래서 화가는 자신의 눈에 보이는 것 모두를 화면에 담아 청명한 가을날의 계절감을 드러내고자 하였던 것으로 보인다.

청명한 가을날의 계절감을 드러낸 화면과는 달리, 이용구의 시 (73)에서는 쓸쓸한 가을 물색이 환기된다. 그리고 화면상의 풍경을 이루는 요소들 중에서 잎이 떨어지는 밤나무 숲 이외의 것들은 전혀 언급되지 않는다. 뿐만 아니라 시적 풍경의 시간적 배경도 화면상의 것과 다르다. 화면상의 풍경의 시간적 배경은 시계가 탁 트인 밝은 대낮으로 보인다. 이에 비해 시적 풍경의 시간적 배경은 첫째 구의 "저녁 하늘(暮天)"이라는 시간 지시어로 알 수 있듯이 저녁이다. 게다가 "엷은 구름"이 끼어 있는 저녁이다. 그러므로 시적 풍경으로 제시된 잎이 떨어지는 밤나무 숲도 저녁 무렵의 것이기 때문에, 화면상에 보이는 밝은 대낮의 밤나무 숲이 아니다.

둘째 구에서 "눈에 가득 가을 모습 쓸쓸해서 견디기 어렵네(極目秋容冷不堪)"라고 언급되듯이, 시적 풍경을 이루는 요소들은 모두 쓸쓸한 가을 물색을 드러낸다. 잎이 떨어져 가지만 황량하게 남은 밤나무 숲뿐만 아니라 해가 기울어가는 저녁 하늘도 모두 시적 화자가 견디기 어려울 정도로 강도 높은 쓸쓸한 감정을 촉발시킨다. 후 3, 4구에 언급된 단풍이 아름답기로 유명한 중국의 계북 지방도 마찬가지이다. 그곳의 단풍이 아름답다고는 하지만 하룻밤 부는 바람에 잎이 모두 떨어져 강남에 가득하게 쌓이게 되면 그곳 역시 쓸쓸하기는 마찬가지일 것이라는 거다.

시적 풍경을 이루는 요소들은 엷은 구름 낀 저녁 하늘, 떨어지는 나뭇잎, 가을 물색으로 인해 견디기 어려울 정도로 쓸쓸해하는 시적 화자, 단풍이 아름답기로 유명하지만 바람에 잎이 떨어지면 쓸쓸한 중국 계북 지방의 모습 등이다. 시적 풍경을 이루는 요소들은 모두 화면상에서 확인할 수 없다. 시적 풍경의 요소들은 모두 그림을 보고 시를 지은 이용구가 직접적으로 체험한 것이거나 책을 통해 간접적으로 체험한 것이다. 이러한 점에서 시인의 직·간접적인 체험이 시적 풍경의 산출 근거가 된다고 할 수 있다.

시인이 화면상의 풍경의 요소들을 모두 배제하고 자신의 직·간접적인 체험을 통해 보고 느끼고 들은 것을 시적 풍경의 요소로 선택한 이유는 무엇일까? 잎이 떨어진 밤나무 숲을 포함하여 화면상의 풍경을 이루는 요소들은 모두 청명한 가을날의 계절감을 드러낸다. 이에 비해 잎이 떨어진 밤나무 숲을 포함하여 시적 풍경을 이루는 요소들은 모두 쓸쓸한 가을 물색을 드러낸다. 화면상의 풍경을 시적 대상으로 하여 시적 풍경이 산출되었음에도 불구하고, 이와 같은 차이를 보이는 것은 그림의 표제인 '율림낙엽'에 대한 화가와 시인의 관점이 상이하기 때문이다. 그림의 표제로 제시된 풍경이 구체적으로 어떠해야 하는가에 대한 인식이 다르면 풍경을 이루는 요소도 자연히 다를 수밖에 없다. 잎이 떨어진 밤나무 숲에 대해 화가가 청명한 가을날의 물색을 드러내는 것으로 보았다면, 시인은 쓸쓸한 가을날의 물색을 드러내는 것으로 보았다. 동일한 대상에 대해 관점이 서로 다르게 나타나는 것은 그 대상에 대한 체험이 각각 상이하기 때문으로 보인다. 화가가 시계가 탁 트인 날 잎이 떨어진 밤나무 숲과 그 주변의 경치를 보고 청명한 가을날의 계절감을 느꼈다면, 시인은 해가 저무는 저녁 무렵 잎이 떨어진 밤나무 숲을 보고 쓸쓸한 감정을 느꼈다. 그렇기 때문에 시인은 화면상의 풍경처럼 청명한 가을날의 물색을 드러내도록 시적 풍경을 산출하지 않고 자신의 체험을 토대로 쓸쓸한 가을날의 물색을 드러내는 시적 풍경을 산출하였던 것이다. 그러므로 시 (73)의 시적 풍경은 화면상의 풍경과 대체 관계를 이룬다고 할 수 있다.

　다음의 〈그림 35〉는 「淵臺霽月圖」이고, 시 (74)는 이용구의 「연대제월」 시이다. 「연대제월도」는 비가 개인 후에 월연대 위로 밝은 달이 떠오른 모습을 그린 그림이다.

　　　(74)
　　　先生遺迹水東流　　선생의 자취 깃든 곳, 물은 동쪽으로 흘러가는데
　　　惟見鶯峰霽月留　　보이는 건 비 갠 후 꾀꼬리봉 위로 떠오른 달뿐
　　　萬古如磨心鏡白　　오랫동안 갈고 닦아 환해진 마음의 거울처럼
　　　淸光夜夜上簾鉤[149]　맑은 빛이 밤마다 발 위로 떠오르네

〈그림 35〉「연대제월도」

　〈그림 35〉의 화면상에서 가장 두드러져 보이는 곳은 화면 상단 중앙에 그려져 있는 큼직한 봉우리이다. 화면 상단 중앙에 가득 차도록 큼직하게 그려져 있을 뿐 아니라 산 아래에 짙게 깔린 안개로 인해 큼직하고 뾰족한 봉우리의 모습이 마치 공중에 우뚝 솟아난 것처럼 보이기 때문이다. 이 봉우리가 바로 추화산이다.

　표제상으로 볼 때, 화면상에는 월연대가 부각되어야 할 것 같은데, 실제로는 그렇지 않다. 화면을 보면, 안개가 짙게 깔린 추화산 아래에 나무로 둘러싸인 여러 채의 가옥이 있는데, 이 가옥들이 월연정과 부속 건물이다. 그 건물들이 자그맣고 간결하게 그려져 있기 때문에, 월연대의 형체도 분명하게 드러나지 않는다. 그러므로 그 건물들 뒤쪽에 있는 추화산이 더욱 두드러져 보인다. 뿐만 아니라 월연정 좌우에 있는 2개의 산봉우리도 실제보다 작게 그려졌는데, 이 또한 화가가 추화산을 두드러지게 보이려고 한 것과 관련된다. 화가가 표제상에 언급된 월연대는 두드러져 보이게 그리지 않고, 표제상에는 전혀 언급되지도 않은

149　이운성 편역, 위의 책, 2000, 297면.

추화산을 두드러지게 그린 이유는 무엇일까?

　화가가 추화산을 화면상에서 가장 두드러지게 보이도록 그린 것은 아마도 공중에 높이 떠 있는 밝은 달의 모습을 강조하기 위한 것으로 보인다. 화면상에서 달은 추화산 오른쪽 상단에 그려져 있는데, 마치 공중에 우뚝 솟은 것처럼 보이는 추화산 위쪽에 있기 때문에, 달이 매우 높은 곳에 떠 있는 것으로 보인다. 달이 매우 높은 곳에 떠 있다는 것은 곧 날이 매우 맑다는 것을 뜻한다. 즉 화가는 맑은 날 밤의 달의 모습을 높이감을 통해 드러내려고 하였던 것이다. 날이 맑으면 달빛 또한 밝게 빛나는데, 달빛이 밝게 빛난다는 것은 추화산의 8부 능선 부근에 마치 띠를 두르듯이 쌓여 있는 돌덩어리들의 모습을 통해서도 드러난다. 쌓여 있는 돌덩이들은 추화산성인데, 그러한 돌덩이들이 보일 만큼 달빛이 밝게 빛난다는 것이다.

　추화산 2부 능선 아래쪽으로는 안개가 자욱하게 끼어 있다. 자욱하게 낀 안개는 그 위로 모습을 드러낸 추화산을 두드러지게 보이게 하기도 하지만, 표제상에 제시된 비가 막 갠 상태를 드러내는 것이기도 하다. 즉 비가 막 갠 후에 맑은 달이 밝게 빛나는 풍경을 그리기 위해 화가는 추화산 2부 능선을 경계로 하여 그 아래쪽은 안개가 자욱하게 끼어 사물의 형체가 보이지 않거나 희미하게 보이게 하고, 그 위쪽은 밝은 달빛을 받아 사물의 형체가 뚜렷하게 드러나는 식으로 그렸던 것이다.

　추화산의 모습이 매우 두드러지게 그려져 있는 화면과는 달리, 이용구의 시 (74)에서는 추화산이 전혀 언급되지 않는다. 시적 대상인 달이 월연대의 주산인 추화산 위에 떠 있는 것이 아니라 금시당의 주산인 꾀꼬리봉 위에 떠 있는 것으로 되어 있다.

　첫째 구의 "선생의 자취 깃든 곳(先生遺迹)"은 바로 이광진이 만년을 보내기 위해 세운 금시당을 지칭한다. 그리고 "물은 동쪽으로 흘러간다(水東流)"라는 말은 금시당이 있는 언덕 아래쪽에 흐르고 있는 강물의 상태를 언급한 것이다. 둘째 구의 "보이는 건 비 갠 후 꾀꼬리봉 위로 떠오른 달뿐(惟見鶯峰霽月留)"이라는 말은 금시당 위쪽에 있는 꾀꼬리봉의 상태를 언급한 것이다. 즉 전 1, 2구에서는 금시당이 있는 강 언덕 쪽의 풍경을 이루는 공간들의 상태가 그것들을 바라보는 화자의 시선 이동에 따라 '중 → 하 → 상' 순으로 언급되었다고 할 수 있다.

　후 3, 4구에서는 꾀꼬리봉 위로 떠 있는 달의 상태가 진술되는데, 그러한 진술상에서 달을 바라보고 있는 화자의 위치가 드러난다. 셋째 구의 "오랫동안 갈고 닦아 환해진 마음의 거울처럼(萬古如磨心鏡白)"이라는 말은 조금 전까지 내린 비로 인해 대기의 먼지와 티끌이 씻겨 달이 아주 밝게 빛나는 모습을 오랫동안 수양하여 환해진 도인의 마음의 상태에 비유한 것이다. 넷째 구의 "맑은 빛이 밤마다 발 위로 떠오른다(淸光夜夜上簾鉤)"라는 말에서 시적 화자가 발이 쳐진 건물 안에서 달을 쳐다보고 있음을 알 수 있다. 그곳은 금시당이 있는 강 언덕 쪽을 바라볼 수 있는 곳이기 때문에, 금시당 맞은편 강 언덕에 있는 월연대로 보인다. 즉 화가는 금시당에서 월연대 쪽을 바라보고 「연대제월도」를 그린 데 비해, 시적 화자는 월연대에서 금시당 쪽을 바라보고 있었던 것이다. 그러므로 화면과 시에서 각각 제시되는 풍경이 상이할 수밖에 없다. 화면상의 풍경과 시적 풍경을 이루는 요소들 사이에서 공통되는 것은 아무것도 없다. 물론 화면상에도 강물이 그려져 있고, 시적 진술상에서도 강물이 언급되어 있다. 그러나 화면상에 보이는 강물은 월연대 아래쪽의 강물이고, 시적 진술상에 언급된 강물은 금시당 아래쪽의 강물이다.

「연대제월도」라는 그림을 시적 대상으로 하였음에도 불구하고, 시인은 왜 시적 풍경을 화면상의 풍경과 전혀 다르게 산출하였는가? 이는 시인이 시적 화자가 금시당에서 비가 막 갠 후 월연대 위로 달이 떠오르는 풍경을 바라보는 것으로 설정하지 않고 월연대에서 금시당 위쪽에 있는 꾀꼬리봉 위로 달이 떠오르는 풍경을 바라보는 것으로 설정하였기 때문이다. 누정집경도나 누정집경시의 전체 표제가 「금시당십이경도」나 「금시당십이경시」일 경우, 원칙적으로 금시당에서 본 금시당 주변의 12개의 풍경이 그려지거나 읊어진다. 「금시당십이경도」 중의 한 폭인 「연대제월도」는 바로 금시당에서 본, 비가 막 갠 후 월연대 위로 달이 떠오르는 풍경을 그린 그림이다. 그럼에도 불구하고 시인은 왜 시적 화자가 월연대에서 금시당 위쪽에 있는 꾀꼬리봉 위로 달이 떠오르는 풍경을 바라보는 것으로 설정하였을까?

이는 비가 막 갠 후 밝은 달이 떠오르는 시각 또는 그러한 풍경을 바라보는 시각과 관련되는 것으로 보인다. 금시당과 꾀꼬리봉은 동쪽 방향에 있는 데 비해, 월연대와 추화산은 북쪽 방향에 있다. 첫째 구의 "물은 동쪽으로 흘러간다"라는 말도 금시당과 꾀꼬리봉의 위치를 넌지시 제시한 것이라고 할 수 있다. 꾀꼬리봉 위로 달이 떠오르는 시각은 저녁 무렵인 데 비해, 추화산 오른편에 달이 떠오르는 시각은 한밤중이다. 시인은 비가 막 갠 후에 달이 밝은 모습을 드러내는 시각이나 그러한 풍경을 바라보는 시각이 한밤중보다는 저녁 무렵이 적절한 것으로 보고, 따라서 그 시각에 시적 화자가 달이 떠오르는 모습을 보도록 설정하였던 것으로 보인다. 그러한 설정은 금시당이나 월연대에서의 시인의 실제 체험에 근거한 것이다. 즉 비가 막 갠 후 밝은 달이 떠오르는 시각 또는 그러한 풍경을 바라보는 시각과 관련하여 시인의 관점이 화가의 것과 다르기 때문에, 시적 풍경도 화면상의 풍경과 전혀 다르게 산출되었다. 이러한 점에서 시인의 체험이 시적 풍경의 근거가 된다고 할 수 있다.

「연대제월도」를 시적 대상으로 하였지만, 시적 풍경을 이루는 요소들은 화면상에서 전혀 찾아볼 수 없다. 앞에서 분석하였듯이, 화면은 '연대제월'이라는 표제를 잘 반영하고 있다. 그러나 시인은 '연대제월'이라는 표제가 해당 지역의 실경의 특성을 충분히 반영하지 못하는 것으로 판단했기 때문에, 화면상의 풍경과 그림의 표제를 모두 무시하고 자신의 체험을 활용하여 실경의 특성이 반영되도록 시적 풍경을 산출하였다. 그러므로 시 (74)의 시적 풍경은 화면상의 풍경과 대체 관계를 이룬다고 할 수 있다.

다음의 〈그림 36〉은 「南樓畫棟圖」이고, 시 (75)는 이용구의 「남루화동」 시이다. 「남루화동도」는 단청 기둥의 모습이 빼어난 영남루를 그린 그림이다.

(75)

眼勢西窮野復寬　　아득히 서쪽으로 들이 다시 펼쳐지고
群山浮碧大江漫　　넓고 큰 강엔 푸른 산봉우리들 떠 있네
南樓豈獨專奇勝　　영남루만 어찌 홀로 빼어난 경치인가
爲作斯亭供好看[150]　이 정자 지은 뜻은 아름다운 풍경 함께 보고자 함일세

---

150 이운성 편역, 위의 책, 2000, 298면.

〈그림 36〉「남루화동도」

〈그림 36〉의 화면상에서 가장 두드러져 보이는 부분은 단청을 칠한 기둥들이 마치 성벽 위로 우뚝 솟아 있는 듯이 보이는 영남루이다. 영남루를 두드러져 보이게 하는 요인은 그뿐만이 아니다. 화면상에 제시된 물상들 중에서 영남루보다 규모가 크거나 그것보다 높은 곳에 있는 것은 없다. 앞에서 다루었던 〈그림 32〉「서성효각도」와 비교해보면, 화가가 영남루를 부각시키기 위해 시도하였던 방법을 쉽게 간파할 수 있다. 「서성효각도」에서는 영남루 오른쪽에 무봉산이 그려져 있고, 뒤쪽으로 성내 마을과 아북산이 그려져 있다. 무봉산과 아북산이 높다랗게 그려져 있기 때문에 영남루는 상대적으로 조그맣게 보인다. 무봉산이 영남루 바로 옆에 있지만, 「남루화동도」에서는 그 모습이 보이지 않는다. 화가는 성벽 위로 홀로 우뚝 솟아 주변을 압도하는 듯한 영남루의 모습을 강조하기 위해 무봉산의 모습을 일부러 화면상에서 제외시켰던 것이다. 더욱이 영남루 뒤편으로 보이는 성내 마을과 아북산의 모습은 「남루화동도」에서는 여백으로 처리되었다. 그럼으로써 주변을 압도하는 듯 우뚝 솟은 영남루의 모습이 더욱 두드러져 보이게 한다. 이러한 점에서 '남루화동'이라는 그림의 표제가 화면상에 잘 반영되어 있다고 할 수 있다.

영남루의 단청 기둥들이 부각되어 있는 화면과는 달리, 이용구의 시 (75)에서는 영남루의 단청 기둥이 언급되지 않는다. 전 1, 2구에서는 시적 화자가 영남루에서 바라본 풍경이 진술된다. 첫째 구에서는 서쪽으로 아득히 보이는 들판이 언급되고, 둘째 구에서는 푸른 산봉우리들의 모습이 비친 밀양강의 넓은 수면이 언급된다. 그러나 그와 같은 풍경들은 화면상에서 찾아볼 수 없다. 화면상에서는 나룻배가 떠 있는 밀양강 수면과 수양버들이 늘어선 맞은편 강 언덕이 제시되어 있을 뿐이다. 이는 영남루의 전경이 되는데, 강가에 임한 영남루의 지리적 위치를 드러내는 것이기도 하지만 영남루에서 바라보이는 곳이기도 하다. 시인은 시적 화자의 입을 빌려 화면상에 제시된 전경을 언급하지 않고 왜 화면상에서 찾아볼 수 없는 먼 곳의 풍경을 언급하였을까? 아득히 먼 곳의 들판과 산봉우리들이 비칠 정도로 넓은 수면은 영남루가 높이 솟아 있어야만 조망이 가능한 곳이다. 즉 시인은 그와 같은 풍경들을 통해 먼 곳까지 조망할 수 있을 정도로 높이 솟아 있는 영남루의 모습을 간접적으로 언급한 것이다.

후 3, 4구에서는 영남루를 짓게 된 동기가 언급된다. 높이 솟아 있는 영남루는 오직 빼어난 볼거리로서 지어진 것이 아니라 그와 함께 주변의 빼어난 경치들을 함께 조망할 수 있기 위해 지어졌다는 것이다. 시인이 굳이 영남루를 짓게 된 동기를 언급한 것은 금시당십이경 중의 하나로 '단청 기둥의 모습이 빼어난 영남루'가 설정된 데에 대한 시인 자신의 부정적인 시각 때문으로 보인다. 영남루가 금시당이라는 정자 주변의 12개 지역의 아름다운 풍경 중의 하나이긴 하지만, 그것의 존재 가치가 그것 자체로서의 아름다운 풍경으로 그치는 것이 아니라 멀리 떨어진 아름다운 경치까지 조망할 수 있다는 데 있다는 것이다. 그렇기 때문에 시인은 영남루의 단청 기둥에 대해 전혀 언급하지 않고 영남루에서 바라보이는 풍경으로 화면상에서 찾아볼 수 없는 서쪽으로 아득히 보이는 들판과 푸른 산봉우리들의 모습이 비친 밀양강의 넓은 수면을 제시하였다. 물론 그와 같은 풍경들은 시인이 상상한 것이 아니라 그가 영남루에서 직접 보았던 것이다.

시적 풍경을 이루는 요소들은 서쪽으로 아득히 보이는 들판, 푸른 산봉우리들의 모습이 비친 밀양강의 넓은 수면, 주변의 빼어난 경치들을 조망할 수 있는 영남루 등이다. 시적 풍경을 이루는 요소들은 모두 화면상에서 확인할 수 없다. 시적 풍경의 요소들은 모두 그림을 보고 시를 지은 이용구가 직접적으로 체험한 것이다. 이러한 점에서 시인의 체험이 시적 풍경의 산출 근거가 된다고 할 수 있다.

앞에서 분석하였듯이, 화면은 '남루화동'이라는 표제를 잘 반영하고 있다. 그러나 시인은 '남루화동'이라는 표제의 타당성에 대해 화가와는 다른 관점을 취한다. 즉 시인은 '남루화동'이라는 표제가 해당 지역의 실경의 특성을 충분히 반영하지 못하는 것이라고 생각했기 때문에, 화면상의 풍경과 그림의 표제를 모두 무시하고 자신의 체험을 활용하여 실경의 특성이 반영되도록 시적 풍경을 산출하였던 것이다. 그러므로 시 (75)의 시적 풍경은 화면상의 풍경과 대체 관계를 이룬다고 할 수 있다.

옆의 〈그림 37〉은 「鳳庵孤鍾圖」이고, 시 (76)은 이용구의 「봉암고종」 시이다. 「봉암고종도」는 밤에 무봉암에서 종소리가 들려오는 풍경을 그린 그림인데, 무봉암은 영남루 옆 무봉산에 있다.

〈그림 37〉 「봉암고종도」

(76)
殘燈落月到深宵　　등불도 꺼져가고, 달도 기운, 깊은 밤에
萬籟俱空四寂寥　　온갖 소리 다 사그라져 사방이 적막한데

山僧似解塵襟惱 　산승은 세속의 번뇌에서 벗어난 듯

打送鍾聲衆慮消[151] 　쳐서 보내는 종소리에 갖은 시름 사라진다네

〈그림 37〉의 화면에서는 나무들이 빽빽하게 들어선 바위 봉우리가 두드러져 보인다. 화면상에 강과 버드나무가 있는 모래 언덕도 있지만, 그 봉우리가 화면의 절반 이상을 차지하고 있기 때문이다. 두드러져 보이는 봉우리가 바로 무봉산인데, 무봉암이 자리 잡고 있는 곳이기 때문에 그렇게 그린 것으로 보인다. 무봉산의 남쪽 기슭에 종각이 있는데, 종각 안으로 종을 치는 승려의 모습이 보인다. 무봉산 서쪽 기슭에 있는 영남루 후문은 자그맣고 또 그것의 상태가 소략하게 그려져 있는 데 비해, 종각은 큼지막하게 또 내부가 보일 정도로 그것의 상태가 세밀하게 그려져 있다. 앞에서 다루었던 그림들에서처럼, 화가는 그림의 주된 대상을 드러내기 위해 무봉암의 종각이 자리 잡고 있는 무봉산과 종각을 크게 그려 부각하였을 뿐 아니라 종각 안에서 승려가 종을 치는 모습까지 그린 것으로 보인다.

아마도 화가는 '봉암고종'이라는 표제에 걸맞은 풍경을 어떻게 그려야 할 것인가에 대해 상당히 고심을 한 것 같다. 청각적으로 지각되는 종소리를 화면상에 그려내는 것은 불가능하다. 그래서 화가는 생각다 못해 무봉암의 종각에서 승려가 종을 치고 있는 모습이 드러나도록 그린 것으로 보인다.

화가가 어쩔 수 없이 승려가 종을 치고 있는 모습을 화면에 담을 수밖에 없었다고 하더라도, 화면상에 제시된 형상은 '봉암고종'이라는 표제와 걸맞지 않다. '외로운 종소리'는 시간적으로 깊은 밤에 치는 종소리를 지칭한다. 만물이 잠든 밤이라 다른 소리는 안 들리고 오직 종소리만 들리기 때문에 '외로운 종소리'라고 한 것이다. 그런데 화면상의 풍경은 시간적으로 밝은 대낮의 것이다.

밝은 대낮에 무봉암에서 종을 치는 풍경이 그려진 화면과는 달리, 이용구의 시 (76)에서는 깊은 밤에 무봉암에서 들려오는 종소리가 제시된다. 전 1, 2구에서는 시적 화자가 종소리를 듣는 시간적 배경이 언급되는데, 그럼으로써 '외로운 종소리'의 이미지가 환기된다. 등불도 꺼져가고 달도 기운 깊은 밤이라서 온갖 소리가 사그라져 적막한 시각에 오직 종소리만이 들릴 뿐이라는 것이다.

후 3, 4구에서는 종소리에 대한 시적 화자의 내적 반응이 언급된다. 시적 화자는 그 소리를 듣고 자신의 마음이 편안해져서 갖은 시름이 사라지는 것을 보건대, 아마도 세속의 번뇌에서 벗어난 산승이 종을 쳤기 때문인 듯싶다는 것이다.

시적 풍경을 이루는 요소들은 등불도 꺼져가고 달도 기울어 온갖 소리가 사그라져 적막한 깊은 밤, 절에서 들려오는 종소리, 들려오는 종소리로 인해 갖은 시름이 사라진 시적 화자의 내면 등이다. 시적 풍경을 이루는 요소들은 모두 화면상에서 확인할 수 없다. 시적 풍경의 요소들은 모두 그림을 보고 시를 지은 이용구가 직접적으로 체험한 것이다. 이러한 점에서 시인의 체험이 시적 풍경의 산출 근거가 된다고 할 수 있다.

---

151 이운성 편역, 위의 책, 2000, 296~297면.

시인이 화면의 풍경을 이루는 요소들을 전부 배제하고 자신이 체험한 것들을 시적 풍경의 요소들로 선택한 까닭은 무엇일까? 시간적으로 대낮에 무봉암에서 승려가 종을 치는 모습이 그려진 화면은 '봉암고종'이라는 그림의 표제와 걸맞지 않다. 그래서 시인은 화면상의 풍경을 이루는 요소들을 배제하고 그 대신에 자신이 체험한 것들을 시적 풍경의 요소로 선택하여 그림의 표제에 걸맞게 시적 풍경을 산출하였다. 그러므로 시 (76)의 시적 풍경은 화면상의 풍경과 대체 관계를 이룬다고 할 수 있다.

옆의 〈그림 38〉은 「白石看羊圖」이고, 시 (77)은 이용구의 「백석간양」 시이다. 「백석간양도」는 목동이 물을 먹이기 위해 흰 돌덩어리들이 깔려 있는 밀양강 강가로 양을 몰고 가는 풍경을 그린 그림이다.

〈그림 38〉 「백석간양도」

(77)

道士看羊去不回	양을 치던 도사 가고서는 돌아오지 않고
只留堆石古江隈	옛 강굽이에 돌무더기만 남아 있네
至今箇箇精神白	지금까지도 돌 하나하나에 정신이 남아 있어
長使行人指點來[152]	오래도록 행인이 손가락으로 가리키며 오곤 한다네

〈그림 38〉의 화면은 구도상 크게 세 개의 공간, 즉 근방 공간, 중방 공간, 그리고 원방 공간으로 분할할 수 있다. 강과 크고 작은 돌덩이들이 널려 있는 양쪽 강가가 근방 공간에 해당된다. 강 위쪽 강가에 널려 있는 돌덩이들 위로 목동이 양을 몰고 가는 모습이 보인다. 강 위쪽 강가에 널려 있는 돌덩이들과 봉우리 아래 숲 사이에 펼쳐진 넓은 백사장은 중방 공간에 해당된다. 자그마한 숲 바로 위의 봉우리가 호두산이다. 숲과 호두산 그리고 호두산 옆과 뒤의 크고 작은 봉우리는 원방 공간에 해당된다. 호두산 뒤쪽에 羊場이라는 곳이 있는데, 옛날에 도사가 그곳에서 양을 치고 살았다는 전설이 전해온다.[153]

목동이 돌덩어리들 위로 양을 몰고 가는 모습이 화면상에서 두드러져 보이는데, 목동과 양 그리고 크

152 이운성 편역, 위의 책, 2000, 299면.

153 이운성 편역, 위의 책, 2000, 300면 참조.

고 작은 돌덩어리들의 모습이 다른 것들에 비해 비교적 상세하게 그려져 있기 때문이다. '백석간양'이라는 표제에서 알 수 있듯이, 돌덩이들 위로 목동이 양을 몰고 가는 모습은 그림의 주된 대상이다. 그러므로 그림의 표제가 화면에 잘 반영되어 있다고 할 수 있다.

그러나 화면상에서 부각된, 돌덩어리들 위로 목동이 양을 몰고 가는 모습은 화가가 직접 보고 그린 것이 아니다. 옛날에 도사가 양장이라는 곳에서 양을 치고 살았다는 전설을 토대로 하여 그린 것일 뿐이다. 화가가 그림을 그리던 당시에는 양을 쳤던 도사는 존재하지 않고 단지 돌덩어리들만이 남아 있을 뿐이다. 「금시당십이경도」는 화가가 금시당 주변의 풍광이 뛰어난 12개 지역의 풍경을 그린 그림이므로 실경산수화에 가깝다. 그럼에도 불구하고 화가가 전설을 근거로 하여 자신이 직접 보지 않은 풍경을 그린 것은 무엇 때문일까? 아마도 화가는 '백석간양'이라는 표제에 걸맞게 하기 위해 자신이 실제로 보았던 풍경이 아니라 양을 키웠다고 전해지던 당시의 풍경을 상상하여 그린 것으로 보인다. 화가는 표제에 걸맞은 풍경을 그리려고 하였지만, 오히려 표제 자체에 집착함으로써 「금시당십이경도」의 본래적 성격에 맞지 않는 풍경을 그린 셈이다. 전설로 전해지던 옛날 풍경이 아닌 화가 당시의 실경을 담아야 한다면, 「백석간양도」는 '그 옛날 물을 먹이기 위해 목동이 양을 몰고 왔었던 곳이었지만, 이제는 그러한 옛 자취를 상기시켜 주는 흰 돌무더기의 모습'을 그린 그림이 되어야 된다.

시인 또한 「백석간양도」의 문제점을 인식하였던 것으로 보인다. 이용구의 시 (77)에서는 바로 '그 옛날 도사가 물을 먹이기 위해 양을 몰고 왔었던 곳이었지만, 이제는 사람들에게 그러한 옛일을 상기시켜 주는 흰 돌무더기의 모습'이 언급되고 있기 때문이다. 전 1, 2구에서는 시적 화자의 눈에 비친 강가의 상태가 언급된다. 강가는 옛날 도사가 물을 먹이기 위해 양을 몰고 왔었던 곳이었는데, 그의 모습은 보이지 않고 다만 흰 돌무더기만이 남아 있을 뿐이라는 것이다. 후 3, 4구에서는 옛 일을 상기시켜 주는 흰 돌무더기의 존재가 언급된다. 크고 작은 흰 돌로 이루어진 돌무더기로 말미암아 그곳이 바로 옛날 도사가 양을 쳤던 곳임을 행인들이 알고 찾아온다는 것이다.

시적 풍경을 이루는 요소들은 옛날 도사가 양을 쳤던 강굽이에 남아 있는 돌무더기, 그러한 자취가 남은 돌무더기를 손가락으로 가리키며 찾아오곤 하는 행인들이다. 시적 풍경의 요소들은 모두 그림을 보고 시를 지은 이용구가 직접적으로 체험한 것이다. 이러한 점에서 시인의 체험이 시적 풍경의 산출 근거가 된다고 할 수 있다.

시인이 화면의 풍경을 이루는 요소들을 전부 배제하고 자신이 체험한 것들을 시적 풍경의 요소들로 선택한 까닭은 무엇일까? 「백석간양도」의 화면상의 풍경은 전설을 토대로 그린 것이지 실경을 그린 것이 아니다. 그렇기 때문에 시인은 화면의 풍경을 이루는 요소들을 전부 배제하고 그 대신에 자신이 체험한 것들을 시적 풍경의 요소로 선택하여 실경에 걸맞은 풍경을 산출하였다. 그러므로 시 (77)의 시적 풍경은 화면상의 풍경과 대체 관계를 이룬다고 할 수 있다.

186

3. 마무리

이 글에서는 이용구의 「금시당십이경」 시 12수와 「금시당십이경도」 그림 12점을 비교하여 시적 풍경과 화면상의 풍경이 어떠한 관계 양상들을 보이고 또 그러한 양상을 보이게 된 이유를 살펴보았다. 이용구의 「금시당십이경」 시 12수 중에서 시적 풍경이 화면상의 풍경과 보완 관계를 보이는 시는 「앵봉춘화」, 「용벽동황」, 「마암모우」, 「사당취연」, 「이연어화」 시 등 모두 5수이다. 시적 풍경이 화면상의 풍경과 대체 관계를 보이는 시는 「봉암고종」, 「연대제월」, 「남루화동」, 「서성효각」, 「율림낙엽」, 「백석간양」, 「청교목우」 시 등 7수이다. 시적 풍경이 화면상의 풍경과 부각 관계를 보이는 시는 한 수도 없다.

시적 풍경이 화면상의 풍경과 보완 관계를 보이는 시 5수에서는 시적 풍경의 요소들 가운데 일부만이 화면상의 풍경에서 확인되고 일부는 확인되지 않는다. 그러므로 이들 시 5수의 시적 풍경들은 각각 시적 대상이 된 화면상의 풍경과 부분적인 차이를 보인다. 시적 풍경이 화면상의 풍경과 대체 관계를 보이는 시 7수에서는 시적 풍경의 요소들이 모두 화면상의 풍경에서 확인되지 않는다. 그러므로 이들 시 7수의 시적 풍경들은 각각 시적 대상이 된 화면상의 풍경과 전혀 다르다. 이 글에서는 그림과 시를 비교·분석하여 시적 풍경과 화면상의 풍경이 크고 차이가 나는 것은 다음과 같은 두 가지 요인 때문임을 밝혔다. 즉 그림의 표제에 대한 화가와 시인의 상이한 관점과 표현 매체로서 그림과 시의 상이한 속성이 바로 그것이다. 화면상의 풍경과 시적 풍경의 차이는 이 두 가지 요인의 복합적인 작용에 의한 것일 수도 있고 또 한 요인의 개별적인 작용에 의한 것일 수도 있다.

그림의 표제와 그림 또는 시라는 표현 매체는 화가가 그림을 그리거나 시인이 시를 짓는 데 있어서 전제되는 창작 조건이기도 하다. 화가나 시인이 그림을 그리거나 시를 짓고 나서 표제를 정하는 것이 아니라 그림을 그리거나 시를 짓기 전에 이미 표제가 주어져 있다. 그러므로 화가나 시인이 그림을 그리거나 시를 짓기 전에 먼저 주어진 그림의 표제에 대해 나름대로의 관점을 확립하여야 한다. 그림의 표제로 제시된 풍경이 구체적으로 어떠해야 하는가에 대한 나름대로의 관점이 확립된 후에야 비로소 화가나 시인이 각자 생각하는 풍경을 그리거나 읊을 수 있기 때문이다. 그림의 표제에 대한 화가와 시인의 관점이 상이하면 화면상의 풍경과 시적 풍경은 차이 날 수밖에 없다. 표제상으로 제시된 풍경이 구체적으로 어떠해야 하는가에 대한 인식이 다르기 때문에 풍경을 이루는 요소들도 자연히 달라질 수밖에 없기 때문이다. 「앵봉춘화」, 「마암모우」, 「이연어화」, 「연대제월」, 「남루화동」, 「율림낙엽」, 「백석간양」 시의 시적 풍경은 그림의 표제에 대한 화가와 시인의 상이한 관점으로 인해 화면상의 풍경과 크고 작은 차이를 보인다. 이용구는 밀양에서 태어나 세상을 떠나기까지 줄곧 밀양에 거주하였을 뿐 아니라 금시당의 보수 공사를 주관하였기 때문에, 「금시당십이경도」의 대상인 12개 지역의 풍경에 대해서도 익히 알고 있었던 사람이라고 할 수 있다. 그렇기 때문에 이용구는 시적 풍경의 요소를 선택할 때 시적 대상이 된 화면상의 풍경의 요소들보다는 자신이 실경과 관련하여 직접 보고 느꼈던 것들에 더 많이 의존하였다. 「앵봉춘화」, 「마암모우」, 「이연어화」, 「율림낙엽」, 「백석간양」 시 등이 그러한 경향을 보이는 시들이다. 게다가 이용구는 그림의 표제가 해당 지역의 실경의 특성을 충분히 반영하지 못하였다고 판단하였을 경우, 그림의 표제와 화면상의 풍경을 모두 무시하고 전적으로 자신의 체험을 활용하여 실경의 특성이 반영된 시적 풍경을 산출하기도 하였다. 「연대제월」과 「남루화동」 시가 바로 그러한 시들이다.

　　어떤 풍경을 대상으로 하여 화가가 그림을 그리고 시인이 시로 읊을 때, 그림과 시의 속성이 다름에 따라 화가나 시인이 풍경을 제시하는 방식이 달라질 수 있다. 화면상의 풍경을 이루는 요소들은 찰나적인 순간에 움직임이 정지된 상태의 것이며, 평면 공간상에서 동시적으로 제시된다. 이에 비해 시적 풍경을 이루는 요소들은 시인이 정한 시간상의 순서에 따라 계기적으로 제시된다. 또한 시는 화면과 달리 공간이나 시간의 제약을 받지 않는다. 화면상의 풍경을 이루는 요소들과는 달리, 시적 풍경을 이루는 요소들은 시간의 경과에 따라 상태가 변화되기도 하고, 또 그 요소들 중에는 서로 다른 시간대에 발생한 것도 있다. 특히 그림의 주된 대상이 소리일 때, 매체의 상이한 속성으로 인해 화면상의 풍경과 시적 풍경은 현저하게 차이 난다. 소리는 시각적으로 지각되는 것이 아니기 때문에, 시적 화자의 목소리를 빌려 소리에 대해 직접적으로 언급할 수 있는 시인과는 달리 화가는 그 소리를 형상으로 직접 보여줄 수가 없다. 그래서 화가는 그 소리를 다른 형상을 통해 간접적으로 드러낸다. 「사당취연」, 「서성효각」, 「봉암고종」, 「청교목우」 시의 시적 풍경은 그림과 시의 매체상의 상이한 속성으로 인해 화면상의 풍경과 크고 작은 차이를 보인다. 특히 「서성효각」과 「봉암고종」 시의 주된 대상은 각각 새벽에 들려오는 호각 소리와 밤에 들려오는 종소리이다. 그러므로 두 시의 시적 풍경은 시적 대상인 화면상의 풍경과 현격한 차이를 보인다. 「사당취연」과 「청교목우」 시의 시적 풍경은 시간적으로 서로 다른 시간대에 발생한 요소들로 이루어져 있다. 「용벽동황」 시의 시적 풍경은 그림의 표제에 대한 화가와 시인의 상이한 관점과 표현 매체로서 그림과 시의 상이한 속성으로 인해 시적 대상인 화면상의 풍경과 부분적인 차이를 보인다.

제3장

曹世傑의「谷雲九谷圖」와 壯洞 金門 9인의「谷雲九谷歌」

1. 들어가기

「谷雲九谷圖」는 金壽增(1624~1701)이 자신의 은거처인 강원도 화천의 곡운구곡의 경관 아홉 곳을 화가 曹世傑(1636~?)로 하여금 그리게 하였던 그림이다.「곡운구곡도」는「傍花溪圖」,「青玉峽圖」,「神女峽圖」,「白雲潭圖」,「鳴玉瀨圖」,「臥龍潭圖」,「明月溪圖」,「隆義淵圖」,「疊石臺圖」등 9점의 그림으로 되어 있다. 김수증은 1682년(숙종 8년)에「籠水亭圖」그림 1점을 더하여 10점의 그림으로『谷雲九谷圖帖』을 제작하였다.『곡운구곡도첩』은 현재 국립박물관에 소장되어 있다.

『곡운구곡도첩』에는 또한 김수증을 비롯하여 그의 아들과 조카 그리고 외손자 등이 朱子의「武夷櫂歌」시 10수를 각각 차운하여 지은 시 10수가 '谷雲九曲次晦翁武夷櫂歌韻'이라는 제목하에 수록되어 있다. 김수증은「서시」와 제1곡「방화계」를, 아들 金昌國(1644~1717)은 제2곡「청옥협」을, 조카 金昌集(1648~1722)은 제3곡「신녀협」을, 조카 金昌協(1651~1708)은 제4곡「白雲潭」을, 조카 金昌翕(1653~1722)은 제5곡「鳴玉瀨」를, 아들 金昌直(1653~1702)은 제6곡「와룡담」을, 조카 金昌業(1658~1721)은 제7곡「명월계」를, 조카 金昌緝(1662~1713)은 제8곡「隆義淵」을, 그리고 외손자 洪有人(1667~1694)은 제9곡「첩석대」를 각각 지었다.「谷雲九曲次晦翁武夷櫂歌韻」시는『곡운구곡도첩』이 제작된 지 10년 후인 1692년(숙종 18년)에 지어져서『곡운구곡도첩』에 수록되었다.[154] 원 표제가 '谷雲九曲次晦翁武夷櫂歌韻'이지만, 여기에서는 편의상 약칭으로 '곡운구곡가'라고 부르기로 한다.

---

154 윤진영,「김수증의 은둔과 〈곡운구곡도〉」, 유준영 · 이종호 · 윤진영 공저,『권력과 은둔』, 북코리아, 2010, 394~396면 참조.

김수증이 곡운구곡을 경영하게 된 배경[155]과 「곡운구곡도」 그림[156]에 대해서는 이미 적지 않은 연구자들이 여러 각도에서 심도 있게 논의하였다. 반면 「곡운구곡가」에 대해서는 작품을 번역 소개한 것[157]과 장소성의 개념을 통해 주자의 「무이도가」와 비교한 이효숙의 논의[158]를 제외하고는 이렇다 할 논의가 없었다.

「곡운구곡가」가 연구자들의 관심을 끌지 못한 것은 다음과 같은 두 가지 이유 때문으로 보인다. 첫 번째는 「곡운구곡가」 10수가 주자의 「무이구곡가」 10수처럼 한 사람이 지은 것이 아니라 9명이 2수 또는 1수씩 나누어서 지었다는 점이다. 그렇게 지어진 「곡운구곡가」 10수가 壯洞 金門 9인이 함께 참여하여 지었다는 작품 외적인 사실 외에 작품 내적으로 어떤 의의를 지니는지를 규정하기 쉽지 않다. 여러 사람이 나누어서 지은 「곡운구곡가」보다도 김수증이 직접 곡운구곡에 은둔하면서 지은 시들이 김수증의 은둔생활이나 곡운구곡 경영을 살피는 데 훨씬 유용한 자료가 되기 때문이다. 두 번째는 원 표제가 '谷雲九曲次晦翁武夷櫂歌韻'으로 되어 있기 때문에 「곡운구곡가」가 곡운구곡의 실경을 보고 지은 시로 간과되었다는 점이다.[159] 「곡운구곡가」 10수 중에서 「서시」를 제외한 9수의 시적 대상은 곡운구곡의 아홉 곳의 실제 풍경이 아니라 「곡운구곡도」 9점의 그림에 그려진 화면상의 풍경이다. 그러므로 그 시들은 제화시이다.[160] 「서시」를 제외한 「곡운구곡가」 9수의 장르적 특성이 간과되었기 때문에, 자연히 제화시로서 그 시

---

155 김수증의 곡운구곡 경영과 관련된 논의로 다음과 같은 연구들이 있다.
  유준영, 「김수증의 은둔사상과 곡운구곡」, 『동아시아 은자들의 미의식과 곡운구곡』(한일미학연구회 국제심포지엄 발표자료집), 화천문화원, 1999.
  -----, 「김수증의 은둔사상」, 유준영 외 2명 공저, 『권력과 은둔』, 북코리아, 2010.
  심경호, 「곡운을 중심으로 한 은둔시와 자연관」, 『동아시아 은자들의 미의식과 곡운구곡』(한일미학연구회 국제심포지엄 발표자료집), 화천문화원, 1999.
  이경구, 「곡운 김수증의 은거생활과 문예 활동」, 『한국학보』 116집, 일지사, 2004, 가을.
  이경수, 「곡운 김수증의 은둔시」, 『강원문화연구』 25집, 강원대학교 강원문화연구소, 2006.
  김의숙, 「화천의 곡운구곡과 김수증 연구」, 『강원민속학』 20권, 강원도민속학회, 2006, 9.
  이종호, 「김수증의 유람의식과 은거의식」, 『동방한문학』 41집, 동방한문학회, 2009.
  -----, 「김수증의 곡운은거와 농연그룹의 기유문예」, 유준영 외 2명 공저, 위의 책, 2010.

156 〈곡운구곡도〉 그림과 관련된 논의로 다음과 같은 연구들이 있다.
  유준영, 「곡운구곡도를 중심으로 본 17세기 실경도 발전의 일례」, 『정신문화』 8호, 한국정신문화연구원, 1980.
  윤진영, 「조선시대 구곡도의 수용과 전개」, 『미술사학연구』 217·218호, 한국미술사학회, 1998, 6.
  -----, 「김수증의 은둔과 〈곡운구곡도〉」, 유준영 외 2명 공저, 위의 책, 2010.
  진준현, 「조세걸과 곡운구곡도의 회화사적 의의」, 『한국의 은사문화와 곡운구곡』(국제학술대회 발표자료집), 화천문화원, 2005.
  조규희, 「≪곡운구곡도첩≫의 다층적 의미」, 『미술사논단』 23호, 한국미술연구소, 2006, 12.
  김인숙, 「곡운 김수증의 산수관에 관한 연구 - 〈곡운구곡도〉를 중심으로 -」, 『동아인문학』 31호, 동아인문학회, 2015.

157 심경호, 『다산과 춘천』, 강원대학교출판부, 352~355면, 1995.

158 이효숙, 「장소성 개념을 통해 살펴본 〈무이도가〉와 〈곡운구곡가〉 비교」, 『동아시아고대학』 24집, 동아시아고대학회, 2011, 4.

159 제화시는 표제상에서 식별이 가능하다. 표제가 '題 ----- 圖(畵, 畵屛)', '題 ----- 畵帖(卷)', '題 ----- 圖詩帖(卷)' 등으로 되어 있거나, 또는 '題' 자가 생략된 채 '----- 圖(畵畵屛)'로 되어 있거나, 아니면 그림의 표제가 생략된 채 '題畵', '詠畵', '題畵帖(卷)', '畵', '畵梅(鶴, 竹, 蘭)' 등으로 되어 있다. 이 밖에 그림을 보고 시를 지었다는 사실이 표제상에 언급되어 있기도 하다.

160 한국고전번역원의 한국고전종합DB를 통해 「곡운구곡도」 그림을 시적 대상으로 하여 지어진 시들을 조사해본 결과, 權尙夏(1641~1721)의 「看金丈壽增谷雲圖次帖上諸勝韻甲子」(『寒水齋集』 권 1) 시와 申最(1628~1687)의 「次金延之壽增谷雲精舍圖韻」(『汾厓遺稿』 권 2) 시, 「題金延之谷雲幽居圖」(『汾厓遺稿』 권 3) 시가 있음을 확인할 수 있었다. "김장 수증의 곡운도를 보고 그림첩 위 여러 승경의 운에 차하다. 갑자년(1684년)"이라는 권상하 시의 표제는 권상하가 『곡운구곡도첩』이 제작된 지 2년 후에 「곡운구곡도」 그림을 보고 『곡운구곡도첩』에 수록된 시의 운자를 따서 시를 지었음을 말하고 있다. 이로 미루어보건대, 권상하가 시를 지을 당시에는 이미 『곡

190

들이 지니는 의의도 부각될 수 없었다.

「서시」를 제외한 「곡운구곡가」 9수를 제화시로 단정 짓는 이유는 다음과 같다. 첫 번째는 「곡운구곡가」 창작 연도가 「곡운구곡도」 창작 연도보다 10년 늦다는 점이다. 그림이 시적 대상이 되기 위해서는 그림의 창작 연도가 시의 창작 연도보다 빨라야 한다. 두 번째는 「곡운구곡가」가 「곡운구곡도」와 함께 『곡운구곡도첩』에 수록되어 있다는 점이다. 두 번째 조건은 물론 제화시가 되기 위한 필요조건이 아니다. 실경을 시적 대상으로 하여 지은 시도 화첩에 수록될 수 있기 때문이다. 세 번째는 제화시로 간주되는 「곡운구곡가」 9수 가운데 일부 시에 묘사된 시적 풍경이 시적 대상이 된 화면상의 풍경과 거의 흡사하다는 점이다. 「곡운구곡도」가 실경산수화이기 때문에, 시적 풍경과 화면상의 풍경이 흡사하다는 점만으로 그 시가 제화시라고 단정 지을 수 없다는 반론이 제기될 수 있다. 그러나 여기에서 말하는 흡사함이란 단순히 시에서 묘사되는 경물의 상태와 화면상에 그려진 경물의 상태의 유사함만을 지칭하는 말이 아니다. 「곡운구곡도」 그림들 중에는 곡의 경관을 완상하고 있는 처사의 모습이 그려진 그림이 적지 않다. 그런데 「곡운구곡가」 9수 가운데 「방화계」, 「청옥협」, 「융의연」 시를 각각 지은 3명의 시인들은 모두 화면상의 처사를 시적 화자로 설정하여 그의 말을 통해 화면상에 그려진 경물의 상태를 제시하였다. 바로 이 점이 「곡운구곡가」 9수의 시적 대상은 실제 풍경이 아니라 화면상의 풍경이라고 주장할 수 있는 단적인 이유가 된다. 첫 번째와 두 번째 이유가 「곡운구곡가」 9수를 제화시로 단정하는 데 필요한 간접적인 요인이라고 한다면, 세 번째 이유는 직접적인 요인이라고 할 수 있다.

제화시로서 「곡운구곡가」 9수에서는 선과 색으로 이루어진 화면상의 형상, 즉 화면상의 풍경을 언어를 통해 시적 풍경으로 재산출하고 있다. 게다가 시를 지은 시인들이 9명이나 된다. 그러므로 화면상의 풍경이 시적 풍경으로 재산출될 때의 양상들이 「곡운구곡가」 9수에서 다양하게 나타난다. 이러한 점에서 「곡운구곡가」 9수는 화면상의 풍경이 시적 풍경으로 재산출될 때 나타나는 다양한 양상들을 살펴볼 수 있는 좋은 자료라고 할 수 있다. 이 글에서는 「곡운구곡도」 그림 9점과 「곡운구곡가」 시 9수를 비교하여 화면상의 풍경과 시적 풍경이 작품에 따라 어떠한 관계 양상을 보이고 또 그러한 양상을 보이게 된 이유를 살펴보기로 한다.

2. 화면상의 풍경과 시적 풍경의 관계 양상

「곡운구곡가」 시 9수와 「곡운구곡도」 그림 9점을 비교해본 결과, 각각의 시에서 제시되는 시적 풍경과

운구곡도첩』에 「곡운구곡도」 그림을 시적 대상으로 하여 여러 사람들이 지은 시들이 수록되어 있음을 알 수 있다. 그 시들은 장동 김문 9인이 지은 「谷雲九曲次晦翁武夷櫂歌韻」 시가 아니다. 왜냐하면 「谷雲九曲次晦翁武夷櫂歌韻」 시는 1692년에 지어졌고, 권상하 시의 운자와 다르기 때문이다. 그러므로 『곡운구곡도첩』이 처음 제작될 당시는 장동 김문 9인이 지은 시가 아닌 다른 사람들이 지은 시들이 수록되었다가 10년 후에 장동 김문 9인이 지은 시들로 대체된 것으로 추정할 수 있다. "연지 김수증의 곡운정사도 운에 차하다"라는 신정의 시의 표제도 신정이 시를 지을 무렵 이미 「곡운구곡도」 그림을 시적 대상으로 하여 지어진 시가 있음을 말해준다.

화면상의 풍경의 관계 양상은 다음과 같이 표로 정리할 수 있다.

시 제목	시인명	시적 풍경과 화면상의 풍경의 관계
1곡 방화계	金壽增	보완 관계
2곡 청옥협	金昌國	부각 관계
3곡 신녀협	金昌集	대체 관계
4곡 백운담	金昌協	보완 관계
5곡 명옥뢰	金昌翕	대체 관계
6곡 와룡담	金昌直	대체 관계
7곡 명월계	金昌業	대체 관계
8곡 융의연	金昌緝	부각 관계
9곡 첩석대	洪有人	부각 관계

　시적 풍경이 화면상의 풍경과 부각 관계를 보이는 시는 김창국의 「청옥협」, 김창집의 「융의연」, 홍유인의 「첩석대」 시 등 모두 3수이다. 시적 풍경이 화면상의 풍경과 보완 관계를 보이는 시는 김수증의 「방화계」와 김창협의 「백운담」 2수이다. 시적 풍경이 화면상의 풍경과 대체 관계를 보이는 시는 김창집의 「신녀협」, 김창흡의 「명옥뢰」, 김창직의 「와룡담」, 김창업의 「명월계」 시 등 모두 4수이다.

(1) 부각 관계

　「곡운구곡가」 시 9수 중에서 시적 풍경이 화면상의 풍경과 부각 관계를 보이는 시는 김창국의 「청옥협」, 김창집의 「융의연」, 홍유인의 「첩석대」 시 등 모두 3수이다. 이 시들에서는 시적 풍경의 요소들이 대부분 화면상의 풍경에서 확인된다. 시적 풍경의 요소들이 대부분 화면상의 풍경에서 확인될 경우, 화면이 바로 시적 풍경의 근거가 된다. 시인이 화면상의 풍경을 부각하기 위해 화면상의 풍경의 요소들을 그대로 활용하여 시적 풍경을 산출하였다는 점에서, 시적 풍경은 화면상의 풍경에 대해 부각 관계를 이룬다. 3수의 시들에서 각각 제시되는 시적 풍경과 시적 대상이 된 화면상의 풍경을 비교해보기로 한다.

　다음의 〈그림 39〉는 조세걸이 그린 제2곡 「靑玉峽圖」이다. 시 (78)은 김수증의 아들인 김창국의 「청옥협」 시이다.

(78)

二曲峻嶒玉作峰	이곡이라 높고 험한 산 옥으로 봉우리 빚었고
白雲黃葉映秋容	흰 구름 누런 잎 가을 모습 드러내었네
行行石棧仙居近	돌 잔도 가고 가다 보니 신선 사는 곳과 가까워져
已覺塵喧隔萬重	이미 알겠도다 시끄러운 세상과 만 겹이나 막혀져 있음을

〈그림 39〉「청옥협도」

　〈그림 39〉「청옥협도」에서는 'V' 자 모양으로 굽어진 시내가 화면에 가득 펼쳐져 있다. 시내 오른쪽으로는 높고 험한 산들이 겹쳐진 채 늘어서 있다. 돌 잔도가 한쪽으로는 가파른 벼랑을 끼고 다른 한쪽으로는 시내를 내려다보면서 계속 이어진다. 뾰족하게 높이 솟은 산봉우리의 줄기가 시내 쪽으로 뻗어 나온 곳이 바로 시내의 굽이를 이루고 있는데, 그곳에는 돌 잔도 아래에서부터 수면에 이르기까지 비스듬히 길게 뻗은 너럭바위가 있다. 너럭바위를 경계로 하여 시내의 폭이 왼쪽은 넓고 오른쪽은 좁다. 너럭바위 왼편의 시내에는 크고 작은 바위들이 물속에서 모습을 드러내고 있다. 처사가 너럭바위 위에 앉아 발을 물속에 담그고 있는데, 고개는 오른쪽으로 돌려 시동 뒤쪽에 뾰족하게 높이 솟은 산봉우리들을 쳐다보고 있다. 시동은 두 손으로 수건을 받쳐 들고 있는 것으로 보인다. 시내 주변 곳곳에 푸른 소나무와 함께 잎이 황갈색으로 변해가고 있거나 잎이 떨어져 앙상한 가지를 드러내는 여러 종류의 나무들이 보인다. 그와 같은 나무들의 모습은 계절감을 드러낸다. 시내의 굽이를 이루는 지역이 바로 곡운구곡 가운데 제2곡인 청옥협이다.

　화가 조세걸이 처사의 모습을 화면상에 그려 넣은 것은 두 가지 목적 때문으로 보인다. 첫 번째 목적은 처사의 모습을 통해 특정 장소를 부각하려는 것이다. 처사의 존재는 그림을 감상하는 감상자의 눈길을 끌기 때문이다. 처사는 물가의 너럭바위 위에 앉아 발을 물속에 담그고 있으면서 뾰족한 산봉우리들을 쳐다보고 있는데, 그 너럭바위와 뾰족한 산봉우리들은 바로 청옥협 풍경을 이루는 주요 요소이다. 즉 화가는 처사가 머물러 있는 곳과 그의 시선을 통해 청옥협 풍경을 이루는 주된 요소들을 화면상에서 두드러져 보이게 하려고 하였던 것이다. 다른 또 하나의 목적은 청옥협의 장소적 특성을 드러내려는 것이다. 물속에 발을 담가 발의 피로를 풀고 있는 처사의 모습은 바로 그가 가파른 벼랑 아래로 난 돌 잔도를 걷고 걸어 다리가 뻐근할 정도로 걸은 후에야 비로소 청옥협에 다다랐음을 말해준다. 또한 뾰족하게 높이 솟은 산봉우리들을 바라보는 처사의 모습은 그가 가야 할 곳이 바로 그 봉우리들 너머에 있음을 말해준다. 처사는 찬물로 발의 피로를 잠시 푼 다음 뾰족한 산봉우리들 너머로 가기 위해 다시 벼랑 아래로 난 돌 잔도를 걷고 걸어야 한다. 즉 화가는 처사의 모습을 통해 청옥협이 은둔지로 가는 도중에 잠시 발의 피로를 풀기 위해 쉬어가기에 적당한 장소임을 드러내려고 하였던 것이다. 그러므로 처사의 모습은 그림의 눈이라고 할 수 있는 主點이 된다.

김창국의 시 (78)에서는 시적 화자가 지각한 청옥협 주변의 경물의 상태뿐만 아니라 시적 화자가 청옥협에 다다르게 될 때까지의 여정까지도 시적 풍경의 요소로 제시된다. 전 1, 2구에서는 시적 화자가 보았던 청옥협 주변의 경물들의 상태가 제시된다. 옥으로 빚은 듯한 높고 험한 봉우리, 가을 모습 드러내는 하얀 구름과 누런 잎이 바로 그것이다. 그런데 뾰족한 산봉우리들과 함께 청옥협의 풍경을 이루는 주요 요소인 물가의 너럭바위는 시에서 전혀 언급되지 않는다. 이는 아마도 화면상에 그려진 처사의 시선의 방향과 관련된 것으로 짐작된다. 김창국이 시적 화자가 지각한 경물들을 처사가 물속에 발을 담근 채 바라보고 있던 쪽의 것들로 한정하였을 수 있기 때문이다.

후 3, 4구에서는 시적 화자가 청옥협에 다다르게 될 때까지의 여정이 언급된다. 시적 화자가 돌 잔도를 걷고 또 걷고 해서 신선이 사는 곳과 가까운 청옥협에 다다랐다는 것이다. 넷째 구에서는 시적 화자의 내면이 토로된다. "이미 알겠도다 시끄러운 세상과 만 겹이나 막혀져 있음을(已覺塵喧隔萬重)"은 시적 화자가 수많은 산봉우리를 지나 청옥협에 다다랐음을 간접적으로 표현한 말이다. 시적 화자가 먼 길을 걸어왔다는 진술은 바로 화면상에서 처사가 발의 피로를 풀기 위해 물가의 너럭바위 위에 앉아 물속에 발을 담그고 있는 이유이기도 하다. 그러므로 시를 지은 김창국이 화면상에 그려진, 물속에 발을 담그고 있는 처사를 시 (78)의 시적 화자로 설정하였음을 알 수 있다.

시적 풍경을 이루는 요소들은 옥으로 빚은 듯한 높고 험한 봉우리, 가을 모습 드러내는 하얀 구름과 누런 잎, 돌 잔도를 걷고 또 걷고 해서 수많은 산봉우리를 지나 청옥협에 다다르게 된 시적 화자의 여정 등이다. 하얀 구름을 제외한 다른 요소들은 모두 화면상에서 찾아볼 수 있다. 돌 잔도를 걷고 또 걷고 해서 수많은 산봉우리를 지나 청옥협에 다다르게 된 여정을 시에서는 시적 화자의 말로써 직·간접적으로 언급하였다면, 그림에서는 벼랑 아래로 계속 이어지는 돌 잔도, 뾰족한 수많은 봉우리들, 그리고 너럭바위 위에 앉아 물속에 발을 담그고 있는 처사의 모습을 통해 직접적으로 보여준다고 할 수 있다. 그러므로 시적 진술은 모두 화면상에 그려진 처사의 모습과 직·간접적으로 관련된다. 즉 전 1, 2구에서는 시적 화자로 설정된 처사가 너럭바위 위에 앉아 물속에 발을 담그고 있으면서 살펴본 청옥협 주변의 경물의 상태가 제시된다면, 후 3, 4구에서는 처사가 물속에 발을 담그고 있는 이유가 간접적으로 언급된다. 이러한 점에서 시적 풍경의 산출 근거는 바로 화면이라고 할 수 있다. 시를 지은 김창국이 화면상의 풍경을 부각하기 위해 화면상의 풍경의 요소들을 그대로 활용하여 시적 풍경을 산출하였던 것이다. 그러므로 시 (78)의 시적 풍경은 화면상의 풍경과 부각 관계를 이룬다고 할 수 있다.

다음의 〈그림 40〉은 조세걸이 그린 제8곡 「隆義淵圖」이다. 시 (79)는 김수증의 조카인 김창집의 「융의

194

「연」 시이다.

〈그림 40〉「융의연도」

(79)

八谷淸淵漠漠開　　팔곡이라 맑은 못 넓게 펼쳐졌는데
時將雲影獨沿洄　　이따금 구름만 물 위로 오르내리네
眞源咫尺澄明別　　진원이 지척이라 유달리 깨끗하고 맑아
座見儵魚自往來　　앉아서 피라미 오고 가는 것 보네

　〈그림 40〉「융의연도」의 화면 하단에는 완만하게 구비를 이루면서 흐르는 시내가 펼쳐져 있다. 평지를 끼고 흐르는 시내의 폭이 넓은데, 크고 작은 바위들이 곳곳에 널려 있고, 물이 잔잔하게 흐르고 있다.
　시내 위쪽 평지에는 길쭉한 바위가 물가를 따라 옆으로 길게 뻗어 있는데, 처사가 바위 끝에 앉아 발을 물속에 담근 채 물속을 들여다보고 있다. 처사로부터 조금 떨어진 소나무 아래에는 동자가 행장을 꾸린 짐을 막대기에 달아 어깨에 짊어지고 서서 몸은 처사 쪽을 향한 채 고개를 돌려 먼 산을 바라보고 있다. 맞은편 물가에는 소가 소나무 아래에 누워 있다. 물가 위쪽 평지 뒤로 여러 개의 산들이 겹쳐진 채 늘어서 있는데, 앞쪽에 있는 봉우리가 우뚝 솟은 산은 깎아지른 듯한 암벽을 드러내고 있다.
　완만하게 굽이를 이루면서 물이 잔잔하게 흐르는 시내가 바로 제8곡인 융의연이다. 그런데 처사와 동자의 대조적인 모습이 눈에 띈다. 행장을 꾸린 짐을 막대기에 달아 어깨에 짊어지고 서서 몸은 처사 쪽을 향한 채 고개를 돌려 먼 산을 바라보고 있는 동자의 모습은 가야 할 길이 멀기 때문에 처사가 빨리 발을 닦고 길을 떠났으면 하는 동자의 초조한 마음을 드러내는 것처럼 보인다. 그러나 처사는 그러한 동자의 모습에 아랑곳하지 않고 물속에 발을 담근 채 한가하게 물속을 들여다보고 있다. 융의연 시내의 물속의 상태가 처사의 눈길을 사로잡았기 때문이다.

김창집의 시 (79)에서는 시적 화자가 시냇가에 앉아서 맑은 물속에서 피라미가 오고 가는 것을 보고 있는 풍경이 제시된다. 전 1, 2구에서는 시적 화자에게 지각된 융의연 시내의 물 위의 상태가 제시된다. 물이 잔잔하게 흘러 마치 넓게 펼쳐진 맑은 못과 같은데, 이따금 물 위에 비친 구름이 물 위를 오가는 것 외엔 어떠한 움직임도 보이지 않는다는 것이다.

후 3, 4구에서는 시적 화자에게 지각된 융의연 시내의 물속의 상태와 그것을 지각하는 화자의 모습이 제시된다. 수원과 가까워서 물이 맑고 깨끗하여 물속이 환히 비치는데, 물속에서 피라미가 오고 가는 모습을 시적 화자가 앉아서 보고 있다는 것이다.

시적 풍경을 이루는 요소들은 넓게 펼쳐진 맑은 못, 물 위에 비친 구름, 물속이 환히 비칠 정도로 맑고 깨끗한 물, 물속에서 피라미가 오고 가는 것을 보고 있는 시적 화자의 모습 등이다. 물 위에 비친 구름을 제외한 다른 요소들은 모두 화면상에서 찾아볼 수 있다. 물속에서 피라미가 오고 가는 것이 시에서는 시적 화자의 말로써 직접적으로 언급된다면, 그림에서는 물속을 들여다보고 있는 처사의 모습을 통해 간접적으로 보여준다. 그러므로 시를 지은 김창집이 〈그림 40〉에 그려진, 바위 끝에 앉아 발을 물속에 담근 채 물속을 들여다보고 있는 처사를 시 (79)의 시적 화자로 설정하였음을 알 수 있다. 물 위에 비친 구름을 제외한 그 밖의 시적 풍경의 요소들이 모두 화면상의 풍경에서 직·간접적으로 확인되기 때문에, 화면이 바로 시적 풍경의 산출 근거가 된다. 김창집이 화면상의 풍경을 부각하기 위해 화면상의 풍경의 요소들을 그대로 활용하여 시적 풍경을 산출하였던 것이다. 그러므로 시 (79)는 화면상의 풍경과 부각 관계를 이룬다고 할 수 있다.

다음의 〈그림 41〉은 조세걸이 그린 제9곡 「疊石臺圖」이다. 시 (80)는 김수증의 외손자인 홍유인의 「첩석대」 시이다.

(80)

九曲層巖更嶄然　　구곡이라 층층 바위 더욱 우뚝하고
臺成重壁映淸川　　대를 이룬 겹 벽이 맑은 내에 비치네
飛湍暮與松風急　　저물 무렵이 되니 여울물과 솔바람이 거세져서
靈籟嘈嘈滿洞天　　요란한 소리 골짜기에 가득하네

〈그림 41〉「첩석대도」의 화면에는 각이 진 층층 바위들이 시내 양쪽으로 빽빽하게 늘어서 있다. 층층 바위 위는 한 사람이 앉을 수 있을 정도로 넓고 평평한데, 실제로 층층 바위 위에 처사가 앉아서 허공을 바라보고 있다. 산 쪽에서 흘러 내려오는 물들이 양쪽으로 늘어선 층층 바위 사이로 세차게 내려가고 있다. 층층 바위 뒤쪽 언덕에는 커다란 소나무들이 듬성듬성 서 있는데, 솔잎이 가득 달린 가지들이 대부분 아래쪽으로 처져 있다. 언덕 뒤쪽으로는 높고 낮은 산봉우리들이 늘어서 있다.

〈그림 41〉「첩석대도」

시내 양쪽에 빽빽하게 늘어서 있는 각진 바위들이 바로 제9곡인 첩석대이다. 첩석대라는 명칭은 여러 겹으로 이루어진 바위들이 우뚝 솟아 있는 데다 위가 평평해서 그곳에 올라서면 시내를 한눈에 바라볼 수 있기 때문에 붙인 것 같다.

〈그림 41〉의 화면상에서 두드러져 보이는 것은 시내 양쪽에 빽빽하게 늘어선 층층 바위들이다. 그러나 비록 화면상에서 매우 작은 부분을 차지하고 있지만, 층층 바위 위에 앉아서 허공을 바라보고 있는 처사의 모습이 그림의 눈이라고 할 수 있는 主點이 된다. 처사가 층층 바위 위에 앉아 있기 때문에 첩석대의 특징을 잘 드러내는 층층 바위가 부각되기도 하지만, 허공을 바라보고 앉아 있는 모습이 화가가 그림으로 그리려고 하였던 것을 암시하고 있기 때문이다. 층층 바위 위에서 처사가 시선을 허공으로 향한 채 앉아 있는 모습은 무언가를 바라보고 있는 모습이 아니라 어떤 소리를 음미하고 있는 듯한 모습으로 보인다. 세차게 흐르는 물소리를 음미한다면 처사의 시선이 층층 바위 아래쪽을 향해야 할 터인데, 어찌하여 허공 쪽을 향하고 있을까? 처사의 그러한 모습은 솔잎이 가득 달린 가지들이 아래쪽으로 처져 있는 모습과 관련된 것으로 보인다. 세찬 바람 때문에 가지들이 아래쪽으로 처져 있기 때문이다. 즉 처사가 허공 쪽을 바라보면서 소나무에 부는 바람 소리를 음미하고 있다는 것이다.

홍유인의 시 (80)에서는 저녁 무렵 여울물 소리와 소나무에 부는 바람 소리로 요란한 첩석대 골짜기의 풍경이 제시된다. 전 1, 2구에서는 시적 화자에게 시각적으로 지각된 첩석대 골짜기의 상태가 언급된다. 층층 바위들이 위쪽으로는 공중으로 우뚝 솟아 있고, 아래쪽으로는 그 모습이 수면 위에 비치고 있다는 것이다. 후 3, 4구에서는 시적 화자에게 청각적으로 지각된 골짜기의 상태가 언급된다. 저녁 무렵이 되어 위쪽으로는 소나무에 부는 거센 바람 소리가 아래쪽으로는 세차게 흐르는 여울물 소리가 한데 섞여 요란한 소리가 골짜기에 가득하다는 것이다.

시적 풍경을 이루는 요소들은 공중에 우뚝 솟은 층층 바위, 물 위에 비친 층층 바위의 모습, 저녁 무렵 세차게 흐르는 여울물 소리와 소나무에 부는 거센 바람 소리 등이다. 이 중에서 공중에 우뚝 솟은 층층 바위의 모습은 화면상에서 직접적으로 확인된다. 물 위에 비친 층층 바위의 모습은 화면상에서 직접적으로 확인되지는 않지만, 그 모습은 물가에 우뚝 솟은 층층 바위의 모습으로 유추할 수 있다. 세차게 흐르는 여울물 소리와 소나무에 부는 거센 바람 소리는 매체의 성격상 화면상에 담을 수 없다. 대신에 화면상에는 물이 세차게 흐르는 모습과 소나무 가지가 세찬 바람으로 인해 아래로 늘어져 있는 모습이 그려져 있다. 그러므로 시적 풍경을 이루는 요소들은 모두 화면상에서 확인된다. 이러한 점에서 시적 풍경의 산출 근거는 바로 화면이라고 할 수 있다.

　첩석대 골짜기의 상태를 시각적으로 또 청각적으로 지각하는 시적 화자의 모습은 시적 풍경상에서는 나타나지 않는다. 그러므로 홍유인이 화면상에 그려진 처사를 시적 화자로 설정하였다고 말하기는 어렵다. 그러나 시적 화자에 의해 제시된 시적 풍경의 요소들은 모두 처사의 모습에 의해 화면상에서 부각되거나 암시되는 것들이다. 이로 미루어볼 때, 그림을 보고 시를 지은 홍유인도 화면상에 그려진 처사의 모습을 그림의 주점으로 간주한 듯싶다. 즉 홍유인이 처사의 모습에 근거하여 〈그림 41〉 「첩석대도」 그림이 세차게 흐르는 여울물 소리와 소나무에 부는 거센 바람 소리로 요란한 저녁 무렵의 첩석대 골짜기의 풍경을 그린 것으로 보고, 그러한 풍경의 상태를 부각하기 위하여 화면상의 풍경을 이루는 요소들을 그대로 시적 풍경의 요소로 선택하였다는 것이다. 그러므로 시 (80)의 시적 풍경은 화면상의 풍경과 부각 관계를 이룬다고 할 수 있다.

(2) 보완 관계

　「곡운구곡가」 시 9수 중에서 시적 풍경이 화면상의 풍경과 보완 관계를 보이는 시는 김수증의 「방화계」와 김창협의 「백운담」 시 2수이다. 이 시들에서는 시적 풍경의 요소들 가운데 일부만이 화면상의 풍경에서 확인되고 일부는 확인되지 않는다. 시적 풍경의 요소들 가운데 일부만이 화면상의 풍경에서 확인되고 일부는 확인되지 않을 경우, 화면과 함께 시인 자신의 상상 또는 직·간접적인 체험이 시적 풍경의 산출 근거가 된다. 시인이 화면상의 풍경을 보완하기 위해 화면상의 풍경의 요소들 가운데 일부 요소를 활용함과 아울러 부분적으로 자신의 상상 또는 직·간접적인 체험을 활용하여 시적 풍경을 산출하였다는 점에서, 시적 풍경은 화면상의 풍경에 대해 보완 관계를 이룬다. 두 수의 시들에서 각각 제시되는 시적 풍경과 시적 대상이 된 화면상의 풍경을 비교해보기로 한다.

　다음의 〈그림 42〉는 조세걸이 그린 제1곡 「傍花溪圖」이다. 시 (81)은 김수증의 「방화계」 시이다.

(81)
一曲難容入洞船　　일곡이라 골짜기에 배 들어가기 어려운데
桃花開落隔雲川　　운천 건너편에 복숭아꽃 피고 지곤 하네

林深路絶來人少　　숲 깊고 길 끊어져 찾아오는 이 드문데
何處仙家有吠煙　　어느 곳 선가에서 개 짖고 연기 나나

〈그림 42〉「방화계도」

〈그림 42〉「방화계도」에는 화면의 오른쪽 중앙 부근에서부터 화면 왼쪽 하단에 이르기까지 여러 번 굽이돌면서 흐르고 있는 시내가 그려져 있다. 상류 쪽에서부터 세차게 흘러 내려오는 시냇물이 산길이 나 있는 벼랑 아래 소에서 소용돌이 친 다음 다시 아래쪽으로 세차게 흘러 내려가다가 아래쪽 시내에 이르러서는 완만하게 흘러가고 있다. 아래쪽 시내에는 각이 지고 모난 크고 작은 바위들이 널려 있고, 그 위쪽의 시내 오른쪽으로는 암반이 넓게 뻗어 있다. 암반 뒤쪽에는 빨간 꽃들이 활짝 피어 있는 바위들이 늘어서 있다. 큰 소나무가 우뚝 솟아 있는 바위 위에는 지팡이를 든 처사가 몸은 시내 쪽을 향하고 고개는 오른쪽으로 돌린 채 앉아 있다. 화면 오른쪽 하단에는 동자가 나귀의 고삐를 잡고 가파른 비탈길을 내려오는 모습이 그려져 있다. 나귀가 내려가기 꺼려할 정도로 가파른 비탈길은 시내를 따라 위쪽으로 계속 이어지는데, 위쪽으로 갈수록 산길이 희미하게 보인다. 시내 왼쪽과 위쪽으로는 첩첩이 겹쳐진 산들이 그려져 있다.

시내 왼쪽과 위쪽으로 둘러싸고 있는 산들로 인해 시내와 시내 오른쪽의 암반 그리고 암반 뒤에 늘어선 바위들이 화면상에서 두드러져 보인다. 화면상에서 두드러져 보이는 지역이 바로 곡운구곡 가운데 제1곡인 방화계이다.[161]

161　그림과 실제 경관을 비교하였던 윤진영에 의하면, 화면상에 그려진 방화계의 경관은 실경과 흡사하지만, 배경이 되는 산들의 모습들은 전체를 압축하여 그려 놓았기 때문에 실경과 차이를 보인다고 하였다(윤진영, 「김수증의 은둔과 ≪곡운구곡도≫」, 앞의 책, 2010, 403~404면).

화면상에서 방화계라고 불리는 지역이 두드러져 보이긴 하지만, 〈그림 42〉가 방화계의 경관만을 담은 것은 아니다. 화면상에 그려져 있는 처사와 동자 그리고 나귀의 모습은 그림을 감상하는 사람들로 하여금 방화계의 경관에 포함되지 않는 것들에 대한 상상을 가능케 해준다. 나귀의 등에 실린 짐과 함께 바위에 앉아 쉬고 있는 처사의 모습은 처사가 동자를 데리고 먼 길을 왔음을 짐작게 해준다. 처사는 바위에 앉아 몸은 시내 쪽을 향하면서 고개는 오른쪽으로 돌리고 있다. 시선의 방향이 비탈길을 내려오는 동자와 나귀 쪽이 아니라, 화면 오른쪽 상단에 그려진 먼 산 쪽으로 향해 있다. 이는 먼 길을 떠나 방화계에 이르게 된 처사가 앞으로 가야 할 곳을 바라보고 있는 것으로 볼 수도 있고, 먼 산 쪽에 무엇인가가 있음을 말해주는 것으로 볼 수도 있다. 그러므로 화면은 화면상으로 드러나지 않는 어떤 것을 함축하고 있다고 할 수 있다.

김수증의 시 (81)에서는 시적 화자에게 지각된 골짜기와 산속의 상태가 제시되는데, 이를 통해 은둔지인 곡운으로 들어가는 초입으로서 방화계의 장소적 성격이 부각된다. 전 1, 2구에서는 골짜기의 상태가 언급된다. 골짜기가 좁아 배가 들어가기 어려운데, 시내 건너편에 복숭아꽃이 피고 지곤 한다는 것이다. 첫째 구에서는 중의적인 표현이 사용되었다. "골짜기에 배가 들어가기 어렵다(難容入洞船)"라는 말은 화면상에 그려졌듯이, 각이 지고 모난 크고 작은 바위들이 널려 있는 시내의 상태를 가리키는 것이다. 그런데 둘째 구의 진술과 관련해볼 때, 그 말은 다른 또 하나의 의미를 내포한다. 둘째 구에서 "운천[162] 건너편에 복숭아꽃 피고 지곤 한다(桃花開落隔雲川)"라고 하였는데, 화면상에서는 시내 건너편뿐만 아니라 어디에서도 복숭아꽃을 찾아볼 수 없다. 다만 바위 곳곳에 빨간 꽃들이 피어 있을 뿐이다. 그러므로 복숭아꽃이 피고 지곤 하는 시내 건너편의 상태는 시인이 이상향이자 최상의 은둔지인 중국의 무릉도원을 염두에 두고 가상적으로 설정한 것이라고 할 수 있다. 무릉도원은 어부가 배를 타고 가다가 발견한 곳인데, 복숭아나무 숲은 바로 무릉도원으로 들어가는 초입이다. 이러한 점에서 전 1, 2구의 진술은 방화계가 중국의 무릉도원과는 다른 지형의, 김수증이 거주하고자 하였던, 조선의 은둔지로 들어가는 초입임을 간접적으로 말하고 있는 것으로 해석할 수 있다. 따라서 그곳은 배를 타고 갈 수 있는 곳이 아니고, 화면상에 그려져 있듯이 계곡을 따라 난 험한 산길을 걸어가야만 갈 수 있는 곳이다,

이 같은 해석의 타당성은 후 3, 4구의 진술에서 더욱 분명해진다. 후 3, 4구에서는 시적 화자에게 지각된 산속의 상태가 언급된다. 숲이 깊고 길이 끊어져 인적이 드문 곳인데도 개 짖는 소리가 들리고 연기가 난다는 것이다. 그곳은 바로 산속 어딘가에 신선이 거처하고 있는 은둔지를 뜻한다. 시적 화자가 산속 어디에선가 들려오는 개 짖는 소리를 듣고 연기가 나는 산 쪽을 쳐다보고 있다는 점에서 시적 화자는 시 (81)에서 제시되는 풍경 속에 포함된다고 할 수 있다. 연기가 나는 산 쪽을 쳐다보고 있는 시적 화자의 모습은 화면상에서 먼 산을 바라보고 있는 처사의 모습과 부합된다. 이러한 점에서 시를 지은 김수증이 바로 화면상의 처사를 시 (81)의 시적 화자로 설정하였음을 알 수 있다.

---

162 '雲川'의 '雲'은 '숨雲'을 뜻하는 것으로 보인다.

화가 조세걸은 〈그림 42〉에서 방화계의 경관과 함께 시내 쪽을 향해 앉아 있으면서 고개를 돌려 산 쪽을 바라보고 있는 처사의 모습을 그려 넣음으로써 방화계의 배경이 되고 있는 첩첩 산속에 무언가가 있음을 간접적으로 드러내었다. 그것이 구체적으로 무엇인가에 대해서는 그림을 감상하는 사람에 따라 다양하게 해석할 수 있다. 김수증은 그림 속의 처사를 시적 화자로 설정하여 그에게 지각된 경물들의 상태를 제시함으로써 먼 산의 숲속에 바로 은둔하는 사람의 집이 있고 따라서 방화계가 바로 은둔지로 들어가는 초입이라는 장소적 특징을 띠고 있음을 간접적으로 말하고 있다.

시적 풍경을 이루고 있는 요소들은 배가 들어가기 어려운 골짜기, 복숭아꽃이 피고 지곤 하는 시내 건너편, 개 짖는 소리가 나고 연기가 나는 산속, 산 쪽을 쳐다보고 있는 시적 화자의 모습 등이다. 이 중에서 배가 들어가기 어려운 골짜기의 상태와 산 쪽을 쳐다보고 있는 시적 화자의 모습은 화면상에서 확인할 수 있다. 복숭아꽃이 피고 지곤 하는 시내 건너편의 상태와 개가 짖고 연기가 나는 산속의 상태는 화면상에서 찾아볼 수 없다. 그것들은 그림을 보고 시를 지은 김수증이 가상적으로 설정한 것이다. 이러한 점에서 화면과 함께 시인의 간접적인 독서 체험 또는 상상이 시적 풍경의 산출 근거라고 할 수 있다.

김수증이 화면상에서 보이지 않는 복숭아꽃이 피고지곤 하는 시내 건너편의 상태와 개가 짖고 연기가 나는 산속의 상태를 시적 풍경의 요소로 선택한 까닭은 무엇일까? 복숭아꽃이 피고 지곤 하는 시내 건너편의 상태는 은둔지로 들어가는 초입으로서 방화계의 장소적 성격을 드러내기 위해서이고, 개가 짖고 연기가 나는 산속의 상태는 화면상에서 처사가 먼 산을 바라보고 있는 까닭을 설명하기 위해서이다. 즉 김수증은 제1곡 방화계의 장소적 특징이 화면상에 충분히 드러나지 않았다고 생각하여 그러한 것들을 시적 풍경의 요소로 선택하여 화면을 보완하였던 것이다. 그러므로 시 (81)의 시적 풍경은 화면상의 풍경과 보완 관계를 이룬다고 할 수 있다.

다음의 〈그림 43〉은 조세걸이 그린 제4곡 「白雲潭圖」이다. 시 (82)는 김수증의 조카인 김창협의 「백운담」 시이다.

(82)

四曲川觀倚翠巖	사곡이라 푸른 바위에 의지해 시내를 바라보는데
近人松影落㲯㲯	솔 그림자 길게 드리우며 사람에게 다가오네
奔溙濺沫無時歇	내달리는 시냇물 쉴 새 없이 거품을 뿜어내니
雲氣尋常漲一潭	구름 기운 언제나 소에 가득하네

〈그림 43〉의 화면은 구도상으로 크게 세 개의 공간으로 분할할 수 있다. 즉 상방 공간, 중방 공간, 그리고 하방 공간이 바로 그것이다. 화면 하단에 가득 차게 그려진 시내가 하방 공간에 해당된다. 화면 왼쪽 중앙 부근의 작은 시내에서 잔잔하게 흘러가던 물이 화면 왼쪽 하단 부근의 바위 무더기 사이를 지나가면서 거센 물살로 변하여 아래로 세차게 내려간다. 바위 무더기 아래쪽은 움푹 들어가서 소를 이루고 있

〈그림 43〉「백운담도」

는데, 세차게 내려가던 물이 바위에 부딪혀 소 곳곳에 하얀 물거품을 뿜어내고 있다. 소를 지나서부터는 시냇물이 다시 잔잔하게 흘러간다. 기이한 모양을 하고 있는 충진 바위들이 소 오른쪽에서부터 시작하여 시내를 따라 물가에 늘어서 있다.

시내 위쪽의 언덕은 중방 공간에 해당된다. 언덕에는 여러 그루의 커다란 소나무들과 함께 이끼가 끼고 각이 진 바위가 하나 있다. 언덕 뒤쪽에는 소로가 길게 뻗어 있다. 길 뒤쪽에 펼쳐져 있는 여러 개의 산들은 상방 공간에 해당된다.

화면에서 두드러져 보이는 것은 소와 충진 바위의 모습이다. 세찬 물살과 물거품 그리고 굴곡진 바위의 모습이 세밀하게 묘사되어 있기 때문이다. 세찬 물살이 바위에 부딪히면서 곳곳에 물거품이 일어나고 있는 소가 바로 제4곡인 백운담이다. 소 옆의 특이한 모양을 하고 있는 충진 바위들은 백운담의 배경 역할을 한다.

김창협의 시 (82)에서는 시적 화자가 이끼 낀 푸른 바위에 기대어 백운담을 보고 있는 풍경이 제시된다. 전 1, 2구에서는 소의 멋진 경치에 매료된 시적 화자의 상태가 간접적으로 언급된다. 둘째 구의 "솔 그림자 길게 드리우며 사람에게 다가온다(近人松影落鬆鬆)"라는 말은 시간의 경과를 간접적으로 표현한 것이다. 해의 기울기가 달라짐에 따라 소나무 그림자의 길이도 달라지기 때문이다. 즉 시적 화자가 소의 경치를 잠깐 동안 본 것이 아니라 그 경치에 매료되어 이끼 낀 바위에 몸을 기댄 채 한참 동안 바라보고 있었다는 것이다.

후 3, 4구에서는 시적 화자를 매료시킨 소의 멋진 경치가 제시된다. 세차게 내려오는 물이 바위에 부딪혀 끊임없이 물거품을 뿜어냄으로써 구름 기운이 언제나 소에 가득하다는 것이다.

시적 풍경을 이루는 요소들은 소의 경치에 매료된 인물, 이끼 낀 바위, 소나무 그림자, 세차게 흐르는 물, 공중으로 뿜어지는 물거품, 소에 가득한 구름 기운 등이다. 이 중에서 이끼 낀 바위, 세차게 흐르는 물, 공중으로 뿜어지는 물거품 등은 화면상에서 확인할 수 있다. 소나무 그림자는 화면상에 그려져 있지는 않지만, 화면상에 소나무가 그려져 있기 때문에 소나무 그림자의 모습은 유추해볼 수 있다. 그러나 소의 경치에 매료된 인물과 소에 가득한 구름 기운은 화면에서 찾아볼 수 없다. 소에 가득한 구름 기운이나 그러한 소의 경치에 매료된 인물은 그림을 보고 시를 지은 김창협이 상상한 것이다. 이러한 점에서 화면과 함께 시인의 상상이 시적 풍경의 산출 근거라고 할 수 있다.

그림을 보고 시를 지은 김창협이 화면에서 찾아볼 수 없는 경물이나 인물을 시적 풍경의 요소로 선택한 것은 무엇 때문일까? 그 자신이 생각하는 제4곡의 장소적 특징을 부각하기 위한 것으로 보인다. 제4곡 '白雲潭'의 명칭이 환기하듯이, 김창집은 흰 구름이 가득한 소의 모습을 바로 제4곡의 장소적 특징으로 보았다. 그리하여 제4곡의 장소적 특징이 화면상에 충분히 반영되지 못하였다고 생각한 김창집이 소에 가득한 구름 기운과 그러한 모습에 매료된 인물을 시적 풍경의 요소로 선택하여 화면을 보완하였던 것이다. 그러므로 시 (82)의 시적 풍경은 화면상의 풍경과 보완 관계를 이룬다고 할 수 있다.

(3) 대체 관계

「곡운구곡가」 시 9수 중에서 시적 풍경이 화면상의 풍경과 대체 관계를 보이는 시는 김창집의 「신녀협」, 김창흡의 「명옥뢰」, 김창직의 「와룡담」, 김창업의 「명월계」 시 등 모두 4수이다. 이 시들에서는 시적 풍경의 요소들이 거의 대부분 화면상의 풍경에서 확인되지 않는다. 시적 풍경의 요소들이 거의 대부분 화면상의 풍경에서 확인되지 않는 경우에는 화면이 비록 시적 대상이긴 하지만, 시적 풍경의 산출 근거가 되지 못한다. 시인 자신의 상상 또는 직·간접적인 체험이 시적 풍경의 산출 근거가 된다. 이 경우에는 시인이 화면상의 풍경을 대체하기 위해 화면상의 풍경의 요소들을 배제하고 전적으로 자신의 상상 또는 직·간접적인 체험을 활용하여 시적 풍경을 산출한 것으로 보인다. 이러한 점에서 시적 풍경은 화면상의 풍경에 대해 대체 관계를 이룬다고 할 수 있다. 4수의 시들에서 각각 제시되는 시적 풍경과 시적 대상이 된 화면상의 풍경을 비교해보기로 한다.

다음의 〈그림 44〉는 조세걸이 그린 제3곡 「神女峽圖」이다. 시 (83)은 김수증의 조카인 김창집의 「신녀협」 시이다.

(83)

三曲僊踪杳夜船　　삼곡이라 신선의 자취 밤배처럼 아득한데
空臺松月自千年　　빈 대에 소나무와 달은 예나 다름없네
超然會得淸寒趣　　청한자의 초연한 흥취 느낄 수 있으니
素石飛湍絶可憐　　흰 돌과 세찬 여울 몹시도 사랑스럽네

〈그림 44〉「신녀협도」

〈그림 44〉「신녀협도」의 화면 하단에는 시내가 꽉 차게 그려져 있다. 북쪽의 경사진 작은 시내에서 세차게 흘러 내려오는 물과 서쪽의 뾰족한 화강암 바위 사이로 흘러 내려오는 물이 소에서 합쳐져 소용돌이치다가 그곳을 벗어나서는 잔잔히 흘러간다. 시내 곳곳에 여러 형태의 바위들이 흐르는 물 위로 모습을 드러내고 있다.

너럭바위가 물가에 넓게 뻗어 있는데, 그 위쪽으로 층진 바위 언덕이 우뚝 솟아 있다. 언덕 위에는 여러 그루의 소나무들이 있다. 매월당 김시습의 유적이 있는 곳이라 하여 마을 사람들이 이 언덕을 梅月臺라고 불렀는데, 김수증이 이름을 바꾸어 淸隱臺라고 하기도 하고, 水雲臺라고 하기도 하였다.[163] 바위 언덕 아래에 넓게 펼쳐진 시내가 바로 제3곡인 신녀협이다. 언덕 뒤쪽으로 여러 개의 산이 겹쳐진 채 늘어서 있고, 산 아래쪽으로 길이 희미하게 보인다.

화면에서 두드러져 보이는 것은 흐르는 물 위로 여러 형태의 바위들이 모습을 드러내고 있는 시내와 여러 그루의 소나무가 있는 바위 언덕이다. 그런데 곡운구곡도의 다른 그림들과는 달리 〈그림 44〉에서는 처사의 모습이 화면상에 그려져 있지 않다.[164] 조세걸이 화면상에 자연 풍경만을 그려놓고 자연 풍경을 즐기는 사람의 모습을 그려 넣지 않은 이유를 수운대와 관련하여 추정해볼 수 있다. 수운대는 김시습이 신녀협 시내의 풍경을 보면서 즐겼던 곳인데, 화가인 조세걸이 그림을 그렸던 당시 김시습은 이미 고인이 되었다. 조세걸이 수운대와 신녀협은 옛날 그 모습 그대로 있지만 그곳을 찾아 즐겼던 김시습은 이제 있지 않음을 간접적으로 드러내려고 한 것 같다.

김창집의 시 (83)에서는 김시습의 자취는 찾을 수 없지만 김시습 당시와 다름이 없는 신녀협의 풍경

---

163 윤진영, 「김수증의 은둔과 ≪곡운구곡도≫」, 앞의 책, 2010, 412~414면 참조.
164 곡운구곡도 그림 9폭 중에서 처사의 모습이 그려져 있지 않은 그림은 3곡 「신녀협도」와 4곡 「백운담도」 2점뿐이다.

이 제시된다. 전 1, 2구에서는 시적 화자에게 지각된 밤의 수운대의 상태가 제시된다. 시적 화자가 밤에 수운대에 올라가 보니, 그 옛날 그곳에서 신녀협 주변의 풍경을 즐겼던 김시습의 자취는 찾을 수 없지만, 소나무와 달은 그 옛날과 다름이 없이 그대로 있다는 것이다. 시간적 배경이 화면상의 풍경은 낮인 데 비해, 시적 풍경은 밤이다. 그림을 보고 시를 지은 김창집이 화면과 달리 시적 배경을 밤으로 설정한 것은 무엇 때문일까? 아마도 시적 화자가 느끼는 김시습의 존재감을 밤을 통해 표현하려고 한 것으로 보인다. 첫째 구에서 김시습을 '신선(僊)'이라고 하고, 그의 자취를 '밤배(夜船)'처럼 아득하다고 하였다. 그런데 그러 한 표현상에는 시적 화자가 느끼는 김시습의 존재감이 반영되어 있다. 밤배는 비록 캄캄하여 그 모습이 비록 확인되지 않더라도 어디에선가 존재한다. 그러한 밤배처럼, 김시습도 비록 수운대에서 그의 자취를 찾을 수 없지만 신선이 되어 어디에선가 존재하리라는 것이다.

후 3, 4구에서는 그 옛날 수운대에서 김시습이 느꼈던 흥취를 시적 화자도 느낄 수 있음을 말하고 있 다. 그 옛날 김시습의 흥취를 불러일으켰던 하얀 돌과 세찬 여울이 신녀협 시내에 그대로 있기 때문에 그 것들을 통해 당시 김시습이 느꼈던 흥취를 시적 화자도 그대로 느낄 수 있어서 하얀 돌과 세찬 여울이 사 랑스럽게 여겨진다는 것이다. 그럼으로써 비록 수운대에서 김시습의 자취는 찾아볼 수 없지만, 김시습의 존재감은 여전히 느낄 수 있음을 간접적으로 말하고 있다.

시적 풍경을 이루고 있는 요소들은 옛사람은 없지만 예나 다름없이 소나무가 있고 달이 떠 있는 수운 대, 신녀협의 흰 돌과 세찬 여울, 그러한 모습들을 보고 김시습의 초연한 흥취를 느끼는 시적 화자의 내 면 등이다. 시적 풍경의 시간적 배경은 밤인 데 비해, 화면상의 풍경의 시간적 배경은 낮이다. 그러므로 시적 풍경을 이루는 요소들은 모두 화면상에서 찾아볼 수 없다. 모두 그림을 보고 시를 지은 김창집이 상 상한 것이다. 이러한 점에서 시인의 상상이 시적 풍경의 산출 근거라고 할 수 있다.

그림을 보고 시를 지은 김창집이 화면상에 그려진 신녀협의 낮의 풍경을 배제하고 상상을 통해 밤의 풍경을 시적 풍경으로 제시한 까닭은 무엇일까? 앞서 그림을 분석하는 가운데, 화가 조세걸이 〈그림 44〉 의 화면상에 신녀협의 풍경만을 그려놓고 그 풍경을 즐기는 처사의 모습을 그려 넣지 않은 이유가 수운 대와 신녀협은 옛날 그 모습 그대로 있지만 그곳을 찾아 즐겼던 김시습은 이제 있지 않음을 간접적으로 드러내려는 데 있다고 하였다. 그러나 수운대가 김시습의 유적이 있는 곳임을 알지 못하는 사람은 화면 만을 보고서는 그림을 그린 조세걸의 의도를 간파하기 어렵다. 수운대에서의 김시습의 존재감이 화면상 에서 형상화되지 못하였기 때문이다. 그래서 김창집은 화면상에 그려진 신녀협의 낮의 풍경 대신에 자 신이 상상한 밤의 풍경을 통해 수운대에서의 김시습의 존재감을 표현하였던 것이다. 그러므로 시 (83)의 시적 풍경은 화면상의 풍경과 대체 관계를 이룬다고 할 수 있다.

다음의 〈그림 45〉는 조세걸이 그린 제5곡 「鳴玉瀬圖」이다. 시 (84)는 김수증의 조카인 김창흡의 「명옥 뢰」 시이다.

〈그림 45〉「명옥뢰도」

(84)

五曲溪聲宜夜深　　오곡이라 시냇물 소리 깊은 밤에 더 좋아

鏘然玉佩響遙林　　쟁그랑대는 옥패 소리처럼 먼 숲에 울리네

松門步出霜厓靜　　소나무 문 나서니 서리 내린 언덕 고요한데

圓月孤琴世外心　　둥근 달 외로운 거문고 소리 세상 밖의 마음일세

　곡운구곡도의 다른 그림들과는 달리 〈그림 45〉「명옥뢰도」의 화면에서는 물가 언덕의 면적이 매우 협소하게 그려진 반면, 시내는 거의 화면의 절반을 차지할 정도로 넓게 그려져 있다. 그만큼 시내가 화면상에서 두드러져 보인다. 시냇물이 화면 왼쪽에서 오른쪽으로 흘러가는데, 시내 곳곳에 크고 작은 바위들이 널려 있다. 시냇물이 바위가 없는 곳에서는 잔잔하게 흘러가다가 굴곡이 심하게 진 바위 사이나 경사가 심한 곳을 지나갈 때는 물살이 거세져서 세차게 흘러간다. 처사가 앉아 있는 바위 아래쪽에는 시냇물이 굴곡이 심하게 진 바위 사이를 흘러가면서 작은 폭포를 이루고 있는데, 폭포가 바위 위로 떨어지면서 물보라가 일어난다. 처사는 바위에 앉아 수면 위로 뿜어지는 물보라를 쳐다보고 있다.

　물가 언덕에는 작은 길이 시내를 따라 길게 뻗어 있고, 큰 나무들이 듬성듬성 서 있다. 길 뒤쪽에는 여러 개의 산들이 겹쳐진 채 늘어서 있다. 중앙에 봉우리가 높이 솟은 산의 기슭에는 싸리 울타리가 쳐진 집이 보인다.

　시내가 화면상에서 가장 두드러져 보이는데, 이 시내가 바로 제5곡인 명옥뢰이다. 바위에 부딪히면서 세차게 흘러가는 물소리가 마치 옥구슬이 부딪히면서 나는 소리처럼 들린다 하여 여울의 이름을 그렇게 붙인 것으로 보인다. 화면은 그것의 특성상 사물의 형상만을 담을 뿐 사물이 내는 소리는 담을 수 없다. 다만 형상을 통해서 간접적으로나마 소리를 환기할 수 있다. 화가 조세걸은 폭포가 바위 위에 떨어지면서 물보라가 일어나는 형상이나 경사가 심한 곳으로 세차게 흘러가는 시냇물의 물살을 통해 물소리를 간접적으로 환기하였다.

김창흡의 시 (84)에서는 깊은 밤에 집 안에서 시냇물 소리를 들은 시적 화자가 집밖으로 나와 언덕 위에서 시냇물 소리를 듣고 있는 풍경이 제시된다. 전 1, 2구에서는 깊은 밤에 집 안에 있는 시적 화자에게 들려오는 시냇물 소리가 언급된다. 깊은 밤이라 조용하기 때문에 시냇물 소리가 먼 숲속을 지나 집 안에 있는 시적 화자의 귀에까지 들리는데, 그 소리가 마치 쟁그랑대는 옥패 소리처럼 맑아서 듣기 좋다는 것이다.

후 3, 4구에서는 시냇물 소리가 듣기 좋아서 대문을 나선 시적 화자에게 지각된 집 바깥의 풍경과 시냇물 소리가 언급된다. 소나무 문을 밀고 나가 보니 밤하늘엔 둥그런 달이 떠 있고 서리가 내린 언덕은 고요하기만 한데 시냇물 소리가 마치 은둔하는 사람의 마음을 표현하는 거문고 소리처럼 들려온다는 것이다. 넷째 구의 "외로운 거문고 소리는 세상 밖의 마음일세(孤琴世外心)"는 비유적 표현이다. 시적 화자가 거문고를 연주하여 은둔하는 사람의 마음을 표현한다는 것으로 해석하기보다는 시냇물 소리가 마치 은둔하는 사람의 마음을 표현하는 거문고 소리처럼 들린다는 것으로 해석함이 타당할 듯싶다. 사방이 조용하여 들리는 것은 오직 시냇물 소리인데, 그 소리가 바로 시끄러운 세상을 떠나 은둔하며 사는 시적 화자의 마음에 와 닿음을 간접적으로 표현한 것으로 볼 수 있기 때문이다.

시적 풍경을 이루는 요소들은 깊은 밤, 먼 숲, 소나무 문, 서리 내린 언덕, 둥근 달, 시냇물 소리, 시냇물 소리를 듣고 집 안에서 언덕으로 나온 인물 등이다. 앞서 비교한 〈그림 44〉와 시 (83)의 경우에서처럼, 화면상의 풍경과 시적 풍경의 시간적 배경이 각각 낮과 밤으로 서로 다르다. 그러므로 시적 풍경을 이루는 요소들은 모두 화면상에서 찾아볼 수 없다. 모두 그림을 보고 시를 지은 김창흡이 상상한 것이다. 이러한 점에서 시인의 상상이 시적 풍경의 산출 근거라고 할 수 있다.

화면상에는 낮에 처사가 바위에 앉아 물보라가 수면 위로 뿜어지는 것을 보고 있는 모습이 그려져 있다. 그런데 김창흡이 화면상의 풍경 대신에 자신이 상상한 밤의 풍경을 시적 풍경으로 제시한 까닭은 무엇일까? 그 자신이 생각하는 제5곡의 장소적 특징을 부각하기 위한 것으로 보인다. 제5곡 '鳴玉瀬'의 명칭이 환기하듯이, 김창흡은 옥구슬이 부딪히는 것과 같은 시냇물 소리를 바로 제5곡의 장소적 특징으로 보았기 때문이다. 옥구슬이 부딪히는 것과 같은 시냇물 소리는 화면에 담을 수 없다. 그러한 소리를 부각하기 위해 김창흡은 시적 풍경의 시간적 배경을 한밤중으로 설정함과 아울러 그러한 시냇물 소리에 매료된 인물을 시적 화자로 설정하였던 것이다. 즉 김창흡은 제5곡의 장소적 특징이 소리를 담을 수 없는 화면의 속성 때문에 화면에 전혀 반영되지 못하였다고 생각하여 화면상의 풍경의 요소들은 전부 배제하고 오직 자신이 상상한 것들만으로 시적 풍경을 산출하였다. 그러므로 시 (84)의 시적 풍경은 화면상의 풍경과 대체 관계를 이룬다고 할 수 있다.

다음의 〈그림 46〉은 조세걸이 그린 제6곡 「臥龍潭圖」이다. 시 (85)는 김수증의 아들인 김창직의 「와룡담」 시이다.

〈그림 46〉「와룡담도」

(85)

六曲幽居枕綠灣　육곡이라 은거하는 집 푸른 물굽이에 임하고 있어
深潭千尺映松關　일천 자 깊은 소에 소나무 문이 비치네
潛龍不管風雲事　잠긴 용 바람과 구름의 일 아랑곳지 않고
長臥波心自在閒　물결 속에 길게 누워 절로 한가롭네

　〈그림 46〉의 화면 중앙에는 사방이 산으로 둘러싸인 분지 형태의 언덕이 그려져 있다. 언덕 위는 넓고 평평한데, 언덕 양편에 각각 여러 그루의 커다란 소나무들이 서 있다. 언덕 북쪽에는 정자가 있는데, 이 정자가 바로 농수정이다. 언덕 남쪽에는 처사가 소나무 밑에 서서 언덕 아래쪽을 내려다보고 있다. 언덕과 언덕 맞은편 산 사이에 작은 개울이 흐르는데, 개울물이 모여서 버드나무 아래쪽에 널찍한 소를 이루고 있다. 언덕에서 처사가 내려다보고 있는 곳이 소인데, 이 소가 바로 제6곡인 와룡담이다.

　곡운구곡도의 다른 그림들과는 달리 〈그림 46〉에서는 그림의 주된 대상인 와룡담이 두드러지게 보이지 않는다. 와룡담을 내려다보고 있는 처사의 눈길을 따라가지 않으면, 와룡담의 존재를 지각하지 못할 정도이다. 화면상에서 두드러져 보이는 것은 와룡담 주위를 둘러싸고 있는 산과 언덕이다. 화가 조세걸이 그림의 주된 대상은 화면상에 두드러져 보이지 않게 하고 오히려 그 대상의 배경이 되는 것들을 두드러져 보이게 한 것은 무엇 때문일까? 아마도 '臥龍'이라는 소의 명칭과 관련 있을 것으로 짐작된다. 용이 누워 있는 소는 은밀하고 깊숙한 곳에 있을 것이라고 생각하여 그렇게 그린 것으로 보인다.

　김창직의 시 (85)에서는 와룡담 소의 수면 위와 소 속의 상태가 풍경으로 제시된다. 전 1, 2구에서는 와룡담의 수면 위의 상태가 언급된다. 은거하는 집이 와룡담 가까이에 있기 때문에 소나무 문이 수심이 깊은 와룡담의 수면 위에 비치고 있다는 것이다. 화면에는 소나무 뒤쪽 평평한 곳에 농수정 정자만이 그려져 있지만, 실제로는 농수정 옆에 김수증이 은거하면서 살고 있는 농수정사가 있다.[165] 첫째 구의 '은거하는 집(幽居)'은 바로 김수증이 은거하는 농수정사를 가리킨다. 그런데 실제로는 소나무 문이 수면 위에 비칠 만큼 농수정사가 와룡담 가까이에 있지 않다. 〈그림 46〉의 오른쪽 상단에 적혀진 화제 가운데 "서쪽으로 바라보면 농수정이 소나무 숲 사이로 어슴푸레하게 보인다(西望, 籠水亭隱映松林間)"라는 글에서 알 수 있듯이, 소나무 문이 와룡담 수면에 비칠 정도로 가까이 있는 것은 아니다. 그럼에도 불구하고 그렇게 언급한 것은 무엇 때문일까? 이는 화면상에 농수정만이 그려져 있는데, 시에서 농수정이 언급되지 않고 농수정사가 언급되는 이유와도 관련된다. 그 이유는 후 3, 4구를 분석하는 과정에서 밝혀질 것이다.

후 3, 4구에서는 와룡담 소 속의 상태가 언급된다. 깊은 소 속에는 용이 있는데, 바람과 구름의 일은 아랑곳하지 않고 물결 속에 길게 누워서 한가롭게 있다는 것이다. 와룡담은 용이 은거하는 곳이고, 농수정사는 김수증이 은거하는 곳이다. 그러므로 소나무 문이 수면 위에 비칠 만큼 농수정사가 와룡담에 가까이 있다는 전 1, 2구의 진술은 단순히 두 공간이 위치상으로 인접하고 있음을 가리키는 말이 아니라 두 공간이 성격상으로 비슷함을 뜻하는 말이다. 셋째 구의 "바람과 구름의 일(風雲事)"은 용이 바람과 구름을 타고 하늘로 올라가는 것을 말한다. 그러므로 용이 풍운의 일에 아랑곳하지 않고 물결 속에 길게 누워서 한가롭게 있다는 말은 곧 김수증이 입신출세와 같은 것은 아랑곳하지 않고 산속에 은거하면서 한가롭게 있음을 뜻하는 말이라고도 할 수 있다.

시적 풍경을 이루는 요소들은 푸른 물굽이 가까이에 있는 집, 소나무 문이 비치는 소의 수면, 깊은 소 속에 누워 있는 용 등이다. 이와 같은 경물들은 모두 화면상에서 찾아볼 수 없다. 그림을 보고 시를 지은 김창직이 가상적으로 설정한 것이다. 이러한 점에서 시적 풍경의 산출 근거는 화면이 아니라 시인의 상상이라고 할 수 있다.

김창직이 화면상에서 보이는 경물들을 모두 배제하고 자신이 상상한 것들을 시적 풍경의 요소로 선택한 것은 무엇 때문일까? 김창직은 와룡담의 장소적 특징을 통해 김수증이 와룡담 근처에 농수정자를 지어 은거하려고 한 이유를 간접적으로 드러내고자 하였던 것으로 보인다. 그런데 김창직은 와룡담의 장소적 특징이 화면상에 전혀 반영되지 못하였다고 생각하여 화면상의 풍경을 이루는 요소들은 모두 배제하고 오직 자신이 상상한 것들만으로 시적 풍경을 산출하였던 것이다. 그러므로 시 (85)의 시적 풍경은 화면상의 풍경과 대체 관계를 이룬다고 할 수 있다.

다음의 〈그림 47〉은 조세걸이 그린 제7곡 「明月溪圖」이다. 시 (86)은 김수증의 조카인 김창업의 「명월계」 시이다.

---

165 윤진영, 「김수증의 은둔과 《곡운구곡도》」, 앞의 책, 436~437 참조.

<그림 47> 「명월계도」

(86)

七曲平潭連淺灘　칠곡이라 잔잔한 못 얕은 여울과 이어졌는데
淸漣堪向月中看　맑은 잔물결 달빛 아래 볼만하네
山空夜靜無人度　빈 산 고요한 밤에 건너는 사람 없고
唯有長松倒影寒　큰 소나무만이 차가운 물 위에 거꾸로 비쳐 있네

　〈그림 47〉「명월계도」의 화면은 구도상으로 크게 세 개의 공간으로 분할할 수 있다. 즉 상방 공간, 중방 공간, 그리고 하방 공간이 바로 그것이다. 화면 하단에 길게 이어진 얕은 시내가 하방 공간에 해당된다. 산 쪽에서 세차게 흘러 내려오는 시냇물이 작은 못을 지나 얕은 시내에 이르러서는 잔잔하게 흘러가는데, 시내 곳곳에는 크고 작은 바위들이 널려 있다. 키가 큰 소나무들이 듬성듬성 늘어서 있는 시내 양쪽 평지는 중방 공간에 해당된다. 처사가 소나무에 기댄 채 시내를 쳐다보고 있다. 평지가 끝나는 곳에 크고 작은 여러 개의 산들이 겹쳐진 채 늘어서 있는데, 여러 개의 산들은 상방 공간에 해당된다.

　곡운구곡도의 다른 그림들에 그려진 시내들과는 달리, 〈그림 47〉에 그려진 시내는 물이 잔잔하게 흐르고 수심이 얕다. 이 시내가 바로 제7곡인 명월계이다. 물이 잔잔하게 흐르는 얕은 시내가 그림의 주된 대상이지만, 소나무나 산에 비해 화면상에서 특별히 두드러져 보이지 않는다.

　김창업의 시 (86)에서는 시적 화자가 달빛 아래에서 본 시내의 상태가 풍경으로 제시된다. 전 1, 2구에서는 밝은 달밤에 시내에서 조금 떨어진 곳에서 시적 화자가 바라본 시내의 수면 위의 상태와 그에 대한 화자의 정감적인 반응이 언급된다. 잔잔한 못과 얕은 여울에 흐르는 물이 달빛을 받아 밝게 빛나고 있는데, 그 모습이 시적 화자가 보기에는 볼만하다는 것이다.

　후 3, 4구에서는 시내 가까이에서 시적 화자가 본 시내의 수면 위의 상태가 언급된다. 산에는 아무 소리가 나지 않고 시내를 건너는 사람도 없는 고요한 밤에 큰 소나무만이 차가운 물 위에 거꾸로 비쳐져 있다는 것이다.

　시적 풍경을 이루는 요소들은 잔잔한 못, 얕은 여울, 달, 달빛을 받아 빛나는 수면, 산, 수면 위에 비친 큰 소나무의 모습, 달빛 아래에서 시내를 바라보고 있는 시적 화자 등이다. 시적 풍경의 시간적 배경은 밤인 데 비해, 화면상의 풍경의 시간적 배경은 낮이다. 그러므로 시적 풍경을 이루는 요소들은 모두 화면상에서 찾아볼 수 없다. 모두 그림을 보고 시를 지은 김창업이 상상한 것이다. 이러한 점에서 시인의 상상이 시적 풍경의 산출 근거라고 할 수 있다.

　〈그림 47〉의 화면상에는 낮에 처사가 소나무에 기댄 채 시내를 바라보고 있는 모습이 그려져 있다. 그럼에도 불구하고 김창업이 상상을 통해 밤에 달빛 아래에서 시적 화자가 본 시내의 상태를 시적 풍경으로 제시한 까닭은 무엇일까? 그 자신이 생각하는 제7곡의 장소적 특징을 부각하기 위한 것으로 보인다. 제7곡 '明月溪'의 명칭이 환기하듯이, 밝은 달빛이 비치는 시내의 모습이 바로 제7곡의 장소적 특징이다. 김창업은 제7곡의 장소적 특징이 화면상에 반영되지 못하였다고 생각하여 화면상의 풍경을 배제하고, 자신이 상상한 밝은 달밤의 시내의 풍경을 시적 풍경으로 제시하였던 것이다. 그러므로 시 (86)의 시적 풍경은 화면상의 풍경과 대체 관계를 이룬다고 할 수 있다.

3. 마무리

　이 글에서는 「곡운구곡도」 그림 9점과 그 그림들을 시적 대상으로 하여 김수증을 비롯한 장동 김문 9인이 각각 지은 「곡운구곡가」 9수를 비교하여 화면상의 풍경과 시적 풍경이 어떠한 관계 양상을 보이는지에 대해 살펴보았다. 화면상의 풍경과 시적 풍경의 관계 양상은 시적 풍경을 이루는 요소들이 화면상의 풍경에서 확인될 수 있는지 그리고 확인될 수 있다면 그 요소들이 어느 정도 되는지에 따라 다음과 같은 세 가지 유형으로 추출할 수 있다. 즉 부각 관계, 보완 관계, 대체 관계가 바로 그것이다. 「곡운구곡가」 9수 중에서 시적 풍경이 화면상의 풍경과 부각 관계를 보이는 시는 김창국의 「청옥협」, 김창집의 「융의연」, 홍유인의 「첩석대」 시 등 모두 3수이다. 시적 풍경이 화면상의 풍경과 보완 관계를 보이는 시는 김수증의 「방화계」와 김창협의 「백운담」 시 2수이다. 시적 풍경이 화면상의 풍경과 대체 관계를 보이는 시는 김창집의 「신녀협」, 김창흡의 「명옥뢰」, 김창직의 「와룡담」, 김창업의 「명월계」 시 등 모두 4수이다.

　김창국의 「청옥협」, 김창집의 「융의연」, 홍유인의 「첩석대」 시의 경우, 시적 풍경의 요소들은 거의 대부분 화면상에서 확인된다. 이러한 점에서 시적 풍경의 산출 근거는 모두 화면이라고 할 수 있다. 세 시인들은 모두 화면상의 풍경을 부각하기 위해 화면상의 풍경의 요소들을 그대로 활용하여 시적 풍경을 산출하였다. 그러므로 세 시인의 시들에서 각각 제시되는 시적 풍경은 모두 화면상의 풍경에 대해 부각 관계를 이룬다고 할 수 있다.

김수증의 「방화계」와 김창협의 「백운담」 시의 경우, 시적 풍경의 요소들 가운데 일부는 화면상에서 확인할 수 있지만 일부는 확인할 수 없다. 화면상에서 확인할 수 없는 요소들은 모두 시인이 상상한 것이다. 이러한 점에서 화면과 함께 시인의 상상이 시적 풍경의 산출 근거라고 할 수 있다. 두 시인들은 모두 해당 곡의 장소적 특징이 화면상에 충분히 반영되지 못하였다고 생각하여 자신이 상상한 것들을 시적 풍경의 요소로 선택하여 화면을 보완하였다. 그러므로 두 시인의 시들에서 각각 제시되는 시적 풍경은 화면상의 풍경과 보완 관계를 이룬다고 할 수 있다.

　　김창집의 「신녀협」, 김창흡의 「명옥뢰」, 김창직의 「와룡담」, 김창업의 「명월계」 시의 경우, 시적 풍경의 요소들이 모두 화면상에서 확인되지 않는다. 그 요소들은 모두 시인이 상상한 것이다. 이러한 점에서 시적 풍경의 산출 근거는 화면이 아니라 시인의 상상이라고 할 수 있다. 네 시인들은 모두 해당 곡의 장소적 특징이 화면상에 전혀 반영되지 못하였다고 생각하여 화면상의 풍경의 요소들은 모두 배제하고 자신이 상상한 것들만으로 시적 풍경을 산출하였다. 그러므로 네 시인의 시들에서 각각 제시되는 시적 풍경은 모두 화면상의 풍경과 대체 관계를 이룬다고 할 수 있다.

제4장

張遇聖의 그림과 자작 제화시

1. 들어가기

　月田 張遇聖(1912~2005)은 1955년도 작인 「연꽃」에서부터 시작하여 2003년도 작인 「학」 등에 이르기까지 한시나 한문을 이용하여 자신의 그림에 화제를 써넣는 작업을 근 50년 동안 계속하였다. 한시나 한문으로 화제가 적혀진 월전의 그림들이 모두 200점이 넘는데, 그중에는 월전의 자작 한시가 적혀진 그림들도 상당수 된다. 이천시립월전미술관에서 제공해준 자료를 조사해본 결과, 월전의 자작 한시가 적혀진 그림들은 모두 94점이나 된다. 그런데 그중에는 동일 한시가 적혀진 그림들이 16점이 있다. 동일 한시가 적혀진 16점의 그림들을 제외한, 78점의 그림들에 각각 적혀진 한시들은 모두 월전이 자신의 그림을 시적 제재나 대상으로 하여 지은 제화시들이다.[166]

　월전은 한글 전용 시대임에도 불구하고 한시로 제화시를 지어 자신의 필체로 자신의 그림에 써넣는 방식을 오랜 세월 동안 고수하였다. 이는 한편으로 옛 문인화의 전통을 계승하려는 그의 의도에서 비롯된 것이지만, 다른 한편으로 월전 자신의 독특한 화풍을 형성하는 주된 요인이 되었다. 그렇기 때문에 일찍이 김원룡은 월전에 대해 "지금의 우리나라에서 시 · 서 · 화를 겸전한 전통적 작가는 월전이 유일하고 월전으로서 아마 마지막이 될 것이다"[167]라고 하였다. 또 오광수는 월전의 그림에 대해 "시 · 서 · 화의 일체를 통한 문인화 형식의 높은 경지를 지녔다"[168]라고 평하였다. 이 이후로 한국화 평론가들이나 연구자들은 월전의 그림의 특징을 언급할 때마다 '시 · 서 · 화 일체'라는 말을 즐겨 사용하였다. 그러나 '시 · 서 · 화 일체'가 월전의 그림에서 어떻게 구현되었는지, 또는 시 · 서 · 화가 어떠한 관계 양상을 보이는지

166　동일 한시가 적혀진 16점의 그림들에서는 시가 먼저 지어진 다음에 그림이 그려졌다. 그러므로 이 시들은 제화시가 아니라 화제시이다.

167　김원룡, 「월전과 그 예술」, 『월전 장우성』, 지식산업사, 1981 (이열모 외 공저, 『월전을 그리다』, 미술문화, 2012, 재수록), 225면.

168　오광수, 앞의 글, 2012, 289면.

에 대해 구체적으로 논의한 연구는 있지 않다.[169] 이는 월전의 그림의 특성이 '시·서·화 일체'에 있다고 하면서도, 선행 연구들이 월전의 그림을 '화'의 측면에서만 접근하였거나, '시'와 '서'와 '화'로 각각 분리하여 접근하였기 때문이다.[170] 월전의 그림에 대한 접근 방법이 시·서·화를 융합할 수 있어야만, 월전의 그림에서 시·서·화가 어떠한 관련 양상을 보이는지에 대해 구체적으로 논의할 수 있다.

그렇다면 어떠한 접근 방법이 시·서·화를 융합할 수 있는가라는 문제가 제기된다. 필자는 월전의 그림 속에 적혀진 제화시의 기능을 고찰하는 것이 시·서·화를 융합할 수 있는 방법들 중의 하나가 될 수 있다고 본다. 월전이 자신의 그림을 시적 대상으로 하여 지은 제화시는 월전의 붓놀림을 통해 화면상에 일군의 문자 형상으로 모습을 드러낸다. 이때 일군의 문자 형상을 이루는 선은 강건하거나 곱거나 또는 우아하거나 거칠거나 또는 크고 굵거나 작고 가는 등 그 형태가 다양하다. 이러한 점에서 그림 속의 제화시는 '시'이면서도 '서'와 관련된다. 일군의 문자 형상을 이루는 선의 형태는 그림의 전체적인 분위기를 조성하기도 한다. 뿐만 아니라 일군의 문자 형상의 위치와 형태 그리고 크기 등은 전체적인 화면을 형성하는 데 기여한다. 그러므로 일군의 문자 형상으로서 제화시는 그림의 일부라고 할 수 있다. 일군의 문자 형상으로서뿐만 아니라 의미상으로도 제화시는 그림과 관련된다. 제화시는 '그림과 관련된 시적 진술'이라는 장르적 특성을 지니기 때문이다. 이러한 점에서 그림 속의 제화시는 '시'이면서도 '화'와도 관련된다. 이와 같이 그림 속에 적혀진 제화시가 '시'이면서 동시에 '서'와 '화'와 관련되기 때문에, 그림 속에 적혀진 제화시의 기능을 고찰하면 월전의 그림에서 시·서·화가 어떠한 관계 양상을 보이는지를 밝힐 수 있을 것이다.

이종호의 「월전 한시의 빛과 울림」은 월전의 한시를 본격적으로 다룬 최초의 논문이다. 이종호는 월전의 한시가 지니는 특징적인 국면을 '함축과 여운, 고담과 청초, 풍자와 해학'의 세 가지 측면에서 논의하였다.[171] 그러나 월전의 한시들이 모두 그림 속에 적혀진 제화시임에도 불구하고, 이종호는 '그림과 관련된 시적 진술'이라는 제화시의 장르적 특성을 전혀 고려하지 않은 채 월전의 한시들을 일반 한시 작품들을 대상으로 하듯이 논의하였다. 즉 시적 진술의 내용에 대해 논의하였을 뿐, 시적 진술의 내용이 그림 또는 화면상의 형상과 어떠한 관계를 가지는지에 대해 논의하지 않았던 것이다. 그렇기 때문에 월전의 한시에 관한 이종호의 논의는 월전의 그림과는 전혀 동떨어진 것이 될 수밖에 없었다.

이 글에서는 월전의 그림들에서 시·서·화가 어떠한 관계 양상을 보이는지를 제화시를 중심으로 논

169 다음의 글들은 비록 단편적이긴 하지만, 월전의 그림을 시·서·화의 관계 측면에서 언급하고 있다.
        이열모, 「월전 예술의 정신세계」, 『한벽문총』 10호, 월전미술문화재단, 2001 (이열모 외 공저, 위의 책, 2012, 재수록).
        신항섭, 「월전 장우성의 작품 세계」, 『한벽문총』 10호, 월전미술문화재단, 2001 (이열모 외 공저, 위의 책, 2012, 재수록).
        김상철, 「전통의 뜰에 서서 현대의 문을 열다 – 부견부와 장우성의 삶과 예술」, 『당대수묵대가: 장우성·푸줴안푸』, 이천시립월전미술관, 2010.
        박영택, 「장우성 – 자기 내면의 투사로서의 서화」, 『당대수묵대가: 장우성·푸줴안푸』, 이천시립월전미술관, 2010.
        정현숙, 「절제와 일취의 월전 서풍」, 김수천 외 공저, 『월전 장우성 시서화 연구』, 열화당, 2012.

170 김수천·이종호·정현숙·박영택 공저 『월전 장우성 시서화 연구』(열화당, 2012)에서는 월전의 그림을 '시'와 '서'와 '화' 세 분야로 분리하여 각각 논의하고 있다.

171 이종호, 「월전 한시의 빛과 울림」, 김수천 외 공저, 위의 책, 2012.

의하고자 한다. 이를 위해 먼저 월전의 그림에서 제화시가 어떠한 기능을 하고 있는가를 살펴보기로 한다. 그런 다음 화면상의 풍경을 시적 풍경으로 재산출한 월전의 제화시들을 대상으로 하여 시적 풍경이 화면상의 풍경과 어떠한 관계 양상을 보이고 또 그러한 양상을 보이게 된 이유를 살펴보기로 한다.

2. 장우성의 그림과 제화시의 기능

여기에서는 월전의 그림에서 제화시가 어떠한 기능을 하고 있는가를 살펴보기로 한다. 이를 위해 먼저 월전이 한글 전용 시대에 한시로 제화시를 지어 자신의 그림에 써넣은 이유를 밝힌 「화제변」이라는 글을 분석해보기로 한다. 「화제변」에서는 한글 전용 시대에 한시나 한문으로 된 화제가 유용하지 않다는 일부 평자들의 주장에 대해 화제의 유용성을 주장하는 월전의 반론이 제시된다. 여기에서는 화제의 유용성에 대한 상이한 논점들을 정리하여 제시하는 데 그치지 않고, 월전의 그림에서 한시나 한문이 구체적으로 어떠한 역할을 하는가를 살펴봄으로써 어느 쪽의 주장이 타당한지를 검토해보기로 한다. 그러한 과정에서 월전이 한시나 한문으로 된 화제를 그림에 써넣은 것은 두 가지 기능, 즉 그림에 대한 정보적 기능과 미적 기능 때문임을 밝힐 수 있을 것이다. 그런 다음 월전이 40여 년에 걸쳐 자신이 지은 동일 한시를 자신의 그림들에 반복적으로 적어 넣음으로써 일군의 문자 형상으로서 한시의 미적 기능을 실험하여 왔다는 점에 관해서도 논의할 것이다.

(1) 한글 전용 시대와 한시와 한문으로 된 화제의 유용성 논쟁

월전의 그림들 중에는 한시나 한문이 적혀진 작품들이 상당히 많다. 그림에 적혀진 한시나 한문을 화제라고 하는데, 몇 작품을 제외하고서는 대부분 월전 자신이 지은 것이다. 특히 그가 적지 않은 한시를 지어 자신의 필체로 그림에 써넣었다는 것은 그가 상당한 수준의 한학적 소양과 아울러 문학적 소양도 갖추고 있음을 뜻한다. 사실 중국이나 우리나라에서도 그림을 전문적으로 그리는 화원이 아닌 문학적 소양을 갖춘 문인 화가들만이 한시를 지어 그림에 써넣을 수 있었다. 월전은 1912년 유학자 집안에서 태어나 6살 되던 해부터 조부인 晩樂軒 張錫寅에게서 『천자문』, 『동몽선습』, 『소학』, 『명심보감』 등과 함께 서예도 배웠다. 8살 되던 해에는 廣庵 李圭顯의 서당에서 공부하기 시작하여 10살 초반에는 사서삼경을 모두 배웠다. 그는 19살 되던 1930년에 이천에서 서울로 올라가 以堂 金殷鎬에게서 그림을 본격적으로 배우기 시작하였는데, 그 무렵 그림 공부와 함께 爲堂 鄭寅普에게서 한학을 배웠고, 惺堂 金敦熙에게서 서예를 배웠다. 그가 21세 되던 1932년에는 제11회 조선미술전람회에서 「海濱所見」으로 입선하였고, 이듬해인 1933년에는 제12회 서화협회전에서 행서로 쓴 「李原歸盤谷序」로 입선하였다. 월전은 20대 초반에 이미 그림 솜씨뿐만 아니라 서예 솜씨도 수준급에 이르렀던 것이다.[172] 또한 한학을 배우기 시작하였던 유년 시절에서부터 만년에 이르기까지 월전은 꾸준히 한시, 그중에서도 특히 唐詩를 즐겨 읽었고 작시까지 하였다.[173]

월전은 그와 비슷한 시기에 활동하였던 다른 한국화 화가들과 달리 그림을 그리는 데 그치지 않고 자신이 그린 그림에 자신이 지은 한시나 한문을 자신의 필체로 써넣는 작업을 만년까지 지속적으로 해왔다. 월전은 그러한 작업을 통해 한편으로 옛 문인화의 전통을 계승하기도 하였지만, 다른 한편으로 월전 자신의 독특한 화풍을 형성하기도 하였다. 그러나 월전이 지은 「畫題辯」이라는 글의 내용으로 미루어보면, 월전이 그림에 한시나 한문을 써넣는 것에 대해 당대의 평자들 가운데 일부는 비판적인 시각을 가졌던 것으로 보인다. 그 글에서 월전은 자신이 그린 그림에 한시나 한문을 쓰는 이유를 설명함으로써 일부 평자들의 비판적인 시각에 대해 반박하고 있다. 다음의 글은 「화제변」의 전문을 번역한 것이다.

> 나는 항상 한시와 한문으로 그림에 화제를 쓴다. 어떤 사람이 그것을 나무라면서, "그림으로 이미 충분한데, 왜 화제를 쓰는가?"라고 하기도 하고, 또 "한문은 이해하기 어려워서 읽는 사람도 없고, 게다가 한글을 전용하는 세상에 시대 역행이 아닌가?"라고 하기도 한다.
>
> 이에 대해 나는 "나의 화제는 바로 그림의 일부이다. 해설도 아니고, 또한 장식도 아닐 뿐이다. 더욱이 스스로 즐기고자 하는 것이지 남에게 과시하려는 것이 아니다. 그러니 남이 읽지 못하거나 이해하지 못하는 것은 전혀 신경 쓸 바가 아니다"라고 말한다.[174]

월전이 한시와 한문을 사용하여 자신이 그린 그림에 화제를 써넣은 것에 대해 당대의 평자들은 다음과 같은 두 가지 이유에서 비판한다. 첫 번째 이유는 그림만으로도 화가의 의도를 충분히 드러낼 수 있는데, 군이 화가의 의도를 표명하는 시나 글을 지어 그림에 써넣을 필요가 있느냐는 것이다. 두 번째 이유는 그림에 써넣은 한시나 한문을 해독할 수 있는 사람들이 없고, 또 한글 전용 시대를 역행하는 일이라는 것이다. 즉 두 가지 이유 때문에 한문이나 한시로 된 화제가 유용하지 않다는 것이다. 그런데 두 가지 이유는 모두 제화시의 두 가지 기능 중의 하나인 정보적 기능과 관련된다. 그림 그 자체가 모든 것을 말하고 있는데 군이 화가가 정보를 부가적으로 제시할 필요도 없으며 또 한시나 한문을 해독하지 못한다면 그러한 정보를 제시하더라도 소용이 없다는 것이다.

한시나 한문으로 된 화제의 유용성을 부정하는 일부 평자들의 주장에 대한 반론으로 월전은 두 가지 관점에서 유용성을 주장한다. 첫 번째 관점은 그림에 써넣어진 한시나 한문은 그림에 덧붙여진 장식이

---

172   이천시립월전미술관, 「월전 장우성(1912~2005) 연보」, 『월전의 붓끝, 한국화 100년의 역사』, 2012, 226면 참조.

173   김현정, 「월전 장우성의 문인화 연구」, 원광대학교 대학원 석사논문, 2002, 47면 각주 123번 참조.

174   장우성, 『화실수상』, 예서원, 1999, 192면.
"余常用漢詩文題畵. 或者誚之曰, 繪圖已足何題之有. 又曰, 漢文難解無讀之者. 當韓字專用之世, 豈非時逆乎. 余曰, 我之題, 卽畵之一部也. 旣非解說, 又非裝飾耳. 況欲自適自娛, 不與爲人誇示. 則人之不讀不解, 尙未必介意也."

아니라 그림의 일부라는 것이다. 일군의 문자 형상으로서 한시나 한문은 경물의 형상과 더불어 화면을 구성하는 한 요소이다. 즉 월전은 그림에 대한 정보를 제시하기 위하거나 장식하기 위해서가 아니라 화면을 구성하는 한 요소로서 한시나 한문을 그림에 써넣었다는 것이다. 그림에 적혀진 한시나 한문이 문자 형상으로서 전체적인 화면 형성에 기여하기 때문에, 한시나 한문의 해독 여부는 그림 감상에 필수 조건이 되지 않는다. 그러므로 한시나 한문을 해독하지 못하는 사람들도 그림을 감상하는 데 아무런 어려움이 없다는 것이다. 첫 번째 관점은 제화시의 두 가지 기능 중의 하나인 미적 기능과 관련된다. 두 번째 관점은 그림에 한시나 한문을 써넣는 것이 그림을 그리는 것과 마찬가지로 예술가로서 스스로 즐겨 하는 예술 창작 행위이지 자신의 한학 실력을 남에게 과시하는 행위가 아니라는 것이다. 그렇기 때문에 화가가 감상자의 이해 여부와 상관 없이 자신의 미적 욕구에 따라 그림을 그리듯이, 월전은 자신의 그림을 감상하는 사람들이 한시나 한문을 읽지 못하거나 해독하지 못하더라도 전혀 개의치 않는다는 것이다.

(2) 장우성의 그림과 제화시의 두 가지 기능

앞에서 살펴보았듯이, 한글 전용 시대의 일부 평자들은 문자 메시지로서 화제의 정보적 기능에 초점을 맞춰 한시나 한문으로 된 화제의 무용성을 주장한다. 한글 전용 시대의 감상자들은 한시나 한문을 해독할 수 없기 때문에 그림에 대한 정보를 제시하더라도 소용이 없다는 것이다. 이에 비해 월전은 일군의 문자 형상으로서 화제의 미적 기능에 초점을 맞춰 한시나 한문으로 된 화제의 유용성을 주장한다. 그리하여 화제가 일군의 문자 형상으로서 전체적인 화면 형성에 기여를 하기 때문에 한시나 한문을 해독하지 못하더라도 그림 감상에 아무런 문제가 없다는 것이다. 여기에서는 화제의 유용성에 대한 상이한 논점들을 정리하여 제시하는 데 그치지 않고, 월전의 그림에서 한시나 한문이 구체적으로 어떠한 역할을 하는가를 살펴봄으로써 어느 쪽의 주장이 타당한지를 검토해보기로 한다.

다음의 〈그림 48〉 「춘경(1987)」[175]과 〈그림 49〉 「고향의 오월(1978)」을 비교해보면, 화면상에 적혀진

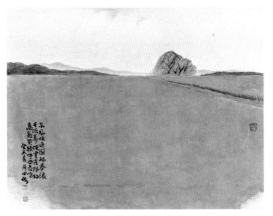

〈그림 48〉 「춘경」   〈그림 49〉 「고향의 오월」

---

175 이 책에 사용된 장우성의 그림 작품들의 디지털 이미지는 이천시립월전미술관에서 제공한 것임.

제화시가 그림에 대해 정보적 기능뿐만 아니라 일군의 문자 형상으로서 어떤 기능을 하고 있음을 알 수 있다. 「춘경」에서는 제화시가 적혀져 있지 않은데, 「고향의 오월」에서는 육언절구 시가 화면 왼쪽 하단에 석 줄로 적혀져 있다. 두 그림은 모두 화면이 사선 구도로 되어 있을 뿐 아니라 화면상의 형상을 이루고 있는 경물들의 배열 방식도 비슷하다.

〈그림 48〉「춘경」에서는 봄의 물색을 드러내는 경물들이 사선 구도에 따라 화면의 왼쪽 하단에서부터 오른쪽 상단에 이르기까지 차례로 배열되어 있다. 화면 왼쪽 하단에서부터 오른쪽 상단으로 가면서 경물이 위치한 장소가 낮은 곳에서부터 점차 높은 곳으로 바뀔 뿐 아니라 화면상에 그려진 경물의 크기가 점차 작아지고 또 경물의 색채도 점차 옅어진다. 이는 화가와 경물 간의 원근감을 표현한 것이기도 하지만, 이를 통해 화가는 그림을 감상하는 사람들로 하여금 화면상에 그려진 경물들을 동시적으로가 아니라 순차적으로 지각하게끔 만든다. 즉 그림을 감상하는 사람들은 화면 왼쪽 하단에 큼직하게 그려진, 바람에 기울어진 푸른 버드나무 가지 → 버드나무 가지 위쪽으로 넓게 펼쳐진, 싹이 돋아나기 시작한 보리밭 언덕 → 오른쪽 언덕 위의 자그마한 소나무 한 그루 → 소나무 뒤로 희미하게 펼쳐진 먼 산봉우리들 → 흰 구름이 떠 있는 하늘로 솟구쳐 올라가는 아주 작은 종달새 순으로 지각하게 된다는 것이다. 아마도 월전은 사람들로 하여금 봄의 물색을 드러내는 경물들을 하나씩 음미하면서 그림을 감상하도록 하기 위해 그러한 방법을 택하였는지 모른다. 이와 같이 화면은 집중도가 높을 뿐 아니라 또한 안정감도 있다. 화면 왼쪽 하단의 버드나무 가지는 크고 가벼운데, 화면 오른쪽 상단 아래쪽의 소나무는 작고 무겁다. 크고 가벼운 것과 작고 무거운 것이 화면상에서 적절한 거리를 두고 알맞게 배치되어 균형과 조화를 이루고 있기 때문에 화면이 안정되어 보인다.[176]

〈그림 49〉「고향의 오월」에서도 「춘경」과 같이 오월의 물색을 드러내는 경물들이 사선 구도에 따라 화면의 왼쪽 하단에서부터 오른쪽 상단에 이르기까지 배열되어 있다. 다만 「춘경」에서는 먼 산이 오른쪽 상단에만 배치되어 있는 데 비해, 「고향의 오월」에서는 아득히 보이는 먼 산들이 화면 왼쪽 상단에서부터 오른쪽 상단에까지 넓게 펼쳐져 있다는 점이 다르다. 광활한 푸른 보리밭을 두드러져 보이게 하기 위해 먼 산들을 그렇게 배경 처리한 것으로 보인다. 그림을 감상하는 사람들은 「춘경」에서처럼 「고향의 오월」에서도 사선 구도에 따라 광활한 푸른 보리밭 → 보리밭 끝 쪽의, 바람에 푸른 가지들이 기울어진 버드나무 → 하늘로 솟구쳐 올라가는 종달새 순으로 순차적으로 지각하게 된다. 「고향의 오월」의 화면도 집중도가 있으면서 또한 안정감이 있다. 「고향의 오월」에서는 화면 왼쪽 하단의 題款, 그중에서도 특히 석 줄에 걸쳐 행초서체로 굵고 진하게 적혀진 일군의 문자 형상들이 그림의 다른 요소와 어울려 화면의 안정감 조성에 기여를 하고 있다. 석 줄로 된 일군의 문자 형상들은 바로 육언절구 시인데, 굵고 진한 먹빛의 글자들로 되어 있기 때문에 무거워 보인다. 이에 비해 화면 중앙 상단 아래쪽에 그려진, 바람으로 인해 푸른 가지들이 기울어진 버드나무는 가벼워 보인다. 한쪽은 무겁고 다른 한쪽은 가벼운 것이 화면

176 왕백민 저, 강관식 역, 『동양화구도론』, 미진사, 1991, 83면 참조.

상에서 적절한 거리를 두고 알맞게 배치되어 균형과 조화를 이루고 있다. 즉 「춘경」에서 버드나무 가지가 하는 기능을 「고향의 오월」에서는 바로 일군의 문자 형상으로서 제화시가 하고 있는 것이다. 「고향의 오월」에서 숲, 먼 산, 버드나무, 종달새 등이 모두 화면 상단 쪽에 배치되어 있기 때문에, 화면 왼쪽 하단에 제관이 없을 경우에는 화면이 균형을 잃어 불안정해 보일 것이다. 이러한 점에서 제화시는 일군의 문자 형상으로서 다른 요소들과 어울려 화면을 안정되게 만드는 데 기여한다고 할 수 있다.

다음의 시 (87)은 「고향의 오월」의 화면상에 적혀진 육언절구 시이다.

> (87)
> 東風吹過園林 봄바람이 불어 숲을 지나가니
> 麥浪千頃萬頃 보리 물결이 천 이랑 만 이랑
> 雲雀隨陽高飛 종달새는 햇빛 따라 높이 날아가고
> 黃犢呼母長鳴 누런 송아지는 어미 찾아 길게 운다

시 (87)은 화면의 형상에 관해 진술하는 시, 즉 화면상의 풍경을 언어를 통해 시적 풍경으로 재산출하는 시이다. 이런 종류의 제화시는 시적 진술상에서 실재의 풍경이나 경물을 시적 대상으로 하여 지어진 시들과 전혀 구별되지 않는다. 그러한 시들에서 시인은 실재의 경물의 상태를 묘사하듯 화면상에 그려져 있는 경물의 상태를 묘사하기 때문이다. 즉 시인은 화면상의 경물을 그려진 것으로 인식하지 않고 자신의 눈앞에 실재하는 것으로 인식한다.

「고향의 오월」에 그려진 화면상의 풍경과 시 (87)에 제시된 시적 풍경을 비교해보면, 일치되는 것도 있지만, 일치되지 않는 것도 있다. 시적 풍경을 이루는 요소들은 숲, 보리밭, 종달새, 송아지 등이다. 화면상에 보이는 버드나무는 시적 풍경 속에는 포함되어 있지 않은 데 비해, 시적 풍경 속에 포함되어 있는 누런 송아지는 화면상에서 보이지 않는다. 월전이 그림을 그렸고 또 그 그림을 시적 대상으로 하여 시를 지었음에도 불구하고, 화면상의 풍경과 시적 풍경이 일치하지 않는 것은 무엇 때문일까?

화면상의 풍경을 이루는 요소들은 그 요소가 풍경의 핵심적인 것인지 아닌지의 여부에 따라 지배적인 요소와 종속적인 요소로 구분할 수 있다. 지배적인 요소가 비록 풍경의 핵심이긴 하지만, 종속적인 요소가 가미되어야만 화면상의 풍경이 완성된다. 종속적인 요소는 화면상에 있으나 마나 한 것이 아니다. 그것 역시 지배적인 요소와 관련하여 중요한 기능을 한다. 그것은 지배적인 요소를 부각시키기도 하고, 지배적인 요소의 시간적, 공간적 배경이 되기도 한다. 시적 풍경과 화면상의 풍경의 차이는 때로는 풍경의 종속적인 요소들과 관련하여 발생하기도 하고, 때로는 지배적인 요소와 관련하여 발생하기도 하며, 때로는 그 두 요소들 모두와 관련하여 발생하기도 한다. 화가가 자신의 그림을 시적 대상으로 하여 시를 지을 때에도 풍경이 구체적으로 어떠해야 하는가에 대한 인식은 화가로서 가질 때와 시인으로서 가질 때가 다를 수도 있다. 그림과 시라는 매체의 속성이 다르기 때문이다.

「고향의 오월」 화면에서 가장 두드러져 보이는 것은 광활한 푸른 보리밭이다. 그러므로 광활한 푸른 보리밭이 화면상의 풍경의 지배적인 요소가 된다. 종달새, 버드나무, 숲, 먼 산은 종속적인 요소이다. 화면상에서 버드나무는 두 가지 기능을 하고 있다. 즉 일군의 문자 형상으로서 시 (87)과 균형을 이루어 화면의 안정감을 조성하는 것과 나뭇가지들이 모두 한쪽 방향으로 기울어 있는 모습을 통해 바람이 불고 있음을 드러내는 것이 바로 그것이다. 그러나 시에서는 버드나무가 전혀 언급되지 않고 대신에 숲이 언급된다. 첫째 구에서 화자는 봄바람이 숲을 지나가고 있다고 하였다. 월전이 바람의 존재를 드러내는 매개를 그림과 시에서 각각 달리한 이유는 무엇일까? 화면상에서는 바람이 부는 것을 형상을 통해 보여주어야 하는데, 숲보다는 버드나무를 통해 보여주는 게 훨씬 용이하였을 것이다. 화면상에서와는 달리 시에서 숲을 언급한 것은 보리밭과 대응되는 공간을 제시하기 위해서이다. 숲이 바람이 부는 곳의 상방 공간에 해당된다면, 보리밭은 바람이 부는 곳의 하방 공간에 해당된다. 둘째 구에서는 봄바람으로 인해 보리가 넘실대는 광활한 보리밭의 모습이 제시된다. 천 이랑 만 이랑이나 되는 넓은 밭이 보리 물결로 덮여 있다는 것이다. 화면상에는 바람에 따라 보리가 넘실대는 모습이 그려져 있지 않다. 그러나 그림을 감상하는 사람은 버드나무의 형상을 통해 바람이 불고 있음을 인지할 수 있고, 또 그럼으로써 바람으로 인해 광활한 보리밭이 보리 물결로 덮여 있는 모습을 상상해볼 수도 있을 것이다.

전 1, 2구에서와 마찬가지로 후 3, 4구에서도 대가 이루어진다. 셋째 구에서는 해를 쫓아가는 듯 하늘 높이 솟구쳐 올라가는 종달새의 모습이 제시되고, 넷째 구에서는 보리밭 사잇길에서 어미 찾아 우는 누런 송아지의 모습이 제시된다. 하늘이 동물이 있는 곳의 상방 공간에 해당된다면, 보리밭 사잇길은 동물이 있는 곳의 하방 공간에 해당된다. 그런데 종달새의 모습은 화면상에서 찾아볼 수 있지만, 송아지의 모습은 찾아볼 수 없다. 화가이자 시인인 월전이 화면상에 그려져 있지 않은 송아지를 시적 풍경의 요소로 선택한 이유는 무엇일까? 종달새가 날아가고 있는 하늘과 대응될 수 있는 공간을 제시하는 것 외에도 또 다른 이유가 있어 보인다. 화면상에는 보리밭 사잇길이 텅 빈 상태로 그려져 있다. 텅 빈 상태라는 것은 한편으로 보리밭 사잇길을 지나가는 사람이나 동물이 없다는 것을 뜻하기도 하지만, 다른 한편으로 어떠한 사람이나 동물도 지나갈 수 있음을 뜻하는 것이기도 하다. 그림을 감상하는 사람들은 보리밭 사잇길을 걸어가는 존재를 제각기 다르게 상상할 수 있다. 어미 찾아 울고 있는 누런 송아지는 가능한 여러 존재들 중의 하나이다. 그러므로 월전이 시에서 보리밭 사잇길을 걸어가는 존재를 송아지로 설정한 것은 월전이 감상자들에게 자신의 그림을 감상하는 하나의 방법을 제시하는 데에 그치는 것이 아니라 감상자들 나름대로 그림을 감상할 수 있도록 감상자들의 상상력을 자극하는 것이기도 하다. 화면상의 형상은 그것 자체로 완결된 것이 아니라 감상자의 상상 속에서 음미되고 변형되기 때문이다.

그림 「고향의 오월」의 지시 대상인 보리밭의 모습은 어떤 고정된 것이 아니다. 그 모습은 시간에 따라 또는 기상 조건에 따라 변화하기 때문에 다양하다. 그러나 화면은 매체의 속성상 찰나적인 순간에 발생하는 어떤 한 모습만을 담을 수밖에 없다. 보리밭의 다양한 모습을 담기 위해서는 감상하는 사람들 나름대로 상상이 가능하게끔 보리밭의 형상을 간결한 선의 묘사로 간략하게 처리하거나 보리밭의 상태를 함축적으로 제시할 수밖에 없다. 즉 화면상의 형상을 통해 변죽만 울리고 나머지는 감상자 나름대로 상상하도록 맡겨둔다는 것이다. 그래서 월전은 화면상에서 보리밭의 상태를 간략하게 또 사잇길은 텅 빈 상태로 그리고 버드나무는 바람에 기운 모습으로 제시하였던 것이다. 화면상에 그려져 있지 않은, 바람에 넘실대는 광활한 보리밭의 모습이나 보리밭 사잇길에서 어미 찾아 우는 송아지의 모습이 언급된 시 (87)은 월전이 감상자를 위해 화면을 감상하는 방법들 중의 하나를 예시한 것이라고 볼 수 있다. 이러한 점에서 시 (87)은 그림에 대한 정보를 제공함으로써 그림을 감상하는 사람들에게 그림 감상의 길잡이 역할을 한다고 할 수 있다.

시 (87)이 그림을 감상하는 사람들에게 그림 감상의 길잡이 역할을 하고 있지만, 비록 감상자가 시 (87)을 해독하지 못하더라도 그림을 감상하는 데 아무런 어려움이 없다. 화면상의 형상과 함께 '고향의 오월'이라는 그림의 제목을 통해 화면이 무엇을 담으려고 했는지를 충분히 알 수 있기 때문이다.

다음의 〈그림 50〉은 「낙오된 거위(2001)」이다. 화면 중앙에 거위가 한 마리 그려져 있고, 화면 오른쪽 상단에서부터 왼쪽 상단을 거쳐 왼쪽 하단에 이르기까지 한문이 초서체로 적혀져 있다. 거위가 화면상의 형상의 지배적인 요소라고 한다면, 한자로 이루어진 일군의 문자 형상들은 종속적인 요소이다. 화면에 거위만 그려져 있고 문자 형상들이 없다면, 화면이 단조롭고 적막하게 보였을 것이다. 문자 형상들이 거위 주변을 두르고 있기 때문에, 거위의 모습이 화면상에서 두드러져 보인다. 이러한 점에서 일군의 문자 형상으로서 한문은 거위를 두드러져 보이게 하는 기능을 한다고 할 수 있다.

〈그림 50〉 「낙오된 거위」

거위의 벌어진 주둥이의 모습으로 미루어볼 때, 화면은 거위가 소리를 지르고 있는 모습을 그린 것처럼 보인다. 그리하여 거위의 주둥이 주변에 적혀진, 일반인들은 무슨 글자인지 알아보지 못할 정도로 초서체로 갈겨쓴 듯한 개개의 문자 형상들은 마치 거위가 주둥이를 통해 연달아 내지르는 소리처럼 느껴진다. 거위의 벌어진 주둥이의 모습과 그 주변의 문자 형상들이 호응을 이루고 있다. '낙오된 거위'라는 그림의 제목과 관련지어 본다면, 그 소리는 혼자 낙오된 거위가 다급해진 바람에 일행들을 찾으려고 연달아 내지르는 소리라고 할 수 있다. 소리는 청각적으로 지각되기 때문에 시각적으로 지각되는 형상으로는 담을 수 없다. 그리하여 월전은 문자 형상들을 활용하여 소리가 연상되게끔 하였던 것이다. 이러한 점에서 일군의 문자 형상으로서 한문은 또한 거위가 연달아 내지르는 소리를 연상하게 해주는 기능을 한다고 할 수 있다.

다음은 「낙오된 거위」의 화면상에 한문으로 적혀진 글이다.

脫落隊伍的鵝子	대오에서 떨어져 나간 새끼 거위
獨在曠野之中	허허벌판에 홀로 있는데
呼呼無應	소리를 질러도 대답이 없고
跳躍不及	뛰어오르려 해도 미치지 못하고
欲飛翔而羽翼且無力	날아보고자 해도 날개에 힘이 없다
日暮風急	날은 저물고 바람은 세찬데
野猫當前	살쾡이까지 다가오니
哀憐此鵝將何所之	가여워라 이 거위 어디로 가야 하나

위의 글에서는 그림의 대상인 새끼 거위의 딱한 처지가 언급된다. 대오에서 떨어져 허허벌판에 혼자 있게 된 새끼 거위가 일행들을 찾으려고 소리를 질러보아도 대답이 없고 또 뛰어오르거나 날아보고자 해도 힘이 없어서 되지 않는다. 날은 저물고 바람은 세차게 불어오는데 살쾡이까지 다가오니 거위의 처지가 가련하기 짝이 없다는 것이다. 「낙오된 거위」 그림을 감상하는 사람이 위의 글을 해독하지 못하더라도 화면상의 형상과 함께 그림의 제목을 통해 화면이 무엇을 담으려고 했는지를 충분히 알 수 있다. 그러나 위의 글을 해독할 수 있다면, 화면상의 형상에서 일행을 찾기 위해 소리를 연달아 지르는 새끼 거위의 다급한 심정을 더욱 잘 느낄 수 있을 것이다. 이러한 점에서 화면상에 적혀진 위의 글은 그림을 감상하는 길잡이 역할을 한다고 할 수 있다.

〈그림 49〉「고향의 오월」과 〈그림 50〉「낙오된 거위」에서 각각 적혀진 한시와 한문은 한편으로 문자 메시지로서 그림에 대한 정보를 제시하기도 하고 다른 한편으로 일군의 문자 형상으로서 전체적인 화면 형성에 기여를 하고 있다. 한시와 한문을 해독하지 못하더라도 감상자들은 화면상의 형상과 그림의 제목을 통해 화면이 무엇을 그린 것인지를 알 수 있다. 그러나 월전의 그림들 중에는 일부이긴 하나 화제를 통하지 않고서는 월전이 그리고자 한 의도를 파악하기 어려운 그림도 있다. 달리 말하면 감상자가 화면

상의 형상과 그림의 제목을 통해 유추할 수 있는 그림의 의미와 화제를 통해 드러나는 월전의 의도가 현저하게 차이 나는 경우가 있다. 다음의 〈그림 51〉「올챙이의 행진(1999)」이 바로 그러한 경우에 해당된다.

〈그림 51〉「올챙이의 행진」

〈그림 51〉「올챙이의 행진」은 화면 오른쪽 상단에서부터 왼쪽 중앙에 이르기까지 십여 마리의 올챙이들이 대오를 지어 물속에서 활기차게 헤엄치고 있는 모습이 그려져 있다. 화면의 오른쪽 하단에서부터 중앙 하단에 이르기까지 제관이 초서체로 적혀져 있는데, 앞 8줄은 칠언절구 시를 적은 것이고 뒤의 2줄은 제작 연도와 화가의 호를 적은 것이다. 대오를 지어 물속에서 헤엄치는 십여 마리의 올챙이의 모습이 화면상의 형상의 지배적인 요소라고 한다면, 한자로 이루어진 일군의 문자 형상들은 종속적인 요소이다. 화면에 올챙이들의 모습만 그려져 있고 문자 형상들이 없다면, 화면이 상단 쪽으로 치우치게 되어 균형을 잃게 된다. 일군의 문자 형상으로서 제화시가 화면의 균형과 안정감 조성에 기여하고 있다.

다음의 시 (88)은 〈그림 51〉「올챙이의 행진」의 화면상에 적혀진 칠언절구 시이다.

(88)

水中蝌蚪長成蛙	물속의 올챙이는 자라서 개구리가 되고
林下桑蟲老作蛾	숲속의 뽕나무 벌레는 늙어서 나방이 된다
蛙跳蛾舞仰頭笑	개구리는 뛰고 나방은 춤추면서 고개 들어 비웃기를
焉用鯤鵬鱗羽多	곤과 붕은 어찌하여 그렇게 많은 비늘과 큰 날개를 사용하는가

'올챙이의 행진'이라는 그림의 제목으로 미루어볼 때, 〈그림 51〉은 화면상에 그려진 대로 올챙이들이

대오를 지어 물속에서 활기차게 헤엄치고 있는 모습을 그린 것으로 보인다. 그러나 시 (88)의 내용으로 미루어보면, 〈그림 51〉은 단순히 올챙이들의 그러한 모습을 그린 그림이 아니다. 〈그림 51〉에는 화가이자 시인인 월전의 우의적인 뜻이 담겨 있다.

시 (88)의 전 1, 2구에서는 성장하면서 변태를 겪는 동물에 대해 언급하고 있다. 올챙이는 자라서 개구리가 되고, 뽕나무 벌레는 자라서 나방이 된다는 것이다. 후 3, 4구에서는 변태를 통해 성체가 된 개구리와 나방이 똑같이 변태를 겪고 성체가 된 붕새를 비웃는 것에 대해 언급하고 있다. 『장자』 「소요유」편에 의하면, 붕새는 북쪽 바다에 사는 물고기인 '곤'이 변해서 된 새이다. 곤은 크기가 몇천 리나 된다고 하고, 붕새도 등의 길이가 몇천 리나 된다고 한다. 붕새는 해류의 흐름이 바뀌면 남쪽 바다로 옮겨 가는데, 수면 위를 삼천 리나 날개를 치며 구만 리 하늘 위로 올라가서 6개월 동안 쉬지 않고 날아간다고 한다.[177] 나름대로 물속에서 헤엄치고 하늘을 날아다니는 데 아무런 어려움을 느끼지 못하는 개구리와 나방은 곤이 물속에서 헤엄치는 데 왜 그렇게 많은 비늘을 사용하고 붕새가 하늘을 날아다니는 데 왜 그렇게 큰 날개를 사용하는지 이해가 가지 않다는 것이다.

이와 같은 시 (88)의 내용으로 미루어본다면, 〈그림 51〉은 단순히 올챙이들이 대오를 지어 물속에서 활기차게 헤엄치고 있는 모습을 그린 그림이 아니다. 세속적인 일에 얽매이지 않고 진정한 자유로움을 누리고자 하는 붕새가 위대한 존재를 의미한다면, 붕새의 그러한 뜻을 전혀 이해하지 못하는 개구리나 나방은 세속적인 일에 얽매여 그 속에서 희로애락을 느끼며 사는 속된 무리들을 의미한다. 성체인 개구리의 새끼인 올챙이는 바로 그러한 속된 무리들의 어린 자식들이다. 그러므로 〈그림 51〉은 이상적인 세계, 즉 진정한 자유로움에 대해 전혀 인지하지 못한 채 오직 무리 지어 세속적인 즐거움만을 추구하다가 끝내는 자신의 부모들처럼 속된 무리들이 되고 마는 아이들의 모습을 그린 그림이라고 할 수 있다. 이러한 점에서 〈그림 51〉은 세태를 풍자하는 그림이라고 할 수 있다.

아마도 대부분의 감상자들은 시 (88)을 통해서만 비로소 〈그림 51〉이 단순히 올챙이들의 모습을 그린 그림이 아니라 아이들이 무리 지어 세속적인 즐거움만을 추구하는 세태를 풍자한 그림으로 볼 수 있을 것이다. 시 (88)을 해독할 수 없는 사람들은 화면에 반영된 화가의 우의적인 뜻을 파악할 수 없다. 이러한 점에 있어서 시 (88)의 해독은 〈그림 51〉의 감상에 있어서 필수적인 조건이 된다.

이상에서 살펴보았듯이, 월전의 그림에 적혀진 한시나 한문은 일부 평자들이 주장하는 것처럼 그림에 대한 정보를 제시하는 데 그치는 것이 아니다. 월전이 주장하였듯이, 일군의 문자 형상으로서 한시나 한문은 그림의 일부가 되며, 그럼으로써 전체적인 화면 형성에 기여를 한다. 때로는 경물의 형상으로는 표현할 수 없는 것을 문자 형상을 활용하여 표현하기도 한다. 그러나 월전이 주장하였듯이, 그림에 적혀진 한시나 한문이 오직 그림의 일부로서 미적인 기능만을 하는 것은 아니다. 일부 평자들이 주장하는 것처럼 그림에 대한 정보를 제시하는 기능도 한다. 그렇다고 해서 그림에 적혀진 한시나 한문의 해독이 반드

---

177 안동림 역주, 『장자』, 현암사, 1998, 27~28면 참조.

시 그림 감상의 필수 조건이 되는 것은 아니다. 물론 그림에 적혀진 한시나 한문을 해독해야만 화면이 무엇을 그린 것인지를 알 수 있는 그림도 일부 있다. 그러나 대부분의 그림의 경우, 감상자가 한시나 한문을 해독하지 못하더라도 화면상의 형상과 그림의 제목을 통해 화면이 무엇을 그리고자 한 것임을 알 수 있다. 즉 한시나 한문을 해독하지 못하더라도 그림을 감상하는 데 아무런 어려움이 없다. 다만 해독할 수 있다면, 감상자는 그림에 적혀진 한시나 한문을 통해 그 그림을 더욱 잘 이해할 수 있다.

화면에 적혀진 한시나 한문은 그것을 해독하지 못하는 감상자들의 눈에는 전체적인 화면 형성에 기여를 하는 일군의 문자 형상으로만 인식된다. 그렇다면 화면에 적혀진 한시나 한문이 그것을 해독할 수 있는 감상자의 눈에는 어떻게 인식될까? 일군의 문자 형상으로 인식될 뿐 아니라 그림에 대한 정보를 전달하는 문자 메시지로도 인식된다. 그렇기 때문에 비록 월전이 주로 미적 기능에 근거하여 한시나 한문으로 된 화제의 유용성을 주장하였지만, 월전 역시 화제의 정보적 기능을 간과할 수 없고, 또 실제로 간과하지 않았다. 월전은 화제의 두 가지 기능을 인지하고 있었기 때문이다. 즉 월전은 한편으로 그림에 대한 정보를 제시하면서 다른 한편으로 전체적인 화면 형성에 여러모로 활용하기 위해 한시나 한문을 사용하여 자신의 그림에 화제를 써넣었던 것이다.

(3) 동일 한시의 반복적 사용과 미적 기능의 실험

월전은 40여 년 동안 모두 15회에 걸쳐 자신이 그린 그림 15점에 써넣었던 자작 제화시를 화면상의 형상이 전체적으로 비슷하거나 제목이 동일한 그림 16점에 다시 써넣었다.[178] 이 16점의 그림들의 경우, 시가 먼저 지어진 다음에 그림이 그려졌다. 그러므로 16점의 그림들에 적혀진 한시들은 제화시가 아니라 화제시이다. 동일 한시가 적혀진 첫 번째 그림과 두 번째 또는 세 번째 그림이 그려진 시기 간의 간격은 일정하지 않다. 가장 짧은 간격은 「석국(1959, 곡우)」과 「국화(1959, 소서)」의 경우에서처럼 2개월 반 정도이고, 가장 긴 간격은 「산(1973)」과 「산(1994)」의 경우에서처럼 21년이나 된다. 「춤추는 유인원(1988, 봄)」과 「춤추는 유인원(1988, 가을)」의 경우에는 반년이고, 「단군일백이십대손(2000)」과 「단군일백오십대손(2001)」의 경우에는 1년이며, 「설매(1980)」와 「홍매(1982)」의 경우에는 2년이다. 「돌(1976)」과 「돌(1986)」의 경우에는 10년이고, 「새안(1983)」과 「가을밤(1994)」 그리고 「가을밤 기러기 소리(1999)」의 경우에는 간격이 각각 11년과 5년이다. 동일 한시를 적어 넣은 두 번째 또는 세 번째 그림들 중에서 가장 이른 시기의 그림은 「국화(1959)」이고, 가장 늦은 시기의 그림은 「단군일백오십대손(2001)」이다.

월전이 40여 년 동안 15회에 걸쳐 자신이 지은 동일 한시를 자신의 그림들에 반복적으로 사용하였다

178 동일한 한시가 적혀진 그림들은 다음과 같다.
「석국(1959)」과 「국화(1959)」, 「죽(1959)」과 「묵죽(1979)」, 「장미(1972)」와 「장미와 파초 병풍(연도 미상)」, 「비상(1972)」과 「기러기(연도 미상)」, 「산(1973)」과 「산(1994)」, 「무학(1978)」과 「군학(연도 미상)」, 「설매(1980)」와 「홍매(1982)」, 「돌(1976)」과 「돌(1986)」, 「장미(1978)」와 「장미(1986)」 그리고 「장미와 파초 병풍(연도 미상)」, 「백매(1983)」와 「야매(1985)」, 「새안(1983)」과 「가을밤(1994)」 그리고 「가을밤 기러기 소리(1999)」, 「팔폭병(1982)」 8폭 중 1폭과 「매(1983)」, 「춤추는 유인원(1988, 봄)」과 「춤추는 유인원(1988, 가을)」, 「올챙이들의 행진(1999)」과 「군와쟁명도(연도 미상)」, 「단군일백이십대손(2000)」과 「단군일백오십대손(2001)」.

는 것은 곧 월전이 그러한 작업을 어떤 의도를 가지고 해왔음을 말해준다. 월전은 과연 어떠한 의도를 가지고 그러한 작업을 하였을까? 월전의 의도는 바로 화제의 기능을 통해 추정해볼 수 있다.

월전은 자신이 그린 그림에 한시나 한문으로 된 화제를 적어 넣음으로써 해당 그림에 대한 각종 정보들을 제시하였는데, 그림을 감상하는 사람들은 그러한 정보들을 통해 그림을 더욱 잘 이해할 수 있게 된다. 이러한 점에서 화제는 일종의 문자 메시지로서 그림에 대해 정보적 기능을 수행한다. 뿐만 아니라 월전은 한시나 한문으로 된 화제를 화면을 구성하는 한 요소로 활용하였다. 일군의 문자들로 이루어진 화제의 외적 형태와 위치가 화면 형성에 기여하고 있기 때문이다. 이러한 점에서 화제는 또한 일군의 문자 형상으로서 그림에 대해 미적 기능을 수행한다.

2점 이상의 그림들에 동일 한시가 적혀졌다는 것은 곧 각각의 그림에 대한 정보의 내용이 동일하다는 것을 뜻한다. 그러나 동일 한시일지라도 한시에 사용된 문자들의 배열 형태나 배열 위치는 그림에 따라 차이를 보인다. 월전이 문자들의 배열 형태나 배열 위치를 그림에 따라 달리하였기 때문이다. 그러므로 동일 한시일지라도 화면 형성에 기여하는 양상은 그림에 따라 달라질 수 있다. 그러므로 월전이 동일 한시를 자신의 그림에 써넣는 작업을 40여 년 동안이나 하였다는 것은 곧 월전이 화제의 미적 기능을 오랜 세월에 걸쳐 다각적으로 실험하였음을 의미한다.

월전이 화제의 미적 기능을 오랜 세월에 걸쳐 다각적으로 실험하였다는 것은 곧 월전이 화제의 미적 기능에 대해 지대한 관심을 가졌음을 말해주는 것이다. 뿐만 아니라 월전은 여러 편의 글에서 화제의 미적 기능에 관한 관심을 직접적으로 표명한 바도 있다. 월전은 앞서 살펴보았던 「화제변」이라는 글에서 한글 전용 시대에 굳이 한시나 한문을 이용하여 자신의 그림에 화제를 적었던 이유가 바로 화제의 미적 기능에 있다고 하였다. 또 1976년 전시회에 대한 소회를 적은 「여적」이라는 글에서는 "동양화의 특징이자 중대 요소라 할 수 있는 화와 시의 관계에 대하여 이번 전시작의 경우 나름대로 종전보다 한층 배열에 신경을 썼는데…(후략)"[179]라고 하였다.

다음의 〈그림 52〉는 「새안(1983)」이고, 〈그림 53〉은 「가을밤(1994)」이며, 〈그림 54〉는 「가을밤 기러기 소리(1999)」이다. 시 (89)는 〈그림 52〉, 〈그림 53〉, 〈그림 54〉의 화면에 각각 적혀진 월전의 자작 한시이다. 글 (가), (나), (다)는 각각 〈그림 52〉, 〈그림 53〉, 〈그림 54〉가 그려진 시기와 호를 적은 글이다. 그림 세 점의 표제는 서로 다르지만, 화면상에 적혀진 시는 동일하다. 그림 세 점 모두 가을밤에 기러기 떼가 하늘을 날아가는 풍경을 그린 것이지만, 각각의 그림에서 부각되는 풍경의 요소는 서로 다르다. 그렇기 때문에 화면상에서 환기되는 이미지도 차이를 보인다. 화면상에서 환기되는 이미지가 차이를 보이기 때문에, 그림의 표제를 서로 달리한 것은 당연하다고 하겠다. 그렇다면 그림 세 점에 각각 적혀진 시들도 달라야 할 텐데, 월전이 왜 동일한 시를 적어 넣었을까? 그림 세 점에 동일한 시가 적혀져 있다면, 그림 세 점에 대해 화제로서 그 시가 제공하는 정보가 동일함을 뜻한다. 그런데 그림 세 점에 각각 적혀져 있는

---

179 장우성, 앞의 책, 1999, 97면.

〈그림 52〉「새안」

〈그림 53〉「가을밤」

〈그림 54〉「가을밤 기러기 소리」

(89)

荒峽三更夜	한밤중 변방의 골짜기에
秋風萬里情	만 리의 정 머금은 가을바람 불어오고
孤飛何處雁	어디론가 외롭게 날아가는 기러기
斷續月中聲	달빛 속에 울음소리가 이어졌다 끊어졌다 한다

(가)

癸亥秋仲盤龍山人月田　　계해년 중추 반룡산인 월전

(나)

甲戌秋八十二叟月田　　갑술년 가을 82세 노인 월전

(다)

八十八叟月田　　88세 노인 월전

시의 외형적인 모양은 현저하게 차이 난다. 동일한 시가 3개의 화면상에서 각기 서로 다른 모양의 문자 형상으로 되어 있다는 것은 곧 월전이 정보적인 측면에서보다는 미적인 측면에서 시를 활용하였음을 뜻한다. 여기서는 그림 세 점의 분석과 아울러 화면상의 풍경과 시적 풍경의 비교를 통해 각 그림에서 시가 어떠한 기능을 하고 있는가를 살펴보기로 한다.

〈그림 52〉「새안」의 화면상의 풍경은 크게 두 개의 공간, 즉 상방 공간과 하방 공간으로 구분할 수 있다. 달이 떠 있고 기러기 떼가 날아가고 있는 하늘이 상방 공간에 해당된다면, 관목들이 있는 완만한 능선은 하방 공간에 해당된다. 그런데 특이한 것은 풍경이 화면 위쪽 1/5 부분에 치우쳐져 있어서 그 풍경이 화면상에서 두드러져 보이지 않고, 화면의 4/5를 차지하는 여백 공간이 오히려 두드러져 보인다는 점이다. 화면 오른쪽에는 두 줄로 된 제관이 작고 가는 필체로 적혀져 있는데, 앞줄은 시 (89)를 적은 것이고, 뒷줄은 글 (가)를 적은 것이다. 특히 시 (89)가 화면 오른쪽으로 치우쳐져 한 줄로 가늘고 길게 적혀짐으로써 화면이 위쪽으로 치우치는 것을 방지해줄 뿐 아니라 여백 공간을 더욱 크고 넓게 보이게 해준다.

월전이 풍경을 화면 위쪽에 그리고 시 (89)와 글 (가)를 화면 오른쪽에 각각 치우치게 함으로써 여백 공간을 더욱 크고 넓게 보이게 한 까닭은 무엇일까? 〈그림 52〉「새안」에서 여백 공간은 아무것도 그려져 있지 않지만 그렇다고 해서 단순히 물리적으로 비어 있는 공간이 아니다. 그것 또한 화면의 일부로서 무언가를 환기하고 있다. 그것이 구체적으로 무엇을 환기하느냐는 것은 그림의 제목인 '새안'과 아울러 시적 진술을 통해 유추해볼 수 있다.

시 (89)의 시적 풍경도 화면상의 풍경처럼 크게 두 개의 공간, 즉 상방 공간과 하방 공간으로 구분할 수 있다. 가을바람이 불어오는 변방의 골짜기가 하방 공간에 해당된다면, 달이 떠 있고 기러기 떼가 이따금씩 소리 내어 울면서 날아가고 있는 하늘이 상방 공간에 해당된다. 화면상의 풍경이나 시적 풍경 모두 상방 공간은 달이 떠 있고 기러기 떼가 날아가고 있는 하늘로 되어 있다. 그러나 하방 공간은 차이를 보인다. 화면상의 풍경에서는 능선으로 되어 있는 데 비해, 시적 풍경에서는 골짜기로 되어 있다. 전 1, 2구에서는 골짜기에 만 리의 정을 머금은 가을바람이 불어온다고 하였는데, 바람이 만 리의 정을 머금었다는 것은 곧 만 리나 떨어진 먼 곳에서 바람이 불어오고 있음을 뜻한다. 화면상에서는 능선의 관목들이 왼쪽 방향으로 약간 기운 모습을 통해 바람이 불어오고 있음을 드러내고 있다.

후 3, 4구에서는 하늘을 날아가고 있는 기러기 떼의 모습이 언급된다. 셋째 구의 "어디론가(何處)"는 막연한 장소를 가리키는 것이지만, 그것은 아주 먼 거리를 지칭하는 둘째 구의 "만 리(萬里)"와 연결되어, 만 리나 떨어진 먼 곳을 뜻한다. 또 시에서는 "만 리"가 바람이 불어오는 아주 먼 곳을 뜻하기 때문에, 기러기 떼가 날아가야 할 곳은 바로 바람이 불어오는 아주 먼 곳이 된다. 화면상에는 기러기 떼가 날아가는 방향과 관목들이 기울어진 방향이 상반되게 그려져 있는데, 이는 기러기 떼가 바람이 불어오는 쪽으로 날아가고 있음을 암시한다. 시에서 간접적으로 언급된, 기러기 떼가 날아가야 할 아주 먼 곳까지의 아득한 거리감이 화면상에서는 바로 광활하게 보일 정도로 크고 넓은 여백 공간에 의해 환기된다. 월전이 풍경을 화면 위쪽에 그리고 제관을 화면 오른쪽에 각각 치우치게 함으로써 여백 공간을 더욱 크고 넓게 보이게 한 까닭은 기러기 떼가 북쪽의 변방에서 날아가야 할 남쪽의 어떤 곳까지의 아득한 거리감을 부각시키려고 하였던 것이다. 또한 월전이 그림의 표제를 '새안'이라고 하여 장소적 의미를 지닌 '변방'을 부각한 이유도 바로 여기에 있다. 바로 이 아득한 거리감 때문에 셋째 구에서 기러기 떼가 "외롭게 날아간다(孤飛)"고 한 것으로 보인다. 이 표현은 원래 한 마리가 날아감을 뜻하는 것인데, 시 (89)에서는 달리 사용되었다. 넷째 구에서는 기러기 떼가 달빛 속에 하늘을 날아가면서 이따금씩 울음소리를 내는 것을 언급하고 있는데, 화면상에는 하늘을 날아가는 기러기 떼와 능선 위로 달이 떠 있는 모습만이 그려져 있다. 울음소리와 같은 청각적으로 지각되는 소리는 화면상에 담을 수가 없기 때문이다.

이와 같이 화면상의 여백 공간이 아득한 거리감을 환기하고 있음을 시적 진술을 통해 유추할 수 있다. 뿐만 아니라 풍경의 하방 공간이 각각 능선과 골짜기라는 점을 제외하곤 〈그림 52〉의 화면상의 풍경과 시 (89)의 시적 풍경은 거의 일치된다. 이러한 점에서 시 (89)는 〈그림 52〉를 감상하는 길잡이 역할을 한다고 할 수 있다. 그러므로 일군의 문자 형상으로서 전체적인 화면 형성에 기여할 뿐 아니라 문자 메시지로서 〈그림 52〉에 대한 정보를 제시한다는 점에서, 〈그림 52〉의 화면상에 적혀진 시 (89)는 미적 기능과 정보적 기능이 모두 활성화되어 있다고 할 수 있다.

〈그림 53〉「가을밤」의 화면은 대각선 구도로 되어 있다. 화면 중앙에 산 중턱이 사선 모양으로 펼쳐져 있는데, 중턱에는 울퉁불퉁한 바위들과 소나무 숲이 있다. 소나무 숲은 먹으로 짙게 칠해져 있어 두드려져 보인다. 소나무 숲 바로 아래편에는 달이 떠 있고, 바로 위편에는 기러기 떼가 하늘을 날아가고 있다. 화면 오른쪽 중앙에서부터 오른쪽 하단에 이르기까지 제관이 적혀져 있는데, 앞의 석 줄은 시 (89)를 적은 것이고, 마지막 줄은 글 (나)를 적은 것이다. 기러기 떼와 산 중턱 그리고 시 (89)와 글 (나)는 사선 모양으로 연결되어 있다. 화면 오른쪽에 시 (89)와 글 (나)가 적혀져 있지 않으면 화면이 왼쪽 상단 쪽으로

치우치게 되어 균형을 잃게 된다. 또 짙은 먹빛을 띤 소나무 숲은 무거워 보이는데, 행초서체로 경쾌하게 적혀진 넉 줄의 문자 형상들은 상대적으로 가벼워 보인다. 한쪽은 무겁고 다른 한쪽은 가벼운 것이 화면 상에서 적절한 거리를 두고 알맞게 배치되어 균형과 조화를 이루고 있다. 즉 시 (89)와 글 (나)는 일군의 문자 형상으로서 화면의 균형과 안정감 조성에 기여하고 있다.

소나무 숲을 먹으로 짙게 칠하여 두드러져 보이게 한 것은 시간적 배경이 밤임을 드러내려는 것과 아울러 감상자들에게 소나무 숲과 달과 기러기 떼들의 모습이 동시적으로 지각되게끔 하기 위한 것으로 보인다. 달과 기러기 떼가 중턱의 소나무 숲 바로 아래와 위에 위치하고 있기 때문에 소나무 숲과 함께 지각될 수 있기 때문이다. 어둠으로 인해 검게 보이는 소나무 숲과 달 그리고 하늘을 날아가는 기러기 떼는 모두 가을밤의 풍경을 이루는 요소들이다. 월전이 〈그림 53〉의 표제를 '가을밤'으로 정한 것과 부합되게 가을밤의 풍경을 이루는 요소들을 화면상에서 동시에 지각되게끔 하였던 것이다.

시 (89)가 지어진 시기가 〈그림 53〉이 그려진 시기보다 더 앞선다. 그러므로 시 (89)는 〈그림 53〉을 시적 대상으로 하여 지어진 제화시가 아니다. 시 (89)가 오히려 〈그림 53〉의 제재나 대상이 되는 화제시가 된다. 즉 시 (89)에서 제시되는 시적 풍경이 선과 색으로 가시화된 것이 〈그림 53〉의 화면이 되어야 한다. 그러나 시 (89)와 〈그림 53〉의 관계는 시 (89)와 〈그림 52〉의 관계에서처럼 긴밀하지 못하다. 풍경의 하방 공간이 각각 능선과 골짜기라는 점을 제외하곤 〈그림 52〉의 화면상의 풍경과 시 (89)의 시적 풍경은 거의 일치된다. 이에 비해 〈그림 53〉의 화면상의 풍경과 시 (89)의 시적 풍경은 부분적으로만 일치된다. 뿐만 아니라 〈그림 53〉에서 두드러져 보이는 산 중턱의 소나무 숲은 시 (89)에서 언급되지 않는다. 이러한 점에서 월전이 〈그림 53〉을 그릴 때 정보적 기능의 측면에서보다는 주로 미적 기능의 측면에서 시 (89)를 활용하였다고 할 수 있다.

〈그림 54〉는 〈그림 52〉보다는 〈그림 53〉과 비슷하다. 두 그림 모두 대각선 구도로 되어 있다. 그러나 〈그림 54〉는 여러 면에서 〈그림 53〉과 차이를 보인다. 특히 두드러지는 차이는 화면 중앙에 그려진 산 중턱의 모습이다. 〈그림 53〉에서는 울퉁불퉁한 바위들과 소나무 숲으로 되어 있는 산 중턱이 사선 모양으로 완만하게 펼쳐져 있다. 이에 비해 〈그림 54〉에서는 산 중턱의 봉우리 형상이 선으로 간결하면서도 경쾌하게 그려져 있는데, 거의 직선 모양으로 그려진 깎아지른 듯한 절벽 위로 봉우리가 뾰족하게 솟아 있고 봉우리 뒤쪽으로 능선이 사선 모양으로 완만하게 펼쳐져 있다. 아래쪽 절벽에 소나무 두 그루가 있고, 소나무 옆 공중에 달이 떠 있다. 절벽 아래쪽 공중에 달이 떠 있기 때문에 봉우리가 매우 높아 보인다. 봉우리 바로 위쪽 공중에는 기러기 떼가 날아가고 있는데, 하늘을 날아가는 기러기 떼의 모습이 경쾌하게 보인다. 〈그림 53〉에서는 달과 기러기 떼가 두드러져 보이는 중턱의 소나무 숲 바로 아래와 위에 위치하고 있기 때문에, 그것들은 함께 지각된다. 그런데 〈그림 54〉에서는 기러기 떼들이 두드러져 보이는 산봉우리 가까이에 위치하고 있는 데 비해, 달과 소나무는 멀리 떨어져 있다. 그러므로 산봉우리와 기러기 떼들만이 함께 지각되는데, 이로 말미암아 매우 높은 산봉우리 위로 날아가는 기러기 떼들의 모습이 부각된다. '가을밤 기러기 소리'라는 〈그림 54〉의 표제로 미루어보건대, 화면상에서 부각되는 매우 높은 산봉

우리 위로 날아가는 기러기 떼의 모습은 아주 높은 데서 들려오는 기러기 소리를 간접적으로 드러내기 위한 것으로 보인다. 기러기 울음소리는 청각적으로 지각되는 것이기 때문에 화면상에 담을 수 없다. 그래서 기러기 떼들이 하늘 높이 날아가는 모습으로 대신하였던 것이다.

화면 하단 오른쪽 끝에서부터 하단 중앙에 이르기까지 제관이 적혀져 있는데, 앞의 아홉 줄은 시 (89)를 적은 것이고, 마지막 두 줄은 글 (다)를 적은 것이다. 초서체로 적혀진 시 (89)는 굵으면서 경쾌한 모양의 문자 형상으로 되어 있다. 기러기 떼와 산봉우리와 시의 위치가 사선 모양으로 연결되어 있을 뿐 아니라 그것들이 모두 경쾌한 모양의 형상으로 되어 있기 때문에 서로 호응을 이룬다. 또한 화면 왼쪽 하단에 시 (89)와 글 (다)가 적혀져 있음으로 해서 화면이 오른쪽 상단 쪽으로 치우치는 것을 방지해준다. 이러한 점에서 시 (89)와 글 (다)는 일군의 문자 형상으로서 화면의 균형과 아울러 전체적인 이미지의 형성에 기여한다고 할 수 있다.

〈그림 53〉의 경우처럼, 시 (89)는 〈그림 54〉의 화제시이다. 시 (89)와 〈그림 54〉의 관계도 시 (89)와 〈그림 53〉의 관계에서처럼 긴밀하지 못하다. 〈그림 54〉에서 두드러져 보이는 높은 산봉우리의 모습은 시 (89)에서 언급되지 않는다. 또 시 (89)에서 언급된, 하늘을 날아가는 기러기 떼의 외로운 모습과 〈그림 54〉에 그려진, 기러기 떼가 경쾌하게 날아가는 모습은 일치되지 않는다. 다만 〈그림 54〉에서 부각되는, 매우 높은 산봉우리 위로 날아가는 기러기 떼의 모습은 시 (89)에 언급된 기러기의 울음소리와 간접적으로 대응된다. 그러므로 월전이 〈그림 54〉를 그릴 때도 정보적 기능의 측면에서보다는 주로 미적 기능의 측면에서 시 (89)를 활용하였다고 할 수 있다.

이상에서 살펴보았듯이, 그림 세 점 모두 시 (89)라는 동일한 한시가 적혀져 있다. 그러나 그림에 따라 시 (89)의 성격이 다르다. 〈그림 52〉가 그려진 후에 지어진 것이기 때문에, 시 (89)는 〈그림 52〉를 시적 대상으로 하여 지어진 제화시이다. 이에 비해 〈그림 53〉과 〈그림 54〉는 시 (89)보다 훨씬 뒤에 그려진 것이다. 원론상으로 말하자면, 시적 풍경이 그림의 대상이 되기 때문에 시 (89)는 〈그림 53〉과 〈그림 54〉의 주제가 되는 화제시이다. 그러나 월전이 그러한 의도로 그림을 그렸던 것은 아니다. 모두 가을밤에 기러기 떼가 날아가는 풍경을 그린 비슷한 그림들이기 때문에 월전이 〈그림 52〉에 적은 시 (89)를 문자 메시지로서보다는 일군의 문자 형상으로 활용하기 위해 〈그림 53〉과 〈그림 54〉에 다시 적은 것으로 보인다. 일군의 문자 형상으로서 시 (89)는 그림 세 점에서 서로 다른 모양을 하고 있다. 월전이 문자들의 크기나 모양, 배열 형태나 배열 위치를 그림에 따라 달리하였기 때문이다. 그림에 따라 월전이 화제로 적은 시의 미적 기능을 다각적으로 실험하였던 것이다.

다음의 〈그림 55〉는 「돌(1976)」이고, 〈그림 56〉은 「돌(1986)」이다. 시 (90)은 〈그림 55〉와 〈그림 56〉의 화면에 각각 적혀진 월전의 자작 한시이다. 글 (가)는 〈그림 55〉가 그려진 시기와 호를 적은 글이다. 글 (나)는 〈그림 56〉이 그려진 시기와 그림을 증정하는 사람 그리고 호를 적은 글이다.

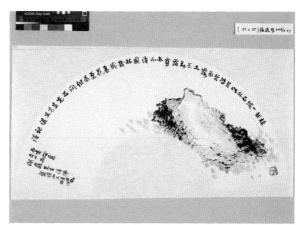

〈그림 55〉「돌(1976)」　　　　　　　　　　　　　　　〈그림 56〉「돌(1986)」

(90)

頑然一塊石	완고해 보이는 한 덩어리 돌이
臥此苔階碧	여기 푸른 이끼 낀 섬돌로 누워 있다
雨露亦不知	비와 이슬도 알지 못하고
霜雪亦不識	눈과 서리도 인식하지 못할 것이니
園林幾盛衰	원림이 몇 번이나 성쇠를 맞았고
花樹幾更易	꽃과 나무가 몇 번이나 바뀌었는지를
但問石先生	오직 돌 선생께 물어봐야겠지
先生俱記得	선생은 모두 기억하고 있을 터이니

(가)

丙辰立夏節月田散人寫　　　병진년 입하절에 월전산인이 그리다

(나)

丙寅榴夏吉日爲湖巖先生淸拂盤龍散人月田作
병인년 유하 길일에 호암 선생을 위해 먼지를 깨끗하게 털고 반룡산인 월전이 그리다

〈그림 55〉와 〈그림 56〉의 표제는 똑같이 '돌'이다. 그러나 화면의 형태가 다를 뿐 아니라 화면상에 그려진 돌의 형상도 크게 차이 난다. 〈그림 55〉의 화면은 사각형 모양인데 비해, 〈그림 56〉의 화면은 부채모양이다. 〈그림 55〉에서는 비스듬하게 서 있는 한 무더기의 돌덩이들이 그려져 있는데, 앞쪽으로는 깎아지른 듯한 절벽들이 연이어 있고 절벽 뒤쪽으로는 숲이 우거진 산 모양을 하고 있다. 연한 푸른빛을 띤 돌덩이의 앞면이 깎아지른 듯한 절벽처럼 보이고, 돌덩이 뒤쪽으로 짙은 먹칠을 한 곳은 우거진 숲처럼 보인다. 〈그림 56〉에서는 풀밭 위로 큰 돌덩어리 하나가 그려져 있는데, 오른쪽으로는 평평하고 넓적하

며 왼쪽으로는 뾰족하게 솟아오른 형태로 되어 있다. 돌덩어리 뒤쪽으로는 숲이 그려져 있다.

시 (90)이 적혀져 있는 위치와 외적인 형태도 그림에 따라 현저하게 차이가 난다. 〈그림 55〉에서는 시 (90)과 글 (가)가 화면 왼쪽에 변을 따라 3줄로 적혀져 있다. 화면 왼쪽 상단에서부터 하단에 이르기까지 세로로 길게 적혀진 앞의 2줄은 시 (90)을 적은 것이고, 짧은 마지막 줄은 글 (가)를 적은 것이다. 〈그림 56〉에서는 시 (90)과 글 (나)가 2개의 서로 다른 모양으로 적혀져 있다. 부채의 윗면을 따라 1줄로 포물선 모양으로 적혀진 것과 세로로 짧게 4줄로 적혀진 것이 바로 그것이다. 전자는 시 (90)을 적은 것이고, 후자는 글 (나)를 적은 것이다.

〈그림 55〉에 그려진 한 무더기의 돌덩이들의 형상은 화면의 오른쪽에서 왼쪽으로 비스듬하게 기울여져 있다. 사선 모양으로 기울어진 형태가 동적인 느낌을 주기도 하지만 한쪽 방향으로 기울어져 있어 불안정감을 준다. 그런데 시 (90)과 글 (가)가 왼쪽 변을 따라 3줄로 길게 적혀져 있기 때문에 왼쪽 방향으로 비스듬하게 기울어 있는 한 무더기의 돌덩이들을 떠받쳐 주는 듯한 느낌을 준다. 그리하여 화면이 전체적으로 균형을 이루어 안정되어 보인다. 즉 일군의 문자 형상으로서 시 (90)과 글 (가)는 한쪽 방향으로 기울어진 돌덩이들의 형상을 떠받쳐줌으로써 화면이 전체적으로 균형을 이루게 하여 시각적인 안정감을 느끼게 해주는 기능을 한다.

이에 비해 〈그림 56〉에서 일군의 문자 형상으로서 시 (90)과 글 (나)는 큰 돌덩어리의 위쪽과 왼쪽을 마치 병풍처럼 둘러싸고 있다. 그럼으로써 큰 돌덩어리의 모습이 두드러져 보인다. 이러한 점에서 시 (90)과 글 (나)는 큰 돌덩어리의 모습을 부각하는 기능을 한다고 할 수 있다.

이와 같이 〈그림 55〉와 〈그림 56〉에서는 시 (90)이 적혀진 위치와 외적인 형태뿐만 아니라 일군의 문자 형상으로서 화면상에서 하는 기능도 서로 다르다. 이는 돌의 형상뿐만이 아니라 화면의 형태가 크게 차이 나는 데에 기인하는 것으로 보인다.

시 (90)은 원래 〈그림 55〉에 대한 정보를 제공하기 위해 지어진 것이다. 화면상에는 산 모양을 하고 있는 한 무더기의 돌덩이들의 모습이 그려져 있는 반면, 시 (90)에서는 한 덩어리의 돌의 모습이 제시된다. 제1연에서는 원래 있던 자리에 계속 그대로 있던 돌이 사람들이 오랜 세월에 걸쳐 밟고 다니는 바람에 이제는 푸른 이끼 낀 섬돌이 되었음을 말하고 있다. 제2연에서는 비와 이슬, 눈과 서리의 존재가 언급되는데, 그것들은 모두 무언가에 대해 알지 못한다는 것이다. 그 무언가는 제3연에서 구체적으로 언급되는데, 그것은 바로 원림의 성쇠의 역사이다. 비와 이슬, 눈과 서리는 원림에 항상 머물러 있는 것이 아니라 계절에 따라 잠시 머물렀다가 사라지기 때문에 원림이 몇 번이나 성쇠를 맞았고 원림에 있는 꽃과 나무가 몇 번이나 바뀌었는지를 알지 못한다는 것이다. 제4연에서는 원림의 성쇠의 역사를 아는 존재가 바로 푸른 이끼 낀 섬돌이 된 돌임을 말하고 있다. 그 돌은 원림이 조성된 이래로 계속 그 자리에 그대로 있어 왔기 때문에 원림의 성쇠의 역사를 모두 기억한다. 그리하여 시적 화자는 그러한 돌을 존중하는 뜻으로 돌에 대해 '선생'이라는 칭호를 붙이고 있다. 즉 시적 화자는 '부동성' 또는 '불변성'을 돌의 덕목으로

여겨 그것을 예찬하고 있는 것이다.[180]

시에서 돌의 덕목으로서 예찬되는 '불변성' 또는 '부동성'은 〈그림 55〉의 화면상에 그려진 돌들의 모습에서도 찾아볼 수 있다. 한 무더기의 돌덩이들이 산의 모양을 하고 있기 때문이다. 산 또한 그 자리에 그대로 있기 때문에 '불변성' 또는 '부동성'을 그것의 징표로 갖는다. 즉 시 (90)은 〈그림 55〉가 산 모양을한 돌덩이들을 통해 돌의 덕목을 형상화한 그림임을 짐작게 해준다. 이러한 점에서 시 (90)은 일종의 문자 메시지로서 〈그림 55〉에 대한 정보적 기능을 한다고 할 수 있다.

그림과 시의 창작 시기의 선후 관계로 볼 때, 시 (90)은 〈그림 55〉의 제화시인 반면 〈그림 56〉의 화제시이다. 〈그림 56〉의 화면상에 그려져 있는 형상은 시 (90)에서 언급된 내용과 비슷하다. 풀밭 위에 누워있는 돌의 모습, 즉 형태가 평평하고 넓적한 데다 표면이 군데군데에 연둣빛을 띤 모습은 시에서 언급된 '푸른 이끼 낀 섬돌'의 모습과 비슷하다. 또 큰 돌덩어리 뒤로 보이는 숲은 시에서 언급된 원림으로 보인다. 숲보다 돌덩어리를 훨씬 더 크고 또 위풍당당한 모습으로 그린 것은 돌덩어리를 두드러져 보이게 하기 위한 것으로 볼 수도 있지만, 시적 화자에 의해 존중받는 존재로서 돌의 위엄을 표현하기 위한 것으로도 볼 수 있다. 이러한 점들로 미루어볼 때 〈그림 56〉은 시 (90)에서 언급된 내용을 그린 것임을 짐작할수 있다. 이러한 점에서 시 (90)은 일종의 문자 메시지로서 〈그림 56〉에 대한 정보적 기능을 수행한다고할 수 있다. 앞에서 다루었던 「가을밤(1994)」과 「가을밤 기러기 소리(1999)」 그림의 경우와는 달리, 월전이 〈그림 56〉을 그릴 때 미적 기능의 측면뿐만 아니라 정보적 기능의 측면에서도 시 (89)를 활용함으로써 시 (89)가 〈그림 56〉의 화제시로서 성격이 분명하게 드러난다.

이와 같이 동일 한시가 적혀진 월전의 그림들을 비교해본 결과, 그림의 주요 형상의 형태가 많든 적든차이 남을 확인할 수 있다. 월전이 일군의 문자 형상으로서 한시의 미적 기능을 다각적으로 실험하기 위해 그렇게 그린 것으로 보인다. 월전의 그림들에서 일군의 문자 형상으로서 한시는 주요 형상만으로 화면을 형성하기에는 부족한 점을 보완해주는 기능을 한다. 그렇기 때문에 그림에 따라 주요 형상의 형태가 차이 나면 동일 한시일지라도 그것의 외적 형태나 위치도 자연히 달라질 수밖에 없다. 이러한 점에서동일 한시의 반복적인 사용을 통한 월전의 실험은 곧 주어진 그림의 주요 형상의 형태에 따라 그 형상의형태를 보완하여 화면을 형성할 수 있도록 한시에 적합한 외적 형태와 위치를 부여하는 작업이라고 할수 있다. 그러므로 월전의 그림들에서 일군의 문자 형상으로서 한시는 단순히 화면상의 빈 공간에 적혀진 것이 아니라 월전에 의해 정교하게 고안된 일종의 미적 장치라고 할 수 있다.

3. 화면상의 풍경과 시적 풍경의 관계 양상

월전의 자작 제화시가 적혀진 78점의 그림들 중에서 54점의 그림들에 적혀진 57수의 제화시들은 화

---

180 김바라세이고 저, 앞의 책, 1978, 113~114면 참조.

면상의 형상에 관해 진술하는 시들이다.[181] 이 시들에서는 선과 색으로 이루어진 화면상의 형상, 즉 화면 상의 풍경이 언어를 통해 시적 풍경으로 재산출되었다. 화면상의 풍경과 시적 풍경의 관계 양상은 시적 풍경을 이루는 요소들이 화면상의 풍경에서 확인될 수 있는지 그리고 확인될 수 있다면 그 요소들이 어느 정도 되는지에 따라 다음과 같은 세 가지 유형으로 추출할 수 있다. 즉 부각 관계, 보완 관계, 대체 관계가 바로 그것이다. 그런데 월전의 제화시 57수에서 산출된 각각의 시적 풍경과 그것의 시적 대상인 화면상의 풍경을 비교한 결과, 화면상의 풍경을 부각하는 방향으로 시적 풍경을 산출한 시는 1수밖에 없고, 화면상의 풍경을 대체하는 방향으로 시적 풍경을 산출한 시는 2수에 불과하다. 나머지 54수는 모두 화면상의 풍경을 보완하는 방향으로 시적 풍경을 산출한 시들이다.[182] 이 글에서는 시적 풍경과 화면상의 풍경의 세 가지 관계 양상에 각각 해당되는 시와 그림을 구체적으로 비교·분석해보기로 한다. 그러한 과정에서 시적 풍경이 그렇게 산출된 이유와 아울러 시적 풍경의 산출 방향이 보완 관계 쪽으로 편중된 이유를 추정해보기로 한다.

(1) 부각 관계

시적 풍경이 화면상의 풍경에 대해 부각 관계를 이룰 때, 시적 풍경의 요소들은 대부분 화면상의 풍경에서 확인된다. 시인이 화면상의 풍경을 부각하기 위해 화면상의 풍경을 이루고 있는 요소들을 그대로 활용하여 시적 풍경을 산출하였기 때문이다.

선과 색으로 이루어진 화면상의 풍경을 언어를 통해 시적 풍경으로 재산출한 월전의 제화시 57수 중에서 화면상의 풍경을 부각하는 방향으로 시적 풍경을 산출한 시는 그림 「조춘(1992)」의 화면상에 적혀진 시 1수밖에 없다. 그림과의 비교를 통해 월전이 화면상의 풍경을 부각하는 방향으로 시적 풍경을 어떻게 산출하였는가를 살펴보기로 한다.

다음의 〈그림 57〉은 「조춘(1992)」이다. 시 (91)과 글 (가)는 〈그림 57〉의 화면상에 적혀진 것이다.

---

181 「노송(1956)」, 「홍매(1956)」, 「석국(1959)」, 「학(1961)」, 「두 폭 가리개(1963)」 2폭, 「명추(1965)」, 「진달래(1967)」, 「군학도(1969)」, 「어은(1971)」, 「천도(1971)」, 「비상(1972)」, 「장미(1972)」, 「산(1973)」, 「어은(1975)」, 「돌(1976)」, 「비상(1976)」, 「징검다리 올 무렵(1976)」, 「간중어(1977)」, 「기러기(1977)」, 「고향의 오월(1978)」, 「노송(1978, 동지)」, 「무학(1978)」, 「장미(1978)」, 「목련(1979)」, 「묵죽(1979)」, 「설매(1980)」, 「팔폭병(1982)」 8폭 중 7폭, 「매(1983)」, 「백매(1983)」, 「새안(1983)」, 「홍백매십곡병(1983)」, 「군학(1984)」, 「초해(1984)」, 「낙화암의 가을(1987)」, 「조춘(1992)」, 「단절의 경(1993)」, 「남산과 북악(1994)」, 「매화(1994)」, 「죽(1994)」, 「홍매(1994)」, 「명학(1998)」, 「폭발하는 화산(1999)」, 「금강산(2001)」, 「까마귀 울음(2001)」, 「적광(2001)」, 「봉래산(2003)」, 「백합(연도 미상)」 등 54점의 그림들에 적혀진 시들이 화면상의 형상에 관해 진술하는 시들이다. 「어은(1971)」에서는 3수가 적혀져 있고 「노송(1978, 동지)」에서는 2수가 적혀져 있어서 모두 57수가 된다.

182 조선시대의 대표적인 문인화가 강세황이 그린 「칠탄정십육경도」 16점에는 강세황의 자작 제화시가 각각 적혀져 있다. 1점을 제외한 15점의 그림들에 적혀진 제화시들은 모두 화면상의 풍경을 시적 풍경으로 재산출하는 시들이다. 그 중에서 화면상의 풍경을 부각하는 방향으로 시적 풍경을 산출한 시는 5수이고, 화면상의 풍경을 보완하는 방향으로 시적 풍경을 산출한 시는 8수이며, 화면상의 풍경을 대체하는 방향으로 시적 풍경을 산출한 시는 2수이다(제2부 제2장. 두 종류의 「七灘亭十六景圖」 그림과 세 시인의 「七灘亭十六景」 시 참조). 이로 미루어볼 때, 월전의 자작 제화시들 중에서 화면상의 풍경을 부각하는 방향으로 시적 풍경을 산출한 시가 1수밖에 없다는 것은 매우 특이하다고 하겠다.

〈그림 57〉「조춘」

(91)

陽光氤氳幻作靄	햇볕이 따뜻하여 아지랑이 피어오르고
枯草原頭新生芽	마른 풀밭 언덕엔 새싹 돋아나네
田埜寂寞春窈窕	들녘이 적막하여 봄은 고즈넉한데
獨憐雲雀戀戀語	종다리의 사랑 노래 유독 어여쁘다네

(가)

壬申早春寒碧園長月田寫鄉邸一景幷錄卽興句

임신년 이른 봄에 한벽원 주인 월전이 시골 마을 풍경을 하나 그리고 즉흥시를 함께 적다

　　〈그림 57〉「조춘」은 이른 봄날의 들녘 풍경을 그린 그림이다. 이른 봄날의 들녘의 풍경은 크게 세 부분, 즉 근경, 중경, 원경으로 구분할 수 있다. 근경으로 새싹이 돋아나는 마른 풀밭 언덕의 모습이 그려져 있는데, 화면 하단 전체에 걸쳐 펼쳐져 있다. 언덕은 화면 왼쪽에서 오른쪽으로 비탈면이 계속 이어지다가 상층부에 이르러 둥그스름하게 솟아오른 형태를 하고 있다. 중경으로는 푸른 싹이 돋아난 보리밭과 보리밭 위의 공중을 선회하고 있는 종달새 두 마리의 모습이 그려져 있다. 보리밭은 원근감이 드러나도록 그려져 있는데, 보리밭이 앞쪽으로 크게 그려졌다가 뒤쪽으로 갈수록 그 크기가 점점 줄어드는 형태로 되어 있다. 그리하여 언덕의 비탈면 너머로 드러나는 보리밭의 크기가 비탈면의 높이가 높아질수록 줄어드는 것처럼 보인다. 화면이 왼쪽에서 오른쪽으로 갈수록 언덕이 높아지고 그 면적도 커지는 반면 보리밭의 면적은 작아지는데, 그럼으로써 화면에 변화를 주고 있다. 보리밭 위쪽 하늘에는 짝을 이루어 선회하는 종달새 두 마리의 모습이 아주 작게 그려져 있다. 원경으로는 보리밭에 연이어 아득하게 뻗어 있는 밭이랑과 밭이랑 너머로 자욱하게 피어오르는 아지랑이 그리고 군데군데에 흰 구름들이 그려져 있다. 앞쪽의 밭이랑에는 풀덤불과 몇 그루의 나무들이 그려져 있는데, 원경으로 처리된 밭이랑과는 대조적으로 풀

덤불과 나무들의 모습이 크게 그려져 있다. 하늘을 향해 우뚝 서 있는 풀덤불과 나무들의 모습은 수평으로 길게 뻗어 있는 보리밭의 모습과 대조를 이루어 화면에 변화를 준다.

이른 봄날 들녘의 풍경을 이루고 있는 경물들의 형체는 모두 부드러운 선으로 단순화되어 있다. 뿐만 아니라 언덕과 보리밭 그리고 밭이랑의 형상이 나란히 배열되어 있어 화면이 고요하고 안정되어 보인다.[183] 그럼으로써 들녘의 풍경이 한가하고 고요해 보인다.

풍경을 이루고 있는 경물들의 형상이 대부분 정적인 형태로 되어 있기 때문에 화면이 단조롭게 보일 수 있다. 그럼에도 불구하고 화면이 단조롭게 보이지 않는 것은 앞서 지적한, 화면에 변화를 주는 요소들 외에도 종달새 두 마리의 형상과 화면 오른쪽 하단에 적혀져 있는 시 (91)과 글 (가)의 외형 때문이다. 나란히 배열되어 있는 나지막한 언덕과 보리밭 그리고 밭이랑이 정적인 형태를 띠고 있는 데 비해, 사선 모양으로 연결되어 있는 종달새 두 마리의 형상과 일군의 문자 형상은 동적인 형태를 띠고 있다. 한 마리는 위에서 다른 한 마리는 아래에서 서로 짝을 이루며 공중을 선회하는 종달새 두 마리의 형상은 동적인 느낌을 준다. 화면 오른쪽 하단 언덕 위에 적혀진 일군의 문자들로 이루어진 형상은 2개의 사각형 모양을 하고 있다. 앞쪽의 큰 사각형 모양을 하고 있는 일군의 문자 형상은 8줄의 문자열로 되어 있는데, 시 (91)에 해당된다. 뒤쪽의 작은 사각형 모양을 하고 있는 일군의 문자 형상은 8줄의 문자열로 되어 있는데, 그림을 그린 시기를 비롯하여 그림의 배경 정보에 관해 기록한 글 (가)에 해당된다. 글 (가)를 적은 문자가 시 (91)을 적은 문자보다 크기가 약간 작다. 그러나 모든 문자들이 초서체로 작고 가늘고 또 들쑥날쑥한 형태로 적혀져 있다. 그렇기 때문에 문자들이 마치 언덕 위에서 꿈틀대고 있는 듯한 느낌을 준다. 이와 같이 동적인 형태를 띤 종달새 두 마리의 형상과 일군의 문자 형상이 서로 호응을 이루면서 화면에 변화를 주고 있다.

〈그림 57〉의 화면에서와 같이, 월전의 시 (91)에서도 이른 봄날의 들녘 풍경이 제시된다. 전 1, 2구에서는 따뜻한 햇볕으로 인해 피어나는 아지랑이와 새싹이 돋아나는 마른 풀밭 언덕이 언급된다. '아지랑이 피어남'과 '새싹이 돋아남'은 그것들이 각각 발생하는 공간이 하늘과 지상의 언덕 또는 먼 곳과 가까운 곳으로 서로 다르지만, 봄이 되어 '새롭게 생겨남'이라는 유사한 속성을 가진다. 아지랑이와 새싹은 유사한 속성으로 인해 등가관계가 됨으로써 대를 이룬다. 후 3, 4구에서는 농사짓기에 아직 이른 시기라서 인적이 없는 고요한 들녘과 하늘을 날아다니면서 사랑 노래 부르고 있는 종달새가 언급된다. '조용한 들녘'과 '노래 부르는 종달새'는 그것들이 각각 속한 공간이 지상과 하늘로 서로 다를 뿐 아니라 '소리 없음/소리 남'이라는 대조적인 속성을 가진다. 들녘과 종달새 또한 대조적인 속성으로 인해 등가관계가 됨으로써 대를 이룬다.

시에서 제시되는 이른 봄날의 들녘 풍경은 크게 두 개의 공간, 즉 하방 공간과 상방 공간으로 구분할 수 있다. 아지랑이가 피어오르고 종달새 두 마리가 노래하는 하늘이 상방 공간에 속한다면, 새싹이 돋아

---

183 박현희, 『한국 회화 이해하기』, 태학사, 2013, 123면 참조.

나는 마른 풀밭 언덕과 고요한 들녘이 있는 지상은 하방 공간에 속한다. 그러므로 시 (91)에서는 봄날의 물색을 드러내는 4개의 경물들을 하늘과 지상이라는 서로 다른 공간에 속하면서 유사하거나 대조되는 속성을 가진 것끼리 서로 대를 이루도록 배열하였다고 할 수 있다. 이는 지상이든 하늘이든 또는 가까운 곳이든 먼 곳이든 할 것 없이 모두 이른 봄날의 물색을 드러내고 있음을 표현하고자 한 것으로 보인다.

시적 풍경을 이루는 요소들은 따뜻한 햇볕으로 인해 피어나는 아지랑이, 새싹이 돋아나는 마른 풀밭 언덕, 인적이 없는 고요한 들녘, 하늘을 날아다니면서 사랑 노래 부르고 있는 종달새 등이다. 시적 풍경을 이루고 있는 요소들은 모두 화면상에서 찾아볼 수 있다. 그러므로 화면이 바로 시적 풍경의 산출 근거가 된다. 즉 월전은 「조춘」에 그려진 풍경을 부각하기 위해 화면상의 풍경의 주요 요소들을 그대로 활용하여 시적 풍경을 산출하였던 것이다. 그러므로 시 (91)의 시적 풍경은 화면상의 풍경과 부각 관계를 이룬다고 할 수 있다.

(2) 보완 관계

시적 풍경이 화면상의 풍경에 대해 보완 관계를 이룰 때, 시적 풍경의 요소들 가운데 일부만이 화면상의 풍경에서 확인되고 일부는 확인되지 않는다. 이는 시인이 화면상의 풍경을 보완하기 위해 화면상의 풍경의 요소들 가운데 일부 요소를 활용함과 아울러 부분적으로 자신의 상상 또는 직ㆍ간접적인 체험을 활용하여 시적 풍경을 산출하였기 때문이다.

선과 색으로 이루어진 화면상의 풍경을 언어를 통해 시적 풍경으로 재산출한 월전의 제화시 57수 중에서 화면상의 풍경을 보완하는 방향으로 시적 풍경을 산출한 시들은 모두 54수이다. 그러므로 시적 풍경의 산출 방향이 화면상의 풍경을 보완하는 쪽으로 편중되어 있다고 할 수 있다. 화가이자 시인이기도 한 월전이 자신의 그림을 시적 대상으로 하여 시적 풍경을 산출하면서 화면상의 풍경을 부각하는 방향으로 하지 않고 보완하는 방향으로 한 것은 무엇 때문일까? 두 가지 이유를 추정해볼 수 있다. 첫 번째 이유로 시가 매체의 속성상 그림에 비해 상대적으로 표현의 제약을 덜 받는다는 점을 들 수 있다. 두 번째 이유로 월전의 그림들이 대부분 화면에 그려진 경물의 수가 매우 단출하다는 점을 들 수 있다.

시는 매체의 속성상 그림에 비해 상대적으로 표현의 제약을 덜 받는다. 화가는 자신이 그리고자 하는 풍경을 형상을 통해 보여주는데, 그 형상은 사실상 찰나적인 순간에 움직임이 정지된 상태의 것이다. 뿐만 아니라 시각적으로 지각되는 것만 형상화될 수 있으며, 형상의 규모도 화면의 크기에 따라 제한을 받는다. 이에 비해 시인은 시적 화자의 목소리를 빌려 자신이 읊고자 하는 풍경에 관해 언급한다. 어떠한 감각기관을 통해 지각되는 것이든 또는 지각되지 않는 것이든 간에 적절하다면 어떠한 것이라도 시적 풍경의 요소로 선택될 수 있다. 시적 진술은 시간과 공간의 제한을 받지 않는다. 시인은 자신의 의도에 따라 동일한 시간대나 동일한 공간뿐만 아니라 상이한 시간대나 상이한 공간에서 발생한 것도 시적 풍경의 요소로 제시할 수 있다. 그렇기 때문에 화가가 그림이라는 매체의 속성 때문에 화면상에서 다 표현하지 못한 것을 시인은 시에서 표현할 수가 있다. 즉 월전은 자신이 그리고자 한 풍경을 화면상에서 형상을 통해 드러내려고 하였지만, 그것만으로는 충분하지 못하다고 생각하여 시적 진술을 통해 보완하고자 하였던 것이다.

게다가 월전의 그림들은 대부분 화면에 그려진 경물의 수가 매우 단출하다. 월전의 화훼화나 영모화 중에서는 배경 없이 대상이 되는 꽃이나 동물만이 그려진 그림들이 많다. 또 자연 풍경화에서도 풍경을 이루는 경물들이 몇 개 되지 않는 그림들이 많다. 화면상의 풍경을 이루는 요소가 적기 때문에, 그 요소만으로 시적 풍경을 창출하기 어렵다. 그렇기 때문에 화면상에 그려진 대상의 의미를 언어로 형상화하기 위해서는 화면상의 풍경을 이루는 요소 외에도 화면상에 보이지 않는 것에서 시적 풍경의 요소를 선정할 수밖에 없다. 그리하여 대상의 의미가 화면상에서는 그것의 단독 형상을 통해 부각되는 데 비해, 시에서는 다른 경물과의 관계나 시간의 흐름 속에서 부각된다.

화면에 그려진 경물의 수가 매우 단출한 월전의 그림의 특성은 또한 월전으로 하여금 화면에 한시나 한문을 써넣게끔 만든 원인이 되기도 한다. 화면을 형성하는 요소들이 적기 때문에 월전은 일군의 문자 형상으로서 한시나 한문을 화면을 형성하는 요소로 활용하여 화면상의 주요 형상을 부각하거나 또는 화면이 균형을 이루도록 하거나 또는 화면에 변화를 주기도 하였던 것이다.

다음의 〈그림 58〉은 「목련(1979)」이다. 시 (92)와 글 (가)는 〈그림 58〉의 화면상에 적혀진 것이다.

〈그림 58〉 「목련」

(92)

月中但覺有花香	달빛 속에 꽃향기만 맡아지더니
千朶奇葩混月光	천 송이 기이한 꽃들이 달빛과 섞여 있다
意是瑤臺仙子種	아마도 요대의 신선이 심어서인지
一塵不染耐寒霜	먼지 한 점 묻지 않고 찬 서리 견뎌낸다

(가)

月田道人[월전도인]

〈그림 58〉「목련」에서는 하얀 꽃이 화사하게 피기 시작한 목련나무 가지 2개가 그려져 있다. 아래쪽 가지에는 망울만 맺히고 아직 피지 않은 상태의 꽃봉오리가 2개 달려 있고, 위쪽 가지에는 역시 망울만 맺힌 상태의 꽃봉오리 2개와 활짝 핀 꽃 두 송이가 달려 있다. 아래쪽 가지의 꽃봉오리는 작게 그려져 있고, 위쪽 가지의 꽃봉오리와 꽃은 크게 그려져 있는데, 특히 꽃은 6개의 하얀 꽃잎이 활짝 벌어진 상태에서 연분홍빛을 띤 기부가 보일 정도로 자세하고 크게 그려져 있다. 그리하여 활짝 핀 하얀 꽃잎이 두드러져 보인다.

2개의 꽃가지가 사선 모양으로 연결되어 있기 때문에 동적인 느낌을 주기도 하지만, 한쪽 방향으로 기울어져 있을 뿐 아니라 위쪽 가지가 아래쪽 가지보다 훨씬 더 무거워 보이기 때문에 화면이 불안정해 보인다. 그런데 시 (92)와 글 (가)가 아래쪽 가지 바로 위쪽과 뒤쪽에 크고 굵은 글씨체로 4줄로 적혀져 있다. 뒤의 두 줄은 화면의 왼쪽 변을 따라 길게 적혀져 있고, 앞의 두 줄은 작은 가지 위쪽으로 짧게 적혀져 있다. 4줄의 문자열 가운데 네 번째 줄 마지막 네 개의 문자는 호를 적은 글 (가)이고, 호를 제외한 나머지 문자들은 시 (92)를 적은 것이다. 화면의 왼쪽 변을 따라 길고 또 두꺼운 형태로 되어 있기 때문에, 일군의 문자 형상은 왼쪽 방향으로 비스듬하게 기울어 있는 2개의 꽃가지의 형상들을 떠받쳐주는 듯한 느낌을 준다. 그리하여 화면이 전체적으로 균형을 이루어 안정되어 보인다. 즉 일군의 문자 형상으로서 시 (92)와 글 (가)는 한쪽 방향으로 기울어진 2개의 꽃가지의 형상을 떠받쳐줌으로써 화면이 전체적으로 균형을 이루게 하여 시각적인 안정감을 느끼게 해주는 기능을 한다.

화면과는 달리, 월전의 시 (92)에서는 하얀 목련꽃 이외에도 달빛과 달빛 속의 하얀 목련꽃의 존재를 후각적으로 또 시각적으로 지각하는 시적 화자의 행위와 그의 내면이 시적 풍경을 이루는 요소로 제시된다. 전 1, 2구에서는 시적 화자가 시간의 경과에 따라 달빛 속의 하얀 목련꽃의 존재를 후각적으로 또 시각적으로 지각하는 행위가 언급된다. 달빛과 구별되지 않을 정도로 목련꽃이 하얗기 때문에 시적 화자가 처음에는 하얀 목련꽃을 인지하지 못하고 꽃향내만을 맡았는데, 자세히 살펴보니 달빛 속에 많은 송이의 목련꽃들이 하얗게 피어 있다는 것이다. 후 3, 4구에서는 추운 날씨 속에서도 하얀 목련꽃이 맑고 깨끗한 자태를 드러내며 피어 있는 것에 대한 시적 화자의 내적 반응이 언급된다. 시적 화자가 생각하기로는, 아마도 요대에 사는 신선이 심은 것이어서 하얀 목련꽃이 먼지 한 점 묻지 않고 찬 서리를 견뎌내며 피어 있다는 것이다.

시적 풍경을 이루고 있는 요소들은 하얀 꽃이 핀 목련, 달빛, 달빛 속에 핀 하얀 목련꽃의 존재를 후각적으로 또 시각적으로 지각하는 시적 화자의 행위와 그의 내면 등이다. 이 중에서 하얀 목련꽃만이 화면상에서 확인할 수 있다. 달빛과 시적 화자의 후각적, 시각적 지각 행위 및 그의 내면은 화면상에서는 찾아볼 수 없다. 그것들은 월전이 상상하였던 것이거나 또는 실제로 체험하였던 것일 수도 있다. 이러한 점에서 화면과 함께 시인의 상상 또는 체험이 시적 풍경의 산출 근거가 된다.

월전이 화면상에서 보이지 않는 달빛과 시적 화자의 후각적, 시각적 지각 행위 및 그의 내면을 시적 풍경의 요소로 선택한 것은 무엇 때문일까? 달빛과 구별되지 않을 정도로 하얀 목련꽃의 맑고 깨끗한 자태를 부각하기 위한 것으로 보인다. 화가이자 시인인 월전은 화면상에서도 화사하게 핀 하얀 목련꽃 잎을 부각하였지만, 그것만으로는 하얀 목련꽃의 맑고 깨끗한 자태를 부각하는 데 충분하지 못하다고 생각하여 시적 진술을 통해 보완하고자 하였던 것이다. 그러므로 시 (92)의 시적 풍경은 화면상의 풍경과 보완 관계를 이룬다고 할 수 있다.

다음의 〈그림 59〉는 「명추(1965)」이다. 시 (93)과 글 (가)는 〈그림 59〉의 화면상에 적혀진 것이다.

〈그림 59〉 「명추」

(93)

金風入牖夜冷　　가을바람 창틈으로 스며들어 밤기운 차가운데
忽驚草蟲亂鳴　　갑자기 놀란 풀벌레 요란하게 울어댄다
夢繞雲涯萬里　　꿈은 구름 끝 만 리를 맴돌았는데
月色皓皓三更　　달빛이 휘영청 밝은 삼경이다

(가)

乙巳暮秋作於華府旅窗月田　　을사년 늦가을 워싱턴 여관에서 그리다. 월전

〈그림 59〉 「명추」는 보름달이 환하게 빛나는 밤에 벌레가 풀잎 위에 앉아서 울고 있는 풍경을 그린 그림이다. 환하게 빛나는 둥근 보름달의 모습을 배경으로 하여 벌레가 풀잎 위에 앉아서 울고 있는 모습이 마치 벌레가 풀잎이라는 무대 위에 올라 달빛 조명을 받으면서 울고 있는 것처럼 보인다. 풀잎이 벌레가

소리 내어 우는 무대라고 한다면, 달은 그러한 벌레의 모습을 비추어주는 조명 도구라고 할 수 있다. 그러므로 화면상에서 부각되는 것이 바로 풀벌레의 울음소리라고 할 수 있다. '鳴秋(벌레가 우는 가을)'라는 그림의 표제에서도 알 수 있듯이, 울어대는 풀벌레는 화면상의 형상을 이루는 요소들 중에서 가장 작은 것이긴 하지만, 화면상의 풍경의 지배적인 요소이다.

귀뚜라미와 같은 가을 풀벌레의 울음소리는 한시에서 흔히 먼 곳으로 떠난 낭군을 애타게 기다리는 여인의 심정이나 객지에서 시름에 잠겨 잠을 못 이루는 나그네의 심정을 대변하거나 또는 그들의 심정을 긁어 더욱 애간장을 타게 만드는 시적 제재로 쓰이곤 했다.[184] 이와 함께 "을사년 늦가을 워싱턴 여관에서 그리다(乙巳暮秋作於華府旅窓)"라는 글 (가)의 내용을 미루어볼 때, 〈그림 59〉는 풀벌레의 울음소리를 통해 먼 이국땅에서 나그네 생활을 하면서 고국을 그리워하며 애태우던 월전의 심정[185]을 표현한 그림이라고 할 수 있다.

화면 오른쪽 상단에 시 (93)과 글 (가)가 13줄로 적혀져 있다. 앞의 10줄은 시 (93)을 적은 것이고, 뒤의 3줄은 글 (가)를 적은 것이다. 앞의 10줄은 각각 2자 또는 3자로 되어 있는데다 문자의 크기가 달라 줄이 가지런하지 않고 들쑥날쑥한 형태로 되어 있다. 뒤의 3줄은 앞의 10줄의 문자들보다 작은 글씨체로 적혀져 있는데, 모두 4자로 되어 있고 문자들의 크기도 비슷하여 전체적으로 가지런한 직사각형 형태를 하고 있다. 이와 같이 시 (93)과 글 (가)가 크기와 형체가 서로 다른 2개의 형상으로 되어 있는데, 이는 화면에 변화를 주기 위한 것으로 보인다.

일군의 문자 형상으로서 시 (93)과 글 (가)는 화면의 각을 막는 기능을 하기도 한다. 중국화나 한국화의 화면은 4각이 모두 막히거나 모두 막히지 않는 것을 금기로 한다. 화면의 4각이 모두 막히면 한 귀퉁이도 숨이 통하는 곳이 없어서 답답한 느낌이 드는 반면, 4각이 전혀 막히지 않으면 화면이 들떠 있는 것처럼 안정되어 보이지 않기 때문이다. 그리하여 그림을 그리는 것 이외에 題跋을 쓰거나 도장을 찍는 방법을 사용하여 1각이나 2각을 막거나 필요한 경우에는 3각을 막기도 한다.[186] 〈그림 59〉에서는 시 (93)과 글 (가)가 화면 왼쪽 하단에 찍힌 도장과 화면 오른쪽 하단에 그려진 풀잎과 함께 화면의 3각을 막고 있다.

〈그림 59〉의 화면과는 달리, 월전의 시 (93)에서는 잠을 자면서 고국으로 돌아가는 꿈을 꾸던 시적 화자가 요란하게 울어대는 풀벌레 소리로 인해 한밤중에 잠을 깨는 풍경이 시간의 역차적인 순서에 따라 제시된다. 전 1, 2구에서는 시적 화자가 잠을 깰 무렵의 방 안의 상태가 언급된다. 가을바람이 창틈으로 스며들어 밤기운이 차갑게 느껴지고 또 무엇에 놀랐는지 갑자기 풀벌레가 요란하게 울어대는 소리가 창문 너머로 들려온다는 것이다. 즉 차갑게 느껴지는 밤기운과 요란스럽게 울어대는 풀벌레 소리 때문에 시적 화자가 잠을 깨게 되었다는 것이다. 셋째 구에서는 시적 화자가 잠을 자고 있을 때의 상태가 언급된

184 한국문화상징사전편찬위원회, 『한국문화상징사전』, 동아출판사, 1992, 80~81면 참조.

185 월전은 『화단 풍상 70년』(미술문화, 2003, 271면)에서 "내가 단신으로 미국 땅에 가서 한창 향수에 시달렸다"라고 술회한 바 있다.

186 왕백민, 앞의 책, 1991, 107면 참조.

다. 셋째 구의 "꿈은 구름 끝 만 리를 맴돌았는데(夢繞雲涯萬里)"라는 표현은 시적 화자가 자면서 머나먼 고국으로 돌아가는 꿈을 꾸고 있었음을 말한다. 고국으로 돌아가고 싶지만 돌아갈 수 있는 형편이 안 되어 시적 화자는 단지 고국 땅을 그리워하며 애를 태웠는데, 그러다 보니 자면서 고국으로 돌아가는 꿈을 꾸게 되었다는 것이다. 넷째 구에서는 시적 화자가 잠을 깨고 난 후의 상태가 언급된다. 깨어보니 시적 화자가 있는 곳이 고국 땅이 아니라 달이 휘영청 밝은 한밤중의 이국땅이라는 것이다.

풀벌레의 울음소리는 시적 화자의 달콤한 꿈을 깨웠을 뿐 아니라 심란해진 시적 화자의 애간장을 더욱 끓게 만든다. 고국에 돌아가는 꿈을 꾸다가 한밤중에 깨어난 시적 화자는 다시 잠을 이루기 어려운 데다 깨어버린 꿈에 대한 아쉬움과 고국에 대한 그리움으로 인해 마음이 심란하기 그지없다. 그러한 시적 화자를 비웃듯 계속 요란하게 울어대는 풀벌레의 울음소리 때문에 시적 화자는 애간장을 더욱 끓일 수밖에 없다.

시적 풍경을 이루고 있는 요소들은 가을바람이 창틈으로 스며들어 밤기운이 차가운 방 안, 갑자기 요란하게 울어대는 풀벌레의 울음소리, 방 안에서 잠자면서 고국에 돌아가는 꿈을 꾸다가 차가운 밤기운과 풀벌레의 요란한 울음소리 때문에 잠을 깬 시적 화자의 모습, 달빛이 휘영청 밝은 한밤중 등이다. 이 중에서 화면상에서 찾아볼 수 있는 것은 울어대는 풀벌레와 달빛이 휘영청 밝은 한밤중이다. 가을바람이 창틈으로 스며들어 밤기운이 차가운 방 안과 그 방 안에서 잠자면서 고국에 돌아가는 꿈을 꾸다가 차가운 밤기운과 풀벌레의 요란한 울음소리 때문에 잠을 깬 시적 화자의 모습은 화면상에서 찾아볼 수 없다. 그러한 것들은 월전이 상상한 것이거나 또는 실제로 체험한 것일 수도 있다. 이러한 점에서 화면과 함께 시인의 상상 또는 체험이 시적 풍경의 산출 근거가 된다.

월전이 화면상에서는 보이지 않는 그러한 것들을 시적 풍경의 요소로 선택한 이유는 무엇일까? 가을 밤에 요란하게 울어대는 풀벌레의 울음소리의 의미를 더욱 잘 드러내려고 하기 위한 것으로 보인다. 화가이자 시인인 월전은 화면상에서 풀잎 무대와 달빛 조명을 통해 풀벌레가 울고 있는 모습을 부각하였지만, 그것만으로는 풀벌레의 울음소리가 사람의 애간장을 끓게 만드는 소리임을 충분히 드러내지 못한다고 생각하여 시적 진술을 통해 보완하고자 하였던 것이다. 그러므로 시 (93)의 시적 풍경은 화면상의 풍경과 보완 관계를 이룬다고 할 수 있다.

다음의 〈그림 60〉은 「초해(1984)」이다. 시 (94)와 글 (가)는 〈그림 60〉의 화면상에 적혀진 것이다.

(94)

一望草海連天	끝없는 잔디밭 하늘에 닿았는데
雲淡日和氣淸	구름은 엷고 햇빛은 따사하며 공기도 맑다
銀鞭揮處風起	은빛 채 휘두르는 곳에 바람 일면
白球飛似流星	하얀 공이 유성처럼 날아간다
林鳥時時歡歌	숲속의 새들은 수시로 즐겁게 노래하고
人自心閑身輕	사람들은 절로 마음이 한가하고 몸도 가볍다

蕩滌百千塵累   백 가지 천 가지 번거로운 세상일들을 씻어내니
據作世外僊踪   속세를 떠난 신선의 자취 그대로다

(가)

甲子暮秋日月田散人作幷錄漢陽球園卽興新句

갑자년 늦은 가을날 월전산인이 그리고 아울러 한양컨트리클럽에서 즉흥으로 지은 새로운 시를 적다

〈그림 60〉「초해」

〈그림 60〉「초해」에서 월전은 호선 구도와 부감법 그리고 바림법 등을 활용하여 '草海'라는 그림의 표제처럼 골프장의 푸른 잔디밭을 푸른 바다처럼 그렸다. 호선 구도를 활용하여 화면 상단의, 잔디밭과 숲이 만나는 지역을 바닷가 해안처럼 보이게 하였다. 또 바림법을 사용하여 짙은 푸른색의 잔디밭과 숲과는 달리 그 둘이 맞닿는 부분의 색을 옅게 함으로써 마치 해안가에서 물결이 하얗게 부서지는 것처럼 보이게 하였다. 또한 높은 곳에서 내려다본 잔디밭의 모습을 화면에 가득하게 그린 데에다, 화면 하단 쪽에서 상단 쪽으로 갈수록 잔디밭의 색을 짙게 하였을 뿐 아니라 잔디밭의 폭을 점차적으로 좁게 함으로써, 화면이 왼쪽 상단 쪽으로 집중되는 구도를 보인다. 그리하여 넓게 펼쳐진 골프장의 잔디밭의 모습이 마치 바닷물이 해안에서 멀리 떨어진 곳에서부터 해안 쪽으로 밀려오는 광활한 바다처럼 보이게 하였다. 화면이 집중되는 왼쪽 상단 쪽에 공중으로 날아가는 하얀 골프공이 그려져 있다. 특이하게도 공이 포물선을 그리며 날아가는 궤도가 하얗게 그려져 있다. 그리하여 골프공이 마치 흰 물살을 일으키며 달리는 배처럼 보인다.

화면 상단 쪽에서 하단 쪽으로 갈수록 잔디밭의 색을 옅게 하였을 뿐 아니라 화면 하단 쪽에는 칠을 하지 않고 여백 처리를 하여 그 일대를 허하게 하였다. 그럼으로써 한편으로 잔디밭의 색이 짙게 칠해진 화면 상단 쪽과 대비를 이루어 화면 상단 쪽이 두드러져 보이게 하고, 다른 한편으로 화면에 변화를 주어 화면이 답답한 느낌이 들지 않고 시원한 느낌이 들게 하였다.[187]

월전은『화단풍상70년』에서 골프장을 처음 접하고 받았던 느낌을 "난생 처음으로 골프장에 들어서니

---

187 왕백민, 위의 책, 1991, 65~71면 참조.

244

우선 시원스럽게 펼쳐진 푸른 잔디밭이 가슴을 시원하게 해주었다"[188]라고 술회한 바 있다. 아마도 월전은 끝없이 펼쳐진 잔디밭을 광활한 바다처럼 그림으로써 당시에 받았던, 가슴을 탁 트이게 할 정도로 시원한 느낌을 표현한 것으로 보인다. 즉 월전은 「초해」에서 골프장의 모습을 사실적으로 그린 것이 아니라 골프장의 모습에 대한 자신의 느낌을 그린 것이라고 할 수 있다.[189]

화면 오른쪽 중앙에서부터 하단에 이르기까지 시 (94)와 글 (가)가 5줄로 적혀져 있다. 앞의 3줄은 시 (94)를 적은 것이고, 뒤의 2줄은 글 (가)를 적은 것이다. 앞의 3줄에 적혀진 문자의 크기가 뒤의 2줄에 적혀진 문자보다 더 크고 줄의 길이도 훨씬 길다. 이와 같이 시 (94)와 글 (가)가 크기와 형체가 서로 다른 2개의 형상으로 되어 있는데, 이는 화면에 변화를 주기 위한 것으로 보인다. 또한 화면 오른쪽 중앙에서 하단까지 시 (94)와 글 (가)가 적혀져 있지 않았다면, 화면이 왼쪽 상단 쪽으로 치우쳐 보였을 것이다. 일군의 문자 형상으로서 시 (94)와 글 (가)가 화면이 집중되는 왼쪽 상단의 맞은편 쪽인 화면 오른쪽 중앙과 하단에 위치함으로써 화면이 전체적으로 균형을 이루게 되어 안정되어 보인다. 즉 일군의 문자 형상으로서 시 (94)와 글 (가)는 화면이 한쪽으로 치우치는 것을 방지함으로써 화면이 전체적으로 균형을 이루게 하여 시각적인 안정감을 느끼게 해주는 기능을 한다.

화면과는 달리, 월전의 시 (94)에서는 끝없이 펼쳐진 잔디밭에서 사람들이 번거로운 세상일들을 잊어버린 채 한가하게 골프를 치는 풍경이 제시된다. 제1연과 2연에서는 맑게 갠 날의 골프장의 모습이 언급된다. 하늘에는 엷은 구름이 끼어 있고 햇볕이 따사하며 공기가 맑은데 사람들이 끝없이 펼쳐진 잔디밭에서 은빛 골프채를 휘둘러 하얀 골프공이 유성처럼 공중을 날아간다는 것이다. 제3연과 4연에서는 골프 치는 사람들의 심신의 상태가 언급된다. 골프장 주변의 환경이 좋기 때문에 숲속의 새들은 수시로 즐겁게 노래하고 사람들은 저절로 마음이 한가하고 몸도 가볍다. 그리하여 사람들이 번거로운 온갖 세상일들을 잊어버린 채 골프를 치는데, 그러한 모습이 마치 속세를 떠난 신선의 자취와도 같다는 것이다.

시적 풍경을 이루고 있는 요소들 중에서 화면상에서 찾아볼 수 있는 것은 잔디밭, 숲, 하얀 골프공이다. 엷은 구름, 따스한 햇볕, 맑은 공기, 새들이 지저귀는 소리, 골프 치는 사람들의 모습과 그들의 내면 상태는 화면상에서 찾아볼 수 없다. 그러한 것들은 골프장에서 월전이 실제로 접하였던 것들이다. 이러한 점에서 화면과 함께 시인의 체험이 시적 풍경의 산출 근거가 된다.

월전이 화면상에서는 보이지 않는 그러한 것들을 시적 풍경의 요소로 선택한 것은 무엇 때문일까? 사람들이 골프 치는 즐거움을 부각하기 위한 것으로 보인다. 화가이자 시인인 월전은 화면상에서 광활한 바다와 같은 모습을 통해 가슴이 탁 트이게 할 정도로 시원하게 펼쳐진 골프장의 잔디밭을 부각하였지만, 그것만으로는 사람들이 골프 치는 즐거움을 충분히 드러내지 못한다고 생각하여 시적 진술을 통해 보완하려고 하였던 것이다. 그러므로 시 (94)의 시적 풍경은 화면상의 풍경과 보완 관계를 이룬다고 할

---

188 장우성, 앞의 책, 2003, 277~278면.

189 장준구는 「월전 장우성의 골프 그림, 〈초해〉」(『월전의 붓끝, 한국화 100년의 역사』, 이천시립월전미술관, 2012, 222면)에서 "〈초해〉의 비재현적인 성격은 '형사를 추구하지 않는' 문인화 특유의 속성을 그대로 보여준다"라고 하였다.

수 있다.

다음의 〈그림 61〉은 「명학(1998)」이다. 시 (95)와 글 (가)는 〈그림 61〉의 화면상에 적혀진 것이다.

(95)

獨立寒塘邊　　홀로 차가운 못가에 서서
愁聽亂鴉聲　　어지러운 까마귀 소리 근심스레 듣는다
悵望三山遠　　멀리 삼신산 쪽을 시름없이 바라보다가
臨風一長鳴　　바람결에 한 번 길게 울어본다

(가)
戊寅秋八十七叟月田作於寒碧園
무인년 가을 팔십칠 세 노인 월전이 한벽원에서 그리다

〈그림 61〉 「명학」

화면상의 형상은 크게 세 부분, 즉 구름과 학 그리고 제관으로 되어 있다. 제관은 초서체로 적혀져 있는데, 앞의 두 줄은 시 (95)를 적은 것이고, 뒤의 두 줄은 글 (가)를 적은 것이다. 화면 중앙에 오른쪽 다리는 구부리고 왼쪽 다리로만 몸을 지탱한 채 긴 목을 위로 길게 빼고 먼 하늘 쪽을 바라보면서 울고 있는 학의 모습이 큼직하게 그려져 있다. 학의 그러한 모습은 먼 하늘 쪽 방향에 대한 학의 간절한 마음을 드러내는 자세이기도 하지만 왼쪽 다리로만 몸을 지탱하고 있기 때문에 균형이 잡히지 않아 불안해 보이는 자세이기도 하다. 그런데 학의 엉덩이 뒤쪽에 시 (95)와 글 (가)가 적혀져 있는데, 넉 줄로 된 시 (95)와 글 (가)가 마치 학을 받쳐주는 것처럼 보여서 학의 모습이 안정되어 보인다. 게다가 학의 주둥이에서부터 머리, 몸통, 오른쪽 다리의 무릎 관절 부분, 그리고 제관에 이르기까지 사선 모양으로 연결되어 있는데, 이로 인해 먼 하늘 쪽을 바라보는 학의 시선의 방향이 부각될 뿐 아니라 화면이 안정되어 보인다. 희고 가볍게 보이는 학의 몸통과 검고 무거워 보이는 제관의 글씨가 서로 어울려서 균형과 조화를 이루고 있기 때문에 화면이 안정되어 보이는 것이다. 학의 목 부위 위쪽으로 옅은 회색 구름이 부피감 있게 그려져 있다. 그럼으로써 먼 하늘 쪽을 향해 울고 있는 학의 검은색 주둥이와 이마의 빨간색 볏이 두드러져 보인다. 또한 시 (95)와 글 (가)가 들쑥날쑥한 4줄의 형태로 되어 있어서 화면에 변화를 준다. 만약 일군의 문자 형상으로서 시 (95)와 글 (가)가 없었더라면 화면이 단조로울 뿐 아니라 학의 모습이 위태롭게 보이고 또 화면이 오른쪽 상단 쪽으로 치우쳐져 균형을 잃어 불안정해 보였을 것이다.

먼 하늘 쪽을 바라보면서 우는 학의 모습이 그려진 〈그림 61〉과는 달리, 월전의 시 (95)에서는 서로 다른 시간대에 발생한 학의 두 가지 모습이 언급된다. 전 1, 2구에서는 못가에 홀로 서서 어지러운 까마귀 소리를 근심스레 듣는 학의 모습을 통해 고고하여 속된 것을 싫어하는 학의 고상한 기품이 간접적으로 언급된다. 학이 홀로 못가에 서 있다는 것은 학이 잡새들과 어울리지 않는 고고한 품성을 지녔음을 말하고, 어지러운 까마귀 소리를 근심스레 듣는다는 것은 학이 속된 것을 싫어하는 고상한 기품을 가졌음을 말한다. 후 3, 4구에서는 멀리 삼신산 쪽을 시름없이 바라보다가 바람결에 한 번 길게 우는 학의 모습이 언급된다. 고고하여 속된 것을 싫어하는 고상한 기품을 가졌기에 학은 속된 세상을 벗어나 신선이 사는 세계로 가기를 갈망한다. 그러나 가고 싶어도 갈 수 없기에 학은 하늘 저 멀리 삼신산 쪽을 시름없이 바라보다가 바람이 불어오는 김에 한 번 길게 울어 그곳에 가고 싶은 마음을 소리에 실어 보낸다는 것이다.

시적 풍경을 이루고 있는 요소들은 못가에 홀로 서서 어지러운 까마귀 소리를 근심스레 듣는 학의 모습과 멀리 삼신산 쪽을 시름없이 바라보다가 바람결에 한 번 길게 우는 학의 모습이다. 멀리 삼신산 쪽을 시름없이 바라보다가 바람결에 한 번 길게 우는 학의 모습은 화면상에서 볼 수 있다. 그러나 못가에 홀로 서서 어지러운 까마귀 소리를 근심스레 듣는 학의 모습은 화면상에서 볼 수 없다. 그것은 그림을 그리고 시를 지은 월전이 상상한 것이다. 이러한 점에서 화면과 함께 시인의 상상이 시적 풍경의 산출 근거가 된다.

월전이 화면상에서는 보이지 않는, 못가에 홀로 서서 어지러운 까마귀 소리를 근심스레 듣는 학의 모습을 시적 풍경의 요소로 선택한 것은 무엇 때문일까? 화면상에 그려진, 먼 하늘 쪽을 바라보면서 학이 울고 있는 풍경은 화면의 속성상 시간적으로 어떤 찰나적인 순간의 상태일 수밖에 없다. 또한 화면은 그러한 상태를 보여줄 뿐이지 설명하지 않는다. 그러나 그림을 그리고 시를 지은 월전은 그 풍경을 화면상에 그려져 있는 풍경의 현 상태로만 보지 않고 시간적으로 연관되는 상태, 즉 못가에 홀로 서서 어지러운 까마귀 소리를 근심스레 듣는 학의 모습과 연관되는 상태로 상상하였다. 그리하여 월전은 상상을 통해 화면상에 그려진 풍경의 상태보다 시간적으로 앞서 발생한 것을 시적 풍경으로 제시함으로써 화면상에서 학이 왜 그러한 모습을 하고 있는지 그 이유를 제시하였던 것이다. 이러한 점에서 시적 풍경은 화면상의 풍경과 보완 관계를 이룬다고 할 수 있다.

(3) 대체 관계

시적 풍경이 화면상의 풍경에 대해 대체 관계를 이룰 때, 시적 풍경의 요소들은 거의 대부분 화면상의 풍경에서 확인되지 않는다. 이는 시인이 화면상의 풍경을 이루는 요소들을 전부 배제하고 대신에 자신이 상상한 것이나 체험한 것들로 시적 풍경을 산출하였기 때문이다. 선과 색으로 이루어진 화면상의 풍경을 언어를 통해 시적 풍경으로 재산출한 월전의 제화시 57수 중에서 화면상의 풍경을 대체하는 방향으로 시적 풍경을 산출한 시는 「설매(1980)」, 「죽(1994)」 그림에 각각 적혀진 시 2수뿐이다. 여기에서는 2수를 모두 다루기로 한다.

옆의 〈그림 62〉는 「죽(1994)」이다. 시 (96)과 글 (가)는 〈그림 62〉의 화면상에 적혀진 것이다.

〈그림 62〉 「죽」

(96)

三里淸溪　삼 리에 뻗은 맑은 시내
一庭明月　뜰에 가득한 밝은 달빛
月送綠陰　달은 녹음을 보내고
露疑寒色　이슬은 차가운 빛 어려 있네

(가)

甲戌夏炎暑大熾老月揮汗寫
갑술년 여름 무더위가 기승을 부릴 때 늙은 월전이 땀을 흘리며 그리다

〈그림 62〉 「죽」은 배경이 없이 가는 줄기가 공중을 향해 길게 뻗은 대나무 네 그루를 그린 그림이다. 줄기 아래와 윗부분에 모여 있기 때문에, 대나무 잎들이 화면 상단에서부터 오른쪽을 거쳐 하단에 이르기까지 둥근 호 모양으로 펼쳐져 있다. 이 때문에 미끈한 줄기 중간 부분이 길게 남겨져 있고 공간도 여유 있게 구성되어 있어 화면이 시원하게 보인다. 아래쪽의 잎들은 짙은 먹으로 빽빽하게 그려져 있는 반면, 위쪽의 잎들은 옅은 먹으로 성글게 그려져 있다. 그림으로써 원근감과 입체감이 드러난다.[190] 잎들이 길고 힘이 있어 보이는데, 모두 아래쪽을 향해 비스듬히 시원스럽게 뻗쳐 있다. 잎들이 모두 아래쪽을 향해 비스듬히 뻗쳐 있다는 점에서 이슬로 잎이 흠뻑 젖은 노죽을 그린 것으로 보인다. 가늘고 미끈한 줄기 부분이 길게 드러나 있고 잎들은 아래로 비스듬히 시원하게 뻗쳐 있는 데다 여유 있는 공간 구성으로 인해 대나무의 시원스러운 이미지가 부각된다.

화면 왼쪽, 줄기 위쪽의 잎과 아래쪽의 잎 사이에 시 (96)과 글 (가)가 2줄로 적혀져 있다. 앞줄은 시를 적은 것이고, 뒷줄은 글 (가)를 적은 것이다. 앞줄에 적혀진 문자의 크기가 뒷줄에 적혀진 문자보다 더 크

190　이선옥, 『사군자, 매란국죽으로 피어난 선비의 마음』, 돌베개, 2011, 261면 참조.

고 줄의 길이도 훨씬 길다. 줄의 길이와 문자의 크기를 달리한 것은 화면에 변화를 주기 위한 것으로 보인다. 대나무 잎들이 화면 상단에서부터 오른쪽을 거쳐 하단에 이르기까지 둥근 호 모양으로 펼쳐져 있기 때문에, 화면 왼쪽은 텅 비어 있다. 만약 시 (96)과 글 (가)가 화면 왼쪽에 적혀져 있지 않았다면, 화면이 오른쪽으로 치우쳐 보였을 것이다. 이러한 점에서 일군의 문자 형상으로서 시 (96)과 글 (가)는 화면이 한쪽으로 치우치는 것을 방지함으로써 화면이 전체적으로 균형을 이루게 하여 시각적인 안정감을 느끼게 해주는 기능을 한다.

배경 없이 대나무만이 그려진 〈그림 62〉의 화면과는 달리, 월전의 시 (96)에서는 대나무와 함께 시내, 뜰, 달, 이슬 등이 시적 풍경을 이루는 요소로 제시된다. 시내, 뜰, 달, 이슬 등은 그림에 보이지 않을 뿐 아니라 시에서 언급된 대나무의 모습도 화면상에 그려진 것과 전혀 다르다. 첫째 구에서는 삼 리나 뻗은 맑은 시내가 언급되는데, 이는 시적 풍경의 원경으로 볼 수 있다. 둘째 구에서는 뜰을 환히 비추고 있는 공중의 밝은 달이 언급된다. 뜰이 시적 풍경의 하방 공간에 해당된다면, 달이 떠 있는 공중은 시적 풍경의 상방 공간에 해당된다. 셋째 구와 넷째 구에서는 시적 풍경의 중방 공간에 속하는 뜰 안의 대나무의 모습이 언급된다. 달빛을 받아 대나무가 뜰에 그림자를 드리우고 있고, 댓잎 위에 맺혀 있는 이슬은 차갑게 빛나고 있다는 것이다.

시적 풍경을 이루는 경물들은 모두 시원한 느낌을 준다. 이 때문에 시적 풍경에서 환기되는 것은 당연히 시원한 느낌이다. 이 시원한 느낌은 시적 풍경에서뿐만 아니라 화면상에서도 환기된다. 시원한 느낌이 화면상에서는 대나무의 가지와 잎 그리고 공간의 배열을 통해 환기된다면, 시에서는 그러한 느낌을 주는 경물들이 풍경의 요소로 선택됨으로써 환기된다. 월전이 그림과 시에서 모두 시원한 느낌을 환기하였던 이유가 글 (가)에서 드러난다. "여름 무더위가 기승을 부릴 때 늙은 월전이 땀을 흘리며 그리다(夏炎暑大熾老月揮汗寫)"라는 글의 내용에서 알 수 있듯이, 여름 무더위가 기승을 부리기 때문에 월전은 시원한 느낌을 주는 대나무 그림을 통해 무더위를 식히고자 하였던 것이다.

그러나 월전은 화면상에 그려진 대나무의 모습이 환기하는 시원한 느낌의 강도가 무더위를 식히기에 충분하지 않다고 판단한 것 같다. 그렇기에 그러한 모습이 시적 풍경의 요소로 선택되지 않고 그것을 대체하여 달빛을 받아 뜰에 그림자를 드리우고 있고 또 댓잎 위에는 이슬이 차갑게 빛나고 있는 대나무의 모습과 삼 리를 뻗은 맑은 시내가 시적 풍경의 요소로 선택되었던 것이다.

시적 풍경의 요소로 선택된 경물들의 모습은 화면상에서 전혀 찾아볼 수 없다. 월전은 그러한 경물들의 모습을 어떻게 선택하였을까? 이종호는 시 (96)의 셋째 구와 넷째 구가 당나라 시인 方干(809~888)이 대나무를 노래한 시에서 절취한 것으로 월전의 온전한 창작이라 할 수 없다고 하였다.[191] 그러므로 첫째 구와 둘째 구에 언급된 시내와 달의 모습은 월전이 직접 체험을 통해 선택한 것이라면, 셋째 구와 넷째 구에 언급된 대나무의 모습은 독서 체험을 통해 선택한 것이라고 할 수 있다. 즉 화가이자 시인인 월

---

191 이종호, 앞의 논문, 2012, 80면.

전은 무더위를 식히기에 충분할 정도로 시원한 느낌을 환기하기 위해 화면상에 그려진 대나무의 모습은 모두 배제하고 그것 대신 자신이 직접 체험하였거나 간접 체험하였던 것들로 시적 풍경을 산출하였던 것이다. 이러한 점에서 시적 풍경의 산출 근거는 화면이 아니라 시인의 직·간접적인 체험이라고 할 수 있다. 월전이 화면상에 그려진 대나무의 모습은 모두 배제하고 자신이 직접 체험하였거나 간접 체험하였던 것들로 시적 풍경을 산출하였다는 점에서, 시 (96)의 시적 풍경은 화면상의 풍경과 대체 관계를 이룬다고 할 수 있다.

다음의 〈그림 63〉은 「설매(1976)」이고, 〈그림 64〉는 「설매(1980)」이다. 시 (97)과 글 (가) 그리고 시 (98)과 글 (나)는 각각 〈그림 63〉과 〈그림 64〉의 화면상에 적혀진 것이다.

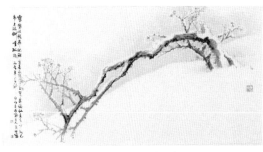 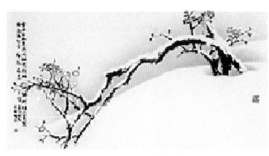

〈그림 63〉「설매」(1976)　　　　　　　　　　　　〈그림 64〉「설매」(1980)

(97)

雪壓枝頭華肥鮮　　눈이 가지 끝을 눌러도 꽃은 통통하고 고와
雪香花艶春無邊　　눈 속의 향내 꽃의 아리따움에 봄은 끝이 없다
謫仙老夫少知己　　적선노부 지기가 적어
市上醉倒唯孤眠　　저잣거리에서 취해 쓰러져 외로이 잠든 것 같다

(가)

丙辰年春仲白水老石室主人月田寫
병진년 음력 2월에 백수노석실 주인 월전 그리다

(98)

雪滿空山月滿城　　눈은 텅 빈 산을 덮고 달빛은 성안에 가득하여
孤吟獨酌到深更　　밤 깊도록 홀로 읊조리며 홀로 술을 마시다가
書窓睡熟殘灯冷　　등불이 가물거릴 때 창가에 기대 곤히 잠들어 있는데
一樹梅花歲寒情　　한 그루 매화가 추운 겨울의 정취를 품고 있다

(나)

盤龍山人月田寫　　반룡산인 월전 그리다

〈그림 63〉과 〈그림 64〉는 표제가 똑같이 '설매'이다. 뿐만 아니라 꽃의 크기나 모양이 약간 차이 날 뿐 화면상에 그려진 눈 속의 매화나무의 형상도 거의 일치한다. 다만 두 그림에 각각 화제로 적혀진 시 (97)과 (98) 그리고 글 (가)와 (나)의 내용이 서로 다를 뿐이다. 월전의 그림들 중에는 동일 화제가 적혀진 것들이 상당수 있다. 이는 화제의 미적 기능을 실험하기 위해 월전이 동일 화제를 문자들의 배열 형태만 다르게 하거나 또는 문자들의 배열 형태와 배열 위치를 모두 다르게 하여 적었던 것이다. 그러나 화면상의 형상이 거의 일치됨에도 불구하고 상이한 화제가 적혀진 그림은 〈그림 63〉과 〈그림 64〉 외에 「비상 (1972)」과 「비상(1976)」만이 있을 뿐이다.

시 (97)의 시적 풍경의 요소들은 모두 화면상에서 확인할 수 있는 데 비해, 시 (98)의 시적 풍경의 요소들은 모두 화면상에서 확인할 수 없다. 말하자면 시 (97)에서 제시된 시적 풍경은 화면상의 풍경에 대해 부각 관계를 이루고 있고, 시 (98)에서 제시된 시적 풍경은 화면상의 풍경에 대해 대체 관계를 이루고 있다고 할 수 있다. 그런데 시 (97)은 월전이 지은 시가 아니라 중국 淸末의 문인화가 吳昌碩 (1844~1927)이 지은 시이다.[192] 그러므로 시 (97)은 제화시가 아니다. 월전이 오창석의 시 (97)을 읽은 다음 그 시의 시적 풍경을 〈그림 63〉으로 그렸기 때문에, 시 (97)은 제화시가 아니라 화제시이다. 이에 비해 시 (98)은 제화시이다. 월전이 먼저 〈그림 64〉를 그린 다음 그 그림을 시적 대상으로 하여 시 (98)을 지어서 화면상에 적어 넣었기 때문이다. 여기에서는 두 그림과 시들을 각각 비교 분석한 다음, 월전이 화면상의 풍경을 대체하는 방향으로 시적 풍경을 산출한 이유를 추정해보기로 한다.

시 (97)에서는 시적 화자의 시선이 '상 → 하'로 이동됨에 따라 눈이 쌓인 잔가지에 매화꽃이 피어 있는 모습과 옆으로 뻗어나간 매화나무 가지의 모습이 차례로 제시된다. 전 1, 2구에서는 눈이 쌓인 잔가지에 피어 있는 매화꽃의 모습이 언급된다. 눈이 쌓여 있는 잔가지에 매화꽃들이 피어나 통통하고 고운 모습으로 눈 속에서 은은한 향기를 풍기고 있는 것이 마치 봄날 풍경과도 같다는 것이다. 그러한 모습 속에서 매화의 강인한 생명력이 드러난다. 후 3, 4구에서는 술에 취해 저잣거리에 잠든 이백의 모습에 비유됨으로써 위로 뻗지 않고 옆으로 뻗어나간 매화나무 가지의 모습이 간접적으로 언급된다. 시 (97)에서 이백의 고사를 통해 간접적으로 언급된 것이 옆으로 뻗어나간 매화나무 가지의 모습만은 아니다. 매화나무와 그 주변의 상태까지 간접적으로 언급된다. 천부적으로 뛰어난 시적 능력을 가지고 있음에도 알아주는 이가 없어 술에 취해 저잣거리에 외로이 잠든 이백처럼 강인한 생명력으로 눈 속에서 꽃망울 터뜨려 화사한 모습을 드러내고 있지만 그것을 알아주는 이가 없이 매화나무만이 쓸쓸히 홀로 있는 상태가 간접적으로 언급되고 있는 것이다.

월전은 시 (97)에서 언어로 환기되는 풍경을 〈그림 63〉으로 시각화하였다. 월전은 매화나무 가지를 화

---

192 월전이 「분매」(『화실수상』, 1999, 44면)라는 글에서 소개한 오창석의 시와 시 (96)은 세 글자가 차이를 보인다. 첫째 구의 네 번째 글자가 「분매」에서는 '花'으로 되어 있는 데 비해, 시 (96)에서는 '華'로 되어 있다. 둘째 구의 네 번째 글자가 「분매」에서는 '白'으로 되어 있는 데 비해, 시 (96)에서는 '艷'으로 되어 있다. 또 셋째 구의 네 번째 글자가 「분매」에서는 '去'로 되어 있는 데 비해, 시 (96)에서는 '夫'로 되어 있다.

면 오른쪽 상단에서부터 왼쪽 하단에 이르기까지 사선 모양으로 펼쳐진 형태로 그림으로써 시에서 간접적으로 언급된, 옆으로 뻗어나간 매화나무 가지의 모습을 화면상에 반영하였다. 매화나무는 비탈진 언덕에 뿌리를 박고 있으면서 굵은 가지가 위로 뻗지 않고 휘어져서 언덕 아래쪽을 향해 뻗어나가다가 다시두 가닥으로 갈라져 뻗으면서 가지 끝이 눈 속에 묻혀 있다. 그럼으로써 눈이 상당히 쌓여 있음을 드러낸다. 시에서 언급된, 눈이 쌓인 잔가지에 피어 있는 통통하고 고운 매화꽃의 모습은 화면상에서는 그루터기와 가지 끝부분에 각각 뻗어나온 여러 개의 잔가지에 화사하게 피어 있는 붉은 매화꽃과 온통 눈으로 덮인 비탈진 언덕 그리고 눈이 쌓여 있는 굵은 가지와 잔가지의 모습으로 그려져 있다. 굵은 나뭇가지가 휘어져 있는 데다 가지 위에 눈이 덮여 있는 모습이 마치 가지가 눈의 무게를 이겨내지 못해 휘어진 것처럼 보인다. 그럼에도 불구하고 잔가지 곳곳에 화사하게 피어 있는 붉은 꽃들의 모습은 악조건 속에서도 꽃을 피워내는 매화나무의 강인한 생명력을 말해준다. 또한 시에서 간접적으로 언급된, 매화나무만이 쓸쓸히 홀로 있는 모습은 화면상에서는 온통 눈으로 덮인 가운데 매화나무 한 그루만 있는 모습으로 그려져 있다. 내리는 눈으로 인해 하늘이 온통 하얀빛을 띤 가운데 나뭇가지 주변의 공중은 잿빛을 띠고 있어, 시간적 배경이 밤임을 드러낸다.

〈그림 63〉과 〈그림 64〉는 두 가지 면을 제외하고서는 거의 똑같다. 하나는 〈그림 64〉에 그려진 매화꽃이 〈그림 63〉의 것보다 더 통통하고 더 선명하게 그려져 있다는 점이다. 다른 하나는 일군의 문자 형상으로서 두 그림에 적혀져 있는 제관의 모양이 차이를 보인다는 점이다. 〈그림 63〉에서는 시 (97)과 글 (가)가 화면의 왼쪽 변을 따라 길게 2줄로 적혀져 있다. 이에 비해 〈그림 64〉에서는 시 (98)과 글 (나)가 화면 왼쪽 변을 따라 3줄로 적혀져 있는데, 앞의 2줄은 화면 왼쪽 상단에서부터 하단에 이르기까지 길게 적혀져 있고, 마지막 한 줄은 짧게 적혀져 있다. 〈그림 63〉의 문자열의 길이가 〈그림 64〉의 것보다 훨씬 더 길다. 매화나무의 가지가 휘어져 화면 오른쪽 상단에서 왼쪽 하단으로 비스듬하게 뻗어 있기 때문에 한편으로 동적인 느낌을 주기도 하지만 다른 한편으로 불안정감을 준다. 두 그림에서 화면의 왼쪽 변을 따라 길게 적혀진 시와 글은 모두 왼쪽 방향으로 비스듬하게 기울어 있는 나뭇가지를 떠받쳐주는 듯한 느낌을 준다. 그리하여 화면이 전체적으로 균형을 이루어 안정되어 보인다. 그러므로 일군의 문자 형상으로서 제관은 두 그림 모두에서 화면이 전체적으로 균형을 이루게 하여 시각적인 안정감을 느끼게 해주는 기능을 한다.

월전의 시 (98)에서는 시간의 경과에 따라 서로 다른 2개의 풍경이 제시된다. 전 1, 2구에서는 달빛 아래 펼쳐진 설경을 보고 흥겨워하고 있는 시적 인물의 모습이 언급된다. 환한 달빛 아래 펼쳐진 눈 덮인 산과 마을 풍경으로 인해 흥이 도도해진 인물이 밤이 깊도록 혼자서 시를 읊조리기도 하고 또 술을 마시기도 한다는 것이다. 후 3, 4구에서는 밤늦게까지 설경을 감상하던 시적 인물이 서재의 창가에 기댄 채 잠들어 있고 한 그루 매화나무가 추운 겨울의 정취를 품고 있는 모습이 언급된다. 한 그루 매화나무가 추운 겨울의 정취를 품고 있다는 표현은 매화나무의 상태를 구체적으로 언급한 것이 아니다. 그러나 추운 겨울 날씨에 매화나무에 꽃이 피었음을 간접적으로 언급한 것으로 해석할 수 있다. 즉 밤늦게까지 설경을 감상하던 인물은 매화나무에 꽃이 핀 것을 알지 못한 채 잠이 들어, 꽃이 핀 매화나무 한 그루만 홀로 추운 겨울밤을 지새우고 있다는 것이다.

시적 풍경을 이루고 있는 요소는 눈 덮인 산과 마을, 달빛, 설경을 감상하며 혼자서 시를 읊조리기도 하고 또 술을 마시기도 하다가 창가에 기대어 자는 인물, 등불, 그리고 꽃이 핀 매화나무 등이다. 눈 덮인 산과 마을, 달빛, 인물, 등불 등은 그림에 보이지 않을 뿐 아니라 시에서 언급된 매화나무의 모습도 화면 상에 그려진 것처럼 구체적이지 않다. 월전은 왜 화면상에 그려져 있지 않은 경물들과 인물을 시적 풍경의 요소로 선택하였을까? 화가이자 시인인 월전이 시적 진술을 통해 화면상에 겨울밤 눈 속에서 화사하게 꽃이 핀 매화나무 한 그루만이 그려진 이유를 제시하고자 한 것으로 보인다. 눈 덮인 산과 마을 풍경으로도 흥이 도도해져 밤이 깊도록 혼자서 시를 읊조리기도 하고 또 술을 마시기도 한 인물이었기에, 만약 눈 속에서 매화나무에 꽃이 핀 것을 알았다면 그것을 감상하느라 뜬눈으로 추운 겨울밤을 지새웠을 것이다. 그런데 그 인물이 잠이 든 후에 매화나무에 꽃이 피었기 때문에, 그 인물은 꽃이 핀 줄도 모르고 잠을 자고 있고 매화나무만이 꽃을 피운 채 홀로 쓸쓸히 추운 겨울밤을 지새우고 있다. 월전은 바로 시에서 시간대가 다른 2개의 풍경을 제시함으로써 눈 내린 겨울밤에 화사하게 꽃이 핀 매화나무 한 그루만이 화면상에 그려진 이유를 간접적으로 설명하였던 것이다.

오창석이 지은 시 (97)에서는 꽃이 핀 매화나무의 모습이 구체적으로 제시되어 있다. 그렇기 때문에 월전은 시 (98)에서 꽃이 핀 매화나무의 모습을 다시 반복하여 제시하지 않았던 것으로 보인다. 또한 시 (97)에서는 이백의 고사를 통해 강인한 생명력으로 추운 겨울에 꽃을 피운 매화나무를 알아주는 사람이 없다고 하였다. 이에 비해 월전은 시 (98)에서 알아줄 수 있는 사람이 잠든 후에 꽃이 피었기 때문에 매화나무가 홀로 겨울밤을 지새울 수밖에 없다고 하였다. 이러한 점에서 월전의 시 (98)은 〈그림 64〉뿐만 아니라 오창석의 시 (97)과의 상호 관련성 속에서 지어진 것이라고 할 수 있다.

시적 풍경의 요소로 선택된 경물들이나 인물의 모습은 모두 화면상에서 찾아볼 수 없다. 그것들은 월전이 직접 체험하였던 것일 수도 있고 또는 상상하였던 것일 수도 있다. 이러한 점에서 시적 풍경의 산출 근거는 화면이 아니고 시인의 체험 또는 상상이라고 할 수 있다. 월전이 화면상에 그려진 매화나무의 모습은 모두 배제하고, 그 대신에 자신이 직접 체험하였거나 상상하였던 것들로만 시적 풍경을 산출하였다는 점에서, 시 (98)의 시적 풍경은 화면상의 풍경과 대체 관계를 이룬다고 할 수 있다.

4. 마무리

이 글에서는 월전 장우성의 그림들에서 시 · 서 · 화가 어떠한 관계 양상을 보이는지를 제화시를 중심으로 논의하고자 하였다. 이를 위해 먼저 월전의 그림에서 제화시가 어떠한 기능을 하고 있는가를 살펴보았다. 그런 다음 화면상의 풍경을 시적 풍경으로 재산출한 월전의 제화시들을 대상으로 하여 화면상의 풍경과 시적 풍경이 어떠한 관계 양상을 보이는지를 살펴보았다.

월전의 그림에서 제화시가 어떠한 기능을 하고 있는가를 살펴보기 위해 먼저 월전이 한글 전용 시대에 한시로 제화시를 지어 자신의 그림에 써넣은 이유를 밝힌 「화제변」이라는 글을 분석해보았다. 「화제변」에서는 한글 전용 시대에 한시나 한문으로 된 화제가 유용하지 않다는 일부 평자들의 주장에 대해 화제의 유용성을 주장하는 월전의 반론이 제시된다.

일부 평자들은 문자 메시지로서 화제의 정보적 기능에 초점을 맞춰 한시나 한문으로 된 화제의 무용성을 주장하였다. 한글 전용 시대의 감상자들은 한시나 한문을 해독할 수 없기 때문에 그림에 대한 정보를 제시하더라도 소용이 없다는 것이다. 이에 비해 월전은 일군의 문자 형상으로서 화제의 미적 기능에 초점을 맞춰 한시나 한문으로 된 화제의 유용성을 주장하였다. 화제가 일군의 문자 형상으로서 전체적인 화면 형성에 기여를 하고 있기 때문에 한시나 한문을 해독하지 못하더라도 그림 감상에 아무런 문제가 없다는 것이다.

이 글에서는 실제로 한시나 한문이 적혀진 월전의 그림에서 그것들이 구체적으로 어떠한 역할을 하는가를 살펴봄으로써 어느 쪽의 주장이 타당한지를 검토해보았다. 검토해본 결과, 월전의 그림에 적혀진 한시나 한문은 일부 평자들이 주장하는 것처럼 그림에 대한 정보를 제시하는 데 그치는 것이 아니다. 월전이 주장하였듯이, 일군의 문자 형상으로서 한시나 한문은 그림의 일부가 되며, 그럼으로써 전체적인 화면 형성에 기여를 한다. 때로는 경물의 형상으로 표현할 수 없는 것을 문자 형상을 활용하여 표현하기도 한다. 그러나 월전이 주장하였듯이, 그림에 적혀진 한시나 한문이 오직 그림의 일부로서 미적 기능만을 하는 것은 아니다. 일부 평자들이 주장하는 것처럼 그림에 대한 정보를 제시하는 기능도 한다. 그렇다고 해서 그림에 적혀진 한시나 한문의 해독이 반드시 그림 감상의 필수 조건이 되는 것은 아니다. 물론 그림에 적혀진 한시나 한문을 해독해야만 화면이 무엇을 그린 것인지를 알 수 있는 그림도 일부 있다. 그러나 대부분의 그림의 경우, 감상자가 한시나 한문을 해독하지 못하더라도 화면상의 형상과 그림의 표제를 통해 화면이 무엇을 그리고자 한 것임을 알 수 있다. 즉 한시나 한문을 해독하지 못하더라도 그림을 감상하는 데 아무런 어려움이 없다. 다만 해독할 수 있다면, 감상자는 그림에 적혀진 한시나 한문을 통해 그 그림을 더욱 잘 이해할 수 있다.

화면에 적혀진 한시나 한문은 그것을 해독하지 못하는 감상자들의 눈에는 전체적인 화면 형성에 기여를 하는 일군의 문자 형상으로만 인식된다. 그러나 그것을 해독할 수 있는 감상자의 눈에는 일군의 문자 형상으로 인식될 뿐 아니라 그림에 대한 정보를 전달하는 문자 메시지로도 인식된다. 그렇기 때문에 비록 월전이 주로 미적 기능에 근거하여 한시나 한문으로 된 화제의 유용성을 주장하였지만, 월전 역시 화제의 정보적 기능을 간과할 수 없고, 또 실제로 간과하지 않았다. 월전은 정보적 기능과 미적 기능이라는 화제의 두 가지 기능을 인지하고 있었기 때문이다. 즉 월전이 한시나 한문을 사용하여 자신의 그림에 화제를 써넣었던 것은 한편으로 그림에 대한 정보를 제시하면서 다른 한편으로 전체적인 화면 형성에 여러 모로 활용하기 위해서였던 것이다.

월전은 40여 년 동안 15회에 걸쳐 자신이 그린 그림 15점에 써넣었던 자작 제화시를 화면상의 형상이 전체적으로 비슷하거나 제목이 동일한 그림 16점에 다시 써넣었다. 자신이 지은 동일 한시를 자신의 그림들에 반복적으로 적어 넣는 작업을 40여 년 동안 했다는 것은 월전이 어떤 의도를 가지고 해왔음을 말해준다.

2점 이상의 그림들에 동일 한시가 적혀졌다는 것은 곧 각각의 그림에 대한 정보의 내용이 동일하다는 것을 뜻한다. 그러나 동일 한시일지라도 한시에 사용된 문자들의 배열 형태나 배열 위치는 그림에 따라 차이를 보인다. 월전이 문자들의 배열 형태나 배열 위치를 그림에 따라 달리하였기 때문이다. 그러므로 동일 한시일지라도 화면 형성에 기여하는 양상은 그림에 따라 달라질 수 있다. 그러므로 월전이 동일 한시를 자신의 그림에 써넣는 작업을 40여 년 동안이나 하였다는 것은 곧 월전이 화제의 미적 기능을 오랜 세월에 걸쳐 다각적으로 실험하였음을 의미한다.

동일 한시가 적혀진 월전의 그림들을 비교해본 결과, 그림의 주요 형상의 형태가 많든 적든 차이 남을 확인할 수 있었다. 월전이 일군의 문자 형상으로서 한시의 미적 기능을 다각적으로 실험하기 위해 그렇게 그린 것으로 보인다. 월전의 그림들에서 일군의 문자 형상으로서 한시는 주요 형상만으로 화면을 형성하기에는 부족한 점을 보완해주는 기능을 한다. 그렇기 때문에 그림에 따라 주요 형상의 형태가 차이나면 동일 한시일지라도 그것의 외적 형태나 위치도 자연히 달라질 수밖에 없다. 이러한 점에서 동일 한시의 반복적인 사용을 통한 월전의 실험은 곧 주어진 그림의 주요 형상의 형태에 따라 그 형상의 형태를 보완하여 화면을 형성할 수 있도록 한시에 적합한 외적 형태와 위치를 부여하는 작업이라고 할 수 있다. 그러므로 월전의 그림들에서 일군의 문자 형상으로서 한시는 단순히 화면상의 빈 공간에 적혀진 것이 아니라 월전에 의해 정교하게 고안된 일종의 미적 장치라고 할 수 있다.

월전의 자작 제화시가 적혀진 78점의 그림들 중에서 54점의 그림들 속에 적혀진 57수의 제화시들은 화면상의 형상에 관해 진술하는 시들이다. 이 시들에서는 선과 색으로 이루어진 화면상의 형상, 즉 화면상의 풍경이 언어를 통해 시적 풍경으로 재산출되었다. 화면상의 풍경과 시적 풍경의 관계 양상은 시적 풍경을 이루는 요소들이 화면상의 풍경에서 확인될 수 있는지 그리고 확인될 수 있다면 그 요소들이 어느 정도 되는지에 따라 다음과 같은 세 가지 유형으로 추출할 수 있다. 즉 부각 관계, 보완 관계, 대체 관계가 바로 그것이다. 월전의 제화시 57수에서 산출된 각각의 시적 풍경과 그것의 시적 대상인 화면상의 풍경을 비교한 결과, 화면상의 풍경을 부각하는 방향으로 시적 풍경을 산출한 시는 1수밖에 없고, 화면상의 풍경을 대체하는 방향으로 시적 풍경을 산출한 시는 2수에 불과하다. 나머지 54수는 모두 화면상의 풍경을 보완하는 방향으로 시적 풍경을 산출한 시들이다. 이 글에서는 시적 풍경과 화면상의 풍경의 세 가지 관계 양상에 각각 해당되는 시와 그림을 구체적으로 비교 분석하였다. 그러한 과정에서 시적 풍경이 그렇게 산출된 이유와 아울러 시적 풍경의 산출 방향이 보완 관계 쪽으로 편중된 이유를 추정해보았다.

화가이자 시인이기도 한 월전이 자신의 그림을 시적 대상으로 하여 시적 풍경을 산출하면서 화면상의 풍경을 부각하는 방향으로 하지 않고 보완하는 방향으로 한 것은 두 가지 이유 때문으로 보인다. 첫 번째 이유로 시가 매체의 속성상 그림에 비해 상대적으로 표현의 제약을 덜 받는다는 점을 들 수 있다. 화가가 그림이라는 매체의 속성 때문에 화면상에서 다 표현하지 못한 것을 시인은 시에서 표현할 수가 있다. 즉 월전은 자신이 그리고자 한 풍경을 화면상에서 형상을 통해 드러내려고 하였지만, 그것만으로는 충분하지 못하다고 생각하여 시적 진술을 통해 보완하고자 하였던 것이다. 두 번째 이유로 월전의 그림들이 대부분 화면에 그려진 경물의 수가 매우 단출하다는 점을 들 수 있다. 화면상의 풍경을 이루는 요소가 적기 때문에, 그 요소만으로 시적 풍경을 창출하기 어렵다. 그렇기 때문에 화면상에 그려진 대상의 의미를 언어로 형상화하기 위해서는 화면상의 풍경을 이루는 요소 외에도 화면상에 보이지 않는 것에서 시적 풍경의 요소를 선정할 수밖에 없다. 그리하여 대상의 의미가 화면상에서는 그것의 단독 형상을 통해 부각되는 데 비해, 시에서는 다른 경물과의 관계나 시간의 흐름 속에서 부각된다.

화면에 그려진 경물의 수가 매우 단출한 월전의 그림의 특성은 또한 월전으로 하여금 화면에 한시나 한문을 써넣게끔 만든 원인이 되기도 한다. 화면을 형성하는 요소들이 적기 때문에 월전은 일군의 문자 형상으로서 한시나 한문의 외형을 화면을 형성하는 요소로 활용하여 화면상의 주요 형상을 부각하거나 또는 화면이 균형을 이루도록 하거나 또는 화면에 변화를 주기도 하였던 것이다. 이 글에서는 그림을 분석하는 과정에서 일군의 문자 형상으로서 제화시가 화면 형성에 어떠한 역할을 하는지도 함께 살펴보았다.

참고문헌

1. 자료

(1) 그림 자료

국립박물관 소장, 『谷雲九谷圖帖』.

밀양박물관 소장, 「今是堂十二景圖」(일명 「密陽十二景圖」).

손상모 소장, 『七灘亭十六景畫帖』.

이천시립월전미술관 소장, 장우성 그림 디지털 이미지.

(2) 문헌 자료

江贄 編, 『通鑑節要』, 보경문화사, 1983.

姜淮伯 · 姜碩德 · 姜希顏, 『晉山世稿』, 경인문화사, 1976.

姜希孟, 『私淑齋集』, 韓國文集叢刊 12집.

『高麗史』.

權尙夏, 『寒水齋集』, 韓國文集叢刊 150~151집.

기세춘 · 신영복 편역, 『中國歷代詩歌選集』 권 2, 돌베개, 1994.

金達鎭 譯解, 『唐詩全書』, 민음사, 1987.

----- 역주, 『한산시』, 세계사, 1989.

白光勳, 『玉峰詩集』, 경인문화사, 1987.

徐居正, 『東人詩話』, 韓國詩話叢編 1, 趙鍾業編, 동서문화원, 1989.

-----, 『徐四佳全集』, 문연각, 1988.

----- 편찬, 『東文選』, 경희출판사, 1966.

----- 편찬, 『국역 東文選』, 민족문화추진회, 1982.

孫寧秀 編, 孫八洲 · 鄭景柱 譯註, 『七灘誌』, 제일문화사, 1989.

孫八洲 · 鄭景柱 譯註, 『國譯 · 原文 竹圃集』, 빛남사, 1997.

申緯, 『申緯全集』, 孫八洲編, 태학사, 1983.

申㲄, 『汾厓遺稿』, 韓國文集叢刊 129집.

안동림 역주, 『장자』, 현암사, 1998.

俞崑 編, 『中國畫論類編』, 華正書局, 民國 73年.

李穀, 『稼亭集』, 高麗名賢集 3, 성균관대학교 대동문화연구원, 1980.

李奎報, 『東國李相國集』, 高麗名賢集 1, 성균관대학교 대동문화연구원, 1980.

李達, 『蓀谷詩集』, 경인문화사, 1987.

李書九, 『惕齋集』, 민족문화사, 1980.

李穡, 『牧隱詩藁』, 高麗名賢集 1, 성균관대학교 대동문화연구원, 1980.

이운성 편역, 『금시당선생문집』, 금시당집국역본간행위원회, 2000.

이익 저, 양기정 역, 『성호전집』, 한국고전번역원, 2016.

李仁老, 『破閑集』, 高麗名賢集 1, 성균관대학교 대동문화연구원, 1980.

李荇, 『容齋集』, 아세아문화사, 1976.

李玄煥, 『蟾窩雜著』, 『近畿實學淵源諸賢集』 6책, 성균관대학교 대동문화연구원, 2002.

임창순 소장, 『匪懈堂瀟湘八景詩卷』 影印本, 『태동고전연구』 5집, 1989.

丁若鏞, 『與猶堂全書』, 경인문화사, 1982.

-----, 『국역 다산시문집』, 민족문화추진회, 1994.

조관희 역해, 『列子』, 청아출판사, 1988.

朱熹, 『論語集註』, 『經書』, 성균관대학교 대동문화연구원, 1965.

2. 국내 논저

고연희, 「〈夢遊桃源圖 題讚〉 연구」, 이화여자대학교 석사학위 논문, 1990.

-----, 「조선 초기 산수화와 제화시 비교 고찰」, 『한국시가연구』 7호, 2000.

구본현, 「顧氏畵譜의 전래와 朝鮮의 題畵詩」, 『규장각』 28호, 서울대학교 규장각, 2005.

-----, 「한국 제화시의 특징과 전개」, 『동방한문학』 33호, 동방한문학회, 2007.12.

-----, 「제화시의 미학적 특징과 구현」, 『동방한문학』 49호, 동방한문학회, 2011.

-----, 「제화시에 나타난 동물 형상과 그 의미」, 『동방한문학』 61호, 2014.12.

곽광수 · 김현 공저, 『바슐라르 研究』, 민음사, 1976.

권정은, 「조선 전기 계회도와 이행 계회도 시의 비교 양상 및 상보성」, 『비교문학』 73권, 한국비교문학회, 2017.

김미정, 「표암 강세황 시의 회화적 접근」, 이화여자대학교 석사학위 논문, 1986.

-----, 「시에 의한 그림의 전이 - 姜世晃, W. C. Williams, 蘇軾」, 『비교문학』 13집, 한국비교문학회, 1988.

김상철, 「전통의 뜰에 서서 현대의 문을 열다 - 부견부와 장우성의 삶과 예술」, 『당대수묵대가: 장우성 · 푸쥐안푸』, 이천시립월전미술관, 2010.

김수천 · 이종호 · 정현숙 · 박영택 공저, 『월전 장우성 시서화 연구』, 열화당, 2012.

김원룡, 「월전과 그 예술」, 『월전 장우성』, 지식산업사, 1981(이열모 외 공저, 『월전을 그리다』, 미술문화, 2012, 재수록).

김의숙, 「화천의 곡운구곡과 김수증 연구」, 『강원민속학』 20권, 2006.9.

김인숙, 「곡운 김수증의 산수관에 관한 연구 - 〈곡운구곡도〉를 중심으로 -」, 『동아인문학』 31권, 동아인문학회, 2015.

金鍾太 편저, 『東洋畵論』, 일지사, 1978.

김현정, 「월전 장우성의 문인화 연구」, 원광대학교 대학원 석사학위 논문, 2002.

김홍대, 「322편의 시와 글을 통해 본 17세기 전기『고씨화보』」, 『온지논총』 9권, 온지학회, 2003.12.

박명희, 「이달 제화시의 형상화 방법」, 『한국언어문학』 44집, 한국언어문학학회, 2000.5.

-----, 「석정 이정직 제화시의 두 층위」, 『동방한문학』 35호, 동방한문학회, 2008.6.

박무영, 「퇴계시의 한 국면 – 제화시 연구의 시론으로 –」, 『이화어문』 10집, 이화어문학회, 1989.

박상환 외, 『제화시 – 인문정신의 문화적 가치』, 오스코월드, 2008.

박영택, 「장우성 – 자기 내면의 투사로서의 서화」, 『당대수묵대가: 장우성·푸쥐안푸』, 이천시립월전미술관, 2010.

박현희, 『한국 회화 이해하기』, 태학사, 2013.

박혜영, 「이인로 제화시의 형상화 방식」, 『동아시아고대학』 50집, 2018.

-----, 「서거정의 산수도 제화시 연구」, 『배달말』 64권, 배달말학회, 2019.

白琪洙, 『예술의 산책』, 서울대학교 출판부, 1985.

백연태, 「서거정의 제화시 창작에 대해」, 『청람어문교육』 29집, 청람어문교육학회, 2004.

서동형, 「자하 신위의 제화시고」, 『한문교육연구』 9집, 한국한문교육학회, 1995.

손정인, 「이규보 제화시의 고찰」, 『영남어문학』 14집, 영남어문학회, 1987.

孫八洲, 「≪七灘誌≫ 所載 漢詩 硏究」, 『釜山漢文學硏究』 6집, 1991.

-----, 「≪竹圃集≫ 解題 및 後記」, 孫八洲·鄭景柱 譯註, 『國譯·原文 竹圃集』, 빛남사, 1997.

신항섭, 「월전 장우성의 작품 세계」, 『한벽문총』 10호, 월전미술문화재단, 2001(이열모 외 공저, 『월전을 그리다』, 미술문화, 2012, 재수록).

심경호, 『다산과 춘천』, 강원대학교출판부, 1995.

-----, 「곡운을 중심으로 한 은둔시와 자연관」, 『동아시아 은자들의 미의식과 곡운구곡』(한일미학연구회 국제심포지엄 발표자료집), 화천문화원, 1999.

安輝濬, 『韓國繪畫의 傳統』, 문예출판사, 1988.

安輝濬·李炳漢 공저, 『안견과 夢遊桃源圖』, 예경산업사, 1991.

여기현, 「李穡의 題山水圖詩硏究」, 『반교어문연구』 20집, 반교어문학회, 2006.

-----, 「고려 산수제화시의 전개와 특성」, 『한국시가문화연구』 35권, 한국고시가문화학회, 2015.

오광수, 「문인화의 격조와 현대적 변주」, 『한국근대회화선집』 한국화 11권, 금성출판사, 1990(이열모 외 공저, 『월전을 그리다』, 미술문화, 2012, 재수록).

유준영, 「곡운구곡도를 중심으로 본 17세기 실경도 발전의 일례」, 『정신문화』 8호, 한국정신문화연구원, 1980.

-----, 「김수증의 은둔사상과 곡운구곡」, 『동아시아 은자들의 미의식과 곡운구곡』(한일미학연구회국제심포지엄 발표자료집), 화천문화원, 1999.

-----, 「김수증의 은둔사상」, 유준영외 공저, 『권력과 은둔』, 북코리아, 2010.

유준영·이종호·윤진영 공저, 『권력과 은둔』, 북코리아, 2010.

윤진영, 「조선시대 구곡도의 수용과 전개」, 『미술사학연구』 217·218호, 한국미술사학회, 1998.6.

-----, 「김수증의 은둔과《곡운구곡도》」, 유준영외 공저, 『권력과 은둔』, 북코리아, 2010.

이경구, 「곡운 김수증의 은거생활과 문예 활동」, 『한국학보』 116집, 일지사, 2004, 가을.

이경수, 「곡운 김수증의 은둔시」, 『강원문화연구』 25집, 2006.

이선옥, 『사군자, 매란국죽으로 피어난 선비의 마음』, 돌베개, 2011.

이열모, 「월전 예술의 정신세계」, 『한벽문총』 10호, 월전미술문화재단, 2001(이열모 외 공저, 『월전을 그리다』, 미술문화, 2012, 재수록).

이열모 외 공저, 『월전을 그리다』, 미술문화, 2012.

이운성, 「밀양 입향 이후 오백년의 선적(9)」, 『務本』 17호, 驪州李氏 舍人堂里務本會, 2005.8.17.

이은주, 「15세기 제화시 연구」, 서울대학교 대학원 석사학위 논문, 2001.

이인숙, 「서병오 제화시 연구 – 자신의 그림에 쓴 창작시를 중심으로 –」, 『민족문화연구』 77호, 고려대학교 민족문화연구원, 2017.

이종건, 「서거정 제화시 제재 고찰」, 『창원대논문집』 8집, 창원대학, 1986.

이종호, 「김수증의 유람의식과 은거의식」, 『동방한문학』 41집, 2009.

-----, 「월전 한시의 빛과 울림」, 김수천 외, 『월전 장우성 시서화 연구』, 열화당, 2012.

이천시립월전미술관, 『월전의 붓끝, 한국화 100년의 역사』, 2012.

이창희, 「용재 이행의 제화시 소고」, 『어문논집』 38권, 민족어문학회, 1998.

李慧淳, 「牧隱 李穡의 題畵詩 試考」, 『論叢』 25집, 이화여자대학교 한국문화연구원, 1987.

이효숙, 「장소성 개념을 통해 살펴본 〈무이도가〉와 〈곡운구곡가〉 비교」, 『동아시아고대학』 24집, 동아시아고대학회, 2011.4.

任昌淳, 「匪懈堂瀟湘八景詩帖 解說」, 『태동고전연구』 5집, 태동고전연구소, 1989.

장우성, 『화실수상』, 예서원, 1999.

-----, 『화단 풍상 70년』, 미술문화, 2003.

장준구, 「월전 장우성의 골프 그림, 〈초해〉」, 『월전의 붓끝, 한국화 100년의 역사』, 이천시립월전미술관, 2012.

전주희, 「박제가의 회화와 제화시에 나타난 '제'와 '감통'의 미학」, 「어문연구」 40권 2호, 한국어문교육연구회, 2012.

정선희, 「조선후기 향촌 문인 목태의 제화시 연구 – 새 자료 『부경집』 소개를 겸하여 –」, 『어문연구』 36권 2호, 2008.

정원표, 「신위 제화시 연구」, 『인문과학』 7집, 홍익대학교 인문과학연구소, 1999.

정은진, 「蟾窩雜著 해제」, 『近畿實學淵源諸賢集』 6책, 대동문화연구원, 2002.

-----, 「『聲皐酬唱錄』을 통해 본 豹菴 姜世晃과 星湖家의 교유 양상」, 『동양한문학연구』 22집, 2006.2.

정일남, 「초정 박제가의 제화시 연구 – 제재의 확대와 의경 창조를 중심으로 –」 『퇴계학과 한국문화』 35호, 경북대학교 퇴계연구소, 2004.

정현숙, 「절제와 일취의 월전 서풍」, 김수천 외 공저, 『월전 장우성 시서화 연구』, 열화당, 2012.

조규희, 「≪곡운구곡도첩≫의 다층적 의미」, 『미술사논단』 23호, 한국미술연구소, 2006.12.

조동일, 『한국문학통사』 3권, 지식산업사, 1989.

조영임, 「옥소 권섭의 제화시 연구」, 『한국한시연구』 17권, 한국한시학회, 2009.

진준현, 「조세걸과 곡운구곡도의 회화사적 의의」, 『한국의 은사문화와 곡운구곡』(국제학술대회 발표자료집), 화
천문화원, 2005.

최경환, 「이달의 제화시와 시적 형상화」, 『서강어문』 7집, 서강어문학회, 1990.

-----, 「韓國 題畵詩의 陳述 樣相 硏究」, 서강대학교 박사학위 논문, 1991.6.

-----, 「제화시의 이미지 재산출에 있어서 시적 화자의 기능과 시의 길이」, 『연민학지』 2권, 연민학회, 1994.

-----, 「제화시의 경물 제시 방법과 화면상의 형상(1)」, 『서강어문』 11집, 서강어문학회, 1995.11.

-----, 「多人創作 樓亭集景詩와 시적 이미지의 창출(1) - 竹西樓 팔영시를 중심으로 -」, 『동양한문학연구』 18집,
동양한문학회, 2003.10.

-----, 「누정집경시의 창작 동기와 누정의 공간적 특성 - 죽서루, 식영정, 칠탄정을 중심으로 -」, 『동양한문학연
구』 22집, 2006.2.

-----, 「多人 創作 題畵詩와 다르게 하기의 작법 - 姜世晃과 李壽煥의 〈七灘亭十六景圖詩〉를 중심으로 -」, 『동양
한문학연구』 24집, 2007.2.

-----, 「실경산수도시와 화면상의 이미지의 재산출 방향 - 이용구의 〈금시당십이경〉 시를 중심으로 -」, 『한국고
전연구』 18집, 한국고전연구학회, 2008.12.

-----, 「화면상의 풍경과 시적 풍경의 차이와 근거 - 〈금시당십이경도〉와 〈금시당십이경〉 시의 대비를 중심으로 -」,
『한국고전연구』 20집, 한국고전연구학회, 2009.12.

-----, 「화가의 자작 제화시와 화면상의 이미지의 재산출 방향(1) - 강세황의 〈칠탄정십육경도시〉를 대상으로 -」,
『한국고전연구』 22집, 한국고전연구학회, 2010.12.

-----, 「화가의 자작 제화시와 화면상의 이미지의 재산출 방향(2) - 강세황의 〈칠탄정십육경도시〉를 대상으로 -」,
『한국고전연구』 24집, 한국고전연구학회, 2011.12.

-----, 「월전 장우성의 그림과 제화시의 기능」, 『한국고전연구』 26집, 한국고전연구학회, 2012.12.

-----, 「월전 장우성의 그림과 동일 화제의 반복적 사용을 통한 미적 기능의 실험」, 『한국고전연구』 30집, 한국고
전연구학회, 2014.12.

-----, 「월전 장우성의 그림과 자작 제화시의 비교 연구 - 화면상의 풍경과 시적 풍경의 관계 양상을 중심으로-」,
『동양한문학연구』 43집, 동양한문학회, 2016.2.

-----, 「「谷雲九谷圖」와 「谷雲九谷歌」의 비교 - 화면상의 풍경과 시적 풍경의 관계 양상을 중심으로 -」, 『동양한
문학연구』 48집, 동양한문학회, 2017.10.

-----, 「「七灘亭十六景圖」와 李瀷의 「七灘亭十六景」 詩의 비교(1) - 화면상의 풍경과 시적 풍경의 관계 양상을
중심으로 -」, 『동양한문학연구』 51집, 동양한문학회, 2018.10.

-----, 「「七灘亭十六景圖」와 李瀷의 「七灘亭十六景」 詩의 비교(2) - 화면상의 풍경과 시적 풍경의 관계 양상을
중심으로 -」, 『동양한문학연구』 53집, 동양한문학회, 2019.6.

-----, 「姜世晃의 「七灘亭十六景圖」와 李玄煥의 「七灘亭十六景」 詩의 비교 - 화면상의 풍경과 시적 풍경의 관계
양상을 중심으로 -」, 『동양한문학연구』 56집, 동양한문학회, 2020.6.

崔淳雨, 「豹菴稿의 繪畫史的 意義」, 『豹菴遺稿』, 한국정신문화연구원, 1995.

崔完秀, 「謙齋眞景山水畫考」, 『澗松文華』 21호, 한국민족미술연구소, 1981.

황수정, 「고경명 제화시의 의경과 미적 특질」, 『한국한시연구』 20호, 한국한시학회, 2012.

-----, 「석주 권필 제화시의 형상화 방식」, 『한국시가문화연구』 40호, 한국시가문화학회, 2017.

-----, 「題群山二友圖」의 구조와 특징」, 『한국사상과 문화』 90호, 한국사상문화학회, 2017.

-----, 「고려시대 제화시의 생성과 유입 문화」, 『동아인문학』 48호, 2019.9.

3. 국외 논저 및 번역서

葛路 저, 강관식 역, 『中國繪畫理論史』, 미진사, 1989.

傅抱石 저, 이형숙 역, 『中國의 人物畫와 山水畫』, 대원사, 1988.

徐復觀, 『中國藝術精神』, 臺灣學生書局, 民國 73年.

왕백민 저, 강관식 역, 『동양화구도론』, 미진사, 1991.

陸家驥, 『唐詩故事』, 正中書局, 民國 69年.

包根弟, 「論元代題畫詩」, 『古典文學』 2輯, 中國古典文學硏究會主編, 臺灣學生書局, 民國 69年.

조셉 니담 저, 이석호 외 공역, 『中國의 科學과 文明』, 을유문화사, 1986.

靑木正兒, 『支那文學藝術考』, 弘文堂, 昭和 17年.

킴바라세이고 저, 민병산 역, 『東洋의 마음과 그림』, 새문사, 1978.

Chiang Yee, The Chinese Eye, Bloomington & London; Indiana University Press, 1964.

Ronald C. Egan, "Poems on Paintings: Su Shih and Huang T'ing-chien", Havard Journal of Asiatic Studies, vol.43; Number2 December, Cambridge; Harvard - Yenching Institute, 1983.

Stanislaw Ossowski, The Foundations of Aesthetics, Dordrecht; Reidel Publishing Company, 1978.

4. 사전류

李叔還 編纂, 『道敎大辭典』, 巨流圖書公司, 民國 68年.

中華學術院, 『中文大辭典』, 中國文化大學出版部, 民國 62年.

한국문화상징사전편찬위원회, 『한국문화상징사전』, 동아출판사, 1992.

학원사 편, 『故事成語辭典』, 학원사, 1982.

Wolfram Eberhard, A Dictionary of Chinese Symbols, London and New York; Routledge & Kegan Paul, 1986.

최경환

서강대학교 국어국문학과 학부, 대학원 석사과정, 박사과정을 졸업하고(문학박사), 1992년부터 부산외국어대학교 한국어문화학부에 교수로 재직 중이다.

저자는 박사과정 때 연세대학교 송준호 교수님의 『손곡시집』 강독 수업에서 제화시를 처음 접하였다. 그때 제화시라는 특이한 한시 하위 장르에 대해 묘한 매력을 느꼈고, 또 "옛 시인들은 그림을 보고 시를 어떻게 지었을까?"라는 의문을 품었었다. 당시에는 그 의문이 학자의 길로 들어선 저자의 평생의 화두가 될지 몰랐었다. 그 의문을 품은 지 30년이 지나서야 비로소 제대로 된 답을 낼 수 있게 되었다.